KNAUR

Von Renee Milan ist bereits folgender Titel erschienen:
Die Leihmutter

Über die Autorin:
Renee Milan, geboren im Fränkischen, lebt und arbeitet mit ihrem Ehemann in München und ist viel auf Reisen, um Menschen und Orte kennenzulernen, über die sie schreibt. »Eine Frau mit Makel« ist nach »Die Leihmutter« ihr zweiter Roman.

RENEE
MILAN

Eine Frau mit Makel

Roman

KNAUR

Besuchen Sie uns im Internet:
www.knaur.de

FSC
www.fsc.org
MIX
Papier aus verantwortungsvollen Quellen
FSC® C083411

Originalausgabe Juli 2019
Knaur Taschenbuch

Redaktion: Regine Weisbrod
Covergestaltung: ZERO Werbeagentur, München
Coverabbildung: Arcangel Images / Christie Goodwin; GettyImages / Aliyev Alexei Sergeevich; © FinePic / shutterstock.com
Satz: Adobe InDesign im Verlag
Druck und Bindung: CPI books GmbH, Leck
ISBN 978-3-426-52188-5

2 4 5 3 1

ERSTES KAPITEL

Ein Motorradausflug

1.

Andreas Janning lächelte, als die Besitzerin des Friseursalons auf seine Mutter zueilte, ihr den Mantel abnahm und sie fragte, ob sie einen Latte macchiato wolle. Es war ein lieb gewordenes Ritual.

»Und? Wollen Sie sich die Haare ebenfalls schneiden lassen?«, fragte ihn die Friseurin.

»Nein danke, das hat noch ein paar Wochen Zeit. Ich habe Mama nur hierher begleitet, muss aber jetzt weiter zur Bank und Geld verdienen.«

»Als Bankangestellter musst du doch nur in den Safe greifen und hast dann welches«, spottete die Friseurin.

»Schön wär's.« Andreas lachte. »Aber das Geld gehört der Bank, und man würde mir was erzählen, wenn ich es mir unter den Nagel reißen würde. Außerdem habe ich mit dem Tresor wenig zu tun. Ich bin Anlageberater.«

»Also einer von denen, die den Leuten erzählen, wie sie am schnellsten Geld verbraten können!« Die Besitzerin des Friseursalons hatte bei dem Börsencrash vor etlichen Jahren eine erhebliche Summe verloren, und das schmerzte sie noch immer.

»Bei mir hat noch keiner sein Geld verspielt«, erklärte Andreas mit Nachdruck und sah auf seine Uhr. »Jetzt muss ich los, sonst komme ich zu spät.«

Seine Mutter hatte unterdessen eine ausliegende Zeitung aufgeschlagen. »Du, Andreas«, rief sie, als ihr Sohn sich bereits zur Tür wandte, »am Wochenende soll das Wetter noch einmal schön werden. Da könntest du mit Angela eine Motorradtour machen. Das würde ihr sicher Spaß machen!«

Andreas nickte. Seine Freundin war zwar kein begeisterter Motorradfan, aber gegen eine Fahrt nach Frankreich mit gutem Essen und einem romantischen Hotel hatte sie nichts.

»Ich werde es ihr vorschlagen«, antwortete er und ging zur Tür hinaus.

»Andreas!«, hörte er seine Mutter rufen, drehte sich noch einmal um und sah aus den Augenwinkeln einen Schatten auf sich zuschießen. Noch ehe er begriff, dass es sich um einen Radfahrer handelte, der seinen Weg über den Gehsteig abkürzte, prallte dieser mit voller Wucht gegen ihn. Andreas schlug schwer auf den harten Platten des Gehsteigs auf. Er hörte ein kurzes Knacken, dann bohrte sich etwas in seinen rechten Knöchel. Zu benommen, um wirklich Schmerz zu empfinden, war er nicht mehr in der Lage, sich aufzurichten.

Um sich herum hörte er Schreie. Jemand rief: »Andreas, mein Gott!« Es dauerte einen Augenblick, bis ihm klar wurde, dass es sich um seine Mutter handelte. Da kniete sie auch schon neben ihm nieder und schlang schluchzend die Arme um ihn. Gleichzeitig machte sich jemand an seinem rechten Unterschenkel zu schaffen. Nun spürte er auch den Schmerz, der in seinem Knöchel tobte und ihm das Gefühl gab, als drehe ihm jemand mit einer Rohrzange den Fuß ab.

»Andreas, sag doch etwas!«, flehte Sonja Janning ihren Sohn an.

»Der Notarzt kommt gleich!«, rief jemand. Es musste die Besitzerin des Friseursalons sein. Jemand anders schrie und fluchte gleichzeitig und jammerte über sein zerbrochenes Rad.

»So ein Idiot!«, keuchte Andreas. »Hier ist die Durchfahrt für Radfahrer verboten, doch der schießt daher, als wäre er allein auf der Welt.«

»Gott sei Dank, du bist bei Bewusstsein!«, rief seine Mutter erleichtert.

»Es wäre besser, er wäre es nicht«, warf die Friseurin ein.

Die nächsten Minuten erlebte Andreas wie im Zeitraffer. Er hörte die Sirene des Notarztwagens, einen gefühlten Augenblick später beugte sich eine Gestalt in einem grünen Kittel über ihn und fragte: »Hören Sie mich?«

Andreas würgte ein »Ja!« hinaus.

»Wir geben Ihnen etwas gegen die Schmerzen, versorgen die Verletzung und bringen Sie in ein Krankenhaus«, sprach der Notarzt weiter.

»Kümmern Sie sich endlich um mich! Ich bin schwerer verletzt!«, rief der Radfahrer dazwischen.

»Wenn Sie nicht sofort den Mund halten, nehme ich das Fahrrad und schlage es Ihnen um die Ohren!«, schrie Sonja Janning ihn an. Es verriet Andreas, wie wütend und verzweifelt seine Mutter war, und er fragte sich, was tatsächlich mit ihm passiert war.

2.

Verzweifelt schnappte Lexa nach Luft, bis sie begriff, dass sie gar nicht am Ersticken war. Stattdessen steckte sie in einem wirren Traum, der nun langsam der Realität wich. Was blieb, war ein Gefühl, als sei der ganze Mund mit Schlamm gefüllt. Dabei lag sie in ihrem eigenen Bett und hörte neben sich leise jemanden schnarchen. Nun erinnerte sie sich, dass Max und sie auf einer Party gewesen waren und diese erst im Morgengrauen verlassen hatten.

Ein Blick auf die Uhr verriet ihr, dass es bereits auf zwei Uhr nachmittags zuging. So lange hatte sie noch nie geschlafen. Dabei begann um fünfzehn Uhr die Jahresfeier der Sozietät Lehmann, zu der sie pünktlich erwartet wurde.

Durch ihre Bewegung wurde Max wach und starrte sie aus trüben Augen an. »Wow, war das ein Traum! Du hattest plötzlich einen Zwilling, und ich habe es euch beiden besorgt! Ich muss Mike unbedingt fragen, wo er die Pillen herhat. Die sind einfach top.«

»Mir bleibst du mit dem Zeug vom Leib! Ich habe geträumt, ich würde in einem Sumpf versinken, und habe verzweifelt um Hilfe gerufen. Doch du bist einfach fortgegangen.« Lexa schüttelte es.

Max schnaubte empört. »Du träumst ja schöne Sachen von mir! Dabei weißt du genau, dass ich alles für dich tun würde.«

»Ja, das weiß ich. Aber ich werde solche Pillen nie wieder anrühren, und du solltest ebenfalls die Finger davon lassen. Außerdem sind wir spät dran! Ich muss in fünfundfünfzig Minuten im Novotel sein. Dort gibt Lehmann unsere Jahresergebnisse bekannt. Ich bin gespannt, ob ich ihn auch heuer übertroffen habe.«

»Das hast du ganz bestimmt, mein Schatz«, antwortete Max grinsend.

»Du müsstest längst in deinem Laden sein«, mahnte Lexa ihn, bevor sie ins Bad eilte, um sich in aller Eile die Zähne zu putzen und zu duschen.

»Simon wird mich schon vertreten.« Max folgte ihr und musterte sie mit einem gewissen Besitzerstolz. Seine Lexa war etwas Besonderes. Groß, schlank und mit schulterlangem, blondem Haar stellte sie mit ihrem schönen Gesicht jeden Filmstar in den Schatten. Außerdem verdiente sie eine Menge Geld.

»Du wirst Lehmann, Reuter und die anderen ganz sicher ausstechen«, sagte er, während er sich rasierte. »Von dem Schotter, den du verdient hast, solltest du einiges in mein Geschäft stecken, damit ich expandieren kann.«

»Darüber reden wir später. Ich muss gleich los. Soll ich dich mitnehmen, oder nimmst du den Bus?«

»Bloß nicht! Auf die nach Knoblauch stinkenden Penner kann ich verzichten.« Max versetzte Lexa fröhlich einen Klaps auf den Po. »Ich freu mich auf morgen und auf Sinsheim.«

Lexa hatte ganz vergessen, dass Max und sie am nächsten Vormittag mit einer Gruppe von Bikern zu ihrem jährlichen Treffen fahren würden.

»Ich mich auch«, erwiderte sie ohne Nachdruck, während sie versuchte, Höschen, Hemdchen und BH fast gleichzeitig anzuziehen.

»Es wird sicher top« erklärte Max, während er das Badezimmer ohne Eile verließ. »Ich habe wieder einen klasse Film zusammengeschnitten und werde Prospekte verteilen. Vielleicht kauft der eine oder andere sein neues Bike dann bei mir.

»Schön wär's! Aber jetzt beeil dich. Ich bin sonst weg.« Lexa hatte ein hellgraues Kostüm angezogen und kehrte ins Badezimmer zurück, um die Haare aufzustecken. Wenig später war sie auch in die Schuhe geschlüpft und blickte kurz zu ihrem Laptop hinüber. Die Zeit, ihn einzuschalten und ihre letzten Ergebnisse zu überprüfen, hatte sie nicht mehr.

Das mache ich sofort, wenn ich zurück bin, nahm sie sich vor und eilte zur Tür. Max trat an den Kühlschrank, holte ein Stück Wurst heraus und biss davon ab. Erst dann folgte er ihr.

Lexa hatte ihren Wagen schräg vor den Garagen geparkt und war froh, dass ihre Eltern nicht hatten wegfahren müssen, denn sonst wäre sie aus dem Schlaf geklingelt worden. Diese verfluchte Droge, dachte sie, als sie die Fahrertür öffnete und einstieg. Max setzte sich auf den Beifahrersitz und kaute auf seiner Wurst herum. Als er sie endlich hinuntergeschluckt hatte, sah er Lexa auffordernd an.

»Du solltest dich diesmal wirklich an meinem Geschäft beteiligen, anstatt deine Eltern oder deinen Bruder zu sponsern.«

»Ich habe meinen Eltern nur geholfen, das Haus zu bauen, nachdem die Mieten in der Innenstadt horrend gestiegen sind«, erklärte Lexa. »Außerdem habe ich mir in dem Haus eine wunderschöne Einliegerwohnung eingerichtet. Für mich ist das ideal. Ich kann in Ruhe arbeiten und doch jederzeit bei meiner Familie sein.«

»Wir sollten endlich zusammenziehen. Ich würde die Miete für meine Wohnung sparen und könnte das Geld in meinen Laden stecken«, drängte Max.

»Wenn du meinst«, antwortete Lexa nur halb überzeugt und konzentrierte sich auf den Verkehr. Kurz vor fünfzehn Uhr erreichte sie Max' Ladengeschäft und ließ ihn aussteigen.

»Bis heute Abend«, verabschiedete sie sich.

»Ciao, Bella, bis nachher!« Max winkte noch kurz und verschwand in seinem Laden.

Lexa war froh, als sie endlich die Tiefgarage des Hotels erreicht hatte. Dort standen bereits Lehmanns protziger Mercedes und Reuters BMW. Sie stellte ihren Passat neben diesen ab und amüsierte sich, weil er doch um einiges kleiner war als Lehmanns und Reuters Schlitten. In ihrem Beruf ging es nicht um das größere Auto, sondern um den größeren Umsatz, und den hatte sie. Mit diesen angenehmen Gedanken ging sie schnellen Schrittes auf den Hoteleingang zu. Wenig später fuhr sie mit dem Aufzug nach oben und erreichte das kleine Konferenzzimmer, das Lehmann für die Feier angemietet hatte, mit weniger als fünf Minuten Verspätung. Mit einem Blick stellte sie fest, dass Ruth Beinroth und Mahler noch fehlten. Sie grüßte die anwesenden Herren Lehmann, Reuter und Kärner und stibitzte sich von dem kalten Büfett ein Käsebrot. Seit dem vorigen Abend hatte sie nichts mehr gegessen und war entsprechend hungrig. Aus dem Grund hoffte sie, dass Ruth und Mahler bald kommen und Lehmann nicht zu lange reden würde, denn sie wollte so bald wie möglich das Büfett plündern.

3.

Trotz ihres Hungers lächelte Lexa amüsiert. Lehmann redete bereits seit dreißig Minuten, ohne auf den Kern der Sache zu kommen. Also hatte er es auch heuer nicht geschafft, ihren Umsatz zu übertreffen. Das musste ihn doppelt wurmen, denn er war nicht nur der Vorsitzende ihrer Sozietät, sondern früher auch die absolute Nummer eins der Gruppe gewesen. Als er vor drei Jahren zum letzten Mal Spitzenreiter gewesen war, hatte er nur zwanzig Minuten geredet und davon die Hälfte über sich. Jetzt klagte er über erschwerte Bedingungen und die niedrigen Gewinnmargen, die in diesen Zeiten nur zu erzielen seien.

Den fünf anderen Mitgliedern der Sozietät dauerte es ebenfalls zu lange. Reuter beugte sich zu Lexa hin und grinste. »Was wetten wir, dass ich heuer die Nase vorne habe?«

»Um ein Glas von dem Sekt, den das Hotelpersonal gerade bereitstellt«, gab Lexa kühl zurück.

Reuter hatte gegen die Regeln der Sozietät versucht, zwei ihrer besten Klienten abzuwerben, und bei einem war es ihm sogar gelungen.

»Immer noch sauer?«, fragte Reuter spöttisch. »Du weißt ja, nur der frühe Vogel fängt den Wurm.«

Da Lexa nicht annahm, hinter Reuter zu liegen, zuckte sie mit den Achseln. »Ich bin bis jetzt immer früh genug aufgestanden.«

»Könnt ihr mich vielleicht ausreden lassen?«, fuhr Lehmann sie genervt an.

»Wir hätten nichts dagegen«, meinte Ruth Beinroth, die zweite Frau im Team. »Draußen wartet das kalte Büfett auf uns, und ich habe Hunger.«

Ruth wird auch heuer wieder die Letzte oder Vorletzte sein, dachte Lexa, interessierte sich aber letztlich nur für die eigenen Zahlen.

Mit säuerlicher Miene las Lehmann nun die Umsätze der einzelnen Mitarbeiter vor. Ruth war tatsächlich auf dem letzten Platz, obwohl sie sich im Vergleich zum Vorjahr um zwanzig Prozent gesteigert hatte.

»Dachte, ich hätte einen oder zwei überholt«, murrte sie leise.

Lehmann vernahm es und lachte. »Beinahe hättest du es geschafft. Dein Umsatz liegt nur um dreißigtausend Euro hinter dem Kärners und um einhundertfünfzigtausend hinter Mahler.«

»Wenigstens haben wir Ruth hinter uns gelassen«, warf Kärner enttäuscht ein. Im letzten Jahr war er noch vor Mahler gelegen und hatte gehofft, endlich zur Spitze aufschließen zu können.

»Ruhe!«, rief Lehmann. »Platz drei unserer internen Rangliste belegt Herr Reuter mit einem Umsatz von sechsundzwanzig und einer halbe Million.«

Ruth seufzte, denn diese Zahl lag weit über ihren Möglichkeiten. Doch auch Reuter wirkte nicht zufrieden, weil er trotz aller Tricks nur den dritten Platz erreicht hatte.

Lexa hingegen wartete gespannt ab. So wie Lehmann seine Rede aufgezogen hatte, konnte nur sie gewonnen haben. Da sah er sie auch schon an.

»Die Krone des Umsatzkönigs dieses Jahres geht zum dritten Mal hintereinander an Alexandra Fabarius mit einem Umsatz von diesmal siebenunddreißig Komma drei Millionen.«

Seine eigene Umsatzzahl nannte er nicht, denn er hatte Reuter nur um wenige Tausend Euro übertroffen. Für die offizielle Statistik würde er ein paar Buchungstricks vornehmen, damit der Abstand zu Lexa nicht so gewaltig aussah.

»Glückwunsch«, sagte Ruth zu Lexa. »Sie haben es den Herren der Schöpfung auch heuer wieder gezeigt.«

»Im Gegensatz zu Ihnen«, spottete Reuter. »In den vier Jahren, die Sie bei uns im Team sind, waren Sie viermal die Letzte.«

»Das stimmt nicht ganz«, antwortete Ruth. »Vor drei Jahren war ich Vorletzte.«

»Da war Eva Manz noch bei uns, und die hatte damals ein katastrophal schlechtes Jahr. Hat man von der eigentlich noch einmal etwas gehört?«

Auf Reuters Frage schüttelten alle den Kopf. Lexa hatte die Frau nur wenige Monate in der Sozietät Lehmann erlebt, dann war Eva Manz ausgeschieden. Burn-out, dachte Lexa. Die Frau war nicht hart genug für den Job einer Vermögens- und Anlageberaterin gewesen. Ihr selbst bereitete die Arbeit nach wie vor Freude, und sie hatte stets eine gute Nase für den Markt.

Die Kollegen versammelten sich um den Tisch mit dem kalten Büfett und schenkten sich Sekt ein. Als Lexa ihnen folgen wollte, trat Lehmann auf sie zu.

»Meinen Glückwunsch, Frau Fabarius. Dreimal hintereinander die Erste zu sein, habe bislang nur ich erreicht. Aber ich wette mit Ihnen, nächstes Jahr bin ich besser als Sie.«

»Solange ich selbst gut verdiene, sei es Ihnen vergönnt«, antwortete Lexa, nahm sich ein Schnittchen und ein Glas Sekt und stieß mit den anderen an.

Reuter tat es mit verkniffener Miene. »Nächstes Jahr bin ich ebenfalls besser als Sie«, drohte er ihr an.

»Sie bekommen von mir die gleiche Antwort wie Herr Lehmann: Solange ich genug verdiene, ist mir das egal. Zum Wohl!« Lexa hob ihr Glas und trank.

»Über siebenunddreißig Millionen Umsatz. Eine attraktive Frau sollte man sein«, brummte Kärner neidisch.

»Dann lassen Sie sich doch umoperieren. So viel Geld springt netto doch gewiss heraus«, spottete Ruth.

Mit verärgerter Miene gesellte Kärner sich zu Lehmann und Reuter, dem sichtlich etwas auf der Zunge lag, was er sich im Moment noch verbiss.

»Wie steht es mit der Rendite? Da sind wir doch sicher besser als Frau Fabarius?«, fragte Kärner.

Lehmanns Miene verriet Lexa, dass dem nicht so war. Mit einer gewissen Genugtuung erinnerte sie sich daran, dass Lehmann und die anderen Männer sie während ihrer ersten Zeit im Team nicht ernst genommen hatten. Doch während bei ihnen zu viele Anlagen den Bach hinabgegangen waren, hatten die ihren sich fast alle erwartungsgemäß entwickelt. Bereits im ersten Jahr war sie die Dritte nach Lehmann und Reuter gewesen, und im Jahr darauf hatte sie zum ersten Mal gewonnen.

»Eigentlich müsste Frau Fabarius den Sekt und die Schnittchen spendieren«, stichelte Kärner.

Reuter ließ ebenfalls ein paar bissige Bemerkungen vom Stapel und blickte dann demonstrativ auf seine Rolex. »Ich muss weg! Ich habe noch einen Kundentermin.«

»Ich auch«, erklärte Mahler.

Die beiden tranken aus und verabschiedeten sich. Wenig später verließ auch Kärner die kleine Feier, und Lehmann war so mit seinem Handy beschäftigt, dass er genauso gut am anderen Ende der Welt hätte sein können. Nach einer Weile steckte er es weg und ging zur Tür. Dort drehte er sich noch einmal um.

»Ich wünsche den Damen noch einen schönen Abend.«

»Wir Ihnen auch«, antwortete Ruth und schien im letzten Moment eine Beleidigung herunterzuschlucken.

Als sie mit Lexa allein war, drehte sie sich zu ihr um. »Wie schnell die begossenen Pudel alle verschwunden sind! Als Lehmann noch den meisten Umsatz eingefahren hat, sind sie bis in die Puppen geblieben und haben gefeiert.«

»Wie ich die Herren kenne, werden sie sich jetzt zusammenraufen und gemeinsam überlegen, wie sie mich nächstes Jahr übertrumpfen können.« Lexa lachte zwar, ärgerte sich aber trotzdem. Die Männer im Team missgönnten ihr als Frau den Erfolg. Dabei waren sie ihr und Ruth gegenüber im Vorteil. Sie trafen ihre Kunden in Lokalen, auf dem Fußballplatz und bei anderen Anlässen, für die kaum eine Frau einen Fuß vor die Tür setzen würde.

»Auf alle Fälle haben Sie es ihnen auch heuer wieder gezeigt.« Ruth schenkte sich ihr Glas noch einmal voll, nahm eines der verbliebenen Schnittchen und trat ans Fenster. Die Bäume im Innenhof des Hotels begrüßten mit ihren austreibenden Blättern den Frühling. Dazu schien die Sonne von einem weiß-blauen Himmel, und sie sah die ersten Sonnenanbeter im T-Shirt auf der Terrasse sitzen. »Werden Sie auch heuer wieder Motorrad fahren?«, fragte sie Lexa.

»Höchstens als Sozia hinter meinem Freund«, antwortete Lexa. »Morgen früh geht es auf die erste Tour. Wir wollen zu einem Biker-Treffen nach Sinsheim.«

»Wo liegt denn das?«

»In der Nähe von Heidelberg. Da ist das Fußballstadion des Bundesligisten Hoffenheim.«

Lexa spürte zunehmend die Nachwirkungen der Tablette, die sie leichtsinnigerweise auf der Party geschluckt hatte, und wurde sehr müde.

»Der Sekt, den Lehmann bestellt hat, wird auch immer schlechter«, sagte sie und stellte ihr noch halb volles Sektglas auf den Tisch. »Ich muss für morgen noch einiges vorbereiten. Auf Wiedersehen, Frau Beinroth! Bis zum nächsten Meeting.«

»Auf Wiedersehen.« Ruth sah ihr gekränkt nach. Wenn schon die Männer gegangen waren, hätte wenigstens Lexa bei ihr bleiben können. Insgeheim hatte sie sich sogar ein paar Tipps erhofft, um Kärner und Mahler im nächsten Jahr übertreffen zu können.

4.

Die protzigen Schlitten von Lehmann und Reuter standen noch auf dem Hotelparkplatz. Wahrscheinlich hatten die beiden sich in eine nahe Kneipe verzogen, lästerten über Lexa und versuchten, ihren Frust hinunterzuspülen.

Es würde ihnen gewiss auch im nächsten Jahr nicht gelingen, sie zu übertreffen, sagte Lexa sich und nahm sich vor, so viel Umsatz wie nur möglich zu erzielen. Dann aber schüttelte sie den Kopf. Ein guter Anlageberater zeichnete sich nicht durch seinen Umsatz aus, sondern durch die größtmögliche Rendite für seine Klienten – und das langfristig. Der Kunde, den Reuter ihr abspenstig gemacht hatte, würde wahrscheinlich im nächsten Jahr enttäuscht werden.

Sie fuhr los. Vor ihr steuerte ein schwerer Mercedes so ungeschickt die Ausfahrt an, dass der Fahrer mit dem Arm nicht an den Schlitz kam, in den er seinen Parkschein stecken musste. Nachdem er es mehrfach vergeblich versucht hatte, stiegt Lexa aus, ging nach vorne und forderte den Mercedesfahrer auf, ihr den Parkschein zu geben.

Zuerst begriff er nicht, was sie wollte. Als jedoch ein anderer Fahrer ärgerlich hupte, streckte er Lexa den Parkschein hin. Diese steckte ihn in den Schlitz des Automaten und sah zufrieden, wie die Schranke hochging.

Ohne zu danken, fuhr der Mann im Mercedes los, während ein anderer spöttisch meinte, dass Frauen über Schlitze eben besser Bescheid wüssten als Männer. Lexa ignorierte den dummen Spruch und fuhr an die Schranke. Im Gegensatz zu dem Mercedeslenker kam sie nahe genug an den Automaten und konnte die Tiefgarage sofort verlassen.

Auf der Straße herrschte der übliche Freitagabendverkehr, und so benötigte sie über eine halbe Stunde, das Haus ihrer Eltern zu erreichen.

Obwohl es noch keine achtzehn Uhr war, stand Max' schwere Yamaha bereits auf dem Parkplatz neben ihrer Garage. Lexa fuhr ihren Wagen hinein und trat dann auf die Terrasse. Laut Kalender war es noch April und dennoch bereits warm genug, um draußen sitzen zu können. Daher fand sie dort ihre Eltern, ihren Bruder und Max vor.

Ihr Freund hielt einen Bierkrug in der Hand und hob ihn ihr entgegen. »Darf man gratulieren?«

Lexa nickte. »Du darfst! Ich weiß nicht, wie viel Umsatz Lehmann gemacht hat, aber auf jeden Fall weniger als ich.«

»Wenn du wieder so gut verdient hast, könnten wir doch die letzte Hypothek tilgen, die noch auf dem Haus liegt«, sagte die Mutter.

»Mir wär's lieber, wenn Lexa das Geld in meine Firma steckt.« Max zwinkerte Lexa zu, doch sie schüttelte leicht den Kopf.

»Bevor ich entscheide, was ich mit dem Geld mache, muss ich erst einmal wissen, wie viel es ist.«

Sie hatte ihren Eltern für ihr Gefühl bereits genug Geld gegeben, um diesen die letzte Hypothek überlassen zu können. Doch Max' Drängen gefiel ihr ebenso wenig. Da sie den größten Teil der Buchhaltung für ihn erledigte, wusste sie, dass er noch nicht genug verdiente, um sein Geschäft ausbauen zu können. Auch aus diesem Grund wollte sie ihre Reserven nicht leichtfertig aus der Hand geben.

Wiebke Fabarius spürte die Verstimmung ihrer Tochter, sagte sich aber, dass Lexa bei ihren guten Einnahmen ruhig mehr zum Haushalt beitragen sollte. Am liebsten wäre ihr ein größerer Zuschuss für Leon gewesen, der als Student noch kein Geld verdiente. Doch auf dem Ohr war ihre Tochter zumeist taub.

»Hallo, Schatz! Du warst also auch heuer wieder die Beste.« Jürgen Fabarius musterte seine Tochter mit Stolz und wünschte sich, dass sein Sohn sich an ihr ein Beispiel nehmen würde. Leon nämlich geriet langsam in Gefahr, ein ewiger Student zu werden.

Lexa wandte sich lächelnd ihrem Vater zu. »Das kann man so sagen, Paps! Aber wie geht es dir? Du siehst frischer aus als gestern.«

»Laut meinem Arzt bin ich fast wie neu«, antwortete ihr Vater. »Ich könnte auch wieder arbeiten, wenn meine Vorgesetzten in der Staatskanzlei mich nicht zwangsweise frühpensioniert hätten. Dabei war es bloß eine hartnäckige Lungenentzündung, die mittlerweile fast ausgeheilt ist.«

»Der Arzt sagt, dass Jürgen für ein paar Wochen nach Sylt fahren soll, damit seine Lunge gekräftigt wird«, warf die Mutter ein.

»Und was kommt danach?«, fragte Lexas Vater bitter. »Nur ein bisschen Gartenarbeit und sehr viel Langeweile.«

»Aber es muss doch was geben, Paps. Vielleicht suchst du dir einen Aushilfsjob?«

Ihr Vater lachte hart auf. »Das ist leichter gesagt als getan. Um Regale im Supermarkt einzuräumen, nehmen sie jüngere Leute, die billig sind.«

Lexa hätte ihrem Vater gerne geholfen, doch der Schock, von seinen Vorgesetzten auf eine solch heuchlerische Weise abserviert zu werden, hatte ihm seinen Lebensmut geraubt.

Da machte Max Lexas Vater ein Angebot. »Du könntest in meinem Laden mitarbeiten! Du verstehst doch einiges von Motorrädern.«

»Das wäre besser als nichts«, antwortete Jürgen Fabarius nachdenklich, obwohl er wusste, dass er von Max höchstens ein Taschengeld erhalten würde.

Max nickte Lexa grinsend zu und musterte sie stolz. Sie war nur ein paar Zentimeter kleiner als er und sah in ihrem hellgrauen Kostüm äußerst attraktiv aus. Ihre Haare hatte sie zu einem strengen Knoten gesteckt und wirkte dadurch ein wenig kühl. Aber diese Hülle verbarg genau das Temperament, das er bevorzugte.

»Wenn ich daran denke, dass ihr morgen einen Motorradausflug macht, würde ich mir am liebsten auch gleich ein Motorrad zulegen«, warf Lexas Bruder ein.

»Ein gutes gebrauchtes könnte ich dir bereits für ein paar Tausend Euro besorgen«, bot Max ihm an, während Lexa die Brauen hob.

»Von was willst du es bezahlen, Leon?«

»Lexa, also …«, ging die Mutter dazwischen.

»Die Frage wird erlaubt sein, da Leon sich im Winter ein neues Auto gekauft hat.«

»Ein bisschen mehr Rücksicht auf Leon könntest du schon nehmen«, tadelte die Mutter Lexa.

»Mehr Rücksicht geht kaum«, antwortete Lexa mit leichtem Spott. »Immerhin habe ich ihm achttausend Euro für sein Auto geliehen.«

»Du kriegst sie schon irgendwann wieder«, sagte ihr Bruder.

»Auf Wunder vertrauen vielleicht gläubige Christen, aber ich nicht.« Lexa lachte und stand auf. »Ich muss jetzt dringend an meinen Laptop, denn ich bin heute noch nicht dazu gekommen, meine Mails und meine Umsätze anzuschauen.«

»Ich trinke noch ein Bier, bevor ich nachkomme«, meinte Max entspannt, da Lexa nicht ansprechbar war, wenn sie sich auf ihre Arbeit konzentrierte.

5.

Lexa war noch mit ihren Mails beschäftigt, als Max hereinkam. »Ich brauche noch eine halbe Stunde. Es geht um einen lukrativen Auftrag.«

»Und der ist natürlich wichtiger als ich«, erwiderte Max bissig.

»Rede keinen Unsinn! Du bist doch selbst Geschäftsmann und weißt, dass man am Ball bleiben muss.«

Max zog bei dieser Gardinenpredigt den Kopf ein, hielt aber den Mund und sah zu, wie Lexa mehrere hohe Summen in eine Bildschirmmaske eintrug.

»Nicht schlecht«, kommentierte er. »So viel würde ich auch gerne einmal investieren können.«

»Du sollst nicht auf den Bildschirm schauen! Ich bin meinen Kunden gegenüber zu absoluter Diskretion verpflichtet.« Diesmal klang Lexa scharf. Sie hatte es Max schon mehrmals gesagt.

Max nahm auf der Couch Platz und griff nach einer Zeitschrift. Da es darin jedoch nur um Anlagen und Börsenkurse ging, legte er sie wieder zurück. Nach einer Weile wurde er unruhig.

»Wann bist du endlich fertig?«

»Wenn ich fertig bin«, antwortete Lexa und öffnete die nächste Mail. Auch dieser Kunde hatte Wünsche bezüglich einer lukrativen Anlage, und sie suchte das Passende für ihn heraus. Danach schaltete sie den Laptop aus und drehte sich zu Max um. »Jetzt bin ich fertig.«

»Du nimmst das Ding doch nicht mit nach Sinsheim?«, fragte er mit komischem Entsetzen. »Du würdest mich und die anderen glatt vergessen, nur damit ein paar reiche Leute noch reicher werden.«

»Und ich mit ihnen, mein Schatz. Wenn ich mich an deiner Firma finanziell beteiligen soll, muss ich das Geld dafür verdienen.« Sie umarmte ihn lächelnd und küsste ihn. »Bist du jetzt zufrieden?«

Max schnurrte wie ein großer Kater und zog sie fester an sich. »Das macht dir so leicht keine nach.«

»Was?«

»Eben warst du noch die mit Eiswasser gekühlte Geschäftsfrau, und jetzt bist du der heißeste Feger auf der Welt.« Genüsslich begann Max, sie auszuziehen.

Weit davon entfernt, eisgekühlt oder übermäßig heiß zu sein, fragte Lexa sich, ob sie die Pille regelmäßig eingenommen hatte. Zwar wollte sie Kinder haben, aber erst, wenn Max und sie es sich leisten konnten.

Bei dem, was danach kam, konnte Max sich nicht beschweren. Lexa war Frau genug, um den Sex mit ihm zu genießen, und kuschelte sich anschließend an ihn.

»Trägst du mich ins Bad, damit ich mir die Zähne putzen und mich für die Nacht fertig machen kann?«, fragte sie versonnen.

Mit einem Lachen sprang Max aus dem Bett, hob sie auf und trug sie ins Badezimmer. Lexa musste Kopf und Beine einziehen, um nicht gegen den Türrahmen zu stoßen, stimmte aber in Max' Lachen ein.

»Ich kann es gar nicht erwarten, bei dir einzuziehen« meinte er. »Damit spare ich die Miete und kann das Geld in meinen Laden stecken. Hier haben wir eine gemütliche Wohnung quasi kostenlos.«

»So kostenlos auch nicht«, wandte Lexa ein. »Ich zahle meinen Eltern die Nebenkosten und einiges an Verpflegungsgeld.«

»Aber das ist ein Klacks gegen die Mieten in München«, antwortete Max.

Lexa wurde das Gefühl nicht los, dass er sie nicht ernst nahm. Es war die gleiche Haltung, die auch Lehmann und die männlichen Mitglieder der Sozietät an den Tag legten. Irgendwie, dachte Lexa, halten alle Männer sich für die Krone der Schöpfung und mögen es nicht, wenn eine Frau sie übertrumpft.

Mit diesem Gedanken ging sie zu Bett und träumte davon, so erfolgreich zu sein, dass wenigstens Max es anerkennen musste.

6.

Der nächste Morgen war sonnig und nicht zu kalt, der ideale Tag für einen Motorradausflug. Da Lexa eine gute halbe Stunde vor Max aufgewacht war, hatte sie das Bad für sich allein und saß bereits im Esszimmer ihrer Eltern am Frühstückstisch, während Max sich noch rasierte. Im Augenblick war sie mit ihrer Mutter allein.

»Du solltest etwas mehr Verständnis für Leon aufbringen« erklärte Wiebke Fabarius. »Es ist für ihn nicht leicht mit einer Schwester, die mehr verdient, als sie ausgeben kann, während er selbst nichts hat.«

»Er hätte sein Studium längst abschließen können! In seinem Alter stand ich bereits mit beiden Beinen im Arbeitsleben. Sonst hätten wir uns dieses Haus nicht leisten können.«

»Du hast ja recht«, antwortete die Mutter. »Aber Leon ist nun einmal anders als du. Er muss sich erst klar darüber werden, wo seine besten Chancen liegen.«

»Im Augenblick bei mir, um mich anzupumpen.«

»Er ist dein Bruder, und was macht es schon, wenn du ihm ein paar Tausend Euro gibst? Er ist zufrieden, und uns allen fällt das Leben leichter.«

»Darüber reden wir, wenn ich aus Sinsheim zurück bin«, sagte Lexa abwehrend. Als sie noch studiert hatte, war sie froh gewesen, von ihrem Vater gelegentlich einen Fünfzig- oder Hunderteuroschein zu erhalten. Aber seit sie Geld ins Haus brachte, bekam ihr Bruder Summen, von denen sie früher nicht einmal zu träumen gewagt hätte.

Max' Erscheinen beendete das kurze Gespräch zwischen Mutter und Tochter. Er trug bereits Motoraddress und Stiefel und wirkte darin besonders männlich.

»Guten Morgen allerseits!«

»Guten Morgen, Max«, antwortete Leon, der gerade mit seinem Vater die Treppe herunterkam.

Lexa wartete, bis ihr Bruder sich gesetzt hatte. »Zu mir sagst du nicht Guten Morgen?«

»Hab ich das vergessen? Guten Morgen, Lexa«, klang es fröhlich zurück. Vermutlich hatte Leon sie und die Mutter belauscht und hoffte auf einen baldigen Geldsegen.

Während des Frühstücks wurde die Unterhaltung vor allem von Max bestritten. Leon bewunderte ihn, weil er seine eigene

Firma besaß. Zwar handelte es sich nur um zwei Räume, von denen der eine als Ausstellungsraum und der andere als Werkstatt diente, aber es war immerhin ein Geschäft in guter Lage.

Sonst aß Lexa am Morgen nur ihr Müsli und etwas Obst. Da sie jedoch eine längere Motorradfahrt vor sich hatte, frühstückte sie diesmal ausgiebig. Trotzdem war sie als Erste fertig und stand auf.

»Ich gehe rüber und ziehe mich um.«

»Mach das, mein Schatz! Wir müssen in einer halben Stunde am Sammelplatz sein, sonst fahren die anderen ohne uns los.« Max grinste breit, denn genau das würden sie nicht tun. Immerhin war er der Anführer ihrer Biker-Gruppe. Da Lexa das wusste, nickte sie nur, als die Mutter sie aufforderte, sich zu beeilen.

7.

Als Lexa zurückkam, pfiff Max anerkennend. Sie hatte sich eine neue Motorradmontur in Schwarz und Blau geleistet, die ihre schlanke Figur wie eine zweite Haut umgab. Der ebenfalls neue Helm war mit dem Bild eines Feuer speienden Drachen verziert.

»Das Ding ist heiß! So einen muss ich auch haben!«, rief Leon begeistert.

»Der Helm ist zu teuer, um ihn nur auf den Schrank zu stellen«, antwortete Lexa spöttisch und funkelte Max aus ihren wie Bernstein schimmernden Augen an. »Du wolltest doch aufbrechen.«

Max aß gerade seine vierte Wurstsemmel und antwortete mit vollem Mund. »Wir kommen früh genug.«

Während die Mutter missbilligend die Stirn runzelte, gefiel Lexa die gelassene Art ihres Freundes. Ihm fehlte es gewiss nicht an Ehrgeiz, denn seit zwei Jahren führte er sein eigenes Motorradgeschäft und war auch schon vorher in der Biker-Szene aktiv gewesen. Lexa nahm sich vor, sich mehr in Max' Firma zu engagieren, aber sie durfte ihre eigene Arbeit dabei nicht vernachlässigen.

»So, ich bin fertig.« Max stand auf, drückte Lexa kurz an sich und verabschiedete sich dann von den anderen.

»Viel Spaß«, sagte die Mutter.

»Den werden wir haben, nicht wahr, mein Schatz?« Max sah Lexa fröhlich an.

»Es wird sicher toll. Also, bis morgen.«

Lexa wandte sich zum Gehen und setzte, als sie draußen war, ihren Helm auf. Max tat es ihr gleich und startete seine Yamaha. Das wenige Gepäck war in Lexas Rucksack verstaut. Sie setzte sich hinter Max und klopfte ihm auf die Schulter, um ihm zu zeigen, dass sie bereit war.

Den Treffpunkt erreichten sie gerade noch rechtzeitig.

»Na, was sagst du jetzt? Wir sind auf die Sekunde genau da«, meinte Max grinsend.

»Du bist aber auch entsprechend wild gefahren«, antwortete Lexa und begrüßte die anderen.

Außer ihr waren zwei weitere Frauen dabei, die ihre Männer begleiteten, und zwei Männer fuhren ohne Begleitung mit. Einer davon war Mike, der Max in der vorigen Nacht diese fürchterlichen Tabletten aufgeschwatzt hatte.

»Wollte Moni nicht mitkommen?«, fragte ihn Max.

»Hatte keine Lust«, brummte Mike unfreundlich und fügte hinzu: »Fahren wir jeder einzeln oder als Gruppe?«

Lexa ahnte, dass er ihnen allen davonfahren und sie, wenn sie nach ihm in Sinsheim eintrafen, verspotten wollte.

Da schüttelte Max den Kopf. »Morgen auf dem Heimweg kann jeder so fahren, wie er will. Aber bis zum Ziel sollten wir zusammenbleiben.«

»Was meint ihr?«, fragte Mike die anderen

»Ich bin auch für eine Gruppenfahrt«, erklärte Jan, der als Computerexperte in einem Softwareunternehmen arbeitete.

»Aber nur wenn nicht schneller als hundertvierzig gefahren wird«, wandte Bernd ein, der mit seiner Ehefrau Claudia gekommen war.

Mike schnaubte verächtlich, doch Max klopfte Bernd auf die Schulter.

»Ich passe auf, dass es nicht schneller wird.«

»Danke schön! Auf dich kann man sich verlassen«, antwortete Claudia erleichtert.

»Hundertvierzig Stundenkilometer? Da kann ich mein Motorrad gleich schieben«, stöhnte Mike.

»Du kannst gerne vorausfahren und uns ankündigen«, bot Max ihm an.

Der Erste zu sein, wenn alle frei fuhren, hätte Mike gereizt. So aber zuckte er die Achseln. »Also gut! Machen wir's halt so, wie ihr denkt.« Damit schob er seine Suzuki vom Ständer und setzte sich drauf. »Ich bin so weit.«

Max warf ihm einen anzüglichen Blick zu und ließ sein Motorrad anrollen.

8.

Max fuhr so, dass Bernd und Claudia sich nicht beschweren konnten. Auch Lexa fand, dass es unwichtig war, ob sie eine Viertelstunde früher oder später das Hotel erreichten, das sie gebucht hatten. Während sie sich an Max' Rücken schmiegte und den Fahrtwind an ihrem Helm vorbeirauschen hörte, ließ sie die Gedanken schweifen. Sie hatte ein paar Investitionsmöglichkeiten ausfindig gemacht, denen sie nachgehen wollte. Wenn sie sich nicht täuschte, waren dabei Gewinne im hohen einstelligen Prozentbereich zu erwarten.

Du bist schon ein bisschen seltsam, sagte sie sich. Da fährst du mit deinem Freund ins Wochenende und denkst nur an deinen Beruf.

Zweimal gönnte Max der Gruppe eine kurze Pause, die die Frauen nutzten, um rasch zur Toilette zu gehen. Aber sich im Rasthof aufhalten und etwas trinken oder gar essen wollte keiner von ihnen.

Trotz der gedämpften Spitzengeschwindigkeit erreichten sie als zweite Gruppe ihr Ziel. Vor ihnen waren nur die Freunde aus Würzburg angekommen, die den kürzeren Weg gehabt hatten. Die sechs Männer und vier Frauen saßen bereits in dem Nebenraum des Hotels und tranken Wein. Da sie an diesem Tag nicht mehr auf ihre Motorräder steigen würden, bestellte Max sich ein Bier und wandte sich dann an Lexa. »Was möchtest du?«

»Erst einmal ein Mineralwasser und dann etwas zu essen.«

»Wollen wir mit dem Essen nicht auf die anderen Gruppen warten?«, fragte Claudia.

»Können wir.« Da er bei Lexas Eltern ausreichend gefrühstückt hatte, zeigte Max sich großzügig.

»Hi, Martin, wie läuft es bei euch?«, fragte er den Anführer der Würzburger.

»Ausgezeichnet! Und selbst?«

»Saugut.« Max stieß mit Martin an, trank einen kräftigen Schluck und lehnte sich anschließend in seinen Stuhl zurück. »So lass ich's mir gefallen«, sagte er grinsend, während die nächste Gruppe in den Raum quoll und lärmend begrüßt wurde.

Wenig später vernahmen sie erneut das Knattern vorfahrender Motorräder und freuten sich, dass weitere Gruppen das Hotel erreicht hatten.

Die meisten kannte Lexa von vergangenen Treffen. Ein Paar fiel Lexa allerdings ins Auge. Der Mann war etwa in ihrem Alter und sah recht gut aus. Allerdings wirkte er viel zu ernst für ein fröhliches Biker-Treffen. Seine Begleiterin trug eine hautenge Lederkombi, die ihre körperlichen Vorzüge deutlich zur Schau stellte, und trat so aufreizend in den Raum, dass es allen auffallen musste.

Als alle Biker versammelt waren, teilte die Kellnerin die Speisekarten aus. Lexa entschied sich für einen Flammkuchen und einen leichten Weißwein, den sie mit Mineralwasser verdünnte.

Da es viel zu erzählen gab, verstummten die Gespräche auch während des Essens nicht. An Lexas Tisch führte Max das große Wort. Beim ersten Treffen hatte Lexa noch von ihrer Arbeit als Anlageberaterin erzählt und einigen, die daran interessiert schienen, Tipps gegeben, wie sie ihr Geld am besten anlegen könnten. Keiner hatte sich danach gerichtet, aber beim zweiten Treffen über ihre Bankberater gespottet, die ihnen nicht einmal genug Zinsen verschafften, um die Inflation auszugleichen.

Wer ihren Rat ausschlug, dem brauchte sie ihn auch nicht zu geben, dachte sie und unterhielt sich mit einer Frau über deren letzten Urlaub. Bei den Männern drehte sich das Gespräch rasch um ihre Motorräder, und es schwirrten Begriffe umher, mit denen die meisten Frauen nichts anfangen konnten. Da es nach dem Mittagessen keine feste Tischordnung gab, bildeten sich bald zwei Gruppen, und Lexa fand sich neben der sexy aussehenden Begleiterin des ernsten Mannes wieder. Die Frau genoss ganz offensichtlich ihre Wirkung, die sie auf andere ausübte. Selbst Claudia sah so aus, als wolle sie doch einmal das eigene Geschlecht ausprobieren. Dabei hatte sie immer wieder erklärt, mit ihrem Bernd wunschlos glücklich zu sein.

Lexa sah sich nach deren Begleiter um. Soviel sie wusste, hieß er Andreas und gehörte zur Karlsruher Biker-Gruppe. Er saß am Rand des Tisches, ohne sich an den Gesprächen um ihn herum zu beteiligen.

Was für ein komischer Typ, dachte Lexa und wurde im nächsten Moment von seiner Begleiterin angesprochen. »Du arbeitest wie Andreas als Vermögensberaterin bei einer Bank?«

Lexa schüttelte den Kopf. »Ich bin Anlageberaterin, aber nicht in einer Bank, sondern freiberuflich in einer Sozietät.«

»Lexa sagt Leuten, die zu viel Geld haben, wie sie noch mehr Geld machen können«, rief Max vom Nebentisch herüber.

»Wirklich?« Die attraktive Bikerin schüttelte zweifelnd den Kopf.

»Sie verdient gut dabei«, fuhr Max lachend fort. »Daher ist sie meine Rückversicherung, falls die Geschäfte mal schlecht gehen. Sie kann jederzeit Geld in meine Firma pumpen.«

»Ich würde erst einmal analysieren, weshalb es knirscht«, antwortete Lexa mit einem Lächeln, das Max warnte, zu viel über sie zu erzählen.

Mike setzte sich zu ihnen.

»Grüß dich! Ich bin der Mike, und wer bist du?«, stellte er sich der Fremden vor.

»Ich heiße Jennifer und bin mit Andreas gekommen. Wir sind aber nicht zusammen. Seine Mutter und die meine sähen es zwar gerne, aber ich möchte mein Leben erst einmal genießen.«

Diese Jennifer wurde Lexa zunehmend unsympathisch. So redet man nicht über jemanden, mit dem zusammen man zu einem Treffen fährt, sagte sie sich. Da Mike sich nur mit Jennifer unterhielt, hatte sie Zeit, sich nach deren Begleiter umzusehen.

Im gleichen Augenblick blickte Andreas zu ihnen herüber. Lexa erwartete, Eifersucht auf seinem Gesicht zu lesen, doch er wirkte eher so, als hätte er es nicht anders erwartet. Einen Augenblick lang tat er ihr leid, und sie überlegte, ob sie ihn ansprechen sollte. Dann aber setzte sich eine der anderen Frauen zu ihr und nahm sie in Beschlag.

9.

Bei dem Treffen wurde nicht nur geredet. Als Erstes stellte Max in einer PowerPoint-Präsentation die neuesten Motorradmodelle vor und ließ die DVD mit seinem Film vom Biker-Treffen im letzten Jahr laufen. Anschließend zeigte Mike einen Film von seiner Tour rund um die Ostsee.

Lexa fand die Aufnahmen recht hübsch, schüttelte aber den Kopf über Mikes Aufschneidereien. Jennifer gefiel sein Vortrag jedoch so gut, dass sie sofort danach wieder Mikes Nähe suchte.

»So eine Fahrt würde ich auch gerne einmal machen«, sagte sie sehnsuchtsvoll.

Ein paar der Anwesenden wandten sich Andreas zu, der noch immer an seinem Platz saß. Dabei fiel dem Unterfranken Martin etwas ein.

»Du, Andreas, hattest du nicht im letzten Herbst einen Unfall? Ist alles wieder in Ordnung?«

Es zuckte kurz auf Andreas' Gesicht, doch er winkte ab. »So schlimm war es nicht«, behauptete er.

Da Lexa gewohnt war, auf Zwischentöne zu hören, hätte sie darauf gewettet, dass er log. Sie kam jedoch nicht dazu, darüber nachzudenken, denn gerade übernahm Martin aus Würzburg die Computersteuerung und zeigte einen Videofilm über ein Biker-Treffen im Advent, bei dem die schweren Maschinen malerisch durch den Schnee gepflügt waren.

Auch Mitglieder anderer Gruppen führten Urlaubserlebnisse oder Bilder von Motorrad-Ausstellungen vor. Da Laptop und Leinwand vom Hotel gestellt wurden, hatte jeder nur einen USB-Stick mitbringen müssen. Lexa dachte an ihren Vater, der die Urlaube während ihrer Kinderzeit mit seiner Videoausrüstung dokumentiert hatte. Zum Abspielen hatte er nicht nur einen Fernseher, sondern auch einen Videorekorder benötigt. Als sie sich vorstellte, dass Max und die anderen ähnliche Geräte hätten mitbringen müssen, musste sie grinsen.

»Was gibt es?«, fragte Max, der sich wieder an ihren Tisch gesetzt hatte.

»Ich habe daran gedacht, wie meine Eltern mit mir und Leon früher in Campinghütten in Dänemark und Schweden Urlaub gemacht haben.«

»Auf meiner Ostseetour habe ich in Dänemark, Schweden und Finnland immer in solchen Campinghütten übernachtet«, berichtete Mike sofort.

»Ist das nicht furchtbar unbequem?«, fragte Jennifer.

»Ganz und gar nicht! Die sind sehr gut ausgestattet«, antwortete Max an Mikes Stelle. Auch er war gegen Jennifers sexuelle Anziehung nicht immun, hielt aber genug Abstand, um Lexa keinen Grund zur Eifersucht zu geben. Mike hingegen tat alles, um vor Jennifer zu glänzen.

Weshalb lässt Andreas das zu?, fragte Lexa sich. Er müsste sich doch viel mehr um Jennifer kümmern. Erneut blickte sie zu ihm hin und sah, dass er gerade aufstand und leicht hinkend zur Toilettentür ging.

Da fiel Lexa ein, dass Martin vorhin einen Unfall erwähnt hatte. Wie es aussah, quälten ihn die Folgen noch immer. Er hätte besser daheim bleiben sollen, fand sie.

Das Abendessen kam, und die ersten Cocktails wurden bestellt. Max blieb beim Bier, und auch Lexa hielt sich zurück, während Jennifer sich nicht zwischen einem White Russian und einer Margherita entscheiden konnte und schließlich beide nahm. Die Stimmung stieg, und die Party begann. Max hatte seine Lieblingssongs zusammengestellt und spielte sie jetzt ab.

Einige Biker sangen lauthals mit, während andere Tische und Stühle zur Seite räumten, um Platz zum Tanzen zu schaffen. Kurz darauf zuckten die ersten Körper im Takt der Musik. Auch

Lexa und Max stürzten auf die Tanzfläche und machten fröhlich mit. Nicht weit von ihnen klebte Jennifer förmlich an Mike. Zuletzt umarmte sie ihn und küsste ihn so leidenschaftlich, dass Claudia zu kichern begann.

»Wenn Jennifer ein Eis wäre, hätte Mike schon die Hälfte davon abgeschleckt.«

Darüber musste auch Lexa lachen. Sie vergaß Jennifer und Mike schnell wieder und tanzte, bis sie irgendwann außer Atem auf ihren Stuhl sank und stöhnte.

»Jetzt reicht es mir! Ich brauche was zu trinken und will dann ins Bett.«

Max zog sein Handy heraus und schaute auf die Zeitanzeige. »Es ist noch nicht einmal drei.«

»Bleiben noch sechs Stunden, wenn wir um neun Uhr aufstehen und frühstücken wollen«, antwortete Lexa. »Außerdem steckt mir die letzte Nacht noch in den Knochen.«

Als sie aufstand, sah sie, dass Andreas immer noch mit missmutigem Gesicht in einer Ecke saß, während Jennifer und Mike bereits vor geraumer Zeit verschwunden waren. Für einige Augenblicke trafen sich ihre Blicke, und sie spürte einen tiefen Schmerz in dem Mann. Mit einem Mal lächelte er und hob die Hand, als wolle er ihr zuwinken.

»Gute Nacht«, sagte sie und hatte fast das Gefühl, es nur für Andreas gesagt zu haben.

Über sich selbst verwundert, verließ sie den Saal und ging auf ihr Zimmer. Dort öffnete sie erst einmal das Fenster. Mangels anderer Kleidung trug sie noch immer ihre Lederkombi und fühlte sich darin plötzlich unwohl.

Rasch streifte sie Hose und Jacke ab und stand schließlich in Hemd und Höschen im Zimmer. Da ging die Tür auf, und Max kam herein. Vor der gegenüberliegenden Tür stand Andreas und starrte sie an. Lexa las Bewunderung in seinen Augen, dann schüttelte er den Kopf und trat in sein Zimmer.

Unwillkürlich ärgerte Lexa sich darüber und wandte sich an Max. »Wo willst du schlafen? Nahe der Toilette oder beim Fenster?«

Max schloss die Tür und musterte das Bett. »Ich habe heute vielleicht ein Glas Bier zu viel getrunken. Darum lieber in Klo-Nähe.« Er trat ins Bad und begann, sich mit tapsigen Bewegungen die Zähne zu putzen und zu waschen.

Auch wenn Lexa ihm beim Reden kaum etwas angemerkt hatte, schien er weit mehr als nur ein Glas zu viel getrunken zu haben.

Im Zimmer gegenüber machte sich unterdessen Andreas für die Nacht zurecht. Wie er erwartet hatte, ließ Jennifer sich nicht sehen. Nun ärgerte es ihn doch, dass sie sich Mike an den Hals geworfen hatte. Dabei war sie mit ihrer aufreizenden Art nicht gerade sein Typ. Die junge Münchnerin im gegenüberliegenden Zimmer war von ganz anderem Format.

In seinen Gedanken sah er Lexa noch einmal im Höschen und im Hemd vor sich. Sie war eine wunderschöne Frau und reizte ihn stärker als Jennifer, die so stolz auf ihre tolle Figur und ihr Sexappeal war.

»Lexa hat einen festen Freund, und mit dem kann ich niemals konkurrieren«, murmelte er vor sich hin und sah an sich herab auf den einen Fuß, der nicht mehr sein eigener war, sondern eine vom Orthopädietechniker angefertigte Prothese. Es erschien ihm immer noch wie ein Hohn des Schicksals, dass ein Zusammenstoß mit einem Fahrrad so schlimm hatte ausgehen können. Bei dem Gedanken fühlte er sich so verzweifelt, dass er am liebsten die Zahnbürste an die Wand geworfen hätte.

10.

Am nächsten Morgen wurde das Frühstück zu einer so fröhlichen und lauten Angelegenheit, dass es Lexa störte. Sie las auf ihrem Handy die neuesten E-Mails und brauchte Ruhe, um nachzudenken. Daher aß sie schnell etwas, trank eine Tasse Kaffee und stand auf. »Ich gehe nach oben, um mir ein paar Mails anzusehen«, sagte sie zu Max.

»Vergiss nicht, dass wir in einer Dreiviertelstunde zu unserer Rundfahrt aufbrechen«, rief er ihr nach.

Lexa nickte zwar, vergaß es aber sofort wieder, als sie sich in ihr Zimmer zurückzog und sich auf den kleinen Bildschirm ihres Smartphones konzentrierte. Die letzte Nachricht elektrisierte sie. Endlich erhielt sie Zugriff auf einen Investmentfonds, der eine stabile Rendite von über acht Prozent versprach, und hatte die Möglichkeit, bis zu zehn Millionen Euro dort einzusetzen. Gerade als sie ihre wichtigsten Klienten darüber informieren wollte, platzte Max ins Zimmer.

»Wir fahren gleich los.«

Lexa schüttelte den Kopf. »Ich hätte doch meinen Laptop mitnehmen sollen! Mit dem Handy brauche ich mindestens noch eine halbe Stunde.«

»Das kannst du heute Abend immer noch machen!«, rief Max.

»Ich habe lange auf diese Chance warten müssen und will sie jetzt nicht sausen lassen.« Ohne sich weiter um Max zu kümmern, rief Lexa ihren nächsten Kunden an und berichtete ihm von der Offerte, die sie erhalten hatte.

»Sie müssen sich allerdings rasch entscheiden, denn dieses Angebot gilt nur für wenige Stunden«, setzte sie hinzu.

Der Mann druckste ein wenig herum. »Ihr Chef, Herr Lehmann, hat mir eine Investmentbeteiligung angeboten, die eine noch höhere Rendite verspricht.«

»Es ist Ihre Entscheidung, Herr Mielich. Ich will aber eine Sache klarstellen: Herr Lehmann ist nicht mein Chef, denn wir sind ein Zusammenschluss unabhängiger Vermögens- und Anlageberater. Ob der Investmentfonds, den er Ihnen angeboten hat, besser ist als der, zu dem ich Ihnen rate, müssen Sie entscheiden. Ich werde Sie nicht drängen.«

Lexa spürte, dass Mielich schwankte. Insgeheim kochte sie vor Wut, weil Lehmann nun ebenso wie Reuter versuchte, ihr Klienten abspenstig zu machen. Sobald sie nach München zurückkam, würde sie den beiden ein paar deutliche Worte sagen. Notfalls musste sie sich von der Sozietät Lehmann trennen und vollständig auf eigene Faust arbeiten.

Während Lexa mit ihrem Kunden sprach, wurde Max immer unruhiger. »Was ist jetzt? Die anderen warten unten.«

»Einen Moment bitte«, bat Lexa Mielich und nahm das Handy vom Ohr.

»Siehst du nicht, dass ich telefoniere?«, sagte sie wegen ihres Ärgers über Lehmanns schäbiges Verhalten schroffer als sonst. Als sie sich wieder bei Mielich meldete, hatte dieser sich entschieden.

»Ich werde Herrn Lehmanns Vorschlag annehmen. Sollten Sie wieder einmal ein sehr gutes Angebot haben, werde ich darauf zurückkommen.«

»Gerne, Herr Mielich«, antwortete Lexa und strich den Mann in Gedanken von der Liste ihrer Premiumkunden.

»Jetzt komm endlich!«, rief Max.

Lexa sah ihn verärgert an. »Ich kann jetzt nicht weg! So eine Chance kommt so schnell nicht wieder. Wenn ich Glück habe, schaffe ich heute Abschlüsse, mit denen ich über einhunderttausend Euro im Jahr verdiene – und zwar netto!«

»Wir treffen uns einmal im Jahr mit den anderen Bikern, und du denkst nur an deinen Job!«, brauste Max auf.

»Ich soll doch genug verdienen, um in deine Firma investieren zu können! Oder habe ich das falsch verstanden?«, antwortete Lexa genervt.

»Kommst du jetzt mit?«, fragte Max gekränkt.

Lexa schüttelte den Kopf. »Ich werde Lehmann und Reuter zeigen, dass ihnen ihre Tricksereien nichts bringen, und auch im nächsten Jahr die Beste sein.«

»Auch gut.« Max verließ das Zimmer, schlug die Tür zu, sodass es knallte, und stieg nach unten. Die anderen Biker und ihre Begleiterinnen saßen bereits auf den Maschinen. Nur ein einziges Motorrad stand in der Ecke. Es handelte sich um eine Beiwagenmaschine, und sie gehörte Andreas. Von ihm selbst war nichts zu sehen. Dafür saß dessen Begleiterin Jennifer bei Mike auf dem Sozius, hielt aber den Helm noch in der Hand.

»Und, kommt Lexa jetzt endlich?«, fragte Mike.

»Sie telefoniert, und das wird noch länger dauern«, antwortete Max und stieg auf seine Maschine. Als er sie startete, hörte er einige spöttische Bemerkungen.

»Hättest sie besser erziehen müssen.«

»Was ist das für ein Biker, dem die Freundin nicht folgt?«

Mit kaum verhohlener Wut übernahm Max die Spitze und fuhr den anderen voraus. Ein Blick nach hinten zeigte ihm, dass ihm knapp vierzig Motorräder in einer langen Schlange folgten. Auch wenn sie keine hartgesottenen Rocker waren, wurde ein Mann, den die Freundin beim großen Treffen allein fahren ließ, von den anderen für ein Weichei gehalten. Max sagte sich, dass er mit Lexa Tacheles reden musste. Immerhin ging es um sein Ansehen bei den Biker-Gruppen.

Wie sehr ihm diese Sache schadete, begriff er, als sie in einer wunderschön gelegenen Gartenwirtschaft zu Mittag aßen und darüber berieten, wo das Treffen im nächsten Jahr stattfinden sollte. In den letzten drei Jahren hatte er die Treffen organisiert. Diesmal aber wurde sein Vorschlag von den anderen zugunsten von Martin überstimmt, der den Bikern das in der Nähe von Würzburg gelegene Städtchen Dettelbach schmackhaft machte.

»Ich hoffe, du bist nicht beleidigt, weil ich's nächstes Jahr übernehme«, sagte Martin danach zu ihm.

»Warum sollte ich?«, log Max. »Ich hätte es eh bloß gemacht, wenn's kein anderer getan hätte.«

»Dann ist's gut!« Martin grinste Max zu und bestellte sich noch eine Cola.

Wütend, weil Lexa nicht mitgekommen war und er auch noch die Organisation des nächsten Biker-Treffens verloren hatte, bestellte Max ein Bier.

Kurz darauf legte ihm jemand von hinten die Hand auf die Schulter. Max blickte auf und sah in Jennifers lächelndes Gesicht.

»Kann ich dich was fragen?«, sagte sie.

Max rückte ein wenig zur Seite, damit Jennifer neben ihm Platz nehmen konnte, und grinste sie an. »Du kannst mich jederzeit was fragen.«

»Ich will nach München ziehen, brauche dort aber einen Job und eine bezahlbare Wohnung. Kannst du mir dabei helfen? Mike hat es zwar auch versprochen, aber dem glaube ich nicht alles, was er sagt.«

»Wer sich auf Mike verlässt, ist verlassen«, spottete Max und musterte Jennifer, die mit ihrem herzförmigen Gesicht und den langen brünetten Locken toll aussah. Auch ihre Figur gefiel ihm. Sie hatte etwas mehr Busen als Lexa, und ihre Motorradkombination spannte sich über ein kräftiges, gut modelliertes Hinterteil.

»Ich helfe dir gerne«, sagte Max und hoffte insgeheim, dass sie ihm dafür auf eine Weise danken würde, von der Lexa besser nichts erfuhr. Das wäre die richtige Strafe für diese sture Ziege, dachte er. Wie hatte sie ihn vorhin auch nur im Stich lassen können Er legte einen Arm um Jennifers Hüften und zog sie näher an sich heran.

»Bist du nicht mit deinem Freund da, dem Andreas?«, fragte er.

Jennifer winkte ab. »Andreas ist nicht mein Freund. Ich habe ihn erst vor ein paar Wochen kennengelernt. Seine Mutter ist eine Freundin meiner Mama. Du kennst doch die alten Frauen. Wenn die niemanden zu verkuppeln haben, sind sie nicht glücklich. Andreas könnte aus Gold sein, ich würde ihn nicht nehmen. Der ist mir viel zu langweilig! Außerdem ist er ständig schlecht drauf. Meine Mama sagt zwar, das würde sich noch legen, aber darauf will ich nicht warten.«

»Das solltest du auch nicht«, stimmte Max ihr zu und bestellte das nächste Bier. Erst als die Kellnerin es ihm hinstellte, erinnerte er sich daran, dass er nach dem ersten Glas hatte aufhören und auf Mineralwasser umsteigen wollen. Immerhin lagen noch hundertfünfzig Kilometer auf der Rundfahrt und der gesamte Heimweg nach München vor ihm. Er wollte das Bier jedoch nicht zurückgehen lassen, sondern trank es, während er sich angeregt mit Jennifer unterhielt.

Lexa ist selbst schuld, wenn ich mit dieser Frau ins Bett steige, dachte er. Außerdem wird es Mike fuchsen. Der Kerl hat einfach kein Talent für Frauen.

Tatsächlich sah Mike verärgert zu ihnen her, und Max' Laune stieg. Als sie zu ihrer letzten Etappe aufbrachen, konnte er sogar wieder über die Witze lachen, die Martin erzählte.

11.

Nachdem Lexa alle Anrufe erledigt hatte, wunderte sie sich, wie lange sie dafür gebraucht hatte. Es hatte sich allerdings gelohnt.

Als sie nach unten ging, war Mittagszeit und das Restaurant brechend voll. Eine Kellnerin führte Lexa in einen kleinen Nebenraum, der, wie sie sagte, nur bei großem Andrang benützt wurde.

»Ist hier immer so viel los?«, fragte Lexa.

Die Frau schüttelte den Kopf. »Nein, meistens nicht. Aber heute haben wir eben viele Gäste.«

Auch im Nebenraum waren alle Tische besetzt. Nur an einem Zweiertisch war noch ein Stuhl frei. Auf dem anderen saß Andreas und studierte die Speisekarte.

»Da ist noch jemand aus Ihrem Klub, der nicht mitgefahren ist«, sagte die Kellnerin und reichte Lexa ebenfalls eine Speisekarte.

»Was wollen Sie trinken?«

»Eine Traubensaftschorle«, antwortete Lexa und setzte sich.

Sie fragte Andreas: »Hattest du keine Lust mitzufahren?«

»Mir war nicht danach.«

»Ist es wegen Jennifer? Die ist sicher ein wenig aufgeregt, weil sie zum ersten Mal mitfährt. Das legt sich schon wieder.«

»Wenn du glaubst, dass ich wegen ihr nicht mitgefahren bin, bist du auf dem falschen Dampfer. Ich habe Jennifer nur deswegen mit nach Sinsheim genommen, weil meine Mutter mir keine Ruhe gelassen hat. Eigentlich wollte ich gar nicht zu dem Treffen kommen.«

»Es ist doch recht lustig«, antwortete Lexa. »Die anderen amüsieren sich jedenfalls prächtig.«

»Das gönne ich ihnen. Aber ich wäre eben lieber zu Hause geblieben«, erklärte Andreas. »Sei froh, dass du nicht bei deinen Eltern oder wie ich bei meiner Mutter wohnen musst. Sie meint es zwar gut, aber der schlimmste Tyrann ist noch harmlos gegen sie.«

»Ich wohne bei meinen Eltern. Aber so schlimm, wie du es darstellst, ist es nicht.«

Die Kellnerin brachte Lexas Saftschorle und fragte nach den Wünschen für das Mittagessen.

Rasch schlug Lexa die Speisekarte auf und wählte das erste Gericht, das ihr ins Auge stach. »Putenschnitzel Hawaii.«

»Und der Herr?«

»Rindsroulade, bitte.«

Als die Kellnerin wieder gegangen war, musste Lexa lachen.

»Was ist denn jetzt los?«, fragte Andreas verwundert.

»Es heißt doch, man ist, was man isst.«

»Du meinst, ich wäre ein Rindvieh?«

»Nein, eher ein muffiger Ochse – und ich eine dumme Pute. Das dürfte Max jetzt von mir denken, weil ich nicht mitgefahren bin.«

Nun musste auch Andreas lachen. Er betrachtete Lexa und schüttelte den Kopf. »Eine dumme Pute bist du gewiss nicht! Mit dem muffigen Ochsen kannst du allerdings recht haben.«

»Ich habe das Gefühl, dass du das nicht wirklich bist«, meinte Lexa.

Da die Kellnerin das Essen brachte, erstarb das Gespräch und wurde erst wieder aufgenommen, als sich Lexa einen Cappuccino und Andreas einen Espresso bestellt hatte. Zunächst sprachen sie über allgemeine Dinge, dann wurde Lexa neugieriger.

»Du bist Anlageberater bei einer Bank, sprich im selben Metier wie ich tätig?«

»Tatsächlich?« Andreas sah sie überrascht an. Es hätte sich nicht vorstellen können, dass diese schöne Frau einen so knallharten Beruf ausübte.

Sie kamen ins Fachsimpeln, und er merkte rasch, dass Lexa mit ganz anderen Summen jonglierte als er. Er empfand jedoch weder Neid noch Bedauern. Stattdessen lobte er einige Fonds, die sie ihren Kunden empfohlen hatte. Anders als am Vortag war er von einer unerwarteten Heiterkeit und überraschend witzig.

Lexa empfand ihn als angenehmen Gesprächspartner, und sie verstand Jennifer nicht, die Andreas links liegen gelassen und sich an Mike herangemacht hatte. Dieser war im Vergleich zu Andreas ein geistiger Dünnbrettbohrer.

Ihr Beruf bot Lexa und Andreas genug Stoff für eine intensive Unterhaltung. Gelegentlich gab es leichte Ausflüge ins Private, ohne dass es zu tief ging. Der Austausch über die Lage am Finanzmarkt war weitaus interessanter. Lexa fand bei Andreas jenes Verständnis für ihre Arbeit, das Max doch viel zu häufig fehlte.

Bisher hatte Andreas es bedauert, zu diesem Treffen gefahren zu sein. Nun aber wusste er, dass er richtig gehandelt hatte. Auch wenn Lexa die Freundin eines anderen war, so tat ihm das Gespräch doch gut. Am liebsten hätte er sich bis zum Abend mit ihr unterhalten.

Kurz vor drei kamen die anderen Biker von ihrer Rundfahrt zurück. Wenig später trat Max in den Raum. Lexa sah erleichtert, dass er guter Laune war, denn sie hätte sich ungern mit ihm gestritten. Allerdings wunderte sie sich, dass Jennifer sofort rechts neben Max Platz nahm. Sie setzte sich an seine linke Seite, während Andreas kurz zögerte und dann den Stuhl neben ihr wählte.

In munterem Tonfall berichtete Max, dass Jennifer nach München ziehen wolle. »Ich habe ihr angeboten, ihr bei der Suche nach einem Job und einer Wohnung zu helfen.«

Er wollte Lexa damit eifersüchtig machen, doch sie nickte nur. »Das ist auf alle Fälle besser, als wenn Mike es tun würde. Bei dem ist doch zu viel Blabla dahinter.«

Obwohl Max das Lob gefiel, ärgerte er sich über ihre Gleichgültigkeit. Claudia hätte ihrem Bernd eine Szene gemacht, wenn er Jennifer versprochen hätte, ihr in München einen Job und eine Wohnung zu besorgen.

Jennifer nuckelte an ihrer Cola und sah dabei immer wieder zu Andreas hin. »Du nimmst mich doch mit nach Hause?«, fragte sie nach einer Weile.

»Natürlich! Schließlich habe ich dich auch hergebracht«, antwortete er kühl.

Wie es aussieht, macht ihm Jennifers Missachtung doch etwas aus, dachte Lexa. Es hätte sie auch gewundert, denn diese wirkte wie ein lebendig gewordenes Versprechen für die Nacht. Selbst Max, ihr fester Freund, war nicht gegen Jennifers Ausstrahlung immun. Doch solange sich seine Beziehung zu dieser Frau darauf beschränkte, ihr einen Job und eine Wohnung zu besorgen, sah sie keinen Grund, eifersüchtig zu sein.

12.

Nach dem Nachmittagskaffee löste sich die Versammlung langsam auf. Zu den Ersten, die aufbrachen, gehörte auch der völlig frustrierte Mike. Nicht nur, dass ihn seine Freundin Moni kurz vor der Fahrt abserviert hatte, jetzt beachtete auch Jennifer ihn nicht mehr, sondern schloss sich wieder Andreas an. Er versuchte, diesen mit ein paar bissigen Bemerkungen zu reizen, wurde aber mit Witz ausgekontert.

Lexa wunderte sich über die zwei verschiedenen Seiten, die Andreas zeigen konnte. Er verabschiedete sich von Max und kam dann zu ihr. »Danke, dass du mir den Kopf gewaschen hast, denn ein muffiger Ochse will ich wahrlich nicht sein.«

Jennifer vernahm es und machte »Muh!«, bevor sie laut loslachte.

Neugierig fragte Lexa sich, wie Andreas darauf reagieren würde.

»So macht höchstens eine Kuh«, meinte dieser gelassen. »Ein Ochse hingegen klingt so: Mouuh.«

»Und ein richtiger Bulle Moahu!«, rief Max feixend.

»Ihr seid alles Ochsen«, kommentierte Claudia und umarmte Lexa. »Bernd und ich müssen los!«

»Wir werden auch nicht mehr lange bleiben«, antwortete Lexa.

Andreas verabschiedete sich jetzt und sah Jennifer auffordernd an. »Wir sollten fahren.«

»Gerne! Bis bald in München.« Jennifer winkte Max noch einmal zu und folgte Andreas ins Freie.

Nun brachen auch die Würzburger auf. »Also bis spätestens nächstes Jahr in Dettelbach!«, rief Martin zum Abschied.

Max blieb sitzen und bestellte sich noch ein Bier.

»Muss das sein?«, fragte Lexa.

»Das eine Bier haut mich nicht um«, antwortete er und vergaß dabei ganz, dass es bereits sein drittes war. Er fragte Lexa, ob sie schon gepackt habe.

»Nein, ich mache es gleich.« Über ihrer Arbeit und dem Gespräch mit Andreas hatte Lexa ganz vergessen, das Zimmer zu räumen. Sie eilte nach oben und holte es rasch nach. Anschließend bezahlte sie die Hotelrechnung und gab den Schlüssel ab. Als sie zu Max zurückkehrte, hatte dieser sein Bier ausgetrunken.

»So, jetzt können wir fahren«, sagte er und stand auf.

Vor dem Hotel legte er den Arm um Lexas Schulter. »Bei der nächsten Rundfahrt kommst du wieder mit, verstanden?«

Lexa ärgerte sich über seinen herrischen Tonfall, hielt aber den Mund. Stattdessen wartete sie, bis Max auf seinem Motorrad saß, stieg hinter ihm auf und legte ihm die Hände um den Rumpf. In spätestens drei Stunden würde sie zu Hause sein und dort zusehen, dass etwas mehr Ordnung in ihr Leben kam, dachte sie, als Max die Maschine startete und einen Kavalierstart hinlegte.

»Fahr vorsichtiger!«, rief sie, als er sich so eng zwischen zwei geparkten Autos hindurchschlängelte, dass sie mit dem Knie einen Kotflügel streifte.

Max hatte drei Bier getrunken, fühlte sich aber fahrtüchtig und amüsierte sich über Lexas Bedenken. Er war ein ausgezeichneter Motorradfahrer und würde die Strecke bis nach München auf einer Arschbacke schaffen. Mit diesem Gedanken gab er Gas und sah zu, wie die Geschwindigkeitsanzeige hochschoss.

»He, wir sind noch innerhalb einer geschlossenen Ortschaft!«, hörte er Lexa rufen.

»Heute ist Sonntag, und da machen die Bullen keine Radarkontrollen«, antwortete er.

Im nächsten Augenblick bemerkte er den kurzen Blitz eines Starenkastens und fluchte. An die Dinger hatte er nicht gedacht. Da es nun ohnehin schon egal war, behielt er seine Geschwindigkeit bei und sah die Hauptstraße rasend schnell näher kommen. Er wollte schon bremsen, stellte aber fest, dass die rechte Seite frei war. Von der anderen kam zwar ein Auto, doch er war sicher, vor ihm einscheren zu können. Er gab noch einmal Gas, zog das Motorrad herum und bemerkte, dass das Hinterrad wegzurutschen begann.

Es ging alles so schnell, dass er nicht mehr reagieren konnte. Das Motorrad kippte um und schlitterte Funken sprühend über den Asphalt. Der Fahrer des Autos trat auf die Bremse und versuchte, seinen Wagen um das Motorrad herumzuziehen, doch er schaffte es nicht mehr.

Als das Motorrad stürzte, spürte Lexa einen stechenden Schmerz im linken Fuß. Gleichzeitig kam von rechts ein dunkler Schatten auf sie zu. Ein heftiger Schlag folgte, und alles um sie herum wurde still.

ZWEITES KAPITEL

Im Krankenhaus

1.

Während Lexas Heimreise bereits in Sinsheim endete, kam Andreas mit Jennifer gut in Karlsruhe an und lieferte sie vor ihrer Haustür ab.

»Danke schön fürs Mitnehmen!«, rief sie ihm fröhlich zu und kramte nach ihrem Schlüssel.

»Ich hoffe, es hat dir gefallen.«

»Schön war's!«, rief Jennifer und dachte dabei an Mikes Potenz und an Max' Versprechen, ihr zu helfen, nach München zu kommen.

»Das ist die Hauptsache! Einen schönen Gruß an deine Mutter.«

Andreas winkte ihr kurz zu und fuhr dann los. Dabei fragte er sich, ob er über Jennifers Verhalten enttäuscht war. Sie war sehr attraktiv. Wahrscheinlich hätte er noch vor einem halben Jahr alles getan, um sie für sich zu gewinnen. Doch das war vorbei.

Mit diesem bitteren Gedanken erreichte er das große Jugendstilhaus, das sein Urgroßvater erbaut hatte und das nun seiner Mutter gehörte. Es beherbergte sieben Wohnungen, und die größte mit sechs Zimmern bewohnte seine Mutter. Zwei ihrer Zimmer hatte sie ihm als Schlaf- und Arbeitszimmer überlassen.

Er fuhr das Motorrad in die Garage. Auf dem Weg zur Haustür kam ihm ein Nachbar entgegen.

»Einen schönen guten Tag, Andreas! Es freut mich, dass du wieder Motorradtouren unternehmen kannst. Im Winter sah es ja nicht danach aus, als wenn es dir noch einmal möglich wäre.«

»Ebenfalls einen guten Tag, Joachim! Meine Mutter war der Meinung, ich müsste mal wieder raus.« Beide winkten sich noch zu, dann verschwand Joachim in seiner Garage, und Andreas schritt mit einem leichten Hinken die Freitreppe zur Haustür hinauf.

Es fiel ihm leichter als in den letzten Wochen, die Stufen zu bewältigen. Trotzdem verdüsterte sich seine Miene, und dieser Ausdruck verlor sich auch nicht, als er die Wohnung betrat.

Seine Mutter saß in ihrem Wohnzimmer auf dem Sofa und hielt ein Glas Wein in der Hand. Als sie Andreas entdeckte, schaltete sie den Ton des Fernsehers ab und blickte lächelnd zu ihrem Sohn auf. »Na, wie war's? Haben Jennifer und du euch gut amüsiert?«

»Jennifer sicher, ich weniger«, antwortete Andreas knapp.

Seine Mutter zog die Augenbrauen hoch. »Das hört sich aber nicht gut an. Habt ihr euch etwa gestritten?«

»Gott bewahre! Ihr gefiel es dort gut. Sie hat einige Leute kennengelernt, eifrig getanzt …«

»Aber nicht mit dir«, schloss die Mutter aus seinen Worten.

»Du weißt, dass es nicht geht.«

»Wenn du dich bemühen würdest, könntest du bei langsamen Tänzen durchaus mitmachen.« Ein leichter Vorwurf lag in der Stimme der Mutter, doch der prallte an Andreas ab.

»Ich will nicht zum Gespött der Leute werden.«

»Aber du wirst dich noch öfter mit Jennifer treffen?«

»Ich glaube kaum, dass das noch lange möglich ist, denn sie will sich in München eine Wohnung suchen. Ich sagte ja: Sie hat einige Leute kennengelernt.« Mehr wollte Andreas nicht sagen.

Seine Mutter schüttelte in einer hilflosen Geste den Kopf. »Ich weiß nicht, was in dich gefahren ist, Andreas. Du warst doch früher nicht so.«

»Das war auch vor dem letzten Herbst!« Diesmal klang Andreas nicht nur bitter, sondern auch ein wenig giftig.

»Es wird also nichts aus Jennifer und dir?«

Andreas schüttelte den Kopf. »Sie will etwas vom Leben haben, und da wäre ich für sie nur ein Klotz am Bein.«

»Das darfst du nicht sagen«, schalt die Mutter ihn, um dann wieder auf Jennifer zu sprechen zu kommen. »Sie ist wirklich sehr lebhaft. Daher würde ihre Mutter sie gerne versorgt sehen und meint, bei dir wäre sie am besten aufgehoben. Ich könnte euch noch ein drittes Zimmer abtreten und …«

»Mama, hör bitte mit diesen Fantastereien auf! Jennifers Mutter hat ihr wohl nicht gesagt, wie es um mich steht. Sobald sie es erfahren hätte, wäre sie schreiend davongelaufen.«

»Es tut mir so leid.« Der Mutter kamen die Tränen, und sie klammerte sich an Andreas. »Ich hätte dich nicht drängen sollen, nach Sinsheim zu fahren. Es ist noch alles viel zu frisch.«

»Wenn du Angela meinst? Die hat sich damals ziemlich schnell verdünnisiert! Aber ich habe sie schon vergessen«, antwortete Andreas, um seine Mutter zu beruhigen.

»Gab es denn bei dem Treffen denn gar nichts, was dir gefallen hat?«

Andreas wollte schon den Kopf schütteln, als ihm Lexa einfiel. »Ich habe mich heute Nachmittag ausgezeichnet mit einer Anlageberaterin aus München unterhalten, die ebenso wie ich nicht an der allgemeinen Rundfahrt teilgenommen hat. Sie ist eine sehr nette Person und hat weitaus mehr Grips im Kopf als Angela und Jennifer zusammen.«

Um Andreas' Lippen erschien sogar ein leichtes Lächeln. So etwas hatte die Mutter in den letzten Monaten nicht mehr bei ihm gesehen und freute sich darüber.

»Vielleicht wäre das jemand für dich? Immerhin habt ihr berufliche Gemeinsamkeiten«, sagte sie hoffnungsvoll.

»Mama, jetzt träumst du wirklich! Alexandra Fabarius gehört zu einer ganz anderen Liga von Vermögensberatern als ich. Deren Kunden setzen zehn-, vielleicht sogar hunderttausend Euro ein und nicht die fünfzig pro Monat, die ich verwalten darf.«

Sonja Janning gab nicht so leicht auf. »Du kannst trotz allem noch Karriere machen.«

Andreas winkte mit beiden Händen ab. »Nicht, nachdem Deidel mich auf diesem Abschiebeposten festgenagelt hat, Mama. Was Alexandra betrifft, so ist sie mit einem Geschäftsmann aus München zusammen und wird ihn heuer noch heiraten.«

Es klang ein wenig bedrückt. Auf dem Heimweg hatte Andreas bereits überlegt, das nagelneue umgerüstete Motorrad mit Beiwagen, welches ihm seine Mutter als Trost geschenkt hatte, zu verkaufen. Der Gedanke an Lexa brachte ihn jedoch dazu, es sich zu überlegen. Vielleicht sollte er zum nächsten großen Biker-Treffen fahren, um Lexa wiederzusehen. Auch wenn sie für ihn unerreichbar war, freute er sich darauf, wenigstens über berufliche Dinge mit ihr reden zu können. Sie hatte ihm ein paar Tipps gegeben, und die wollte er gleich am nächsten Tag ausprobieren. Obwohl sein Chef ihn abgeschrieben hatte, wollte er seine Arbeit so tun, wie es sich gehörte. Wenn er Erfolg hatte, konnte er vielleicht in eine andere Filiale wechseln und irgendwo anfangen, wo weder Ronald Deidel noch sein Handicap ihm die Zukunft verbauten.

2.

Lexa spürte ein dumpfes Pochen, ohne zu begreifen, woher es kam. Ebenso wenig war ihr klar, wo sie sich befand. Als sie mühsam die Augen öffnete, sah sie über sich eine Metallstange mit einem dreieckigen Griff. So etwas kannte sie, doch ihr Kopf weigerte sich, die entsprechende Information freizugeben. Weiter oben spannte sich eine weiße Zimmerdecke, und neben ihr stand ein seltsames Ding mit Schläuchen, die irgendwie an ihr befestigt sein mussten. Noch bevor ihr klar wurde, worum es sich handelte, dämmerte sie wieder weg.

Eine Berührung an der Achsel weckte sie. Sie öffnete die Augen und sah eine Frau mittleren Alters über sich gebeugt. »Hier ist alles okay. Wir können die Windel wechseln«, sagte diese zu einer anderen Frau.

Windel?, dachte Lexa verwundert. Ihr Gedächtnis gab preis, dass kleine Kinder Windeln trugen oder alte Leute, die ihren Darmausgang nicht mehr kontrollieren konnten. Doch sie war weder ein Kind noch alt.

Kräftige Hände griffen unter ihre Hüften und hoben sie hoch. Sie spürte, wie man etwas auszog. Jemand wischte kurz über ihren Hintern, legte ihr etwas zwischen die Beine und befestigte es über ihren Hüften. Es fühlte sich tatsächlich an wie eine Windel.

»Was soll das?«, fragte sie.

Ihre Stimme war so leise, dass die Frauen ihre Worte nicht verstanden. Dennoch begriffen sie, dass die Patientin wach geworden war. Während die eine mit der vollen Windel verschwand, füllte die andere Mineralwasser in ein Glas.

»Sie werden Durst haben.«

Lexa nickte mühsam. »Sehr viel Durst.«

Diesmal war ihre Stimme etwas lauter.

»Warten Sie! Ich stütze Sie, damit Sie trinken können.« Die Frau, die ihrem Kittel nach eine Krankenschwester sein musste, drückte ihr das Glas in die Hand und schob ihren Rücken ein Stück hoch.

Lexa trank ein wenig Wasser, hatte aber Mühe zu schlucken, denn ihre Kehle war ausgetrocknet und schmerzte. Als sie das Glas wieder senkte, starrte sie auf den vorderen Teil des Bettes und wunderte sich über das seltsame Gestell, das ein Drittel davon einnahm und über das man ein Leintuch gebreitet hatte. Sie wollte fragen, was das sollte, fühlte sich aber zu müde dazu und schlief wieder ein.

»Die Patientin war vorhin wach und ansprechbar.«

Lexa schreckte hoch und wollte sich aufrichten. Da drückte jemand sie zurück.

»Beruhigen Sie sich! Es ist alles gut.« Diesmal war es ein junger Mann in einem weißen Mantel und mit südländischem Akzent.

»Was ist los?« Lexa wollte schon fragen, wo sie wäre, doch da kamen etliche Erinnerungen wie ein Sturzbach zurück. Sie war bei der kleinen Party ihres Teams gewesen und hatte sich dort mit einem Typen unterhalten, der zuerst recht in sich gekehrt gewesen war, dann aber …

Irgendetwas stimmte an dieser Version nicht, das war ihr sofort klar. Es blieb ihr jedoch keine Zeit, darüber nachzudenken, denn der Weißkittel sprach weiter.

»Sie sind bei uns in den besten Händen! Schwester Barbara wird sich um Sie kümmern. Sie ist eine ausgezeichnete Fachkraft.«

»Was ist passiert?«, fragte Lexa mit müder Stimme.

»Sie hatten einen Unfall. Na ja – sagen wir, er war nicht ganz so leicht. Sie sind hier in den besten Händen. Schwester Barbara …«

Lexa fragte sich, ob der Typ diesen Text auf Dauerabspielen eingestellt hatte.

»Wo bin ich eigentlich?«, unterbrach sie den Mann.

»Sie sind in Professor Heinrichs privater Unfallklinik. Ganz sicher werden Sie sich bei uns wohlfühlen.«

Das, fand Lexa, hätte der Mann sich sparen können. Sie fühlte sich ganz und gar nicht wohl, sondern so elend wie noch nie in ihrem Leben.

»Ich muss jetzt weiter auf Visite. Auf Wiedersehen, Frau Fabarius.« Der junge Arzt verließ das Zimmer. Schwester Barbara folgte ihm, nachdem sie versichert hatte, bald wieder zu kommen.

»Heute können Sie eine Kleinigkeit zu sich nehmen«, setzte sie noch hinzu, bevor sie die Tür schloss.

Obwohl Lexa sich noch immer müde fühlte, versuchte sie, wach zu bleiben, und sah sich im Zimmer um. Es war nicht besonders groß, und sie befand sich allein darin. An der Wand vor ihr hing ein Fernsehgerät, dessen Bildschirm allerdings dunkel war. Auf ihrer linken Seite stand der Wagen mit den eigenartigen Geräten, während rechts der Raum frei war. Dort befand sich ein Fenster, durch das sie zu einem bewölkten Himmel hochschauen konnte.

Was war passiert?, fragte sie sich. In ihren Gedanken blitzten einzelne Bilder und kurze Szenen auf. Sie hatte es Lehmann und Reuter auch heuer wieder gezeigt. Für einen Augenblick huschte der Anflug eines Lächelns über ihr bleiches Gesicht, erlosch aber rasch wieder. Was hatte es mit diesem Andreas auf sich, der ebenfalls in ihren Gedanken auftauchte? War er ein Kollege von ihr? Auf jeden Fall hatten sie sich über Vermögensanlagen unterhalten. Und was war mit Max?

Ohne es sich recht erklären zu können, packte sie die Angst um ihren Freund. Sie tastete mit den Händen nach dem Griff an der Stange und merkte jetzt erst, dass Schwester Barbara ihn so hoch eingehakt hatte, dass sie ihn nicht erreichen konnte. Verzweifelt suchte sie das Steuergerät, fand es schließlich und drückte den Notschalter.

Es dauerte eine Weile, bis jemand erschien. Es war nicht Schwester Barbara, sondern die Frau, die dieser geholfen hatte, ihre Windel zu wechseln.

»Was gibt es?«, fragte sie ein wenig genervt.

»Mein Freund! Was ist mit ihm?«

»Da fragen Sie mich zu viel. Ich weiß nur, dass Sie vorgestern hier eingeliefert und notoperiert worden sind. Was vorher passiert ist, kann ich Ihnen nicht sagen. Da müssen Sie warten, bis Ihre Eltern kommen. Sie wollten auf jeden Fall heute noch vorbeischauen.«

»Danke.« Lexa ließ sich enttäuscht auf die Kissen sinken und schloss die Augen. Als ihr ein stechender Schmerz durch den rechten Fuß schoss, riss sie sie wieder auf und schaute nach vorne. Jetzt erst fielen ihr die beiden blutigen Schläuche auf, die aus dem Gestell hervorkamen und in zwei Flaschen endeten, die etwa zu einem Viertel mit Blut gefüllt waren.

»Was ist passiert?«, fragte sie und griff erneut zum Alarmknopf.

Sie ließ das Gerät jedoch wieder los. Von der einen Schwester würde sie nichts erfahren, und ob Schwester Barbara mehr sagen würde, bezweifelte sie ebenfalls.

3.

Lexa war weggedämmert und wurde durch das Öffnen der Tür aufgeschreckt. »Sie haben eine Viertelstunde, und Sie dürfen die Patientin nicht aufregen. Haben Sie verstanden?«, hörte sie Schwester Barbara sagen.

»Das arme Kind!«, vernahm sie die verzweifelte Stimme ihres Vaters.

»Sei still! Du hast gehört, was die Schwester gesagt hat. Wir dürfen Lexa nicht aufregen. Also tu so, als wäre alles in Ordnung.«

Das war die Mutter, wie Lexa sie kannte. Diese schaffte ihre Probleme am liebsten aus der Welt, indem sie sie verdrängte. Es war keine gute Methode, und sie war damit schon ein paarmal arg auf die Nase gefallen.

»Was ist geschehen?« Lexa stellte die Frage, ohne wirklich eine Antwort zu erwarten.

»Du bist wach? Oh, wie schön!« Der Vater kam auf sie zu und fasste nach ihrer Hand. In seinem Gesicht arbeitete es, doch er konnte die Tränen zurückhalten.

»Wir waren doch ein wenig erschrocken, als Max uns vorgestern anrief, dass ihr einen Unfall gehabt hättet«, berichtete Wiebke Fabarius.

»Ist Max in Ordnung?«

»Dem geht es gut«, sagte die Mutter.

»Nein, ihm geht es natürlich nicht gut! Er macht sich große Sorgen um dich«, korrigierte Jürgen Fabarius seine Frau.

»Was ist eigentlich passiert? Was sollen dieses Gestell über meinen Beinen und diese Schläuche?« Lexa versuchte sich aufzurichten, doch Schwester Barbara drückte sie wieder ins Kissen.

»Sie müssen liegen bleiben! Wenn Sie Schmerzen haben, gebe ich Ihnen eine Spritze.«

»Ich will wissen, was mit mir los ist!« Lexa wurde laut, doch die Krankenschwester schüttelte den Kopf.

»Darüber wird der Chefarzt mit Ihnen sprechen. Er wird Ihnen auch die nächsten operativen Maßnahmen erklären und über Ihre Reha reden. Einer seiner Vettern leitet eine ausgezeichnete Rehaklinik in der Nähe von Kronach. Dort …«

»Kronach? Das liegt doch in Oberfranken! Das ist viel zu weit weg«, mischte sich Lexas Mutter ein.

»Die Klinik genießt einen ausgezeichneten Ruf und ist für solche Fälle prädestiniert.«

Wiebke Fabarius war wenig beeindruckt. »Das ist wirklich zu weit weg. Ein Bekannter hat von einem Sanatorium in der Nähe von Landshut erzählt. Seine Großmutter war dort und sehr zufrieden. Ich werde heute noch dort anrufen und fragen, ob Lexa dorthin gebracht werden kann.«

Lexa hörte zu, ohne zu begreifen, worum es ging. Die betont energisch klingende Stimme ihrer Mutter reizte ihre Nerven, ebenso die Versuche ihres Vaters, seinen Schrecken und seine Angst zu verbergen. Beides bewies Lexa, dass ihr mehr fehlen musste, als ihr klar war. Hatte sie etwa beide Beine gebrochen? Doch warum waren sie dann nicht eingegipst und in erhöhter Position fixiert?

»Max ist also nichts passiert?«, fragte sie, da sie auf Fragen zu ihrem eigenen Zustand keine Antwort erhielt.

»Bis auf ein paar Prellungen hat er nichts abbekommen. Er hat uns gebeten, dir Grüße auszurichten.«

Die Worte ihres Vaters beruhigten Lexa zwar, aber sie empfand auch eine tief gehende Enttäuschung. Wenn Max nicht viel fehlte, hätte er doch mitkommen können. Bei dem Gedanken kamen ihr die Tränen. Sofort holte ihr Vater ein Papiertaschentuch hervor und tupfte ihr die Augen ab.

»Jetzt weine nicht, mein Kleines! Wir sind doch alle für dich da.«

»Das sind wir voll und ganz! Mach dir keine Sorgen! Ich habe gestern mit deinem Chef gesprochen. Bis du wieder dazu in der Lage bist, wird er deine Klienten betreuen«, berichtete ihre Mutter.

Lexa zischte leise. »Lehmann ist nicht mein Chef, sondern erledigt nur den Verwaltungskram für unsere Sozietät.«

»Damit ist er so etwas wie dein Chef.«

»Er hat kein Recht, meine Kunden zu übernehmen!« Für kurze Zeit vergaß Lexa ihre jämmerliche Lage und überlegte, wie sie das verhindern konnte.

»Herr Lehmann hat versprochen, dass du fünfzig Prozent der Summe erhältst, die du verdienen würdest, wenn du nicht verletzt worden wärst.«

Ihre Mutter glaubte, damit einen guten Deal gemacht zu haben, doch für Lexa hieß das, dass Lehmann die Hälfte ihrer Prämien einstreichen würde, ohne selbst eine Hand dafür zu rühren. Wenn er ihren Klienten dann auch noch eigene Vorschläge schmackhaft machte, würde sie von dem Geld vermutlich gar nichts sehen.

Lexa war jedoch zu schwach, um sich gegen diese Eigenmächtigkeit zur Wehr zu setzen. Wenn ihre Mutter es für nötig gehalten hatte, mit Lehmann zu reden, bedeutete es, dass sie länger ausfallen würde. Sie starrte wieder auf das Gestell über ihren Beinen und versuchte, die Zehen zu bewegen. Es tat sofort weh, und sie gab auf.

Unterdessen blickte Schwester Barbara demonstrativ auf die Uhr. »Ich muss Sie bitten zu gehen«, sagte sie zu Lexas Eltern.

»Ja, ja, nur noch einen Augenblick.« Jürgen Fabarius legte Lexa die rechte Hand auf die Schulter. »Wir sind immer für dich da, mein Kleines, und Leon auch.«

»Leon wird morgen mitkommen«, ergänzte die Mutter.

»Und Max?«, fragte Lexa.

»Derzeit ist er noch in Sinsheim, um einiges wegen des Unfalls zu klären. Aber sobald er zurück ist, wird er dich besuchen.«

Jürgen Fabarius lächelte schmerzlich. Er mochte den jungen Mann und hätte sich gefreut, wenn aus Lexa und ihm ein Paar geworden wäre, bezweifelte nun aber, dass es dazu kommen würde. Sein Blick streifte das Gestell, das Lexa so sehr beunruhigte, und in seinem Gesicht zuckte es.

Als seine Frau dies bemerkte, schob sie ihn von Lexas Bett weg. »Wir müssen nun wirklich gehen, sonst wird Schwester Barbara böse«, sagte sie und deutete auf den Schrank an der Wand. »Wir haben heute Vormittag ein paar Nachthemden und Unterwäsche für dich gebracht sowie deinen neuen Morgenmantel. Du wirst sie hier brauchen.«

»Ihr habt hoffentlich meine Zahnbürste nicht vergessen?«, fragte Lexa.

Ihre Mutter rettete sich in ein gekünsteltes Lachen. »Natürlich nicht.«

»Ich brauche auch Klamotten, mit denen ich das Krankenhaus verlassen kann, wenn ich entlassen werde«, fuhr Lexa fort.

»Du kommst doch in die Rehaklinik«, wandte die Mutter ein. »Da kannst du im Morgenmantel hin. Ich bringe dir morgen einen von mir, damit du etwas zum Wechseln hast.«

»Ihr tut so, als müsste ich monatelang im Krankenhaus bleiben.« Lexa klang enttäuscht und verängstigt zugleich. Wie es aussah, war sie schwerer verletzt. Erneut sah sie zu dem Gestell hin und überlegte, ob sie sich so weit aufrichten konnte, dass sie an das Tuch kam, das darüberlag.

»Du musst mindestens drei Wochen hier in Professor Heinrichs Klinik bleiben. In der Rehaklinik wird es etwas länger dauern, da deine St… Beine erst abheilen müssen, bevor die richtige Reha beginnen kann.«

Ihre Mutter klang ruhig, trotzdem spürte Lexa ihre innere Anspannung. Gleichzeitig wuchs ihre Enttäuschung. »Die Zeit bis zur Reha könnte ich doch zu Hause verbringen.«

»Deine Wohnung ist nicht behindertengerecht eingerichtet! Außerdem brauchst du professionelle Pflege, die ich dir nicht zukommen lassen kann.« Wiebke Fabarius lächelte, um ihre Worte nicht zu abweisend klingen zu lassen, doch Lexa kniff die Lippen zusammen und spürte, wie erneut Tränen in ihr aufstiegen.

»Ich will hier raus.«

»Das wird schon kommen. Jetzt werde erst einmal wieder gesund! Auf Wiedersehen.«

»Auf Wiedersehen«, antwortete Lexa matt.

Der Vater wollte auch etwas sagen, brachte aber kein Wort heraus. Rasch verließ er das Krankenzimmer. Bis seine Frau die Tür hinter sich schloss, drang von draußen sein Schluchzen herein.

Lexa hatte sich auf den Besuch ihrer Eltern gefreut, war nun aber völlig entgeistert. Was auch immer geschehen war, musste schlimm sein, denn mit einem schlichten Beinbruch hätte sie nach Hause gehen können.

Schwester Barbara hatte das Zimmer ebenfalls verlassen, kam jetzt aber mit einem Spritzenset in der Hand zurück. »Wie geht es Ihnen?«, fragte sie freundlich.

»Die Beine und vor allem die Füße tun mir so weh«, stöhnte Lexa.

»Ich gebe Ihnen gleich eine Spritze, dann wird es Ihnen besser gehen.« Sie schob Lexas linken Ärmel hoch, rieb eine Stelle am Oberarm mit einem desinfizierenden Wattebausch ab, und setzte die Spritze so geschickt, dass Lexa kaum etwas spürte.

»Sie werden jetzt ein wenig schlafen. Danach gibt es Abendessen, und anschließend kommt der Professor, um mit Ihnen zu sprechen.«

»Das ist gut«, flüsterte Lexa.

Hoffentlich würde sie dann Antworten auf ihre Fragen bekommen. Mit dem Gedanken schlief sie ein und träumte davon, mit Max zusammen um den kleinen See zu spazieren, der in der Nähe ihres Heimatorts lag.

4.

Lexas Traum war so intensiv, dass sie beim Erwachen glaubte, Max wäre bei ihr. Doch als sie die Augen öffnete, bemerkte sie einen hochgewachsenen, hageren Mann in einem weißen Kittel, der freundlich auf sie herabsah.

»Endlich aufgewacht! Laut Schwester Barbara haben Sie das Abendessen verschlafen.«

»Dabei habe ich ein wenig Hunger«, antwortete Lexa kläglich.

Es fiel ihr schwer, die Augen offen zu halten und einen klaren Gedanken zu fassen, denn ein Teil von ihr wollte einfach weiterschlafen. Sie zwang sich jedoch, wach zu bleiben, und sah den Arzt fragend an.

»Was ist mit mir los?«

Professor Heinrichs Gesicht nahm einen mitfühlenden Ausdruck an. »Sie hatten einen Motorradunfall mit nicht unerheblichen Folgen, Frau Fabarius! Zum Glück ist Ihren Armen nichts passiert, und Ihr Kopf hat auch nichts Ernsthaftes abbekommen. Bei den Beinen sieht es leider nicht so gut aus.«

Lexas Blick wanderte zu dem Gestell. Als der Arzt es sah, hob er bedauernd die Hände. Dann zog er die Decke herab.

»Es tut mir sehr leid. Wir mussten Ihnen den rechten Unterschenkel etwa fünfzehn Zentimeter unterhalb des Knies sowie den linken Fuß knapp über dem Knöchel abnehmen. Beide wurden bei dem Unfall völlig zertrümmert und zerfetzt. Die Amputationen sind gut verlaufen, und wir werden nur noch ganz wenig nachoperieren müssen. Glauben Sie mir, Sie sind bei uns in den besten Händen! Schwester Barbara wird sich um Sie kümmern und Ihnen sowohl bei Ihrer Morgen- und Abendtoilette helfen. Später wird sie Sie anlernen, mit dem Rollstuhl umzugehen.«

Lexa starrte dorthin, wo ihre Füße sein sollten, und wimmerte wie eine junge Katze. Das konnte nicht wahr sein!, dachte sie. Sie hatte ihre Füße beim Besuch ihrer Eltern doch gespürt.

»Es mag im ersten Moment ein Schock für Sie sein, Frau Fabarius. Aber das Leben geht auch für Sie weiter. Sie werden noch drei bis vier Wochen hier in der Klinik bleiben, und anschließend sollten Sie in das Rehabilitationssanatorium meines Vetters Lutz Heinrich gehen. Dort werden Sie Ihre Verletzungen ganz ausheilen und gleichzeitig mit dem Training beginnen, um später mit Prothesen gehen zu können.«

»Prothesen?« Bereits der Gedanke brachte Lexa zum Schaudern.

Sie hatte das Bild jener Metallbeine vor Augen, die sie im Fernsehen gesehen hatte und die ihren Trägern das Aussehen halber Roboter gaben. Auf so etwas sollte sie herumlaufen? Nein, das war nur ein Humpeln, Staksen – oder wie man es auch immer nennen sollte. In ihr stemmte sich alles gegen diesen Gedanken, und sie wünschte sich, tot zu sein.

»Frau Fabarius' Eltern wollen sie nicht nach Kronach schicken, sondern in eine Kurklinik bei Landshut bringen«, wandte Schwester Barbara ein.

»Das sollten wir ihnen ausreden. Lutz ist eine Koryphäe auf seinem Gebiet und bietet die besten Möglichkeiten für eine glückliche Reintegration von Schwerstversehrten.« Als er weitersprach, versuchte er, aufmunternd zu lächeln. »Ihre Behinderung bringt natürlich die eine oder andere Einschränkung mit sich. Sie werden sich aber rasch daran gewöhnen und später viele

Dinge automatisch erledigen, die Ihnen jetzt noch schwierig vorkommen werden.«

»Keine Sorge, Sie kommen schon wieder auf die Beine«, warf die Schwester ein.

Diesen Kommentar hielt Lexa für arg daneben. Sie starrte auf ihre verbundenen Beinstümpfe und fragte sich, in welches Horrorszenario man sie versetzt hatte. Das konnte doch alles nicht wahr sein! Vermutlich hatte Schwester Barbara ihr vorhin eine zu starke Dosis Schlaf- und Schmerzmittel gespritzt, und sie befand sich noch in einem wirren Traum wie vor ein paar Tagen, als sie nach Einnahme jener Tablette geglaubt hatte, im Sumpf zu versinken.

»Ich bringe Ihnen jetzt etwas zu essen und helfe Ihnen später, die Zähne zu putzen und sich ein wenig frisch zu machen«, erklärte die Schwester.

»Tun Sie das«, sagte der Professor und wandte sich dann wieder Lexa zu. »Sie sind bei uns in guten Händen! Schwester Barbara ist unsere Spitzenkraft für die Betreuung schwerer Fälle, und sie hat außer Ihnen nur noch vier Patienten zu pflegen. Sie und Schwester Danila können jederzeit nach Ihnen schauen.«

»Danke.« Lexa wollte im Augenblick niemanden sehen, am wenigsten jemanden in einem weißen oder blauen Kittel.

Verzweifelt schloss sie die Lider und ließ den Rest dessen, was der Arzt sagte, an sich vorüberrauschen. Was sollte das Gerede von der Zukunft denn noch?, dachte sie. Ihr Leben als Mensch war vorbei. Sie würde höchstens noch ein Cyborg sein, der auf künstliche Körperteile angewiesen war, oder sogar für immer im Rollstuhl sitzen müssen.

»Kopf hoch, es wird schon wieder!«, erklärte der Professor zum wiederholten Male, als er sich verabschiedete. Er überließ es Schwester Barbara, das Tuch über das Gestell und damit über Lexas Beinstümpfe zu legen.

»Ich komme in ein paar Minuten zurück«, sagte die Schwester, dann verließ auch sie das Zimmer.

Lexa spürte, wie sich alles in ihrer Brust verkrampfte, und sie begann zu schluchzen. Das Leben, das sie bis jetzt geführt hatte, war vorbei.

Sie musste an Max denken. Was würde er sagen? Wie ging es ihm überhaupt? Ihre Eltern hatten zwar behauptet, er hätte sich bei dem Unfall nur ein paar Prellungen zugezogen. Doch war das die Wahrheit?

Max, komm, bitte!, flehte sie in Gedanken. Vielleicht wird alles gut, wenn du mir hilfst!

Eine hartnäckige Stimme in ihr erklärte jedoch schonungslos, dass Max auch nichts an ihrem Schicksal würde ändern können. Sie war ein hilfloser Krüppel und durfte nichts mehr vom Leben erwarten.

Während Lexa an ihrer Verzweiflung fast zerbrach, kehrte Schwester Barbara zurück. Ihre Helferin Danila schob einen Wagen hinter ihr ins Zimmer.

»Jetzt werden Sie eine Kleinigkeit essen! Anschließend putzen wir unsere Zähne und waschen uns ein wenig. Danach wechseln wir Ihre Windel. Sie bekommen noch ein paar Tabletten, dann sind Sie für die Nacht zurechtgemacht«, erklärte die Schwester, ohne sich an Lexas Schluchzen zu stören.

»Ich will sterben!«, stöhnte diese.

»Unsinn! Dafür ist das Leben viel zu schön. Danila, holst du den Toilettenkoffer aus dem Badezimmer? Außerdem brauchen wir handwarmes Wasser.«

In ihrer energischen und doch fürsorglichen Art brachte Schwester Barbara Lexa dazu, ein wenig Suppe und ein mit Butter bestrichenes Toastbrot zu essen. Danach half sie ihr, im Bett die Zähne zu putzen, und fuhr ihr zuletzt mit einem feuchten Waschlappen über Gesicht und Arme.

»Morgen bringe ich Ihnen einen Rollstuhl. Mit dessen Hilfe können Sie sich im Badezimmer waschen«, sagte sie und wies ihre Helferin an, Lexa etwas seitlich zu drehen.

»So, und jetzt lüften wir die Hüften«, reimte sie und nahm die Windel ab.

Lexa schämte sich, als die Schwester ihr den Unterleib wusch und hob, als diese ihr eine neue Windel anlegen wollte, abwehrend die Hand.

»Muss das wirklich sein? Ich bin doch nicht mehr bewusstlos.«

»Nur noch bis morgen! Dann helfe ich Ihnen auf die Toilette. Die ist für solche Fälle wie den Ihren eingerichtet. Sie werden gut damit zurechtkommen.«

»Sehr gut«, stimmte Danila ihrer Kollegin zu, während Lexa wieder in einem schwarzen Sumpf aus Elend versank.

Unterdessen reichte Schwester Barbara ihr eine Schale mit Tabletten und forderte sie auf, diese zu schlucken.

»In der Nacht wird Schwester Harriet nach Ihnen sehen.«

Nachdem die beiden Krankenschwestern das Zimmer verlassen hatten, schloss Lexa die Augen und ballte verzweifelt die Fäuste. Ihr Leben war sinnlos geworden! Was sollte sie noch damit? Würde Max sie auch als Krüppel lieben? Was war, wenn er sich von ihr abwandte? Sie versank in einer tiefen Schwärze, einem Abgrund, aus dem es keine Rettung gab. Schließlich steigerte sie sich in eine solche Hysterie hinein, dass sie am liebsten die Schläuche und Kabel abgerissen hätte, die an ihr befestigt waren.

Unter den Tabletten musste auch ein Schlafmittel gewesen sein, denn bevor sie etwas tun konnte, dämmerte sie weg und wachte in der Nacht nur kurz auf, als jemand sie berührte. Im matten Schein des Nachtlichtes sah sie ein dunkles Gesicht und dunkle Hände über sich, war aber zu müde, um sich dafür zu interessieren.

5.

Als Lexa das nächste Mal erwachte, war es bereits Tag. Eine Frau im hellblauen Kittel putzte das Zimmer, ohne ihr auch nur einen Blick zuzuwerfen. Lexa ließ sie arbeiten und gab sich ganz ihrem Elend hin. Sie war ein Krüppel und für immer auf die Hilfe anderer angewiesen. Damit waren all ihre Hoffnungen wie Seifenblasen geplatzt. In ihrer trüben Stimmung war sie sicher, dass Max sie so nicht mehr lieben würde, geschweige denn heiraten. Also würde es nie eine Familie für sie geben und niemals Kinder.

Nach einiger Zeit verschwand die eifrige Putzfrau, und Schwester Barbara kam herein. »Guten Morgen! Heute geht es uns schon viel besser als gestern«, sagte sie betont fröhlich.

Da Lexa am Vortag um die Zeit noch betäubt gewesen war, hatte die Schwester sogar recht. Trotzdem hätte sie sich gewünscht, nichts mehr zu sehen und zu fühlen.

»Jetzt wollen wir Zähne putzen und uns ein wenig waschen. Anschließend gibt es Frühstück«, fuhr Schwester Barbara fort. Noch während sie es sagte, kam Schwester Danila mit ihrem Wagen in den Raum.

Als Lexa sah, dass diese wieder eine Windel bei sich hatte, schüttelte sie protestierend den Kopf. »Das Ding will ich nicht mehr.«

»Es ist besser, wenn Sie es tragen. Nach einem Unfall und einer so schweren Operation wie der Ihren dauert es eine gewisse Zeit, bis sich die Verdauung wieder einspielt. Dann aber kommt es wie auf einen Schlag. Wenn Sie es merken, ist es meistens schon zu spät. Selbst wenn Sie sofort den Klingelknopf drücken, würden wir nicht mehr rechtzeitig mit der Bettschale kommen.«

»Sie haben es mir gestern versprochen!«, rief Lexa unter Tränen.

Schwester Barbara strich ihr sanft über die Wange. »Es ist doch nur noch für jetzt. Dafür gibt es heute Morgen etwas sehr Gutes zum Frühstück.«

»Wahrscheinlich eine Tasse Muckefuck, eine Gummisemmel und ein Klecks Aprikosenmarmelade, die ich eh nicht mag.«

Ohne sich um Lexas Einwand zu kümmern, begannen die beiden Krankenschwestern, ihr Gesicht und Arme zu waschen. Anschließend gab Schwester Barbara ein wenig Zahncreme auf die Zahnbürste und drückte sie Lexa in die rechte Hand. »Kommen Sie! Das Schlimmste bei so einer Sache ist, sich gehen zu lassen. Sie sind eine attraktive junge Frau und sollten sich auch wie eine solche verhalten.«

»Ich bin ein Krüppel ohne Beine, der dankbar sein muss, wenn ihm jemand mit dem Rollstuhl über den Randstein hilft, weil er es selbst nicht schafft«, brach es aus Lexa heraus.

Sie nahm sich jedoch zusammen und putzte die Zähne.

»Nach dem Frühstück bringe ich den Rollstuhl und setze Sie hinein, damit wir die Bettwäsche wechseln können«, erklärte Schwester Barbara und forderte Lexa auf, sich auf die Seite zu drehen.

»Dann geht es schneller«, setzte sie hinzu, während sie die Windel abnahm.

»Sie ist trocken! Sie sollten es nicht zurückhalten«, mahnte sie Lexa danach.

»Ich habe nichts zurückgehalten«, antwortete Lexa matt. »Es ist einfach nichts gekommen.«

»Das wird es schon noch. So, jetzt wieder zurückdrehen! Schwester Danila stellt Ihnen das Kopfteil höher, damit Sie essen und trinken können. Bis gleich.«

Schwester Barbara ging, während ihre Kollegin Lexas Steuergerät in die Hand nahm und einen Knopf drückte. Der Kopfteil des Bettes fuhr hoch. »Geht es so?«

»Keine Ahnung«, gab Lexa zurück und ärgerte sich über sich selbst, weil sie den Schwestern gegenüber so abweisend war, obwohl diese am wenigsten für ihre schreckliche Situation konnten.

Nun verließ auch Schwester Danila den Raum. Ein paar Augenblicke später bekam Lexa einen schier unerträglichen Durst, schaffte es aber nicht, an das Wasserglas zu kommen, das auf ihrem Nachttisch stand. Um ihr Bett zu richten, hatte Schwester Barbara diesen beiseitegeschoben und nicht wieder zurückgestellt.

Verärgert drückte Lexa den Klingelknopf. Wenig später wurde die Tür geöffnet, und Schwester Danila kam mit einem Tablett in den Händen herein.

»Hier ist das Frühstück.« Sie stellte das Tablett auf den kleinen Tisch neben dem Fenster.

»Soll ich mich auf einen Stuhl setzen?«, fragte Lexa ätzend.

»Natürlich nicht«, antwortete die Krankenschwester, zog den Nachttisch wieder ans Bett und klappte den Teil aus, der als Tisch diente.

»So können Sie zugreifen«, erklärte sie, stellte das Tablett darauf und nahm dessen Abdeckung ab.

Gleichgültig, was Lexa sich auch vorgestellt hatte: Über das Frühstück konnte sie sich nicht beschweren. Es gab Milchkaffee, Orangensaft, ein Schälchen Müsli sowie eine Vollkornsemmel, eine Hälfte davon mit zwei Scheiben Emmentaler belegt, die andere mit Frischkäse bestrichen.

»Während Sie frühstücken, bringe ich Ihnen etwas zu trinken. Was wünschen Sie?«, fragte Schwester Danila.

»Ein paar Flaschen Schnaps, um meinen Kummer zu ersäufen.«

Die Krankenschwester schüttelte nachsichtig den Kopf. »Alkohol ist derzeit verboten. Sie sollten auch später nicht viel trinken. Durch den Verlust Ihrer Füße kann Ihr Körper den Alkohol nicht mehr so gut verarbeiten. Wir können Ihnen einen ausgezeichneten Apfelsaft, verschiedene Kräutertees und Mineralwasser anbieten. Wissen Sie was? Ich bringe Ihnen eine kleine Auswahl. Dann können Sie trinken, was Sie wollen.«

Lexa dachte an ihre Windel und beschloss, das Angebot so wenig wie möglich zu nutzen. Sie wollte weder nach den Schwestern klingeln müssen, damit diese ihre Windel wechselten, noch mit einer feuchten Windel im Bett liegen.

6.

Über die Betreuung in Professor Heinrichs Privatklinik konnte Lexa sich nicht beschweren. Schwester Barbara und Schwester Danila kamen stets sofort, wenn sie nach ihnen läutete, und blieben immer freundlich, selbst wenn sie in ihrer Verzweiflung laut wurde und sie zum Teufel wünschte. Im Lauf des nächsten Vormittags erschien der junge Arzt, den Lexa bereits kennengelernt hatte, und wechselte von Schwester Barbara unterstützt die Verbände. Lexa wagte nicht hinzusehen, sondern drehte den Kopf und starrte durch das Fenster nach draußen.

»Das sieht sehr gut aus«, bemerkte der Arzt und wandte sich dann Lexa zu. »Es ist wichtig, dass Ihre Verletzungen gut abheilen. Möglicherweise müssen wir gar nicht mehr operieren, und das wäre die beste Voraussetzung für das baldige Anpassen der Prothesen.«

»Ich will keine Prothesen!«, rief Lexa entsetzt. »Ich will meine Beine zurück.«

»In dieser Klinik vermögen wir zwar viel für unsere Patienten zu tun, aber neue Gliedmaßen herzustellen liegt weit jenseits unserer Möglichkeiten.« Der Arzt lächelte ebenso nachsichtig wie die Krankenschwestern.

Lexa stellte sich vor, dass das Personal dieser Anstalt einen Chip eingepflanzt bekam, der dieses Lächeln und diesen künstlichen Optimismus erzeugte. Doch was der Arzt und Schwester Barbara auch erzählen mochten – sie wusste es besser. Sie würde nie mehr so wie andere Menschen sein, nie mehr ein normales

Leben führen können, nie eine eigene Familie haben und niemals ein Kind, das Mama zu ihr sagte.

»So, fertig! Schwester Barbara gibt Ihnen noch eine Tablette gegen die Schmerzen.«

Der Arzt zeigte erneut seine Honigmiene und verabschiedete sich. Schwester Barbara breitete das Tuch wieder über das Gestell und füllte anschließend Lexas Glas.

»Sie sollten mehr trinken!«, riet sie und reichte Lexa eine Tablette. »Das hilft gegen die Schmerzen. Sollte es schlimmer werden, gebe ich Ihnen eine Spritze. Das will ich aber nur im Notfall tun, weil Ihre Eltern Sie heute Nachmittag besuchen kommen.«

Lexa blieb allein in ihrem Zimmer zurück. Der Durst zwang sie, ihrem Vorsatz, nichts zu trinken, untreu zu werden. Mehr aus Langeweile nahm sie das Steuergerät zur Hand und stellte den Kopfteil des Bettes so, dass sie bequem lag und den Fernseher gut im Blickfeld hatte. Dann schaltete sie das erste Programm ein. Es lief eine politische Sendung, die sie nicht interessierte. Sie ging durch sämtliche Programme hindurch, blieb auf einer Kindersendung hängen, die bald zu Ende war, und zappte zuletzt in einen schmalzigen Liebesfilm hinein. Als das Paar sich küsste und ewige Liebe schwor, kamen ihr die Tränen, und sie schaltete den Fernseher wieder aus.

Da sie befürchtete, Max würde sie wegen ihrer amputierten Beine nicht mehr anschauen, geschweige denn lieben, wollte sie ihn anrufen, um von ihm zu hören, dass seine Liebe zu ihr für alle Zeiten Bestand hatte. Doch als sie nach dem Telefon auf ihrem Nachttisch greifen wollte, verließ sie der Mut, und sie zog die Hand wieder zurück.

Punkt zwölf Uhr brachte Schwester Danila das Mittagessen. Es gab Hühnerbrühe mit Markklößchen und gebackene Champignons, beides Gerichte, die sie gerne mochte. Sie aß jedoch mit wenig Appetit und ließ die Hälfte zurückgehen. Danach wartete sie und blickte dabei alle fünf Minuten auf die Uhr am Fernseher.

Kurz nach zwei ging die Tür auf, und die Eltern kamen herein. Lexas Herz machte einen Sprung, als sie hinter ihnen Max auftauchen sah, und sie freute sich noch mehr, als Schwester Barbara erklärte, dass ihre Besucher an diesem Tag länger bleiben dürften.

»Hallo, mein Liebes!«, grüßte die Mutter und küsste Lexa auf die Wange. Sie trug ein pinkfarbenes Kostüm, während der Vater in Jeans und einem karierten Sakko gekommen war.

Anders, als sie erwartet hatte, steckte Max nicht in einer Motorradkombi, sondern hatte Jeans und einen dunkelbraunen Pullover angezogen. Auch wenn sein Motorrad bei dem Unfall zerstört worden war, hätte er doch mit einer Vorführmaschine aus seinem Geschäft zu ihr kommen können, dachte sie verwundert und streckte die Hände nach ihm aus.

»Hallo, Max! Ich bin so froh, dass du gekommen bist«, sagte sie leise.

Er trat neben ihr Bett und nahm ihre rechte Hand in die seine. »Es tut mir leid, dass es dich so erwischt hat.«

Lexa sah ihn fragend an. »Was ist eigentlich passiert? Ich kann mich an nichts erinnern.«

»Du kannst dich nicht an den Unfall erinnern?«, fragte Max verblüfft.

»Nein! Die drei letzten Tage vor dem Unglück verschwimmen in meiner Erinnerung, und ich weiß nicht, was wo stattgefunden hat«, sagte Lexa bedrückt.

Max hingegen atmete sichtlich auf. »Das Auto fuhr viel zu schnell. Damit habe ich nicht gerechnet! Ich wäre nämlich sonst gut rausgekommen. Der Kerl ist voll in uns reingedonnert, und dabei hat es dich erwischt.«

»Der Arzt meint, ich könnte später mit Prothesen fast so gut gehen wie mit meinen eigenen Beinen.« Lexa glaubte zwar nicht daran, wollte aber Max beruhigen und sich selbst nicht die Hoffnung nehmen, dass sie beide doch noch zusammen glücklich werden könnten.

»Das glaube ich auch«, sagte Max im aufmunternden Tonfall. »Du wirst sehen, das wird schon wieder! Sorg dich nicht, ich tue alles für dich. Das weißt du doch.«

Lexa nickte unter Tränen. »Ich weiß es. Ich liebe dich doch so sehr.«

»Ich dich auch, Lexa, ich dich auch.« Max beugte sich kurz über sie und berührte ihren Haaransatz mit seinen Lippen. Dann trat er zurück und überließ Lexas Eltern den Platz am Bett.

Jürgen Fabarius holte sich den Stuhl und setzte sich darauf. »Wie geht es dir, mein Schatz?«, fragte er besorgt.

»Wie du siehst, ausgezeichnet«, antwortete Lexa ätzend, bedauerte es aber sofort.

Der Vater strich ihr über die Stirn und kämpfte gegen seine Tränen an. Sagen konnte er im Augenblick nichts. Das übernahm die Mutter.

»Ich soll dich von Herrn Lehmann grüßen. Er wird in den nächsten Tagen vorbeikommen und dich besuchen.«

»Nein!«, rief Lexa aufgeregt. »Lehmann und die anderen aus der Sozietät sollen mich nicht als hilfloses Wesen sehen, das Windeln tragen muss, weil es nicht schnell genug auf die Toilette kommt.«

»Ich werde ihn anrufen und ihm sagen, dass außer uns dich noch niemand besuchen darf«, versprach ihre Mutter.

»Claudia hat auch angerufen und gefragt, wie es dir geht. Wenn es klappt, würde sie dich gerne besuchen«, berichtete nun ihr Vater.

Gegen Claudia hatte Lexa nichts. Auch wenn sie sich nicht häufig getroffen hatten, waren sie doch Freundinnen geworden.

»Schön«, sagte sie daher und sah dann zur Tür. »Wo ist Leon?« Auch wenn sie sich mit ihrem Bruder gelegentlich in die Haare geraten war, so hatte sie erwartet, er würde mit den Eltern mitkommen.

»Er wollte uns begleiten, hat aber den dringenden Anruf eines Kommilitonen erhalten, sodass er zu diesem fahren musste«, sagte der Vater und fasste nach Lexas Hand. »Mein tapferes Mädchen!«

Das hatte er früher gesagt, wenn Lexa als Kind krank gewesen war. Es jetzt nach Jahren wieder zu hören war seltsam.

»Ich hoffe, es geht euch allen gut«, antwortete Lexa, weil ihr nichts anderes einfiel.

»Dein Vater und ich hatten heute ein längeres Gespräch mit Professor Heinrich über deine Zukunft«, erzählte die Mutter. »Der Professor meint, dass du mit Rollstuhl und Prothesen noch recht mobil sein wirst. Wir müssen natürlich alles behindertengerecht einrichten, bis du aus der Reha kommst. Bis dorthin brauchen wir auch ein Auto, in das du vom Rollstuhl aus bequem einsteigen kannst. Dein jetziger Wagen ist den Worten des Professors zufolge nicht dafür geeignet. Wir sind der Meinung, wir sollten es verkaufen und ein bequemeres Auto besorgen.«

»Ich weiß nicht, ob ich je noch einmal Auto fahren kann«, wandte Lexa ein.

»Darüber haben wir uns auch schon Gedanken gemacht. Leon will seinen alten Wagen hergeben und sich einen zulegen, der auch für dich geeignet ist. Wenn wir eure beiden Autos verkaufen, brauchen wir noch etwa zwanzigtausend Euro für ein entsprechendes Fahrzeug. Ich habe gestern mit dem Filialleiter deiner Bank gesprochen. Er meint, es wäre das Beste, wenn du mir eine Vollmacht über deine Konten ausstellst. Ich habe die Formulare bei mir.« Mit diesen Worten zog Lexas Mutter ein Kuvert aus ihrer Handtasche, holte einige Blätter heraus und hielt sie Lexa hin.

Lexa war zu müde und innerlich viel zu wundgeschlagen, um über diese Forderung nachdenken zu können. Daher unterschrieb sie, als die Mutter ihr einen Kugelschreiber reichte und ihr Formular für Formular hinhielt. Nachdem diese die Unterlagen mit einem zufriedenen Seufzer eingesteckt hatte, lehnte Lexa sich erschöpft zurück und schloss die Augen.

»Es ist schlimm, nicht wahr, mein Kleines?«

Das Mitleid des Vaters schmerzte Lexa fast noch mehr als der rasche Griff der Mutter nach ihrem Geld. Am liebsten hätte sie die Eltern gebeten, sie und Max ein wenig allein zu lassen. Doch ihr Freund sah im gleichen Moment auf die Uhr und setzte ein schiefes Grinsen auf.

»Ich muss leider weg! Gute Besserung, Lexa! Es wird schon wieder.«

»Ja, das wird es«, sagte Lexa mit einer gewissen Enttäuschung. Sie hatte gehofft, er würde eine Weile bei ihr bleiben und sie trösten.

Auch die Mutter wandte sich der Tür zu. »Es wird Zeit für uns, Jürgen! Max ist auf uns angewiesen, denn sonst kommt er nicht in die Stadt zurück.«

Der Vater stand auf, seufzte und stellte den Stuhl beiseite. »Wir kommen morgen wieder, Lexa.«

»Morgen geht es nicht«, wandte die Mutter ein. »Am Vormittag habe ich den Termin beim Filialleiter der Bank, und am Nachmittag ist mein wöchentliches Yogatraining.«

Das ist natürlich wichtiger als deine Tochter, dachte Lexa niedergeschlagen und brachte es gerade noch fertig, den Abschiedsgruß ihrer Eltern zu beantworten.

7.

In den nächsten zwei Wochen besserte sich Lexas körperlicher Zustand, ihre Stimmung blieb jedoch tief gedrückt. Zwar kam ihr Vater fast jeden Tag, und auch ihre Mutter ließ sich immer wieder sehen. Gelegentlich tauchte auch Leon auf und erzählte von seinen Plänen. Ihren Wagen hatte er mittlerweile verkauft, wenn auch für Lexas Gefühl ein paar Tausend Euro zu billig. Bis sie aus der Reha kam, versprach er, sich auch von seinem eigenen Auto zu trennen.

»Ist natürlich ein Opfer für mich, denn jetzt soll ich einen doofen Kleinbus kaufen, damit du mitfahren kannst«, meinte er in brüderlicher Liebenswürdigkeit, um dann einen weiteren Punkt anzusprechen. »Du brauchst doch deine Prozente bei der Kfz-Versicherung nicht mehr. Mein Versicherungsvertreter meint, er könnte sie auf mich umschreiben.«

»Den Gefallen solltest du Leon tun«, drängte die Mutter.

»Ich habe das Formular dabei. Wenn du hier unterschreibst.« Leon hielt ihr das Blatt vor die Nase.

»Ich brauche eine Unterlage! So geht es nicht«, antwortete Lexa gereizt.

Gewohnt, täglich zu arbeiten, ging ihr die erzwungene Untätigkeit in der Klinik zunehmend auf die Nerven. Gleichzeitig ärgerte sie sich, weil ihre Eltern und Leon zwar für sie planten, sie selbst aber nie in die Beratungen mit einbezogen.

Außerdem fragte sie sich, wo Max blieb. Seit dem einen Besuch war er nicht mehr aufgetaucht und hatte auch nicht angerufen. Dabei hatte sie das Telefon freischalten lassen und ihre Mutter gebeten, die Nummer Max und einigen wenigen Freunden mitzuteilen.

Claudia hatte nicht nur angerufen, sondern war auch schon einmal bei ihr gewesen. Auch Moni, Mikes Ex-Freundin, hatte sich telefonisch gemeldet, ebenso Ruth Beinroth aus dem Lehmann-Team. Lehmann selbst hatte nichts von sich hören lassen. Dabei hätte Lexa gerne gewusst, ob ihre letzte große Transaktion so erfolgreich verlief, wie sie es erhoffte.

»Was ist eigentlich mit meinem Laptop? Ich hatte euch doch gebeten, ihn mitzubringen. Außerdem brauche ich dringend mein Handy!«

»Das ist bei dem Unfall kaputtgegangen«, erklärte die Mutter.

»Dann brauche ich ein neues, und zwar von derselben Marke, die ich hatte«, sagte Lexa drängend.

»Kriegst du alles! Der Arzt sagt aber, du sollst dich zuerst ein wenig erholen. Unterschreib jetzt!« Damit legte Leon ihr den Vordruck hin und drückte ihr einen Kugelschreiber in die Hand.

Lexa war zu schwach, um wegen ihres Laptops und eines neuen Handys nachzuhaken, und setzte ihre Unterschrift unter das Papier. Kaum hatte sie das getan, drängte ihr Bruder auch schon zum Aufbruch. »Komm, Mama! Ich will das Blatt heute noch bei meinem Versicherungsfritzen vorbeibringen. Mach's gut, Lexa, bis zum nächsten Mal.«

»Servus«, sagte Lexa, während der Vater sich über sie beugte und ihre Wange küsste.

»Mir wär's lieber, ich würde hier liegen, und du wärst gesund«, sagte er unter Tränen und folgte seiner Frau und Leon nach draußen.

Lexa blieb nicht lange allein, denn Schwester Barbara kam ins Zimmer und wies auf den Rollstuhl, der in der Ecke stand.

»So, jetzt werden wir zum Röntgen fahren.«

Bislang stand Lexa mit diesem Gerät auf Kriegsfuß. Es war ein größerer Aufwand, bis sie mit all ihren Schläuchen und Kabeln darauf verstaut war. Auch konnte sie das Ding nicht selbst fahren, sondern wurde von Schwester Barbara geschoben. Am meisten aber störte es sie, dass andere Patienten und deren Besucher draußen auf dem Flur sehen konnten, dass dort, wo ihre Füße sein sollten, nichts war. Auch diesmal waren viele Leute in den Fluren unterwegs, und Lexa entging nicht, dass ihr viele Blicke folgten.

»Das arme Ding«, sagte eine ältere Frau, an der sie vorüberkamen, zu ihren Besuchern. »So jung und so vom Schicksal geschlagen!«

Was die anderen darauf antworteten, vernahm Lexa nicht mehr, da Schwester Barbara sie in den Aufzug schob und mit ihr in das erste Kellergeschoss fuhr. In der Röntgenstation musste Lexa ihren Morgenmantel ausziehen und wurde in ihrem dünnen Nachthemd auf den Tisch gelegt. Es dauerte eine gewisse Zeit, bis die Aufnahmen gemacht worden waren. Danach fror Lexa so sehr, dass ihre Zähne klapperten.

»Ich glaube, wir brauchen etwas zum Aufwärmen. Soll ich Sie in unser Café fahren, damit Sie einen Latte macchiato trinken können?«, fragte Schwester Barbara.

»Eher einen Cappuccino.« Noch während sie es sagte, schüttelte Lexa den Kopf. »Nein, ich möchte aufs Zimmer.«

»Es wäre aber gut, wenn Sie mal etwas anderes sehen würden.«

»Nicht mit dem ganzen Zeug an mir dran! Ich komme mir vor wie Frankensteins Monster.«

Schwester Barbara musste lachen. »Wie ein Monster sehen Sie wirklich nicht aus! Außerdem werden Sie die Schläuche wahrscheinlich heute noch los – oder spätestens morgen. Der Professor ist der Meinung, dass sie nicht mehr notwendig sind. Wenn er es erlaubt, machen wir sie heute Abend ab, wenn wir mit dem Verbandswagen kommen.«

»Schön.« Zum ersten Mal seit dem Unfall fühlte Lexa eine gewisse Erleichterung. Wenn diese Schläuche und Kabel weg waren, würde sie sich vielleicht doch wieder wie ein Mensch fühlen. Allerdings wie einer ohne Beine, schränkte sie ein und versank erneut in tiefer Niedergeschlagenheit.

8.

Als Lexa in ihr Zimmer zurückgebracht wurde, wartete dort Besuch auf sie. Es war Lehmann, und er sah bei ihrem Anblick seltsam zufrieden aus.

»Wie geht es Ihnen denn, Frau Fabarius?«, fragte er scheinbar mitfühlend.

»Uns geht es gut, nicht wahr?«, übernahm Schwester Barbara die Antwort und scheuchte Lehmann aus dem Zimmer.

»Sie können gleich wieder hereinkommen!«, setzte sie hinzu

und begann, Lexas Schläuche und Geräte wieder dorthin zu hängen, wo sie hingehörten.

Fünf Minuten später lag Lexa im Bett, und Lehmann trat wieder ein. Er hatte Blumen besorgt, die Schwester Danila gerade in eine Vase stellte.

»Ich soll Sie von allen aus unserem Team grüßen«, sagte er. »Wir hoffen, dass Sie bald aus dem Krankenhaus entlassen werden. So wie bisher werden Sie zwar nicht mehr arbeiten können, aber ich will Sie natürlich nicht im Stich lassen. Sie sind eine ausgezeichnete Analytikerin und kennen den Geldmarkt. Daher schlage ich Ihnen vor, dass Sie freiberuflich für mich tätig werden und Anlagemöglichkeiten ausloten. Sie erhalten fünfundzwanzig Prozent der Erträge.«

Lehmann sah aus, als hätte er ihr eben das tollste Angebot gemacht, obwohl er drei Viertel dessen, was er durch sie verdienen würde, selbst einstreichen wollte. Trotzdem überlegte Lexa, darauf einzugehen. Welch andere Chancen hatte sie noch? Etwas in ihr widersprach. Sie konnte ihre Kunden auch vom Rollstuhl aus betreuen und dadurch weitaus mehr Geld verdienen, als Lehmann ihr bot.

»Ich werde es mir überlegen«, antwortete sie zurückhaltend.

»Ich habe mit Ihrer Mutter schon vereinbart, dass ich Ihre Kunden übernehme. Dafür bräuchte ich noch die entsprechenden Datensätze«, drängte Lehmann weiter.

»Die waren auf meinem Handy, aber das ist kaputtgegangen. Daher müsste ich auf meinem Laptop nachsehen, ob dort alles gespeichert ist.«

Bei dem Gedanken an ihre letzten Transaktionen wurde es Lexa heiß und kalt zugleich. Hoffentlich hatte sie die Daten rechtzeitig an ihren Laptop geschickt.

»Ihre letzte Aktion war übrigens genial! Ich habe mich seit zwei Jahren vergeblich bemüht, in diesen Fonds einzusteigen. Jetzt endlich habe ich einen Fuß in der Tür.«

Als Lehmann das Wort Fuß aussprach, zuckte Lexa zusammen, sagte sich aber, dass er es nicht extra getan hatte, um sie an ihren hilflosen Zustand zu erinnern.

»Meine Geschäftsdaten müssen zu Hause auf meinem Laptop sein«, erklärte sie.

»Dann werde ich bei Ihnen zu Hause vorbeifahren.« Lehmann sah aus, als würde er am liebsten sofort aufbrechen, doch da schüttelte Lexa den Kopf.

»Mein Laptop ist passwortgeschützt.« Sie hatte es wegen Leon getan, der ab und an auch ihren Computer benützt hatte, um für sein Studium Informationen zu suchen. Dabei hatte er eine ihrer wichtigsten Dateien gelöscht, und es war ihr nur mit Mühe gelungen, sie wiederherzustellen. Seitdem schützte sie ihren Computer vor fremden Zugriffen.

»Dann geben Sie mir das Passwort«, forderte Lehmann sie auf.

Wenn sie das tat, würde es auch Leon erfahren und wieder an ihr Gerät gehen. Das wollte sie ebenso wenig, wie die Daten Lehmann auszuliefern. Daher schüttelte Lexa den Kopf. »Tut mir leid! Es sind zu viele persönliche Daten gespeichert, als dass ich jemand an meinen Computer lasse.«

»Dann sagen Sie Ihrem Bruder oder Ihrem Vater, er soll mir die Geschäftsunterlagen kopieren.« Lehmann lächelte zwar noch immer, wirkte jetzt aber deutlich angespannter.

Da Lexa das auf keinen Fall tun wollte, beschloss sie, ihre Eltern zu drängen, dass sie ihr endlich den Laptop brachten. Wenigstens in diesem Fall wollte sie selbst eine Entscheidung treffen, auch wenn ihr alle anderen abgenommen worden waren.

9.

Die Tage und Nächte in der Klinik verliefen in quälender Langeweile. Zwar brachte die Mutter ihr wie gewünscht den Laptop, doch als Lexa diesen einschaltete, war ihre Konzentration zunächst zu gering, um sich damit beschäftigen zu können, und sie stellte ihn wieder ab.

An einem Nachmittag klopfte es an die Tür, und eine Frau und ein Mann in blauer Uniform kamen herein.

»Guten Tag! Sind Sie Frau Fabarius?«, fragte der Polizist.

Lexa nickte. »Die bin ich.«

»Schneckle und Reißner von der Polizeiinspektion Heidelberg. Keine Angst, es ist nur Routine. Uns geht es darum, was Sie uns über den Unfall berichten können«, fuhr der Mann fort.

»Gar nichts«, antwortete Lexa. »Ich kann mich nicht daran erinnern. Selbst von den beiden Tagen davor habe ich nur Erinnerungsfetzen, die ich nicht richtig zusammenbringe.«

So hatte sie bis jetzt nicht herausgefunden, ob sie mit Andreas in Lehmanns Team oder bei dem Biker-Treffen gesprochen hatte. Das hätte sie interessiert, denn dieses Gespräch schien so wichtig für sie gewesen zu sein, dass sie gerne mehr darüber gewusst hätte.

Der Polizeibeamte stellte ihr noch einige Fragen, die sie jedoch ebenfalls nicht beantworten konnte. »Es tut mir leid, aber ich weiß wirklich nichts. Mein Gedächtnis hört in München auf und hat erst hier in der Klinik wieder eingesetzt. Ansonsten kann ich mich nur an ein paar Szenefetzen erinnern, die aber mit dem Unfall nichts zu tun haben. Vielleicht können Sie mir weiterhelfen?«

»Laut den Spuren, die wir gefunden haben, und den Zeugenaussagen ist Herr Maximilian Haglehner zu schnell und zu knapp vor einem Auto in die Vorfahrtsstraße eingebogen. Dabei hat er die Kontrolle über das Motorrad verloren und ist gestürzt. Das Auto konnte nicht mehr bremsen und ist über den hinteren Teil des Motorrads hinweggefahren. Sie wurden dabei so schwer verletzt, dass Sie mit einem Hubschrauber in dieses Unfallkrankenhaus gebracht worden sind.«

Die Darstellung des Polizisten hörte sich anders an als die von Max. Zuerst wollte Lexa darauf hinweisen, dann aber dachte sie an die schuldbewusste Miene, die er bei seinem einzigen Besuch gezeigt hatte, und begriff, dass nicht der fremde Autofahrer an dem Unfall schuld gewesen war, sondern er.

Das war ein Schock. Bis zu diesem Augenblick hatte sie ihm voll vertraut. Gleichzeitig sagte sie sich, dass er, falls er wirklich für ihren Zustand verantwortlich war, gefälligst dazu stehen und ihr helfen sollte.

Der Polizeibeamte ließ Lexa noch einen Vordruck unterschreiben, bevor er samt seiner schweigsamen Kollegin das Krankenzimmer verließ. Lexa sah es nur wie durch einen Schleier, da sie die Tränen nicht mehr zurückhalten konnte.

»Max, warum gibst du nicht zu, dass du Scheiße gebaut hast? Warum hilfst du mir nicht, das alles zu überstehen? Was ist schon dabei, wenn ich keine Beine mehr habe? Ich bin doch immer noch derselbe Mensch!«, rief sie und blickte nicht einmal auf, als Schwester Danila ihr das Abendessen brachte. Sie ließ es unberührt zurückgehen und entschuldigte sich damit, keinen Hunger zu haben.

»Sie sollten aber essen, denn Sie werden Kraft in den Armen brauchen, um mit dem Rollstuhl und später mit den Krücken umgehen zu können«, tadelte Danila sie.

Lexa drehte ihr jedoch nur den Rücken zu und presste das Gesicht auf die Bettdecke, damit die Schwester nicht die Tränen sah, die ihr über die Wangen strömten. Warum hatte Max nicht zugegeben, dass er einen Fehler begangen hatte, sondern ihr gegenüber dem Autofahrer die Schuld zugeschoben?, fragte sie sich verzweifelt. Für eine gute Partnerschaft war Vertrauen doch das Wichtigste! Sie hätte ihm keine Vorwürfe gemacht.

Vielleicht hatte er welche erwartet und daher gelogen? Trotzdem spürte sie, dass ihr Vertrauen in ihn erschüttert war. Jetzt nimm dich zusammen!, befahl sie sich selbst. Es gibt sicher eine schlüssige Erklärung für sein Verhalten. Wahrscheinlich war der andere tatsächlich etwas zu schnell gewesen, und Max hatte bei dem Versuch zu beschleunigen die Kontrolle über sein Motorrad verloren.

Lexa grübelte noch, als Schwester Barbara mit dem Verbandswagen erschien. Ihr folgten Professor Heinrich und sein junger Assistent.

»Es sieht sehr gut bei Ihnen aus. Der Heilungsprozess schreitet stabil fort, und es ist tatsächlich keine Nachoperation notwendig. Daher nehmen wir Ihnen all die hinderlichen Schläuche ab«, erklärte der Professor munter. »Danach können Sie sich mit dem Rollstuhl innerhalb der Klinik frei bewegen. Übrigens bleiben Sie nicht mehr lange hier! Wir können Sie mit gutem Gewissen ins Rehabilitationszentrum überweisen, damit dort mit den Vorbereitungen für die Entwicklung passender Prothesen begonnen werden kann. Ich rate Ihnen noch einmal dringend, zu meinem Vetter nach Kronach zu fahren. Dort wären Sie in den besten Händen.«

Lexa senkte bedrückt den Kopf. »Ich würde ja gerne, aber meine Eltern wollen das nicht. Sie haben eine Kurklinik mit Reha-Station in der Nähe von Landshut ausgesucht, weil sie mich dort leichter besuchen können.«

»Das gefällt mir nicht.« Der Professor schüttelte den Kopf. »Ich habe einige Dinge über diese Klinik gehört und glaube nicht, dass Sie dort die Pflege erhalten, die für Sie dringend notwendig ist.«

»Meine Mutter hat so entschieden«, sagte Lexa hilflos.

»Dann wollen wir hoffen, dass es Ihnen nicht zum Schlechten ausschlägt. Aber jetzt wollen wir Sie von Ihrer Verkabelung befreien.«

Während Professor Heinrich mit Unterstützung seines Assistenzarztes daranging, die Schläuche und Kabel zu entfernen, dachte Lexa über das Gehörte nach. Sie ärgerte sich immer mehr, dass ihre Mutter ihr Leben steuerte, ohne sie auch nur ein Mal nach ihren eigenen Wünschen und Vorstellungen zu fragen. So hatte diese ihr zwar vor ein paar Tagen ihren Laptop mitgebracht. Doch kaum war Lexa in der Lage gewesen, die Dateien für Lehmann zu kopieren, war es der Mutter eingefallen, dass es zu riskant wäre, das teure Gerät länger in der Klinik zu lassen. Daher hatte sie es Lexas Protesten zum Trotz wieder mit nach Hause genommen. Vorher aber hatte sie ihre Tochter so lange genervt, bis diese ihr das Passwort für den Laptop genannt hatte.

Als die Schläuche aus den Amputationsnarben gezogen wurden, riss sie zweimal ein kurzer Schmerz aus ihren Gedanken. Der Professor erklärte ihr, dass die Muskelenden über den Stümpfen vernäht worden waren, um ihr das Tragen von Prothesen zu erleichtern.

»Andere Muskeln wurden am Knochen befestigt, um die Beweglichkeit der Knie zu erhalten«, setzte er hinzu und sah sie zuletzt aufmunternd an. »Sie sehen, wir haben alles so gut gemacht, wie es in Ihrem Fall nur möglich war.«

»Danke«, antwortete Lexa, weil sie das Gefühl hatte, dass man es von ihr erwartete.

Im Gegensatz zu dem, was sie über ihre Mutter dachte, konnte sie sich weder über den Professor noch über dessen Team beschweren. Der junge Arzt, Schwester Barbara und ihre Kolleginnen hatten alles getan, um ihr den Aufenthalt in der Klinik so leicht wie möglich zu machen.

Schwester Barbara schob den Wagen mit den verschiedenen Geräten vom Bett weg. Endlich war sie frei, sagte Lexa sich. Frei? Das war wohl nicht das richtige Wort. Schließlich war sie an ihr Bett und an den elenden Rollstuhl gefesselt, der allen verriet, dass sie kein vollständiger Mensch mehr war.

»Jetzt ist es schon viel besser, nicht wahr?«, sagte Schwester Barbara augenzwinkernd zu ihr.

In gewisser Weise stimmte es. Der Wagen mit all seinen Geräten, Schläuchen und Kabeln hatte Lexa zusätzlich deprimiert. Nun zu sehen, wie er weggebracht wurde, erleichterte sie etwas. Schwester Barbara stellte den Rollstuhl auf diese Seite des Bettes und half ihr, sich hineinzusetzen.

»Ich werde Ihnen noch ein-, zweimal assistieren müssen, danach schaffen Sie es allein. Sie können dann die Toilette auch ohne Unterstützung benutzen und sollten ein wenig herumfahren, um in Übung zu kommen. Fahren Sie aber langsam! Der Rollstuhl hat keine Bremse, die Sie ziehen oder treten könnten.«

»Treten dürfte in meinem Fall auch schwierig sein.« Lexa griff nach den Rädern des Rollstuhls, wurde aber von Schwester Barbara belehrt, den kleineren Metallring an der Außenseite der Räder für die Fortbewegung zu benutzen.

Nach all den Tagen, die sie im Bett hatte liegen müssen, war selbst das Hin-und-her-Fahren im Zimmer ein Abenteuer für Lexa. Der Professor und sein Assistent verabschiedeten sich nun und verließen den Raum.

»Wir holen uns jetzt eine Flasche Tee!«, befahl Schwester Barbara und zeigte auf die Halterung an der Seite des Rollstuhls, die dafür vorgesehen war.

»Fahren Sie mit der rechten Seite an die Tür, drücken die Klinke und fahren mit dem Rollstuhl so weit vor, dass Sie die Tür öffnen können. Danach fahren Sie hinaus, drehen den Rollstuhl und machen die Tür ebenfalls mit der rechten Hand hinter sich zu«, befahl sie ihrer Patientin.

Lexa folgte ihren Anweisungen, renkte sich aber fast den Arm aus, als ihr der Rollstuhl wegrollte.

»Mit der anderen Hand müssen Sie das Antriebsrad festhalten, sonst tanzt der Rollstuhl mit Ihnen Tango«, rief Schwester Barbara Lexa zu. »Aber sonst geht es schon ganz gut! Jetzt fahren wir zur Stationsküche und holen unseren Tee.«

Es regte Lexa zunehmend auf, dass Schwester Barbara immer wir sagte, wenn sie sie meinte. Genervt rollte sie den Gang entlang und musste sich dabei die ständigen Kommentare der Krankenschwester anhören, wie sie mit dem Gefährt umgehen sollte. Endlich erreichte sie die Stationsküche. Deren Tür war offen, und sie wollte hineinfahren. Da kam ihr eine ältere Frau mit einer Thermosflasche in der Hand entgegen.

»Halt, etwas zurück! Lassen Sie die Dame heraus. Sie müssen bei Türen und Ähnlichem immer aufpassen, ob Sie freie Bahn haben«, belehrte Schwester Barbara sie.

Lexa biss die Zähne zusammen, wollte zurücksetzen und wurde von Schwester Barbara aufgehalten.

»Bevor Sie rückwärtsfahren, müssen Sie immer schauen, ob hinter Ihnen frei ist.« Die Krankenschwester lächelte freundlich, ließ dann den Rollstuhl los und trat ein paar Schritte zurück.

»Danke«, sagte Lexa und wünschte sich sehnlichst in ihr Bett zurück.

10.

Nach den langen Tagen, in denen sie hatte liegen müssen, wurde es für Lexa nun hektisch, denn sie musste unter Schwester Barbaras Aufsicht lernen, ohne Hilfe vom Bett in den Rollstuhl und wieder zurück ins Bett zu kommen. Noch schwieriger war es, sich mit dem Rollstuhl in der Klinik zu bewegen.

»Das Ding braucht dringend einen Rückspiegel«, stöhnte Lexa, nachdem sie vor ihrer Zimmertür gegen den Küchenwagen gerumst war. Zwar war nichts passiert, dennoch musste sie sich erst einmal einen Vortrag von Schwester Danila anhören. Nach einer

Weile durfte sie dann doch in ihr Zimmer zurück und benutzte dort erst einmal die Toilette. Auch das hatte sie mittlerweile gelernt.

Als sie mit dem Rollstuhl aus dem Badezimmer herauskam, sah sie auf ihrem Nachttisch einen Brief liegen. Sie fuhr hin und nahm ihn in die Hand. Seit ihrem Unfall hatte sie keine Post mehr erhalten. Die geschäftlichen Briefe übergab ihre Mutter sofort Lehmann, der Rest wurde zu Hause aufbewahrt. Es sei aber nichts Wichtiges dabei, hatten die Eltern ihr erklärt. Auch wenn dies stimmte, hätte Lexa die Briefe gerne selbst durchgesehen. Jetzt las sie den Absender dieses Briefes und wunderte sich. Es war einer ihrer Kunden, und er hatte hier an das Krankenhaus geschrieben.

Wenn es geschäftlich war, würde sie den Brief ihrer Mutter mitgeben müssen, damit diese ihn Lehmann brachte, dachte sie, während sie das Kuvert aufriss. Es enthielt ein Blatt mit einer lustigen Zeichnung in der rechten unteren Ecke und ein paar mit der Hand geschriebene Zeilen.

»Werte Frau Fabarius«, las Lexa. »Ich hoffe sehr, dass Sie bald wieder auf dem Damm sind und mich persönlich beraten können. Mit Ihrem Vertreter Lehmann bin ich nicht zufrieden. Sie wissen, was ich will, doch er drängt mich, einige der von Ihnen vermittelten Anlagen mit mittlerer Verzinsung aufzulösen und in höher verzinste Fonds einzusteigen. Doch genau vor denen haben Sie mich vor einem Vierteljahr gewarnt. Mit besten Genesungswünschen, Ihr Leonhard Feigl.«

»Lehmann ist ein Idiot!«, rief Lexa empört. Bei dem Fonds, den er empfahl, hatte sie von Anfang an ein schlechtes Gefühl gehabt und war sicher, dass er das, was versprochen wurde, niemals halten würde. Kopfschüttelnd packte sie den Brief weg, stemmte sich wieder in ihr Bett und versuchte sich zu entspannen. Es gelang ihr jedoch nicht. Immer wieder dachte sie an Lehmann und Feigl und trauerte um ein Leben, in dem sie Feigl und ihre anderen

Klienten selbst hatte beraten können. Jetzt wusste sie nicht einmal mehr, wie die Aktien standen, geschweige denn, welche Anlagen gewinnversprechend waren.

Der Klingelton des Telefons riss sie aus ihren Überlegungen. Sie meldete sich. »Hier Fabarius.«

»Hallo Lexa«, hörte sie Claudias Stimme am anderen Ende der Leitung. »Wie geht's dir? Ich werde am Sonntag zu dir kommen.«

»Am Sonntag bin ich schon in der Nähe von Landshut«, antwortete Lexa traurig.

»Sag mir die Adresse, dann komme ich dorthin«, versprach Claudia. »Es ist auf alle Fälle positiv, wenn deine Reha beginnt. Dann kannst du damit rechnen, bald nach Hause zu kommen.«

»Meine Eltern müssen vorher noch die Wohnung umbauen, damit ich mich mit dem Rollstuhl bewegen kann«, antwortete Lexa. Gleichzeitig fragte sie sich, weshalb das so schwierig sein sollte. Es gab keine hinderlichen Türschwellen, und die Flure waren breit genug. Selbst in ihrem Badezimmer musste kaum etwas gemacht werden, da sie sich eine moderne Toilette geleistet hatte.

»He, Lexa, hörst du mir überhaupt zu?« Claudias Frage riss Lexa aus ihren Gedanken.

»Tut mir leid, ich verliere mich seit dem Unfall immer wieder in Gedanken und bin dann wie weggetreten«, entschuldigte sie sich.

»Das ist auch kein Wunder. So einen Unfall steckt keiner so leicht weg. Aber jetzt etwas anderes. Jennifer ist nach München gekommen.«

»Welche Jennifer?«

»Sag bloß, du erinnerst dich nicht mehr an diese Platzpatronensexbombe, die wir in Sinsheim kennengelernt haben?«, fragte Claudia verblüfft.

»Ich kann mich kaum an die beiden letzten Tage vor dem Unfall erinnern, sondern habe nur einzelne Bilder im Kopf. Kennst du einen Andreas?«

»Andreas? Das war doch jener Muffelkopf, mit dem Jennifer gekommen ist.«

Als Muffelkopf hatte Lexa Andreas nicht in Erinnerung. Ihr hatte das Gespräch mit ihm im Gegenteil ausgezeichnet gefallen. Sie spürte aber, dass Claudia mehr über Jennifer sprechen wollte als über ihn.

»Was ist mit dieser Jennifer?«

»Die ist ohne Job und Wohnung nach München gekommen. Jetzt rödelt Max sich ab, um ihr einen Job zu besorgen. Dass sie eine eigene Wohnung braucht, bezweifle ich aber. Sie ist bei Max eingezogen, und die beiden hängen ständig zusammen. Es tut mir leid, aber ich wollte es dir sagen, bevor es ein anderer tut. Mich ärgert es ebenso wie das, was Max über dich und den Unfall erzählt.«

»Was erzählt er denn?«, fragte Lexa angespannt.

»Er behauptet, es wäre nur deshalb zu dem Unfall gekommen, weil du …«

»Weil ich was …?«, bohrte Lexa nach, als Claudia ihren Satz abbrach.

»Du sollst eine falsche Bewegung gemacht und damit den Sturz verursacht haben.«

»Ich soll …?« Lexa blieb die Luft weg. Auch wenn sie sich nicht an den Unfall erinnern konnte, war dieser Vorwurf gemein. Das konnte Max nicht gesagt haben!

»Laut Polizei soll Max zu schnell auf die Vorfahrtsstraße eingebogen und dadurch zum Sturz gekommen sein«, antwortete sie leise.

»Ich habe mich fürchterlich über Max geärgert und mich deswegen schon mit Bernd gestritten. Da Max derzeit keinen Führerschein besitzt, hat er Bernd gebeten, ihn zu fahren. Der Idiot tut es auch noch. Daher sitze ich fast jeden Abend allein zu Hause, weil Bernd mit Max unterwegs ist.«

»Andere für sich einnehmen, das kann Max sehr gut. Neu ist mir allerdings, dass er, wenn etwas schiefgeht, anderen die Schuld dafür zuschiebt.«

Wieder stieg der Ärger über Max in Lexa hoch. Sie und er waren beim Motorradfahren ein gut eingespieltes Team gewesen. Daher konnte sie sich nicht vorstellen, dass sie die Ursache für den Unfall gewesen war. Auch der Bericht des Polizisten sprach dagegen.

Noch während Claudia sich verabschiedete, liefen ihr wieder Tränen über die Wangen. Der Wert einer Beziehung zeigte sich am besten, wenn es galt, Katastrophen gemeinsam zu meistern. Statt ihr beizustehen, hatte Max sich als Schönwetter-Lover entlarvt, der sie im Stich ließ. Ein Teil von ihr sagte, sie solle froh sein, dies früh genug begriffen zu haben. Aber diese Erkenntnis hatte sie beide Füße gekostet und sie zu einem menschlichen Wrack gemacht. In ihre Tränen mischte sich die Trauer um ihre verlorene Liebe mit dem Verlust ihrer gesunden Glieder, und sie wünschte sich, einfach einschlafen zu können und nie mehr aufzuwachen.

Kurz darauf klopfte es an ihre Tür, und der Professor und Schwester Barbara traten ins Zimmer. Lexa wischte sich die Tränen von den Wangen und versuchte zu lächeln. Wie es in ihr aussah, ging niemanden etwas an.

»Ich will mich von Ihnen verabschieden, Frau Fabarius, und Ihnen viel Erfolg bei Ihrer Reha wünschen, auch wenn diese nicht dort stattfinden wird, wo ich Sie gerne gesehen hätte«, sagte der Klinikchef.

Schwester Barbara lächelte ebenfalls. »Sie werden morgen Vormittag vom Fahrdienst des Kurhotels abgeholt. Ich werde Ihnen vorher helfen, Ihre Sachen zu packen.«

»Danke.«

»Sie werden sehen, es geht mit jedem Tag aufwärts. In ein paar Wochen werden Sie den Rollstuhl gar nicht mehr brauchen, sondern können mit Prothesen gehen. Also Kopf hoch! Sie sind eine junge, sehr attraktive Frau und werden alle Schwierigkeiten meistern«, sagte der Professor und streckte ihr die Hand hin.

Lexa ergriff sie und rang sich erneut ein Lächeln ab. »Besten Dank für die gute Pflege. Ihr Personal ist wirklich erstklassig.«

»Das freut mich.« Professor Heinrich lächelte Lexa noch einmal zu und verließ nach einem kurzen Abschiedsgruß gemeinsam mit Schwester Barbara das Zimmer.

Nachdem Lexa wieder allein war, rief sie ihre Mutter an und erklärte ihr, dass sie bereits morgen nach Niederbayern gebracht werde.

»So früh schon?«, wunderte sich die Mutter. »Wir dachten, das würde noch eine gute Woche dauern. Wie lange wirst du in der Rehaklinik bleiben?«

»Aber Mama, das weiß ich doch jetzt noch nicht«, antwortete Lexa seufzend.

»Dann haben wir hoffentlich die Zeit, alle Vorbereitungen zu treffen. Ich schlage vor, dass du Leons Zimmer nehmen solltest. Er kann ja in deine bisherige Wohnung umziehen. Wir …«

Der Rest rauschte an Lexa vorbei. Sie hatte viel Geld ausgegeben, um den Eltern beim Kauf des Hauses zu helfen und die ebenerdige Einliegerwohnung für sich einzurichten. Jetzt sollte sie diese einfach ihrem Bruder überlassen? Sein Zimmer war nicht klein, lag aber im zweiten Stock und hatte teilweise schräge Wände. Wie sollte sie ohne ständige Hilfe hinein- und hinauskommen? Nicht mit mir, sagte sie sich. Doch das war nichts, was sie am Telefon klären wollte.

»Weißt du, mein Liebes, ich werde morgen Vormittag in die Klinik kommen und deine Sachen packen«, bot ihre Mutter an.

»Das ist nicht nötig, Mama. Schwester Barbara wird mir helfen.«

»Ich komme auf jeden Fall«, erklärte Wiebke Fabarius und wünschte ihrer Tochter eine gute Nacht.

Lexa lachte bitter auf, als das Gespräch beendet war. »Eine gute Nacht? Die werde ich haben! Max behauptet, ich wäre an seinem Unfall schuld, und treibt sich mit irgendeiner Schlampe herum, und meine Eltern wollen mir meine Wohnung wegnehmen und mich in eine Abstellkammer sperren.«

Noch nie in ihrem Leben hatte Lexa sich so hilflos gefühlt, und noch nie war sie so voller Ärger und Zorn gewesen. Sie hielt schon das Telefon in der Hand, um es gegen die Wand zu knallen. Im letzten Moment beherrschte sie sich und stellte es zurück auf den Nachttisch. Sie war jedoch viel zu aufgewühlt, um im Bett bleiben zu können. Daher zog sie den Rollstuhl heran, setzte sich darauf und fuhr zu ihrem Schrank. Dort holte sie ihre Reisetasche heraus und begann zu packen.

Ihre Mutter hatte sie gut mit Unterwäsche und Nachthemden versorgt, ihr aber kein einziges T-Shirt und auch keine Jogginghose gebracht, die sie in der Reha benötigen würde. Stattdessen fand sie ihre Pantoffel und fing schallend an zu lachen. Die Dinger waren nun überflüssig! Sie packte sie und fuhr zum Abfalleimer. Doch als sie die Pantoffel hineinstopfen wollte, zögerte sie. Immerhin hatte sie diese bei einem Geschäftstermin in Mailand in einem neben dem Hotel liegenden Schuhgeschäft entdeckt und sich sofort in sie verliebt. Wenn sie sie jetzt wegwarf, würde sie auch die Erinnerung an eine schöne Reise zerstören.

»Ich nehme sie als Andenken mit«, beschloss sie.

Danach rief sie noch einmal zu Hause an, bekam aber nur ihren Bruder ans Telefon.

»Sag Mama bitte, sie soll morgen früh mehrere T-Shirts und zwei Jogginghosen mitbringen.« Zu mehr kam sie nicht, da Leon sofort das Gespräch an sich riss.

»Es war ein Fehler, dass Mama deine Geschäftsdaten Lehmann übergeben hat. Der hat uns für den laufenden Monat nur dreitausend Euro geschickt, vor Steuern! Das hätte sogar ich besser machen können. Ein paar Tipps von dir und die Sache wäre gelaufen.«

Lexa stellte sich ihren Bruder als Anlageberater vor und verkniff sich im letzten Moment das Lachen. Leon würde bei drei von vier Geschäftsterminen zu spät kommen und den letzten vergessen. Trotzdem ärgerte sie sich über Lehmann. Wenn dieser glaubte, sie auf eine solche Weise abspeisen zu können, übergab sie die Verwaltung ihrer Geschäfte lieber an Ruth. Die war zwar eine Schlafmütze, würde sie aber mit Sicherheit nicht betrügen.

»Also abgemacht. Sobald du in der Reha bist, weist du mich ein«, erklärte Leon drängend.

»Dafür brauche ich meinen Laptop. Sag Mama, sie soll ihn mir morgen wieder mitbringen.«

Lexa hatte nicht vor, ihrem Bruder die Sache zu überlassen, doch sie wollte endlich ihre Mails lesen und ihr Konto prüfen. Außerdem würden einige ihrer Anlagen bald fällig werden. Das Geld würde sie auf keinen Fall Lehmann anvertrauen.

Leon berichtete unterdessen, wie schwer es wäre, ein für Lexa geeignetes Auto zu finden. Irgendwann schaltete Lexa ihre Ohren auf Durchzug und war schließlich froh, als ihr Bruder sich verabschiedete.

11.

Als die Mutter am nächsten Morgen kam, hatte sie weder die Joggingkleidung noch Lexas Laptop bei sich.

Gegen ihren Willen knirschte Lexa mit den Zähnen. »Ich hatte Leon gestern Abend gesagt, dass ich die Sachen dringend brauche.«

Die Mutter starrte sie verständnislos an. »Es tut mir leid, aber als ich nach Hause kam, war Leon weg. Ein Freund, der weiß, dass er ein Auto sucht, hatte ihn angerufen. Daher ist Leon noch in der Nacht nach Braunschweig gefahren, um sich den Wagen anzusehen.«

»Was tut er in Braunschweig? Einen Kleinbus hätte er auch hier bekommen«, fragte Lexa verwundert. »Auf jeden Fall ärgert es mich, dass er meine Bitte nicht weitergegeben hat. Ich kann die Übungen in der Rehaklinik nicht im Nachthemd machen, sondern brauche dringend Hosen und T-Shirts. Vielleicht könnt ihr sie heute noch hinbringen.«

»In die Rehaklinik? Aber die ist doch bei Landshut.«

In Lexas Ohren klang es wie am Ende der Welt. »Mama, ihr müsst es tun! Selbst wenn du sofort nach Hause fahren würdest, um die Sachen zu holen, wärest du nicht mehr rechtzeitig zurück. Der Fahrdienst kommt in einer halben Stunde«, erklärte sie.

Die Mutter nickte betreten und wandte sich zum Schrank. »Ich werde mich jetzt um deine Sachen kümmern.«

Lexa sagte nichts, sondern sah zu, wie ihre Mutter die Schranktür öffnete und die fein säuberlich gepackte Reisetasche entdeckte. Fast im selben Augenblick kam Schwester Danila ins Zimmer.

»Ich werde jetzt Ihre Sachen packen«, sagte sie und sah dann, dass alles fertig war.

»Oh, Sie haben es schon für Ihre Tochter gemacht«, sagte sie.

Zu Lexas Erstaunen nickte ihre Mutter. »Ich habe alles fertig gemacht.«

Es ist, als wäre das, was ich tue, nichts mehr wert, fuhr es Lexa durch den Kopf, und sie spürte, wie ihre Verzweiflung wuchs.

DRITTES KAPITEL

Fremdbestimmt

1.

Lexa fuhr mit ihrem Rollstuhl durch den Klinikeingang und sah einen VW-Bus mit der Aufschrift »Kurhotel Sehnsucht« vor sich. Ein älterer Mann stand daneben und rauchte eine Zigarette. Als er sie sah, schnippte er die Kippe weg und kam ihr entgegen.

»Sie sind also unsere heutige Passagierin«, sagte er mit starkem Dialekteinschlag.

»Es sieht so aus.« Lexa glaubte, er würde sie in den Wagen heben und sie auf einem der Sitze anschnallen. Doch er öffnete die Hecktür, klappte eine Platte aus und ließ sie wie einen Fahrstuhl nach unten fahren. Danach schob er Lexas Rollstuhl auf die Plattform, fixierte ihn mit zwei kurzen Leinen und fuhr sie wieder hoch. Er selbst stieg durch die Seitentür ein, zog den Rollstuhl ins Innere des Wagens und befestigte ihn an der rechten Wand. Lexa selbst sicherte er mit zwei Kreuzriemen. Anschließend stellte er ihre Reisetasche neben den Rollstuhl und schloss die Hecktür.

»Wir warten bloß noch auf den Noah. Der holt Ihre Unterlagen ab«, sagte er und zog eine weitere Zigarette aus der Schachtel.

Lexa hoffte, dass er nicht auch unterwegs rauchen würde. Wenigstens trat er ein paar Schritte vom Wagen weg, damit der Rauch nicht zu ihr ins Innere zog.

Ihre Mutter blieb neben der offenen Tür stehen. »Ich fahre jetzt zurück. Ruf uns an, wenn du in der Klinik bist, damit wir deine Nummer haben.«

»Mach ich! Wenn ihr kommt, bringt bitte die Joggingsachen und meinen Laptop mit«, antwortete Lexa und hoffte, dass ihre Mutter es nicht ebenso vergessen würde wie Leon.

Es dauerte geraume Zeit, bis ein junger Mann auf den Bus zukam. In der linken Hand hielt er einen Ordner und legte ihn neben Lexas Rollstuhl.

»Ist alles fertig, Schorsch?«, fragte er den Raucher.

»Wegen mir können wir losfahren.« Der Mann schnippte seine halb gerauchte Zigarette ins nächste Blumenbeet und stieg auf der Fahrerseite ein.

Noah nahm neben ihm Platz und drehte sich zu Lexa um. »Sie haben es hoffentlich bequem?«

Angesichts der Tatsache, dass sie durch den Kreuzgurt unangenehm stramm an ihren Rollstuhl gefesselt war und nur noch die Arme bewegen konnte, empfand Lexa die Frage als scheinheilig.

»Es geht«, antwortete sie knapp, obwohl sie sich eher wie ein Gepäckstück fühlte.

Noah lächelte ihr zu, als übe er für eine Zahnpastareklame. »Ich bin übrigens Noah, Ihr Betreuer bei der Reha.«

»Sie zeigen mir also die Übungen, die ich machen muss?«, fragte Lexa.

»Das übernehmen unsere ausgebildeten Physiotherapeuten. Ich bin dafür zuständig, dass Sie sich bei uns wohlfühlen. Das heißt, ich besorge Ihnen Getränke, bringe Ihre Wäsche in unsere Wäscherei, kontrolliere die Putzkräfte und zeige Ihnen alles, was bei uns wichtig ist.«

»Sie sind also ein medizinischer Pfleger«, schloss Lexa daraus.

»Nicht direkt. Ich bin Student und verdiene mir im Kurhotel ein paar Euro hinzu. Wenn Sie etwas brauchen, auch wenn es nur eine Schulter ist, an der Sie sich ausweinen wollen – ich bin immer für Sie da.« Noah grinste Lexa an und deutete auf einen roten Knopf. »Wenn Sie den drücken, leuchtet auf dem Armaturenbrett eine Lampe auf, und wir wissen, dass Sie uns brauchen.«

»Danke«, sagte Lexa und beschloss, diesen Knopf nur bei Lebensgefahr zu drücken.

Dieser Noah war ihr unsympathisch, ohne dass sie es hätte begründen können. Jetzt verrenne dich nicht von vornherein in ein Vorurteil, mahnte sie sich. Vielleicht wird im Kurhotel auf eine familiäre Atmosphäre Wert gelegt.

Zwar stank Schorsch unangenehm nach Zigarettenrauch, aber an seinen Fahrkünsten war nichts auszusetzen, und sie spürte auch kaum etwas von seinen Bremsmanövern. Nach einer Weile hätte sie gerne gewusst, wie viel Zeit seit ihrer Abfahrt vergangen war.

Ich muss Mama bitten, mir meine Uhr mitzubringen, dachte sie. Da sie bei dem Unfall beschädigt worden war, hatte die Mutter sie zur Reparatur gegeben, aber noch nicht zurückgebracht.

»Wie es aussieht, werde ich mit Mama und wohl auch mit Leon einmal Tacheles reden müssen«, sagte Lexa leise.

»Gibt es etwas, was ich für Sie tun kann?«, meldete sich Noah von vorne.

Lexa schüttelte den Kopf. »Danke nein! Ich habe nur laut gedacht.«

2.

Die Fahrt endete in einem von niedrigen Hügeln eingerahmten Tal. In dessen Mitte lag ein kleiner See, und etwas seitlich davon stand das Kurhotel inmitten eines ausgedehnten Parks. Der Parkplatz befand sich hinter dem Hotel. Dort war auch der Eingang für jene Patienten, die wie Lexa bewegungseingeschränkt waren. Für die anderen Patienten und die Besucher führte ein breiter Weg zum pompösen Vordereingang des Gebäudes.

Lexa sah, dass einige sie anstarrten, als Georg sie mit ihrem Rollstuhl aus dem Kleinbus schob. Kaum hatte sich die Hebeplatte auf Bodenniveau abgesenkt, fasste Noah nach den Schiebegriffen des Rollstuhls und berührte dabei ihre Schulter.

»Ich bringe Sie in Ihr Zimmer, dort können Sie sich frisch machen. Anschließend geht es in den Speisesaal zum Mittagessen«, sagte er, während er Lexa auf die Eingangstür zuschob.

»Speisesaal?«, fragte Lexa verwirrt. »Ich will nicht zusammen mit anderen Leuten essen, die alle auf meine nicht mehr vorhandenen Füße starren.«

»Es ist wichtig, dass Sie sich an die Gegenwart anderer gewöhnen. In unserem Haus ist das sogar ganz leicht, denn hier sind einige Patienten gehandicapt.«

»Wie viele Frauen meines Alters mit amputierten Beinen befinden sich hier?«, fragte Lexa ärgerlich.

»Sie sind die Einzige«, gab Noah zu.

»Und was fehlt den anderen Frauen?«

Noah verdrehte kurz die Augen. »Sie wollen alles ganz genau wissen, was? Ein paar hatten Unfälle und sind hier, um sich davon zu erholen. Andere wollen etwas für ihre Schönheit tun und so weiter. Da Sie einige Wochen hierbleiben, werden Sie die meisten kennenlernen. Das beginnt bereits bei Tisch. Für Sie ist Nummer sechs reserviert.«

Er sagte es wie Sex und grinste anzüglich. Lexa biss die Lippen zusammen und sah sich um. Nichts an dem Gebäude deutete darauf hin, dass es sich um eine Rehaklinik handeln könnte. Dafür gab es eine Hotellobby mit schweren Ledersesseln und sogar eine Bar, an der auch alkoholische Getränke ausgeschenkt wurden.

»Wie es aussieht, haben Ihre Patienten hier das schönste Leben«, sagte Lexa bissig zu ihrem Betreuer.

»Wir wollen unseren Gästen ein hohes Maß an Entspannung bieten. Sie sollen sich hier wie im Urlaub fühlen«, antwortete Noah und hielt vor dem Aufzug an. »Der Speisesaal befindet sich im Erdgeschoss, ebenso die Behandlungsräume und ein kleiner Swimmingpool. Die Zimmer unserer Gäste liegen auf der ersten und zweiten Etage. Für Sie wurde das Eckzimmer mit der Nummer 218 reserviert.« Noch während Noah es sagte, öffnete sich die Aufzugtür. Ein Mann und zwei Frauen kamen heraus, von denen niemand so aussah, als wäre er krank oder gar körperlich behindert.

»Was waren das für Leute?«, fragte Lexa, als sie mit dem Lift nach oben fuhren.

»Das sind Kurgäste. Die kommen zu uns, um ein paar entspannte Wochen hier zu verbringen und unsere Anwendungen mitzunehmen. Viele waren schon öfter hier und kommen gerne wieder.«

»Ich dachte, das hier wäre ein Rehabilitationszentrum«, erwiderte Lexa irritiert. Sie hatte wenig Lust, sich so, wie sie war, fremden Leuten zeigen zu müssen, denen nichts fehlte. Professor Heinrich hatte recht gehabt, mich vor diesem Haus zu warnen, dachte sie. Doch ihre Mutter hatte es wieder einmal besser gewusst und sie einfach hier angemeldet.

Der Aufzug hielt an, und Noah schob sie auf den Flur. »Gleich sind wir bei Ihrem Zimmer«, sagte er mit einem Lächeln, das zu aufgesetzt schien, um echt zu sein. Als sie die Nummer 218 erreichten, öffnete Noah die Tür mit seiner Magnetkarte. Da diese massiv wirkte, zweifelte Lexa daran, dass sie diese aufbringen würde. Sie versuchte es trotzdem, schaffte es aber nur mit Mühe, mit dem Rollstuhl hindurchzukommen.

Noah sah ihr zuerst nur zu und lachte dann. »Keine Sorge, das wird einfacher, wenn Sie Ihre eigene Magnetkarte benutzen. Die ist so codiert, dass die Tür von selbst aufgeht. Sie müssen sie nur hier gegen diese Sensorplatte halten. Ich zeige es Ihnen.« Er trat zu dem kleinen Tisch unter dem Fenster, öffnete einen dort liegenden DIN-A4-Umschlag und holte eine Magnetkarte heraus. Als er diese gegen das Lesefeld hielt, öffnete sich die Tür automatisch.

»Das hier ist unser Rollstuhlzimmer mit einem eigens dafür ausgestatteten Bad.«

Noah öffnete die Tür zum Badezimmer und ließ Lexa hineinschauen. Es gab sogar eine Sitzdusche. Die, sagte sie sich, würde sie noch an diesem Tag ausgiebig benutzen. Im Krankenhaus hatte sie sich nur mit Waschlappen säubern können und wollte sich endlich wieder richtig sauber fühlen.

»Ich hole jetzt Ihr Gepäck. Sie können sich inzwischen im Zimmer umsehen! Bis gleich.«

Damit verschwand Noah und ließ Lexa allein zurück. Sie schüttelte sich, weil sie plötzlich das Gefühl hatte, beschmutzt worden zu sein, und musterte ihre neue Bleibe. Zwar war das Zimmer nicht übermäßig groß, bot aber genug Platz, um alle Stellen mit dem Rollstuhl zu erreichen. Das Bett war breiter und etwas niedriger als das im Krankenhaus, dazu gab es einen großen Schrank, einen eleganten kleinen Schreibtisch und eine Nische mit Fernsehgerät.

Fehlt nur noch die Minibar, dachte Lexa, doch als sie den Schrank öffnete, stellte sie fest, dass in diesem ein kleiner Kühlschrank eingebaut war, der mehrere Flaschen Mineralwasser und Saft enthielt.

Es war ein hübsches Zimmer, das musste Lexa zugeben. Wenn der Rest des Kurhotels ebenso war, konnte sie zufrieden sein. Sie rollte zum Bett und prüfte, wie sie am besten hinein und wieder auf den Rollstuhl kommen konnte. In dem Moment trat Noah mit ihrer Reisetasche ein, öffnete diese und begann, Lexas Sachen in den Schrank einzuräumen.

»Das würde ich lieber selbst tun«, sagte sie.

»Das gehört bei uns mit zum Service«, antwortete Noah und machte ungeniert weiter. »Es gibt gleich Essen. Wollen Sie sich vorher noch umziehen?«

Lexa hatte ihr Nachthemd am Morgen frisch angezogen und hätte nur ein anderes Nachthemd wählen können. Daher schüttelte sie den Kopf und zeigte auf ihren roten Bademantel, den Noah bereits in den Schrank gehängt hatte.

»Geben Sie mir den da! Ich habe nichts anderes. Meine anderen Sachen werden erst gebracht.«

»In der ersten Woche werden Sie sich erst einmal hier eingewöhnen. Deswegen haben Sie nur wenige Anwendungen«, antwortete Noah und reichte ihr den Bademantel. Er half ihr, diesen überzuziehen und berührte dabei ihren Busen und die Hüften. Es war Lexa unangenehm, und sie nahm sich vor, noch an diesem Tag zu Hause anzurufen und darauf zu drängen, dass man ihr die Joggingkleidung brachte.

»Ich will mir die Hände waschen.« Lexa wollte mit dem Rollstuhl ins Badezimmer fahren, doch da schob Noah sie schon hinein.

»Das kann ich doch selbst«, protestierte sie.

»Das gehört bei mir ebenfalls zum Service.« Noah sagte es in einer Weise, die sie unpassend fand.

Verärgert wusch sie sich die Hände und musste es dann zulassen, dass Noah sie aus dem Zimmer hinausschob und in den Speisesaal brachte. Die Tische waren bereits besetzt, und fast alle Leute im Raum trugen normale Kleidung. Ein paar Frauen fand Lexa sogar richtig aufgedonnert, und Noah schob sie ausgerechnet auf einen Tisch zu, an dem zwei besonders auffällige Paradiesvögel saßen.

»Wollen Sie auf dem Rollstuhl sitzend essen oder soll ich Sie auf den Stuhl heben?«, fragte er.

Der Rollstuhl war niedriger als die normalen Stühle, und sie würde beim Essen mit den Ellenbogen an der Tischplatte anstoßen. Trotzdem zögerte Lexa, weil es ihr nicht gefiel, wie Noah sie anfasste.

»Ich würde gerne versuchen, ob ich es selbst schaffe«, antwortete sie freundlicher, als sie gestimmt war.

»Wenn Sie abrutschen und zu Boden fallen, werden Sie sich wehtun. Dieses Risiko darf ich nicht eingehen.«

Noch während er es sagte, griff Noah zu und hob Lexa hoch. Ein paar Augenblicke später saß sie auf dem Stuhl und sah sich der geballten Neugier der drei Frauen ausgesetzt, die mit ihr zusammen eine Tischgemeinschaft bildeten.

»Habe ich richtig gesehen, dass Sie keine Beine mehr haben?«, fragte eine der beiden gestylten Frauen. Ihr pinkfarbenes Kleid hätte in jedes bessere Ausflugslokal gepasst, und ihr Gesicht war sorgfältig geschminkt.

Lexa betrachtete sie einige Augenblicke, bevor sie antwortete. »Ganz hat man mir die Beine nicht abgenommen. Ein wenig ist noch vorhanden.«

Die älteste der drei Frauen, die im Gegensatz zu den beiden Paradiesvögeln mit einem hellgrauen Jogginganzug bekleidet war, gluckste.

»Aber ich habe doch gesehen, dass Sie keine Füße haben«, fuhr die Dame in Pink fort.

»Es ist schon ein Unterschied, ob man keine Füße mehr hat oder keine Beine«, sagte Lexa freundlich. »Wenn ich mich vorstellen darf, Dr. Alexandra Fabarius.«

Sie machte normalerweise keinen Wind um ihren Doktortitel und führte ihn auch bei ihren Geschäften nicht. Hier aber erschien es ihr notwendig, um sich gegen diese Frau durchsetzen zu können.

»Sind Sie Ärztin?«, fragte die etwas jüngere, ebenfalls aufgebrezelte Frau.

»Nein, Wirtschaftswissenschaftlerin«, antwortete Lexa, ohne zu erklären, was sie beruflich machte.

»Ich bin Inge Kastler«, stellte sich jetzt die ältere Frau im Jogginganzug vor.

»Susanne von der Lahn.«

Nun sah sich auch die pinkfarbene Dame gezwungen, ihren Namen zu nennen. »Antonia Mittermaier mit ai.«

»Angenehm«, antwortete Lexa und sah dann Inge Kastler an. »Können Sie mir sagen, was jetzt kommt? Ich bin neu und habe nicht die geringste Ahnung, wie es hier zugeht.«

»Wir bekommen am Abend den Speiseplan des folgenden Tages und können dort ankreuzen, was wir essen wollen«, erklärte Antonia Mittermaier mit überheblicher Miene.

»So ist es«, stimmte Susanne von der Lahn ihr zu.

»Ich habe gestern Abend jedenfalls nichts angekreuzt und hoffe, dass man mich deswegen nicht verhungern lässt«, antwortete Lexa mit einem gewissen Spott. Ihr erschien die Szene beinahe so surreal wie ein Traum unter Drogen.

»Verhungern wird man uns beide gewiss nicht lassen«, meinte Inge Kastler zu ihr. »Ich bin ebenfalls erst heute gekommen.«

Lexa fand die ältere Dame sympathisch und lächelte ihr zu, während die beiden anderen Frauen den Kellnern entgegensahen, die eben die Vorspeisen verteilten. Kurz danach kam die Suppe und anschließend das Hauptgericht.

Während Antonia Mittermaier und Susanne von der Lahn exklusive Speisen ausgewählt hatten, erhielten Lexa und Inge Kastler als Hauptgang Spaghetti mit Tomatensoße.

»Hoffentlich bekleckere ich mich nicht«, sagte Inge Kastler augenzwinkernd.

Antonia Mittermaier sah sie von oben herab an. »Solange Sie mich nicht bekleckern, soll mich das nicht weiter stören.«

»Da müsste ich die Tomatensoße schon über den ganzen Tisch hinweg schießen«, antwortete Inge feixend. »Frau Dr. Fabarius ist da schon gefährdeter, da ich eine Rechtsdreherin bin.«

»Eine was?«, fragte Antonia Mittermaier verdattert.

»Eine Rechtsdreherin! Ich drehe meine Spaghetti nach rechts im Uhrzeigersinn«, erklärte ihr Inge freundlich.

Lexa musste sich in die Lippe beißen, um nicht zu lachen. Die beiden aufgetakelten Frauen sahen so irritiert aus, als hätten sie bei der Vergabe des Humors gefehlt.

»Ich kenne nur eine Rechtsverdreherin«, sagte Susanne von der Lahn indigniert. »So ein Biest hat mich bei meiner Scheidung eine halbe Million Euro gekostet. Weiß der Kuckuck, wo mein

Mann die aufgegabelt hatte! Sie hat meinen Anwalt zur Schnecke gemacht.«

Lexa und Inge Kastler löffelten schweigend ihre Spaghetti. Als die ältere Frau ihr Besteck weglegte, zwinkerte sie Lexa erneut zu. »Wir haben es unfallfrei geschafft.«

Das Wort Unfall rief in Lexa unliebsame Erinnerungen hervor. Ihr Gesicht nahm einen starren Ausdruck an, und sie spürte, wie ihr die Tränen kamen. Jetzt nicht!, befahl sie sich und wischte sich rasch mit einem Ärmel ihres Nachthemds über die Augen.

»Meine Damen, das Dessert!« Während ein Kellner die Teller und Bestecke abräumte, brachte ein Zweiter den Nachtisch. Antonia und Susanne hatten Crème brûlée gewählt, während Lexa und Inge Vanilleeis erhielten.

Lexa sah ihre Portion zweifelnd an. »Ich bin schon ziemlich satt«, meinte sie.

»So ein Kügelchen Eis geht immer noch rein«, antwortete Inge Kastler und begann mit Genuss zu essen.

Auch Lexa aß jetzt ihr Eis, fühlte sich aber, als sie fertig war, wie gestopft.

»Wenn das Essen hier jedes Mal so reichlich ist, passe ich bald nicht mehr in meinen Rollstuhl«, stöhnte sie.

»Sie können bei der Auswahl der Speisen unter drei verschiedenen Portionsgrößen wählen«, belehrte Antonia Mittermaier sie.

»Dann hoffe ich, dass das hier die größte Portion war und die kleineren eher meinem Appetit entsprechen«, sagte Inge Kastler. »Ich werde jetzt etwas spazieren gehen und danach an der Bar einen Karottensaft trinken.«

Mit einem Mal hatte Lexa ebenfalls Appetit auf Karottensaft. Sie wollte aber nicht so unhöflich sein und den Tisch verlassen, solange Susanne von der Lahn und Antonia Mittermaier noch ihren Nachtisch aßen. Einen Augenblick später hätte sie beinahe schallend gelacht. Noah hatte ihren Rollstuhl weggefahren und in eine Ecke gestellt. Daher brauchte sie jemanden, der ihn ihr brachte. Lexa sah sich in Gedanken noch am Tisch sitzen, während die anderen längst gegangen waren.

Da tauchte Noah wie aus dem Nichts wieder auf. »Ich hoffe, es hat den Damen geschmeckt?«, fragte er betont freundlich.

»Das hat es«, antwortete Inge Kastler und stand auf. »Auf Wiedersehen! Ich drehe meine Runde.«

»Ich werde eine Stunde ruhen und dann in den Fitnessraum gehen.« Auch Antonia Mittermaier stand auf, sah dabei aber Noah an.

»Sehen wir uns später?«

»Aber selbstverständlich, schöne Frau.«

Schleimer!, dachte Lexa. Wahrscheinlich war Noah auf Trinkgeld aus, und sie hielt Antonia Mittermaier für jemanden, der es gerne gab, um anzugeben.

»Noah, ich fühle mich etwas verspannt. Kommst du mit hoch, um mich ein wenig zu massieren?«, fragte da Susanne von der Lahn.

»Gerne.« Noah zwinkerte der Frau zu und holte dann den Rollstuhl für Lexa.»Ich bringe nur noch Frau Fabarius auf ihr Zimmer, dann komme ich.«

»Halte dich aber nicht zu lange auf!«, sagte Susanne von der Lahn, doch Noah lachte nur.

»Ich bin in fünf Minuten bei Ihnen.« Dann griff er unter Lexas Armen und Beinen hindurch, hob sie hoch und setzte sie in den Rollstuhl.

»Sie können jetzt fernsehen, ein Buch lesen oder vom Fenster aus den Garten betrachten«, schlug er vor, als er Lexa aus dem Speisesaal hinausschob.

Lexa beschloss, sich erst einmal mit ihrem Zimmer vertraut zu machen und danach zu telefonieren. Diesmal würde sie auch Max anrufen. Auch wenn er es nach außen hin abstritt, so hatte er sich mit dem Unfall einiges an Verantwortung für sie aufgeladen.

3.

Der Nachmittag verlief für Lexa nur teilweise erfolgreich. Zwar war ihr Vater sofort bereit, ihr Kleidung und den Laptop zu bringen, aber als sie Max' Nummer anrief, meldete sich eine Frauenstimme, die sie nach einigen Augenblicken Jennifer zuordnete.

»Ist Max zu Hause?«, fragte Lexa.

»Nö, der ist unterwegs. Wer sind Sie eigentlich?«

»Lexa.«

»Kenne ich nicht … ach, die da.«

»Ja, genau, die da«, antwortete Lexa giftig.

»Wie gesagt, Max ist nicht da! Tschüss.« Damit legte Jennifer auf.

Lexa war sicher, zuletzt noch Max' Stimme im Hintergrund gehört zu haben. So ein Idiot, dachte sie. Jetzt lässt er sich auch noch verleugnen. Zuerst war sie nur zornig, doch als sie sich ins Bett legte, flossen die Tränen. Zwar hatte sie sich immer wieder gesagt, dass Max niemals mit einer Beinamputierten zusammenleben würde, aber ganz im Innern doch gehofft, sie irre sich.

Das Klingeln ihres Telefons riss sie hoch. Mit einer müden Bewegung hob sie ab und meldete sich. »Hier Fabarius! Guten Tag.«

»Ich bin Kathrin, Ihre persönliche Physiotherapeutin. Ich würde gerne zu Ihnen kommen und mit Ihnen Ihr Trainingsprogramm entwerfen.«

»Ich laufe Ihnen sicher nicht weg«, antwortete Lexa bitter.

»Also bis gleich.« Kathrin beendete das Gespräch und kam keine drei Minuten später durch die Tür.

»Einen schönen guten Tag. Ich bin Kathrin, Ihre persönliche Physiotherapeutin«, wiederholte sie.

Lexa sah eine mittelgroße, schlanke Frau vor sich, die nicht älter als fünfundzwanzig sein konnte. Sie trug einen beigen Kittel und Hosen. Außerdem hatte sie ein Piercing an der Unterlippe. Ebenso wie bei Noah war der Stimmungsanzeiger bei ihr auf betont fröhlich eingestellt.

»Ich habe gehört, Sie haben sich die Beine bei einem Unfall verletzt?«, fragte Kathrin.

Anstelle einer Antwort zog Lexa ihr Nachthemd hoch, sodass die Physiotherapeutin die Stümpfe sehen konnte.

Kathrin schluckte sichtlich. »Das ist ... Ich muss Ihre Unterlagen noch einmal durchgehen. Danach komme ich wieder zu Ihnen. Auf Wiedersehen.«

Mit einem leisen Schnauben zog Lexa ihr Nachthemd wieder über die Beine und sagte sich, dass diese Frau nicht gerade durch Professionalität glänzte. Sie musste sich fragen, was ihr der Aufenthalt hier bringen sollte. Zu Hause hätten die Eltern oder Leon sie zu einer Physiopraxis fahren und wieder abholen können. Hier traf sie nur auf völlig gesunde Menschen wie Antonia Mittermaier oder Susanne von der Lahn und fühlte ihr Unglück doppelt stark.

Um sich abzulenken, las Lexa die Anleitung, die in dem für sie bestimmten Kuvert gelegen hatte, und erfuhr, dass sie die Zutrittskarte für ihr Zimmer in der Bar und dem kleinen Kiosk als Kreditkarte benützen konnte. Die Klinikleitung wies darauf hin, dass ihre Gäste auf die Karten achtgeben und sie keinen Fremden überlassen sollten.

Als Kleidungsempfehlung für die Anwendungen wurden Jogginganzüge empfohlen. Zu den Mahlzeiten wurde legere Kleidung vorgeschlagen. Allerdings stand auch dabei, dass die Gäste zu den Abendessen, bei denen der Hoteldirektor anwesend war, sich festlich kleiden sollten.

»Das ist fast wie beim Captain's Dinner auf einem Kreuzfahrtschiff«, spottete Lexa.

Ein Blick auf die Uhr zeigte ihr, dass Kathrin schon über eine Stunde ausblieb. Da sie keine Lust mehr hatte, weiter in dem Handbuch für Gäste zu lesen, schaltete sie den Fernseher ein und verfolgte eine Tiersendung.

Etwa eine halbe Stunde später kam Kathrin wieder herein. »Noah hatte mir den falschen Ordner hingelegt. Ich musste erst nachfragen, wo der Ihre ist. Aber jetzt bin ich auf dem Laufenden«, erklärte sie munter. »Um sicherzugehen, dass Sie durch die Übungen nicht zu sehr belastet werden, habe ich Sie in dieser Woche vom Therapieplan genommen. Wir werden hier im Zimmer Streck- und Beugeübungen machen. Können Sie das rechte Bein anziehen und das Knie bewegen?«

Lexa zog das Bein an, doch das Kniegelenk war wie festgeschweißt. »Tut mir leid, aber besser geht es nicht«, sagte sie enttäuscht.

»Das wird schon wieder«, meinte Kathrin mit scheinbar unverwüstlichem Optimismus. »Und jetzt machen wir das Ganze mit dem linken Bein. Hier müssten Sie das Knie beugen können, da Ihr Fuß nur knapp über dem Knöchel amputiert worden ist.«

Als Lexa die Übung versuchte, schaffte sie es, das Knie zu bewegen.

»Sehr gut«, lobte Kathrin. »Das machen Sie jetzt im Lauf des Tages noch ein-, zweimal, dann wird es schon besser. Ich werde später noch einmal nach Ihnen sehen. Auf Wiedersehen.«

»Auf Wiedersehen.« Lexa sah Kathrin nach, bis sich die Tür hinter ihr schloss, und schüttelte den Kopf. Viel professioneller als vorhin war ihr die Therapeutin auch diesmal nicht vorgekommen.

Während sie weiterhin auf den Fernseher schaute, machte sie die beiden Übungen und stellte fest, dass es links immer besser wurde, während sie den Unterschenkelstumpf des rechten Beines nur im Millimeterbereich bewegen konnte.

4.

Lexas Eltern kamen nicht wie erhofft am nächsten Tag, sondern erst nach vier Tagen in die Klinik, und ihr Bruder ließ sich gar nicht blicken.

»Ich soll dich von Leon herzlich grüßen. Er macht derzeit Urlaub in England«, entschuldigte ihn die Mutter. »Wenn du wieder nach Hause kommst, muss er sich ja um dich kümmern und hat keine Zeit mehr dafür.«

»Und was ist mit seinem Semester?«, fragte Lexa.

»Das holt er im nächsten Jahr nach.«

Lexa sah ihre Eltern kopfschüttelnd an. »Begreift ihr denn nicht, dass ihr Leon auch noch helft, sich jeder Verantwortung zu entziehen? Wie soll er einmal in einem Beruf Fuß fassen, wenn er sich einfach treiben lässt?«

»Leon schafft das schon! Er ist halt im Vergleich zu dir ein Spätentwickler«, verteidigte Wiebke Fabarius ihren Sohn.

»Dann sollte er bald darangehen, sich etwas schneller zu entwickeln«, sagte Lexa enttäuscht, weil ihr Bruder ihren Unfall ausnützte, um ein weiteres Semester zu schinden.

»Habt ihr meinen Laptop dabei?«, fragte sie.

Ihre Mutter nickte mit verkniffener Miene. »Das haben wir. Aber mir ist zu Hause etwas Dummes passiert. Ich habe aus Versehen ein paar Dateien gelöscht.«

»Doch hoffentlich keine meiner Geschäftsdateien?«

»Nein, das nicht«, antwortete Wiebke Fabarius, während ihr Mann unruhig von einem Fuß auf den anderen trat und aussah, als würde er gerne etwas sagen.

»Dann wird es nicht so schlimm sein.« Lexa lehnte sich erleichtert zurück, doch die betroffene Miene ihres Vaters blieb.

»Es war die Datei vom Online-Banking. Daher kann man damit nicht mehr auf dein Konto zugreifen. Das finde ich aber nicht so schlimm, denn hier in der Klinik brauchst du ja kein Geld.«

Wiebke Fabarius lachte dabei etwas schrill, und Lexa begriff, dass sie log. Das Löschen der Datei war kein Zufall gewesen. Aber warum hatte sie es getan?

»Ich werde Geld brauchen«, sagte sie mit einer gewissen Schärfe. »Hier in der Klinik kann ich zwar viel mit der Magnetkarte machen. Trinkgelder für den Service und meine persönliche Physiotherapeutin muss ich aber persönlich geben. Außerdem will ich meine Scheckkarte haben.«

Ihre Mutter sah sie erstaunt an. »Wozu? Hier kommst du wirklich nicht dazu, Geld auszugeben! Außerdem brauche ich deine Scheckkarte, wenn ich Geld abheben will.«

»Im Augenblick habt ihr meinethalben wohl kaum große Auslagen! Du sagtest ja letztens, ihr wollt die Umbauten erst vornehmen, wenn ich wieder zu Hause bin und euch sagen kann, was getan werden muss.«

»Ganz so ist es nicht«, wehrte ihre Mutter ab. »Wir haben immer wieder Kosten. Immerhin mussten wir zwanzigtausend Euro von deinem Konto abheben, damit Leon sein neues Auto bezahlen konnte.«

»Zwanzigtausend?« Lexa schnaubte verblüfft. »Er hat doch sein und mein Auto verkauft. Das Geld hätte wirklich reichen müssen. Oder ist es so teuer, den Wagen auf die Bedürfnisse einer gehbehinderten Person einzurichten?«

Eigentlich erwartete Lexa, dass ihre Mutter genau das behaupten würde, doch diese blieb stumm. Auch der Vater sagte nichts, sondern zog nur ein noch betreteneres Gesicht.

»Gebt mir den Laptop!«, forderte sie und sah dann die Mutter an. »Du hast hoffentlich an meine Joggingsachen und an ein paar bessere Kleidungsstücke für das Doktor-Dinner mitgebracht?«

»Das was?«, fragte ihre Mutter.

»Das Doktor-Dinner! Das ist hier so etwas Ähnliches wie das Captain's Dinner auf einem Kreuzfahrtschiff. Der oberste Chef gibt sich da die Ehre, mit seinen Patienten zu speisen.«

»Wenn ich das gewusst hätte, hätte ich eines deiner eleganten Kostüme mitgebracht.« Wiebke Fabarius hatte Lexas Bitte nicht ernst genommen und nur zwei Jogginganzüge und zwei T-Shirts mitgebracht.

»Warte, ich räume sie dir ein«, bot sie an, doch Lexa schüttelte den Kopf.

»Das mache ich selbst, wenn ihr wieder weg seid.«

»Das ist wahrscheinlich besser, denn wir können eh nicht lange bleiben.« Wiebke Fabarius blickte auf ihre Uhr und stupste dann ihren Mann an.

»Komm, Jürgen, es wird Zeit.«

»Es war schön, dass ihr hier gewesen seid«, sagte Lexa mit einem Lächeln, das zu zeigen ihr schwerfiel. Sie ärgerte sich immer mehr, dass das, was sie sagte und wollte, weder von ihren Eltern noch von ihrem Bruder ernst genommen wurde.

Unterdessen verließen ihre Eltern das Kurhotel. Kaum saßen sie wieder im Auto, sah Jürgen Fabarius seine Frau tadelnd an. »Du hättest Lexa sagen müssen, dass du eine ihrer Anlagen aufgelöst hast, um die letzte Hypothek auf unserem Haus zu tilgen. Auch finde ich es nicht richtig, dass du Leon so viel von Lexas Geld zugesteckt hast. Jetzt, wo sie nicht mehr so viel verdient, wird sie es brauchen.«

»Wir beide haben es doch zu Hause durchgesprochen«, antwortete seine Frau genervt. »Es geht darum, Lexa ein sicheres Heim zu schaffen. Was soll das viele Geld auf der Bank? Wenn es kaputtgeht, ist es futsch, und wir hätten noch immer die Hypothek am Hals. Da ist es so schon besser. Wir lassen Lexa ein lebenslanges Wohnrecht eintragen, dann ist sie abgesichert, gleichgültig, was passiert.«

»Ja, das schon, aber sie braucht auch selbst Geld«, wandte Jürgen Fabarius ein.

»Sie hat doch noch genug! Ich habe ihre Kontoauszüge gesehen. Wir hätten längst die Hypothek abzahlen können, wenn sie nicht so auf ihrem Geld gesessen wäre. Und was Leon betrifft, so hat er dafür, dass er seine verkrüppelte Schwester auf Dauer am Hals hat, wirklich eine Belohnung verdient.« Zuletzt wurde Wiebke Fabarius laut.

Ihr Mann zog den Kopf ein, wagte aber trotzdem, etwas darauf zu erwidern. »Mir geht es auch um das Auto, das Leon sich nicht zuletzt von Lexas Geld kaufen will. Wir hatten es eigentlich ganz anders besprochen.«

»Willst du etwa, dass unser Sohn wie ein Monteur in einem popligen Kleinbus herumfährt?«, fuhr Wiebke Fabarius auf.

»Lexa wird mit Recht erwarten, dass für ihr Geld ein Auto gekauft wird, mit dem sie bequem gefahren werden kann.«

»Mein Gott, hast du heute eine Laune! Wir kaufen dann einfach einen zweiten Wagen, den du, Leon oder ich dazu benutzen, Lexa spazieren zu fahren.«

»Und das wieder von ihrem Geld?«, fragte Jürgen Fabarius bitter.

»Warum denn nicht? Schließlich brauchen wir selbst keinen solchen Wagen … und Leon erst recht nicht! Und jetzt fahr endlich los! Ich will nicht zu spät zu meinem Yogatraining kommen.«

Ihr Mann schnaubte kurz, startete dann den Wagen und gab Gas. Am liebsten hätte er seiner Frau einiges vorgehalten, doch er wusste, dass er gegen ihre Selbstgefälligkeit nicht ankommen würde.

5.

Nachdem ihre Eltern gefahren waren, hatte Lexa das Gefühl, einen Cappuccino zu brauchen. Sie wuchtete sich in den Rollstuhl, verstaute ihren Laptop im Schrank und verließ das Zimmer. Als sie die Bar erreichte, saßen Antonia Mittermaier und Noah an einem Tisch. Die Frau steckte dem jungen Mann gerade einen Geldschein zu, der weit über der Summe lag, die hier gewöhnlich als Trinkgeld verteilt wurde.

Noch während Lexa sich wunderte, standen die beiden auf und gingen.

Da trat Inge Kastler auf sie zu. »Sie haben anscheinend auch Lust, etwas zu trinken?«

»Ich habe Lust auf einen Cappuccino.«

»Und ich auf Karottensaft.« Mit einem leisen Lachen wandte Inge Kastler sich an den Mann hinter der Bar. »Einmal Cappuccino und einmal einen Karottensaft mit etwas Apfel und Ingwer.«

Während der Barkeeper die Karotten in der Zentrifuge auspresste, zwinkerte Inge Kastler Lexa zu. »Im Allgemeinen schenkt der gute Mann gehaltvollere Getränke aus, als man in einer Kurklinik erwarten könnte. Aber hier ist, wie es so schön heißt, der Kunde König. Wenn der König ein Bier, einen Whisky oder einen Cocktail haben will, bekommt er ihn. Eigentlich habe ich mir den Aufenthalt hier anders vorgestellt. Mir ist das zu viel Highlife und zu wenig Kurbetrieb.«

»Ich weiß auch nicht, was ich davon halten soll«, antwortete Lexa. »Meine ›persönliche‹ Physiotherapeutin habe ich bisher nur einmal am Ankunftstag gesehen. Sie meinte, in der ersten Woche würde es reichen, wenn ich für mich allein meine Knie beuge. Dabei hatte Professor Heinrich mich zu einem Verwandten bei Kronach schicken wollen, der eine ausgezeichnete Rehaklinik führen soll. Meine Eltern haben einfach bestimmt, dass ich hierherfahren muss.«

Der Kellner brachte die Getränke. Nachdem Inge einen Schluck ihres Karottensafts getrunken hatte, sah sie Lexa über den Rand ihres Glases hinweg an. »Ich verstehe nicht viel von Medizin, aber ich bezweifle, dass der Aufenthalt in diesem Kurhotel für Sie lohnend ist. Hier ist man mehr auf Gäste wie Antonia Mittermaier eingerichtet, die sich runderneuern lassen wollen.«

»Das verstehe ich nicht.«

»Ich meine Schönheitsbäder, Salbenmassagen und Ähnliches. Das hier ist eine Beautyfarm, wie man auf Neudeutsch sagt, hat aber mit einer echten Rehaklinik nichts zu tun. Sie sollten sich daher gegen Ihre Eltern durchsetzen und in dieses – wie heißt es? Kronach? – fahren! Das wäre sicher auch für mich besser. Seit meinem Skiunfall vor zwei Jahren habe ich immer wieder Probleme mit der rechten Hüfte. Aber mit einer Propolis-Creme für strahlende Schönheit wird die bestimmt nicht besser.«

Inge Kastlers Urteil war hart, doch Lexa teilte es. Die Zimmer waren gut eingerichtet und das Essen ausgezeichnet, die medizinischen Leistungen jedoch viel zu simpel. Zwar konnte sie inzwischen die Knie wieder richtig bewegen, aber das war ihrem eigenen Training zu verdanken und nicht der angeblichen Therapeutin.

»Sie meinen, ich sollte gegen den Willen meiner Eltern nach Kronach fahren?«, fragte sie Inge.

»Ich glaube, wir wären beide dort besser aufgehoben als hier«, antwortete die alte Dame. »Ich wollte eigentlich drei Wochen hierbleiben, aber jetzt überlege ich mir, ob ich meinen Aufenthalt nicht schon nach einer Woche abbrechen soll. Was von Kathrin zu halten ist, haben Sie eben selbst gesagt, und Noah ist noch schlimmer als die Frau.«

Lexa nippte an ihrem Cappuccino und musterte die alte Dame. »Was haben Sie gegen ihn einzuwenden? Mir passt er tatsächlich auch nicht.«

»In meiner Jugend hätte man jemand wie ihn einen Witwentröster genannt, auch wenn weder Susanne von der Lahn noch Antonia Mittermaier Witwen sind. ›Getröstet‹ werden sie von ihm trotzdem.«

»Ich habe vorhin gesehen, wie Frau Mittermaier ihm einen Hunderteuroschein zugesteckt hat«, berichtete Lexa, sagte sich dann aber, dass sie nicht über ihre Mitmenschen richten durfte, und winkte ab. »Sollen die Leute doch machen, was sie wollen.«

»Das sage ich mir auch, solange es mich nicht tangiert. Für einen Studenten wie Noah, der hier für ein Taschengeld arbeiten muss, ist ein geschenkter Hunderter viel wert. Da er nicht sehr wählerisch ist, kann er hier ins Bett hüpfen, mit wem er will, und kriegt auch noch Geld dafür. Er würde auch zu mir ins Zimmer kommen, wenn ich ihm nicht von vornherein klargemacht hätte, dass ich auf einem gewissen Abstand zu meinen Mitmenschen bestehe.« Inge Kastler klang so resolut, dass Lexa lächeln musste.

»Sie lassen sich die Butter nicht vom Brot nehmen.«

»Und die Wurst und den Käse ebenfalls nicht«, witzelte Inge. »Aber noch mal zu dieser Rehaklinik bei Kronach. Ich bin wirklich am Überlegen, ob ich dort nicht anrufen soll. Die Bewilligung der Krankenkasse habe ich und würde das Geld lieber an einem Ort ausgeben, an dem ich etwas davon habe.«

»Aber wenn Sie gehen, habe ich Antonia Mittermaier und Susanne von der Lahn allein am Hals«, sagte Lexa bedrückt. »Andauernd spotten sie über meine fehlenden Füße und benehmen sich mir gegenüber auch sonst recht widerwärtig.«

Inge lachte herzhaft auf. »Darauf sollten Sie nichts geben! Die beiden Weiber sind einfach eifersüchtig auf Sie. Sie sind jung und ausnehmend attraktiv! Da ist es kein Wunder, wenn Noah mehr hinter Ihnen herschaut als hinter den beiden mittelalterlichen Schnepfen. Die müssen ihn mit Geldscheinen anlocken, damit er zu ihnen ins Bett steigt. Sie hätten das nicht nötig, und das trotz Ihrer fehlenden Füße.«

»Noah ist mir zu aufdringlich! Er wahrt keinerlei Distanz«, erwiderte Lexa und schüttelte dann den Kopf. »Es tut mir leid, dass Sie abreisen wollen. Ich hatte gehofft, Sie würden länger bleiben.«

»Wäre es eine normale Rehaklinik, würde ich das auch. Aber ich will den Winter über ohne Schmerzen gehen können. Ihnen gebe ich den Rat, dieses Etablissement ebenfalls zu verlassen! Es wird Ihnen nicht das Geringste bringen!« Inge Kastler wartete einen Augenblick, ob Lexa darauf reagierte. Als keine Antwort kam, trank sie ihr Glas leer und stand auf. »Ich gehe jetzt ins Büro und teile den Leuten meine frühere Abreise mit. Bis zum Abendessen.«

»Auf Wiedersehen.« Lexa trank ebenfalls aus.

Nachdem sie das Getränk auf ihre Karte hatte schreiben lassen, kehrte sie in ihr Zimmer zurück, holte ihren Laptop aus dem Schrank und stemmte sich ins Bett.

Als sie den Laptop auf ihren Schoß legte, zögerte sie. Wollte sie sich wirklich der Welt draußen stellen? Als sie jedoch daran dachte, dass sie mit dieser Haltung ihrer Mutter jede Möglichkeit einräumen würde, über sie zu bestimmen, startete sie das Gerät.

Als Erstes rief sie ihre E-Mails auf. Es waren sehr viele, und sie brauchte eine Stunde, um sie in die entsprechenden Ordner zu verschieben und die wichtigsten zu lesen. Die geschäftlichen E-Mails hatte ihre Mutter an Lehmann weitergeleitet, aber nie eine Antwort erhalten, sodass sie nicht wusste, was dieser ihren Kunden aufgeschwatzt hatte.

Eine E-Mail hob sie sich bis zum Schluss auf, denn sie stammte von Max. Als sie sie schließlich aufrief, las sie sein Gejammer, wie sehr der Unfall und dessen Folgen für sie ihm leidtäten. Gleichzeitig gab er Gott und der Welt die Schuld daran, nur nicht sich selbst. In einer Zeile ließ er sogar anklingen, dass nichts passiert wäre, wenn sie das Motorrad nicht aus dem Gleichgewicht gebracht hätte.

»Erbärmlicher geht's wohl nimmer!«, fauchte sie, als sie die E-Mail mit einem Mausklick löschte.

Ihre Mutter hatte ihr erklärt, das Programm für das Onlinebanking aus Versehen zerstört zu haben. Um zu verhindern, dass sie durch einen eigenen oder einen Dateifehler keinen Zugriff auf ihr Konto mehr erhielt, hatte Lexa jedoch Sicherheitsmaßnahmen ergriffen. Der Mutter waren sie nicht aufgefallen, doch ihr gelang es in kurzer Zeit, das Programm neu zu installieren und die Verbindung zur Bank wiederherzustellen.

Als sie ihre Kontobewegungen aufrief, wollte sie ihren Augen nicht trauen. Seit ihrem Unfall waren Summen ausbezahlt oder überwiesen worden, mit denen sie mehr als ein Jahr durchgekommen wäre. Mehrfach hatte ihre Mutter das Geld auf ihr eigenes Konto verschoben, zweimal auch auf das von Leon, darunter zwanzigtausend Euro für ein neues Auto.

Zuletzt entdeckte Lexa auch noch, dass ihre Mutter einen ihrer besten Fonds aufgelöst und das Geld zur Tilgung der letzten Hypothek verwendet hatte.

»Ist Mama vollkommen verrückt geworden?«, rief sie empört. »Sie kann doch nicht einfach mit meinem Geld machen, was sie will. Schließlich habe ich es verdient und werde es dringend brauchen, um die nächsten Jahre zu überstehen.«

Am meisten ärgerte sie sich über den aufgelösten Fonds. Doch auch die anderen Summen waren nicht von Pappe. Dabei hatten ihre Eltern bisher kaum einen Cent für sie ausgegeben. Ihre private Krankenversicherung reichte aus, um als Erste-Klasse-Patientin in den besten Kliniken aufgenommen zu werden, und die paar Liter Benzin, die ihre Eltern bei ihren Besuchen verbraucht hatten, wären mit einer Tankfüllung abgegolten gewesen.

Mehrere Zahlungseingänge bewiesen Lexa, dass ihre Mutter die Belege und Unterlagen für die Krankenkasse sehr rasch eingereicht haben musste. Doch auch das Geld war ebenso schnell wieder ausgegeben worden.

Es dauerte eine Weile, bis Lexa sich wieder beruhigt hatte. Doch als sie ihr Konto und ihr persönliches Depot genauer überprüfte, sah sie deutlich, dass die Mutter ihre Reserven innerhalb kürzester Zeit um die Hälfte verringert hatte. Sogar während sie die Daten überprüfte, wurde noch Geld ausgegeben. Es handelte sich um eine Kartenzahlung bei einer Tankstelle in München.

Wütend schrieb Lexa eine E-Mail an ihre Mutter und forderte sie auf, die Räuberei auf ihrem Konto sofort zu beenden. Als sie das noch einmal durchlas, fand sie, dass sie an ein paar Stellen ziemlich drastisch geworden war. Sie wollte jedoch keinen Streit und schwächte diese Passagen wieder ab.

6.

Eine knappe Stunde vor dem Abendessen stellte Lexa den Laptop beiseite und zog eine Jogginghose und ein T-Shirt an. Sie fühlte sich darin wohler als im Nachthemd. Papa und Mama hätten mir die Sachen schon eher bringen oder wenigstens schicken können, dachte sie enttäuscht. Kurz überlegte sie, zu Hause anzurufen und einmal Tacheles zu reden. Da klopfte es an der Tür, und Kathrin kam herein.

»Guten Tag, Frau Fabarius. Sie haben mich hoffentlich nicht vermisst.«

»In gewisser Weise schon«, antwortete Lexa schroff. »Ich bin zur Reha hierhergekommen und nicht, um nutzlos im Bett herumzuliegen! Außerdem habe ich den hiesigen Chefarzt bisher nicht zu Gesicht bekommen. Dabei bin ich Erste-Klasse-Patientin mit einigen Zusatzversicherungen.«

Lexas Ärger über ihren bisherigen Aufenthalt, aber auch über ihre Mutter suchte ein Ventil, und da kam ihr Kathrin gerade recht.

Die junge Therapeutin schaute zuerst betreten drein, fasste sich aber rasch und lächelte freundlich. »Bevor wir mehr machen können, müssen Ihre Verletzungen richtig abheilen. Ich bin gekommen, um zu sehen, wie weit Sie sind. Was unseren Chef angeht – den werden Sie heute Abend beim Essen sehen.«

»Ich will ihn weniger sehen als mit ihm reden.« Diesmal wurde Lexa laut.

»Er kommt auf jeden Fall an Ihren Tisch«, versprach Kathrin und sah dann betont auf ihre Uhr. »Ich muss weiter. Noch eine schöne Zeit.«

Bevor Lexa irgendetwas sagen konnte, war sie verschwunden. Was für eine dumme Kuh, dachte Lexa. Sie hätte wenigstens, wie sie behauptet hat, nach meinen Beinen schauen können.

Um sich abzuregen, begann Lexa mit ihren Beugeübungen und erinnerte sich dabei an Inges Überlegung, diese Stätte hier zu verlassen und nach Kronach in die Rehaklinik zu fahren. Die alte Dame konnte dies tun, doch sie selbst war von ihren Eltern abhängig, und die würden es niemals erlauben.

»Warum nicht? Mein Geld konnten sie doch auch nehmen.« Lexa wollte ihren Laptop wieder einschalten, da wurde die Tür geöffnet, und Noah kam herein. Im Gegensatz zu Kathrin klopfte er nicht an, bevor er seine Magnetkarte benützte, und das ärgerte sie.

»Heute Abend ist wieder Doktors-Dinner«, sagte Noah.

»Das hat Kathrin schon vorhin gesagt«, antwortete Lexa abweisend.

»Da viel vorzubereiten ist, will ich Sie heute etwas eher in den Speisesaal fahren.«

»Ich will mich vorher noch umziehen«, sagte Lexa und erwartete, dass Noah das Zimmer verlassen würde. Doch er blieb mitten im Raum stehen und sah sie grinsend an.

»Haben Sie nicht gehört? Ich möchte mich umziehen!« Es war ein deutlicher Wink. Doch statt endlich zu gehen, kam Noah auf sie zu.

»Ich helfe Ihnen dabei.«

»Das mache ich lieber allein.«

Doch Noah griff bereits zu, lupfte ihren Hintern vom Bett und zog ihr die Jogginghose über die Hüften. Beinahe wäre ihr Höschen gefolgt, doch konnte sie es gerade noch rechtzeitig einfangen und wieder hochziehen.

Fast hatte sie den Eindruck, als wäre Noah ein wenig enttäuscht. Als er ihr das T-Shirt über den Kopf streifte, hielt sie ihr Hemdchen erst mit der einen, dann mit der anderen Hand fest.

»Wollen Sie nicht auch Ihre Unterwäsche wechseln? Ich glaube, sie riecht ein wenig verschwitzt«, sagte Noah.

»Danke, nein! Und jetzt wäre ich dankbar, wenn Sie mich endlich allein lassen würden.«

»Aber dann würden Sie niemals bis zum Abendessen fertig.« Noch während er es sagte, holte Noah eine saubere Jogginghose und ein frisches T-Shirt aus dem Schrank und begann, Lexa wie ein kleines Kind anzuziehen. Sie versuchte, ihn davon abzuhalten, hätte aber schon um sich schlagen müssen, um ihn daran zu hindern.

Morgen früh werde ich mich im Büro über diesen Kerl beschweren, dass es nur so knallt, schwor sie sich.

Nachdem Lexa angekleidet war, hob Noah sie aus dem Bett und setzte sie in den Rollstuhl. »Schick sehen Sie aus!«, sagte er.

Auch wenn das Kompliment ernst gemeint war, gefiel es Lexa nicht. Und so schwieg sie verärgert, während er sie nach unten brachte. Im Speisesaal angekommen, hob er sie einfach auf den Stuhl.

»Ich wünsche Ihnen einen guten Appetit«, sagte er noch und ging leise pfeifend davon.

Sowohl Susanne von der Lahn wie auch Antonia Mittermaier funkelten Lexa feindselig an.

»Sie hätten besser beim Morgenmantel bleiben sollen«, erklärte Antonia. »Da hat man wenigstens nicht gesehen, dass Sie keine Beine mehr haben! Bei dieser Jogginghose sieht man Ihre Beinstümpfe.«

»Das ist ja eklig!«, rief Susanna von der Lahn aus.

»Ich werde gleich morgen früh darum bitten, dass man mich an einen anderen Tisch setzt. Dann brauchen Sie beide sich nicht mehr vor mir zu ekeln«, antwortete Lexa harsch.

Sie hatte die Nase voll von den beiden Frauen, deren sportlichste Aktionen mit Noah zusammen im Bett stattfanden. Als sie daran dachte, dass Inge Kastler abreisen und sie am Tisch mit den beiden Schnepfen allein bleiben würde, wünschte sie sich, das Kurhotel ebenfalls verlassen zu können.

Die Ankunft des Kurdirektors beendete Lexas Überlegungen. Der Mann war mit einem weißen Smoking bekleidet, als er in den Saal trat und in alle Richtungen grüßte. Dann begab er sich zu jener Tischgesellschaft, die er an diesem Tag mit seiner Anwesenheit beehren wollte.

Lexa beachtete ihn kaum, während Antonia Mittermeier giftig sagte, dass heute eigentlich ihr Tisch an der Reihe gewesen wäre.

»Herr Markus ist nur deswegen nicht zu uns gekommen, weil Frau Fabarius die ganze Woche im gleichen Nachthemd und dem gleichen Morgenmantel herumgelaufen ist«, stimmte Susanne von der Lahn ihr giftig zu.

»Einspruch!«, rief Lexa mit zuckenden Lippen. »Ich bin höchstens herumgerollt. Mit dem Laufen habe ich derzeit gewisse Schwierigkeiten. Darauf haben Sie beide mich eben selbst hingewiesen.«

Inge sah Antonia Mittermaiers verdattertes Gesicht und musste lachen. »Das kann ich bestätigen! Sie erwähnen immer wieder, dass Frau Fabarius keine Beine mehr hat, und ohne die kann sie schlecht herumlaufen.«

Auch Lexa lachte jetzt. Obwohl sie sich eben noch über Noah und dann auch über die beiden unmöglichen Frauen geärgert hatte, war ihre Laune besser als in den letzten Tagen. Es hatte doch gutgetan, ihrer Mutter einmal die Meinung zu mailen. Außerdem freute sie sich, weil Antonia Mittermaier mit ihren Bosheiten immer wieder bei Inge Kastler auflief.

Warum kann Frau Kastler nicht bleiben?, dachte sie seufzend. Auf die beiden anderen hätte sie liebend gerne verzichtet.

Das Essen war wie immer gut, und es gab diesmal sogar Tischwein. Selbst Inge Kastler genehmigte sich ein Gläschen. Das meiste teilten Antonia Mittermaier und Susanne von der Lahn unter sich auf, da Lexa auf diesen Genuss gerne verzichtete.

An Tagen, an denen der Klinikbesitzer am gemeinsamen Abendessen teilnahm, gab es hinterher ein Programm mit Musik und gelegentlich sogar Tanz. Inge Kastler stand dennoch auf, als sie fertig gegessen hatte, und bedachte Antonia Mittermaier und Susanne von der Lahn mit einem spöttischen Blick. »Ich wünsche Ihnen noch viel Vergnügen, aber mir ist der Fernseher lieber.«

»Können Sie mir einen Gefallen tun und meinen Rollstuhl holen?«, bat Lexa sie.

Die Frau tat es und griff zu, als Lexa sich von ihrem Stuhl hochwuchtete und sich auf den Rollstuhl setzte. »Es soll Ihnen ja nichts passieren«, sagte sie dabei.

»Danke, aber ich muss lernen, auf eigenen Füßen zu stehen«, antwortete Lexa.

Antonia Mittermaier grinste hämisch. »Das wird Ihnen schwerfallen.«

»Guten Abend.« Lexa beließ es bei dieser Antwort und fuhr aus dem Speisesaal hinaus.

7.

Kurz darauf war sie wieder in ihrem Zimmer und schaltete den Laptop ein. Ihre Mutter hatte geantwortet. Anstatt ihr zu erklären, warum und für was sie so hohe Beträge von ihrem Konto abgehoben hatte, las sie eine Jammerorgie, wie schwer es ihr, Leon und ihrem Mann falle, für eine schwerstbehinderte Tochter sorgen zu müssen. Die Mutter beschuldigte sie sogar noch der Undankbarkeit, da sie doch alles nur getan habe, damit Lexa bei ihnen im Haus leben könne. Der arme Leon sei sogar doppelt geschlagen, da er sich neben seinem Studium auch noch um seine hilflose Schwester kümmern müsse.

Lexa las die E-Mail durch und schüttelte den Kopf. Es klang fast so, als hätte sie ihr Schicksal selbst verschuldet, und ihre Eltern und ihr Bruder wären die eigentlichen Opfer. Daher wäre es auch ihre Pflicht, sie dafür zu entschädigen.

Um an etwas anderes zu denken, rief sie ihre Geschäftsdaten auf und überprüfte die Umsätze seit ihrem Krankenhausaufenthalt. Als sie die Summe damit verglich, die Lehmann als ihren

Anteil überwiesen hatte, schnappte sie verärgert nach Luft. Lehmann hatte ihre Mutter bereits auf die Hälfte dessen heruntergehandelt, was sie eigentlich hätte bekommen müssen, und sie noch einmal um die Hälfte betrogen.

»So ein Idiot! Der glaubt anscheinend, meine Kunden bereits in der Tasche zu haben. Aber nicht mit mir«, sagte sie und setzte eine E-Mail an Lehmann auf, in der sie ihn auf seine Fehler bei der Abrechnung hinwies und ihn aufforderte, ihr den Restbetrag zu überweisen.

Sie wollte den Laptop bereits abschalten, als ihr einfiel, dass sie auf ihre Facebook-Seite gehen könnte. Die Nachrichten, die sie dort erhielt, waren persönlicher Natur, und ein paar Leute wunderten sich sicher, weil sie sich so lange nicht mehr gemeldet hatte.

Auch hier benötigte sie einige Zeit, bis sie alles durchgesehen hatte. Einige Grüße und Anfragen wegen ihres Unfalls beantwortete sie gleich, ohne genauer darauf einzugehen, was mit ihr passiert war. Einige, von denen sie eine Nachricht erwartet hatte, fehlten jedoch, und sie empfand eine gewisse Bitterkeit. Wie es aussah, war die Liste ihrer wirklichen Freunde sehr kurz. Als sie mit wachsender Enttäuschung darüber nachsann, kam ein neuer Eintrag herein, mit dem Leon Fabarius sie aufforderte, sein neues Auto mit »gefällt mir« zu markieren.

Lexa rief die Facebook-Seite ihres Bruders auf und starrte verblüfft auf das Bild eines Sportwagens jener Marke, die er sich immer gewünscht hatte. Verwundert öffnete sie ein zweites Fenster und suchte die Website des Autoherstellers. Als sie die Beschreibung des Wagens durchlas und sich die Bilder ansah, schüttelte sie den Kopf. Den Worten ihres Vaters zufolge hätte Leon einen Kleinbus oder einen großen Van kaufen sollen, bei dem sie vom Rollstuhl aus bequem hätte einsteigen können. Bei Leons englischem Sportflitzer war das unmöglich. Dazu war der Kofferraum dieses Autos selbst für einen klappbaren Rollstuhl zu klein.

»Nicht nur Lehmann und Mama, auch Leon muss verrückt geworden sein«, schimpfte sie und griff zum Telefon. Als sie die Nummer ihrer Eltern wählte, meldete sich ihre Mutter.

»Fabarius.«

»Mama, ich bin's«, antwortete Lexa.

»Lexa, du? Ich muss sagen, deine Mail hat mich schwer gekränkt. Du tust ja direkt so, als hätte ich dein Geld verschwendet. Dabei will ich doch nur, dass du es bequem hast.« Die Mutter klang beleidigt, doch Lexa war nicht in der Stimmung, um darauf Rücksicht zu nehmen.

»Weißt du, Mama, ich habe euch beim Hausbau verdammt viel Geld geliehen und eine weitere Summe in die Einrichtung meiner Wohnung gesteckt. Ich sehe nicht ein, weshalb ihr auch noch eure letzte Hypothek von meinem Geld bezahlt habt.«

»Vater und ich wollen dir dafür ein lebenslanges Wohnrecht in unserem Haus eintragen lassen«, erklärte die Mutter eifrig. »Das ist sicher auch in deinem Interesse. Wenn Leon das Haus einmal übernimmt, muss er Rücksicht auf dich nehmen.«

Lexa stand kurz vor dem Platzen. »Ich soll also in einem Haus, das über die Hälfte mit meinem Geld bezahlt worden ist, ein lebenslanges Wohnrecht erhalten, während Leon, der keinen einzigen Cent dazu beigesteuert hat, es einmal erben soll?«

»Aber was willst du mit einem Haus, Lexa? Du bist doch ein Kr… ich meine, schwerstbehindert.«

»Sag ruhig Krüppel!«, rief Lexa erbittert. »Als solchen sehen du, Papa und Leon mich doch an. Noch einmal zu Leon! Er wird später wahrscheinlich die gleiche Rücksicht auf mich nehmen, wie er sie jetzt beim Kauf seines Autos gezeigt hat.«

»Wir haben mit Leon darüber geredet. Aber es ist nun einmal sein Traumauto, und er hat es außergewöhnlich günstig bekommen. Das musst du verstehen.«

Der Appell der Mutter ging an Lexa vorbei. »Tut mir leid, Mama! Ich habe Leon auf deinen Wunsch hin mein altes Auto überlassen.

Dazu kamen noch die zwanzigtausend Euro, die du ihm von meinem Konto gegeben hast. Dafür sollte mein Bruderherz ein Auto kaufen, mit dem er mich kutschieren kann. Wenn Leon stattdessen sein Traumauto haben will, soll er es gefälligst selbst bezahlen. Ich will auf jeden Fall das Geld, das er für meinen Wagen bekommen hat, und auch die zwanzigtausend wiederhaben.«

»Aber Lexa, das kannst du nicht verlangen! Leon hat doch kein Geld, und er freut sich so sehr, weil er dieses Auto bekommen hat. Du hast keinen Schaden dadurch, weil Papa sich einen entsprechenden Wagen besorgen wird. Das Geld dafür hast du doch auf deinem Konto. Sollte es nicht reichen, kann ich ein paar der Anlagen in deinem Depot für dich auflösen.«

»Mama, ich glaube, es ist besser, wir hören jetzt auf. Auf jeden Fall muss sich in Zukunft einiges ändern, und du und mein Bruderherz stehen hier an vorderster Stelle.« Lexa legte auf, ohne auf eine Antwort zu warten.

Sekunden später klingelte das Telefon. Der Leuchtanzeige auf dem kleinen Bildschirm nach war es die Mutter.

»So geht es nicht«, murmelte Lexa, ignorierte das Telefon und zog sich ihre Joggingsachen aus, weil sie sich für die Nacht fertig machen wollte. In dem Moment juckten ihre Beinstümpfe fürchterlich. Bei der letzten Visite im Unfallkrankenhaus waren sie nicht mehr verbunden worden, stattdessen hatte man ihr elastische Hüllen darübergezogen, die Schwester Barbara Liner genannt hatte.

Lexa wollte schon unter die Hüllen greifen, um sich zu kratzen, überlegte sich dann aber, die Stümpfe besser zu waschen. Kurz entschlossen beugte sie sich vor und streifte die Dinger ab.

Bis jetzt hatte sie ihre Beinstümpfe selbst beim Duschen nicht angeschaut und im Krankenhaus jedes Mal die Augen geschlossen, wenn sie verbunden worden waren. Nun zwang Lexa sich dazu, sie zu betrachten. Sie wusste nicht, was sie erwartet hatte, doch die Haut über den Stümpfen war weiß, und sie konnte mit den Fingerspitzen nur winzige Narben ertasten.

Schwester Barbara hatte ihr in der Unfallklinik erklärt, dass sie mit Prothesen würde gehen können. Bisher hatte Lexa dies bezweifelt, jetzt hatte sie den festen Willen, es zu lernen. Nach den Erfahrungen mit ihrer Familie und ihren beiden feindseligen Tischgenossinnen wünschte sie sich mehr als alles andere, dass ihre Behinderung nicht auf Anhieb gesehen wurde.

Nachdem sie sich ganz ausgezogen hatte, fuhr sie mit dem Rollstuhl ins Badezimmer und kletterte auf den Sitz der Dusche. Als das warme Wasser ihren Körper umspielte, war sie zum ersten Mal seit Langem halbwegs entspannt.

8.

Im Speisesaal ging unterdessen die kleine Feier weiter. Hoteldirektor Markus wanderte von Tisch zu Tisch, um seine Gäste zu begrüßen. Nur ein kleiner Teil davon war aus gesundheitlichen Gründen hier. Die überwiegende Zahl der Gäste hatte eine private Kur gebucht und freute sich über ein lockeres Training und eine ausgezeichnete Küche.

Zu diesen gehörten auch Antonia Mittermaier und Susanne von der Lahn. Beide lächelten entzückt, als der Hotelchef an ihren Tisch kam und sich auf Lexas verwaisten Stuhl setzte.

»Ich hoffe, es gefällt den Damen hier?«, fragte er mit sonorer Stimme.

»Es ist einfach wunderbar!«, rief Antonia begeistert.

»Das ist es wirklich«, stimmte Susanne von der Lahn ihr zu.

»Das freut mich sehr«, antwortete der Mann, nickte den beiden Frauen kurz zu und ging zum nächsten Tisch weiter. Dort hielt er sich allerdings auch nicht lange auf, sondern verabschiedete sich kurz darauf von seinen Gästen und verschwand.

Es war, als hätten einige seiner Angestellten nur gewartet, bis ihr Chef gegangen war. Plötzlich tauchten Kathrin, Noah und einige andere auf und setzten sich zu den Gästen. Noah kam auf Susanne und Antonia zu, sah, dass Lexa fehlte, und fragte enttäuscht: »Ist Frau Fabarius etwa schon gegangen?«

»Eher gerollt«, gab Antonia bissig zurück.

Mit Susanne von der Lahn hatte sie sich Noahs wegen geeinigt, doch eine weitere Konkurrentin wollte sie nicht dulden, vor allem nicht, wenn diese so jung und hübsch war wie Lexa.

»Die Arme hat auch ein entsetzliches Schicksal zu tragen. Mit ihrer schweren Behinderung ist das Leben für sie doch so gut wie vorbei.« Der mitfühlende Ton, den Susanne von der Lahn anschlug, passte nicht ganz zu ihren Worten. Immerhin war Lexa noch keine dreißig und, von ihren Beinen abgesehen, äußerst attraktiv. Außerdem sprach sie mit ihrer Verletzung womöglich den Beschützerinstinkt der Männer an.

»Was trinken Sie? Fruchtsaft? Für einen Abend wie heute wäre doch etwas Stärkeres angebracht.« Noah rief einen der Kellner heran, die nach dem Abendessen geblieben waren, um die Getränkewünsche der Gäste zu erfüllen, und bestellte drei Cocktails.

»Auf Ihr Wohl, meine Damen«, sagte er, nachdem sie die Getränke erhalten hatten, und stieß mit den beiden an.

Insgeheim amüsierte er sich, wie leicht er die beiden dazu gebracht hatte, sich miteinander abzufinden. Doch seit er Lexa gesehen hatte, reizten ihn diese Frauen nicht mehr. Ohne die diskret überreichten Geldscheine und kleinen Geschenke hätte er seine Sonderbehandlung längst abgebrochen.

Lexa hingegen war jung und hübsch und vor allem kein Fallobst. So nannte er jene Frauen, die schneller mit ihm im Bett gewesen waren, als er die Hosen hatte ausziehen können. Lexas Behinderung störte ihn nicht. Im Gegenteil, es reizte ihn sogar, mit einer Frau zu schlafen, die ihm auf eine solche Weise ausgeliefert war.

Zunächst flirtete er noch mit den beiden Frauen und genehmigte sich dabei ein paar weitere Cocktails, die Antonia generös mit ihrer Magnetkarte beglich.

»Kommst du später noch auf mein Zimmer?«, fragte sie leise, während sie sich zu ihm hinbeugte.

Noah war am Nachmittag bei ihr gewesen und fand es zu anstrengend, sie zweimal am Tag befriedigen zu müssen. Daher schüttelte er den Kopf. »Ich muss früh aufstehen und mit Schorsch einen neuen Gast aus München abholen. Aber vielleicht morgen Abend.«

Als Susanne von der Lahn mitbekam, wie Noah ihre Konkurrentin abblockte, lächelte sie zufrieden. Das gönnte sie diesem arroganten Stück, das den armen Studenten mit Geld köderte. Sie selbst schenkte Noah gelegentlich eine Kleinigkeit wie einen hübschen Füller mit Goldfeder oder ein angenehmes Herrenparfüm. Daher war ihre Beziehung zu ihm viel intensiver, während er sich bei Antonia nur ein wenig Geld für sein Studium verdiente.

Noah winkte den beiden Frauen noch einmal zu und verließ den Saal, um sein Zimmer aufzusuchen. Unterwegs musste er erneut an Lexa denken. Es passte ihm gar nicht, dass sie sich ihm gegenüber so abweisend verhielt. Dabei sollte sie doch froh sein, wenn ein Mann wie er Interesse an ihr hatte.

Kurz entschlossen drehte er sich um und ging zum Aufzug. Zwei Minuten später stand er vor Lexas Tür, öffnete diese mit seiner Magnetkarte und trat ein. Im Zimmer war niemand. Dafür hörte er das Rauschen der Dusche und blickte neugierig ins Badezimmer.

Lexa saß auf dem Duschstuhl und wusch gerade ihre Beinstümpfe ab. Zunächst bemerkte sie Noah nicht, dann aber funkelte sie ihn wütend an. »Sie haben anscheinend überhaupt keinen Anstand, was?«

»Ich wollte nach Ihnen sehen und fragen, ob Sie etwas brauchen«, antwortete Noah und starrte sie mit wachsender Erregung an. »Wissen Sie, wie schön Sie sind?«, fragte er.

»Auf jeden Fall weiß ich, wie unverschämt Sie sind! Verschwinden Sie, sonst werde ich mich morgen über Sie beschweren.«

»Wieso beschweren? Ich bin Ihr Betreuer und passe nur auf, dass Sie sich beim Duschen nicht verletzen«, sagte Noah und nahm das Badetuch vom Handtuchhalter. »Ich werde Sie jetzt abfrottieren.«

»Sie werden gar nichts tun!«, schrie Lexa ihn an.

Doch er kam auf sie zu und rieb sie mit dem Tuch ab. Als er dabei ihre Brüste massierte, versetzte sie ihm einen heftigen Stoß, wäre aber beinahe vom Duschstuhl gefallen. Im letzten Moment fasste sie den Haltegriff und zog sich wieder auf den Sitz.

»Jetzt haben Sie sich nicht so! Es wird Ihnen genauso viel Spaß machen wie mir.« Noah griff nach ihr und hob sie hoch.

»Lassen Sie mich sofort los!«, schrie sie ihn an, doch er nahm ihren Widerstand nicht ernst.

Auch wenn die Klinik als Wellnesshotel geplant worden war, gab es im Bad einen Alarmknopf, mit dem ein Patient Hilfe herbeiholen konnte. Lexa drückte ihn rasch und betete, dass jemand kommen würde. Danach wehrte sie sich mit beiden Händen gegen Noah, begriff aber rasch, dass sie keine Chance gegen ihn hatte. Er trug sie zum Bett, warf sie darauf und zog seine Hose aus.

Lexa wartete einen Augenblick, dann stieß sie mit dem linken Knie nach ihm. Auch wenn sie nicht genau zwischen seine Beine traf, tat es weh, und er fluchte.

»Verdammtes Biest, halt endlich still!« Er packte ihre Handgelenke und bog ihre Arme nach oben.

»Hilfe! Hilfe!«, schrie Lexa und stemmte ihr kürzeres, rechtes Bein gegen seinen Bauch.

In dem Moment ging die Tür auf, und Kathrin kam herein. »Was ist denn los?«, fragte sie.

Da sah sie, wie Lexa sich verzweifelt gegen Noah wehrte, packte den jungen Mann bei den Schultern und zog ihn zurück.

»Bist du verrückt geworden?«, brüllte sie ihn an.

Lexa schlug rasch die Bettdecke um sich. »Der Kerl ist vollkommen übergeschnappt! So einer gehört hinter Gitter!«

»Ich wollte Ihnen nur einen Gefallen tun«, verteidigte Noah sich.

»Halt's Maul! Die Szene war ja wohl eindeutig«, fuhr Kathrin ihn an.

»Rufen Sie die Polizei!«, forderte Lexa sie auf.

Doch da schüttelte Kathrin den Kopf. »Das darf ich nicht. Nur der Chef kann das entscheiden.«

»Dann holen Sie ihn, und zwar sofort!«, rief Lexa wütend.

»Herr Dr. Markus ist schon nach Hause gefahren!«

»Dann rufen Sie ihn an! Oder ist es in diesem Haus üblich, dass Patientinnen von Angestellten vergewaltigt werden?« Lexa wurde immer lauter.

»Es ist doch nichts passiert«, sagte Noah schnappig.

»Schleich dich auf dein Zimmer und komm erst morgen wieder raus!«, riet Kathrin ihm.

Noah begriff, dass es besser war, dieser Aufforderung zu folgen, und zog seine Hose hoch. Ein paar Sekunden später schloss sich die Tür hinter ihm.

»Beruhigen Sie sich jetzt bitte«, bat Kathrin.

Lexa war jedoch nicht bereit, über diesen Vorfall einfach hinwegzusehen. »Ich will mit dem Chef dieser Anstalt sprechen, und zwar sofort«, sagte sie energisch.

»Ich habe Ihnen doch gesagt, dass er nicht mehr im Haus ist, und im Büro ist auch keiner mehr«, antwortete die Therapeutin.

»Dann rufe ich selbst die Polizei!«

Bevor Lexa das Telefon an sich nehmen konnte, schnappte Kathrin danach und brachte es außer Reichweite.

»Das kann wirklich nur der Chef entscheiden. Ich werde ihn jetzt anrufen, damit Sie endlich Ruhe geben«, sagte sie und tippte die Nummer ein.

9.

Eine halbe Stunde später war Hoteldirektor Markus da. Lexas erster Schock klang zwar bereits ab, aber sie war unendlich wütend und nahm kein Blatt vor den Mund.

Markus hörte ihr mit wachendem Entsetzen zu und sah dann Kathrin an. »Sie sind in dieser Situation hinzugekommen?«

»Das bin ich«, sagte die Therapeutin. »Noah hatte seine Hose heruntergelassen und wollte Frau Fabarius auf den Rücken drehen. Ich war zuerst verärgert, weil so spät noch der Alarmknopf gedrückt worden ist, hörte dann auf dem Flur Frau Fabarius' Hilfeschrei und bin sofort ins Zimmer gelaufen.«

»Die Situation war Ihrer Meinung nach eindeutig?«, fragte Markus weiter.

Lexa merkte, dass er ihr am liebsten eine Mitschuld zuschieben würde, und wurde noch zorniger. »Sie können die blauen Flecken sehen, die ich habe!«

»Frau Fabarius wollte die Polizei holen, aber ich habe zuerst Sie angerufen«, berichtete Kathrin.

Ihr Chef wurde blass. »Um Himmels willen! Keine Polizei! Der Ruf unseres Kurhotels wäre ruiniert, wenn so etwas bekannt wird.«

»Soll der Kerl einfach davonkommen?«, fragte Lexa ätzend.

Der Hoteldirektor schüttelte den Kopf. »Selbstverständlich nicht! Aber jetzt beruhigen Sie sich und schlafen erst einmal drüber. Die liebe Kathrin wird Ihnen eine Tablette geben.«

»Danke, ohne mich! Ich will nicht halb betäubt sein, während jeder Strolch mit seiner Magnetkarte ins Zimmer kommen kann!«

Lexa überlegte, ob sie die Polizei auf eigene Faust informieren sollte. Doch da steckte Kathrin auf eine leise Anweisung ihres Chefs das Telefon ein.

»Können wir Sie jetzt allein lassen?«, fragte er.

»Ich würde darum bitten«, gab Lexa aufgebracht zurück.

Markus wünschte ihr noch eine gute Nacht und verließ das Zimmer. Auch Kathrin tat es und schüttelte draußen den Kopf.

»Noah ist ein Idiot! Es gibt genug weibliche Gäste, die scharf auf ihn sind, und er muss ausgerechnet auf Frau Fabarius losgehen.«

»Wo ist er jetzt?«

»Ich habe ihn in sein Zimmer geschickt.«

»Das war das Beste, was Sie tun konnten«, lobte ihr Chef und schüttelte den Kopf. »Wir müssen alles tun, um die Polizei außen vor zu halten. Da mit Frau Fabarius nicht zu reden ist, werde ich noch heute deren Mutter anrufen. Sie muss ihre Tochter dazu bringen, dass sie auf eine Anzeige verzichtet.«

Er verabschiedete sich von Kathrin und zog sein Handy aus der Westentasche.

Lexa dachte unterdessen über ihre Situation nach. Am meisten schockierte es sie, dass sie Noah so hilflos ausgeliefert gewesen war. Sie hielt sich nicht für prüde, doch er hätte ihr Zimmer verlassen müssen, als er mitbekam, dass sie duschte. Stattdessen war er zudringlich geworden und hätte sie beinahe vergewaltigt.

Ihr war klar, dass sie nicht länger an diesem Ort bleiben konnte. Daher holte sie ihren Laptop und schaltete ihn ein. Innerhalb kurzer Zeit hatte sie die Adresse von Dr. Heinrichs Rehaklinik herausgefunden und notierte sich die Fahrstrecke dorthin. Da Inge Kastler noch ein Zimmer bekommen hatte, würde es sicher auch eines für sie geben.

Danach sah sie ihre E-Mails durch. Eine kam von Claudia. Darin stand, dass Jennifer noch immer bei Max wohnte und die Suche nach einer eigenen Wohnung aufgegeben habe. Einen Augenblick lang starrte Lexa auf den Bildschirm, ohne ihn wirklich zu sehen, während ihre Gedanken Volten schlugen. War sie denn blind gewesen, Max' wahren Charakter nicht zu durchschauen?, fragte sie sich. Wie es aussah, passte eine Frau ohne Füße nicht in seine Zukunftsplanung. Obwohl die Erkenntnis wehtat, zuckte Lexa mit den Schultern. Es würde auch ohne ihn weitergehen müssen.

Bei der nächsten E-Mail kniff sie die Augen zusammen, denn sie stammte von Max. Es war die zweite, die er ihr seit dem Unfall geschickt hatte, und er jammerte darin, wie sehr ihn ihr Schicksal belasten würde. »Bitte, schreib mir, dass du mir keine Schuld dafür gibst«, flehte er sie zuletzt noch an.

»Das hättest du gerne, was?«, rief sie.

Eine Antwort-Mail dieses Inhalts konnte so hingedreht werden, als würde sie auf mögliche Schadensersatzforderungen verzichten. Zwar hatte sie derzeit nicht die Absicht, welche zu stellen, wollte aber frei in ihren Entscheidungen bleiben. Diesmal löschte sie seine E-Mail nicht, sondern richtete einen Mail-Ordner »Max« ein und verschob sie dorthin.

Der Rest der E-Mails bestand aus Werbung sowie aus einem Vorschlag für eine Anlage, die ihr aber nach einem kurzen Durchrechnen nicht lukrativ erschien. Sie leitete sie trotzdem an Lehmann weiter. Danach schaltete sie den Laptop wieder ab und machte sich zum Schlafen zurecht.

10.

Ein heftiges Klopfen an ihrer Tür riss Lexa aus einem üblen Albtraum hoch. Sie brauchte einen Augenblick, um zu begreifen, dass sie allein in ihrem Zimmer lag und kein Noah da war, der sie zum Sex zwingen wollte.

»Was ist denn los?«, fragte sie stöhnend und sah auf die Uhr. Es war kurz vor acht, und um die Zeit war sie sonst immer beim Frühstück gesessen.

»Ich bin's!«, hörte sie die Stimme ihrer Mutter. »Bitte, Lexa, ich muss mit dir sprechen.«

Lexa kämpfte sich mühsam hoch. Jetzt spürte sie die Stellen, an denen Noah sie gepackt hatte, und sah die blauen Flecken. Sie warf den Morgenmantel über und zog ihren Rollstuhl ans Bett. Als sie sich daraufsetzte, klopfte ihre Mutter erneut gegen die Tür.

»Lexa, warum dauert das so lange? Mach endlich auf!«

Seufzend rollte sie zur Tür und steckte ihre Magnetkarte in das Lesegerät. Sofort schwang die Tür auf, und ihre Mutter stürmte herein.

»Endlich.«

»Mit Beinen würde es schneller gehen«, antwortete Lexa genervt.

»Ich habe mit Herrn Markus gesprochen«, begann ihre Mutter. »Das ist wirklich eine üble Sache! Aber zum Glück ist nichts passiert.«

»Außer, dass ich blaue Flecken und Schmerzen habe und traumatisiert bin!«

»Jetzt werde nicht dramatisch! Natürlich war es nicht in Ordnung, aber …«

»Was aber?«, unterbrach Lexa ihre Mutter scharf.

»Herr Markus meint, wir sollten die Sache nicht zu hoch aufhängen. Er will keine Polizei in seiner Klinik, und das kann ich verstehen.«

»Aber ich nicht.«

Wiebke Fabarius sah ihre Tochter streng an. »Ich habe mit Herrn Markus vereinbart, dass keine Polizei eingeschaltet wird. Er hat mir eine Entschädigung für dich angeboten, und ich habe sie in deinem Namen angenommen.«

»Das hättest du nicht tun dürfen!«

Noch während sie protestierte, begriff Lexa, dass ihr keine andere Möglichkeit bleiben würde, als nachzugeben. Da der Hoteldirektor keinen Skandal wollte, hatte er sein Scheckbuch gezückt und eine Summe daraufgeschrieben, der ihre Mutter nicht hatte widerstehen können.

»Also gut!«, sagte sie nach einer Weile. »Du hast gewonnen, Mama. Nimm das Geld, das Markus dir gibt, und werde damit glücklich. Jetzt aber will ich meine Scheckkarte und meine Kreditkarten von dir. Deine Kontenvollmacht werde ich online löschen lassen.«

»Aber Lexa, was soll das? Du brauchst jemanden, der die Bankgeschäfte für dich erledigt. Ebenso brauchst du jemanden, der für dich sorgt.«

Lexa sah ihre Mutter nachdenklich an. »Es gibt etwas, Mama, das ich dir schon längst hätte sagen sollen. Es hat mir immer wehgetan zu sehen, wie sehr du Leon mir vorgezogen hast, nur weil die Natur ihn anders ausgestattet hat als mich.«

»Das stimmt so nicht!«, behauptete ihre Mutter beleidigt.

»Ich sehe das anders. Oder muss ich dich an Leons neuen Wagen erinnern, für den du ihm fast vierzigtausend Euro von meinem Geld gegeben hast? Angeblich sollte er ein Fahrzeug kaufen, mit dem er mich kutschieren kann. Stattdessen ist es ein englischer Sportwagen geworden, mit dem er weder mich noch meinen Rollstuhl transportieren kann. Als ich dich letztens darauf angesprochen habe, sagtest du, ihr könntet ja noch einen anderen Wagen von meinem Geld kaufen. Aber damit ist jetzt Schluss.«

Lexa wischte sich die Tränen aus den Augen, bevor sie weitersprach. »Wieso ist Papa nicht mitgekommen? Er hätte dem Hoteldirektor die Euro vor die Füße geworfen und mir geholfen.«

Wiebke Fabarius drehte den Kopf weg, damit ihre Tochter ihr Gesicht nicht sehen konnte. Da sie wusste, wie sehr ihr Mann an Lexa hing, hatte sie ihm Markus' Anruf verschwiegen und war auf eigene Faust hierhergefahren.

Ihre Tochter erriet, was geschehen war, und wies zur Tür. »Ich wäre dir dankbar, wenn du jetzt gehen würdest, Mama. Ich möchte mich nämlich waschen! Vorher aber will ich meine Karten haben. Gibst du sie mir nicht, werde ich meiner Bankbetreuerin sofort eine E-Mail schicken und sämtliche Karten und mein Anlagedepot sperren lassen!«

Wiebke Fabarius hielt ihre Tochter für hysterisch genug, es zu tun, und holte die Karten heraus. Da Lexa ihrer Ansicht nach vollkommen hilflos war, würde ihr nichts anderes übrig bleiben, als sie ihr wiederzugeben. Anschließend verließ sie nach einem kurzen, nicht sehr freundlichen Gruß das Zimmer.

Lexa schlug die Hände vors Gesicht und schämte sich wegen ihres Ausbruchs. Auch wenn Leon im Gegensatz zu ihr von den Eltern verhätschelt worden war, hätte sie den Mund halten müssen.

»Nein, hätte ich nicht! Die Sache mit seinem neuen Auto zeigt, wohin das bisher schon geführt hat. Leon ist ein Egoist und wird niemals Rücksicht auf mich nehmen.«

Was die Mutter betraf, so behandelte diese sie einerseits wie ein unmündiges Kind und zum anderen wie jemanden, der keine Ansprüche mehr an das Leben stellen durfte. Dabei war sie gerade mal achtundzwanzig Jahre alt und der Gedanke, in Zukunft nur noch fremdbestimmt zu werden, so schrecklich, dass sie minutenlang steif und mit geballten Fäusten dasaß.

»Ich muss mich endlich von zu Hause abnabeln. Das hätte ich schon vor Jahren tun müssen«, sagte sie, als sie sich wieder beruhigt hatte.

Sie fuhr mit dem Rollstuhl ins Bad, putzte sich die Zähne und wusch sich. Danach zog sie sich an und packte ihre Sachen samt Laptop in die Reisetasche.

Als sie nach unten fuhr, kam ihr Inge Kastler entgegen. Sie war mit einer leichten Sommerhose und einem T-Shirt bekleidet.

»Ich wollte gerade nachsehen, wo Sie bleiben, um mich von Ihnen zu verabschieden. Ich will mir gleich ein Taxi bestellen, das mich zum Bahnhof bringt«, sagte Inge Kastler erleichtert.

»Wenn Sie noch einen Augenblick warten können, würde ich gerne mit Ihnen in die Rehaklinik fahren. Wenn es Ihnen recht ist, heißt das!« Lexa klang besorgt, da sie nicht wusste, ob Inge Kastler sich während der Bahnreise mit einer Rollstuhlfahrerin belasten wollte.

Die alte Dame sah sie zunächst erstaunt an, lächelte dann aber. »Ich würde mich freuen, gemeinsam mit Ihnen nach Kronach zu fahren. Sie werden dort auf alle Fälle besser auf Ihr zukünftiges Leben vorbereitet als hier.«

»Danke! Ich gehe beziehungsweise rolle zur Verwaltung, um meine Unterlagen zu holen. Danach können wir aufbrechen.«

»Wollen Sie nicht noch frühstücken?«, fragte Inge Kastler.

Lexa warf einen kurzen Blick durch die offene Tür des Speisesaals, sah dort Susanne von der Lahn und Antonia Mittermaier am Tisch sitzen und schüttelte den Kopf.

»Nein! Ich werde mir am Bahnhof ein Sandwich und einen Kaffee kaufen.« Nach diesen Worten fuhr sie los und konfrontierte kurz darauf eine Angestellte im Büro mit der Forderung nach ihren Unterlagen.

»Aber warum wollen Sie Ihre Kur abbrechen?«, fragte die Frau verdattert.

»Dafür gibt es verschiedene Gründe«, antwortete Lexa. »Auf jeden Fall werde ich heute abreisen.«

»Ich muss vorher mit Herrn Markus sprechen«, erklärte die Frau und griff zum Telefon.

Lexa hörte zu, wie die Angestellte ihren Chef anrief und ihm erklärte, dass die Patientin Alexandra Fabarius abreisen wolle. Die Antwort verstand Lexa nicht, doch da die Frau mit verkniffener Miene auflegte und ihren Ordner heraussuchte, war es Markus anscheinend sehr recht, dass sie sein Kurhotel verließ.

Erleichtert informierte Lexa Inge Kastler, dass sie ein Taxi rufen könne. Sie kehrte noch einmal in ihr Zimmer zurück, um ihre Reisetasche zu holen. Als sie wieder nach unten kam, lief ihr Kathrin über den Weg.

»Gut, dass ich Sie hier treffe. Dann muss ich nicht mehr ins Büro, um meine Karte abzugeben!« Mit diesen Worten drückte Lexa der jungen Frau die Magnetkarte in die Hand und lenkte ihren Rollstuhl zum Hinterausgang. Inge Kastler wartete bereits auf sie und erklärte, dass ihr Taxi gleich eintreffe.

VIERTES KAPITEL

Der eigene Weg

1.

Mit Inge Kastlers Hilfe und der gelegentlichen Unterstützung durch andere Reisende kam Lexa gut in der Rehaklinik von Dr. Heinrich an. Das Haus sah von außen ansprechend aus, doch innen war die Krankenhausatmosphäre deutlich zu spüren. Hier herrschte ein anderer Geist als in dem Kurhotel, das sie und Inge verlassen hatten. Die Angestellte in der Verwaltung nahm ihre Unterlagen entgegen und sah dann auf ihrem Zimmerplan nach.

»Unsere Einzelzimmer sind derzeit alle belegt«, sagte sie bedauernd. »Daher mussten wir bereits Frau Kastler ein Zweibettzimmer als Einzelzimmer zuweisen. Sie haben zwar laut Ihrer Krankenversicherung ebenfalls Anspruch auf ein Einzelzimmer, doch ich kann Ihnen kein weiteres Zweibettzimmer geben.«

»Ich hätte vielleicht vorher anfragen sollen, ob ich kommen kann«, sagte Lexa enttäuscht.

»Das ist doch nicht so schlimm«, meinte Inge Kastler. »Ich habe zwar, als ich mich hier angemeldet habe, ein Einzelzimmer gewünscht. Aber wenn es Ihnen nichts ausmacht, können wir uns das Zimmer teilen.«

»Das würde uns entgegenkommen«, sagte die Angestellte und sah die unangemeldet aufgetauchte Patientin hoffnungsvoll an.

Lexa überlegte kurz und nickte. »Ich würde gerne mit Frau Kastler in einem Zimmer wohnen.«

Wäre dies bereits im Kurhotel möglich gewesen, hätte Noah sie nicht überfallen können, dachte sie und war froh, in den nächsten zwei Wochen nicht allein in einem Zimmer schlafen zu müssen.

»Ich mache Ihnen sofort einen Termin für die Untersuchung. Es ginge heute noch nach dem Abendessen«, fuhr die Klinikangestellte fort.

Lexa nickte. »Gerne!«

»Warten Sie noch einen Augenblick, dann bringt Sie jemand in Ihr Zimmer.«

Inge Kastler wiegte gedankenverloren den Kopf und blickte die Rezeptionsdame auffordernd an. »Wie ist es hier mit dem Essen? Gibt es einen Speisesaal, oder bekommen wir die Mahlzeiten auf dem Zimmer serviert?«

»Unser Aufenthaltsraum ist zu klein, als dass alle unsere Patienten dort essen könnten. Auch sind viele nicht so mobil. Daher wird das Essen auf die Zimmer gebracht.«

»Auch gut«, meinte Inge Kastler. »Hauptsache, es schmeckt!«

»Das tut es sicher! Hier kommt Schwester Tanja. Sie ist für die Patienten der Station zuständig, in dem Ihr Zimmer liegt. Tanja, es gibt eine Änderung. In das für Frau Kastler vorgesehene Zimmer wird auch Frau Fabarius mit eingewiesen.«

»Ist gut, Irmlinde. Wenn die Damen mitkommen wollen?« Schwester Tanja war um die vierzig Jahre alt, leicht stämmig und wirkte wie jemand, der wusste, was er wollte.

»Die ist ganz schön resolut«, flüsterte Inge Kastler Lexa zu, während sie der Frau folgten.

»Während Sie sich in Ihrem Zimmer einrichten, werde ich mir Ihre Unterlagen ansehen. Nach der Untersuchung durch den Arzt wird über Ihre Therapien entschieden«, erklärte Schwester Tanja auf dem Weg ins Zimmer und wandte sich Lexa zu. »Sie wissen, wie Sie mit dem Rollstuhl durch die Türen kommen?«

»Das habe ich in der Unfallklinik gelernt.«

»Das ist gut! Es ist nämlich wichtig, dass unsere Patienten sich so weit wie möglich selbst helfen. Zu Hause müssen sie es nämlich auch.«

Das erschien Lexa sinnvoll. Vor allem für sie war es gut, wenn sie lernte, allein zurechtzukommen. Als sie die Tür ihres Zimmers erreichten, blieb Schwester Tanja daneben stehen und sah sie auffordernd an.

Lexa kniff die Lippen zusammen, schaffte es aber, die Tür zu öffnen, und rollte erleichtert ins Zimmer. Es war nicht besonders groß und anders als im Kurhotel krankenhausmäßig eingerichtet. Es gab zwei Betten, einen Tisch mit zwei Stühlen, einen Schrank mit zwei Türen und ein Fernsehgerät. Das Badezimmer war nebenan, doch als Lexa einen Blick hineinwarf, sah sie zwei Waschbecken, eine abgetrennte Toilette und eine Dusche mit Duschstuhl. Damit, sagte sie sich, würde sie zurechtkommen.

Auch Inge Kastler zeigte sich zufrieden. Sie hatte das Kurhotel aufgesucht, um etwas gegen die wiederkehrenden Schmerzen in ihrer Hüfte zu unternehmen, war aber von der medizinischen Betreuung enttäuscht worden. Diese Stätte sah schon vielversprechender aus.

»Also, mir gefällt es hier«, sagte sie zu Lexa.

»Mir auch!«

Schwester Tanja nahm die Tasche, die Lexa auf ihren Oberschenkeln transportiert hatte, und stellte sie neben den Schrank. »Einräumen können Sie später. Jetzt würde ich mir gerne Ihre Beine anschauen.«

»Welches Bett möchten Sie?«, fragte Lexa Frau Kastler.

»Da ich das Zimmer reserviert habe, würde ich sagen, das am Fenster. Etwas muss ich doch davon haben, dass ich es mit Ihnen teile«, antwortete ihre Zimmergenossin augenzwinkernd und trat beiseite, damit Lexa an das andere Bett fahren konnte.

Schwester Tanja nickte zufrieden, als sie sah, wie geschickt Lexa sich aus dem Rollstuhl hochstemmte und auf das Bett glitt. Als diese dann aber die Jogginghose auszog und sie deren Beinstümpfe sah, krauste sie die Stirn.

»Sie brauchen sofort neuer Liner! Ich werde Ihnen gleich welche bringen. Die Dinger, die Sie tragen, sind ja schon ausgeleiert.«

»Zu was sind die eigentlich gut?«, fragte Lexa, die sich in der Unfallklinik nicht dafür interessiert und im Kurhotel nichts darüber gehört hatte.

»Die Liner sorgen dafür, dass Ihre Beinstümpfe die beste Form für den Einsatz von Prothesen bekommen, und dienen als Schutz der Stümpfe, wenn Sie Prothesen tragen. Aber das alles erfahren Sie, wenn es so weit ist«, erklärte die Schwester und trat zur Tür. »Ich lasse Sie jetzt allein. Tee und Wasser gibt es vorne beim Schwesternzimmer. Außerdem haben wir dort einen kleinen Kiosk, bei dem Sie sich Kleinigkeiten kaufen können.«

»Da wir unterwegs nicht viel gegessen haben, sollten wir nachsehen, ob wir dort einen Kaffee und ein Stück Kuchen bekommen«, schlug Inge Kastler vor.

»Ich ziehe nur noch meine Hose an«, antwortete Lexa und fühlte sich trotz ihres Rollstuhls auf einmal so frei wie noch selten in ihrem Leben.

2.

Das Abendessen war einfacher als im Kurhotel, aber es schmeckte beiden. Kurz danach erschien der Klinikchef mit Schwester Tanja im Schlepptau.

»Da sind also unsere überraschend erschienenen Neuankömmlinge«, meinte er und sah kurz auf die beiden Blätter, die Schwester Tanja ihm hinhielt.

»Sie, Frau Kastler, sind wegen Ihrer Hüfte gekommen. Lassen Sie mich Ihr Bein mal sehen!« Dr. Heinrich wartete, bis Inge ihre Jogginghose abgestreift hatte, und untersuchte dann ihr Bein und ihre Hüfte. Ein paarmal sagte er etwas zu Schwester Tanja, die sich Notizen machte.

Es dauerte etwa zehn Minuten, dann ging er zu Lexa hinüber. Diese hatte ihre Jogginghose bereits ausgezogen und wartete gespannt auf sein Urteil. Diesmal brauchte der Arzt länger für seine Untersuchung und gab der Schwester auch weitaus mehr Anweisungen.

Nachdem er sich die Stümpfe angesehen und die Liner wieder darübergezogen hatte, forderte er Lexa auf, die Knie zu bewegen.

»Sehr gut«, meinte er. »Sie hätten zwar schon früher mit dem Prothesentraining beginnen müssen, aber das kriegen wir hin. Schwester Tanja ist eine unserer besten Therapeutinnen und wird Sie schulen. Morgen früh werden Ihre Beine erst einmal geröntgt und danach die Beinstümpfe vermessen, damit wir Ihnen Übungsprothesen anpassen können.«

»Jetzt schon?«, fragte Lexa, da ihr Unfall erst wenige Wochen zurücklag.

»Es ist nicht so, dass Sie stundenlang darin marschieren sollten. Aber Sie müssen sich bald an solche Gehhilfen gewöhnen und lernen, damit Ihr Gleichgewicht zu halten. Deswegen fängt man mit dem Training so früh wie möglich an. Ich frage mich, wieso man Sie an dieses Kurhotel verwiesen hat. Die sind auf so schwere Fälle wie den Ihren gar nicht eingerichtet.«

Für Lexa war es eine scharfe Kritik an ihrer Mutter, die das Kurhotel durchgesetzt hatte. Dadurch war sie Noahs Zudringlichkeiten ausgesetzt gewesen, hatte aber nichts für ihre Wiedereingliederung in die Gesellschaft tun können.

Warum hätte Mama ihr auch helfen sollen?, dachte sie. Für sie ist es doch viel bequemer, wenn ich später hilflos in meinem Zimmer liege und ihr die völlige Vollmacht über meine Konten überlasse.

»Ich wünsche den Damen eine gute Nacht. Morgen früh geht's los!«

Dr. Heinrich winkte noch kurz, dann verließ er mit Schwester Tanja im Gefolge das Zimmer.

Inge wandte sich an Lexa. »Wie machen wir es mit dem Badezimmer? Wer geht als Erstes hinein? Auch wenn zwei Becken vorhanden sind, will ich mich alleine waschen.«

»Gehen Sie ruhig! Ich brauche länger und will Sie nicht warten lassen. Außerdem haben Sie erzählt, dass Sie am Morgen vor dem Frühstück gerne eine Runde drehen.« Lexa war diese Aufteilung recht, denn so behinderte sie weder Inge noch sich selbst. Auch ihre neue Freundin war damit zufrieden und trat ins Badezimmer.

Lexa packte unterdessen ihren Laptop aus. Von ihrer Familie hatte sie gleich drei E-Mails erhalten. Ihr Bruder erklärte ihr, dass es typisch für sie sei, ihm das neue Auto nicht zu gönnen. Von ihrem Vater kam ein fast unverständliches Gestammel, dass sie doch alle das Beste für sie wollten, während ihre Mutter im eisigen Ton erklärte, erst wieder etwas für sie zu tun, wenn sie vernünftig geworden wäre und sich bei ihr entschuldigt hätte.

Die E-Mails brachten Lexa zum Weinen. Als Inge aus dem Badezimmer kam, fragte sie besorgt, was denn wäre.

Lexa schnupfte ihre Tränen und deutete auf ihren Laptop. »Meine Familie hat mir geschrieben.«

»Nicht sehr freundlich, wie es aussieht. Aber das war bei dem, was Sie mir erzählt haben, vorauszusehen.«

»Ich weiß nicht, was ich tun soll.«

»Erst einmal ignorieren, bis Ihre Eltern und Ihr Bruder den Verstand eingeschaltet haben. Aber zu etwas anderem: Da wir schon das Zimmer teilen, sollten wir das steife Sie endlich lassen. Ich bin Inge! Als die Ältere von uns beiden kann ich das Du vorschlagen.«

»Ich bin Alexandra, aber alle sagen Lexa zu mir.«

»Gut, Lexa. Jetzt vergiss deine Familie – wenigstens für den Augenblick – und geh ins Badezimmer. Wir haben noch genug Zeit, um über alles zu reden.«

»Ich fühle mich gleichzeitig hilflos und ausgenutzt«, antwortete Lexa, während ihr die Tränen erneut in die Augen stiegen.

»Heulen bringt nichts!«, sagte Inge resolut. »Für dich kann es nur heißen, die Zähne zusammenzubeißen und dein Leben selbst zu meistern.«

»Und was soll ich Ihrer … äh, deiner Meinung nach tun?«

»Keine Halbheiten mehr machen wie in einer Einliegerwohnung im Haus deiner Eltern leben, sondern ganz deinen eigenen Weg gehen. Hier in dieser Klinik wirst du das lernen.«

»Aber ich muss doch irgendwie Geld verdienen!«

»Hast du deinen Job bisher mit den Beinen oder mit dem Kopf gemacht?«, fragte Inge bissig.

»Du meinst, ich soll wieder in meinem alten Beruf arbeiten?«

Noch während Lexa es aussprach, war ihr klar, dass es für sie keine andere Möglichkeit gab. Wenn sie allein leben wollte, brauchte sie Geld. Blieb sie weiterhin bei ihren Eltern, würde das, was sie noch besaß, immer mehr zu ihrer Mutter und ihrem Bruder hinüberwandern und sie zuletzt ganz von deren Gnade und Barmherzigkeit abhängen.

»Du hast recht, Inge«, sagte sie und lächelte.

»Du bist doch Anlageberaterin. Ich würde gerne fünftausend Euro anlegen. Hast du nicht einen Tipp für mich?«

Früher hatte Lexa mit ganz anderen Summen gearbeitet. Selbst wenn sie eine Anlage mit einer Rendite von zehn Prozent finden würde, was derzeit unmöglich war, würde ihre Provision am Ende gerade mal fünfzig Euro im Jahr ausmachen. Trotzdem nickte sie.

»Ich sehe zu, was ich machen kann!«

Sie beschloss, einen Teil ihres frei verfügbaren Geldes zusammen mit der Summe, die Inge ihr anvertrauen wollte, zu investieren, um auf diese Weise ein gewisses Einkommen zu erzielen. Wie viele ihrer ehemaligen Kunden, die von Lehmann übernommen worden waren, zu ihr zurückkehren würden, konnte sie nicht voraussehen.

Es klopfte an der Tür, und Schwester Tanja kam mit zwei Zetteln in der Hand herein. »Da ist Ihr morgiges Programm. Lesen Sie es gut durch und merken Sie sich die Zeiten«, sagte sie und reichte die beiden Blätter weiter.

Inge warf einen Blick darauf. »Fango, Sprudelbad und Massage – und das noch vor dem Frühstück. Das geht ja ganz schön los.«

»Röntgen, Untersuchen, Vermessen, Lymphdrainage, Schwimmen. He, ich will keine Olympiateilnehmerin werden«, rief Lexa erschrocken.

»Ich könnte natürlich sagen: Sie sind nicht zum Vergnügen hier! Aber das mache ich natürlich nicht«, antwortete Schwester Tanja fröhlich. »Lassen Sie sich gesagt sein, es sieht schlimmer aus, als es ist. Geröntgt werden Sie nur einmal, und die Untersuchung gibt's auch nur alle paar Tage. Die Lymphdrainage, das Schwimmen und natürlich das Prothesentraining, mit dem wir übermorgen beginnen, werden jedoch täglich durchgeführt.«

»Auch Samstag und Sonntag?«, fragte Lexa.

»Samstag findet das volle Programm statt, und am Sonntag wird von Ihnen erwartet, dass Sie schwimmen und mindestens eine halbe Stunde Ihre Prothesen benutzen.«

»Aber ich habe noch keine!«

»Sie kriegen erst einmal Übungsprothesen von uns«, erklärte die Schwester. »Ihre Beine werden morgen früh vermessen, damit unser Orthopädietechniker Ihnen welche anpassen kann. Später erhalten Sie Ihre eigenen Prothesen.«

Lexa sah auf ihre Beinstümpfe und fragte sich, ob sie darauf wirklich noch einmal richtig würde gehen können. Sie wollte noch eine Frage stellen, aber da wünschte Schwester Tanja ihnen eine gute Nacht und verließ das Zimmer.

3.

Gemäß der Devise, dass ihre Patienten möglichst eigenständig handeln sollten, standen auf Lexas Zettel die Nummern und Stockwerke der Behandlungszimmer und die Zeiten, an denen sie dort sein sollte. Inge, die zur gleichen Zeit wie sie aufbrechen musste, schritt im Bademantel voraus. In dem Teil des Gebäudes, in dem die Behandlungsräume lagen, trennten sich ihre Wege. Während Inge vor dem Zimmer stehen blieb, in dem sie ihre erste Anwendung erhielt, fuhr Lexa weiter, bis sie die Röntgenstation erreichte.

Dort wartete bereits Schwester Tanja auf sie und lotste sie in den Röntgenraum. Sie wies Lexa an, sich auf den Tisch zu legen, stand aber mit verschränkten Armen daneben, ohne ihr zu helfen.

»Später müssen Sie noch ganz andere Schwierigkeiten meistern«, sagte sie, als Lexa es endlich geschafft hatte. Danach legte sie ihr den Bleischurz um, fuhr sie in Position und verließ die Kammer, um die ersten Röntgenbilder zu machen.

Lexa musste sich anschließend auf die eine und dann auf die andere Seite legen und zuletzt sogar auf den Bauch, bis Schwester Tanja zufrieden war.

»Jetzt geht es eine Abteilung weiter«, sagte ihre Pflegerin und hielt Lexa die Mappe mit den Röntgenbildern hin.

»Wenn Sie sie nicht anders auf dem Rollstuhl unterbringen können, müssen Sie sie unters Kinn klemmen«, riet sie ihr.

Es gelang Lexa, die Mappe so neben sich zu stellen, dass ihr nichts passieren konnte, und fuhr los. Drüben warteten bereits Dr. Heinrich und ein älterer Mann auf sie, den der Arzt ihr als Orthopädietechniker vorstellte.

»Herr Nimrod wird Ihre Beinstümpfe vermessen, um Ihnen Ihre Übungsprothesen anpassen zu können«, erklärte der Arzt und wies Lexa an, die Jogginghose auszuziehen.

Der Orthopädietechniker betrachtete Lexas Stümpfe eingehend. »Sie haben Glück, dass der Unterschenkel ihres rechten Beines noch lang genug für eine Prothese ist. Wir hätten sonst einiges an Aufwand treiben müssen.«

Für Lexa war das kein Trost. Sie schwieg, während Nimrod ihre Beinstümpfe mit einem tragbaren Gerät vermaß und sich dann verabschiedete. Ihr Weg führte nun weiter zur Lymphdrainage, die von einer jungen Masseurin vorgenommen wurde.

Als Letztes wurde sie zu dem im hinteren Teil des Gebäudes liegenden Therapiebecken geschickt. Der Badeanzug war ihr von der Klinik geliehen worden und saß nicht besonders gut. Daher beschloss sie, sich so schnell wie möglich einen eigenen zu besorgen.

Außer ihr waren noch drei weitere Patienten anwesend. Der Therapeut half ihr ins Wasser und forderte sie auf, sich an einer Stange festzuhalten und die Beine zu bewegen. Lexa war die Einzige, der Teile der Gliedmaßen fehlte, und sie beneidete die Leute glühend um ihre Füße. Sie merkte jedoch bald, dass auch bei den anderen nicht alles eitel Sonnenschein war. Eine Frau in Inge Kastlers Alter vermochte kaum aus dem Becken zu steigen und benötigte einen Rollator als Gehhilfe.

»Jetzt schwimmen Sie zehnmal hin und her!«, wies der Therapeut Lexa an, als auch die anderen Patienten das Becken verlassen hatten.

Lexa biss die Zähne zusammen und begann zu schwimmen. Sie merkte jedoch rasch, dass es nicht so einfach war. Ohne richtige Beinarbeit sackte ihr Becken nach unten, und sie hatte Mühe, sich über Wasser zu halten.

»Ganz ruhig! Das wird schon«, rief ihr der Therapeut zu. »Atmen Sie so, dass Sie immer genug Luft in den Lungen haben. Das wirkt wie ein Auftriebskörper. Ihre Armzüge müssen kräftig, aber nicht überhastet kommen, und Sie dürfen mit den Beinen nicht so herumschlagen, als wollten sie einen Kraulrekord brechen. Schwimmen Sie ganz gemütlich hin und her. Ja, so ist es gut!«

Für Lexa war es alles andere als gut. Sie schluckte immer wieder Wasser und hing, da ihr längeres linkes Bein mehr Auftrieb erzeugte als ihr rechtes, schief im Becken. Zunächst zählte sie noch mit, wie oft sie hin- und hergeschwommen war. Nach kurzer Zeit wurde es für sie beinahe zu schwer, sich über Wasser zu halten. Sie ärgerte sich darüber, denn früher war sie eine gute Schwimmerin gewesen. Die Bewegungsabläufe, die sie sich damals antrainiert hatte, passten jedoch überhaupt nicht mehr.

»Das werden wir jetzt jeden Tag machen«, erklärte der Therapeut, als er ihr erlaubte, das Becken zu verlassen. Ohne Füße musste sie sich mit den Armen am Geländer hochstemmen. Ihr Schwimmlehrer schob den Rollstuhl bis ans Becken und hielt sich bereit, einzugreifen, wenn es nötig sein sollte. Lexa schaffte es jedoch allein in den Rollstuhl und dann auch auf den Duschstuhl in der Kabine.

»Soll ich eine Kollegin holen, die Ihnen hilft, den Badeanzug auszuziehen?«, fragte der Mann.

Lexa schüttelte den Kopf und bat ihn, die Tür zu schließen. Es fiel ihr nicht leicht, den klammen Badeanzug abzustreifen, aber sie schaffte es. Nachdem sie kurz geduscht hatte, trocknete sie sich mit dem bereitliegenden Handtuch ab und zog ihr T-Shirt und ihre Jogginghose an. Auf dem Weg zur Tür hob sie den auf dem Boden liegenden Badeanzug auf und verließ die Duschkabine. Ihr Therapeut hatte draußen gewartet und nahm den Badeanzug entgegen.

»Ich sorge dafür, dass er gewaschen und getrocknet wird, damit Sie ihn morgen wieder verwenden können«, erklärte er.

»Ich hätte gerne einen eigenen Badeanzug« erwiderte Lexa.

»Wenn Sie Schwester Tanja Ihre Größe nennen, besorgt sie Ihnen einen.«

»Danke!« Lexa sagte sich, dass sie selbst daran hätte denken können, und machte sich auf den Weg in ihr Zimmer.

Dort stand bereits das Frühstück auf dem Tisch, und Inge Kastler schmierte sich gerade eine Semmel.

»Sie kommen gerade noch rechtzeitig, sonst wäre Ihr Kaffee kalt geworden«, meinte sie und zwinkerte Lexa zu. »Ist alles gut gegangen?«

»Ich bin geschwommen wie die Titanic nach dem Zusammenstoß mit dem Eisberg«, stöhnte Lexa und setzte sich auf ihren Platz. »Auf jeden Fall habe ich jetzt Hunger wie ein Wolf. Was steht für den Rest des Tages an?«

»Ich bin für sechzehn Uhr zum Schwimmen eingeteilt worden, und du musst um die gleiche Zeit zur ersten Anprobe der Prothesen.«

»So schnell schon? Der Mann hat doch vorhin erst gemessen!« Lexa schüttelte den Kopf und aß dann mit gutem Appetit. Als sie fertig war, wollte sie sich einen Tee einschenken. Die Thermosflasche war jedoch verschwunden.

»Die Schwester meinte, sie wäre fast leer, und du solltest dir eine neue holen. Als ich es für dich machen wollte, bekam ich eins aufs Dach! Die Leute hier wollen dich in Bewegung halten.« Inge lachte und öffnete ihr die Tür.

»Das darf ich noch für dich tun!«

»Aber nur, wenn keine der Schwestern draußen steht und dich dabei erwischt«, antwortete Lexa und fuhr mit ihrem Rollstuhl hinaus.

4.

Bis zum Mittagessen war Ruhezeit angesagt. Lexa verbrachte sie mit dem Laptop auf dem Schoß. Zunächst las sie ihre E-Mails durch, aber viel Neues gab es nicht. Claudia schwärmte von einer Ausstellung in München, die sie besucht hatte, und bedauerte, dass Lexa sie nicht hatte sehen können. Im Augenblick hatte Lexa keinen Nerv für Museumsbesuche und klickte die nächste E-Mail an. Ihre Mutter hatte geschrieben, sie solle doch nicht so stur sein und sich helfen lassen.

»Bin ich stur?«, fragte Lexa Inge, die interessiert zu ihr herschaute.

»Jeder erfolgreiche Mensch ist ein wenig stur, sonst würde er beim ersten Einbruch aufgeben. Aber warum fragst du?«

»Meine Mutter wirft es mir vor.«

»So, wie du mir die Situation geschildert hast, würde ich eher sagen, sie ist beleidigt, weil du dich nicht von ihr tyrannisieren lassen willst. Etwas anderes ist das, was sie dir für die Zukunft bieten will, nämlich nicht.«

»Wenn ich auf eigenen Füßen stehen will, brauche ich eine behindertengerechte Wohnung, die weit genug von meinen Eltern entfernt ist. Sonst hätte ich Mama jeden Tag am Hals.« Lexa schüttelte den Kopf und widmete sich ihren geschäftlichen E-Mails. Plötzlich zuckte sie zusammen. Eins stammte von Mielich, dem Kunden, den Reuter ihr vor einem halben Jahr abgeworben hatte.

»Liebe Frau Fabarius«, las sie. »Ich habe von Ihrem Unfall gehört und sende Ihnen meine herzlichen Genesungswünsche. Hoffentlich sind Sie bald in der Lage, Ihre Geschäfte wieder zu übernehmen. Ich bedauere es sehr, auf Herrn Reuters Versprechungen hereingefallen zu sein. Sein Supertipp mit ›garantierten 15 % Rendite‹ hat mich bislang fast fünfzigtausend Euro gekostet. Wenn ich Pech habe, wird sich die Summe noch erhöhen, denn der Fonds ist mittlerweile völlig eingebrochen. Ich würde mich lieber weiterhin von Ihnen beraten lassen. Melden Sie sich bitte, sobald Sie wieder aktiv sind. Mit freundlichen Grüßen, Ihr Josef Mielich«

Lexa lehnte sich im Bett zurück und überlegte. Es juckte sie in den Fingern, wieder zu arbeiten. Allerdings hatte sie durch ihren Unfall den Anschluss verloren und würde sich erst wieder in die aktuelle Lage einlesen müssen. Da sie gerade Zeit hatte, rief sie die Internetauftritte mehrerer Wirtschaftszeitungen auf und sah sich die interessantesten Artikel an.

Als das Mittagessen gebracht wurde, unterbrach sie ihre Lektüre und machte hinterher gleich weiter. Sie war darin so vertieft, dass Inge Kastler sie kurz vor sechzehn Uhr an ihren Termin beim Orthopädietechniker erinnern musste.

5.

Als Lexa in den Behandlungsraum kam, warteten Schwester Tanja und Herr Nimrod bereits auf sie. Auf dem unteren Ende des Behandlungstisches lagen drei verschiedene Unterschenkelprothesen sowie zwei, die nur aus einem Fuß mit Schaft bestanden.

»Setzen Sie sich und ziehen Sie die Jogginghose aus«, wies Nimrod sie an.

Lexa zögerte, denn diesmal hatte sie keinen Badeanzug an, sondern nur ein normales Höschen. Es ist sauber und hat keine Löcher, sagte sie sich und streifte die Jogginghose ab. Schwester Tanja nahm sie entgegen und legte sie auf einen Stuhl. Aus Gewohnheit hatte Lexa sich auf den Rücken gelegt, doch der Mann bedeutete ihr, sich auf die Kante des Behandlungstisches zu setzen.

»Und jetzt strecken Sie mir Ihr linkes Bein entgegen«, forderte der Orthopädietechniker sie auf.

Lexa tat es und sah zu, wie er den Schaft von einem der »Füße« über ihren Stumpf schob. Es war ein komisches Gefühl, tat aber nicht weh. Der Anblick des Metallfußes an ihrem Bein bereitete ihr jedoch Magenschmerzen. Es wurde noch schlimmer, als der Mann ihr den Schaft der Unterschenkelprothese anpasste. Das Ding bestand aus einem einzelnen Metallstab mit einem Gelenk am Knöchel, und sein Fußteil unterschied sich von dem der anderen Prothese, sodass sie zwei unterschiedliche Füße hatte.

»Wollen wir sehen, ob es passt«, sagte Nimrod. »Stehen Sie mal auf! Schwester Tanja wird Sie halten, damit Sie nicht umfallen.«

»Ich soll mich auf diese Dinger stellen?«, rief Lexa mit schriller Stimme. »Lieber bleibe ich im Rollstuhl, als so rumzulaufen!«

»Das sind Übungsprothesen, die ich Ihren Stümpfen angepasst habe. Später werden Sie Ihre eigenen Prothesen bekommen. Die können Sie sich anfertigen lassen, wie Sie wollen«, antwortete der Mann gelassen.

Auch Schwester Tanja griff jetzt ein. »Ich werde Ihnen später genauer erklären, Frau Fabarius, wie wir vorgehen müssen. Jetzt geht es erst einmal darum, dass Sie ein Gefühl für die Prothesen bekommen. Wenn diese nicht passen sollten, haben wir noch ein paar andere zur Auswahl.«

»Ich will welche, die wenigstens die gleichen Füße haben!«

»Die Fußteile wechsele ich aus, sobald ich weiß, welche Prothesen Ihnen passen. Vorher wäre es eine sinnlose Arbeit. Und jetzt hoch mit dem Hintern!« Mit diesen Worten fasste Nimrod nach Lexas Arm, während von der anderen Seite Schwester Tanja zugriff.

Lexa rutschte langsam nach vorne, bis die Kunstfüße den Boden berührten, und stand dann mit zusammengebissenen Zähnen darauf. Hätten die Schwester und Nimrod sie nicht festgehalten, wäre sie sofort vornübergekippt.

»Jetzt machen Sie ein paar Schritte«, forderte Schwester Tanja sie auf.

Lexa hob vorsichtig den linken Fuß und erwartete, dass die Prothese sofort abfallen würde. Zu ihrer Verwunderung saß diese jedoch fest an ihrem Unterschenkel. Auch die größere Prothese am rechten Bein hielt. Damit zu gehen war aber fast unmöglich, weil sie die Balance nicht halten konnte.

»Wie ist es? Können wir die Schäfte so lassen, oder wollen Sie noch die anderen probieren?«, fragte der Techniker.

»Ich weiß es nicht«, antwortete Lexa.

»Drückt es irgendwo?«

»Es drückt eigentlich überall!«, antwortete Lexa nach einem tiefen Seufzer.

»Ich werde Ihre Stümpfe gleich noch einmal vermessen. Es ist schon ein gutes Zeichen, dass es überall drückt. Das heißt, die Belastung ist überall gleich hoch. Jetzt setzen Sie sich bitte wieder hin. Ich nehme Ihnen die Prothesen ab und mache identische Füße dran. Wollen Sie zwei linke oder zwei rechte?«

Nimrods Versuch, Lexa aufzuheitern, misslang. Für diesen Scherz war sie viel zu angespannt und erst einmal froh, die ungewohnten Dinger wieder loszuwerden. Anschließend maß der Orthopädietechniker ihre Stümpfe noch einmal und nickte ihr aufmunternd zu.

»Für die endgültigen Schäfte werde ich Abgüsse von Ihren Stümpfen anfertigen. Aber jetzt können Sie Kaffee trinken gehen, wenn Sie wollen.«

»Gehen gewiss nicht, sondern höchstens mit dem Rollstuhl fahren«, fauchte Lexa, doch Nimrod lachte nur.

»Ich bin schon so lange im Geschäft und verspreche mich immer noch. Bis morgen sind Ihre Prothesen fertig, und dann können Sie wirklich gehen.«

»Ich bringe Ihnen heute Abend Ihren Terminplan«, erklärte Schwester Tanja und reichte Lexa die Jogginghose.

6.

Lexas Terminplan für den nächsten Tag war kürzer als der letzte, dafür aber musste sie gleich nach dem Frühstück mit dem Prothesentraining beginnen. Nimrod steckte ihr die Prothesen an, die nun gleich aussehende Füße besaßen, und zeigte ihr, wie sich die Kunstknöchel bewegen ließen. Danach verabschiedete er sich freundlich.

Schwester Tanja blieb bei ihr. »Wir zwei gehen jetzt zum Laufband«, erklärte sie.

Lexa begriff zu ihrem Schrecken, dass sie den Weg dorthin auf eigenen Beinen zurücklegen sollte.

»Das schaffe ich niemals!«, rief sie aus.

»Sie schaffen das! Ich helfe Ihnen doch.« Schwester Tanja griff unter ihrer Schulter hindurch und hielt sie fest. »Jetzt den linken Fuß vorsetzen und dann den rechten. Gut so! Es sind ja bloß ein paar Meter.«

Für Lexa wurde selbst diese kurze Strecke zur Qual. Sie hatte nicht das geringste Gefühl für die künstlichen Füße und war schließlich froh, als Schwester Tanja sie zwischen zwei parallel verlaufende Stangen führte, auf die sie sich stützen konnte.

»Wir fangen ganz langsam an«, sagte die Schwester, trat zu einer Schalttafel und drückte einen Kopf. Der Boden unter Lexa begann sich zu bewegen. Sie wurde nach hinten gezogen und stemmte sich sofort an den Stangen hoch.

»Sie müssen einen Schritt vor den anderen setzen und dabei die Beine belasten! Wir sind doch hier nicht beim Barrenturnen«, rief Schwester Tanja tadelnd.

Mit zusammengepressten Lippen versuchte Lexa, sich der Geschwindigkeit des Laufbands anzupassen. Sie trat dabei jedoch kaum auf, sondern stemmte das meiste Gewicht mit den Armen hoch.

»So geht es doch«, lobte Schwester Tanja. »Das machen wir jetzt zehn Minuten. Dann ziehen wir die Dinger wieder aus, und Sie kommen ins Sprudelbad. Sie haben heute Vormittag noch Lymphdrainage und Massage. Für sechzehn Uhr sind Sie wieder zum Schwimmen eingeteilt.«

Lexa nickte, obwohl sie sich konzentrieren musste, die Beine so zu bewegen, dass die metallenen Plattfüße den Boden berührten, ohne dass sie ins Stolpern geriet. Es war nicht einfach, da die Kraft in den Armen bald nachließ und sie sich dadurch immer stärker auf die Prothesen stützen musste. Als Schwester Tanja schließlich das Laufband abstellte, war sie durchgeschwitzt.

»Der erste Spaziergang nach so langer Zeit strengt an«, meinte die Schwester, als sie Lexa zum Behandlungstisch zurückführte.

Kurz darauf war diese die Prothesen los. Als sie danach auf dem Duschstuhl saß, hatte sie jedoch das Gefühl, als wenn so ein Metallfuß recht praktisch wäre, um sich damit abstützen zu können. Als sie das zu Schwester Tanja sagte, lachte diese.

»Dafür bräuchten Sie eine wasserfeste Prothese. Aber sonst haben Sie schon recht.«

Lexa nickte verkniffen. Sie hatte doch geahnt, dass es einen Pferdefuß gab. Missmutig trocknete sie sich ab, zog sich an und fuhr zur Lymphdrainage hinüber. Anschließend wurde sie massiert und fand, dass ihre Arme und ihr Rücken die Behandlung dringend benötigten.

Als sie in ihr Zimmer zurückkehrte, war es leer. Inge hatte entweder noch Anwendungen oder saß unten beim Kiosk und trank einen Kaffee. Da bis zum Mittagessen noch eine halbe Stunde blieb, nahm Lexa sich wieder den Laptop vor. Die E-Mails waren bis auf zwei Geschäftsangebote uninteressant. Sie ging den beiden Anlagemöglichkeiten nach und fand eine zu riskant. Bei der zweiten hatte sie das Gefühl, es könne sich lohnen, und gab es an Leonhard Feigl, Josef Mielich und mehrere andere ihrer früheren Kunden weiter. Nun musste sie warten, ob diese ihr erneut vertrauten oder sich lieber von Lehmann und Reuter beraten ließen.

Als die Tür aufging und Inge Kastler dicht vor der Schwester, die das Mittagessen brachte, den Raum betrat, hatte Lexa ihre berufliche Korrespondenz erledigt. Sie aß mit gutem Appetit und berichtete ihrer Zimmergenossin von ihrem Versuch, mit Prothesen zu gehen.

»Ich werde es nie lernen«, schloss sie bedrückt und rückte anschließend der Karamellcreme zu Leibe, die es als Nachspeise gab.

»Du wirst es schon schaffen«, sagte Inge, um ihr Mut zu machen. »Hast du heute schon etwas von deinen Eltern, deinem Bruder oder deinem Freund gehört?«

Lexa schüttelte den Kopf. »Zum Glück nichts! Ich hätte auch nicht die Zeit, mir die Ergüsse anzusehen. Ich muss nämlich viel an Wissen aufholen.«

»Übertreibe es nicht!«, warnte Inge sie.

»Das tu ich schon nicht«, antwortete Lexa und legte ihren Dessertlöffel weg. »Ich werde noch ein paar Artikel lesen«, sagte sie und kehrte in ihr Bett zurück.

»Tu das! Ich werde einen Augenblick die Augen schließen«, antwortete Inge und legte sich hin. Wenig später verriet ihr leises Schnarchen, dass sie eingeschlafen war.

Lexa war zu angespannt, um sich ebenfalls hinlegen zu können. Stattdessen las sie mehrere Artikel und wechselte zuletzt zu Facebook. Auf ihrer Seite gab es ein Dutzend weiterer Genesungswünsche, darunter auch von ihrem Bruder. Im Gegensatz zu ihm hatte Max sich bisher nicht eingetragen. Lexa seufzte, als sie an ihren früheren Freund dachte. Er hatte sich wie ein Feigling aus der Verantwortung geschlichen, und das tat weh.

Wie von früher gewohnt, rief sie seine Facebook-Seite auf und sah als Erstes ein Bild, das ihn auf einem neuen Motorrad zeigte. Auf dem Sozius saß Jennifer, den Helm in der Hand, damit ihre wallende Mähne so richtig zur Geltung kam.

Lexa dachte an die gut zwei Jahre, die sie und Max zusammen gewesen waren. Nach dem Unfall hatte er sie fallen lassen wie eine heiße Kartoffel und sich Jennifer geschnappt.

»Charakterloses Schwein!«, fluchte sie leise.

Ebenso wie ihre Eltern und ihr Bruder dachte auch Max, dass sie ohne Beine nichts mehr wert war. Sie würde ihnen allen beweisen, wie sehr sie sich irrten. Mit diesem Gedanken schaltete sie den Laptop ab und legte sich doch ein wenig hin. Sie musste eingeschlafen sein, denn sie träumte, dass Max und Jennifer sie auslachen würden, während die Mutter ihr erklärte, dass man sie eben als Krüppel ertragen müsse. Der Einzige, der sie im Traum angelächelt hatte, war Andreas gewesen. Dabei kannte sie diesen Mann kaum und glaubte auch nicht, dass er anders über sie denken würde als Max, ihre Mutter und ihr Bruder.

Sie war gerade noch rechtzeitig aufgewacht, um sich kurz vor sechzehn Uhr zum Schwimmen fertig zu machen. Nun wurde auch Inge Kastler wach, sah sie im Badeanzug und stöhnte.

»Warum hast du mich nicht geweckt? Ich muss mich doch noch anziehen!«

»Was bei dir auf jeden Fall schneller geht als bei mir«, antwortete Lexa und behielt damit recht.

7.

Am nächsten Morgen ging das Training unbarmherzig weiter. Lexa hing noch immer das Bild von Max und Jennifer nach, das sie bei Facebook gesehen hatte, und vermochte sich daher nicht richtig zu konzentrieren. Dadurch überhörte sie, dass Schwester Tanja sagte, sie werde das Laufband etwas schneller schalten. Bevor sie reagieren konnte, wurden ihr die Füße weggezogen, und sie kippte nach vorne. Sie wollte sich noch an den Stangen festhalten, schaffte es aber nicht mehr und stürzte. Bis Schwester Tanja das Laufband abgeschaltet hatte, wurde Lexa bis zu dessen Ende getragen und blieb weinend liegen.

»Haben Sie sich wehgetan?«, fragte die Schwester besorgt und beugte sich über sie.

Lexa richtete sich verzweifelt auf. »Ich kann das nicht! Das sind nicht meine Beine. Das ist nichts!«

»Haben Sie sich wehgetan?«, fragte die Schwester erneut.

»Hier am Arm und ein wenig an der Hüfte«, antwortete Lexa.

»Kommen Sie! Ich helfe Ihnen auf und bringe Sie zum Behandlungstisch, damit ich nachsehen kann, wie schlimm es ist.« Schwester Tanja fasste Lexa unter den Achseln und zog sie hoch. Mit einem raschen Griff fasste diese nach den Stangen und hielt sich fest.

»Es geht schon wieder. Wir können weitermachen!« Lexa stakste mühsam auf das Laufband und sah die Schwester auffordernd an.

»Ist wirklich alles in Ordnung?«, fragte ihre Betreuerin.

Lexa tat zwar einiges weh, aber sie nickte.

»Dann schalte ich das Laufband wieder ein. Und diesmal passen Sie auf, wenn ich Ihnen sage, dass es schneller wird«, mahnte Schwester Tanja.

»Mach ich«, versprach Lexa und setzte sich in Bewegung.

Ihr linker Arm schmerzte, als sie sich auf ihn stützen wollte, und sie musste ihr Gewicht auf die Prothesen verlagern. Es war ungewohnt, und sie wankte zunächst wie betrunken. Doch mit jedem Schritt wurde sie sicherer und hielt sich zuletzt nur noch an den Stangen fest, um das Gleichgewicht nicht zu verlieren.

»Das war ausgezeichnet!«, lobte Schwester Tanja, als sie fertig waren. »Sie müssen immer damit rechnen, dass Sie einmal hinfallen. Das tun gelegentlich auch Leute mit gesunden Füßen. Aber eins ist wichtig: Sie müssen wieder aufstehen und dürfen niemals aufgeben. Haben Sie verstanden?«

Lexa nickte. »Das habe ich!«

»Dann werden wir zwei jetzt auf Ihr Zimmer gehen. Dazu brauchen Sie nur noch die beiden Dinger hier.« Schwester Tanja reichte Lexa zwei Krücken und erklärte ihr, wie sie diese verwenden sollte. »Sie sollten langsam und vorsichtig gehen, damit Sie nicht fallen«, setzte sie hinzu. »Oben machen wir die Prothesen wieder ab, und Sie nehmen für den Rest des Tages den Rollstuhl.

In ein paar Tagen sollten Sie in der Lage sein, zu den Anwendungen zu gehen, und können den Rollstuhl im Zimmer zurücklassen.«

Lexa sah mit gerümpfter Nase auf ihre Metallfüße hinab. »Haben Sie nicht Schuhe für diese Dinger? So will ich wirklich nicht herumlaufen.«

»Hier in der Klinik müssen Sie es tun, denn für diese Prothesen gibt es keine Schuhe. Aber ich weiß, was Sie meinen. Sie sind doch gut versichert. Da können Sie sich Prothesen anfertigen lassen, die völlig natürlich aussehen. Es gibt sogar welche, bei denen Sie die Zehen bewegen können. Allerdings sind die sehr teuer. Wissen Sie was? Ich bringe Ihnen einen Katalog aufs Zimmer, dann können Sie sich die Dinger ansehen.«

»Das wäre nett!« Lexa sah noch einmal auf ihre Quadratfüße hinab, die besser zu einem Roboter in einem Science-Fiction-Film gepasst hätten, und machte den ersten Schritt.

Es ging sehr mühsam, denn sie musste sich mit beiden Krücken abstützen, wenn sie den einen Fuß vorsetzen und den anderen nachziehen wollte. Zuerst glaubte sie, es nicht bis zu ihrem Zimmer zu schaffen. Doch dann stand sie auf einmal vor der Tür, öffnete diese und trat ein.

Inga Kastler saß am Tisch und las. Als sie Lexa sah, klatschte sie begeistert in die Hände. »Du kannst ja schon gehen!«

»Bis jetzt habe ich es nur zur Quadropodin geschafft«, antwortete Lexa und hob eine ihrer Krücken.

»Besser ein Vierfüßler als ein Keinfüßler«, meinte Inge fröhlich, während Lexa sich auf ihr Bett setzte und zusah, wie Schwester Tanja ihr die Prothesen abnahm. Auch wenn sie die Dinger nicht mochte, so war es ein komisches Gefühl, plötzlich wieder ohne Füße zu sein.

»Lassen Sie mich anschauen, wo Sie sich wehgetan haben«, forderte die Schwester Lexa auf und gab kurz darauf Entwarnung.

»Das ist nichts! Sie können ruhig zu Ihren nächsten Anwendungen gehen. In einer halben Stunde geht's mit der Lymphdrainage weiter.«

»Ich werde pünktlich sein«, sagte Lexa und holte ihren Laptop, um vorher noch nach neuen E-Mails zu schauen.

8.

Die Tage in der Rehaklinik reihten sich aneinander wie Perlen auf einer Schnur, doch Lexa wurde es nicht langweilig. Besonders wertvoll waren die Gespräche mit Inge Kastler. Dabei erfuhr sie, dass diese in der Nähe von München aufgewachsen war, später in der Oberpfalz in einem Finanzamt gearbeitet hatte und seit sieben Jahren pensioniert war.

»Jetzt genieße ich das Leben«, erklärte Inge Lexa augenzwinkernd. »Mein Mann hat sich vor mehr als zwanzig Jahren scheiden lassen, um eine über zwanzig Jahre Jüngere heiraten zu können, und mein Sohn lebt und arbeitet in den USA und kommt einmal im Jahr nach Good Old Germany zurück. Selbst hinüberzufliegen, habe ich keine Lust.«

»Da hast du so einiges hinter dir«, stellte Lexa fest.

»Ja, aber nichts, was mit dir vergleichbar ist. Einen Mann zu verlieren tut weh, ist aber gewiss nicht so schmerzlich, wie sich von den eigenen Füßen verabschieden zu müssen.«

Auf Lexas Gesicht zuckte es, denn sie hatte Max' schäbiges Verhalten noch nicht überwunden.

Inge bemerkte es und wechselte das Thema. »An deiner Stelle würde ich auf Doktor Heinrichs Vorschlag eingehen und eine weitere Woche in der Rehaklinik bleiben. Dann können sie dir deine neuen Prothesen gleich hier anpassen, und du musst nicht mit dem Rollstuhl weggebracht werden. Außerdem hast du mehr Zeit, dir eine Wohnung zu suchen«, erklärte sie mit Nachdruck.

Lexa presste die Lippen zusammen, denn bislang hatte sie wenig Glück bei der Wohnungssuche gehabt.

»Es ist wirklich besser«, drängte Inge. »Du müsstest sonst zu deinen Eltern zurückkehren, und die würden dich nicht mehr aus den Klauen lassen.«

»Aber was mache ich hier allein, wenn du weg bist?«, fragte Lexa. Sie hatte die alte Dame lieb gewonnen und wünschte sich, diese könnte bei ihr bleiben.

Inge Kastler ahnte jedoch, dass Lexa sich in so einem Fall zu sehr an sie hängen würde. Dabei musste die junge Frau lernen, sich allein in der Welt zu behaupten.

»Jetzt sei nicht traurig! Wir können ja telefonieren und uns Mails schreiben.«

Lexa nickte seufzend. »Ja, das sollten wir tun. Ich finde es trotzdem schade.«

»Ich finde es auch schade. Aber ich freue mich auf zu Hause und auf die Kniffelrunden mit meinen Freundinnen«, antwortete Inge.

»Du hast wenigstens etwas, worauf du dich freuen kannst.«

»Du solltest dich auch freuen, dass du bis auf deine Beine gesund bist und einen guten Kopf für deine Geschäfte hast. Gestern hast du erzählt, dass fast achtzig Prozent deiner früheren Kunden zu dir zurückgekehrt sind. Das ist doch ein großer Erfolg! Auf die Weise wirst du genug Geld verdienen, um dir eine eigene Wohnung, eine Putzfrau und sehr gute Prothesen leisten zu können.«

Damit hatte Inge Kastler zwar recht, aber Lexa fürchtete sich vor dem, was auf sie zukommen würde. Zwar schrieb ihr Vater fast jeden Tag eine E-Mail und flehte sie an, nach Hause zurückzukommen. Doch wenn sie in Zukunft eigenbestimmt leben wollte, durfte sie genau das nicht tun. Deshalb suchte Lexa seit Tagen im Internet nach Wohnungsangeboten. Mit dem Geld, das sie bis jetzt an ihre Eltern und ihren Bruder verloren hatte, hätte sie sich außerhalb Münchens eine Dreizimmerwohnung kaufen können. Selbst jetzt würde ihr Geld noch für ein Appartement reichen, aber im Moment waren ihr zwei passende Prothesen wichtiger als Wohneigentum.

»Wenn ich dir einen Rat geben kann, suche dir etwas an einem Ort, in dem es weniger hektisch zugeht als in München und du nicht damit rechnen musst, jederzeit angerempelt zu werden.«

Inges Stimme beendete Lexas Gedankengang, und sie nickte. »Das werde ich tun.«

»Bei deiner Arbeit bist du nicht auf München angewiesen, und wenn du einmal hinfahren musst, bist du mit der Bahn schnell dort. Vergiss aber nicht, mich zu besuchen! Du hast es mir versprochen.«

»Das mache ich ganz gewiss!«, antwortete Lexa. »Ich freue mich darauf, mit dir in ein Café zu gehen und mich bei einem Cappuccino gemütlich mit dir zu unterhalten.«

»Ich mich auch!« Inge lächelte versonnen, denn der Kontakt zu Lexa war für sie wie ein Jungbrunnen gewesen. Sie fühlte sich weitaus besser als zu Beginn ihrer Kur und hatte wieder Freude an Dingen gefunden, an denen sie vorher wegen ihres schmerzenden Beines das Interesse verloren hatte.

»Warte bitte nicht zu lange«, sagte sie und strich Lexa übers Haar. »Du schaffst das schon! Irgendwann werden auch deine Eltern einsehen, dass du noch immer du bist und kein verwundetes Rehlein, das sie hegen müssen. Das ist es doch, was dein Vater will.«

Lexa musste bei diesen Worten hellauf lachen. »Wenn ich seine Mails so ansehe, hast du recht. Papa würde mich am liebsten in Watte packen.«

»Und deine Mutter über alles bestimmen, während dein Bruder versuchen würde, weiterhin bei dir zu schnorren. Sieh zu, dass es nicht dazu kommt!« Inge Kastler versetzte Lexa einen leichten Nasenstüber und stellte ihr eine Schokoladenfigur hin, die sie unten im Kiosk gekauft hatte.

»Die ist für dich! Hilft gegen den Trennungsschmerz.«

Zuerst glaubte Lexa, Inge meinte sie und Max, und ihr Gesicht wurde für einen Moment starr. Seit seiner letzten, geradezu jämmerlichen E-Mail hatte Max sich nicht mehr gemeldet. Dafür postete er bei Facebook ein Bild nach dem anderen von sich und Jennifer.

»Denkst du an den untreuen Max?«, fragte Inge, die mittlerweile Lexas Mienenspiel zu lesen gelernt hatte.

Lexa nickte betrübt. »Ich sage mir immer wieder, dass es nichts bringt. Aber wenn ich ein Bild von ihm und seiner neuen Freundin sehe, kommt die Wut über sein schäbiges Verhalten in mir hoch.«

»Es ist natürlich ärgerlich, wenn man sich einen Irrtum eingestehen muss, und dieser Max war ein Irrtum. Sei froh, dass du es früh genug gemerkt hast! Du bist mit deinen Ersatzfüßen allein besser dran als mit gesunden und Max am Hals.«

Lexa fand Inges Urteil über ihren Ex-Freund zu hart. Immerhin hatte sie zwei glückliche Jahre mit ihm verlebt. Doch als es wirklich darauf angekommen wäre, hatte er versagt.

»Du wirst eine neue Liebe finden, Lexa. Immerhin bist du jung und attraktiv.«

»... und habe zwei Roboterfüße an den Beinen, die jeder Mann äußerst sexy finden wird«, antwortete Lexa bitter.

»Auf den Bildern sahen die Prothesen, die du dir ausgesucht hast, sehr echt aus. Der Orthopädietechniker hat sogar die Hautfarbe deiner Beine in seinen Unterlagen festgehalten, damit die neuen Prothesen sich nicht davon abheben.«

Damit hatte Inge zwar recht, doch für Lexa blieben Prothesen Roboterbeine, auf die sie gerne verzichtet hätte.

»Hast du heute noch eine Anwendung?«, fragte sie.

»Nein, ich bin mit allem fertig. Noch ein Abendessen und ein Frühstück, dann geht es nach Hause. Meine Adresse und meine

Mail-Adresse hast du. Schick mir sofort eine Nachricht, wenn du eine eigene Wohnung hast, und besorge dir als Erstes ein Handy, damit wir einander anrufen können.«

»Eigentlich hatte ich Mama und Leon gebeten, mir eines zu besorgen, aber na ja …« Lexa brach mit einem leisen Schnauben ab und nahm ihren Laptop wieder in Betrieb.

»Ein Makler aus Mühldorf am Inn hat auf meine Anfrage geantwortet und bietet mir eine Siebzig-Quadratmeter-Wohnung in Bahnhofsnähe an. Der Besitzer wäre bereit, sie an eine behinderte Person zu vermieten, duldet aber keine dauerhaften Umbauten«, berichtete sie Inge, nachdem sie die entsprechende E-Mail gelesen hatte.

»Mühldorf am Inn! Das hört sich nicht gerade wie der Nabel der Welt an«, meinte diese.

Lexa zuckte mit den Achseln. »Auf die meisten Anfragen habe ich nicht einmal eine Antwort erhalten, und wenn doch, waren es strikte Absagen gewesen. Die meisten Vermieter wollten niemand mit Behinderung in ihren Wohnungen haben. Der hier will keine Umbauten, aber da Schwester Tanja mir erklärt hat, wie ich ohne fest installierte Hilfen auskommen kann, ist das kein Problem.«

»Dann mach mal, aber nicht sofort«, sagte Inge, da Lexa so aussah, als wolle sie dem Makler umgehend antworten. »Jetzt gehen wir erst einmal nach unten und gönnen uns ein Tässchen Kaffee und ein Stück Kuchen als Abschiedsmahl«, setzte sie hinzu.

Lexa sah auf ihre »Roboterfüße« und zögerte. Ihre neuen Prothesen hatte Nimrod ihr für den nächsten Morgen versprochen. Bis dorthin aber war Inge weg. Daher legte sie die Prothesen an, stand auf und hielt sich mit einer Hand am Bettgeländer fest, während sie mit der anderen ihre Krücken angelte.

»Willst du etwa im Sexy-Höschen zum Kiosk gehen?«, fragte Inge amüsiert.

So rasch sie konnte, zog Lexa ihre Jogginghose über die Prothesen. Es ging besser als erwartet. Sie musste sich nur irgendwo anlehnen, um nicht umzukippen. Zufrieden, dass es ihr gelungen war, in die Hose zu schlüpfen, folgte sie Inge nach draußen. Nach all dem Training, dem sie sich unterzogen hatte, ging sie recht sicher und würde Schwester Tanjas Aussage zufolge bald auf die Krücken verzichten können.

Im Kioskbereich gab es drei Tische. An zweien hatte sich je ein Mann breitgemacht. Beide lasen in ihren Zeitungen und schauten nicht einmal auf, als die beiden Frauen hereinkamen. Diese mussten sich mit dem kleinsten Tisch in der Ecke begnügen, der kaum Platz für zwei Tassen Kaffee und zwei Kuchenteller bot.

»Einer von denen hätte sich auch hierher setzen können«, schimpfte Inge laut genug, damit die Männer es hören mussten. Doch nur einer schaute kurz her, brummte etwas und vertiefte sich wieder in seine Zeitung. Inzwischen kam der Kioskbetreiber heran, um ihre Bestellung aufzunehmen.

»Einen normalen Kaffee und einen Cappuccino, dazu zwei Stücke Erdbeerkuchen«, bestellte Lexa und legte Inge die Hand auf den Arm. »Heute lade ich dich ein. Ohne dich hätte ich es nicht hierher geschafft, und im Kurhotel wäre ich niemals so weit gekommen wie hier.«

»So, wie ich diese Kathrin einschätze, eher nicht, und was diesen Noah angeht … Lassen wir das Thema besser fallen!« Inge hatte von Lexa erfahren, dass dieser zudringlich geworden war, und wollte keine Wunden aufreißen.

Einen Augenblick lang presste Lexa die Lippen zusammen, sagte sich dann aber, dass sie es hier gut getroffen hatte, und lächelte Inge zu. »Das lassen wir wirklich besser!«

Inzwischen hatten die beiden Männer an den anderen Tischen ihre Zeitungen weggelegt und sahen sich um. »Nicht übel!« meinte einer der beiden und wies mit dem Kinn auf Lexa. Beide waren neu hier und kannten sie noch nicht.

»Einen schönen guten Tag«, grüßte einer und rückte näher auf Lexa zu. »Sind Sie auch Patient hier?«

»Eher eine Patientin!«, spottete Inge.

»Sie sind wohl die Frau Mama?«, fragte der Mann.

»Eher die Großmutter«, meinte der andere.

»Ich bin Patientin, kann aber morgen nach Hause fahren und bin sehr froh darüber, weil ich dann weder Ihre Gesichter sehen noch Ihre Sprüche anhören muss!« Inge machte aus ihrem Ärger keinen Hehl.

»Aber Sie bleiben noch?«, fragte der Mann Lexa.

Sie schätzte ihn auf knapp über vierzig. Sein T-Shirt spannte sich über seinen Bauchansatz, dafür waren unter seinen Shorts dünne, dunkel behaarte Beine zu sehen. An Selbstbewusstsein schien es ihm allerdings nicht zu mangeln.

Da Lexa wenig Lust hatte, sich während ihrer letzten Woche in der Klinik mit diesem Typen herumschlagen zu müssen, streckte sie zuerst das linke Bein aus und dann das rechte, damit er die »Roboterfüße« sehen konnte.

Der Mann starrte mit hervorquellenden Augen darauf, bemerkte dann Lexas gekünsteltes Lächeln und schob sich langsam zurück. Schließlich stand er auf und ging, ohne seine Zeitung mitzunehmen.

»Der Kerl war anscheinend auf einen Kurschatten aus und hat jetzt Angst, du wolltest ihn einfangen«, spottete Inge.

Lexa hingegen verzog das Gesicht. »Da siehst du, wie die Leute reagieren, wenn sie mich sehen.«

»Du wirst zu Hause sicher nicht mit solchen Dingern herumlaufen. Also Kopf hoch! Es gibt auf der Welt noch andere Männer als diesen dünnbeinigen Adonis mit Bierbauch.« Inge lachte und schaffte es damit, auch Lexas Laune wieder zu heben.

»Damit hast du recht!«, meinte diese und aß genüsslich ihren Kuchen.

9.

Der nächste Tag brachte für Lexa mehrere Veränderungen mit sich. Da war zum einen der Abschied von Inge Kastler, bei der sie sich in den letzten drei Wochen immer wieder hatte ausweinen können. Zum anderen wurden die »Roboterfüße« endgültig Vergangenheit, denn um zehn Uhr passte ihr der Orthopädietechniker Nimrod ihre eigenen Prothesen an. Diese waren ein ganzes Stück teurer als der Zuschuss, den ihre Krankenkasse ihr bewilligt hatte, doch Lexa ging es darum, nicht sofort als Behinderte erkannt zu werden.

Bis Mittag trainierte sie unter Schwester Tanjas Aufsicht und setzte sich am Nachmittag wieder an einen der Tische beim Kiosk. Der Typ, der sie am Vortag angemacht hatte, war auch dort und kniff mehrmals die Augen zusammen, als er ihre in Hausschuhen steckenden Füße saß. Nun war Lexa froh, dass sie die Hausschuhe nicht weggeworfen hatte. Sie benötigte allerdings auch richtige Schuhe für ihre Kunstfüße. Das erste Paar, mit dem sie die Klinik verlassen konnte, hatte Schwester Tanja ihr besorgt. Obwohl sie ziemlich leicht waren, sahen sie aus wie Bergsteigerstiefel, und mit solchen konnte sie unmöglich ihre Klienten aufsuchen. Ihr fehlte auch die notwendige Kleidung. Zwar hätte sie ihrer Mutter schreiben können, sie solle ihr ein paar Sachen schicken. Doch Lexa wollte mit ihrer Vergangenheit abschließen und völlig neu beginnen.

Nicht zuletzt aus dem Grund wartete sie wie auf heißen Kohlen sitzend auf die Antwort des Mühldorfer Maklers. Als sie ihren Kuchen gegessen hatte, stand sie auf und ging an dem Mann vorbei. Dieser sah sie irritiert an.

»Sie haben heute ganz andere Füße als gestern?«

»Ich habe auch noch ein spezielles Paar mit einer Spitze vorne, mit der ich kräftig zutreten kann«, antwortete Lexa spöttisch und kehrte in ihr Zimmer zurück.

Dort setzte sie sich an den Tisch, schaltete ihren Laptop an und sah, dass die Antwort aus Mühldorf gekommen war. Doch als sie diese las, huschte ein Schatten über ihr Gesicht.

»Liebe Frau Fabarius, der Vermieter ist bereit, die Wohnung an Sie zu vermieten, wenn Sie einhundert Euro im Monat mehr bezahlen, als bislang verlangt wurde.«

Lexa schwankte, ob sie auf diese Forderung eingehen sollte, die ihr wie eine Erpressung vorkam. Doch welche andere Möglichkeit hatte sie? Die übrigen Makler hatten ihr nicht einmal geantwortet oder von vornherein abgesagt. Mit knirschenden Zähnen mailte sie zurück, dass sie einverstanden sei.

Dabei hatte sie sogar noch Glück, die geforderte Miete zahlen zu können. Wie mochte es jemandem ergehen, der nur wenig Geld besaß oder gar auf Hartz IV angewiesen war? Anders als sie konnten sich die meisten Arbeitnehmer keine Prothesen leisten, die man nicht sofort als solche erkannte.

Mit der Wohnung allein war es jedoch nicht getan, denn sie musste diese auch noch komplett einrichten. Die Küche übernahm sie zwar vom Vermieter, doch den Rest wollte sie selbst besorgen. Zu diesem Zweck blätterte sie in den Onlinekatalogen mehrerer Möbelhäuser. Während ihrer Suche stellte sie erleichtert fest, dass es in Mühldorf ein ausgezeichnetes Sanitätshaus gab, bei dem sie den Duschstuhl und ein Gestell für die Toilette bekommen konnte.

Mitten in ihre konzentrierte Suche hinein klingelte das Telefon. Lexa hob ab und hatte Schwester Tanja am anderen Ende.

»Sie haben Ihre Schwimmstunde vergessen«, sagte diese freundlich.

»Tut mir leid, aber ich bin an meinem Laptop hängen geblieben. Ich komme gleich!«, antwortete Lexa und legte auf.

Sie wollte ihren Badeanzug holen, war aber etwas zu schwungvoll und verlor das Gleichgewicht. Erst im letzten Moment gelang es ihr, sich am Bett festzuhalten.

»Wenn ich mir jetzt noch etwas brechen würde, wäre es eine Katastrophe«, mahnte sie sich und schraubte ihr Tempo zurück.

Kurz darauf erreichte sie das Schwimmbecken, legte dort ihre Prothesen ab und stieg ins Wasser. Sie tat sich beim Schwimmen mittlerweile leichter als zu Beginn und bedauerte, dass sie später kaum mehr dazu kommen würde, es zu üben. Der Gedanke, mit ihren Beinstümpfen ins Wasser zu steigen und sich so der Neugier der Leute im Bad aussetzen zu müssen, schreckte sie zu sehr ab.

»Nächste Woche können Sie nach Hause«, sagte Schwester Tanja, als Lexa wieder auf dem Trockenen saß und ihre Prothesen anlegte.

»Ich bin gespannt, wie das sein wird«, meinte Lexa. Sie fürchtete sich jedoch bei Weitem nicht mehr so sehr davor, unter Leute zu gehen, wie in den ersten Wochen nach dem Unfall. Außerdem war Mühldorf weit genug von ihren Eltern entfernt.

Nach dem Abendessen schaltete Lexa den Laptop wieder ein. Nach Inga Kastlers Abreise fühlte sie sich plötzlich einsam. Auch die Mails boten ihr keine Ablenkung. Claudia zog wieder einmal über Max her, der den anderen Mitgliedern der Motorradgruppe gegenüber so tat, als wäre nie etwas gewesen. Während Lexa die E-Mail las, erinnerte sie sich wieder an Andreas und das angenehme Gespräch mit ihm. Zuerst wollte sie bei Facebook nach ihm suchen, doch da sie seinen Nachnamen vergessen oder nie gehört hatte, war es ein Ding der Unmöglichkeit. Sie überlegte daher, eine E-Mail an Claudia zu schreiben und sie zu fragen, ob diese den Familiennamen oder gar den Facebook-Account dieses Mannes kennen würde. Dies konnte jedoch zu Gerüchten in der Biker-Gruppe führen, und das wollte sie vermeiden. Daher vertiefte sie sich in den Online-Katalog einer Modekette. Allerdings wusste sie selbst, dass sie sich nur die notwendigsten Sachen für zu Hause schicken lassen konnte. Wenn sie zu einem Kunden ging, musste ihre Kleidung wie angegossen sitzen.

10.

In der letzten Woche lernte Lexa auch, sich mit ihren Prothesen im Freien zu bewegen. Zunächst verwendete sie noch beide Krücken, dann nur noch eine, und zuletzt ließ sie auch noch diese weg. Am Anfang war es ungewohnt, denn sie hatte das Gefühl, wie auf Stelzen zu gehen. Dennoch war sie schließlich froh, dass sie nicht mehr auf Anhieb als Behinderte zu erkennen war.

Auch sonst machte sie Fortschritte. Sie arbeitete jeden Tag mehrere Stunden, um sich zu informieren und ihre Kunden zu beraten. Zu ihrer Erleichterung erzielte sie mehr Erfolg, als sie angenommen hatte, und einen Tag bevor sie aus der Klinik entlassen wurde, erhielt sie eine E-Mail von Lehmann. Nachdem er sich bis jetzt nur ein einziges Mal bei ihr gerührt hatte, fragte er nun an, ob sie sich nicht wieder der Sozietät anschließen wolle.

Lexa las die Mail und verschob sie in einen Unterordner. Warum soll ich mich erneut Lehmann anschließen?, fragte sie sich. Die Abrechnungen, die dieser von einer Unternehmensberatung erstellen ließ, konnte sie auch selbst vornehmen. Da sie weder ausgehen noch irgendwelche Reisen plante, hatte sie genug Zeit dafür.

Bei dem Gedanken erinnerte sie sich wieder an Max. Er hatte ihr kurz nach ihrem Unfall versprochen, immer für sie da zu sein. Seitdem hatte sie ihn nicht mehr gesehen und auch nur ein paar E-Mails erhalten. Von Jennifer war darin nie die Rede gewesen.

Für wie dumm hält er mich?, fragte sie sich. Er muss doch wissen, dass Claudia mir schreibt. Außerdem gibt er bei Facebook zu sehr mit seiner neuen Freundin an.

»Der denkt anscheinend, ich liege in meinem Krankenbett und bekomme von alldem nichts mit«, sagte sie mit einem gewissen Spott zu sich selbst und rief eine neu angekommene E-Mail auf. Der Absender war der Mühldorfer Makler. Dieser hatte ihr angeboten, Mitarbeiter von Sanitätshaus, Möbelhersteller und Computerfirma in die Wohnung zu lassen, damit alles rechtzeitig fertig wurde und sie sofort nach ihrer Entlassung aus der Rehaklinik einziehen konnte. Seiner E-Mail zufolge war alles zu ihrer Zufriedenheit erledigt worden, daher hielt sie die fünfhundert Euro, die der Makler für diesen Service gefordert hatte, für gut angelegtes Geld.

»Ich brauche nur noch ein paar Lebensmittel, dann kann es losgehen!«, sagte sie zufrieden und schaltete den Laptop wieder ab.

Das Gerät würde sie erst wieder in Mühldorf anschalten. Da sie ihr Gepäck nicht selbst transportieren konnte, würde es am nächsten Tag um neun Uhr von einem Kurierdienst übernommen und am Abend in Mühldorf abgeliefert werden.

Obwohl sie Zeit genug hatte, begann sie bereits am Abend zu packen. Danach wollte sie sich noch eine Tasse Cappuccino im Kiosk gönnen und traf auf Schwester Tanja und den Orthopädietechniker, die dort ihren Feierabend einläuteten.

Nimrod sah ihr entgegen und grinste breit. »Ihr Anblick freut mich doppelt!«, begrüßte er sie.

»Wieso?«, fragte Lexa.

»Zum einen sind Sie eine schöne Frau und zum anderen der Beweis, dass wir gute Arbeit geleistet haben. Wenn ich daran denke, in welchem Zustand Sie zu uns gekommen sind, finde ich es beachtlich, wie gut Sie wieder laufen können.«

»Es geht wirklich besser, als ich es mir hätte vorstellen können«, antwortete Lexa lächelnd. »Besten Dank dafür!«

»Wenn Sie sich morgen im Büro abmelden, steht neben dem Telefon ein Sparschwein, das nichts gegen ein wenig Futter hat«, meinte Nimrod, während Schwester Tanja den Kopf schüttelte.

»Du solltest Frau Fabarius nicht anbetteln!«

»Ich fasse das nicht als Anbetteln auf, sondern als einen nützlichen Hinweis, denn eine kleine Belohnung haben sich alle hier verdient.« Lexa zwinkerte Nimrod zu und bestellte sich ihren Cappuccino.

»Darf ich Sie zu einem Stück Kuchen einladen?«, fragte sie die beiden.

»Also, ein Stück Kuchen passt schon noch rein«, meinte die Krankenschwester, und auch Nimrod nickte.

»Ich hätte auch nichts dagegen.«

»Dann ist es gebongt!« Lexa lachte und wunderte sich selbst über ihre gute Laune. Nicht einmal die Erinnerung an Max tat im Augenblick weh.

»Auf Ihren weiteren Lebensweg! Ich will Sie nicht zum Alkoholtrinken verführen, deshalb stoßen wir mit den Kaffeetassen an.« Schwester Tanja hielt die ihre Lexa entgegen. Diese hob die eigene auf, und sie stießen sie leicht aneinander.

»Da möchte ich auch mitmachen«, sagte Nimrod. »Ich muss mich aber auch selbst loben. So wie Sie jetzt dasitzen, wirkt es so natürlich, dass nur ein Fachmann wie ich sehen kann, dass Ihre Füße nicht echt sind.«

»Eigenlob stinkt!«, spottete Schwester Tanja.

»In diesem Fall ist es berechtigt.« Lexa lächelte dem Techniker zu. Nimrod hatte sie gut beraten und alles getan, damit sie wieder so normal wie möglich gehen konnte.

Sie saßen etwa eine halbe Stunde zusammen, dann mussten Schwester Tanja und der Techniker aufbrechen. Da beide am nächsten Vormittag frei hatten, verabschiedete Lexa sich bereits jetzt von ihnen und kehrte in ihr Zimmer zurück.

Einen Augenblick lang überlegte sie, ihren Laptop doch noch einmal auszupacken, ließ es dann aber sein. Geschäftlich war alles in trockenen Tüchern, und um ein paar uninteressante E-Mails zu lesen, war ihr der Aufwand zu hoch.

11.

Der nächste Morgen kam und damit der Abschied von der Rehaklinik. Für Lexa war es der Beginn eines neuen Lebens. Nach dem Frühstück bat sie eine Krankenschwester, ihre Reisetasche nach unten zu schaffen, und ging zur Klinikverwaltung. Ihre Unterlagen waren bereits fertig, und sie konnte sie einstecken. Bevor sie ging, erinnerte sie sich an Nimrods Hinweis und fütterte das Sparschwein mit ein paar Scheinen.

Als kurz darauf der Kurierdienst erschien und ihre Reisetasche übernahm, war sie frei, ihrer eigenen Wege zu gehen, und fuhr als Erstes mit einem Taxi nach Kronach. Bis zur Abfahrt ihres Zuges dauerte es noch eine gute Stunde, und die nutzte sie, um durch die Stadt zu schlendern. Nach einer Weile stachen ihr in der Auslage eines Schuhgeschäfts ein Paar flache, hellgraue Schuhe ins Auge. Kurz entschlossen trat sie ein und sah eine Verkäuferin auf sich zukommen.

»Grüß Gott, was kann ich für Sie tun?«

»Ich möchte diese Schuhe dort anprobieren«, erklärte Lexa.

»Welche Größe?«

»Neununddreißig!«

»Die draußen sind Achtunddreißiger. Die anderen muss ich von hinten holen.«

Die Frau verschwand und kehrte mit mehreren Schuhkartons zurück. »Ich habe hier noch was für Sie«, sagte sie und holte ein Paar mit einem hohen Absatz heraus.

»Ich will die anprobieren, die ich draußen gesehen habe«, antwortete Lexa bestimmt.

»Die sind zwar sehr schön, aber das Paar hier wäre halt für etwas Festliches.« Die Verkäuferin klang ein wenig enttäuscht, holte dann aber die anderen Schuhe aus der Schachtel und löste die Schnürsenkel von Lexas orthopädischen Schuhen. Als sie ihr diese auszog und die anderen anprobieren wollte, begriff sie, dass die Füße künstlich waren, und sah ihre Kundin erschrocken an.

»Die anderen Schuhe sind wirklich sehr hübsch, aber mir sind die Absätze zu hoch«, sagte Lexa lächelnd.

»Das verstehe ich«, antwortete die Verkäuferin verlegen. Sie zog die Schuhe über Lexas Füße und trat ein paar Schritte zurück. »Bitte versuchen Sie, ein paar Schritte damit zu gehen.«

Lexa stand auf und ging einmal im Laden hin und her. Die Schuhe passten, und sie kam gut damit zurecht.

»Ich nehme sie«, sagte sie und holte ihren Geldbeutel heraus. Da sie nur wenig Bargeld besaß, zahlte sie mit ihrer Scheckkarte und nahm die Tüte mit den Schuhen entgegen.

Jetzt kann ich ausprobieren, wie es ist, etwas zu tragen, dachte sie und musste über sich selbst lachen. Das Erste, was sie nach ihrer Entlassung aus der Klinik gekauft hatte, waren ausgerechnet Schuhe gewesen. Die restlichen Sachen, dachte sie, würde sie sich in Mühldorf besorgen.

Mit dem Gefühl, das Leben meistern zu können, verließ sie das Schuhgeschäft und wanderte in Richtung Bahnhof zurück.

Unterwegs kam sie an einem Bratwurststand vorbei und spürte, dass sie Hunger hatte. Sie überlegte kurz, sich eine Bratwurst zu kaufen, ging aber dann doch weiter und besorgte sich am Bahnhof ein Tomaten-Mozzarella-Sandwich und eine Flasche Cola. Als der Zug in den Bahnhof eingefahren war, stieg sie ohne Probleme in den Waggon und suchte nach ihrem Platz.

Während der Zug abfuhr, überkam sie ein eigenartiges Gefühl. Ihr war, als würde ihr altes Leben hinter ihr zurückbleiben und damit auch Max. Sie hatte ihn geliebt und sich auf ihn verlassen. Ab jetzt würde sie nie mehr einem Mann vertrauen, dachte sie. Es waren entweder Feiglinge wie Max oder hirnlose Idioten wie Noah. Da fiel ihr Andreas wieder ein, an den sie sich seit Kurzem mit fast schmerzhafter Deutlichkeit erinnern konnte. Er war anders als ihre übrigen Bekannten, aber auch voller Rätsel. Wieso war er mit Jennifer zu dem Biker-Treffen gekommen und hatte sich trotzdem nicht um sie gekümmert?

»Lass die alten Kamellen!«, befahl sie sich selbst und holte ihre Colaflasche aus dem Beutel. Während sie trank, dachte sie daran, dass sie sowohl in Nürnberg wie auch in München über eine halbe Stunde Aufenthalt hatte. Sie war jedoch zu angespannt, als dass sie mehr tun konnte, als auf den Zug zu warten und einzusteigen.

Als sie endlich Mühldorf erreichte, ging sie bis zum Bahnhofsvorplatz und sah sich um. Der Makler hatte ihr versprochen, sie abzuholen. Sie sah jedoch auf Anhieb niemanden und wollte schon ein Taxi nehmen, als ein Mann aus einem großen Auto stieg und auf sie zukam.

»Grüß Gott! Sind Sie Frau Fabarius?« Er wirkte verwirrt, denn eine so junge und attraktive Frau hatte er nicht erwartet.

»Die bin ich«, antwortete Lexa.

»Ich bin Huber, Ihr Makler!«

»Freut mich!« Lexa streckte ihm die Hand hin, die dieser auch sofort ergriff und drückte.

»Ich habe Sie mir älter vorgestellt«, bekannte er.

»Älter, wieso?«

»Wegen der Angabe, dass Sie behindert seien!«

»Es gibt auch junge Menschen, die ihr Schicksal zu tragen haben.« Lexa lächelte, doch ihr Blick warnte den Mann, zu neugierig zu sein.

»Sie wollten mich zu meiner neuen Wohnung fahren!«, setzte sie hinzu.

»So war es ausgemacht.« Der Makler hatte sich wieder gefangen und öffnete Lexa die Beifahrertür. Irgendetwas muss mit ihr sein, dachte er, da sie recht langsam einstieg und ihre Beine einzeln mit einem gewissen Abstand in den Wagen holte.

»Hatten Sie eine gute Fahrt?«, fragte er, nachdem er losgefahren war.

»Es ging.«

»Sie kommen aus München?«, fragte er weiter.

»Aus einem Vorort.«

»Und da gefällt es Ihnen nicht mehr?«

Lexa zuckte mit den Schultern. »Das nicht, aber ich brauche Abwechslung. Sie fahren ziemlich weit. Dabei hieß es, die Wohnung läge in Bahnhofsnähe.« Sie hatte das Haus bei Google Maps bereits gefunden, wollte dem Mann aber ein schlechtes Gewissen einimpfen.

»Die Wohnung liegt im Stadtteil Mößling. Mit dem Auto sind Sie in ein paar Minuten am Bahnhof«, erklärte ihr der Mann.

»Welche öffentlichen Verkehrsmittel gibt es?«, fragte nun Lexa.

Als der Mann diese Frage vernahm, verzog er das Gesicht. »Öffentliche Verkehrsmittel sind bei uns ein bisserl Mangelware. Es gibt zwar eine Buslinie, aber auf die sollte man sich besser nicht verlassen. Mit dem Taxi ist es nicht teuer, um zum Bahnhof oder zum Stadtzentrum zu kommen.«

»Und wie ist es mit Einkaufsmöglichkeiten?«

Kurz nachdem sie eine Unterführung passiert hatten und über eine Kanalbrücke fuhren, wies der Makler nach rechts. »Ein Stück weiter gibt es ein paar Supermärkte.«

»Die kann man von der Wohnung aus aber kaum zu Fuß erreichen«, wandte Lexa ein.

»Das ist ein bisserl schwierig. Aber die Frau Lechner – das ist die Ehefrau des Hausbesitzers, die mit ihrem Mann die beiden oberen Stockwerke des Hauses bewohnt – hat versprochen, dass sie Ihnen die Sachen mitbringt, wenn Sie ihr sagen, was Sie brauchen!«

»Vielleicht mache ich das!« Lexa fand es schwieriger, sich wieder in das normale Leben einzuklinken, als sie erwartet hatte. Aber sie würde auch dieses Problem lösen, sagte sie sich und sah nach vorne. Dort tauchte auch schon bald das Ortsschild Mößling auf.

Der Makler bog nach rechts ab und blieb in einer Seitenstraße vor einem ansehnlichen Haus stehen. »Hier wären wir«, meinte er, stieg aus und öffnete Lexa die Beifahrertür.

Das Aussteigen aus dem Auto fiel ihr schwerer als das Einsteigen, fand Lexa, schaffte es dann aber selbst, sodass sie die hilfreich entgegengestreckte Hand des Maklers nicht benötigte.

Huber trat auf das Haus zu und läutete. Fast im gleichen Augenblick wurde geöffnet, und ein Mann schaute heraus.

Lexa schätzte ihn auf etwa sechzig. Die Frau, die hinter ihm auftauchte, mochte ein gutes Jahrzehnt jünger sein. Beide wirkten recht sympathisch, und so ging sie lächelnd auf sie zu.

»Guten Tag, mein Name ist Fabarius.«

»Das hab ich mir schon denkt. Also, ich bin der Lechner Anton und das ist meine Lucia«, antwortete der Mann mit starkem Dialekt.

»Grüß Gott!«, sagte jetzt auch die Frau und streckte Lexa die Hand entgegen. »Ich hoffe, Sie fühlen sich wohl bei uns!«

»Das hoffe ich auch. Ich würde bloß gerne wissen, wo man hier gut essen kann. Ich habe unterwegs nur ein Sandwich gegessen und entsprechend Hunger.«

»Direkt bei uns gibt es nichts. Da muss man schon in die Stadt hineinfahren«, erklärte Anton Lechner.

»Wenn Sie wollen, bringe ich Sie zu einem Restaurant. Sie können danach ja mit dem Taxi hierher zurückkommen«, bot der Makler an.

Lexa schüttelte den Kopf. »Ich möchte mir vorher mein neues Heim ansehen. Schließlich habe ich die Möbel nur im Online-Katalog des Möbelhauses angeschaut.«

»Sie haben sich etwas getraut!«

Trotz der Worte schwang eine gewisse Anerkennung in Lechners Worten mit. Er hatte die Möbel gesehen, als diese geliefert worden waren, und wusste, dass er in seiner Wohnung nichts Besseres hatte.

»Erledigen wir jetzt erst einmal das Geschäftliche«, schlug der Makler vor. »Sie sehen sich jetzt die Wohnung an, danach machen wir den Mietvertrag perfekt. Einverstanden?«

Sowohl Lexa wie auch die Lechners nickten. Der Makler nahm einen Schlüssel und öffnete die Haustür. »Hierfür ist der Schlüssel mit dem grünen Ring außen. Der Schlüssel mit dem roten Ring ist für Ihre Wohnung. Deren Tür ist dort! Die Treppe hier führt zur Wohnung von Herrn und Frau Lechner.«

»Die Erdgeschosswohnung hat unser Bub bewohnt«, sagte die Frau. »Aber der ist beruflich nach Hamburg gezogen und hat sich dort eine Wohnung gemietet. Zu uns nach Bayern kommt er wahrscheinlich so schnell nicht mehr.«

Lexa nickte und schloss die Tür auf. Obwohl diese aus massivem Holz war, hatte man sie so gut eingestellt, dass sie leicht aufging. Dahinter lag ein etwa fünf Meter langer Flur, von dem fünf Türen abgingen. Je eine führte in die Küche, das Wohnzimmer, das Schlafzimmer und das Arbeitszimmer, und hinter der letzten am Ende des Flures befand sich die Kellertreppe.

»Dort unten ist der Hobbyraum unseres Sohnes. Sie können ihn als Keller und Abstellraum benützen«, sagte Frau Lechner.

Lexa fasste nach dem Treppengeländer und stieg vorsichtig hinunter. Der Hobbyraum maß gut fünfundzwanzig Quadratmeter. So viel Abstellfläche brauchte sie derzeit nicht, war aber froh, darauf zurückgreifen zu können.

»Ihnen gehört die linke der drei Garagen«, fuhr Lucia Lechner fort. »Sie können auch ein Beet im Garten haben, wenn Sie das wollen.«

»Eher nicht!« In ihrem Job musste Lexa auf ihr Aussehen achten, und da waren Hände, denen man Gartenarbeit anmerkte, ein No-Go. Sie stieg wieder nach oben und sah sich nacheinander alle Räume an. Das Bett war in Ordnung, und daneben standen mehrere Kartons mit Bettwäsche, Handtüchern und anderen Haushaltstextilien, die sie per Katalog bestellt und an ihre neue Adresse hatte schicken lassen.

Im Arbeitszimmer stand ein großer Schreibtisch samt Computer, Telefonanlage, Kopierer, Scanner, Fax und Drucker. Ein kurzer

Test zeigte Lexa, dass die Anlage bereits fertig installiert und freigeschaltet worden war. Also hatten sich die fünfhundert Euro Extragebühr für den Makler gelohnt, auch wenn sie im Gespräch herausfand, dass vor allem Lucia Lechner die Lieferanten und Techniker ins Haus gelassen hatte.

Im Wohnzimmer standen bislang nur ein bequemer Liegesessel sowie eine Anrichte mit einem Fernsehgerät und einem Telefonapparat. Den Rest wollte sie selbst einrichten.

»Und? Sind Sie zufrieden?«, fragte der Makler, als Lexa mit ihrem Rundgang fertig war.

»Sehr!«, antwortete sie.

Immerhin waren auch der Duschsessel für ihr Bad und ein paar andere Gegenstände geliefert worden, die ihr bei der Körperpflege behilflich waren.

»Dann können wir den Mietvertrag unterschreiben.« Anton Lechner drängte ein wenig, denn einen anderen Mieter, der so viel Geld wie Lexa zahlte, würde er hier in Mühldorf nicht finden. Auf jeden Fall schien die junge Frau wohlhabend zu sein, denn ihre Einrichtung stammte aus keinem Billigmöbelhaus, und sie hatte ihm sogar mehrere Hundert Euro als Trinkgeld für die Lieferanten überwiesen.

Es ging nun nach oben in die Wohnung der Lechners. Hier war alles blitzsauber, obwohl man den Räumen ansah, dass hier zwei Menschen seit vielen Jahren in Eintracht zusammenlebten und Kinder großgezogen hatten.

Es war für Lexa ein Schock, Bilder zu sehen, die die beiden Eheleute samt einem Sohn und einer etwas älteren Tochter in gut drei Jahrzehnten Ehe zeigten. Sowohl der Sohn wie auch die Tochter schienen bereits verheiratet zu sein, denn Lexa entdeckte zwei Hochzeitsbilder und sogar ein gerahmtes Foto der Tochter mit einem Baby auf dem Arm.

Dieser Anblick rührte an eine schwärende Wunde in ihrem Innern. Für sie würde es solches Glück niemals geben! Ihr blieb nichts anderes übrig, als so viel Geld zu verdienen, dass sie sich alles leisten konnte, was ihr das Leben erleichterte und ein wenig schön machte. Mit diesem Gedanken unterschrieb sie den Mietvertrag und wurde anschließend von den Lechners zum Abendessen eingeladen.

Der Makler empfahl sich und fuhr weiter, während Lexa der Neugier ihrer Vermieter ausgeliefert war und diese so weit stillte, wie es ihr richtig erschien.

Einige Zeit später kehrte sie in ihre Wohnung zurück und setzte sich auf den Sessel in ihrem Wohnzimmer. Nicht lange, da läutete es draußen. Es war der Kurierdienst mit ihrer Reisetasche. Lexa steckte dem Mann einen Zehneuroschein als Trinkgeld zu, packte ihren Laptop aus und spielte ihre Programme und Daten auf den Stand-PC. Wenn sie schon die meiste Zeit von zu Hause aus arbeitete, wollte sie es mit einem Bildschirm tun, der seinen Namen auch verdiente.

Mit diesem Gedanken rief sie ihre E-Mails auf und sah zufrieden, dass zwei weitere Kunden zu ihr zurückkehren wollten. Lehmann und Reuter hatten ihnen in ihrer Gier nach schnellen Prämienerfolgen riskante Anlagen aufgeschwatzt und damit Verluste beschert. Nun fragten sie wieder nach auf Anhieb nicht so vielversprechenden, dafür aber zuverlässigeren Angeboten, die sie ihnen gerne vermittelte.

Eigentlich hatte Lexa an diesem Abend nicht mehr arbeiten wollen, mochte die Kunden aber auch nicht warten lassen. Bis sie alles erledigt hatte, war es fast Mitternacht. Als Letztes schrieb sie noch eine E-Mail an ihren Vater, in der sie ihm ihre neue Adresse mitteilte und ihn bat, ihr einige Sachen aus ihrer alten Wohnung zu bringen oder zu schicken.

Danach machte sie sich für die Nacht zurecht und fand es nicht einmal so schwer. Sie würde es schaffen, dachte sie. Sie hatte sich von ihren Eltern abgenabelt und war dabei, ihren eigenen Weg zu gehen.

FÜNFTES KAPITEL

Dagoberta

1.

Andreas Janning spielte gerade auf seinem Laptop, als eine neue E-Mail mit Anhang angezeigt wurde. Absender war ein Martin Schneider.

»Kenne ich nicht«, murmelte er und wollte die E-Mail bereits in den Spam-Ordner verschieben. Gerade noch rechtzeitig brachte er den Betreff »Dettelbach« mit dem für dieses Jahre geplanten Biker-Treffen zusammen und rief die E-Mail auf.

Martin Schneider aus Würzburg nannte das genaue Datum des Treffens und das Hotel, in dem die Biker übernachten konnten. Der Anhang bestand aus dem Programm. Da war von einer Schifffahrt auf dem Main die Rede, von einer Weinverkostung in einer Kellerei in Dettelbach und anderen Punkten, die Martin vorbereitet hatte. Es hörte sich interessanter an, als einen halben Tag und den Abend in einem Restaurant herumzuhängen und nur Filme von Motorradfahrten anzuschauen, wie Max sie immer gezeigt hatte.

Andreas musste an Max' Freundin Lexa denken, die er vor einem Jahr in Sinsheim kennengelernt hatte. So lange ist das schon wieder her, dachte er und betrachtete sein rechtes Bein. Ein Jahr, in dem er von seinem Filialleiter Deidel so lange gemobbt worden war, bis er sich freiwillig bei einer Filiale vorgestellt hatte und nun eine längere Anfahrt in Kauf nehmen musste.

Andreas' Gedanken wanderten zurück zu Lexa. Sie war der einzige vernünftige Mensch in der ganzen Bande gewesen. Mit einem Mal packte ihn der Wunsch, sie wiederzusehen, und er rief seinen Terminkalender auf. An dem genannten Wochenende hatten weder ein Onkel noch eine Tante, noch eine Cousine Geburtstag. Da auch nichts anderes anstand, konnte er nach Dettelbach fahren. Doch war das vernünftig?, fragte Andreas sich. Letztes Jahr hatte Lexa nur aus Zufall Zeit gehabt, um mit ihm zu reden. Heuer würde sie gewiss viel zu beschäftigt dazu sein.

In seine Gedanken versunken, überhörte er, wie die Tür geöffnet wurde und seine Mutter hereinkam.

»Hast du wieder einmal die Zeit fürs Abendbrot vergessen?«, fragte sie.

»Entschuldige! Ich lösche nur noch rasch diese Mail, dann komme ich«, antwortete Andreas, zögerte aber, es zu tun.

»Ist etwas damit?«, fragte seine Mutter und warf einen neugierigen Blick über seine Schulter. »Das ist doch von dem Biker-Klub, zu dessen Veranstaltung du letztes Jahr mit Jennifer gefahren bist.«

»Die Nachricht kommt vom Veranstalter des heurigen Treffens. Aber ich fahre nicht hin«, erklärte Martin mit gepresster Stimme.

»Und warum nicht?«

»Wie sieht das aus, wenn ich mit meiner Beiwagenmaschine ganz allein dort auftauche? Im letzten Jahr hatte ich wenigstens noch Jennifer als Ausrede.« Andreas fuhr mit dem Cursor auf den Löschbutton, doch da legte ihm seine Mutter die Hand auf den Arm.

»Du darfst dich nicht weiterhin verkriechen. Das ganze Jahr über hast du höchstens an Familienfeiern teilgenommen. Selbst euren Betriebsausflug hast du geschwänzt. Wie willst du auf diese Weise ein Mädchen finden, das sich für dich interessiert?«

»Welches Mädchen würde sich schon für mich interessieren?«, fragte Andreas herb.

»Was ist das hier?«, fragte seine Mutter und zeigte auf das Symbol, das den Anhang der E-Mail anzeigte.

»Das Programm, das Martin Schneider vorbereitet hat.«

»Darf ich es sehen?«, fragte Sonja Janning ihren Sohn.

»Meinetwegen.« Andreas rief den Anhang erneut auf und lehnte sich zurück, damit seine Mutter das Programm lesen konnte.

»Da ist sicher etwas für dich dabei. Diesen Ausflug auf dem Main, den würde auch ich gerne machen, und die Weinprobe wird sicher ebenfalls recht lustig. An deiner Stelle würde ich fahren.«

»Allein komme ich mir blöd vor, und ich habe niemanden, der mit mir fahren würde.«

Trotz der klaren Aussage klang Andreas unschlüssig, denn das Einzige, was ihn persönlich interessierte, stand nicht auf dem Programm. Lexa Fabarius war jedoch die Freundin oder vielleicht sogar bereits die Ehefrau von Max Haglehner und damit für ihn doppelt unerreichbar.

»Wenn du nicht allein fahren willst, kann doch ich mitkommen. Ich hätte Lust auf einen Ausflug, so wie wir sie früher gemacht haben. Wenn du nicht bei den Bikern bleiben willst, können wir uns auch alleine beschäftigen. Würzburg scheint ganz in der Nähe zu liegen und soll eine interessante Stadt sein.«

Andreas saß in der Falle. Wenn er jetzt Nein sagte, würde er seiner Mutter eine Freude verderben. Mit einem leichten Schuldgefühl dachte er daran, dass sie ebenfalls kaum mehr aus dem Haus kam. Dabei hatten sie früher viel gemeinsam unternommen.

Er atmete tief durch. »Also gut, Mama! Wir zwei fahren nach Dettelbach. Die Programmpunkte, die dich interessieren, machen wir mit, und die restliche Zeit verbringen wir auf eigene Faust.«

»Das ist eine wunderbare Idee«, antwortete Sonja Janning und umarmte ihn. »Ich will doch, dass du glücklich wirst, mein Junge!«

»Glücklich?« Andreas lachte kurz, sah dann aber den tadelnden Ausdruck auf dem Gesicht der Mutter und senkte betroffen den Blick. »Es tut mir leid, dass ich dir so viele Sorgen bereite, Mama!«

»Dann unternimm etwas, damit diese Sorgen weniger werden.«

Zwar bezweifelte auch Sonja, dass dies in einer Biker-Gruppe möglich war, aber sie wollte, dass ihr Sohn unter Leute kam und wieder Freude am Leben fand.

»Du bist doch sonst nicht so feige«, meinte sie. »In der Bank hast du dich ja auch durchgesetzt. Dein ehemaliger Filialleiter wollte dich aufs Abstellgleis schieben, doch in der anderen Filiale haben sie dich mit Handkuss genommen.«

»Mit Handkuss vielleicht nicht«, schränkte Andreas ein. »Aber du hast schon recht. Ich habe einen guten Posten erhalten und ihn erfolgreich weitergeführt.«

»So zielstrebig wie im Beruf solltest du auch im normalen Leben sein«, sagte Sonja Janning nachdenklich. »Schließlich will ich meine Enkel noch aufwachsen sehen!«

»Dafür bräuchte ich eine Frau. Und du hast ja am Beispiel Jennifer gesehen, dass es nicht so leicht ist.«

»Das Mädchen ist eine dumme Kuh! Dich aufzugeben für irgendeinen Trottel aus München.« Andreas' Mutter schüttelte den Kopf. Für sie war ihr Sohn noch immer das Maß aller Dinge. Daher ärgerte es sie, dass die Tochter ihrer Freundin so unvernünftig gewesen war.

Auch Andreas dachte an Jennifer, jedoch ohne jedes Gefühl eines Verlustes. Anders war es bei Lexa, die ihm wirklich gefallen hatte. Doch die war leider in festen Händen. Trotzdem war er bereit, nach Dettelbach zu fahren. Zum einen, um seiner Mutter einen Gefallen zu erweisen, zum anderen, um Lexa wiederzusehen und vielleicht doch ein wenig mit ihr plaudern zu können.

2.

Lexa sah auf ihre Abrechnung und nickte zufrieden. Sie hatte in diesem Jahr mehr verdient als in ihrem erfolgreichsten in Lehmanns Team. Geld ist das beste Trostpflaster, dachte sie und sah auf ihre neuesten Spielzeuge hinab. Die Prothesen, die sie seit ein paar Tagen trug, hatten mehr gekostet als ein Mittelklassewagen, reagierten aber auf Muskelbewegungen und die winzigen elektrischen Reize, die das Gehirn erzeugte. Sie konzentrierte sich und bewegte den rechten Fuß. Es gelang ihr sogar, ihn leicht zu drehen und zu kippen. Etwas mehr Mühe bereitete ihr die große Zehe. Doch dann hob und senkte sich auch die. Die restlichen Zehen ließen sich nur gemeinsam bewegen, doch auch das war mehr, als sie nach ihrem schweren Unfall im vergangenen Jahr hatte erhoffen können.

Um zu verhindern, dass die Prothesen auf Anhieb erkannt wurden, hatte sie sich angewöhnt, lange Strümpfe zu tragen. Sie war froh, dass diese von selbst an ihren Oberschenkeln hielten und sie keinen Hüfthalter tragen musste, wie es zu Zeiten ihrer Großmutter üblich gewesen war.

Lexa machte die Übungen auch mit dem linken Fuß. Dort ging es leichter, da an ihm mehr Muskeln und Nervenenden zur Verfügung standen. Während sie sich wieder ihrem Computer zuwandte, übte sie abwechselnd mit der linken und der rechten Prothese. Die geschäftlichen E-Mails waren diesmal rasch abgehandelt, und sie wechselte zu den persönlichen E-Mails über.

Claudia hatte geschrieben, dass sie und Bernd auch in diesem Jahr mit zum Biker-Treffen fahren würden. Beim Lesen erinnerte Lexa sich an die Mail von Martin Schneider aus Würzburg, die sie vor etlichen Tagen erhalten hatte. Sie hatte die Nachricht ungelesen in den Papierkorb verschoben, und zum Glück war der noch nicht geleert. So konnte sie die Nachricht aufrufen. Dabei wurden ihre Augen nass, und eine Träne tropfte auf ihre Tastatur.

Es tat noch immer weh, daran zu denken, wie radikal sich ihr Schicksal durch das letzte Biker-Treffen verändert hatte. Vor allem erinnerte die E-Mail sie an Max' Treulosigkeit.

Mit einem empörten Fauchen löschte sie Martin Schneiders Mail auch aus dem Papierkorb und schaltete den Computer ab. Noch während sie überlegte, ob sie sich aufraffen und selbst kochen oder essen gehen sollte, vernahm sie den typischen Klang eines Sportwagens, der vor dem Haus verstummte. Als sie neugierig zum Fenster hinausschaute, erkannte sie Leons neuen Flitzer. Eben stieg ihr Bruder aus. Auf der anderen Seite schraubte sich ihr Vater aus dem Wagen. Besuche ihrer Familie waren selten, seit sie es gewagt hatte, sich deren Fürsorge zu entziehen und auf eigenen Beinen zu stehen.

Und mit dem Karren wollte Leon mich herumfahren?, dachte Lexa verärgert und ging zur Tür. Als es läutete, öffnete sie und ließ die beiden Männer ein. Sie wirkten angespannt und ein wenig ängstlich, und so fragte sie sich, was los sein mochte.

»Hallo!«, grüßte sie. »Habt ihr auch mal wieder den Weg hierher gefunden?«

Ihr Vater zuckte schuldbewusst zusammen. Auch wenn seine Frau nach wie vor gekränkt war, so hätte er die knapp achtzig Kilometer nach Mühldorf selbst in Angriff nehmen oder zumindest öfter mit seiner Tochter telefonieren können.

»Grüß dich, Lexa! Gut siehst du aus.« Es klang verwundert, denn Jürgen Fabarius hatte sich vorgestellt, seine Tochter würde in ihrer neuen Wohnung matt vor sich hin vegetieren. Stattdessen wirkte Lexa gelassen und selbstbewusst, und ihr dezentes Make-up unterstrich ihre natürliche Schönheit.

Auch Leon betrachtete seine Schwester aufmerksam. Sie wirkte strenger als früher und sah nicht so aus, als würde sie solche Extratouren, wie er sie sich in der Vergangenheit geleistet hatte, weiterhin tolerieren. Das war gar nicht gut, denn schließlich wollte er etwas von ihr. Er hielt es aber für klüger, den Vater reden zu lassen.

Jürgen Fabarius sah sich in der Wohnung aufmerksam um. »Du scheinst gut zu verdienen«, meinte er schließlich.

»Mir reicht es«, antwortete Lexa mit einer gewissen Abwehr. Wenn ihr Vater – oder, besser gesagt, ihr Bruder – glaubte, sie anpumpen zu können, würde er auf Granit beißen.

»Ich wollte mir gerade ein Taxi rufen, um etwas essen zu gehen. Ich kann aber auch eine Kleinigkeit für euch kochen«, bot sie an.

»Das Kochen kann doch ich übernehmen«, schlug ihr Vater vor. »Du weißt, dass ich es kann.«

Lexa schüttelte den Kopf. »Es ist meine Küche!«

»Dann gehen wir essen«, schlug Leon vor.

»Zu dritt passen wir schlecht in deinen zweisitzigen Sportboliden«, spottete Lexa.

Jürgen Fabarius fand, dass das kein guter Einstand war, und wechselte das Thema. »Ich soll dich von Mama grüßen.«

»Ach? Hat sie sich daran erinnert, dass sie auch noch eine Tochter hat?«, fragte Lexa bissig. Seit sie nach Mühldorf gezogen war, hatte ihre Mutter kein einziges Mal mehr angerufen und auch keine E-Mail gesendet. Nicht einmal die Weihnachtskarte hatte sie unterschrieben, die der Vater ihr geschickt hatte.

»Du hast deine Mutter damals sehr gekränkt, als du ihr das Zugriffsrecht auf deine Konten entzogen hast«, erklärte Jürgen Fabarius. »Dabei wollte sie doch nur das Beste für dich.«

»Wenigstens habt ihr jetzt ein hypothekenfreies Haus.« Lexa klang kühl, denn so uneigennützig, wie ihr Vater tat, war ihre Mutter nicht gewesen. Nach ihrem Unfall hatte sie ihr Geld als das ihre angesehen und sich entsprechend bedient.

»Müssen wir diesen alten Quatsch wieder aufwärmen?«, sagte Leon in gespielter Verzweiflung und bestärkte damit Lexas Verdacht, dass die beiden nicht nur gekommen waren, um sie zu besuchen.

»Also schießt los und sagt, was ihr von mir wollt. Wenn es sich um Geld handelt, werden wir drei gemütlich miteinander essen gehen, und dann könnt ihr wieder heimfahren.«

»Was du schon wieder denkst«, sagte Jürgen Fabarius kopfschüttelnd.

Da ihr Vater zögerte, ihr zu erklären, weshalb sie gekommen waren, beschloss Leon, es selbst zu tun. »Ich bin mit meinem Studium fast fertig, Lexa. Um meinen Abschluss zu machen, brauche ich aber ein sechsmonatiges Praktikum.«

»Und du meinst, ich sollte dich einem meiner Kunden empfehlen? Daraus wird nichts, mein Guter! Ich will mich nicht blamieren.« Lexa hatte sich in den letzten Jahren zu oft über Leon geärgert, um verbindlich bleiben zu können.

Ihr Vater schüttelte den Kopf. »Es geht nicht darum, Lexa. Dein Bruder hat bisher drei Praktikumsplätze ausprobiert, aber da waren immer dumme Leute, mit denen er nicht zurechtgekommen ist. Darum haben wir uns gedacht, er könnte sein Praktikum bei dir machen. Du hast doch ein Gewerbe angemeldet, daher würde es gelten.«

»Wenn ihr glaubt, ich bräuchte jemanden, der mir meine Bleistifte spitzt und Kaffee für mich kocht, irrt ihr euch. Ich komme sehr gut allein zurecht«, antwortete Lexa herb.

»Es geht doch um Leon«, sagte ihr Vater in bittendem Tonfall. »Wenn er keinen Praktikumsbeleg vorlegt, kann er sein Studium nicht abschließen. So ungefällig wirst du doch nicht sein. Er ist immerhin dein Bruder! Er könnte bei dir wohnen …«

»Kann er nicht! Meine Wohnung ist auf meine Bedürfnisse eingerichtet. Das muss auch so bleiben! Oder glaubst du, ich habe Lust, meinen Duschstuhl irgendwo in der Wohnung zu suchen und wieder ins Bad zu schleppen, nur weil er meinen Herrn Bruder gestört hat?«

Es war nur eines der Bedenken, die Lexa hatte. Sie kannte ihren Bruder gut genug, um zu wissen, dass dieser um seiner eigenen Bequemlichkeit willen keine Rücksicht auf andere nahm. Gleichzeitig begriff sie, dass sie in der Falle saß. Verweigerte sie sich jetzt, würden die Eltern Leons Scheitern ihr ankreiden und nicht ihm.

»Ihr könnt hier in Mühldorf für Leon ein Appartement mieten. Als Praktikant erhält er von mir den Mindestlohn und keinen Cent mehr. Ich lade ihn höchstens gelegentlich zum Essen ein. Außerdem wird er hier nicht auf der faulen Haut liegen und in der Weltgeschichte spazieren fahren, wenn ihm danach ist, sondern arbeiten.«

»Das ist ja schlimmer als bei der Bundeswehr!«, rief Leon empört.

»Dann geh dorthin, schließe dein Studium auf einer Bundeswehruni ab und werde Offizier.« Lexa reute ihr Zugeständnis schon wieder, und sie hoffte, ihr Bruder würde sich woanders etwas suchen.

Ihr Vater wusste, dass Leon endlich Disziplin lernen musste, wenn er sich im Leben behaupten wollte. Die Bundeswehr aber war nichts für ihn. Beim Drill durch irgendwelche Kommissköpfe würde er mit Sicherheit durchdrehen.

»Bitte, Lexa, tu es für mich!«, flehte er seine Tochter an.

Lexa musterte Leon und nickte widerwillig. »Also gut! Aber ihr kennt meine Bedingungen. Leon wird hier arbeiten, doch in dem Augenblick, in dem er meckert, kann er nach Hause fahren.«

»Danke!«, rief Jürgen und schloss seine Tochter in die Arme.

Während der Vater hoffte, dass alles gut werden könnte, sagte Leon sich, dass es bei Lexa sicher nicht viel Arbeit für ihn geben würde, und nickte. »Also gut, machen wir es so!«

»Dann hole ich jetzt ein Taxi, das uns in die Stadt bringt, damit wir was essen können. Außerdem rufe ich den Makler an. Er soll ein Appartement für Leon suchen, vorzugsweise in einer Entfernung, die er zu Fuß zurücklegen kann. Seinen Sportwagen wird er zu Hause lassen.«

»Aber wieso?«, rief Leon verblüfft.

»Es vermindert die Versuchung, der Arbeit Ade zu sagen und stattdessen einen Ausflug ins Blaue zu machen«, antwortete Lexa lächelnd.

»He, das kannst du nicht von mir verlangen!«, rief Leon, doch zu seinem Entsetzen stimmte der Vater dieser Bedingung zu.

»Ich werde dich und deine Sachen in unserem Wagen hierherbringen und dich öfter besuchen. Vielleicht kommt sogar Mama einmal mit, sodass die beiden sich aussprechen können.«

Unterdessen hatte Lexa ein Taxi bestellt und sprach nun mit dem Makler. Als sie sich ihrem Vater und ihrem Bruder wieder zuwandte, wirkte sie zufrieden.

»In zehn Minuten steht das Taxi vor der Tür. Außerdem hat der Makler bereits etwas Passendes für Leon. Ihr könnt es euch nach dem Essen ansehen.«

»Das geht aber fix!«, brummte ihr Bruder nicht gerade begeistert.

Jürgen Fabarius hingegen war erleichtert. Wenn es um solche Dinge ging, war auf seine Tochter Verlass.

3.

Nachdem ihr Vater und ihr Bruder wieder gefahren waren, kehrte Lexa in ihre Wohnung zurück und spürte dort ihre Einsamkeit doppelt. Vielleicht sollte sie wieder mehr unter die Leute gehen, sagte sie sich und erinnerte sich an Andreas. Das Gespräch mit ihm im letzten Jahr war ihre schönste Erinnerung an das Biker-Treffen, und sie war froh, dass diese Erinnerung Stück für Stück zurückgekehrt war. Vielleicht sollte sie doch wieder hinfahren. Sie könnte Andreas wiedersehen und würde gleichzeitig Max zeigen, dass sie ihn nicht brauchte.

Lexa suchte nach der E-Mail aus Würzburg und erinnerte sich erst nach einer Weile daran, dass sie sie kurz vor der Ankunft von Vater und Bruder endgültig gelöscht hatte.

»Es ist wahrscheinlich besser so. Wenn Andreas erfährt, was mit mir passiert ist, wird er mich sowieso nicht mehr ansehen«, sagte sie leise.

Es blieb jedoch ein bitteres Gefühl zurück. Um es zu bekämpfen, rief sie die Homepage von Max' Firma auf. Die letzten Eintragungen lagen bereits einen Monat zurück. Hatte er sich mittlerweile eine Buchhalterin leisten können?, fragte sie sich. Über ein Jahr lang hatte sie seine Unterlagen geordnet und seine Buchhaltung erledigt. Damals war ihr das selbstverständlich vorgekommen. In der Erinnerung fühlte sie sich jedoch ausgenutzt.

»Der Teufel soll ihn holen – und dieses Miststück Jennifer mit dazu«, schimpfte sie und rief beider Facebook-Seiten auf. Die letzten Einträge waren vor weniger als einer Stunde eingestellt worden, und die beiden zeigten sich in ihren neuen Biker-Klamotten. Jennifer sah in ihrer roten Kombination sehr sexy aus, aber ob sie in der Lage war, das Chaos in Max' Buchhaltung zu beseitigen, bezweifelte Lexa.

Bei Max' Bild fiel ihr als Erstes ein Grinsen auf, das ihn geistig minderbemittelt wirken ließ. Hatte er das auch schon früher gehabt?, fragte sie sich, oder hat Jennifer auf ihn abgefärbt? Lexa war klar, dass sie Vorurteile gegen beide hegte, doch irgendwie tat es gut. Um sich nicht in der Vergangenheit zu vergraben, rief sie ihren E-Mail-Account auf und verfasste eine Mail an Inge Kastler.

»Es wird Zeit, dass wir uns wiedersehen und gemeinsam etwas unternehmen, bevor mein Bruder hierherkommt«, schrieb sie und machte Inge ein paar Vorschläge.

Zwar war die Zahl der Hotels eingeschränkt, da nicht alle behindertengerechte Zimmer hatten, aber sie wollte sich dennoch eine knappe Woche Urlaub in einer schönen Gegend gönnen. Bei dem Gedanken lachte sie. Natürlich würde sie auch dort arbeiten, aber dafür mussten eine bis zwei Stunden am Tag reichen. Den Rest der Zeit würde sie mit Inge etwas unternehmen können.

Aus einer Laune heraus schrieb sie hinzu, dass sie gerne nach Dettelbach fahren würde, wählte aber die Woche nach dem Biker-Treffen. Sie wollte nicht durch Zufall Max und Jennifer begegnen.

Inges Antwort kam so schnell, als hätte sie nur auf einen solchen Vorschlag gewartet. »Wäre sehr schön und würde mich freuen! Sollen wir uns an dem Sonntag in München treffen und gemeinsam weiterreisen?«

Nach Lexas Erfahrungen fuhren die letzten Biker spätestens um sechzehn Uhr nach Hause. Wenn Inge und sie gegen sechs in Dettelbach ankamen, brauchte sie keine Begegnung mit ihrer Vergangenheit zu fürchten. Sie suchte auf der Homepage der Deutschen Bahn die beste Verbindung heraus und schickte sie Inge. Kurz darauf kam deren Antwort, dass sie damit einverstanden sei, und Lexa konnte darangehen, die Fahrt und den Aufenthalt zu buchen.

4.

Die Fahrt mit seiner Mutter im Beiwagen war schöner, als Andreas es sich hatte vorstellen können. Daher nahm er sich vor, in Zukunft wieder mehr mit ihr zu unternehmen. Auch das Hotel genügte ihren Ansprüchen, und während sie zu Mittag aßen, traf Martin Schneider ein und begrüßte sie fröhlich.

»Na, wie geht's, alter Junge? Letztes Jahr hattest du ja noch Probleme wegen deines Unfalls. Wenn's wenigstens mit dem Motorrad gewesen wäre! Aber von einem verrückten Radfahrer über den Haufen gefahren zu werden kann dem sanftmütigsten Menschen die Laune verhageln.«

Er wandte sich Andreas' Mutter zu. »Es freut mich, dass Sie mitgekommen sind!«

»Mich auch«, antwortete Sonja Janning. »Ich wollte schon lange einmal in diese Gegend und habe so lange gebettelt, bis Andreas mich mitgenommen hat.«

»Bei uns ist's wirklich schön«, antwortete Martin geschmeichelt. »Da ist zum einen Dettelbach, dann Sommerach und Volkach – und nach Würzburg ist's auch nicht weit. Es gibt auch noch Kitzingen und …«

»Hör auf!«, wehrte Andreas lachend ab. »Wir sind ja bloß heute und morgen da. Dafür reicht dein Programm vollkommen.«

»Ich würde gerne ein wenig mehr sehen«, wandte seine Mutter ein. »Weißt du was? Wenn ich schon einmal hier bin, bleibe ich einfach ein paar Tage länger. Ich kann ja mit der Bahn heimfahren.«

Andreas überlegte kurz. »Auf die Schnelle kriege ich keinen Urlaub. Aber ich kann dich abholen! Dann musst du nicht Zug fahren.«

»So machen wir's.« Die Mutter lächelte und sagte sich, dass sie einen sehr liebevollen Sohn hatte. Nicht jeder wäre bereit gewesen, ein zweites Mal hierherzufahren, nur um sie abzuholen.

Unterdessen tauchten weitere Mitglieder der Würzburger Gruppe auf. Andreas' Mutter fand sie alle nett. Auch von den meisten auswärtigen Bikern, die nach und nach eintrafen, konnte sie das sagen. Nur als Max mit Jennifer in das Lokal kam, verzog sie das Gesicht. Sie konnte der jungen Frau nicht verzeihen, dass diese Andreas nur benutzt hatte, um andere Männer kennenzulernen.

Jennifer und Max hielten Händchen wie ein Liebespaar und küssten sich, bevor sie sich setzten. Als Andreas das sah, schüttelte er verwundert den Kopf. Max war doch im letzten Jahr mit Lexa zusammen gewesen!

Die restlichen Mitglieder der Münchner Gruppe trafen nun ebenfalls ein. Nur der großsprecherische Mike fehlte. Eines der

Münchner Paare nahm neben Andreas Platz. Dieser schätzte den Mann auf etwa vierzig und die Frau auf fünfunddreißig. Sie war mittelgroß, brünett und ein wenig mollig, wirkte aber sympathisch.

»Grüß dich, Andreas!«, sprach sie ihn an. »Hast du heuer bessere Laune mitgebracht als letztes Jahr?«

»Ich denke schon«, gab er zur Antwort. »Aber wie geht's euch? Seid ihr weniger als letztes Jahr?«

»Bernd und ich haben auch überlegt, ob wir überhaupt kommen sollten, aber wir wollten Martin und die anderen Würzburger nicht enttäuschen. Es ist heuer aber vermutlich das letzte Mal, denn ich glaube nicht, dass es unsere Gruppe nächstes Jahr noch gibt.« Sie warf einen so bösen Blick in Max' Richtung, dass Andreas sie verwundert anschaute.

»Was ist denn bei euch passiert?«

»Im letzten Herbst ist Mike tödlich verunglückt. Er ist mit dem Vorderrad auf nassem Laub weggerutscht und voll gegen einen Baum gekracht.«

»Das tut mir leid«, sagte Andreas betroffen.

»Er war einer unserer Besten, während …« Claudia brach ab, doch ein erneuter Blick zu Max und Jennifer zeigte, dass sie die beiden überhaupt nicht mochte.

Andreas interessierte sich nicht für die internen Probleme der Münchner Gruppe, sondern bohrte weiter. »War Max letztes Jahr nicht mit einer anderen Freundin da?«

»Ja, mit seiner damaligen Freundin«, erklärte Claudia. »Nach dem letzten Jahrestreffen war's mit den beiden aus.«

Sie verschwieg den Unfall, da Lexa nicht wollte, dass ihre Behinderung bekannt wurde, und berichtete stattdessen, dass es in der Münchner Gruppe Zoff gab.

»Ich komme mit Jennifer nicht zurecht«, sagte sie mit verächtlicher Miene. »Wie die sich an den Max rangeschmissen hat, ist eine Schande.«

Andreas nahm an, dass die Frau mit Lexa befreundet war und es Jennifer übel nahm, dass diese sich zwischen Lexa und Max gedrängt hatte. Er wollte nach Lexa fragen, doch da quoll die nächste Gruppe lärmend in den Raum, und die Chance war vertan.

5.

Das Programm, das Martin und seine Freunde auf die Beine gestellt hatten, gefiel allen mit Ausnahme von Max und Jennifer. Max ärgerte sich noch immer, dass nicht er als Organisator des Jahrestreffens wiedergewählt worden war, und Jennifer bemerkte die scheelen Blicke, die ihr nicht nur Claudia zuwarf. Lexa war beliebt gewesen, und so fragten einige nach ihr. Von dem Unfall wusste keiner von ihnen. Claudia und ihr Mann schwiegen Lexa zuliebe, und Max hatte nicht die geringste Lust, etwas zu erzählen, bei dem er keine glückliche Figur gemacht hatte.

Stattdessen wurde ausführlich über Mikes Tod gesprochen, und Martin schlug vor, in der Kirche ein paar Kerzen für ihn zu entzünden.

»Blöder Aberglaube!«, konterte Max.

Die Zeit, in der er der anerkannte Anführer der ganzen Biker-Gruppe gewesen war, war jedoch vorbei. Durch die gute Organisation der Würzburger und wegen des Programms, das sich nicht nur um Motorräder in allen Einzelheiten drehte, erschienen die von ihm veranstalteten Treffen den meisten im Nachhinein langweilig.

Die Schifffahrt auf dem Main gefiel allen, und bei der anschließenden Weinprobe wurde so manches Glas geleert. »Wir fahren ja heute nicht mehr«, meinte Martin fröhlich und stieß mit einem nach dem anderen an.

Max war restlos vergrätzt, weil er nicht mehr im Mittelpunkt stand. Daher erklärte er, ihm schmecke der Wein nicht, und verlangte nach Bier. Einige derer, die in den letzten Jahren seine ewig langen Filme von Motorradfahrten ertragen hatten, ärgerten sich über ihn, und er bekam die eine oder andere böse Bemerkung zu hören.

Mit einem Mal sprang er auf und funkelte die Umsitzenden wütend an. »Wisst ihr, was ihr mich könnt? Ich fahre wieder! Komm, Jennifer, hier haben wir nichts mehr verloren!«

Mit diesen Worten griff er nach Jennifers Hand. Die sah kurz zu Andreas' Mutter, bemerkte die Verachtung auf deren Gesicht und folgte Max mit einem empörten Fauchen.

»Es ist kein Schaden, dass die zwei weg sind«, rief Claudia laut genug, dass Max und Jennifer es noch hören mussten.

Sie wandte sich Andreas zu. »Du hattest letztes Jahr auch eine Saulaune, aber du hast wenigstens niemanden darunter leiden lassen.«

»Es sei ihm verziehen«, warf Martin großzügig ein. »Ich glaube, niemand von uns hätte sich in seiner Situation anders benommen. Ein saudummer Unfall mit wochenlanger Reha und so weiter. Da freut sich keiner darüber.«

Dabei weißt du nicht einmal alles, dachte Andreas und haderte mit dem Schicksal, das ihn einen Fuß gekostet hatte.

Es wurde ein schöner Tag und ein ebenso schöner Abend. Hatte Andreas zuerst Bedenken gehabt, seine Mutter könnte ein Fremdkörper unter den Bikern sein, so erwiesen diese sich als gegenstandslos. Seine Mutter wurde voll in den Kreis aufgenommen, und einer der anderen Besucher meinte, dass er nächstes Jahr ebenfalls seine Mutter mitbringen werde.

»Ein ähnliches Programm, wie ihr Würzburger es auf die Beine gestellt habt, wird ihr gefallen«, setzte er hinzu.

Martin lächelte erfreut. Ihm hatte das nur auf Motorräder ausgerichtete Programm von Max nie gepasst, und deshalb hatte er sich gegen diesen beworben. Nun nahm er erfreut wahr, dass alle zufrieden waren. Es gab auch bereits einen Ausrichter für das Treffen im nächsten Jahr. Die Saarländer Gruppe, die heuer Zuwachs bekommen hatte, wollte das Treffen nach Orscholz an der Saarschleife verlegen. Zusammen mit der Idee, die Rundfahrt bis nach Frankreich und Luxemburg auszudehnen, hatte dies die anderen Gruppen überzeugt.

Als Andreas sich in der Nacht ins Bett legte, nahm er sich fest vor, im nächsten Jahr nach Orscholz zu fahren. Seine Mutter würde sich sicher darüber freuen, dachte er noch, bevor er einschlief und dabei einen wirren Traum durchlebte, dessen Hauptperson Lexa Fabarius war. Worum es ging, daran erinnerte er sich am Morgen nicht mehr. In ihm schwang aber das Gefühl eines tiefen Verlustes, und er musste sich direkt zwingen aufzustehen, um an der Rundfahrt teilnehmen zu können.

Martin und sein Team hatten auch diese gut vorbereitet. Die Fahrt führte durch eine malerische Landschaft mit mehreren Stopps, damit die Teilnehmer fotografieren konnten. Das Mittagessen wurde in einem urigen Landgasthof eingenommen und schmeckte köstlich. Als die Motorradkavalkade gegen fünfzehn Uhr wieder in Dettelbach eintraf, waren alle begeistert.

Nun kam die Zeit des Abschieds. Eine Gruppe nach der anderen brach auf, nicht ohne zu versprechen, im nächsten Jahr wieder dabei zu sein. Als einer der Letzten packte Andreas seine Sachen. Bevor er losfuhr, setzte er sich noch einmal zu seiner Mutter auf die Terrasse.

»Ich hoffe, es gefällt dir hier«, meinte er. »Wenn du eher nach Hause fahren willst, rufe mich an. Ich komme dich dann nach der Arbeit holen.«

»Die eine Woche werde ich schon durchhalten«, antwortete seine Mutter amüsiert. »Du müsstest auch nächsten Sonntag nicht kommen, um mich abzuholen.«

»Ich mache es doch gerne. Um zwölf werde ich hier sein.«

Seine Mutter musterte Andreas nachsichtig. »Sei bitte vorsichtig und hetze dich nicht. Ob ich jetzt eine Stunde früher oder später von hier fortkomme, bleibt sich gleich.«

»Hast du alles, was du brauchst?«

»Natürlich, Andreas! Und sollte mir doch etwas ausgehen, kann ich es mir kaufen. Aber du solltest jetzt fahren, sonst kommst du erst bei Dunkelheit nach Hause.«

»Das sicher nicht«, antwortete Andreas. »Aber damit du Ruhe gibst, breche ich jetzt auf. Mach's gut, Mama!«

Er küsste ihre Wange, nahm seinen Rucksack und ging.

Seine Mutter sah noch zu, wie er den Rucksack im Beiwagen verstaute, sein Motorrad anließ und langsam die Straße entlangrollte. Dann winkte sie den Kellner zu sich und bestellte sich ein Glas Wein.

6.

Andreas war vielleicht eine halbe Stunde fort, da beobachtete seine Mutter, wie ein Taxi vor dem Hotel hielt. Vorne stieg eine junge, äußerst attraktive Frau aus und hinten eine ältere Dame mit verschmitzter Miene.

»Können Sie unser Gepäck ins Hotel bringen?«, fragte die junge Frau und steckte dem Taxifahrer einen Schein zu. »Ich brauche eine Quittung.«

»Gerne!«, antwortete der Fahrer und holte zwei Koffer aus dem Kofferraum seines Taxis. Er musste diese jedoch nicht selbst ins Hotel tragen, weil ein Angestellter dies für ihn übernahm. Die beiden Frauen folgten dem Mann, die Ältere mit aufgeregten Trippelschritten, die andere mit langsamen, eleganten Bewegungen.

»Warum kann mein Andreas keine solche Frau kennenlernen?«, dachte Sonja Janning seufzend.

Vor einem Jahr hatte sie gehofft, die hübsche Jennifer könnte vernünftig genug sein, eine Beziehung mit ihrem Sohn einzugehen. Doch die junge Frau hatte sich rasch Männern zugewandt, die zwar ein großes Maul besaßen, aber kein Hirn.

Bei dem Gedanken erinnerte sie sich an das, was ihr Andreas über Alexandra Fabarius erzählt hatte, die nicht dabei gewesen war. Sonja Janning tat dies leid und gab Jennifer die Schuld an diesem Umstand. Immerhin hatte diese sich Alexandras damaligen Freund geangelt.

»Alexandra kann froh sein, dass sie diesen Unsympath losgeworden ist«, murmelte sie vor sich hin und überlegte, ob sie sich einen weiteren Schoppen Wein leisten sollte.

Noch während sie schwankte, betraten die beiden eben angekommenen Frauen die Terrasse und sahen sich nach einem freien Tisch um. Es gab jedoch keinen, und so wollte die jüngere Frau bereits wieder gehen. Ihre Begleiterin hielt sie jedoch fest und steuerte auf den Tisch zu, an dem Andreas' Mutter allein saß.

»Sind hier noch zwei Plätze frei?«, fragte sie.

»Es gibt noch drei freie Stühle«, antwortete Sonja und wollte schon sagen, dass sie gleich gehen würde. Stattdessen ertappte sie sich dabei, dass sie sich ein Glas desselben Weins bestellte wie die ältere Frau, während die jüngere sich mit Traubensaft zufriedengab.

»Auf Ihr Wohl!«, sagte sie, als die Getränke gebracht worden waren, und stieß mit Inge Kastler an.

»Auf das Ihre!« Inge trank einen Schluck und zwinkerte Lexa zu.

»Ich glaube, das ist gerade das Richtige für uns. Du sitzt zu viel in deinem Büro. Der Mensch braucht auch einmal frische Luft!«

»Und gelegentlich ein Gläschen Wein«, warf Sonja ein.

»Ich trinke keinen Alkohol«, antwortete Lexa leise.

»Das ist eine gesunde Einstellung«, fand Sonja, wunderte sich aber doch ein wenig darüber.

Die junge Frau sah nämlich nicht so aus, als wäre sie den Genüssen des Lebens abgeneigt. Zwar aß sie nur einen Salat mit Putenstreifen, gönnte sich aber einen großen Eisbecher und verzog auch keine Miene, als ihre Begleiterin sich ein zweites und später ein drittes Glas Wein bestellte.

Auch Sonja Janning beließ es nicht bei zwei Glas Wein. Der Abend war einfach zu schön und mit der älteren Dame verstand sie sich auf Anhieb ausgezeichnet. Zwar sagte die jüngere Frau nur wenig, hatte aber eine sehr angenehme Stimme. Andreas' Mutter fühlte sich in der Gesellschaft der beiden wohl und war sogar ein wenig traurig, als diese gegen einundzwanzig Uhr zahlten und sich verabschiedeten.

7.

Der Tag mit der Motorradrundfahrt war aufregend gewesen, und mehrere Schoppen Wein am Abend ließen Sonja Janning länger schlafen als gewöhnlich. Als sie endlich ins Frühstückszimmer kam, waren Lexa und Inge bereits fertig. Sie nickten ihr noch kurz zu und gingen auf ihre Zimmer. Wenig später sah sie durch das Fenster, dass die beiden ein Taxi bestiegen. Sonja bedauerte, dass sie die Chance, die Bekanntschaft mit den beiden zu vertiefen, durch ihr langes Schlafen vertan hatte. Während sie überlegte, was sie mit dem Tag anfangen sollte, kam ein älterer Mann ins Frühstückszimmer und sah sich um. Mehrere Tische waren leer, an drei weiteren saßen Paare oder kleine Gruppen, und nur Sonja befand sich allein an ihrem Tisch.

Der Mann kam schnurstracks auf sie zu und setzte sich zu ihr, ohne zu fragen. »Guten Tag, mein Name ist Menzel, Dr. Menzel! Sie sind anscheinend auch solo hier?«

»Vorerst«, antwortete die Mutter zögerlich und musterte den Mann. Er war mittelgroß, leicht untersetzt und hatte kurz geschnittene graue Haare. Auch wenn seine Kiefer etwas zu schwer waren, fand sie ihn nicht unsympathisch. Trotzdem wären ihr Inge und deren Begleiterin als Tischgesellschaft lieber gewesen.

»Wie gesagt, ich bin Dr. Menzel, Mitglied im Vorstand der D+D Werke in München und habe mir gedacht, ich mache heuer einmal Urlaub in unserem schönen Land«, begann der Mann das Gespräch.

»Es ist wirklich schön hier«, antwortete Sonja höflich.

»Es gibt auch einen guten Wein«, fuhr Menzel fort.

»Das stimmt.« Sonja hatte von dem Abend vorher leichte Kopfschmerzen und sagte daher wenig. Es war auch nicht nötig, denn Menzel bestritt die Unterhaltung zu fünfundneunzig Prozent allein. Sie erfuhr, dass er seit über dreißig Jahren in den D+D Werken beschäftigt war und sich buchstäblich vom Monteur bis zum Vorstandsmitglied hochgearbeitet hätte.

»Ich habe auch dafür gesorgt, dass die D+D Werke den FC Bayern München sponsern«, fuhr Menzel fort. »In Kitzbühel habe ich Franz Beckenbauer kennengelernt und gleich diesen Deal mit ihm ausgehandelt. Ein angenehmer Mensch, muss ich sagen, und gar nicht so überspannt, wie andere Promis manchmal sind. Ich habe da Sachen erlebt, sage ich Ihnen …«

Da er mit diesen »Sachen« nicht hinter dem Berg hielt, bedauerte Sonja es bald, sein Opfer geworden zu sein. Entschlossen trank sie ihren Kaffee aus und stand auf. »Es war nett, Sie kennengelernt zu haben, Herr Menzel. Aber ich muss jetzt aufs Zimmer, um mich umzuziehen. Ich will mir nämlich Dettelbach ansehen.«

»Das trifft sich gut, denn das will ich auch! Wenn Sie einen Augenblick warten, bis ich mit meinem Frühstück fertig bin, können wir gemeinsam gehen.«

Sonja überlegte, ob sie höflich bleiben oder doch besser unhöflich werden sollte, und entschied sich für Ersteres. »Ich ziehe mich um und komme zurück.«

»Das ist gut!« Menzel lächelte kurz, dann ging er zum Büfett und lud sich seinen Teller in einer Weise voll, dass Sonja es vorzog, schnell zu verschwinden.

Als sie zurückkam, trug sie eine geblümte Bluse und Jeans. Menzel schien sein Frühstück regelrecht in sich hineingeschaufelt zu haben, denn der kleine Abfallbehälter auf dem Tisch quoll vor Eierschalen und leeren Marmeladendöschen über. Nun trank er noch einen Schluck Kaffee und stand auf.

»Ich bin fertig«, sagte er und bot Sonja den Arm.

Das war ihr doch etwas zu intim, und sie wich einen halben Schritt zurück. Dafür kam Menzel näher auf sie zu und fasste sie am Ärmel.

»Sie sind eine gut aussehende Frau, wissen Sie das?«

So wollen wir gleich gar nicht anfangen, dachte Sonja und überlegte, ob sie Kopfschmerzen vorschützen sollte, um den Mann loszuwerden. Da sie sich an diesem schönen Tag jedoch nicht in ihrem Hotelzimmer verstecken wollte, ging sie mit.

Menzel hielt sich wie von einem Magneten angezogen an ihrer Seite. »Was halten Sie davon, wenn wir heute gemütlich zusammen Mittagessen und am Nachmittag einen kleinen Ausflug mit dem Schiff unternehmen? Am Abend könnten wir dann …«

»Den Schiffsausflug habe ich gestern bereits gemacht, und für den Abend bin ich mit meinen Freundinnen verabredet«, antwortete Sonja abweisend, denn Menzel war nach ihrer Meinung nur auf ein sexuelles Abenteuer aus. Sie war seit ein paar Jahren Witwe und hatte in der Zwischenzeit die eine oder andere Beziehung gehabt, doch der Mann ging ihr viel zu plump vor. Ein wenig Romantik, dachte sie, musste schon sein.

Menzel zog eine säuerliche Miene, blieb aber an ihrer Seite und redete in einem fort. Es gab für ihn jedoch nur ein Thema, und das war er selbst. Er berichtete von seiner Jugend auf dem Bauernhof, wie er dann nach München gekommen war und in den D+D Werken Karriere hatte. Da es Sonja nicht im Geringsten interessierte, schaltete sie ihre Ohren auf Durchzug. Stattdessen bewunderte sie die verwinkelten Gässchen von Dettelbach und amüsierte sich über die alten Türme der Stadtmauer, auf die man kleine Fachwerkhäuschen gesetzt hatte.

Beim Mittagessen hatte sie Menzel immer noch am Hals. Er erklärte gerade zum vierten Mal, dass er seinen Doktortitel durch eine Sondererlaubnis des bayerischen Ministerpräsidenten erhalten hatte, um nicht hinter den studierten Herren im Vorstand der D+D Werke zurückstehen zu müssen.

Langsam zweifelte Sonja am Wahrheitsgehalt seiner Angaben. Am Nebentisch hatte eine Frau um die vierzig seinen nicht gerade leisen Monolog mitgekommen und beugte sich zu ihnen herüber.

»Sie haben eben die D+D Werke erwähnt. Ein Onkel von mir hat dort jahrelang gearbeitet!«

»So, hat er das?«

Zu Sonja Jannings Verwunderung klang Menzel abweisend.

»Ja, aber nicht in München, sondern in dem Zweigwerk in Idstein!«

»Ach ja, Idstein. Das Werk dort habe ich auch mal aufgesucht, um dort nach dem Rechten zu sehen!« Auf einmal war Menzel interessiert.

Weil es etwas unbequem war, von Tisch zu Tisch zu sprechen, setzte er sich zu der jüngeren Frau und beachtete Sonja nicht mehr. Diese ergriff die Chance, winkte dem Kellner und zahlte ihre Zeche. Während Menzel der anderen Frau von seinem kometenhaften Aufstieg vom Monteur zum Vorstandsvorsitzenden der D+D Werke berichtete, verschwand sie ohne Abschied und war froh, den aufdringlichen Kerl los zu sein.

Zunächst setzte sie ihren Spaziergang durch die Stadt fort. Als sie eine Stunde später zum Hotel zurückkehrte, sah sie Inge allein an einem Tisch sitzen.

»Guten Tag! Ich hoffe, es stört Sie nicht, wenn ich mich zu Ihnen setze?«, fragte sie.

»Ich habe nichts dagegen! Allerdings werde ich nicht lange bleiben. Ich möchte mich spätestens um drei ein wenig hinlegen«, antwortete Inge. Zwar war Sonja ihr am gestrigen Abend sympathisch gewesen, aber sie mochte es nicht, wenn ihr jemand auf den Pelz rückte.

»Ich will Sie auch nicht stören«, meinte Sonja und bestellte sich einen Latte macchiato.

»Sie stören nicht«, antwortete Inge. »Wir können ruhig ein paar Worte miteinander wechseln.«

»Gern! Ist Ihre Begleiterin auf ihr Zimmer gegangen?«

Inge nickte. »Das ist sie, aber nicht für ihren Schönheitsschlaf, wenn Sie das meinen, sondern um zu arbeiten.«

»Arbeiten?«

»Lexa ist eine selbstständige Geschäftsfrau. Da kann sie nicht einfach abschalten und ihre Kunden warten lassen, sondern sitzt auch im Urlaub zwei bis drei Stunden am Laptop.«

Der Name Lexa schlug bei Sonja eine leise Erinnerung an. Andreas hatte zwar meistens von Alexandra Fabarius gesprochen, aber auch ein paarmal diese Abkürzung erwähnt. Allerdings wäre es ein ungeheurer Zufall, der jungen Frau ausgerechnet hier zu begegnen.

»Ich bin zwar keine selbstständige Geschäftsfrau, muss mich aber auch um einiges kümmern«, erklärte sie, »denn ich verwalte ein Haus mit sieben Parteien. Da gibt es immer wieder etwas zu tun und nicht selten auch Ärger.«

»Ich bin seit zwei Jahren in Rente«, berichtete Inge und unterschlug dabei, dass es eigentlich schon sieben Jahre waren. »Früher war ich beim Finanzamt Weiden angestellt. Es hat mir aber keinen Spaß gemacht, anderen Leuten das Geld aus der Tasche zu ziehen. Man kommt sich direkt wie ein Räuber vor.«

»Das Problem hat unser Steuerbeamter nicht. Der versucht jeden Trick, um auch noch den letzten Cent aus einem herauszupressen. Das muss bei ihm in den Genen liegen. Ein normaler Mensch kann so nicht werden.«

Inge winkte mit schiefer Miene ab. »Solche Typen hatten wir auch bei uns. Das Problem ist, dass sie zwar den einfachen Leuten das Geld aus der Tasche ziehen, aber nicht gegen jene ankommen, die ihr Geld kofferweise in die Steuerparadiese verfrachten.«

»Eben deswegen müssen sie sich an jene halten, die sich nicht wehren können. Sonst bekommt der Staat überhaupt keine Steuern mehr«, sagte Sonja und kniff dann die Augen zusammen. Da kam Menzel tatsächlich Arm in Arm mit der Vierzigjährigen vorbei und hatte dieser einiges zu erzählen.

8.

Beim Abendessen führte Inge Lexa an den Tisch, an dem Sonja saß. »Hier ist es immer so voll, und da weiß man nicht, wer sich sonst hinzusetzt«, sagte sie.

Lexa nickte zustimmend. »Da hast du recht. Guten Abend!«

Das Letzte galt Sonja, die den Gruß munter erwiderte.

Menzel, der mit seiner Vierzigjährigen zwei Tische weiter saß, hatte bereits spöttisch zu ihr hergesehen. Nun aber waren ihre »Freundinnen« gekommen, und sie konnte ihm insgeheim eine lange Nase drehen.

»Sie haben heute Nachmittag gearbeitet?«, begann sie das Gespräch mit einer Frage an Lexa.

»Arbeit, die man nicht erledigt, hat die unangenehme Eigenschaft, sich vor einem aufzutürmen«, antwortete Lexa freundlich.

Sonja lachte. »Davon kann ich auch ein Lied singen!«

»Aber jetzt sollten wir Arbeit Arbeit sein lassen und uns amüsieren«, sagte Inge resolut und deutete auf ein Fernsehgerät, das stumm mitlief.

»Da ist schon wieder ein Bergwerksunglück passiert. Man sollte doch annehmen, dass die Menschen aus ihren Fehlern lernen. Aber sie machen dieselben Dummheiten immer wieder.«

»Wenn es nur eine Dummheit wäre«, meinte Sonja. »In diesem Fall ist es Profitgier, die dafür gesorgt hat, dass die nötigen Sicherheitsmaßnahmen nicht eingehalten worden sind.«

Innerhalb kurzer Zeit waren die beiden in ein ernsthaftes Gespräch verwickelt, in das Lexa von Zeit zu Zeit eine Bemerkung einwarf. Ihre Gedanken drehten sich jedoch um einige E-Mails, die sie erhalten hatte. Claudia hatte vom Biker-Treffen geschwärmt und berichtet, dass Max und Jennifer nach einem Streit vorzeitig abgereist wären. Auch sollte Max' Motorradgeschäft lange nicht mehr so gut laufen wie früher.

Lexa war rachsüchtig genug, es Max zu gönnen. Dabei hatte es eigentlich ganz gut begonnen. Um jedoch auf Dauer Erfolg zu haben, reichte es nicht aus, den großen Zampano bei ein paar Motorradfreunden zu spielen. Stattdessen musste man ernsthaft um Kunden werben. Das aber war, wie sie schließlich erkannt hatte, nicht gerade Max' große Stärke.

Eine weitere E-Mail stammte von ihrem Bruder. Er teilte ihr mit, dass er am nächsten Sonntag nach Mühldorf kommen und am Montag bei ihr anfangen würde. Ich muss ihm eine Arbeit geben, die auch als Praktikum anerkannt wird, dachte sie. Gleichzeitig ärgerte sie sich, weil sie nun nicht mehr allein und ungestört arbeiten konnte. Um Leon nicht andauernd auf der Pelle zu haben, hatte sie bereits einen kleinen Schreibtisch und einen Laptop mit mehreren Peripheriegeräten für ihn besorgt. Damit konnte er sich erst einmal beschäftigen.

Bei einer geschäftlichen Mail war sie unsicher. Ein Immobilienfonds in Dubai bot eine nicht übertrieben große, aber doch beachtliche Rendite an, und alles, was sie ermitteln konnte, ließ diese Anlage durch und durch seriös erscheinen. Dennoch wusste sie nicht, wie sie reagieren sollte. Erwies sich dieser Fonds als Erfolg, würde sie sich von einigen Kunden fragen lassen müssen, warum sie ihnen diesen nicht empfohlen hatte. Ging es jedoch schief, hatte sie einen Haufen Ärger am Hals. Lexa beschloss, sich den Fonds und seine Bedingungen am nächsten Tag noch einmal genau anzusehen und danach zu entscheiden.

Ihre anderen Anlagen liefen alle positiv. Wenn es so weiterging, würde sie in diesem Jahr noch mehr Umsatz machen als im letzten. Damit konnte sie Inges Wunschtraum erfüllen und eine zweiwöchige Karibik-Kreuzfahrt mit ihr unternehmen. Sie selbst würde wegen ihrer Prothesen First Class fliegen müssen, und das würde sicher auch ihrer Freundin gefallen. Wenn genug Geld übrig blieb, sollte sie vielleicht auch selbst in den Dubai-Fonds einsteigen. Der Gedanke war so verlockend, dass sie schon halb bereit war, es zu tun und diese Anlage auch ihren Klienten zu empfehlen.

Zudem musste sie dringend auf Ruth Beinroths Anfrage antworten. Diese war immer noch frei schaffende Vermögensberaterin in Lehmanns Sozietät, schien dort aber nicht mehr glücklich zu sein. Das Problem war, dass Ruth sich eigentlich zu kaum mehr als zur Sekretärin eignete, und dafür hatte sie vorerst Leon.

»Ich werde Ruth vertrösten müssen«, murmelte Lexa und fand, dass sie zu weich war. Lehmann hätte Ruth einfach abgewimmelt. Doch irgendwie mochte sie die Frau und überlegte, wie sie ihr helfen konnte.

Von ihrer Mutter hatte sie eine kurze E-Mail erhalten, dass sie sich freue, weil sie ihre Verpflichtungen der Familie gegenüber nicht ganz vergessen hatte. Bei über zweihunderttausend Euro, die sie bislang an ihre Eltern und ihren Bruder gezahlt hatte, hielt sie diese Bemerkung für einen Witz.

Da Lexa mit ihren Gedanken beschäftigt war, wurde das Gespräch von Inge und Sonja bestritten. An diesem Abend wurde es allerdings nicht so spät wie am Vortag, und so kamen sie am nächsten Morgen zur gleichen Zeit in den Frühstücksraum.

»Ich möchte grünen Tee!«, bat Inge die Kellnerin, während Sonja Latte macchiato und Lexa einen Cappuccino bestellte. Danach bedienten sie sich am Büfett.

Als Inge erwähnte, dass sie und Lexa nach Würzburg fahren wollten, seufzte Sonja. »Da würde ich auch gerne hinfahren.«

»Dann kommen Sie doch mit uns!«, schlug Lexa vor. »Inge freut sich, wenn sie jemanden zum Reden hat. Ich bin ihr immer zu schweigsam.«

»Du bist zu sehr damit beschäftigt, die nächste Million zu verdienen!« In Inges Stimme schwang Kritik mit, denn für sie war Lexa zu versessen auf ihren beruflichen Erfolg.

Sonja lächelte und sagte, dass sie sich freue, mit den beiden fahren zu können.

In dem Moment kam Menzel in den Raum, und an seinem Arm hing die Vierzigjährige. Die beiden setzten sich in ihre Nähe, und die Frau bestellte ein Glas Champagner, während Menzel der Kellnerin zurief, sie solle es auf sein Zimmer schreiben. Er wollte auch ein Glas und stieß mit seiner Begleiterin an.

»So jung kommen wir nicht mehr zusammen!«

»Nein, Herr Doktor!«, hauchte diese und blickte seelenvoll zu ihm auf. »Heute Mittag gibt es Hummer.«

»Den werden wir uns schmecken lassen«, sagte Menzel und blickte die Frau erwartungsvoll an.

Selbst Sonja musste zugeben, dass die Frau nicht schlecht aussah. Allerdings äußerte sie in den paar Minuten, die sie den beiden noch zuhören konnte, eine ganze Reihe kostspieliger Wünsche, die Menzel ihr großzügig zu erfüllen versprach.

9.

Der Ausflug nach Würzburg war ein voller Erfolg und die nächsten Tage nicht minder. Während dieser Zeit beobachtete Sonja gelegentlich Menzel und dessen neue Freundin. Mittwoch trug diese eine neue Brosche, am Donnerstag eine teure Bluse, und am Samstag hatte sie nagelneue italienische High Heels an den Füßen. Ob Menzel bei ihr zum Zuge kam, konnte Sonja nicht erkennen. In jedem Fall kam sie ihn teuer zu stehen.

Mit einer verächtlichen Miene wandte sie dem Mann den Rücken zu und antwortete auf eine Bemerkung von Lexa. Inzwischen wusste sie, dass diese mit Andreas' Alexandra Fabarius identisch war, und fand es bedauerlich, dass Lexa am nächsten Tag schon früh abreisen wollte. Die junge Frau wirkte nämlich nicht so, als würde sie einen Mann nur deshalb ablehnen, weil er einen Unfall erlitten und mit dessen Folgen zu kämpfen hatte.

»Wir bleiben auf jeden Fall in Kontakt«, erklärte sie Inge.

Auch wenn es sich bei dieser um eine Freundin und nicht, wie zuerst vermutet, um eine Verwandte von Lexa handelte, konnte diese mithelfen, Lexa und Andreas zusammenzubringen. Bei dem Gedanken schalt Sonja ihren Sohn einen argen Holzkopf. Sie hatte ihn extra angerufen und aufgefordert, noch am Samstag zu kommen und hier zu übernachten, doch er hatte einfach abgelehnt.

»Natürlich bleiben wir in Kontakt«, antwortete Inge, die Sonja sehr sympathisch fand. »Vielleicht treffen wir uns irgendwann einmal wieder.«

»Das will ich doch hoffen! Aber jetzt sollten wir unseren Abschied feiern. Ein Gläschen Wein wird Lexa vielleicht doch trinken?«

»Ein halbes, mehr aber nicht«, erklärte Lexa.

»Bestell ruhig einen Schoppen! Den Rest kannst du mir ins Glas schütten«, forderte Inge sie auf. »Es war ein schöner Urlaub, auch für dich, obwohl du stundenlang hinter deinem Laptop gesessen bist. Immerhin hast du ein wenig Farbe bekommen!«

»Vor dem Laptop, Inge, vor dem Laptop! Hinter ihm hätte ich nicht daran arbeiten können«, wandte Lexa mit leichtem Spott ein.

»Verdreh mir nicht die Worte im Mund. Du bist ja noch schlimmer als ein Rechtsanwalt, der selbst einen Raubmörder noch als einen Wohltäter der Menschheit hinstellen will.«

Lexa und Sonja lachten herzhaft, und das taten sie an diesem Abend noch recht oft.

Am nächsten Morgen war Lexa ein wenig traurig, weil sie abreisen musste. Die Tage in der angenehmen Gesellschaft von Inge und Sonja hatten ihr gutgetan und bewiesen, dass es im Leben weitaus mehr gab als nur ihre Arbeit. Außerdem hatte Sonja sich ausgezeichnet mit Inge verstanden.

Auch Sonja verspürte einen Knoten im Magen. Lexa war eine feine, gepflegte Erscheinung, und eine solche Frau würde sich gewiss jede Mutter als Schwiegertochter wünschen. Wenn Andreas doch nur früher gekommen wäre! Die beiden würden so gut zusammenpassen, dachte sie. Jetzt musste sie hoffen, dass sie ihren Sohn und Lexa mit Inges Hilfe doch irgendwann einmal miteinander verkuppeln konnte.

Da Sonja sich von Lexa und Inge verabschieden wollte, begleitete sie die beiden bis zur Rezeption. Vor ihnen war Menzel an der Reihe. Seine Eroberung stand neben ihm und stellte sich schlimmer an als ein frisch verliebter Teenager.

Die Dame an der Rezeption druckte Menzels Rechnung aus und legte sie ihm vor. »Das macht insgesamt 2982 Euro«, sagte sie.

Menzel schluckte sichtlich, als er die Rechnung las, und zog dann eine Bankkarte. Die Hotelangestellte steckte sie in das Lesegerät.

»Bitte die Geheimzahl eingeben«, forderte sie Menzel auf. Dieser tat es, doch das Gerät zeigte nur eine Meldung an.

»Die Zahlung wird verweigert!«, sagte die Hotelangestellte nicht mehr ganz so freundlich.

»Aber das kann nicht sein, ich …« Menzels Blick wanderte Hilfe suchend zu seiner Begleitung, doch die strebte bereits dem Ausgang zu.

»Das hat er jetzt davon!«, meinte Sonja zu Inge.

Diese nickte. »Männer wie der fallen immer wieder auf solche Luder herein.«

Unterdessen stand Menzel wie ein Häuflein Elend vor der Rezeption. Da Lexa zum Bahnhof wollte, schob sie sich vor ihn.

»Meine Begleiterin und ich wollen auschecken!«

»Aber selbstverständlich, Frau Dr. Fabarius.«

Wenig später war alles erledigt. Sonja umarmte zuerst Inge und dann Lexa und wünschte ihnen eine gute Heimreise.

»Ich muss noch ein paar Stunden warten, bis mein Sohn kommt. Schade, dass Sie ihn nicht kennenlernen werden.«

»Kann ja noch kommen«, antwortete Lexa und war froh, als ihr Taxi vorfuhr. Gerade so ein angebliches Prachtexemplar von Sohn, wie Sonja den ihren beschrieben hatte, würde jemanden wie sie kein zweites Mal anschauen.

»Auf Wiedersehen!«, rief sie und ging zum Taxi.

Inge folgte ihr, blieb aber unterwegs noch einmal stehen und winkte. »Bis bald!«

»Hoffentlich!« Sonja sah seufzend zu, wie die beiden ins Taxi stiegen und abfuhren. Dann checkte sie ebenfalls aus und setzte sich in die Hotellobby.

Menzel stand noch immer an der Rezeption und telefonierte verzweifelt, um jemanden aufzutreiben, der ihm Geld leihen konnte. Eine Zeit lang sah Sonja ihm zu und sagte sich dann, dass der Mann selbst schuld war. Hätte er sich als angenehmer Gesellschafter entpuppt, wäre sie vielleicht sogar mit ihm ins Bett gegangen. So aber war er in die Fänge einer Harpyie geraten und gnadenlos ausgenommen worden.

10.

Während Sonja auf ihren Sohn wartete, sah sie immer wieder zu Menzel hinüber. Nach einer Weile steckte er sein Handy weg und wandte sich an die Dame an der Rezeption.

»Können wir die Sache nicht auf Rechnung machen? Ich bezahle, sobald ich zu Hause bin.«

Die Frau sah ihn zweifelnd an. »Dafür müssen Sie schon ein Pfand hinterlegen.«

»Aber ich habe nichts!«, rief Menzel.

»Geben Sie mir Ihren Autoschlüssel und lassen Ihr Auto hier. Sobald Sie bezahlt haben, können Sie es holen.«

Menzel schüttelte erregt den Kopf. »Ich brauche das Auto dringend!«

»Dann bleiben Sie noch eine Nacht hier. Morgen sehen Sie zu, dass Ihnen die hiesige Filiale Ihrer Bank einen Kredit einräumt und können dann nach dem Bezahlen abreisen«, bot die Hotelangestellte an.

Sonja vermutete, dass sie Menzel für einen Zechpreller hielt und ihn nicht aus ihren Klauen lassen wollte.

»Das ist unmöglich!«, rief Menzel erschrocken. »Ich muss morgen früh zur Arbeit. Ich bekomme einen Riesenärger, wenn ich dort nicht auftauche.«

»Und ich, wenn Sie das Hotel verlassen und Ihre Rechnung nicht zahlen«, antwortete die Rezeptionistin ungerührt.

Unterdessen bestellte Andreas' Mutter sich einen Latte macchiato und blickte auf die Uhr. Es war bereits fünf nach zwölf. So pünktlich, wie Andreas behauptet hatte, kam er wohl doch nicht. Noch während Sonja dies dachte, vernahm sie das typische Geräusch seiner Beiwagenmaschine und stand auf. Dabei sah sie Menzel in einer Ecke stehen und telefonieren. Zwar konnte sie nicht verstehen, was er sagte, doch er klang wie ein zum Tode Verurteilter, der um sein Leben flehte.

Andreas kam bereits durch die Tür, als Menzel das Handy wegsteckte und zur Rezeption ging. »Meine Frau wird gleich zu unserer Bankfiliale fahren und dort Geld auf mein Konto einzahlen. In einer halben Stunde kann ich die Rechnung begleichen.«

»Hoffentlich«, meinte die Frau an der Rezeption und setzte ein »Warum nicht gleich so?« hinzu.

»An der Stelle der Ehefrau würde ich so einen Mann mit dem Besen aus dem Haus treiben«, murmelte Sonja und verwirrte damit ihren Sohn, der eben auf sie zutrat.

»Wen willst du mit dem Besen vertreiben?«, fragte er.

»Es geht um diesen Mann dort. Aber wenn du es genau wissen willst: Du hättest auch ein paar Schläge mit dem Besenstiel verdient. Da bot sich dir die Chance, eine faszinierende junge Frau näher kennenzulernen, und du Stiesel weigerst dich, auch nur eine Stunde früher zu kommen.«

Auf Andreas' Gesicht zuckte es kurz. »Es ist lieb von dir, Mama, aber gerade eine so perfekte Frau, wie du sie mir geschildert hast, würde nur einen Blick auf mein Bein werfen und ›Nein danke!‹ sagen.«

»Das bildest du Riesenrindvieh dir doch nur ein!«, schalt Sonja. »Wenn du aus Angst vor Zurückweisung nicht wagst, auf eine junge Frau zuzugehen, wirst du als alter Hagestolz enden, und ich werde nie ein Enkelkind in den Armen halten.«

»Vielleicht sollte ich zusehen, ob ich ein Mädchen aus Thailand oder, wenn es dir lieber ist, von den Philippinen bekomme. Die sind vielleicht dankbar, wenn so einer wie ich kommt und sie heiraten will.«

»Was redest du nur. Lass uns fahren, ich will nach Hause!« Seine Mutter warf einen letzten Blick auf Menzel, von dessen aufgeblasener Art nichts übrig geblieben war, und verließ das Hotel.

Sonja stieg schweigend in den Beiwagen, setzte den Helm auf und starrte geradeaus.

»Wollen wir unterwegs irgendwo einkehren? Du hast ja sicher noch nichts gegessen?«, fragte Andreas.

»Ich will nach Hause und werde mir dort ein paar Nudeln machen!«

Jetzt bedauerte Andreas doch, seine Mutter verärgert zu haben. Ihr Bericht über Lexa und deren Vollkommenheit hatte ihn jedoch derart abgeschreckt, dass er es trotz seiner Sehnsucht nach ihr nicht gewagt hatte, ihr zu begegnen. Ich bin wirklich der Feigling, als den Mama mich immer bezeichnet, dachte er und drehte seinen Gashebel bis zum Anschlag auf, als Dettelbach hinter ihnen zurückgeblieben war und sie die Autobahn erreicht hatten.

Sie kamen ohne Stau zu Hause an. Zuerst hatte Sonja sich in ihren Wohnbereich zurückziehen wollen. Doch dann überlegte sie es sich anders.

»Ich werde jetzt ein paar Nudeln für uns kochen. Du kannst inzwischen die Fotos, die ich in Dettelbach und Würzburg gemacht habe, auf den Computer laden und sie dir anschauen. Es müsste auch eines von Lexa dabei sein.«

Mit den Worten drückte sie ihm ihre Kamera in die Hand und verschwand in ihrem Schlafzimmer, um sich umzuziehen.

Andreas ging in das Zimmer, das er sich als Büro und Aufenthaltsraum eingerichtet hatte, und steckte die SD-Karte der Kamera in das Lesegerät. Die ersten Fotos waren noch auf dem Biker-Treffen aufgenommen worden und interessierten ihn nicht. Dann erschien des Bild einer Frau in einem modischen Kostüm und mit perfekt gestylten Haaren auf dem Bildschirm. Es war unzweifelhaft Lexa, aber sie sah so ganz anders aus als in der hautengen, schwarzblauen Lederkombi, die sie in Sinsheim getragen hatte. Das hier war eine erfolgsverwöhnte Geschäftsfrau, die ganz andere Möglichkeiten hatte als er. Damit war es für ihn wirklich das Beste, wenn sie einander niemals mehr begegneten.

11.

Als Lexa am Abend nach Hause kam, hatte Lucia Lechner ihren Kühlschrank aufgefüllt und ihre Putzfrau die Wohnung blitzblank gewienert. Obwohl sie zufrieden hätte sein können, fühlte sie eine tiefe Leere in sich. Die kleinen Urlaube mit Inge Kastler waren zwar schön, aber sie vermisste jemanden, der sie wieder dazu bringen konnte, sich ganz als Frau zu fühlen und nicht als Krüppel. Sie starrte auf ihre Prothesen und schüttelte den Kopf. Das würde ein unerfüllbarer Wunschtraum bleiben.

Um sich abzulenken, machte sie sich ein belegtes Brot zum Abendessen, kochte zwei Tassen Tee und setzte sich in ihr Arbeitszimmer. Am Sonntag kamen weniger E-Mails als unter der Woche, und sie hätte die eingegangenen auch nicht sofort beantworten müssen. Sie tat es trotzdem, um sich zu beschäftigen. Während sie an Claudia schrieb, musste sie an Andreas denken. Ein Teil von ihr wünschte sich, sie hätte ihn wiedergesehen. Doch da war sie selbst schuld. Wenn Inge und sie zwei Tage früher nach Dettelbach gefahren wären, hätte sie ihn vielleicht getroffen.

»Vergiss ihn!«, mahnte sie sich. »Vergiss alle Männer! Jeder, der mit mir ins Bett gehen will, wird entsetzt davonlaufen, wenn er meine Beine sieht.«

Ein Blick auf die Uhr sagte ihr, dass ihr Bruder um diese Zeit eigentlich schon bei ihr hätte sein sollen.

Mein kleiner Bruder hat wohl doch keine Lust, bei mir Praktikant zu spielen, dachte sie spöttisch und ärgerte sich gleichzeitig, weil sie bereits einen Arbeitsplatz für ihn eingerichtet hatte.

Kurz darauf fuhr draußen die Limousine ihres Vaters vor. Zu ihrer Verwunderung klingelte er nicht, sondern ging angespannt die Straße auf und ab. Wenig später erklang das Knattern eines Leichtkraftrads. Der Fahrer bog in die Straße ein und blieb vor dem Haus stehen. Als er seinen Helm abnahm, erkannte Lexa ihren Bruder. Erleichtert kam ihr Vater auf das Haus zu und läutete.

Lexa strich ihr Kostüm glatt und ging zur Tür, um zu öffnen.

»Grüß dich, Lexa! Da sind wir«, begann Jürgen Fabarius.

»Was soll das?«, fragte Lexa und wies mit dem Kinn auf das Leichtkraftrad.

»Weißt du, Lexa, es ist von Leons Appartement bis hierher doch ein Stück zu laufen, und da du nicht wolltest, dass er sein Auto mitnimmt, hat er sich dieses Moped gekauft.«

»Es war Mamas Idee! Sie meint, wenn ich schon meinen Wagen nicht mitbringen darf, sollte ich einen anderen fahrbaren Untersatz haben«, erklärte Leon mit einem misslungenen Grinsen.

Lexa musterte ihn kritisch. Er trug zwar eine Art Motorradkombi, aber es war ein günstiges Modell, und auch sein Helm hatte sicher nicht die Welt gekostet. Vor einem Jahr hatte er sich noch einen ganz teuren Helm kaufen wollen, obwohl er gar kein Motorrad besessen hatte. Der Gedanke erinnerte sie daran, dass es ihren Helm eigentlich noch geben müsste. Oder auch nicht, denn schließlich war sie bei dem Unfall ziemlich hart auf der Straße aufgeschlagen, und da musste er einiges abgekriegt haben.

»Solange Leon seinen Job macht, ist es mir egal, wie er hierherkommt«, antwortete sie und fragte, ob ihr Vater und ihr Bruder etwas essen wollten.

»Wir haben unterwegs gegessen«, antwortete Jürgen Fabarius. »Wir wussten ja, dass du später nach Hause kommen würdest. Aber wenn du noch Hunger hast, ich kann dir gerne etwas machen.«

»Danke, ich habe bereits ein Brot gegessen. Das reicht mir am Abend«, antwortete Lexa und wandte sich ihrem Arbeitszimmer zu. »Da er hier ist, kann ich Leon gleich in seine täglichen Pflichten einweihen. Er wird jeden Morgen die Post sortieren und mir vorlegen sowie später die Antworten zum Briefkasten bringen.«

»Sag bloß, du machst nicht alles per Mail!«, platzte Leon heraus.

»In meinem Beruf ist ein Brief immer noch der wichtigste Informationsträger«, antwortete Lexa herablassend. »Weder ich noch einer meiner Kunden würden eine Transaktion über mehrere Zehn- oder Hunderttausend Euro allein mit E-Mails abhandeln.«

Lexa wies auf zwei Stapel mit Finanzzeitschriften. »Das wird in der nächsten Zeit deine Hauptarbeit sein. Du wirst diese Zeitschriften gewissenhaft durchblättern und alle Artikel, die ich angezeichnet habe, einscannen. Anschließend wirst du die eingescannten Seiten nach Zeitung und Datum sortieren und sie so aufbereiten, dass sie ausgedruckt werden können.«

»Das hört sich nach viel Arbeit an«, sagte ihr Vater.

»Ich dachte, Leon will hier ein Praktikum machen? Erholen kann er sich woanders.«

»So habe ich es nicht gemeint!«, rief Jürgen Fabarius. »Leon soll ruhig arbeiten.«

»Das wird mein Bruderherz ganz gewiss«, sagte Lexa mit einem gewissen Spott. »Sonst weiß Leon beim Erreichen des Rentenalters immer noch nicht, was das ist.«

»Am liebsten wäre ich Geschäftsführer in einer Firma, so wie Max sie hat«, meinte Leon und begriff erst, als Lexas Miene sich versteinerte, dass er diesen Namen besser nicht erwähnt hätte.

12.

Trotz Leons Anwesenheit führte Lexa ihr gewohntes Leben weiter. Sie hatte sich nun doch an dem Immobilienfonds aus Dubai beteiligt, der sich recht gut entwickelte, und auch einigen ihrer Klienten dazu geraten. Durch Empfehlungen hatte ihr Kundenstamm sich vergrößert, und genau deswegen erhielt sie ein paar Wochen nach ihrem Aufenthalt in Dettelbach eine bitterböse E-Mail von Lehmann, in der er ihr vorwarf, seine Kunden abzuwerben. Sie antwortete ihm gelassen, dass sie denjenigen, die bei ihr nach Anlagemöglichkeiten fragten, nicht ansehen könne, ob sie früher bei ihm gewesen seien. Gegen den Vorwurf des Abwerbens verwahrte sie sich jedoch und erinnerte Lehmann daran, dass im Gegenteil früher er und Reuter ihre Klienten gezielt angesprochen hatten, um sie an sich zu ziehen.

Zu ihrer Erleichterung arbeitete ihr Bruder so intensiv, wie sie es von ihm verlangte. Er machte zwar eine Miene, als hätte sie ihn zum Steineklopfen verurteilt, aber er spurte. Unter der Woche kochte Lucia Lechner für sie und Leon mit, und am Wochenende ging sie mit ihrem Bruder essen.

In der ersten Zeit erschien ihr Vater alle vier bis fünf Tage, während ihre Mutter sich noch immer nicht blicken ließ. Wie es aussah, ging es über ihr Verständnis, dass ihre als Schwerstbehinderte eingestufte Tochter ihre Hilfe ablehnte. Da Lexa sie schon über ein Jahr lang nicht mehr gesehen hatte, tat es ihr leid. Aber sie war noch nicht so weit, von sich aus den ersten Schritt zu tun.

An einem Dienstag saß sie vor ihrem Bildschirm und ging ihre Kontoauszüge durch. Ihre Einnahmen waren erfreulich, stellten aber für ihr Gefühl keinen Ausgleich für das dar, was sie durch ihren Unfall verloren hatte. Früher hatte sie gerne getanzt, war mit Max auf dessen Motorrad in die Berge gefahren oder hatte im Starnberger See gebadet. Das alles war unwiederbringlich vorbei.

Der Klingelton der Tür riss sie aus ihren Gedanken, und sie stand auf, um nachzusehen, wer es war. Da klang bereits Lucia Lechners Stimme auf.

»Es ist der Postbote! Er hat einen eingeschriebenen Brief für Sie.«

»Danke!« Lexa nahm ihr Portemonnaie mit, um dem Postboten einen Euro Trinkgeld zu geben, und verließ das Arbeitszimmer.

Kaum war sie draußen, huschte Leon zu ihrem Bildschirm und starrte auf die Summen, die darauf zu lesen waren. Dass Lexa so gut verdiente, hatte er nicht erwartet. Mit einem gewissen Grummeln im Bauch wartete er, bis sie mit einem DIN-A4-Umschlag in der Hand zurückkehrte.

»Weißt du, dass du gemein zu mir bist?«, sagte er mit anklagender Stimme.

Lexa drehte sich verwundert zu ihm um. »Wieso?«

»Du schwimmst im Geld und lässt mich mit dem Mindestlohn verkommen! Du könntest mir wirklich mal den einen oder anderen Schein rüberwachsen lassen.«

Das war wieder der Leon, den sie kannte. Vor ihrem Unfall hatte sie ihm immer wieder einmal einen Fünfziger oder auch mal einen Hunderteuroschein zugesteckt. Sein Dank war allerdings minimal ausgefallen.

Daher sah sie ihn jetzt mit einem ernsten Blick an. »Du vergisst, dass du dein Mittagessen bekommst und meine Putzfrau auf meine Kosten dein Appartement sauber hält. Andere Praktikanten haben es weitaus schwerer als du!«

»Aber ich bin nicht irgendein Praktikant!«, rief Leon empört. »Ich bin dein Bruder! Du hast eine Verpflichtung mir gegenüber. Das vergisst du schon die ganze Zeit. Stattdessen speist du mich mit lumpigen 1386 Euro im Monat ab, obwohl du selbst das Hundertfache davon verdienst!«

»Das Hundertfache wohl kaum«, gab Lexa ätzend zurück. »Außerdem vergisst du, dass andere Praktikanten nur einen Bruchteil dessen bekommen, was ich dir bezahle. Wenn man die gut vierzigtausend Euro hinzuzählt, die ich dir im Lauf der letzten Jahre zugesteckt habe, kann ich mit Fug und Recht behaupten, dass dein famoser Sportflitzer bis auf die letzte Zündkerze mir gehört.«

»Jetzt bist du anscheinend völlig übergeschnappt!«, blaffte ihr Bruder sie an.

»Wenn du mir so kommst, kannst du deinen Schreibtisch aufräumen und nach Hause fahren!«, erwiderte Lexa kalt. Zwar liebte sie ihren Bruder, war aber nicht bereit, ihm Dinge durchgehen zulassen, die ihr nicht passten.

»Das ist Erpressung!«, stöhnte Leon. »Du weißt, dass ich mein Praktikum brauche.«

»Dann benimm dich gefälligst so, wie es sich gehört. Wie weit bist du mit den Zeitschriften?«

»So gut wie fertig«, antwortete ihr Bruder missmutig.

»Ich sehe mir die Sache an, wenn du so weit bist. Taugt sie etwas, kannst du eine kleine Prämie dafür haben.«

Lexa ärgerte sich, weil sie schon wieder weich geworden war. Andererseits war es besser, Leons Arbeitseifer mit dem einen oder anderen Extraschein anzuspornen, als wenn er die ganze Zeit miesepetrig an seinem Platz sitzen und auch ihr die Laune verderben würde.

»Ein Teil ist schon fertig. Wenn du es sehen willst?« Leon klang nun besorgt, denn er wusste nicht, ob seine Schwester mit seiner Arbeit zufrieden sein würde.

Lexa stellte sich hinter ihn und blickte auf den Bildschirm. Bereits die Präsentation der ersten Artikel gefiel ihr. Ihr Bruder hatte sie farblich getrennt und mit zusätzlichen Überschriften versehen, sodass es leicht sein würde, den Artikel herauszufinden, den sie brauchte.

»Sehr gut!«, lobte sie ihn. In einem letzten Anflug von Ärger meinte sie dann, dass ihm jetzt wenigstens einer der Reifen seines Sportflitzers gehöre.

»Du vergönnst ihn mir einfach nicht«, antwortete er patzig.

»Ich vergönne dir alles, was du von deinem Geld anschaffst. Aber ein nicht unerheblicher Teil dessen, was du für dieses Gefährt bezahlt hast, stammt von meinem alten Auto, und dann hat

Mama dir noch Geld von meinem Konto dazugegeben. Ich möchte dich mal hören, wenn es andersherum gewesen wäre und ich das Geld von dir genommen hätte.«

Lexa ärgerte sich über sich selbst, weil sie weiterhin auf diesem Thema herumritt. Dabei hatte ihr Bruder wirklich gut gearbeitet. Sie sah sich einige weitere Seiten an und nickte. »Nicht schlecht! Vielleicht kannst du, wenn du damit fertig bist, einen Internetauftritt für mich erstellen.«

»Du weißt schon, dass eine gute Homepage einen hohen vier-, teilweise sogar fünfstelligen Betrag kostet?«, wandte Leon ein.

»Du kannst dir damit die restlichen drei Reifen deines Sportwagens verdienen!« Lexa wartete einen Augenblick und lächelte dann. »Wenn ich zufrieden bin, soll es mir auf einen Hunderter oder zwei nicht ankommen!«

»Zweihundert Euro, wo eine solche Homepage Tausende kosten würde?«, maulte Leon.

»Einem PC-Spezialisten müsste ich keinen englischen Sportboliden finanzieren«, erinnerte Lexa ihn sanft.

Leon zog es vor, nicht darauf zu antworten, sondern zog sich schmollend an seinen Arbeitsplatz zurück.

13.

In den nächsten Tagen spielte Leon weiterhin den Gekränkten. Lexa ließ sich jedoch nicht darauf ein, sondern erteilte ihm kühl ihre Anweisungen und achtete darauf, dass er diesen auch nachkam. Die Verstimmung ihres Bruders ging aber nicht so weit, dass er am Samstag und Sonntag ihre Einladung zum Mittagessen abgelehnt hätte. Er war nicht der Typ, der schweigend am Tisch sitzen konnte, und so machte er dabei Vorschläge für die geplante Homepage. Zwar musste Lexa ihn gelegentlich korrigieren, war aber mit seinen Überlegungen schließlich voll und ganz einverstanden.

»Normalerweise bräuchte ich keine Internetpräsenz«, sagte sie, als sie am Sonntag in einem gemütlichen Kellerlokal in der Altstadt von Mühldorf saßen. »Ich habe genug Klienten und bekomme durch Mundpropaganda auch immer mehr. Mein früherer Kollege Lehmann wirft mir bereits vor, ich würde seine Kunden abwerben. Daher ist eine Homepage besser, da die Leute über diese auf mich aufmerksam geworden sein können.«

»Lehmann war ein paarmal bei Mama und Papa und hat sie aufgefordert, dich dazu zu bringen, dich wieder seiner Sozietät anzuschließen«, berichtete Leon.

Lexa hob interessiert die Augenbrauen. »Hat er?«

»Papa hat ihm aber gleich gesagt, er würde verstehen, dass du auf eigene Rechnung arbeiten willst, denn schließlich hat Lehmann dich und auch Mama ganz schön beschissen, als du im Krankenhaus gelegen bist«, erklärte Leon grinsend.

»Papa sollte sich solche Bemerkungen verkneifen. Ich traue Lehmann zu, ihn wegen Beleidigung zu verklagen!«

»Das traut er sich nicht. Wenn du dem Gericht nämlich deine damaligen Abrechnungen vorlegst, sitzt er in der Scheiße.«

»Ich würde es beim Essen vorziehen, weniger drastische Vergleiche zu hören!«, sagte Lexa tadelnd.

Ihr Bruder lachte leise. »Da merkt man die gewiefte Geschäftsfrau. Papa meint, wenn ich nur zehn Prozent deiner Gene hätte, wäre ich mit meinem Studium längst fertig und würde mich dumm und dusslig verdienen!«

»Ich hätte nichts dagegen! Wie ich schon früher einmal zu Lehmann sagte, beneide ich keinen, der mehr verdient als ich, solange ich mit meinem eigenen Einkommen zufrieden bin.«

»Wenn ich jemals ein Viertel von dem verdienen würde, was du zusammenraffst, müsste schon ein Wunder geschehen«, gab

Leon zu. »Aber nicht jeder ist zu einem großen Geschäftsmann geboren. Max zum Beispiel …«

»Könntest du diesen Namen aus dem Spiel lassen?«, fauchte Lexa.

»Das hier wird dir gefallen!« Leon grinste. »Ich weiß von Bernd, dass Max' Motorradgeschäft kurz vor der Insolvenz steht. Dabei ist der Laden früher ganz gut gelaufen. Aber mit seinem Verhalten dir gegenüber hat er seine Stammkunden aus der Münchner Biker-Gruppe vergrault. Wenn ich das Geld hätte, würde ich den Laden übernehmen.« Leon atmete tief durch und widmete sich seiner Nachspeise.

Lexa überlegte. Seit Monaten hatte sie Max' Homepage und seine Facebook-Seite gemieden. War dies ein Fehler gewesen?

Sie tippte Leon an. »Sieh zu, dass du alle Informationen über Max und sein Geschäft zusammenträgst. Vielleicht kaufe ich seinen Laden!«

Leon musterte sie erstaunt. Ihr Gesicht wirkte wie das in Stein gemeißelte Antlitz der Medusa, und er begriff, dass sie alles tun würde, um sich an Max für dessen erbärmliches Verhalten zu revanchieren. In dem Augenblick wurde ihm heiß. Seine Schwester war zwar langmütig, aber zur Feindin sollte man sie sich nicht machen.

Lexa wusste selbst nicht, warum sie auf einmal den Laden kaufen wollte. Immerhin hatte sie einen nicht gerade kleinen Teil ihres Geldes in den Dubai-Fonds investiert. Der Rest muss eben reichen, dachte sie. Max soll merken, dass er mit ihr weitaus besser gefahren wäre als mit der Schlampe, mit der er zusammenlebte.

Der Rest des Gesprächs drehte sich um Motorräder. Auch wenn Leon ein Fan von schnellen Sportflitzern war, kannte er sich mit Bikes aus.

»Weißt du, ich war früher öfter bei Max und habe mich mit ihm und seinem Mechaniker Simon unterhalten. Dabei hat Max mir auch ein paarmal eine seiner Maschinen geliehen. Seit geraumer Zeit macht er das zwar nicht mehr, aber dafür lässt Bernd mich gelegentlich mit seinem Motorrad fahren.«

»Bernd ist ein guter Kerl«, lobte Lexa den Ehemann ihrer Freundin Claudia. Gleichzeitig fand sie, dass sie allmählich etwas für ihre eigene Beweglichkeit tun sollte.

14.

Nach dem kurzen Tauwetter am Wochenende herrschte am Montag wieder eine eisige Stimmung zwischen den Geschwistern. Leon haderte damit, dass Lexa anscheinend alles gelang, was sie anpackte, während sein Studium auf der Kippe stand und er ohne dieses Praktikum gescheitert wäre.

An die wechselnden Stimmungen ihres Bruders gewöhnt, machte Lexa sich nichts daraus. Kurz vor Mittag ging sie zu Lucia Lechner nach oben, um ihr die Einkaufsliste für den Supermarkt zu übergeben. Leon blieb wieder allein im Arbeitszimmer zurück. Diesmal aber konnte er nichts auf Lexas Bildschirm lesen, da seine Schwester ihn gesperrt hatte. Ein paar Minuten arbeitete er verbissen an der Präsentation der Zeitschriftenartikel. Dann nahm er das Telefon und rief zu Hause an.

»Fabarius«, meldete sich seine Mutter.

»Hallo, Mama! Ich bin's, Leon!«

»Leon, mein Junge! Warum hast du gestern nicht angerufen? Ich habe den ganzen Nachmittag neben dem Telefon gesessen und gewartet«, beschwerte Wiebke Fabarius sich.

»Entschuldige, ich hab's vergessen.«

»Hast du dich wieder mit Lexa gestritten? Wenn es nach mir gegangen wäre, hättest du dein Praktikum nicht bei ihr machen müssen. Sie ist …«

»… eine elende Ausbeuterin«, unterbrach Leon sie. »Ich kriege einen Hungerlohn, während sie bei der Bank die Euro lastwagenweise abladen kann. Weißt du, wie ich sie insgeheim nenne: Dagoberta Duck!« Bei seinen letzten Worten übersah Leon, dass Lexa ins Zimmer zurückgekommen war.

»Wer ist Dagoberta Duck?«, fragte die Mutter laut genug, sodass auch Lexa es mitbekam. Mit einem raschen Schritt war diese bei ihrem Bruder und nahm ihm den Hörer aus der Hand.

»Dagoberta Duck ist die Zwillingsschwester von Dagobert Duck, dem Onkel von Donald Duck, wenn dir das etwas sagt«, erklärte sie ihrer Mutter mit eisiger Stimme.

»Du meinst diese Enten aus den Micky-Maus-Comics? Wie kommt Leon darauf, dich mit einer von denen zu vergleichen?«, fragte die Mutter verwundert.

»Das musst du ihn schon selber fragen«, antwortete Lexa, während Leon bedauerte, dass es in diesem Zimmer kein Mauseloch gab, in dem er sich verkriechen konnte.

SECHSTES KAPITEL

Veränderungen

1.

Der Beamte in der Zulassungsstelle las das Attest, das Lexa ihm vorgelegt hatte, genau durch. »Natürlich können Sie mit den in dieser Bescheinigung beschriebenen Prothesen ein normales Auto fahren. Ich möchte Sie aber darauf hinweisen, dass Ihnen bei einem Unfall eine höhere Mitschuld angerechnet werden wird als einem Autolenker ohne Behinderungen. Sie sollten daher besser ein behindertengerecht ausgestattetes Auto erwerben.«

Es war nicht unbedingt die Auskunft, die Lexa sich erhofft hatte. Ihr ging es jedoch darum, endlich wieder beweglich zu sein, auch wenn dies hieß, dass ihr Auto Einbauten bekommen musste, die auf ihre Behinderung hinwiesen.

»Ich danke Ihnen für die Information«, sagte sie und stand auf.

»Gern geschehen!« Der Beamte lächelte Lexa aufmunternd zu.

Es war ein Jammer, dachte er, dass eine so schöne und elegante Frau auf Prothesen angewiesen war. Er griff in eine Schublade und holte einen Vordruck heraus. »Das sollten Sie Ihrem Autohändler vorlegen. Hier steht haargenau geschrieben, wie Ihr Kfz ausgestattet werden muss.«

Lexa nahm das Blatt entgegen und verabschiedete sich. Auf dem Weg nach draußen bestellte sie per Handy ein Taxi, das sie zu ihrem Autohändler brachte. Der Mann gehörte zum erweiterten Kreis ihrer Kunden und hatte fünfzigtausend Euro über sie angelegt.

Beim Autohaus angekommen, sah sie, wie gleich drei Verkäufer einen anderen Kunden umschwärmten. Nur einer von ihnen schaute kurz zu ihr herüber, drehte sich uninteressiert um und blieb bei der Gruppe. Lexa wartete einige Zeit und sah sich in der Zeit die ausgestellten Modelle an. Bei ein paar Autos probierte sie das Einsteigen, fand aber, dass sie nicht für sie geeignet waren.

Ein neuer Interessent erschien, und sofort stach einer der drei Verkäufer auf ihn zu. Wie der andere Kunde trug auch er einen dunklen Anzug und eine Designersonnenbrille, während Lexa sich für Jeans und eine einfarbige Bluse entschieden hatte. Das Verhalten der Verkäufer ärgerte sie, und so trat sie auf die Tür zu, hinter der dem Schild an der Wand zufolge der Besitzer des Autohauses sein Büro hatte.

Einer der Verkäufer bemerkte es und hastete auf sie zu. »He, Sie da! Sie können nicht einfach zu Herrn Müller ins Zimmer platzen!«

»Und wieso kann ich das nicht?«, fragte Lexa und drückte die Klinke.

Da packte der Verkäufer sie am Arm und wollte sie wegzerren.

»Lassen Sie mich sofort los, sonst stelle ich die Art, wie in diesem Laden Frauen behandelt werden, umgehend bei Facebook ein!« Sie sagte es laut genug, damit es im Zimmer gehört werden konnte. Keine fünf Sekunden später wurde die Tür aufgerissen, und Müller schaute heraus.

»Was ist denn hier los?«, fragte er ärgerlich.

»Ich bin Dr. Alexandra Fabarius und wollte hier eigentlich ein Auto kaufen. Diese Herren hier sind jedoch offenbar der Ansicht, dass ihr Umsatz auch ohne mich ausreichend ist.«

»Frau Dr. Fabarius! Ich freue mich, Sie endlich persönlich kennenzulernen. Was kann ich Ihnen anbieten? Kaffee oder Saft?«

»Einen Cappuccino, wenn es geht«, antwortete Lexa.

»Freilich geht das! Loibl, bringen Sie Frau Dr. Fabarius einen Cappuccino und mir einen Kaffee.« Müller wandte sich wieder Lexa zu. »Kommen Sie doch herein! Wir finden sicher das richtige Auto für Sie.«

»Davon bin ich überzeugt.« Lexa folgte dem Mann lächelnd in sein Büro und setzte sich in einen der großen Ledersessel, die für Besucher bereitstanden.

»Was für ein Auto stellen Sie sich vor?«, fragte Müller.

»Eines, in das ich bequem ein- und wieder aussteigen kann. Außerdem sollte es diese Bedingungen erfüllen!« Lexa reichte ihm das Formblatt, das sie im Landratsamt erhalten hatte.

Verwundert sah Müller sie an. »Für einen Aufpreis von zwanzig Prozent kann ich Ihnen ein Auto in der Ausführung anbieten.«

»Mir wäre es lieb, wenn die Nachrüstung nicht auf Anhieb zu erkennen wäre«, wandte Lexa ein.

»Das ist schwierig, aber nicht unmöglich«, erklärte Müller. »Sie werden sicher Automatik fahren und den Hebel normal betätigen können. Anders ist es mit Bremse und Gas. Es ist zwar alles elektronisch machbar, aber das kostet einiges. Wenn die Bedienfelder von außen nicht zu sehen sein sollen, muss man sie hinter einer Abdeckung einbauen, die Sie nach Gebrauch schließen können.«

»Genau so stelle ich mir das vor«, erklärte Lexa.

»Am besten wäre diese Limousine hier geeignet. Sie gehört aber zum höheren Preissegment und würde durch die Umrüstung noch einmal um ein Drittel teurer.« Müller war unsicher, denn so ganz konnte er seine Kundin nicht einschätzen.

Lexas Lächeln verstärkte sich. »Ich zahle bar.«

»Nun, das ist …« Müller musste schlucken, denn bei vielen seiner Kunden gehörte das Auto erst einmal der Bank.

»Das ist was?«, fragte Lexa nach.

»Sehr erfreulich!« Müller hatte sich wieder gefangen und zählte Lexa jetzt die technischen Daten des angebotenen Wagens auf. Zu seiner Verwunderung stellte sie die richtigen Fragen. Das hatte er bei einer Frau noch selten erlebt. Manche Ehefrauen seiner Kunden wagten es nicht einmal, die schwere Limousine ihres

Mannes zu benutzen, sondern begnügten sich mit dem kleineren Zweitwagen.

Die Aufrüstung zum Behindertengefährt war zwar aufwendig, aber da Geld keine Rolle zu spielen schien, reizte Müller alles aus, was die Technik im Augenblick hergab. Zuletzt hatte er ein Paket geschnürt, das Lexa unbesorgt unterschreiben konnte. Es würde zwar einige Monate dauern, bis der Wagen geliefert wurde, doch spätestens im nächsten Frühjahr würde sie wieder motorisiert und nicht mehr auf Taxis und Bahn angewiesen sein.

2.

Zufrieden mit dem Auto, das sie sich ausgesucht hatte, kehrte Lexa nach Hause zurück und sah aus Gewohnheit nach, wie die Kurse ihrer Investitionen standen. Als sie den Dubai-Fonds aufrief, glaubte sie zunächst, den falschen angeklickt zu haben.

»Das kann doch nicht sein! Wie kann er über Nacht fünfundzwanzig Prozent seines Wertes verlieren?«, rief sie entsetzt.

Für ihre Klienten war das ein herber Schlag, der sie einiges an Reputation kosten würde. Mindestens genauso schlimm war es für sie persönlich, da sie sich selbst mit einer größeren Summe beteiligt hatte und viel Geld verlieren würde.

»Ich hätte mir das Auto nicht kaufen dürfen.« Lexa schaltete auf ihre Konten um und überprüfte, wie viel Geld sie noch lockermachen konnte. Dabei betete sie, dass ihre vollmundige Ankündigung, den Wagen bar zu bezahlen, sich nicht als Lüge erweisen würde.

Eine genaue Berechnung ihrer Reserven ergab, dass sie das Geld für das Auto zusammenbekommen würde. Dafür aber musste sie ihre Kosten in den nächsten Monaten deutlich herunterschrauben. Ein Kauf von Max' Motorradgeschäft war damit nicht mehr möglich.

»Es sei denn, ich nehme in dem Fall die Bank in Anspruch«, murmelte sie. Ihr verletzter Stolz forderte einen Sieg über ihren früheren Freund, obwohl ihr klar war, dass sie, wenn sie das Geschäft auf Kredit kaufte, die jämmerlichste Investition tätigen würde, die sie je getätigt hatte.

»Ich werde mit Leon darüber reden und feststellen, ob es ihm ernst damit ist, den Laden zu übernehmen.«

Sie drehte sich um, doch sein Arbeitsplatz war leer. Da er bislang immer pünktlich gekommen war, wollte sie so kurz vor dem Ende seines Praktikums nicht mehr zornig werden. Sie hatte sich jedoch daran gewöhnt, dass er ihr zuarbeitete, und bedauerte es daher, dass er sie in weniger als zwei Wochen verlassen würde.

Leon kam mit einer halben Stunde Verspätung an, grinste dabei aber so fröhlich, dass es ihr unter allen Umständen schwergefallen wäre, ihm böse zu sein.

»Tut mir leid, dass es etwas gedauert hat. Aber du wirst nicht glauben, wer mich eben angerufen hat! Es war Max! Er wollte, dass ich dich dazu überrede, ihm mit hunderttausend Euro auszuhelfen. Ihm steht das Wasser bis Oberkante Unterlippe. Ich habe ihn gefragt, ob er dich für Mutter Teresa oder gar Jesus Christus hält, der nach einem Schlag auf die linke Wange auch die rechte hingehalten hat. Daraufhin ist er ziemlich ausfallend geworden, aber das war ich dir schuldig. Wenn ich je meine Freundin so behandle wie er dich, kannst du mich auf beide Wangen hauen!«

Eine kleine Falte erschien zwischen Lexas Augenbrauen. »Wenn er mich um Geld anbetteln will, muss es ihm dreckig gehen.«

»Und wie! Sein Laden kommt in zwei Wochen unter den Hammer, wenn er nicht wie durch ein Wunder die hunderttausend auftreibt! Dafür müsste er aber schon eine Bank ausrauben. Vor einem guten Jahr hätten die Mitglieder der Münchner Gruppe vielleicht noch versucht, ihm zu helfen. Aber das hat er sich selber vermasselt.«

Während Leon von Max berichtete, überschlugen sich Lexas Gedanken. Bis ihr Auto kam, vergingen noch einige Monate, und bis dorthin würde sie trotz des schwächelnden Dubai-Fonds sicher wieder neues Geld verdienen. Notfalls würde sie einen Kredit aufnehmen und den Motorradladen als Sicherheit einsetzen.

»Wie viel weißt du über Max und seinen Laden?«, fragte sie ihren Bruder.

»Seit du vor ein paar Monaten gemeint hast, du könntest Max' Laden kaufen, habe ich ihn unter Beobachtung gehalten. Willst du sehen, was ich herausgefunden habe?«

»Und ob!«

»Ich hole die Unterlagen.« Leon ging zu seinem Schreibtisch, öffnete ein Schubfach und zog einen Schnellhefter hervor. »Ich hoffe, du bist mir nicht böse, aber ich habe bei dem Motorradhersteller angefragt, dessen Modelle Max verkauft. Denen wäre es recht, wenn der Laden unter kompetenter Führung weiterlaufen würde. Sie würden dir sogar einen Teil der Schulden erlassen, die Max bei ihnen angehäuft hat. Daher müsstest du für den ganzen Klumpatsch nur etwa hundertfünfzigtausend zahlen. Die laufenden Kosten liegen bei etwa viertausend Euro im Monat.«

»Das ist alles schön und gut, aber ich kann den Laden selbst nicht führen. Dafür verstehe ich zu wenig von Motorrädern.«

»Aber ich könnte ihn führen – und Papa ebenso! Ich habe mit ihm darüber gesprochen. Du weißt doch, wie sehr ihm seine zwangsweise Frühpensionierung immer noch zusetzt. Wenn du ihm die Chance gibst, mit mir zusammen den Motorradladen zu übernehmen, wäre er glücklich. Wir wollen kein Festgehalt und auch keinen Anteil am Umsatz, sondern nur ein paar Prozent vom Reingewinn.«

Leon sah so begeistert aus, dass Lexa schon halb bereit war zuzustimmen. Trotzdem fragte sie sich noch einmal, ob es die Rache an ihrem Ex-Freund wert war, so weit über ihre Reserven hinauszugehen. Es ging jedoch nicht nur um Max, sondern auch um ihren Vater. Nur weil er kein Speichellecker war, hatten sie ihm im Ministerium übel mitgespielt. Mit dem Motorradgeschäft würde er endlich wieder eine Aufgabe erhalten, die ihn ausfüllte.

»Also gut, wir machen es! Sag Papa, er soll sich darum kümmern.«

»Sag du es ihm bitte selbst. Er würde sich darüber freuen«, bat Leon.

Nach kurzem Zögern ergriff Lexa den Telefonhörer und wählte die Nummer ihrer Eltern.

»Hier Fabarius«, meldete sich ihre Mutter.

»Hier auch Fabarius! Mama, kann ich bitte Papa sprechen?«

»Jürgen, Lexa ist am Apparat«, hörte Lexa ihre Mutter noch rufen, dann war Stille, bis ihr Vater den Hörer in die Hand nahm.

»Hallo, Lexa, Liebes, wie geht es dir?«

»Ganz gut, und dir?«

»Laut dem Arzt bin ich körperlich wieder vollkommen hergestellt, aber mir fehlt eben eine Aufgabe, die mich ausfüllt. Ich kann doch nicht den ganzen Tag zu Hause sitzen und Mama auf den Nerven herumtrampeln«, antwortete Jürgen Fabarius niedergeschlagen.

»Leon sagte mir, du würdest gerne Max' Laden übernehmen. Ich bin zwar im Moment ein wenig klamm, da ich mir ein neues Auto kaufen will und die Ausstattung für eine Behinderte sehr teuer ist. Aber wenn du es willst, werde ich den Laden übernehmen.«

»Das würdest du tun?«, rief ihr Vater erfreut. »Es wäre sicher keine Fehlinvestition. Unter einer guten Führung wird der Laden florieren. Das verspreche ich dir! Max war dazu einfach nicht in der Lage. Simon, sein Mechaniker, würde übrigens gerne bleiben. Du müsstest ihm allerdings ein festes Gehalt zahlen. Doch das ist nicht sehr hoch. Simon freut sich schon, wenn er es überhaupt bekommt. Die letzten drei Monate hat Max ihm nichts mehr gezahlt. Daher habe ich ihm ein wenig ausgeholfen.«

Die Worte ihres Vaters bewiesen Lexa, wie sehr er mit dem Gedanken gespielt hatte, Max' Laden zu übernehmen. Er braucht eine Beschäftigung, um die Kränkung durch seine Vorgesetzten in der Staatskanzlei zu vergessen, dachte sie.

»Dann machen wir es so, Papa«, sagte sie und dachte mit einer gewissen Rachsucht daran, wie sehr es Max treffen würde, wenn er sein Motorradgeschäft ausgerechnet an sie verlor.

3.

Da Lexa Max nicht mehr begegnen wollte, hielt sie sich aus allem heraus und überließ ihrem Vater die Verhandlungen. Sie hatte auch selbst genug Sorgen. Die große Dubai-Investition, zu der sie vielen ihrer Klienten geraten hatte und in die sie selbst mit einer hohen Summe eingestiegen war, schwächelte immer stärker, und sie erhielt etliche besorgte E-Mails und Telefonanrufe. Einige Kunden forderten sie auf, die Papiere so rasch wie möglich abzustoßen, bevor sie ins Bodenlose sanken. Der richtige Zeitpunkt dafür war jedoch bereits vergangen, und so konnte sie nicht mehr tun, als zu Ruhe und Besonnenheit aufzurufen und selbst ihre Fingernägel abzukauen.

An diesem Freitagnachmittag hatte der Fonds erneut fast die Hälfte seines gestrigen Wertes verloren. Lexa starrte verzweifelt auf den Computer, als es an der Tür zaghaft läutete. Zunächst glaubte sie, es wären Nachbarkinder, die sich einen Scherz erlaubt hatten. Doch als sie durch den Türspion schaute, stand ihre frühere Kollegin Ruth Beinroth draußen. Sie öffnete und wunderte sich über deren verzweifelte Miene.

»Grüß dich, Ruth! Wie geht es dir?«, fragte sie.

Ruth brach in Tränen aus. »Wenn du es genau wissen willst: beschissen! Lehmann und Reuter haben mir sämtliche Kunden abspenstig gemacht und mich aus der Sozietät rausgemobbt. Ich habe seit Wochen keinen einzigen Euro verdient und stehe buchstäblich auf der Straße, weil ich zuletzt die Miete für meine Wohnung schuldig bleiben musste.«

Im ersten Moment glaubte Lexa, Ruth wolle sie anpumpen. Dabei stand sie selbst am Abgrund – oder schwebte bereits darüber, wie sie in einem Anflug von Galgenhumor zu sich selbst sagte.

»Ich habe letzte Woche deine Mutter getroffen. Sie sagte, dass dein Bruder bei dir als Praktikant arbeitet, aber bald fertig ist. Vielleicht kannst du mich danach brauchen?«, sagte Ruth, da Lexa keine Antwort gab.

»Du willst für mich arbeiten?«, fragte Lexa verblüfft. »Ich möchte aber keine Sozietät wie die von Lehmann gründen. Das ist mir mit zu viel Ärger verbunden. Ich musste Lehmann mit dem Gericht drohen, bis er das Geld herausgerückt hat, das er einfach abgezwackt hat, während ich im Krankenhaus lag.«

»Ich schätze, dass er auch mich beschissen hat. Aber ich komme nicht mehr an meine Daten heran, weil Lehmann meinen Account gesperrt hat«, berichtete Ruth.

»Du hast dir deine Unterlagen hoffentlich ausgedruckt?«

Ruth nickte. »Du hattest es mir geraten, und den Rat habe ich Gott sei Dank befolgt.« Sie zeigte Lexa eine volle Aktenmappe.

»Komm erst mal herein! Ich werde alles nachprüfen. Auf die meisten Investitionen, an denen auch Lehmanns Kunden beteiligt sind, kann ich jederzeit zugreifen.« Lexa zwinkerte Ruth zu, um ihr Mut zu machen, und führte sie in die Wohnung.

4.

An diesem Abend schaltete Lexa ihren Computer erst weit nach Mitternacht ab und reichte Ruth mehrere Ausdrucke. »Damit kannst du Lehmann die Hölle heißmachen! Er hat sich in den letzten drei Monaten um achttausend Euro zu deinen Ungunsten verrechnet. Weiter zurück kann ich es mit diesen Unterlagen nicht verfolgen. Man sollte dem Herrn mal eine Steuerprüfung auf den Hals hetzen!«

»Achttausend Euro?«, stieß Ruth hervor. »Mit dem Geld hätte ich meine Miete bezahlen und mein Girokonto im Plus halten können. Der Mann ist ein Schwein!«

»Ich will dir nicht widersprechen, auch wenn ich das Schwein als Nahrungsträger für wichtiger halte als Lehmann.« Lexa freute sich, weil sie etwas für Ruth hatte tun können, doch diese sank nach der ersten Erleichterung wieder in sich zusammen.

»Ich habe trotzdem keinen Job mehr und weiß nicht, was ich tun soll. Kannst du mich denn wirklich nicht brauchen?«

Diese Bitte stellte Lexa vor Probleme. Zwar hatte ihr Experiment mit Leon gezeigt, dass sie gut jemanden brauchen konnte, der ihr zuarbeitete. Doch im Augenblick wusste sie nicht einmal, ob sie sich ihre Putzfrau weiter würde leisten können, geschweige denn eine ausgebildete Investmentbankerin.

»Weißt du, Ruth«, sagte sie schließlich. »Für die Arbeit, die hier zu leisten ist, reicht ein Praktikant. Zur Not schaffe ich sie auch selbst.«

Ruth brach in Tränen aus. »Aber ich brauche einen Job und eine Bleibe! Mein Vermieter hat mir zum nächsten Ersten gekündigt, und ich will nicht unter den Isarbrücken enden!«

Das neue Auto, Max' Geschäft und ein halbwegs anständiges Gehalt für Ruth waren Ausgaben, die Lexa sich wegen ihres Pleitefonds in Dubai nicht leisten konnte. Trotzdem zögerte sie, die verzweifelte Frau wegzuschicken.

»Ich bin derzeit wegen einer Fehlinvestition ziemlich klamm. Mehr als Kost und Logis kann ich dir daher im Augenblick nicht bieten. Vielleicht muss ich sogar ganz aufgeben, wenn meine Klienten enttäuscht abspringen.«

Ruth fasste nach ihrer Hand. »Ich könnte versuchen, einen Teil meiner Kunden davon zu überzeugen, bei mir zu bleiben. Damit könnten wir vielleicht doch ein bisschen Geld verdienen.«

Es ist wohl nur der berühmte Strohhalm, aber doch die erste positive Aussicht für die nächsten Tage und Wochen, dachte Lexa.

»Das ist eine gute Idee! Ich werde dir ein paar Anlagevorschläge zusammenstellen, die du deinen bisherigen Kunden anbieten kannst. Da sie nicht gerade risikofreudig sein dürften, könnte es klappen.«

»Danke, Lexa, du bist einfach goldig!« Ruth umarmte sie und ließ sie fast nicht mehr los. Zuerst flossen noch Tränen, dann aber blitzten ihre Augen entschlossen auf. »Wir werden es Lehmann zeigen, Lexa! Er wird es noch bitter bereuen, so gemein zu uns gewesen zu sein.«

Lexa lächelte über diesen Ausbruch, sagte sich aber, dass es nur gut war, wenn Ruth mit einer gewissen Energie an die Arbeit ging. Als Erstes würde sie Leon bitten, einen Briefkopf für Ruth zu entwerfen, damit es so aussah, als hätte diese Lehmann verlassen, um ihre Partnerin zu werden. Das würde einige von Ruths Kunden vielleicht dazu bringen, zu ihr zurückzukehren.

Ein Blick auf die Uhr zeigte ihr, wie spät es bereits war. »Du solltest jetzt nicht mehr nach Hause fahren«, sagte sie zu Ruth. »Schlaf auf der Couch im Wohnzimmer! Du musst nur eines beachten: Gehe nie ins Badezimmer, wenn ich drin bin. Hast du verstanden?«

Ruth warf einen kurzen Blick auf Lexas elegante Beine, denen nicht anzusehen war, welche Teile künstlich waren und welche nicht. »Das verstehe ich und würde es, wenn es um mich ginge, auch nicht anders haben wollen. Wenn ich daran denke, was du seit dem Unfall alles geschafft hast, bewundere ich dich!«

»Du kannst als Erste ins Bad. Ich habe mehrere Ersatzzahnbürsten. Suche dir eine davon aus«, erklärte Lexa.

Während Ruth sich für die Nacht fertig machte, holte Lexa eine Decke und ein Kissen und machte die Couch zurecht. Von Inge Kastler abgesehen, war es der erste Besuch, der in ihrer Wohnung übernachtete. Doch irgendwie empfand Lexa es als ein weiteres Zeichen von Normalität.

5.

Ruth blieb bis Samstagmittag bei Lexa. In Lehmanns Team hatten sie sich als Konkurrentinnen gesehen und keinen privaten Kontakt gesucht. Nun aber stellte Lexa fest, dass sie sich mit Ruth ausgezeichnet verstand. Es ist gut, dass ich ihr geholfen habe, dachte sie, als sie wieder allein war. Wie üblich setzte sie sich auch an diesem Wochenende an den Computer und spürte guten Anlagemöglichkeiten nach. Einige davon waren für Ruths Kunden bestens geeignet. Da Ruth ihr einen Teil ihrer Unterlagen überlassen hatte und in diesen die E-Mail-Adressen der meisten Kunden standen, schrieb sie die Leute in Ruths Namen an und übermittelte ihnen die Vorschläge. Gewissensbisse empfand sie dabei keine. Lehmann hatte versucht, sowohl sie wie auch Ruth zu betrügen, und so konnte er keine Rücksicht von ihnen erwarten.

Montagfrüh kam Leon zurück. »Jetzt bin ich noch eine Woche dein Sklave, Schwesterchen«, meinte er gut gelaunt.

»Ich glaube nicht, dass ich dich wie einen Sklaven behandelt habe«, konterte Lexa.

»Du hast so eine bestimmende Art! Aber du bist gerecht und absolut nicht nachtragend.«

»In ein paar Fällen schon«, antwortete Lexa und dachte an Max und Lehmann.

»Max hat es verdient!« Leon grinste und erzählte, dass ihr Vater die Verhandlungen mit dem Motorradhersteller so gut wie abgeschlossen hatte. »Die Geschäftsführer des Herstellers sind froh, dass es weitergeht. Übrigens haben sie den Laden durch die Behörden versiegeln lassen, um zu verhindern, dass Max die Motorräder, die noch vorhanden sind, unter der Hand verscherbelt. Der Idiot hat es über eBay versucht und wurde dabei erwischt. Seine Flamme hat sich übrigens verdünnisiert und ist wieder in ihre Heimatstadt gezogen.«

Lexa hörte ihrem Bruder zu und wunderte sich, keine Triumphgefühle zu verspüren. Doch das, was geschehen war, konnten auch die Rückschläge, die Max erlitten hatte, nicht wettmachen.

»Ihr glaubt, dass wir den Laden bekommen?«, fragte sie.

»Ich bin mir ziemlich sicher. Der einzige ernsthafte Konkurrent vertreibt die Motorräder einer Münchner Firma, und an den will Max' Lieferant den Laden nicht verlieren.«

»Das kann ich verstehen. Informiert mich, wie viel Geld ihr braucht!« Damit war für Lexa das Thema Max abgehandelt, und sie berichtete Leon, dass ihre ehemalige Kollegin Ruth Beinroth in Zukunft bei ihr arbeiten würde.

»Kenne ich die?«, fragte ihr Bruder.

Lexa schüttelte den Kopf. »Ich glaube nicht. Wir hatten kaum Kontakt zueinander und uns zumeist nur drei- oder viermal im Jahr bei den Meetings getroffen.«

»Da bin ich ja gespannt! Wie sieht sie denn aus?«

Da Lexa sich nie Gedanken über Ruths Aussehen gemacht hatte, hatte sie Mühe, sie zu beschreiben. »Sie ist etwas größer als ich, sehr schlank und hat schulterlanges brünettes Haar.«

»Ist sie hübsch?«, fragte Leon weiter.

Lexa überlegte kurz. »Sie ist auf jeden Fall sehr attraktiv, würde ich sagen.«

»Vielleicht sehe ich sie ja noch«, antwortete Leon grinsend und machte sich an die Arbeit.

Lexa setzte sich ebenfalls an den Computer und sah zufrieden, dass drei von Ruths früheren Kunden bereits Interesse an dem Angebot gezeigt hatten. Bei Menschen, die gewohnt waren, sichere Anlagen zu tätigen, war dies kein Wunder, dachte sie, denn die konnten mit Lehmanns und Reuters prämienträchtigen, aber riskanten Investitionen wenig anfangen.

»Damit wird Ruth genug verdienen, um mir nicht auf der Tasche zu liegen.«

»Was sagst du?«, fragte ihr Bruder.

»Ich sagte, dass Ruth gut verdienen wird.«

»Sie verdient also mehr als ich?«

Lexa blickte auf und sah ihren Bruder scharf an. »Sie ist seit mehreren Jahren Anlageberaterin und hat immer ordentlich verdient. Da ich ihr wegen Max' Geschäft derzeit nichts zahlen kann, tun wir alles, um ihre Kunden zu halten.«

»Habe ich dir schon gesagt, dass du clever bist, Schwesterchen?«, meinte Leon grinsend. »Aber das weißt du wahrscheinlich selbst. In der Hinsicht hat mir das Praktikum gutgetan. Ich habe mir nämlich einiges bei dir abgeschaut. Vor allem aber hatte ich zum ersten Mal ein ständiges Einkommen – und so etwas kann süchtig machen.«

»Dann hoffe ich, dass diese Sucht anhält!«

Lexa lachte leise und sagte sich, dass ihr Bruder sich in dem halben Jahr verändert hatte. Nun wusste er, was Disziplin bedeutete. Und so schlecht waren die knapp vierzehnhundert Euro, die sie ihm im Monat gezahlt hatte, auch nicht, zumal er kaum eigene Kosten gehabt hatte. Das Essen bekam er von ihr, und die Mutter zahlte sein Appartement. Daher hatte er nur ein paar Kleinigkeiten wie das Benzin für das Moped und Ähnliches ausgeben müssen.

Nach dem Gespräch arbeiteten beide konzentriert weiter. Am Dienstag war es nicht anders. Mittwochmittag tauchte dann Ruth auf. Sie hatte ihr Auto hoch beladen und schleppte mehrere Ordner ins Haus, war jedoch guter Dinge.

»Ich habe Lehmann auf seinen Rechenfehler hingewiesen. Er hat ein Gesicht gezogen wie ein Kamel und gemeint, er müsse sich das selbst ansehen. Aber das klang schon ein bisschen schuldbewusst. Was für ein Idiot! Er musste doch damit rechnen, dass ihm jemand draufkommt«, berichtete sie und sah dann erst Leon an. »Grüß Gott! Ich bin Ruth.«

»Ich bin Leon, der Bruder der großen Chefin!«

»Leon!« Lexas Tonfall verriet, dass sie in dieser Beziehung keinen besonderen Humor besaß.

»Auf jeden Fall bin ich Leon«, meinte er und nahm Ruth die Ordner ab. »Du hast dir Arbeit mitgebracht?« Er ging gleich zum Du über und verzichtete auf die förmliche Anrede.

»Das sind meine Abrechnungen, seit ich in Lehmanns Team war. Ich wollte Lexa bitten, sie zu überprüfen und festzustellen, ob der Kerl mich eventuell schon länger über den Tisch gezogen hat.«

»Lexa schafft das mit links!« Leon zwinkerte seiner Schwester zu, sodass sie nicht weiter böse auf ihn sein konnte.

»Du wirst Ruth helfen, ihre Sachen zu ordnen, damit ich sie ansehen und prüfen kann«, antwortete Lexa und winkte Ruth zu sich. »Ich habe ein paar deiner früheren Kunden angeschrieben und ihnen in deinem Namen Angebote gemacht. Die meisten sind darauf eingegangen. Du hast dir damit mehrere Tausend Euro an Prämien verdient.«

»Aber … das hast du für mich getan? Du bist die Beste, Lexa!« Ruth fiel ihr um den Hals und brach in Tränen aus.

»Auf Lexa kann man sich verlassen«, warf Leon ein. »Wie machen wir es übrigens mit dem Mittagessen? Soll ich zu Frau Lechner hochgehen und sie fragen, ob sie für eine Person mehr den Tisch decken kann?«

»Tu das!«, antwortete Lexa. »Sage ihr aber auch, dass ich sie und ihren Mann dafür am Sonntag zum Mittagessen einlade. Das haben sie verdient.«

»Zumal du es als Geschäftsessen absetzen kannst.«

Leon verschwand früh genug, um dem Radiergummi zu entgehen, den Lexa nach ihm warf. Doch kaum war er zur Tür hinaus, musste auch sie lachen.

»Mein Bruder ist der größte Kindskopf, den ich kenne.«

»Er ist sehr nett«, fand Ruth.

»Gelegentlich! Aber wolltest du nicht erst morgen kommen?«

Ruth schniefte ein wenig. »Wenn es dir nicht recht ist, ich …«

»Natürlich ist es mir recht«, unterbrach Lexa sie. »So kann Leon dich anlernen, und mir bleibt die Zeit, deine Abrechnungen nachzusehen. Ich verspreche dir, wir werden Lehmann den letzten Cent aus der Nase ziehen, den er dir schuldet.«

»Viel wird es nicht sein, aber mit ein paar Tausend Euro wäre mir schon gedient«, sagte Ruth und sah sich um. »Hast du noch einen Stuhl für mich? Dein Bruder wird seinen selbst brauchen.«

»Hol dir einen aus der Küche! Aber zu etwas anderem: Magst du Wollwürste?«

»Wollwürste? Was soll das sein?«, fragte Ruth verdattert.

»Das, was Lucia Lechner für dich in die Pfanne hauen wird. Für uns wollte sie einen Zucchiniauflauf machen, aber der wird nicht für alle reichen. Daher wird sie sicher Wollwürste machen. Ich hoffe, sie schmecken dir.«

Aus Lexas Worten schloss Ruth, dass diese nicht so begeistert von diesen Würsten war, sagte sich aber, dass der Hunger sie sicher reintreiben würde.

Unterdessen kehrte Lexas Bruder zurück. »Lucia hat ihren Mann zum Metzger geschickt, um Wollwürste zu holen. Wenn Ruth sie nicht mag, esse ich sie. Bei uns zu Hause bekommt man sie selten, und wenn doch, dann nicht in der Qualität wie hier.«

»Ich kann mir darunter nichts verstellen, da Wolle und Würste für mich zwei Begriffe sind, die nicht zusammenpassen«, sagte Ruth kopfschüttelnd.

»Da merkt man die Preußin!«, meinte Leon im gutmütigen Spott. »Aber es gibt hier in Bayern einige kulinarische Begriffe, an die man sich gewöhnen muss, wie zum Beispiel an den Leberkäse, in dem weder Leber noch Käse drin ist, oder das dunkle Weißbier, von den Wienern, die in Wien Frankfurter heißen, ganz zu schweigen.«

»Hier siehst du Leon Fabarius, den echten Homo bavaricus«, spottete Lexa.

»Im Gegensatz zu dir bin ich in München geboren«, konterte Leon grinsend. »Meine Schwester ist nämlich, wenn man es genau nimmt, eine echte Hamburger Deern!«

Lexa schüttelte den Kopf. »Nicht ganz, denn ich bin in München aufgewachsen! Aber meine Mutter hatte sich vor meiner Geburt noch unbedingt eine Kreuzfahrt in den Kopf gesetzt. Als wir wieder in Hamburg waren, war ich durch das Schaukeln des Schiffes so genervt, dass ich sofort an die frische Luft wollte.«

»Sei froh, dass Mama es noch bis Hamburg geschafft hat. Was meinst du, welcher Geburtsort sonst in deinem Pass stehen würde. Wie wäre es mit fünfundvierzig Grad dreiundzwanzig Minuten nördlicher Breite und fünf Grad sieben Minuten östlicher Länge? Ich glaube, die müssten dafür ein Extrablatt in deinen Pass einkleben!« Leon lachte und sah dabei Ruth an. Diese lächelte und erklärte, dass sie in Kitzingen bei Würzburg geboren worden sei.

»Dort gibt es auf jeden Fall keine Würste aus Wolle«, setzte sie in entschiedenem Ton hinzu.

»Womit wir wieder beim Thema Essen sind«, meinte Lexa.

»Das haben wir eigentlich nie verlassen! Oder hast du die Hamburger vergessen?«, warf ihr Bruder fröhlich ein. »Und was das Kreuzfahrtschiff betrifft, so erzählt Papa heute noch, wie gut Mama es beim Captain's Dinner geschmeckt hätte.«

Lexa beschloss, ihrem Bruder diesmal das letzte Wort zu lassen, da die Diskussion sonst endlos weitergegangen wäre. Eines aber war gewiss: So gut wie in den letzten Wochen hatte sie sich mit ihrem Bruder noch nie verstanden, und sie hoffte, dass es so bleiben würde.

Die restlichen Tage der Woche vergingen wie im Flug. Ruth und Leon vertrugen sich ausgezeichnet, und es wurde bis zum Freitagabend mehr gelacht als in all den Monaten, die Lexa allein gelebt hatte. Nachdem sie am Freitag die Computer abgeschaltet hatten, lud Lexa ihren Bruder und Ruth zum Essen ein und schob Leon dabei ein Kuvert zu. Er öffnete es und starrte dann erstaunt auf das Bündel Geldscheine, die zum Vorschein kamen.

»Was soll das?«, fragte er.

»Die hast du dir verdient!« Lexa klang schroff, um jedes weitere Gerede darüber zu unterbinden.

»Wenn du meinst!« Leon steckte den Umschlag ein, ohne die Scheine zu zählen. Zuerst wusste er nicht, was er sagen sollte, grinste dann aber. »Ich hoffe, du kannst den Betrag bei der Steuererklärung irgendwo hinzuaddieren. Ich werde ihn jedenfalls bei der meinen vergessen!«

»Herr Fabarius, Sie sind ein Steuerhinterzieher!«, rief Lexa und konnte schon wieder lachen.

»Wenn andere Millionen und Milliarden an der Steuer vorbei ins Ausland schieben, nur um noch reicher zu werden, sehe ich nicht ein, warum ich für ein paar Hundert Euro Steuern zahlen soll«, erklärte Leon mit Nachdruck.

Um Lexas Lippen spielte ein Lächeln. Zum einen waren es mehr als nur ein paar Hundert Euro, und zum anderen war Leons bisheriges Einkommen weit unter der Summe geblieben, ab der er hätte Steuern zahlen müssen.

»Treib es nicht zu arg!«, riet sie ihm und bestellte sich eine zweite Cola.

»Wenn ich nicht morgen früh nach Hause fahren müsste, würde ich jetzt eine Flasche Champagner köpfen«, meinte Leon grinsend. »Aber eine Halbe dunkles Weißbier tut's auch!«

»Mit Wollwürsten?«, fragte Ruth neckisch.

»Die gab's Mittwoch, und wie bei Lucia Lechner nicht anders zu erwarten, haben sie ausgezeichnet geschmeckt. Auf euer Wohl!«

»Auf das deine – und darauf, dass du dein Studium endlich abschließen kannst!« Lexa klang drängend, denn sie wusste nicht, ob ihr Bruder wieder in seinen früheren Schlendrian verfallen würde.

»Trinken wir darauf, dass Ruth die große Lücke, die ich hinterlasse, wenigstens halbwegs füllen kann«, fuhr Leon fort.

»Bruderherz, du bist ein arger, von sich überzeugter Macho« tadelte Lexa ihn. »Ruth hat schon ihr eigenes Geld verdient, als du noch nicht einmal gewusst hast, was Arbeit heißt.«

»Leon meint es sicher nicht so, wie du es aufgefasst hast«, verteidigte Ruth zu Lexas Verwunderung ihren Bruder. »Ich werde mir wirklich Mühe geben müssen, ihn zu ersetzen.«

»Das wirst du auch«, meinte Lexa und wunderte sich über die beiden. Obwohl sie sich erst seit Mittwoch kannten, benahmen sie sich, als hätten sie bereits miteinander als Kinder im Sandkasten gespielt. Die Stimmung wurde immer ausgelassener, aber Lexa spürte, dass sie einen ähnlich freundschaftlichen Umgang wie den von Ruth zu ihrem Bruder vermisste. Da sie den beiden jedoch die Freude nicht verderben wollte, unterdrückte sie dieses Gefühl und ging bereitwillig auf Leons Scherze ein.

6.

Als Andreas Janning an diesem Tag nach Hause kam, saß seine Mutter nachdenklich im Wohnzimmer und starrte auf den dunklen Bildschirm des Fernsehgeräts. Bei seinem Eintreten sprang sie erschrocken auf.

»Du bist schon da! Dabei wollte ich doch das Abendessen fertig haben.«

»Ich bin zur selben Zeit da wie immer«, antwortete Andreas verwundert.

Sonja Janning blickte auf die Uhr und schüttelte den Kopf. »Tatsächlich! Ich habe völlig die Zeit vergessen. Es tut mir leid, Junge, aber jetzt wird es noch ein wenig dauern, bis du etwas zu essen bekommst.«

»Mach dir doch keine Umstände! Ich kann auch ein Butterbrot essen.«

»Aber mit Wurst und Käse belegt!« Sonja wirkte fast so, als wäre sie erleichtert, nicht kochen zu müssen.

»Ist etwas passiert, Mama?«, fragte Andreas.

»Ich weiß nicht, ob es dich interessiert!«, antwortete seine Mutter zögernd, stand auf und ging in die Küche, um ein kleines Abendessen zusammenzustellen.

Verblüfft folgte Andreas ihr. »Sag schon, was gibt es?«

»Karin hat vorhin angerufen.«

»Ihr ist hoffentlich nichts passiert?«

Sonja schüttelte den Kopf. »Karin geht es gut! Sie hat mir erzählt, dass Jennifer zurückgekommen ist. Das Mädchen will hier in Karlsruhe bleiben und hat nach dir gefragt.«

Andreas kannte Karin, die gute Freundin seiner Mutter, ebenso wie deren Tochter. Auch überraschte ihn Jennifers Rückkehr nicht, da er gelegentlich E-Mails mit Claudia aus München wechselte. Von dieser hatte er erfahren, dass Max' Geschäft vor der Pleite stand und Jennifer dabei war, sich von ihm zu trennen.

»Was geht das mich an?«, fragte er mit abwehrender Miene.

»Karin meint, dass vielleicht doch etwas aus dir und Jennifer werden könnte. Sie ist anderthalb Jahre älter als damals und …«

»… und sicher um keinen Funken klüger geworden«, fiel Andreas seiner Mutter ins Wort.

»Das kannst du so nicht sagen! Da sie nach dir fragt, hat sie dich nicht vergessen. Vielleicht solltest du nicht ganz so stur sein.«

»Ich bin nicht stur, Mama, sondern sehe die Sache nur so, wie sie ist. Ganz sicher habe ich keine Lust, den Notnagel zu spielen, bis Jennifer erneut den richtigen Macker trifft und mit ihm abzieht.«

»Es hat dir also doch wehgetan?«, fragte Sonja Janning.

Andreas schüttelte den Kopf. »Ich wusste schon in dem Augenblick, in dem sie in meinen Beiwagen eingestiegen ist, dass aus uns nichts werden würde.«

»Karin schwört, ihre Tochter hätte sich geändert!« Es klang drängend, denn Sonja Janning hatte die Hoffnung auf Enkel nicht aufgegeben. Auch wenn Jennifer nicht gerade ihre erste Wahl war, schien sie die Einzige zu sein, die dafür sorgen konnte.

Andreas begriff den Wunsch der Mutter, hatte aber wenig Lust, sich deswegen Jennifer aufzuhalsen. Unwillkürlich dachte er an Lexa und schalt sich wegen seiner Feigheit, nicht früh genug nach Dettelbach gefahren zu sein. Doch was hätte es gebracht?, fragte er sich. Von Claudia wusste er, dass Lexa in ein Nest namens Mühldorf gezogen war und von dort aus erfolgreich als Anlageberaterin tätig war.

»Sie würde sich bedanken, wenn ich ihr auf den Pelz rücken würde«, brummte er und irritierte damit seine Mutter.

»Jennifer wird im Gegenteil sehr froh darüber sein. Ihre Mutter glaubt, dass sie ihre biologische Uhr spürt und daher ein heimeliges Nest sucht, in dem sie leben kann.«

»Sie sucht eher einen Trottel, der sie aushält«, antwortete Andreas grob. »In den anderthalb Jahren in München hat sie keinen einzigen Tag gearbeitet, sondern bei Max gelebt. Der ist jetzt pleite und damit für sie nicht mehr interessant.«

»So würde ich das nicht sehen. Rede erst einmal mit ihr«, wandte seine Mutter ein.

»Ich werde sicher nicht zu ihr fahren und sie wie den verlorenen Sohn in die Arme schließen!«

Bei dem Vergleich musste Sonja trotz ihrer Anspannung schmunzeln. »Du sollst sie ja auch nicht wie einen Sohn in die Arme schließen, sondern wie eine Frau, und das auch nicht sofort. Ein bisschen hängen lassen kannst du sie schon. Immerhin hat sie dich wegen dieses dämlichen Münchners sitzen lassen. Und zu ihr fahren musst du auch nicht. Ich habe sie und ihre Mutter für den Sonntag zum Nachmittagskaffee eingeladen. Wärst du so nett, dafür den Kuchen zu besorgen? Karin mag gerne Schwarzwälder Kirsch und Jennifer …«

»… sollte man am besten ein Stück trockenes Brot vorsetzen. Mehr hat sie nicht verdient«, unterbrach Andreas seine Mutter erneut.

Sonja glaubte, er hätte Jennifers Benehmen beim Biker-Treffen nicht verwunden, und hoffte, dem Mädchen könnte es gelingen, Andreas doch noch für sich zu gewinnen. Ein wenig bedauerte sie, dass nicht Lexa, die sie in Dettelbach kennengelernt hatte, an deren Stelle war. Aber von Inge Kastler hatte sie erfahren, dass die junge Frau eine erfolgreiche Geschäftsfrau war und anscheinend wenig Wert auf Männerbekanntschaften legte.

»Für Jennifer solltest du einen Obstkuchen kaufen. Was mir schmeckt, weißt du ja, und für dich wirst du hoffentlich auch etwas finden«, sagte sie und lächelte Andreas dabei so liebevoll an, dass dieser zähneknirschend zustimmte, am Sonntag mit Karin und deren Tochter Kaffee zu trinken.

7.

Am Sonntag fuhr Andreas mit seiner Beiwagenmaschine zum Bäcker und besorgte Kuchen. So, als wolle er sich von den Frauen abheben, wählte er für sich ein Stück Gugelhupf, während die anderen Teile cremig-sahnig waren. Er wusste nicht, wie er sich Jennifer gegenüber verhalten sollte. Tatsächlich weckte der Gedanke an sie in ihm den Wunsch nach intimer Zweisamkeit, den er bislang unterdrückt hatte. Vielleicht hatte seine Mutter recht, und Jennifer war vernünftig geworden. Doch würde eine Partnerschaft, die aus rein rationalen Gründen geschlossen wurde, auch halten?

Mit dieser Frage schlug er sich noch herum, als er in die Wohnung seiner Mutter zurückkehrte. Sonja Janning hatte diesmal etwas mehr Aufwand betrieben als bei sonstigen Besuchen und sowohl das beste Geschirr wie auch die schönsten Servietten herausgesucht. Auch war der Kaffee auf die Bohne genau so abgemessen, wie ihre Freundin ihn mochte.

»Hast du den Kuchen?«, fragte Sonja überflüssigerweise, als ihr Sohn mit der großen Papiertüte mit dem Aufdruck der Konditorei ins Zimmer trat.

»Erwartest du die Bundeskanzlerin oder wenigstens die Frau eines Ministers?«, fragte Andreas, als er den Blumenschmuck sah, den seine Mutter auf dem Tisch arrangiert hatte.

»Ich möchte Eindruck auf Jennifer machen. Sie soll sehen, was sie an dir hat!«, antwortete Sonja selbstbewusst.

»Da sieht sie eher, was sie an dir hätte«, antwortete Andreas gelassen. »Wenn ich wirklich heiraten sollte, kann ich kaum in den zwei Zimmern bleiben, die du mir zur Verfügung gestellt hast.«

»Das musst du auch nicht, mein Junge. Der Oberstudiendirektor von nebenan hat mir gesagt, dass er im Lauf des Winters in ein Altersheim in der Nähe von Saarbrücken umziehen will. Sein Enkel lebt dort, und er wäre gerne in dessen Nähe. Damit hätten Jennifer und du euer eigenes Nestchen, und wir wären doch noch zusammen.«

Andreas amüsierte sich über seine Mutter, die eine Fünfzimmerwohnung ein Nestchen nannte, fragte sich aber gleichzeitig, ob es nicht besser wäre, wenn er sich mehr von ihr abnabeln würde. »Ich werde die Wohnung nehmen, Mama, doch gewiss nicht wegen Jennifer.«

»Aber warum dann?«, fragte Sonja verwundert.

»Damit du keinen unangenehmen Nachbarn erhältst.«

»Dummkopf!«, schalt ihn seine Mutter. »Das hier ist unser Haus, und ich bestimme, wer hier einzieht. Ein unangenehmer Mensch käme mir nicht herein.«

»Oft merkt man das erst später«, meinte Andreas. »Es ist nur so: Ich hätte gerne ein wenig mehr Freiraum für mich selbst.«

Seine Mutter hob lächelnd den Kopf. »Daran hätte ich schon eher denken sollen. Ein Mann wie du braucht eine sturmfreie Bude. Du willst sicher abwarten, wie es mit Jennifer wird, und ihr nicht gleich heute einen Heiratsantrag machen.«

»Das werde ich ganz sicher nicht, Mama!« Andreas wunderte sich zunehmend über seine Mutter, die Jennifer noch bei ihren letzten Gesprächen als Schlampe betitelt hatte und nun bereit schien, sie als mögliche Schwiegertochter zu akzeptieren.

»Kann ich dir noch etwas helfen?«, fragte er, während seine Mutter das Kaffeewasser in den Filter schüttete.

»Nein! Wenn du willst, kannst du dich umziehen.«

Andreas trug Jeans und ein gutes Hemd und hatte nicht vorgehabt, etwas anderes anzuziehen. Da kam ihm eine Idee, und er nickte. »Mache ich, Mama!«

Er musste sich beeilen, um aus dem Wohnzimmer zu kommen, sonst hätte sein Lachen die Mutter misstrauisch gemacht.

In seinem Schlafzimmer suchte er sich frische Kleidung heraus und zog sie an. Außerdem kämmte er sich einen Mittelscheitel und probte einen schafsdämlichen Blick. Als er sich im Spiegel sah, sagte er sich, dass Jennifer ein berechnendes Biest sein musste, wenn sie ihn so noch nehmen wollte.

Da seine Mutter ihn sofort wieder in sein Zimmer geschickt hätte, um sich normal anzuziehen, blieb er dort, bis es an der Tür klingelte.

»Soll ich aufmachen, Mama?«, fragte er. Es hätte die Wirkung seines Aufzugs verstärkt. Doch da rief seine Mutter, dass sie schon auf dem Weg sei.

Andreas wartete, bis die Gäste in der Wohnung waren, und schob sich vorsichtig aus seinem Zimmer. Als er auf Karin und deren Tochter zuging, trug er die weiten Jogginghosen ohne Bündchen, die er nach seinem Unfall benötigt hatte. Dazu ein senfgelbes Hemd mit einer blauen, ärmellosen Weste. Um noch ein wenig an Wirkung zu gewinnen, hatte er das rechte Hosenbein ein wenig gerafft, sodass sein künstlicher Fuß gut zu erkennen war.

Jennifer schluckte bei seinem Anblick, flog dann aber mit einem gehauchten »Andreas!« auf ihn zu und versuchte, ihn zu küssen. Rasch drehte er das Gesicht so, dass sie nur eine Wange traf, und hielt sich dabei an der Wand fest.

»Bitte nicht so stürmisch!«, bat er mit matter Stimme.

Er fand, dass Jennifer in München arg zugenommen hatte. Vor anderthalb Jahren hatte sie eine tolle Figur gehabt. Jetzt quollen um die Hüften herum Speckrollen aus der Hose, und ihr Busen passte nicht mehr so richtig in das enge T-Shirt.

»Hallo, Andreas, wie geht's dir?«, fragte Karin besorgt, ihre Tochter könnte vielleicht doch Zicken machen.

»Würde ich sagen, ausgezeichnet, wäre es gelogen«, antwortete Andreas. »Aber sonst bin ich zufrieden. Andere Unfallopfer trifft es oft noch schlimmer als mich.«

»Aber du kannst doch recht gut gehen!«

»Na ja, halbwegs!«, meinte Andreas und machte ein paar Schritte in Richtung Wohnzimmer. Während er sich sonst bemühte, nicht zu hinken, tat er es diesmal extra. Ein bitterböser Blick seiner Mutter traf ihn, doch vor den Gästen wollte sie nichts sagen.

»Du läufst schlechter als vor einem Jahr!«, rief Jennifer enttäuscht.

»Das ist nicht immer so«, antwortete Sonja, die inzwischen begriffen hatte, was Andreas beabsichtigte, es ihm aber nicht durchgehen lassen wollte. »Es sind nur ein oder zwei Tage im Monat, an denen Andreas die Verletzung spürt. Es liegt am Wetter, müsst ihr wissen.«

»Das Wetter? Verstehe«, antwortete Jennifer, ohne das Geringste zu begreifen.

»Sonja hat recht«, sagte Karin mit Nachdruck. »Ich habe Andreas öfter in der Stadt gesehen. Würde ich nicht wissen, wie es um ihn steht, hätte ich nichts bemerkt.«

»Trägst du diese Hosen auch in der Arbeit?«, fragte Jennifer mit einem abfälligen Seitenblick auf die Flatterhose an Andreas' Beinen.

»Natürlich nicht!«, antwortete seine Mutter. »Da ist er der vorschriftsmäßige Bankangestellte. Daheim aber will er es bequem haben.«

»Das kann ich verstehen. Mir geht es genauso!« Jennifer hatte ihren ersten Schrecken überwunden und sah Andreas mit einem tiefen Seufzer an. »Komm doch! Du kannst gewiss nicht lange stehen. Hier am Tisch können wir reden.«

»Zuerst gibt es Kaffee und Kuchen«, sagte er und humpelte zu seinem Stuhl.

Seine Mutter wusste nicht, ob sie lachen oder weinen sollte, als sie die Tassen füllte. Wie es aussah, war Jennifer mit der Absicht hierhergekommen, sich Andreas zu krallen, und wollte sich nicht durch Äußerlichkeiten davon abhalten lassen. Während sie große Stücke Schwarzwälder Kirschtorte verzehrte, berichtete sie wortreich von ihrem Aufenthalt in München.

»Vielleicht hätte es geklappt, wenn Mike nicht bei diesem dummen Unfall ums Leben gekommen wäre«, erklärte sie ungeachtet der Tatsache, dass sie Mike zum Zeitpunkt des Unfalls längst zugunsten von Max den Laufpass gegeben hatte.

»Max, mein letzter Freund, war eine totale Niete«, setzte sie ihren Monolog fort. »Tat so, als wäre er der volle Macker, brachte aber kein Bein auf die Erde. Ich habe monatelang seine Buchhaltung geführt, ohne einen einzigen Cent dafür zu bekommen. Zuletzt war er so pleite, dass ich manchmal vor dem leeren Kühlschrank stand und nicht einmal mehr wusste, was ich kochen sollte. Ein paar Bekannte haben mir schließlich Geld geliehen, damit ich nach Hause fahren konnte.«

Andreas ließ sie reden. An der Miene seiner Mutter sah er, dass diese über Jennifers Wortwahl schockiert war. Auch Karin ärgerte sich über die drastischen Ausdrücke ihrer Tochter und nahm sich vor, ihr deutlich die Meinung zu sagen, sowie sie wieder allein waren. Dann aber fiel ihr ein, dass Andreas kaum eine große Auswahl an möglichen Bräuten hatte und froh sein musste, wenn ihre Tochter ihn sich angeln wollte.

8.

In Mühldorf erwies Ruth sich als ausgezeichneter Ersatz für Leon. Da sie aus dem gleichen Metier stammte, brauchte Lexa ihr viele Dinge nicht zu erklären. Die gewonnene Zeit nützte sie, um Ruths Abrechnungen bei Lehmann zu überprüfen. Als sie zuletzt auf einen Fehlbetrag von über vierzigtausend Euro in vier Jahren stieß, nahm sie sich auch ihre eigenen Abrechnungen vor. Ihr blieb fast die Luft weg, denn die Summe, die Lehmann ihr durch Buchungstricks vorenthalten hatte, überstieg Ruths Außenstände beinahe um das Dreifache. Es war genug Geld, um ihr nicht gerade billiges Auto samt allen Sonderwünschen bezahlen zu können. Damit hätte sie für den Augenblick Luft und könnte die nächsten Monate überstehen. Außerdem zog der Dubai-Fonds nach einigen Wochen der Schwäche wieder an und hatte fast schon wieder drei Viertel seines ursprünglichen Wertes erreicht.

Lexa schob den Gedanken an das Geld im Wüstenstaat schnell beiseite und blickte erneut auf die Summe, die Lehmann ihr schuldete. Im ersten Augenblick wollte sie einen Anwalt einschalten, sagte sich aber, dass ein Rechtsstreit für sie nur die letzte Lösung sein durfte. Zusammen mit Ruth Beinroth forderte sie ihn in einem eingeschriebenen Brief ultimativ auf, die ihnen vorenthaltenen Beträge umgehend zu erstatten.

Als zwei Tage später das Geld auf ihrem Konto einging, schüttelte Ruth verblüfft den Kopf. »Ich hätte nicht erwartet, dass Lehmann einknickt.«

»Zumindest nicht so schnell«, meinte Lexa und las die E-Mail durch, die eben hereingekommen war. »Lehmann verlangt von uns absolutes Stillschweigen, sonst würde er es auf einen Prozess ankommen lassen! Es ist nur eine Drohung, aber ich habe ohnehin keine Lust, diese Sache an die große Glocke zu hängen.«

»Wieso will er, dass wir den Mund halten? Er hat doch nachgegeben«, wunderte sich Ruth.

Lexa lachte leise auf. »Ich kann dir sagen, warum: Lehmann hat Reuter, Mahler und Kärner wahrscheinlich nicht weniger betrogen als uns. Wenn die ebenfalls das ihnen zustehende Geld von ihm fordern, würde er pleitegehen.«

»Wenn wir nichts sagen, leisten wir doch Beihilfe zum Betrug!«, wandte Ruth ein.

»Tun wir nicht! Hier ging es um unser Geld. Was mit Mahler, Reuter und Kärner ist, wissen wir nicht. Außerdem liebe ich die drei Herren nicht so sehr, dass ich ihretwegen meinen Namen in einen Prozess gegen Lehmann verwickelt sehen will.«

»Es sind aufgeblasene Machos, da hast du recht!« Ruth winkte ab und meinte, dass sie froh sei, nicht mehr auf dem Trockenen sitzen zu müssen.

»Ich habe zwar nicht vor, das Geld zum Fenster hinauszuwerfen, will mir aber ein paar neue Klamotten besorgen. In diesem Jahr habe ich mir noch nicht einmal eine neue Strumpfhose geleistet.«

»Dann wird es Zeit!«, sagte Lexa und widmete sich wieder ihrer Arbeit. »Es sieht aus, als würden wir beide heuer gut verdienen, und das trotz der Dubai-Delle«, sagte sie nach einer Weile.

»Das freut mich, denn ich wollte wirklich kein Klotz am Bein für dich sein.« Ruth war die Erleichterung anzusehen.

»Das bist du mit Sicherheit nicht! Übrigens haben einige deiner Kunden bereits Mundpropaganda betrieben und neue Kunden geworben. Wir sollten uns mit einem kleinen Geschenk bedanken.«

»Gerne, aber das geht von meinem Geld ab.«

Lexa amüsierte sich über Ruths entschlossene Stimme, sagte sich aber, dass ein eleganter Füllfederhalter für diese Art von Kunden gerade richtig war. »Ruf mir ein Taxi.«

Noch während sie es sagte, fand sie, dass sie bereits arg bequem geworden war. Den kurzen Anruf hätte auch sie erledigen können. Doch da hielt Ruth bereits den Hörer in der Hand. »Das Taxi ist in fünf Minuten da«, sagte sie, als sie wieder auflegte.

»Danke!« Lexa stand auf, holte ihre Jacke und verließ das Haus.

Der Taxifahrer kannte sie bereits und wusste, dass er, falls sie nicht viel einzukaufen hatte, auf sie warten sollte. So war es auch diesmal. Nachdem Lexa in einem Fachgeschäft in der Innenstadt mehrere schöne Füllfederhalter gekauft hatte, ließ sie sich wieder nach Mößling zurückfahren. Als sie dort ankam, sah sie zu ihrer Überraschung den Sportwagen ihres Bruders vor dem Haus stehen.

Und tatsächlich erwartete er sie auf ihrem Schreibtischstuhl sitzend und in eine intensive Unterhaltung mit Ruth vertieft.

»Das ist ja eine Überraschung!« Lexa lächelte. »Ich hätte nicht gedacht, dass du so schnell Sehnsucht nach mir bekommst.«

»Ich muss dich enttäuschen, denn ich bin nicht deinetwegen gekommen«, gab Leon grinsend zu. »Ich hatte Ruth vor meiner Abreise versprochen, sie auf eine Spritztour mit meinem Wagen mitzunehmen. Hast du was dagegen, wenn sie heute eine Stunde eher Schluss macht?«

»Von mir aus könnt ihr gleich fahren! Das bisschen, das noch zu tun ist, kann ich selbst erledigen.«

»Nein, ich mache schon alles fertig«, sagte Ruth, wurde aber von Lexa unterbrochen.

»Die zwei Stunden machen das Kraut nicht fett. Außerdem solltest du wirklich ein bisschen ausspannen – falls das bei den Fahrkünsten meines Bruders überhaupt möglich ist!«

Diese kleine Spitze leistete sie sich, sah aber, dass sie an Leon einfach abprallte.

»Komm, Ruth! Wenn die Chefin sagt, wir können fahren, dann tun wir das auch.«

»Du hast wirklich nichts dagegen?« So ganz traute Ruth dem Braten nicht, doch Lexa winkte nur ab.

»Verschwindet endlich!«

Bevor Ruth etwas darauf antworten konnte, nahm Leon sie bei der Hand und führte sie zur Tür hinaus.

»Du bist die Beste, Lexa!«, rief er noch, dann waren die beiden fort.

Lexa sah ihnen verwundert nach und schüttelte den Kopf. Immerhin hatte ihr Bruder bereits etliche Freundinnen gehabt, und die hatten eher so sexy wie Jennifer ausgesehen. In der Hinsicht entsprach die schlanke Ruth nicht gerade seinem Beuteschema. Sie fragte sich, ob es nur eine vorübergehende Laune Leons war oder ob sich doch etwas Ernsteres anbahnte.

9.

Nachdem Ruth und Leon gefahren waren, wandte Lexa sich wieder ihrer Arbeit zu und kam so gut voran, dass sie nach einer knappen Stunde ebenfalls den Rechner ausschaltete und überlegte, ob sie nicht die Zeit nutzen und Inge anrufen sollte. Da hörte sie, wie draußen vor dem Haus ein Motorrad anhielt. Kurz darauf klingelte es.

Als Lexa zur Tür ging und öffnete, stand Max vor ihr.

»Hallo, Lexa, darf ich reinkommen?«, fragte er leise.

Lexa nickte und trat einen Schritt zurück. »Was willst du?«

»Ich wollte dich wiedersehen!« Während er es sagte, starrte Max sie verblüfft an. Er hatte eine Frau erwartet, die sich nur mit Krücken und großer Mühe fortbewegen konnte. Vor ihm aber stand eine schlanke, elegante Frau in einem modischen Kostüm.

»Du siehst toll aus!«, sagte er und meinte es ehrlich.

Lexa führte ihn in ihre Wohnung und forderte ihn auf, in der Küche Platz zu nehmen. »Möchtest du etwas trinken?«

»Wenn du ein Bier hättest?«

»Habe ich nicht! Ich trinke keins, und es kommen auch keine Gäste, die es wollen. Ich kann dir nur Orangensaft anbieten oder Kaffee.«

»Lieber … äh, dann Kaffee.«

Lexa blickte kurz auf die Uhr und fand, dass es nicht zu spät für sie war, ebenfalls einen Kaffee zu trinken. Sie entschied sich für Cappuccino, während sie für Max die Kapsel mit extrastarkem Kaffee nahm, die sie irgendwann aus Versehen gekauft und bisher nicht verwendet hatte.

Da sie nichts sagte, suchte Max das Gespräch. »Dir scheint es gut zu gehen?«

»Ich kann nicht klagen.«

»Das freut mich. Ich habe mir doch einige Sorgen um dich gemacht!«

»Ach ja?« Lexa klang sarkastisch, denn das letzte Lebenszeichen von ihm hatte sie noch in der Rehaklinik bei Kronach erhalten, und das war anderthalb Jahre her.

»Wirklich! Ich …« Max brach ab, atmete tief durch und sah sie dann hoffnungsvoll an. »Es war nicht leicht für mich. Du warst schwer verletzt, und als dann noch unser alter Kumpel Mike tödlich verunglückt ist, hatte ich seine Freundin Jennifer am Hals. Das ist eine Klette, sage ich dir! Ich konnte tun, was ich wollte, ich bin sie nicht losgeworden. Ich …«

»Lass die Vergangenheit ruhen und sag, warum du gekommen bist«, unterbrach Lexa ihn.

»Ich will dich fragen, ob wir nicht wieder so weitermachen können wie vor deinem Unfall. Ich liebe dich und weiß, dass du mich auch liebst.«

»Geliebt habe!«, korrigierte Lexa ihn, während ihr Kopf wie ein Bienenschwarm schwirrte. Sie hatte mit vielem gerechnet, nicht aber, dass Max mit diesem Vorschlag kommen würde.

»Ich weiß, du bist sauer auf mich, weil ich mich so lange nicht gerührt habe. Es war der Schock! Außerdem hatte ich Jennifer am Hals und hatte auch geschäftlich ein paar Probleme. Aber wer liebt, muss verstehen und verzeihen.«

Lexa fragte sich, aus welcher Seifenoper er diese Bemerkung hatte, und spürte doch, wie sich ein Teil von ihr meldete, der sich ein geregeltes Familienleben und am liebsten auch ein Kind wünschte. Jemand anderes als Max, dem das Wasser, wie ihr Bruder gesagt hatte, bis zur Oberkante Unterlippe stand, würde wohl kaum Interesse an ihr haben.

Doch wollte sie Max überhaupt noch? Die Erinnerungen an einige schöne Augenblicke kamen in ihr auf, aber auch daran, wie sie in der Klinik verzweifelt auf ihn gewartet hatte. Stattdessen war er mit Jennifer durch die Dörfer gezogen, und das, lange bevor Mike verunglückt war. Von Claudia wusste sie zudem, dass er alle Schuld an dem Unfall abgestritten und ihr in die Schuhe geschoben hatte.

Nachdenklich schüttelte sie den Kopf. »Es tut mir leid, Max, aber ich habe kein Vertrauen mehr zu dir.«

»Das meinst du doch nicht im Ernst!«

Lexa stellte ihm die Kaffeetasse hin und setzte sich. »Ich meine es sehr ernst! Für mich hattest du nach unserem Unfall keine Zeit, aber für Jennifer hast du alles getan, um ihr über Mikes

›Verlust‹ hinwegzuhelfen. Du hast sie sogar in deine Wohnung aufgenommen und auf Facebook gepostet, dass ihr ein glückliches Paar wärt.«

»Scheiß Facebook!«, entfuhr es Max. Dann aber fasste er nach Lexas Händen. »Das ist lange vorbei! Ich habe gemerkt, dass ich nur dich liebe, Lexa. Ich wäre schon längst zu dir gekommen, hatte aber fürchterliche Angst, du würdest mir eine Szene machen, weil du durch den Unfall deine Beine verloren hast.«

Ein Teil von Lexa wollte glauben, dass dies stimmte. Vielleicht sollte sie ihm doch die Chance geben, sein damaliges Verhalten vergessen zu machen? Was ist, wenn er mit der nächsten attraktiven Frau durchbrennt, weil er sich davor ekelt, mit einer Frau ohne Füße schlafen zu müssen?, fragte ein anderer Teil von ihr. Sie war hin- und hergerissen. Da war zum einen der Wunsch nach einem halbwegs normalen Leben, das Max ihr ermöglichen konnte, zum anderen ihr Misstrauen ihm gegenüber.

Max kannte Lexa gut genug, um zu merken, dass sie kurz davor war nachzugeben. Der besorgte Ausdruck auf seinem Gesicht verschwand und machte dem jungenhaften Lächeln Platz, das Lexa früher an ihm gefallen hatte.

»Ich weiß, dass du mich immer noch liebst!«, sagte er mit beschwörender Stimme. »Der Vertreter des Motorradherstellers hat mir nämlich mitgeteilt, dass du meinen Laden kaufen willst. Damit wäre ich sämtliche Sorgen los und könnte neu anfangen. Wenn wir ein bisschen Geld in die Hand nehmen, wird das Geschäft innerhalb kurzer Zeit florieren. Wir könnten …«

Tief im Innern hatte Lexa genau das erwartet. Um seinen geliebten Motorradladen behalten zu können, war Max bereit, sich selbst mit einem Freak wie ihr zusammenzutun.

Entschlossen schüttelte sie den Kopf. »Es hat keinen Sinn mehr, Max! Du hättest nach dem Unfall und in den Wochen danach die Chance gehabt, mir zu zeigen, dass du mich wirklich liebst. Aber du hast dich für Jennifer entschieden …«

»Die ist doch längst fort!«, unterbrach er sie heftig.

»Aber nur, weil du ihr nicht mehr das Leben bieten kannst, das sie erwartet. Höre mir jetzt gut zu, Max! Wenn ich je wieder eine Partnerschaft ins Kalkül ziehen würde, würde ich sie wie ein Geschäft abhandeln, mit einem Vertrag, der die Verpflichtungen beider Partner schriftlich festlegt, und ebenso die Vertragsstrafen, die anfallen, wenn ein Partner gegen eine der Bedingungen verstößt.«

»Du bist verrückt!«, entfuhr es Max.

»Danke, dass du es so siehst! Damit erübrigt sich jede weitere Diskussion. Deinen Kaffee kannst du noch austrinken.«

Lexa lächelte, doch ihr Herz weinte bittere Tränen. Es war zu offensichtlich, dass Max nur gekommen war, um über sie seinen Motorradladen behalten zu können. Wäre er ehrlich zu ihr gewesen, hätte sie ihm vielleicht eine Chance gegeben. Doch ebenso wie in den wenigen E-Mails während ihrer Klinikaufenthalte hatte er auch diesmal gelogen.

»Aber Lexa, das kannst du nicht tun. Ich liebe dich!« Max versuchte, Lexa vom Stuhl hochzuziehen und zu umarmen. Mit einer ärgerlichen Bewegung wehrte sie ihn ab.

»Benimm dich wenigstens einmal wie ein Mann und nicht wie ein verzogener kleiner Junge. Und jetzt würde es mich freuen, den Rest des Tages allein verbringen zu können.«

»Lexa!«, rief er.

»Raus! Oder muss ich meinen Vermieter rufen, damit er dich auf die Straße setzt?«

Lechner war zwar über sechzig und hätte mit Max niemals fertigwerden können. Doch Lexas Bluff verfing.

»Du willst also nicht? Damit bist du schuld, wenn ich meinen Laden verliere!«, rief Max weinerlich.

»Das nehme ich gerne auf meine Kappe. Auf Nimmerwiedersehen!« Lexas Handbewegung war eindeutig und zeigte Max, dass er auf nichts mehr hoffen konnte.

Mit einer wütenden Bewegung fegte er seine noch halb volle Tasse von Tisch. Diese zerbrach und hinterließ eine dunkle Pfütze auf dem Fliesenboden. Als Lexa es sah, war sie froh, Max nicht ins Wohnzimmer geführt zu haben. Sie hätte sonst den Teppich in die Reinigung geben müssen.

Ohne ein weiteres Wort zog Max ab. Draußen drehte er ein paarmal den Gashebel seines Motorrads bis zum Anschlag an und fuhr mit quietschenden Reifen davon.

Lexa dachte, dass er sich früher besser beherrscht hatte. Oder hatte sie ihm damals nur mehr nachgesehen? Ihr fiel ein, wie er sich in Sinsheim benommen hatte, weil sie wegen geschäftlicher E-Mails nicht an der Rundfahrt hatte teilnehmen können.

»Aus und vorbei!«, sagte sie und machte sich daran, die Scherben der Tasse aufzulesen und den Kaffeefleck aufzuwischen.

10.

Als Max fort war, kamen Lexa erneut Zweifel. Hätte sie ihm nicht doch eine Chance geben sollen? Auf diese Weise hätte sie eine Familie haben und Kinder bekommen können. Möglicherweise wäre Max ihre einzige Chance dafür gewesen – und sie hatte ihn abgewiesen!

Um sich von diesen niederschmetternden Gedanken abzulenken, schaltete sie das Fernsehgerät ein und blieb bei einer Sendung über das Flüchtlingsdrama im Mittelmeer hängen. Eben hob ein Bundeswehrsoldat ein vielleicht drei- oder vierjähriges Mädchen auf und trug es an Land. Der Kommentator berichtete, dass die Eltern und die Geschwister der Kleinen unterwegs ums Leben gekommen waren.

Lexa kämpfte mit den Tränen, als sie das von Angst und Leid gezeichnete Gesicht des Mädchens sah, und wischte sich mehrfach über die Augen. Der Rest der Reportage floss an ihr vorbei. Noch als sie später ins Badezimmer ging, um sich für die Nacht fertig zu machen, sah sie das verzweifelte Gesichtchen vor sich und empfand den Wunsch, etwas für das Kind tun zu können.

Da straffte sie sich. Natürlich konnte sie etwas tun, nämlich der Kleinen eine neue Heimat geben! Sie wünschte sich doch so sehr ein Kind, und da sie auf natürlichem Weg wohl niemals eins bekommen konnte, erschien ihr eine Adoption als ideale Lösung. Auf diese Weise würde sie einen Menschen haben, für den sie sorgen konnte und der sie so lieben würde, wie sie war. Außerdem würde sie damit einem Kind in Not die rettende Hand reichen und ihm eine bessere Zukunft verschaffen.

Sie schaltete ihren Computer wieder ein und suchte die Adresse des entsprechenden Hilfswerkes heraus. Als sie dort anrief, antwortete ihr eine Computerstimme, dass das Büro erst ab neun Uhr wieder besetzt sein würde.

»So lange muss ich eben warten«, sagte sie sich und ging ins Schlafzimmer.

In dieser Nacht fand sie nur wenig Schlaf, denn sie überlegte, wie sie ihre Wohnung kindgerecht einrichten konnte. Erst gegen Morgen schlief sie ein und wachte erst kurz vor neun Uhr auf. Ihr blieb gerade noch die Zeit, die Zähne zu putzen und Creme aufzutragen, dann eilte sie zum Telefon und rief erneut die Nummer an. Zunächst geriet sie in eine Warteschleife und verzweifelte fast, bis sich endlich jemand meldete.

»Guten Tag, mein Name ist Dr. Alexandra Fabarius. Ich habe gestern Abend den Fernsehbericht über das kleine Mädchen gesehen, dessen Eltern bei der Flucht umgekommen sind, und würde es gerne adoptieren!« Obwohl sonst eine gewiefte Geschäftsfrau, fiel sie hier mit der Tür ins Haus.

»Sie sind mittlerweile die zweihundertste Person, die das Mädchen adoptieren will«, antwortete der Mann am Telefon. »Aber dafür sind wir nicht zuständig. Wir sind eine Hilfsorganisation, die sich für die Flüchtlinge einsetzt und dafür sorgt, dass sie mit allem Lebensnotwendigen ausgestattet werden. Wenn Sie uns helfen wollen, dann spenden Sie Geld.«

»Dazu bin ich gerne bereit, aber ich würde gerne dieses Mädchen adoptieren. Und wenn das nicht geht, vielleicht ein anderes«, drängte Lexa.

»In der Richtung können wir nichts für Sie tun. Wir helfen Flüchtlingen, aber wir verkaufen keine kleinen Kinder für Geld. Spenden Sie, wenn Sie etwas für die Flüchtlinge tun wollen. Was Adoptionen betrifft, müssen Sie sich an das Jugendamt Ihrer Stadt wenden. Die können Ihnen weiterhelfen. Auf Wiederhören!« Noch bevor Lexa etwas antworten konnte, legte der Mann auf.

Lexa starrte auf den Hörer und schüttelte irritiert den Kopf. Aus dem Fernsehbericht hatte sie geschlossen, es wäre recht einfach, ein Flüchtlingskind zu adoptieren.

»Dann muss ich mich eben ans Jugendamt wenden«, sagte sie sich.

Es war Samstagvormittag, und es brachte nichts, vor Montag etwas zu unternehmen. Um nicht andauernd an das Mädchen zu denken, das sie wahrscheinlich nicht bekommen würde, vertiefte Lexa sich in ihre Arbeit und sah erstaunt, dass der Dubai-Fonds immer weiter stieg und seinen ehemaligen Spitzensatz weit hinter sich ließ. Nach einer Recherche im Internet und einer kurzen Analyse fand sie heraus, dass der Absturz des Fonds von einer Investorengruppe künstlich herbeigeführt worden war, um den Kurs zu drücken und die Anteilseigner in Panik zu versetzen, damit sie verkauften. Um nicht erneut von solchen Machenschaften betroffen zu werden, wartete Lexa, bis der Kurs am Sonntagnachmittag besonders hoch war, und stieß ihre Anteile ab. Zudem riet sie ihren Klienten per Mail, es ebenfalls zu tun. Die meisten antworteten rasch und gaben sich mit den bisherigen Gewinnen zufrieden. Wer es nicht tat, erlebte am Montagmorgen eine unangenehme Überraschung, denn der Fonds sackte erneut ab und pendelte sich ein ganzes Stück unter dem ehemaligen Wert ein.

Lexa dachte zu dem Zeitpunkt jedoch nicht mehr an den Dubai-Fonds, sondern befand sich auf dem Weg zum Jugendamt. Da sie früh gekommen war, wurde sie rasch vorgelassen und sah sich einem älteren, mit einem Janker und einer ledernen Kniehose bekleideten Mann gegenüber, dessen Büro penibel aufgeräumt war.

Er empfing sie mit einem lauten »Grüß Gott!«.

»Grüß Gott!«, antwortete Lexa, weil sie annahm, dass er dies erwartete. Sie setzte sich und sah den Mann freundlich an.

»Ich bin Dr. Alexandra Fabarius und habe am Freitagabend die Sendung über die Flüchtlinge im Mittelmeer gesehen. Ich würde gerne helfen und ein kleines Mädchen, das keine Angehörigen mehr hat, bei mir aufnehmen und es adoptieren.«

»Die Flüchtlinge fallen nicht in unseren Bereich«, antwortete der Mann ablehnend.

»Aber Sie können mir sicher sagen, an wen ich mich wenden muss«, erwiderte Lexa, der das Lächeln nach dieser harschen Antwort etwas schwerfiel.

»Für Adoptionen sind wir zuständig. Wenn die Voraussetzungen stimmen, ist eine solche möglich.«

Bei dieser Antwort atmete Lexa auf. »Ich bin nicht unvermögend und kann einem kleinen Mädchen einiges bieten.«

»Wie heißen Sie? Fabarius? Ich schau nach, ob ich Ihre Akte beim Einwohnermeldeamt einsehen kann. Ach ja, da ist sie schon. Fabarius Alexandra, geboren in Hamburg. Sie sind nicht verheiratet?« Die Stimme des Mannes klang, als wäre dies ein Verbrechen.

»Ist das Bedingung?«, fragte Lexa überrascht.

»Bei uns schon! Die Kinder sollen ja in intakten Familien aufwachsen.«

»Aber ich habe gelesen, dass auch Alleinstehende oder homosexuelle Paare Kinder adoptiert haben«, wandte Lexa ein.

»Die tun das im Ausland, aber nicht hier bei uns.«

»Dann werde ich es eben auch im Ausland tun.« Jetzt war Lexa doch verärgert.

Der Beamte sah unterdessen ihre Akte durch. »Hier steht, dass Sie zu einhundert Prozent körperbehindert sind. Damit können Sie jegliche Adoption vergessen. Wenn Sie sich ein ausländisches Kind holen, wird die Adoption von uns nicht anerkannt, und Sie müssten das Kind abgeben.«

»Man würde es mir wegnehmen?«, fragte Lexa ungläubig.

»Sie sind alleinstehend und schwer körperbehindert. Da geht gar nichts!« Es schien fast, als würde es dem Mann Freude machen, sie abblitzen zu lassen.

In Lexa stieg unbändige Wut auf. Sie hätte einem kleinen Mädchen ein heimeliges Nest einrichten können, doch die eingefressenen Vorurteile dieses Mannes, der Menschen wie sie als wertlose Krüppel anzusehen schien, machten es ihr unmöglich.

»Sie können eine Patenschaft für ein Kind übernehmen«, schlug der Beamte ihr gönnerhaft vor.

»Ich werde es mir überlegen«, antwortete Lexa spitz und stand auf. Als sie zur Tür ging, konnte sie der Versuchung nicht widerstehen und verabschiedete sich mit »Tschüss!«.

Sie hörte noch ein leises »Saupreißin« und schloss die Tür etwas heftiger, als es nötig gewesen wäre.

11.

Lexas Wut und Enttäuschung wollten nicht weichen, und sie beschloss am Abend, ihre mütterliche Freundin Inge Kastler anzurufen. Doch bevor sie auf ihr Gespräch mit dem Jugendamt zu sprechen kam, fragte Inge mit gutmütigem Spott: »Na, Lexa, hast du deinen Bruder gut überstanden?«

»Das war kein Problem! Er hat sogar ganz gut gearbeitet. Mir geht es um etwas anderes.« Lexa zögerte kurz und beschloss, erst einmal von Max zu berichten.

»Am Freitag war Max hier und wollte unsere Beziehung wieder aufleben lassen.«

»Du hast ihn abgewiesen und weißt jetzt nicht, ob es richtig gewesen ist, nicht wahr?«

»So ungefähr.«

»Nicht so ungefähr, sondern genau das ist es«, erklärte Inge. »Ich muss dir sagen, dass ich dich bewundere. Viele Frauen wären weich geworden, hätten aber in Zukunft unter allen möglichen Zweifeln gelitten und jeden Blick, den er einer gesunden Frau gegönnt hätte, zum Anlass für Eifersucht genommen. Glaub mir, es wäre keine gute Partnerschaft geworden.«

»Danke, dass du es so siehst! Er ist auch nur deshalb zu mir gekommen, weil er gehofft hat, durch mich seinen Motorradladen behalten zu können.« Lexa erzählte Inge von dem Gespräch und hörte sie mehrfach lachen.

»Der Bursche ist ja noch charakterloser, als ich dachte!«, rief Inge, als Lexa mit ihrem Bericht zu Ende war. »Tut so, als hätte er diese Jennifer nur aus Gnade und Barmherzigkeit aufgenommen, dabei waren die Fotos bei Facebook eindeutig. Sei froh, dass du ihn zum Teufel gejagt hast. Einen Besseren als ihn wirst du an jeder Straßenecke finden!«

»Du weißt doch, dass ich keinen Mann will«, antwortete Lexa traurig.

»Und doch hättest du Max beinahe wieder in Gnaden aufgenommen? Nein, mein Mädel, du bist mit dem Leben noch lange nicht fertig und das Leben nicht mit dir. Warum willst du nicht Sonja Jannings Einladung annehmen und ihren Sohn kennenlernen? Andreas soll sehr vernünftig sein, aber ein bisschen scheu, was Frauen angeht. Vielleicht würde er bei dir auftauen.«

»Bis zu dem Augenblick, in dem er meine Prothesen sieht!« Lexa klang bitter, denn Max' Besuch und der Fernsehbericht hatten die Sehnsucht nach einem Menschen, mit dem sie zusammenleben konnte, quälend stark entfacht. Es muss ja nicht unbedingt ein Mann sein, dachte sie, mit dem sie glücklich wurde.

»Was ist mit dir, Inge? Willst du nicht bei mir wohnen?«, fragte sie aus einem Impuls heraus. »Ruth wird wahrscheinlich nicht mehr lange bei mir bleiben, sondern zu meinem Bruder ziehen.«

»Weißt du, Mädel, ich bin ein alter Baum, den man nicht ohne Not verpflanzen sollte. Außerdem würde ich dir jede Chance nehmen, Leute deines Alters kennenzulernen. Du würdest dich an mich klammern wie ein kleines Äffchen an seine Mutter und glauben, damit glücklich zu werden. Das wärst du aber nicht.«

»Vielleicht doch!«, sagte Lexa und wurde von der Türklingel unterbrochen.

»Wenn das Max ist, kann er klingeln, bis er schwarz wird!«, stieß sie ärgerlich hervor.

»Und wenn es jemand anderes ist, ärgert er sich, weil du nicht aufmachst«, gab Inge zurück.

»Wer sollte schon zu mir kommen außer Spendensammlern und den Zeugen Jehovas?«, spottete Lexa und erinnerte sich daran, dass es auch Ruth sein konnte, die telefonisch um einen Tag Urlaub gebeten hatte.

»Du, Inge, ich mache jetzt Schluss und sehe nach! Tschau, bis bald!«

»Es gibt also doch jemanden, der vor der Tür stehen kann. Mach's gut, Kleines!«

Ein Knacken zeigte, dass Inge aufgelegt hatte. Lexa ging zur Tür. Als sie vorsichtig aufmachte, sah sie Claudia und deren Mann vor sich.

»Lexa, Liebes! Wie schön, dass wir dich antreffen. Wir kommen von Bernds Verwandten in Passau und haben uns gedacht, wir könnten auf dem Heimweg bei dir vorbeischauen!«, rief Claudia und schloss sie in die Arme.

»Das ist sehr lieb von euch.« Lexa wunderte sich trotzdem. Auch wenn sie mit Claudia regelmäßig E-Mails wechselte, so hatte sie ihre Freundin seit Monaten nicht mehr gesehen.

»Kommt doch herein!«, sagte sie und führte sie ins Wohnzimmer.

»Nicht übel«, meinte Bernd, als er sich umsah.

»Was wollt ihr trinken? Nur gleich zur Information: Bier habe ich keines.«

»Ich darf sowieso keines trinken – und auch keinen Kaffee. Hast du Früchte- oder Roibuschtee?«, fragte Claudia.

»Ich schaue nach! Wenn nicht, kann ich ihn mir von meiner Vermieterin leihen. Aber ich glaube, ich habe was für dich. Und was willst du, Bernd?«

»Dasselbe wie Claudia«, erklärte dieser und strich seiner Frau so sanft übers Haar, dass Lexa beinahe neidisch wurde.

Sie ging in die Küche, setzte Wasser auf und suchte nach geeigneten Teesorten. Kurz darauf brachte sie die dampfenden Tassen ins Wohnzimmer und stellte sie auf Untersetzer.

»Du wohnst recht feudal hier«, sagte Bernd. »Ich glaube, deine Wohnung ist größer als unsere.«

»Die Mietpreise sind hier eben geringer als in München. Das hilft mir, denn ich brauche genügend Platz, wenn ich mich mit dem Rollstuhl bewegen muss.«

»Wie geht es eigentlich deinen Beinen?«, fragte Claudia. »Du läufst herum, als wären es deine eigenen. Du siehst übrigens gut aus. Voll die Dame! Wenn Max dich so sehen würde, würde ihm die Kinnlade herabfallen.«

»Max war am Freitag hier und wollte mich dazu bringen, ihn wieder in Gnaden aufzunehmen«, spottete Lexa.

»Du hast es hoffentlich nicht getan!« Claudia klang erschrocken. »Weißt du, wir sind auch seinetwegen zu dir gekommen, um dich zu warnen. Freunde von uns, die noch Kontakt zu Max haben, haben erzählt, dass er seine Gläubiger bereits damit hinhält, dass er bald genug Geld hätte, um sein Geschäft noch größer aufziehen zu können. Als einer aus der alten Gruppe ihn gefragt hat, wer ihm das Geld dafür geben würde, hat er gelacht und behauptet, das käme von dir.«

»Er drückte es noch etwas direkter aus und sagte, du würdest froh sein, wenn du mit deinen Beinen überhaupt noch einen Mann abkriegst«, setzte Bernd zögernd hinzu.

»Bis jetzt komme ich ganz gut ohne zurecht!« Lexa ärgerte sich jetzt noch mehr über Max und war froh, ihn abgefertigt zu haben.

»Wie geht es euch denn?«, fragte sie, um das Thema zu wechseln.

Claudia sah strahlend zu Lexa auf. »Ausgezeichnet! Bernd ist befördert worden und verdient jetzt um einiges mehr als vorher. Und ich bekomme ein Kind!«

»Wirklich? Ihr habt es euch all die Jahre so gewünscht«, rief Lexa und umarmte Claudia vorsichtig.

»Es hat zehn Jahre lang nicht geklappt. Mein Frauenarzt meinte, ich wäre zu verspannt gewesen. Bernd hat damals noch nicht so viel verdient, und da hätte uns mein Gehalt gefehlt. Aber jetzt kann ich zu Hause bleiben, bis unsere Kleine abgestillt ist, und dann zusehen, ob ich halbtags arbeiten kann.«

Während Claudia erzählte, wie sie die Zukunft mit Kind planten, freute Lexa sich für sie. Und doch spürte sie ihre Einsamkeit wie einen grauen Nebel, der sie zu ersticken drohte.

Sie schob die Vorstellung von sich weg und gratulierte dem Paar von ganzem Herzen. »Das ist wundervoll! Ich wünsche euch beiden alles Gute und drücke sämtliche Daumen.«

»Danke!« Claudia sah Lexa gerührt an und lobte dann deren Tee. »Der ist sehr gut! Kannst du mir die Sorte aufschreiben?«

»Gerne!« Lexa verließ das Zimmer und kehrte mit einer vollen Packung zurück. »Die ist aus meinen Vorräten. Solche Sachen kaufe ich immer mit meinen Vermietern zusammen ein, da ich noch kein eigenes Auto habe. Aber das wird sich bald ändern.«

»Du kaufst dir ein neues Auto? Das ist schön! Dann kannst du uns auch einmal besuchen!«

Lexa wunderte sich, weshalb ihre Freundin sie jetzt wiedersehen wollte, nachdem sie lange Zeit nur Mail-Kontakt mit ihr gehalten hatte, gab sich dann aber die Antwort selbst. In ihrer Fantasie hatte Claudia erwartet, sie wie den alten Piraten John Silver aus der »Schatzinsel« mit Krücke und Holzbein zu sehen.

»Ich werde euch besuchen«, versprach sie, nahm sich aber vor, als Erstes zu Inge zu fahren. Dennoch konzentrierte sie sich nun auf Claudia und Bernd, lauschte dem Tratsch, den ihre Freundin aus München mitgebracht hatte, und trank nachsichtig ihren Tee.

12.

Nachdem Claudia und Bernd aufgebrochen waren, fühlte Lexa sich erst einmal müde. Da sie nicht annahm, dass Leon und Ruth an diesem Abend noch kommen würden, ging sie zu Bett. Dabei kreisten ihre Gedanken um das, was alles an diesem Tag geschehen war. Sie war von dem Typen im Jugendamt abgefertigt worden, als wäre sie eine Aussätzige, während Claudia ein Kind bekommen würde und selig darüber war. Sie hingegen würde niemals wachsendes Leben in sich spüren und nie eine Kinderstimme hören, die Mama zu ihr sagte. Sie krallte sich mit beiden Händen in die Bettdecke und schluchzte. Es war alles so sinnlos, dachte sie. Sie hatte sich vorgestellt, nach einigen erfolgreichen Jahren etwas kürzerzutreten und mit Max eine Familie zu gründen.

»Vielleicht hätte ich ihn doch nicht wegschicken sollen«, sagte sie in die Stille ihres Zimmers hinein. »Ich hätte warten müssen, bis ich schwanger bin, um ihn dann mit Geld abzufinden oder auch seinem Laden. Für Leon und Papa hätte ich sicher etwas anderes gefunden.«

Der Wunsch nach einem Kind, nach einem Wesen, das sie so liebte, wie sie war, und das sie nicht wegen ihrer fehlenden Füße ablehnte, erstickte sie fast.

»Die Welt ist ungerecht!«, klagte Lexa das Schicksal an. »Sie hat mir alles genommen, bis auf das Geld. Doch damit kann ich mir auch kein Kind kaufen.«

Mit einem Mal wurde sie ruhiger. Ihr Verstand, der zunächst von ihren Gefühlen betäubt worden war, meldete sich wieder. In diesem Land durfte sie kein Kind adoptieren, und tat sie es im Ausland, würde man es ihr wegnehmen. Doch wenn sie selbst ein Kind bekam, musste man es ihr lassen.

»Aber wie zu einem Kind kommen?«, fragte sie sich. »Es gibt eine Möglichkeit, ohne Geschlechtsverkehr schwanger zu werden«, beantwortete sie ihre Frage selbst. »Und das werde ich tun! Ich werde allen beweisen, dass ich trotz meiner Behinderungen nicht nur eine erfolgreiche Geschäftsfrau, sondern auch eine gute Mutter sein kann. Der Teufel soll Max und das Jugendamt holen! Ich brauche sie beide nicht.«

Da Lexa fühlte, dass sie so schnell nicht einschlafen konnte, stand sie auf, hüllte sich in ihren Morgenmantel und setzte sich ins Arbeitszimmer. Als sie den Computer einschaltete, wusste sie ganz genau, wonach sie suchen musste.

SIEBTES KAPITEL

Ein Rendezvous in Paris

1.

Inge Kastler saß Lexa gegenüber, hielt ein Glas Campari in der Hand und wiegte zweifelnd den Kopf. »Du willst diese verrückte Idee also tatsächlich umsetzen?«

»Was findest du an meinem Vorhaben verrückt?«, fragte Lexa lächelnd.

»Na, eigentlich alles!«, antwortete Inge. »Oder hältst du es für normal, nach Paris zu fahren und dort einen Mann abzuchecken, ob er als Spermienlieferant für ein Kind taugt? Dabei gibt es hundert bessere Möglichkeiten, zu einem Kind zu kommen. Du bist eine schöne Frau und müsstest bloß wieder mehr unter Menschen gehen. Dann fändest du auch einen Mann, dem es nichts ausmacht, dass du von den Knien abwärts nicht mehr vollständig bist. Wenn du deine Strümpfe anlässt, wird er es vielleicht nicht einmal merken, denn deine Prothesen sehen vollkommen natürlich aus.«

Das stimmte zwar, doch Lexa hatte zu viel Angst, dass ein Mann es erkennen und sich verächtlich abwenden würde. Daher winkte sie ab. »Ich habe keine Lust, mich so lange unter einen oder mehrere Kerle zu legen, denen es nur auf eine schnelle Nummer ankommt, um schwanger zu werden. Da ziehe ich ärztliche Hilfe vor.«

»Der Typ, den du triffst, ist aber kein Arzt, sondern irgendein englischer Wissenschaftler, der sich einen hübschen Nebenverdienst verschafft, indem er überspannten Zicken wie dir sein Sperma verkauft. Da könntest du genauso gut in eine normale Samenbank gehen«, schimpfte Inge.

Lexa nahm die Zicke mit Humor. »Das habe ich schon versucht. Ich bekam eine Liste mit der Beschreibung ›passender‹

Spender, alles pickelige Studenten, die sich auf die Weise einen Zuschuss zu ihrem Bafög verdienen wollen. Bei keinem von denen ist abzusehen, wie er sich in zehn oder fünfzehn Jahren entwickelt haben mag. Da hätte ich genauso gut Max den Deal Sperma gegen seinen Laden anbieten können.«

Nachdem Inge einen Schluck von ihrem Campari getrunken hatte, sah sie Lexa kopfschüttelnd an. »Du musst wissen, was du tust! Aber sag mir, was ist an diesem Engländer so Besonderes, dass du auf ihn gekommen bist?«

»Charles Beavershot ist knapp unter vierzig und ein erfolgreicher Wissenschaftler mit einem herausragenden Intelligenzquotienten. Er hat damit bewiesen, dass er mehr ist als ein …«

»… pickeliges Jüngelchen«, fiel Inge ihr spöttisch ins Wort.

»Wenn du es so siehst! Er hat eine ganze Menge über sich ins Netz gestellt. Man muss sich anmelden, um das aufrufen zu können.«

»Und dafür hundert englische Pfund bezahlen!«, fiel Inge Lexa erneut ins Wort.

»Mister Beavershot will nur ernst gemeinte Anfragen und keine kichernden Teenager am Hals haben, die sich einen Scherz machen wollen«, verteidigte Lexa den Mann.

»Das verstehe ich«, gab Inge zu. »Aber kannst du mir sagen, weshalb er diesen Nebenjob als Samenspender macht?«

»Er ist von sich und seinen Fähigkeiten überzeugt und will daher Nachkommen haben, auf die er stolz sein kann.«

»Der Kerl hat einen Knall!«, meinte Inge lapidar.

»So extrem würde ich es nicht bezeichnen«, sagte Lexa gereizt. »Mir kommt es auf jeden Fall gelegen. Er ist ein gut aussehender, intelligenter Mann, und ich werde von einem Kind, das von ihm stammt, kaum enttäuscht werden.«

»Das weiß man immer erst hinterher«, antwortete Inge kühl.

Für einige Augenblicke sah es so aus, als würde es zwischen den beiden Freundinnen Streit geben, aber dann lenkte Inge ein.

»So etwas bringst auch nur du fertig! Ich drücke dir auf jeden Fall die Daumen.«

»Danke!« Lexa entspannte sich wieder und reichte ihrer Freundin eine Mappe. »Das hier sind jene Daten von Beavershot, die ich ausgedruckt habe. Darunter sind sein Geburtsdatum, seine Zeugnisse und seine Universitätsabschlüsse. Hier ist ein Bild von ihm als Student in Oxford, hier sitzt er in dem Achter, mit dem er die traditionelle Ruderregatta auf der Themse gegen den Achter aus Cambridge gewonnen hat. Das hier ist er als junger und bereits erfolgreicher Wissenschaftler mit dreißig.«

Inge fand, dass Lexa ihr die einzelnen Blätter wie Trümpfe in einem Kartenspiel hinlegte. So erfolgreich ihre Freundin als Geschäftsfrau auch war, als weibliches Wesen versagte sie in ihren Augen vollkommen. Aber das konnte und wollte sie ihr nicht ins Gesicht sagen. Vielleicht war es wirklich besser, wenn Lexa ein Kind bekam und dadurch gezwungen wurde, sich mehr ihrer Umwelt zu stellen.

»Das ist ja eine recht imposante Liste. Aber stimmt das alles auch?«, fragte sie.

»Ich habe Beavershot nachrecherchiert. Er hat Oxford mit Auszeichnung verlassen und zusätzlich zu seinem Doktortitel zwei Bachelor und einen Master in Nebenfächern gemacht.«

»So einer passt dir natürlich«, meinte Inge nachdenklich. »Du solltest aber nicht glauben, deswegen ein Genie zur Welt zu bringen. Ein Kind ist in erster Linie ein Kind.«

Lexa nickte, obwohl sie von Beavershots Liste durchaus beeindruckt war. »Er stammt von mehreren englischen Königen ab, einmal von einem illegitimen Sohn und zweimal durch eine ebensolche Tochter. Alle diese Nachkommen wurden von ihren Vätern geadelt oder an Adelige verheiratet. Wäre das englische Adelssystem ebenso wie das deutsche, könnte er sich mit Fug und Recht Lord Beavershot nennen«, setzte sie ihre Erklärungen fort.

»Dir ist wirklich nur das Beste gut genug«, spottete Inge und dachte, dass sie von Lexa mehr Verstand erwartet hätte. Sie wurde ernst. »Hast du dir nicht Gedanken darüber gemacht, dass dieser Mann Ansprüche auf das Kind erheben könnte? Er scheint ein hochintelligenter Mensch zu sein, dem nur das Beste gut genug ist. Wie bist du überhaupt auf ihn gekommen?«

»Durch den Leiter einer niederländischen Klinik, mit der ich im Winter Kontakt aufgenommen hatte, nachdem mein Versuch, ein Mädchen zu adoptieren, nicht geklappt hat. Ich nannte ihm meinen Wunsch, den möglichen Vater des Kindes persönlich kennenzulernen, um mir ein Bild von ihm zu machen. Bei seinen Samenspendern ist das nicht möglich, weil er ihnen Anonymität zugesagt hat. Beavershot hingegen besteht darauf, die Frauen kennenzulernen, denen er zu einem Kind verhelfen soll, und verweigert ihnen seine Hilfe, falls sie seinem Niveau nicht entsprechen. Was seine Ansprüche auf das Kind betrifft, werden diese durch den Vertrag von vornherein ausgeschlossen!«

Einen Augenblick lang dachte Inge, dass es Lexa ganz guttäte, von Beavershot abgelehnt zu werden, bedauerte diesen Gedanken jedoch sogleich wieder. Es würde ihre Freundin ins Mark treffen und ihr vielleicht jede Freude am Leben nehmen. Da war es besser, wenn Lexa auf diese Weise schwanger wurde.

»Gib auf dich acht!«, bat sie.

»Du aber auch auf dich! Mein Kleines wird eine Oma brauchen.«

»Du hast doch deine Mutter.«

»Biologisch gesehen hast du recht. Aber Mama ist immer noch beleidigt, weil ich mich nach meinem Unfall nicht auf Dauer von ihr beherrschen lassen wollte. Papa hat versucht zu vermitteln, aber sie stellt sich quer.«

»Vielleicht ändert sich das, wenn es einen Enkel gibt«, antwortete Inge kopfschüttelnd und dachte sich, dass auch Lexa ziemlich dickköpfig sein konnte. Daher wechselte sie das Thema. »Ich fahre jedenfalls morgen zu Sonja Janning und besuche mit ihr zusammen eine Woche lang Bad Kreuznach. Meine alten Knochen sehnen sich nach warmem Thermalwasser. Weißt du übrigens, dass nächstes Wochenende wieder euer Biker-Treffen stattfindet? Andreas wird hinfahren. Er nimmt Jennifer mit.«

»Diese hirnlose Kuh? Mit der wünsche ich ihm viel Vergnügen«, sagte Lexa mit einem leisen Zischen.

Jennifer hatte sich vor zwei Jahren zwischen sie und Max gedrängt und wollte sich anscheinend nun den damals verschmähten Andreas angeln. Wenn der Mann so dumm war, auf sie hereinzufallen, hatte er nichts Besseres verdient.

Inges Stimme drang in ihre Überlegungen hinein. »Du hättest auch hinfahren können! Nicht jeder Mann lehnt eine Frau ab, nur weil sie keine Füße mehr hat.«

»Das hast du schon vorhin gesagt. Aber glaubst du wirklich, dass einer der Biker es mit einem Oxford-Absolventen aufnehmen kann?«, fragte sie.

Vielleicht nicht mit der Abstammung von Königen, aber in vielen Punkten schon, dachte Inge, wollte es aber nicht laut sagen. Von Sonja Janning wusste sie, dass Andreas von Jennifer nicht gerade begeistert war. Daher hätte Lexa sicher Chancen bei ihm gehabt. Sie selbst hatte Sonja gegenüber bereits vorsichtig angedeutet, dass Lexa durch einen Unfall leicht behindert wäre. Zu ihrer Überraschung war Sonja darüber erleichtert gewesen und hatte gebeichtet, dass auch Andreas mit den Folgen eines Unfalls zu kämpfen hatte.

Inge überlegte daher, ob sie es Lexa sagen sollte. Weil sie jedoch deren verletzlichen Stolz kannte, ließ sie es sein.

2.

Da Inge sich mit Sonja Janning nicht erst in Bad Kreuznach treffen, sondern sie zu Hause abholen wollte, schlug Lexa vor, ihre Freundin am nächsten Tag dorthin zu bringen.

»Karlsruhe liegt für mich fast auf dem Weg, und du musst dich nicht mit der Bahn herumschlagen. Wer weiß, vielleicht streiken sie mal wieder«, sagte sie augenzwinkernd.

Inge nickte erfreut. »Das wäre natürlich nicht schlecht. Immerhin müsste ich zwei Mal umsteigen und würde einen Haufen Zeit verlieren.«

»Damit hast du nur dein Eisenbahnticket umsonst gekauft«, sagte Lexa bedauernd.

»Habe ich nicht, denn ich hatte gehofft, dass du mir diesen Vorschlag machen würdest. So können wir uns unterwegs noch gemütlich unterhalten.«

»Das stimmt.«

»Dann wollen wir mal! Ich trage dafür deinen Koffer«, erklärte Inge.

»Mittlerweile kann ich das sogar wieder selbst. Ich habe auf leichtes Gepäck umgestellt!« Lexa lachte leise und wies auf einen futuristisch aussehenden Koffer mit vier Rollen.

»Bei dir wundert mich nichts mehr«, rief Inge. Sie beugte sich über den Koffer und hob ihn auf. »Der ist wirklich nicht schwer. Was hast du da drinnen?«

»Zwei leichte Sommerkleider, zwei Hosen, vier Blusen, ein Kostüm, eine weitere Jacke, etwas Seidenunterwäsche und meine Kosmetiktasche. Für so kurze Reisen nehme ich immer kleine Tuben und Flaschen. Das spart einiges an Gewicht.«

»Ich werde ihn trotzdem zu deinem Auto tragen«, erklärte Inge.

»Schieben, Inge! Er hat Räder.«

»Die hat der meine auch.«

»Aber du hast mehr Gepäck als ich!« Lexa nahm ihrer Freundin den Koffer ab und schob ihn mit Leichtigkeit vor sich her.

Kurz darauf verstaute sie ihn im Kofferraum, half Inge, deren Gepäck einzuladen, und setzte sich ans Steuer.

»Das ist aber ein sehr feudales Gefährt«, sagte Inge anerkennend, als sie auf dem Beifahrersitz Platz genommen hatte. »Aber kannst du die lange Strecke nach Paris überhaupt schaffen?«

»Ganz leicht, denn das Auto hat einige Besonderheiten, die andere nicht haben«, antwortete Lexa und startete den Motor. Zunächst fuhr sie noch ganz normal wie jeder andere Autolenker. Doch als sie die Autobahn erreichten, drückte sie einen Knopf.

Zu Inges Erstaunen verschwand ein etwa zehn auf fünfzehn Zentimeter großes Stück der Verkleidung der Mittelkonsole und gab ein zusätzliches Bedienfeld frei. »Was ist das?«

»Meine Handsteuerung! Ich behalte die linke Hand am Lenkrad und kann mit der Rechten alle anderen Funktionen bedienen. Das hier ist der virtuelle Gashebel!« Lexa tippte mit dem Mittelfinger auf eines der Felder. Sofort wurde der Wagen schneller.

»Was ist, wenn du zu nahe auf ein anderes Fahrzeug auffährst?«, fragte Inge besorgt.

»Dann ertönt ein Warnsignal und – wenn ich nicht darauf reagiere – erfolgt eine automatische Tempoverringerung.«

»Sag bloß nicht, dass der Kasten von allein fährt! So einem Ding würde ich nicht trauen.«

Lexa schüttelte lachend den Kopf. »So modern ist der Wagen noch nicht. Aber ich finde die Zusatzhilfen recht angenehm.«

Neugierig sah Inge zu, wie Lexa völlig entspannt das Auto steuerte. Einmal fuhr diese etwas dichter auf einen Lkw auf, damit ihre Freundin den Alarmton hören konnte, und scherte anschließend aus, um den Laster zu überholen.

Der Wagen fuhr schnell, aber auch sicher, und das Navigationssystem gehörte zu den besten, die sich für Geld kaufen ließen. Es warnte Lexa vor einem Stau und schlug eine Alternativroute vor, die zwar zwanzig Kilometer länger war, aber nach Lage der Dinge eine Dreiviertelstunde Zeitersparnis versprach. Lexa folgte der Empfehlung, und so erreichten sie nach erstaunlich kurzer Zeit das hübsche Jugendstilhaus, in dem Andreas und dessen Mutter wohnten.

Als Inge ausstieg, wandte sie sich noch mal lächelnd Lexa zu. »Alle Achtung! Ich dachte nicht, dass du zu den Schnellfahrern gehörst.«

»So schnell bin ich doch gar nicht gefahren«, antwortete Lexa und öffnete den Kofferraum, damit Inge ihr Gepäck herausholen konnte.

»Mindestens zweimal über hundertachtzig und nur selten unter hundertvierzig. Mir wackeln direkt die Knie«, stöhnte Inge.

»Jetzt tu nicht so!«, antwortete Lexa mit einem gewissen Spott. »Viel Vergnügen im Bad. Ich fahre jetzt weiter!«

»Aber du wirst doch wenigstens kurz mit hineinkommen? Sonja wäre sehr enttäuscht, wenn sie erfährt, dass du mich gebracht hast, ihr aber nicht einmal Guten Tag sagen wolltest.«

Lexa überlegte kurz und nickte. »Also gut, du Quälgeist! Ich komme noch kurz mit rein.«

Zufrieden mit sich nahm Inge ihren Koffer und ihre Reisetasche an sich und strebte dem Hauseingang zu.

»Wer ist da?«, erklang kurz darauf Sonjas Stimme aus der Gegensprechanlage.

»Ich, Inge, und ich habe noch jemanden mitgebracht.«

»Doch nicht etwa Lexa?«, rief Sonja jubelnd.

Der Türöffner schnarrte. Inge trat als Erste ein und umarmte Andreas' Mutter, die über ihre Schulter hinweg auf Lexa schaute.

»Tatsächlich! Was für eine Freude!«

Nach diesen Worten ließ Sonja Inge los und schloss Lexa in die Arme. Sie hatte diese ein Jahr lang nicht gesehen und musterte sie daher genau. Lexa war, soviel wusste sie von Inge, gerade dreißig Jahre alt und sah umwerfend gut aus. Nein, damenhaft elegant, korrigierte sie sich.

»Kommst du mit nach Bad Kreuznach?«, fragte sie.

Lexa schüttelte den Kopf. »Ich bin auf dem Weg nach Paris und wollte nur Inge hier abladen. Ich muss gleich wieder weiter.«

»Schade! Aber du bleibst doch sicher zum Mittagessen?« Noch während sie es sagte, erinnerte Sonja sich, dass Andreas an diesem Tag ausnahmsweise nicht bei ihr essen würde. Sie ärgerte sich darüber, denn jetzt, da sie Lexa wiedergesehen hatte, wurde ihr der Unterschied zwischen dieser und Jennifer schmerzhaft bewusst. Auch wenn Jennifer die Tochter einer langjährigen Freundin war, so hätte sie sich doch ein anderes Mädchen als Schwiegertochter gewünscht.

»Gehört das ganze Haus euch?«, fragte Inge, obwohl sie es wusste. Aber sie wollte Lexa zeigen, dass Andreas und seine Mutter wohlhabend waren.

»Ja! Es sind insgesamt sieben Wohnungen. Bisher haben Andreas und ich uns eine davon geteilt. Aber jetzt muss er langsam flügge werden und wird daher die zweite Erdgeschosswohnung übernehmen. Lexa, kommst du eigentlich zu dem Biker-Treffen nach Orscholz? Ich war letztes Jahr dabei und habe mich recht wohlgefühlt.«

Sonja betrachtete Lexa genau. Von Inge hatte sie gehört, dass diese körperlich behindert sein sollte. Ansehen konnte sie ihr allerdings nichts. Unwillkürlich sah sie auf Lexas Füße. Die eleganten, aber blickdichten Strümpfe waren ihr schon in Dettelbach aufgefallen. Dienten sie etwa dem gleichen Zweck wie die dicken Socken, die ihr Sohn seit seinem Unfall trug? In ihre Überlegungen vertieft, überhörte Sonja beinahe Lexas Antwort.

»Ich werde das Wochenende über in Paris bleiben. Um die Biker-Gruppe habe ich mich seit der Trennung von meinem Ex nicht mehr gekümmert.«

»Das ist schade!«, sagte Sonja, weil damit eine weitere Gelegenheit vertan war, bei der Lexa und Andreas sich hätten wiedersehen können. Mit dieser Tatsache hadernd, ging sie in die Küche.

Das Essen, das sie vorbereitet hatte, reichte nicht für drei Leute, daher setzte sie Wasser auf, um noch eine Suppe zu kochen. Durch die offene Tür unterhielt sie sich weiter mit Lexa und Inge und erzählte viel von ihrem Sohn.

»Andreas hat von eurer Begegnung in Sinsheim geschwärmt. Er sagte, du wärst sehr nett.«

»Wir hatten ein sehr angenehmes Gespräch. Grüßen Sie ihn von mir.« Lexa klang eher kalt.

»Willst du nicht die Nacht über hierbleiben und morgen weiterfahren?«, fragte Sonja.

Lexa schüttelte den Kopf. »Ich habe morgen Vormittag einen Termin, den ich nicht absagen kann.«

Zu ihren Abmachungen mit Beavershot gehörte, dass sie dessen Reise nach Paris finanzierte und sein Hotel bezahlte. Sie wollte nicht, dass er zu dem vereinbarten Treffpunkt kam, sie nicht antraf und glaubte, sie hätte kein Interesse mehr an einer Vereinbarung mit ihm.

»Vielleicht hast du ein anderes Mal Zeit, mich zu besuchen. Ich würde mich freuen!«, lud Sonja sie ein.

»Ich mich auch«, erklärte Inge und half mit, den Tisch zu decken.

3.

Als Lexa nach dem Mittagessen aufbrach, folgten ihr bedauernde Blicke, bis sie außer Sicht war, und Sonja seufzte tief. »Schade, dass sie nicht bleiben konnte! Andreas war ganz begeistert von ihr. Jetzt wird er wahrscheinlich an Jennifer hängen bleiben.«

»Ich habe versucht, Lexa die Fahrt nach Orscholz schmackhaft zu machen. Es wäre auf jeden Fall besser gewesen als diese sinnlose Tour nach Paris.« Inge bedauerte es nicht weniger als Sonja, rettete sich aber in Ausflüchte, als diese fragte, was Lexa in Paris unternehmen wolle.

»Vielleicht will sie einen Rekord bei der Besteigung des Eiffelturms mit … aufstellen.« Die »Prothesen« verschluckte sie im letzten Augenblick, da sie nicht wusste, wie Andreas' Mutter darauf reagieren würde. Bis jetzt hatte sie dieser nur gesagt, dass Lexa körperlich leicht behindert wäre. Fehlende Füße würde Sonja aber kaum als leichte Behinderung ansehen.

Sonja nickte, obwohl sie sich Sorgen machte. Hatte sie zuerst geglaubt, zwischen Andreas und Jennifer würde alles wieder in Ordnung kommen, so war sie inzwischen anderer Meinung. Jennifer ist zu leichtlebig, dachte sie, und es stand zu befürchten, dass diese ihren Sohn mit ihren Eskapaden zugrunde richten würde. Sie schob den Gedanken aber beiseite und erklärte Inge, was sie in einer Woche Bad Kreuznach alles unternehmen konnten.

»Du hast ja einiges vor!« Inge freute sich auf die gemeinsamen Tage. Es wird sicher ein netter Urlaub werden, dachte sie. Lieber wäre es ihr allerdings gewesen, wenn Lexa mitgekommen wäre. Aber zwingen konnte sie sie nicht. Mit diesem Gedanken wandte sie sich nun endgültig anderen Dingen zu und fand in Sonja eine anregende Gesprächspartnerin. Die beiden tranken am Nachmittag gemütlich Kaffee, und um siebzehn Uhr bereitete Sonja das Abendessen vor.

»Andreas müsste bald kommen. Er ist immer recht pünktlich«, erklärte sie Inge.

So ganz stimmte es an diesem Tag nicht. Sonja sah bereits zum dritten Mal auf die Uhr, als Andreas endlich zur Tür hereinkam.

»Du bist heute spät dran«, wunderte sie sich und bemerkte dann erst den zufriedenen Ausdruck auf seinem Gesicht.

»Gibt es irgendwas?«

»Ich bin durch einen Anruf von Jennifer aufgehalten worden«, berichtete Andreas.

Seine Mutter verzog das Gesicht. »Sie hätte doch auch hierherkommen und mit dir reden können!«

»Ihr war das Handy lieber. Sie will nicht mit mir im Beiwagen nach Orscholz mitfahren. Das wäre ihr schon beim ersten Mal affig vorgekommen.«

»Was denkt sie sich eigentlich?«, rief seine Mutter empört.

»Denken ist, glaube ich, bei ihr Glückssache«, fuhr Andreas entspannt fort. »Sie wird mit dem Neuen in der Gruppe fahren, mit Michael. Du kennst ihn noch nicht. Sein Vater besitzt ein Bekleidungsgeschäft, und er selbst hat einen richtigen Feuerstuhl unter dem Hintern. Das macht für Jennifer mehr her als ein langweiliger Bankangestellter mit einer ebenso langweiligen Beiwagenmaschine.«

»Aber das ist doch ...!«

Sonja fehlten die Worte, während Inge sich jetzt doppelt über Lexas Trip nach Paris ärgerte. Wäre sie hiergeblieben, hätte sie mit Andreas fahren und diesen besser kennenlernen können.

»Grüß dich, Andreas!«, sagte sie, um sich bemerkbar zu machen.

Andreas ging auf sie zu und reichte ihr die Hand. »Hallo, Inge! Hattest du eine gute Anreise?«

»Lexa hat mich hergebracht. Leider hatte sie keine Zeit und ist daher gleich weitergefahren.«

»Lexa? Das ist wirklich schade«, erwiderte Andreas hörbar enttäuscht.

»So ist es nun einmal. Aber erst einmal Glückwunsch, dass du diese Jennifer losgeworden bist. Das muss ja eine ganz besondere Type sein.«

»Eine Schlampe ist sie! Eine elende Schlampe!«, schimpfte Sonja. »Wenn ich daran denke, wie oft Karin mich gebeten hat, sie wieder einzuladen. Ich habe es getan und sogar gehofft, sie hätte sich geändert. Aber ...« Sie brach ab und sah ihren Sohn an. »Was machst du jetzt? Bleibst du zu Hause oder fährst du?«

»Ich werde fahren!«, antwortete Andreas. »Das Zimmer ist gebucht, und es ist zu spät, um es noch stornieren zu können. Außerdem freue ich mich auf Martin aus Würzburg und die anderen. Ich werde mich sicher auch ohne Jennifer amüsieren.«

Er schwieg einen Augenblick und grinste dann. »Übrigens schädigt sie sich mehr als mich.«

»Wie das?«, fragte die Mutter.

»Ich habe das zweitgrößte Zimmer im Hotel für mich reservieren lassen. Mit Michael wird sie sich eines der kleineren Doppelzimmer teilen müssen!«

Andreas war erleichtert, weil er begriff, was für ein Glück er hatte. Bei zwei gemeinsamen Nächten im selben Zimmer hätte er sich Jennifers geheucheltes Mitleid wegen seines Beinstumpfs anhören müssen. Er hatte stets Socken getragen, wenn er Sex mit ihr gehabt hatte, sodass die Prothese bedeckt gewesen war, aber Jennifer hatte behauptet, dass »das Ding« abtörnend sei. Dabei war sie so in Fahrt gekommen, dass sie wohl kaum auf anderes hatte achten können als auf ihren Unterleib.

»Dann hast du das große Zimmer ganz allein für dich«, spottete Inge.

»Ich mag es bequem«, antwortete Andreas und fragte, was es zum Essen gäbe.

4.

Eine gute Stunde nachdem Lexa aufgebrochen war, überquerte sie die französische Grenze und stellte ihren Tempomaten auf eine angenehme Reisegeschwindigkeit ein. Es war ein entspannteres Fahren als auf der deutschen Autobahn. Zum einen waren weniger Autos unterwegs und zum anderen nur wenige Fahrer so verrückt, um das Tempolimit deutlich zu missachten.

Lexa, die in Deutschland beim Überholen mit hundertachtzig noch mit der Lichthupe bedrängt worden war, dachte sich, dass auch den heimischen Autobahnen eine generelle Geschwindigkeitsbegrenzung guttäte.

Dann aber zuckte sie mit den Schultern und richtete ihre Gedanken auf das, was vor ihr lag. Sie würde in Paris Charles Beavershot treffen, zwei Tage mit ihm verbringen und dann in die Klinik in den Niederlanden reisen, mit der sie bereits seit einigen Monaten in Kontakt war. Wenn alles klappte, würde sie bald schwanger sein.

Lexa hatte sich gefragt, wie ihre Eltern darauf reagieren würden, wenn sie ein Kind zur Welt brachte, ohne ihnen den Vater nennen zu wollen. »Das ist meine Sache, und ich werde es durchstehen«, sagte sie sich, während sie ihr Auto vor einer Mautstelle ausrollen ließ und ihre Kreditkarte herausholte, um die Maut zu bezahlen.

Zwei Minuten später hatte ihr Wagen wieder die erlaubte Geschwindigkeit von hundertdreißig Stundenkilometern erreicht und brachte sie bequem nach Paris. Da sie erst nach dem Mittagessen von Sonjas Wohnung aufgebrochen war, entging sie der Rushhour und folgte ihrem Navi in den Stadtteil Saint-Germain-des-Prés. Es war noch nicht dunkel, doch die Straßenlaternen brannten bereits und tauchten die endlosen Straßenschluchten in ein zauberhaftes Licht. Lexa sah die Menschen in den Cafés sitzen und bemerkte jetzt erst, wie durstig und hungrig sie war.

»Vielleicht gibt es im Hotel etwas zu essen«, murmelte sie, als sie in eine Seitenstraße abbog und dort wie von einem kleinen Schild gefordert die Busspur benutzte, um zum Hoteleingang zu gelangen. Da sie die Busse nicht behindern wollte, parkte sie auf dem Gehsteig. In Deutschland hätte dies Ärger verursacht. Hier aber schlenderten die Leute unaufgeregt an dem Wagen vorbei.

Mit energischen Schritten betrat sie das Hotel und blieb vor der Rezeption stehen. Eine junge Frau, die in ihrem dunkelblauen Blazer und dem knielangen Rock wie eine Stewardess aussah, wandte sich ihr zu.

»Bonsoir, Mademoiselle.«

»Guten Abend«, antwortete Lexa, die ihre Französischkenntnisse seit ihrem Abitur nicht mehr gepflegt hatte. »Ich bin Alexandra Fabarius und habe ein Zimmer bestellt, das speziell eingerichtet sein soll!« Da gerade ein paar Hotelgäste vorbeikamen, wollte Lexa nicht sagen, dass es sich um ein behindertengerechtes Zimmer handelte.

Die Frau an der Rezeption sah auf dem Bildschirm nach und nickte. »Es ist das Zimmer 407. Der Aufzug ist gleich um die Ecke. Soll Pierre Ihr Auto in die Tiefgarage fahren? Es wäre besser, denn sie ist etwas eng.«

»Wenn er auch mein Gepäck ins Zimmer bringen könnte, wäre ich dankbar!« Damit schob Lexa den Autoschlüssel über die Theke, erhielt dafür im Gegenzug ihre Codekarte für das Türschloss und verabschiedete sich. Während sie mit dem Lift nach oben fuhr, dachte sie, dass sie sich zu lange in Mühldorf eingemauert hatte. Sie musste endlich etwas sehen und erleben.

Das Zimmer war annehmbar, wenn auch nicht ganz so groß, wie sie gehofft hatte. Im Bad gab es statt eines Duschstuhls nur einen Schemel, aber damit würde sie zurechtkommen. Zufrieden trat sie ans Fenster und blickte nach unten. Die Straße war nicht besonders breit, wurde aber um diese Zeit noch gut frequentiert. Das Café ein Stück weiter vorne erinnerte sie daran, wie hungrig sie war. Doch zunächst wollte sie auf ihr Gepäck und auf ihren Autoschlüssel warten. Einen Augenblick lang hatte sie Angst, der Hotelangestellte würde den Wagen gegen die Wand fahren oder gar an einen Autohehler übergeben.

Doch da klopfte es, und der Mann kam herein. »Bonsoir, Mademoiselle. Hier ist Ihr Gepäck! Ihr Auto steht auf Parkplatz siebzehn. Sie besitzen ein exzellentes Fahrzeug. Mon compliment!«

»Herzlichen Dank!« Lexa reichte dem Mann einen Geldschein und überlegte, ob sie ihr Gepäck gleich einräumen oder vorher zu Abend essen sollte. Ihr knurrender Magen gab den Ausschlag.

5.

Im Hotel gab es nur die Bar mit ein paar kleinen Speisen, und das war Lexa für ihren ersten Abend in Paris zu wenig. Sie ging daher zu dem Café, das sie von ihrem Zimmer aus gesehen hatte, und fand zu ihrem Glück einen freien Tisch. Dieser war zwar kaum größer als ein Bierdeckel, dafür passten aber nur zwei Stühle dazu, und einen davon hatte die Gruppe am Nebentisch kassiert.

Nachdem der Ober ihr die Speisekarte gebracht hatte, versuchte Lexa sich an ihre Schulkenntnisse zu erinnern, um herauszufinden, was *saucisson sec ou à l'ail, noix de St. Jacques à la crème, petit salé aux lentilles* oder *tripes à la mode de Caen* bedeuteten. Bei *mousse de canard* war das einfacher, doch sie hatte keinen Appetit auf Entenleberpastete. Obwohl sie nur selten Fleisch aß, entschied sie sich schließlich für *escalope panée* und hoffte, dass es keine Panne werden würde.

Bei den Getränken war es zum Glück leichter, und so wählte sie einen Apfelsaft, ein kleines Wasser und zum Abschluss einen Café crème. Ihr paniertes Schnitzel war gut, aber nicht so reichhaltig, dass nicht auch noch ein Nachtisch in ihren Magen gepasst hätte. Es wurde eine *mousse au chocolat,* die köstlich schmeckte.

Während die Nacht um sie herum heraufzog, genoss Lexa den Abend. Schade, dass Inge nicht bei mir ist, dachte sie. Ihr hätte es auch gefallen. Aber die Freundin hatte ihr deutlich klargemacht, was sie von ihrem Vorhaben hielt, und sich für eine Woche in Bad Kreuznach entschieden.

»Man kann nicht alles haben«, sagte sie und winkte dem Ober, um zu zahlen.

Als sie ins Hotel zurückkehrte, setzte sie sich an die Bar und bestellte ein Wasser. Sie blieb nicht lange allein. Ein Hotelgast, der wie sie aus Deutschland stammte, setzte sich ungefragt zu ihr und begann ein Gespräch.

»Sind Sie heute gekommen?«

Lexa nickte.

»Gefällt es Ihnen?«

Lexa nickte erneut.

»Sind Sie allein?«

Lexa antwortete erneut mit einem Nicken.

Der andere grinste. »Das trifft sich gut, denn ich bin es auch!«

Lexa ahnte längst, dass er auf ein sexuelles Abenteuer aus war, und erinnerte sich an Inges Worte, dass sie auf leichtere Weise zu einem Kind kommen könne, als Mister Beavershot zu bezahlen. Sie hatte sich jedoch entschieden, und so stand sie nach kurzer Zeit auf.

»Es war eine anstrengende Fahrt. Ich werde mich daher hinlegen. Gute Nacht!«

»Gute Nacht!«, brummte der Mann und bestellte sich einen Ricard, um seine Enttäuschung hinunterzuspülen. Er hatte selten eine schönere Frau auf seinen Reisen getroffen als Lexa, aber auch keine, die ihn so kühl abgewiesen hatte.

Als Lexa ihr Zimmer betrat, hatte sie den Mann bereits vergessen. Nun rächte es sich, dass ihr Koffer noch mitten im Zimmer stand, denn sie musste erst ihre Sachen herausholen und einräumen, bevor sie ins Badezimmer gehen konnte.

Kurz vor Mitternacht war sie bettfertig und schaute auf die Uhr. Ihre erste Begegnung mit Beavershot war für zehn Uhr terminiert. Sie würde gegen sieben Uhr aufstehen müssen, um rechtzeitig am Treffpunkt zu sein. Nachdem sie nicht nur ihren Handywecker eingestellt, sondern zur Sicherheit auch den Weckruf angewählt und diese Uhrzeit durchgegeben hatte, legte sie sich hin und schloss die Augen. Sofort sah sie das graue Band der Autobahn vor sich und eine Menge Autos, die sie in schier wahnwitzigen Manövern überholten.

Es dauerte lange, bis sie einschlafen konnte, und daran war nicht nur die lange Autofahrt schuld. Ihre Gedanken kehrten immer wieder zu Charles Beavershot zurück und zu ihrem Plan, sich mit dem Sperma eines ihr völlig fremden Menschen schwängern zu lassen. Zwischendurch überlegte sie sogar, das morgige Treffen abzusagen und nach Hause zurückzukehren.

6.

Als Lexa am Morgen geweckt wurde, hatte der Wunsch nach einem Kind ihre Zweifel besiegt. Sie putzte sich die Zähne, duschte ausgiebig und verwendete besondere Mühe auf ihre Hautpflege und ihr Make-up. Als sie schließlich den Frühstücksraum betrat, trug sie ein hellblaues Kostüm und dazu passende zartblaue Strümpfe.

Der Kellner führte sie an einen kleinen Tisch und brachte ihr Kaffee, während Lexa das Büfett begutachtete. Die Auswahl an Wurst war nicht besonders groß, dafür gab es etliche Käsesorten, von denen sie noch nie etwas gehört hatte, sowie bereits geschälte Eier. Sie lud sich eine kleine Auswahl des Angebots auf ihren Teller und legte ein Stück Baguette dazu.

Als sie zu ihrem Tisch zurückkehrte, sah sie, wie eine Frau vom Nebentisch gerade ihre Tasse wegnehmen wollte, obwohl eine Kaffeekanne danebenstand.

»Entschuldigen Sie bitte? Das ist meine Tasse!«, sagte sie verärgert.

Die andere drehte sich zu ihr um und antwortete ebenfalls auf Deutsch: »Hier ist noch nicht neu gedeckt!«

»Dann rufen Sie den Kellner und lassen meine Tasse in Ruhe!«

Die Frau schien nicht so recht zu wissen, ob sie die Tasse zurückstellen sollte oder nicht. Da gerade der Kellner kam, tat sie es doch und erklärte diesem wortreich, dass an ihrem Tisch keine Tassen seien. Dieser antwortete etwas auf Französisch, was sie nicht verstand und zu einem weiteren Wortschwall animierte.

Lexa füllte rasch die Tasse, damit sie nicht doch noch entführt wurde, und begann zu frühstücken. Der Mann, der sie in der Nacht an der Bar angequatscht hatte, kam herein und setzte sich nach einem prüfenden Blick zu der verhinderten Tassenräuberin.

»Guten Tag! Sie haben hoffentlich nichts dagegen?«, meinte er mit einem – wie Lexa fand – dreisten Grinsen.

»Hier ist noch nicht neu gedeckt. Dabei soll das hier ein Viersternehotel sein! Weiß Gott, wie es dazu gekommen ist.«

»He, Kellner! Bedienung, wir brauchen hier Tassen«, rief der Mann durch den ganzen Saal.

»Der hat anscheinend zu Hause nicht viel zu sagen, sonst würde er sich hier nicht so aufführen«, stellte Lexa für sich fest, ließ sich aber nicht beim Essen stören. Als sie kurz darauf den Frühstückssaal verließ, sah ihr die Tassenräuberin erbost nach.

»Die glaubt auch, wer weiß, was sie ist!«

Ihr Tischpartner nickte mit verkniffener Miene. »Für mich ist das eine der Superemanzen, die meinen, alles besser zu wissen und zu können als wir Männer!«

Die Frau ahnte, dass er bei Lexa abgeblitzt sein musste, und lächelte spöttisch. Einem kleinen Abenteuer war sie jedoch ebenso wenig abgeneigt wie der Mann an ihrem Tisch, und schon nach kurzer Zeit beschlossen sie, Paris gemeinsam zu erobern.

Unterdessen hatte Lexa an der Rezeption ein Taxi bestellt und forderte den Fahrer auf, sie zum Eiffelturm zu bringen. Da der Mann kein Deutsch konnte und sie kaum Französisch, legten sie die Strecke schweigend zurück. Am Ziel zahlte Lexa das Taxi und sah sich um. Auf dem Eiffelturm war sie vor Jahren mit ihren Eltern gewesen. An diesem Tag hatte sie kein Interesse daran, sich in die lange Schlange der Wartenden einzureihen, die darauf hofften, innerhalb der nächsten Stunden auf den Stahlkoloss zu kommen.

Stattdessen wandte sie sich dem Straßencafé am Seine-Ufer zu, das Charles Beavershot ihr als Treffpunkt genannt hatte. Dabei amüsierte sie sich über die konspirative Art, in der der Engländer dieses Treffen aufzog. Ihrer Ansicht nach hätte es gereicht, sich in einem Hotel zu treffen, das Sperma zu übergeben und ohne Bedauern voneinander zu scheiden.

Ein Blick auf die Uhr zeigte ihr, dass sie fast eine halbe Stunde zu früh gekommen war. Da sie sich in einem Selbstbedienungscafé befand, holte sie sich einen Café au lait und ein Croissant und setzte sich an den Tisch, von dem aus sie den besten Ausblick auf die Seine und die Museen vor dem Place du Trocadéro hatte.

Lexas Spannung stieg, als der Zeiger der Uhr sich der zehnten Stunde näherte. Ihre Tasse war inzwischen leer, und sie stand auf, um sich ein Wasser zu holen. Da sah sie von der Pont d'Iéna einen Mann herankommen, der mit seinen karierten Hosen, einer ebenso karierten Mütze und dem leichten Mantel, den er über den Arm trug, nur ein Engländer sein konnte. Er blieb vor dem Café stehen und sah sich suchend um. Als er sie entdeckte, trat ein zufriedener Ausdruck auf sein Gesicht.

Nun erst begriff Lexa, dass es sich um Charles Beavershot handeln musste, und spürte eine leichte Enttäuschung. Auf dem jüngsten Foto, das sie von ihm gesehen hatte, war er knapp unter dreißig gewesen, schlank und sportlich und mit männlichen Gesichtszügen. Mit einem Meter neunzig wirkte er immer noch imponierend, hatte jedoch um die Taille stark zugelegt, und die Haare auf seinem Kopf waren um einiges lichter geworden.

Er blieb vor ihr stehen und sah sie fragend an. »You're Miss Fabarius?«, fragte er.

»Yes!«, antwortete Lexa und sagte sich, dass ein Mann um die vierzig nicht mehr wie ein Jüngling aussehen konnte.

»Es freut mich, Sie zu sehen! Wollen wir uns setzen?«

»Gerne! Ich will mir nur ein Wasser holen. Obwohl es erst April ist, ist es doch sehr warm. Das dort hinten ist mein Tisch.«

Lexa zeigte darauf und ging zur Theke. Aus den Augenwinkeln sah sie, wie der Mann Platz nahm und dann die Hand hob.

»Können Sie mir einen Tee besorgen?«

Lexa bestellte ihn und kehrte kurz darauf mit den Getränken an den Tisch zurück. Für ihr Gefühl trat Beavershot ein wenig zu selbstgefällig auf, denn als Gentleman hätte er sich seinen Tee eigentlich selbst holen müssen.

»Ich brauche Milch und drei Stücke Zucker«, erklärte er nach einem Blick auf das Tablett.

Nur der Gedanke, dass sie etwas von ihm wollte, hinderte Lexa an einer beißenden Antwort. Stattdessen ging sie noch einmal zur Theke und holte mehrere Milchdöschen und Zuckerröhrchen. Um nicht nur für den Engländer zu laufen, kaufte sie sich ein zweites Croissant.

Als sie wieder saß, musterte sie Beavershot über den Rand ihres Wasserglases hinweg. Selbstzweifel schien der Mann nicht zu kennen. Er zog den Teebeutel aus der Tasse, legte ihn auf den Tisch und gab dann Milch und Zucker in sein Getränk. Während er das Ganze umrührte, sah er sie durchdringend an.

»Sie sind jünger, als ich dachte«, sagte er.

»Tut das etwas zur Sache?«, fragte Lexa.

Beavershot schüttelte den Kopf. »Ganz und gar nicht! Es ist sogar positiv. Ich lehne Frauen über einem gewissen Alter ab, da die Gefahr besteht, dass sie keine gesunden Kinder zur Welt bringen können.«

Es klang in Lexas Augen so arrogant, als erweise er den Frauen mit seiner Spermaspende einen großen Gefallen. Noch während sie überlegte, was sie darauf antworten sollte, sprach Beavershot weiter.

»Wir werden den heutigen und den morgigen Tag miteinander verbringen, damit ich sicher sein kann, dass Sie meinen Anforderungen entsprechen.«

Nun war Lexa doch verärgert. »Welchen Anforderungen? In Ihren Unterlagen stand nichts dergleichen!«

Der Mann musterte sie mit einem überheblichen Blick. »Ich will sicher sein, dass meine Nachkommen von gesunden, intelligenten Frauen mit einer gewissen Bildung ausgetragen werden.«

»Laut den letzten ärztlichen Untersuchungen bin ich gesund, habe meinen Doktortitel mit Auszeichnung geschafft und glaube, mir eine gewisse Bildung, wie Sie es nennen, erworben zu haben«, erklärte Lexa.

Beavershot lehnte sich zurück und trank einen Schluck Tee, bevor er weitersprach. »Es gibt hier noch eine Sache zu klären. Die meisten Ladys, die mich kontaktieren, sind verheiratet mit Männern, die ihnen ihren Kinderwunsch nicht erfüllen können. Sie hingegen sind ledig, und mich würde der Grund dafür interessieren. Wenn Sie nämlich homosexuell sind, muss ich meine Zusage zurückziehen. Meine Nachkommen sollen in stabilen Beziehungen aufwachsen.«

»Da muss ich Sie enttäuschen, denn ich denke weder daran, einen Mann, noch, eine Frau zu heiraten. Ich werde das Kind alleine aufziehen.«

»Sind Sie überhaupt in der Lage, meinem Nachkommen das Leben und die Ausbildung zu ermöglichen, die ich für nötig erachte?«, fragte Beavershot zweifelnd. »Es gab Fälle, da haben die Frauen ihr gesamtes Geld zusammengerafft, um das Zusammentreffen mit mir bezahlen zu können. Die Kinder hätten dann irgendwo in einem Haus in der Vorstadt aufwachsen und die öffentlichen Schulen besuchen müssen. Ich bestehe für meine Nachkommen jedoch auf gediegene Privatschulen und Internate sowie ein Studium an einer anerkannten Universität.«

Für einen Augenblick war Lexa sprachlos. Anscheinend glaubte der Mann, dass die Frauen, denen er ihren Kinderwunsch erfüllte, ihm dafür die Füße küssen müssten. Dabei verlangte er eine stattliche Summe für sein Sperma. Auch die Auslagen für dieses Rendezvous waren nicht gerade gering. Da Lexa sich aber auf diese Sache eingelassen hatte, wollte sie sie mit Anstand zum Abschluss bringen.

»Ich glaube, ich bin in der Lage, einem Kind eine sorgenfreie Jugend und eine entsprechende Ausbildung zu ermöglichen.« Nach diesen Worten wählte sie auf ihrem Tablet-Computer ihre Kontenabfrage an und reichte ihm das Gerät.

Beavershot schluckte, als er die Summen las, die letztens eingetroffen waren. »Als was arbeiten Sie?«, fragte er und gab ihr das Tablet zurück.

»Ich bin Anlageberaterin!«

»Ich ziehe es im Allgemeinen vor, dass die Frauen, die meine Nachkommen zur Welt bringen und aufziehen, nicht berufstätig sind und die Zeit haben, sich so um mein Kind zu kümmern, wie ich es für notwendig erachte.«

Jetzt platzte Lexa der Kragen. »Auf Ihrer Homepage und in den Unterlagen, die ich erhalten habe, war von solchen Bedingungen nicht die Rede. Ich hätte sonst niemals daran gedacht, Kontakt mit Ihnen aufzunehmen!«

»Es gibt natürlich Ausnahmen.« Beavershot lenkte ein. »So habe ich einem Kollegenpaar, bei dem der Mann zeugungsunfähig war, zu einem Kind verholfen, obwohl die Frau in einem hochrangigen Institut arbeitet. Ihr Intelligenzquotient war jedoch so hoch, dass ich ihr den Wunsch nach einem Kind nicht abschlagen konnte.«

»Es ist ein Geschäft«, konterte Lexa gelassener, als ihr zumute war. »Wir treffen uns hier in Paris, reden ein wenig miteinander und scheiden dann im besten Einvernehmen. Ich höre danach nichts mehr von Ihnen und Sie nichts mehr von mir.«

»Sie können die Zeugung eines neuen Lebewesens nicht als Geschäft bezeichnen!«, erwiderte Beavershot empört. »Zudem verlange ich Berichte über den Verlauf der Schwangerschaft, über die Geburt und über den weiteren Lebensweg meiner Nachkommen.«

»Greifen Sie damit nicht ein wenig arg tief in die Intimsphäre der jeweiligen Frau ein?«

Beavershot schüttelte erregt den Kopf. »Mein Ziel ist es, wenigstens in gewisser Weise mitzuhelfen, die menschliche Elite weiterzuentwickeln! Dies ist wichtig, wenn wir uns nicht auf Dauer von der Unterklasse überschwemmen und auf deren Niveau hinabziehen lassen wollen.«

Lexa fand sein Weltbild befremdlich, sagte sich dann aber, dass sie die Sache nun einmal begonnen hatte und durchziehen wollte. Trotzdem hätte sie sich Beavershot weniger verschroben gewünscht. Hoffentlich ist das nicht erblich, dachte sie und stellte die Frage, wie er die nächsten beiden Tage verbringen wolle.

»Wie ich schon sagte, lege ich bei den Müttern meiner Nachkommen Wert auf eine gediegene Bildung, exzellentes Benehmen und einen Sinn für Kunst und Kultur. Daher werde ich mit Ihnen mehrere wichtige Museen besuchen.«

»Tun wir das«, antwortete Lexa und sagte sich, dass ihr damit die Gelegenheit geboten wurde, den möglichen Vater ihres Kindes besser kennenzulernen.

7.

Beavershot mochte recht seltsame Ansichten vertreten, doch er erwies sich als guter Fremdenführer. Nicht zuletzt deshalb fragte Lexa sich, mit wie vielen Frauen er sich hier in Paris bereits getroffen haben mochte. Den Eiffelturm ließ er links liegen und erklärte ihr, dass er eine Reihe der wichtigsten Museen und Ausstellungen besuchen wolle. Neben dem Musée des Arts et Métiers und dem Musée Carnavalet zählten auch das Victor-Hugo-Museum und der Louvre zu seinen Zielen. In Letzteren ging er mit ein paar spöttischen Worten an der Menge vorbei, die vor der Mona Lisa anstand, um einen Blick auf das berühmte Bild werfen zu können.

»Ich weiß nicht, was die Menschen an diesem Gemälde finden. Hier hängen weitaus bessere, zum Beispiel von Tiepolo, Michelangelo und Raffael. Da Vinci war Wissenschaftler und hätte sich auf seine Forschungen konzentrieren sollen.«

Da Lexa die Mona Lisa aus ihren Jugendtagen kannte, hatte auch sie keine Lust, sich in die lange Reihe der an ihr Interessierten anzustellen, sondern genoss den Anblick anderer, nicht weniger schöner Bilder, zu denen Beavershot sie führte. Sein Sinn für Kunst war ebenso ausgeprägt wie seine verschrobene Art. Machte das Erste ihn sympathisch, stieß die andere Eigenschaft sie ab. Trotzdem fand Lexa, dass sich ihr Ausflug nach Paris lohnte. Ohne Beavershot hätte sie die große Sammlung der Impressionisten im Musée d'Orsay niemals kennengelernt und ebenso wenig das Maison de Balzac, das einen tiefen Einblick in das Leben dieses genialen Schriftstellers bot.

Als sie sich gegen zweiundzwanzig Uhr verabschiedeten, nannte Beavershot Lexa noch das Café, in dem sie sich am nächsten Morgen treffen würden, und stieg in ein Taxi, das ihn zu seinem Hotel bringen sollte. Lexa wählte die Metro und bewunderte die fahrerlose U-Bahn, die sie zu der Station brachte, an der sie umsteigen musste.

Auf dem Weg zum anderen Bahnsteig kamen ihr drei Männer entgegen. Plötzlich klirrte etwas am Boden, und einer der Männer rief etwas auf Französisch. Da Lexa nicht darauf reagierte, wechselte er auf Englisch und dann auf Deutsch um.

»Madame, Sie haben Ihren Ring verloren!«

Lexa besaß zwar ein paar hübsche Ringe, hatte diese aber in weiser Voraussicht zu Hause gelassen und schüttelte daher den Kopf.

»Das glaube ich kaum.« Da mehrere Fahrgäste herankamen, zogen die drei Kerle weiter. Lexa setzte ihren Weg fort und erreichte zwanzig Minuten später ihr Hotel.

Um Mitternacht lag sie im Bett, war aber zu müde, um lange über den Tag nachdenken zu können, und wurde nach einer Reihe wirrer Träume durch den Weckruf aus dem Schlaf gerissen. Am Vortag war sie mehr gelaufen als je zuvor seit ihrem Unfall und hatte das nicht unbegründete Gefühl, dass es an diesem Tag nicht weniger sein würde. Wie es aussah, testete Beavershot nicht nur die intellektuellen Fähigkeiten der Damen, sondern auch ihre körperliche Belastbarkeit.

Mit dem festen Vorsatz, sich nicht unterkriegen zu lassen, ging Lexa ins Badezimmer. Während sie sich duschte und dabei auf ihre Beinstümpfe blickte, sagte sie sich, dass sie Beavershot besser nichts von ihrer Behinderung erzählen sollte. Der Mann war imstande, sonst den Deal abzublasen und sich auf ihre Kosten ein paar schöne Tage in Paris zu machen.

Beim Frühstück traf sie wieder auf die Tassenräuberin und den deutschen Gast, der bei ihr abgeblitzt war. Diesmal saßen diese am anderen Ende des Saales, was sie nicht daran hinderte, ein paar boshafte Bemerkungen zu machen, als Lexa an ihnen vorbeikam.

»So etwas ignoriert man nicht einmal«, hatte Inge in ähnlichen Situationen gesagt, und Lexa hielt sich an diesen Ratschlag. Sie frühstückte in aller Ruhe und unterhielt sich dabei ein wenig mit dem Kellner auf Englisch. Anschließend brach sie auf, um zum Treffpunkt mit Beavershot zu gelangen.

Wie bereits am Vortag kam sie als Erste und leistete sich einen Milchkaffee und ein Croissant. Beavershot erschien zum vereinbarten Zeitpunkt und setzte sich zu ihr. Zuerst unterhielten sie sich über die Höhepunkte des gestrigen Tages, doch nach einer Weile nannte Beavershot Lexa die Orte, die sie an diesem Tag besuchen würden.

»Wir werden erneut Taxis benutzen müssen«, setzte er hinzu. »Die Stadt ist zu groß, um die Wege zu Fuß zurücklegen zu können, und die Tube ist nur etwas für schlichte Gemüter.«

Lexa hatte in der Tube, wie der Engländer die Metro nannte, gut gekleidete Männer und Frauen gesehen. Beavershots Arroganz widerte sie zunehmend an. Andererseits war es für sie leichter, wenn sie mit Taxis fuhren, weil ihr damit etliche Wege und die vielen Treppen erspart blieben.

Das Mittagessen nahmen sie gegen drei Uhr auf dem Montmartre ein. Lexa fand es gewöhnungsbedürftig. Die französische Küche mochte berühmt sein, doch bis in die Touristenlokale hatte sich dies anscheinend noch nicht herumgesprochen. Wenigstens war der Kaffee gut, während Beavershot erneut seinen Tee mit Milch und Zucker schlürfte.

»Wir werden uns jetzt Sacré-Cœur ansehen. Dabei ist weniger die Kirche selbst als vielmehr der Blick über Paris interessant«, erklärte Beavershot. »Anschließend besichtigen wir das Musée Grévin. Wenn wir das hinter uns gebracht haben, fahren wir zu dem größten Flohmarkt in Paris. Dort gibt es Geschäfte mit erlesenen antiken Möbeln. Die Damen, die ich bisher in Paris getroffen habe, haben mir immer eine Kleinigkeit geschenkt, als Dank für die schönen Tage und meine Bereitschaft, ihnen zu Nachwuchs zu verhelfen.«

Betteln tut er also auch noch, dachte Lexa und war froh, dass ihre Bekanntschaft mit Charles Beavershot an diesem Abend enden würde.

»Wie vielen Frauen haben Sie schon zu Nachwuchs verholfen?«, fragte sie aus einer Laune heraus.

Beavershot zog ein Notizbuch aus seiner Tasche und blätterte es auf. »421 … nein, 422! Mistress … ähem, dieses Kind müsste bereits zur Welt gekommen sein. Sechsundzwanzig weitere Frauen sehen diesem glücklichen Ereignis in den nächsten Monaten entgegen.«

Es klang ungeheuer stolz und selbstgefällig. Doch Lexa schüttelte es. Ihr Kind würde damit an die vierhundertsechzig Halbgeschwister haben. Wahrscheinlich noch mehr, dachte sie, denn

Beavershot würde sicher auch weiterhin seine Dienste als Samenspender anbieten.

»Diese Frauen haben Sie alle persönlich kennengelernt?«, fragte sie.

»Natürlich! Ich sagte doch, dass dies meine Bedingung ist!«

Lexa fragte sich, wie er bei dieser Beschäftigung noch seinen wissenschaftlichen Forschungen nachgehen konnte. Selbst wenn er sich bereits seit fünfzehn Jahren als Samenspender anbot, bedeutete dies im Durchschnitt dreißig solcher Treffen im Jahr.

8.

Ein Taxi brachte sie an ihr letztes Ziel, und das lag nicht gerade in der vornehmsten Gegend. Lexa sah viele Frauen mit Kopftuch und Plastiksandalen. Kinder streiften umher, wurden aber durch Beavershots hünenhafte Gestalt abgeschreckt, näher zu kommen.

Der Engländer führte Lexa an Verkaufsständen vorbei, an denen es Billigzeug zu kaufen gab. »Das hier ist nur für die Touristen«, erklärte er und hielt auf ein von einer Mauer umschlossenes Gelände zu. In diesem sah es anders aus. Es gab kleine Geschäfte, in denen Antiquitäten verkauft wurden. Lexa blieb mehrmals stehen, um sich etwas anzusehen. Ein kleiner Sekretär gefiel ihr besonders. Als sie auf Englisch äußerte, dass sie ihn leider nicht mitnehmen könne, bot ihr der Verkäufer an, ihn für eine gewisse Summe liefern zu lassen. Lexa musterte das Möbelstück erneut, nickte dann und machte den Kauf perfekt.

»Ich glaube nicht, dass Sie damit viel Freude haben werden. Wie ich die Franzosen kenne, werfen die das Ding in irgendeinen Lkw, und es kommt in Trümmern bei Ihnen an«, erklärte Beavershot mit hörbarem Ärger. Offensichtlich war er der Meinung, Lexa hätte ihm etwas kaufen sollen, aber nicht sich selbst.

»Dieser Tisch gefällt mir sehr gut«, meinte er kurz darauf und wies auf ein mit Intarsien versehenes Tischchen, das dem Preisschild nach mehr kostete als der gesamte Aufenthalt für beide in Paris.

»Bis jetzt haben Sie noch nichts geliefert«, wies Lexa ihn zurecht. »Wenn wir handelseinig geworden sind, erhalten Sie meinetwegen eine Prämie, für die Sie sich kaufen können, was Sie wollen.«

»Eine Prämie?«, fuhr er auf. »Sie stellen mich damit auf eine Stufe mit einem Callboy, der Frauen gegen Geld befriedigt.«

»Ich will von Ihnen nicht befriedigt werden, sondern nur Ihr Sperma«, antwortete Lexa. »Daher sollten wir jetzt das Geschäft abschließen. Hinterher bleibt immer noch Zeit genug, Ihnen ein Geschenk zu kaufen.«

Da Lexa sich bislang seinen Launen gefügt hatte, ärgerte sich Beavershot über ihre plötzliche Renitenz. Den Frauen, mit denen er sich sonst getroffen hatte, war es vor allem darum gegangen, endlich schwanger zu werden, und sie hatten daher alles getan, um ihn bei Laune zu halten. Nun aber stand ihm eine erfolgreiche Geschäftsfrau gegenüber, die das Für und Wider einer solchen Aktion sorgfältig abwog.

»Frauen gehören nicht an den Schreibtisch, sondern an den Küchenherd«, brummte er, führte aber Lexa in das Lokal, das er für das Abendessen vorgesehen hatte.

»Das ist eines der letzten typischen Pariser Lokale« erklärte er. »Hier treten Sänger auf, die noch am Anfang ihrer Karriere stehen. Doch wenn Sie sich die Bilder und Autogrammkarten am Tresen ansehen, werden Sie merken, dass bekannte Künstler ihren Weg hier begonnen haben.«

Lexa nickte, obwohl sie im Augenblick keinen Nerv für Gesang hatte. Im Lokal war es recht voll, doch Beavershot fand zwei leere

Plätze. Der Art nach, wie die Chefin ihren Begleiter begrüßte, musste er hier so etwas wie ein Stammgast sein. Für Lexa selbst hatte die Frau nur einen beiläufigen Blick übrig.

Bislang hatte Beavershot nur Tee getrunken. Diesmal gönnte er sich ein Glas Absinth und wählte als Vorspeise Eier in Mayonnaise. Den Hauptgang bildete ein *steak au poivre* vom Charolais-Rind, und als Abschluss aß er ein Blaubeertörtchen. Dazu trank er einen Pomerol – laut der Karte der teuerste Wein, den es in diesem Lokal gab.

Lexa beschränkte sich auf ein *andouillette, garnie frites,* das sich als eine äußerst grobe, fette Hackfleischwurst mit Pommes frites entpuppte. Sie probierte einen Bissen und musste an sich halten, um ihn nicht sofort wieder auszuspucken. Mühsam schluckte sie das fette Zeug hinunter und begnügte sich damit, die Fritten zu essen.

»Haben Sie keinen Appetit?«, fragte Beavershot.

»Auf das hier nicht«, antwortete Lexa. Etwas anderes wollte sie hier jedoch nicht mehr bestellen und sah den Engländer scharf an.

»Das Touristenprogramm ist hiermit zu Ende! Ich will jetzt Punkt für Punkt wissen, wie es weitergehen soll.«

»Sie sollten jetzt ein Glas Wein oder Cognac trinken, um sich zu entspannen. Danach werden wir in mein Hotel fahren und dort die Zeugung vornehmen.«

»Zeugung?«, stieß Lexa hervor. »Heißt das etwa, Sie wollen Sex mit mir haben?«

»Ich muss auf einer natürlichen Zeugung bestehen, bietet sie doch den Spermien die besten Voraussetzungen, ein Ei zu befruchten. Sie haben doch sicher auf Ihre fruchtbaren Tage geachtet, so wie ich es von Ihnen gefordert habe.«

»Das habe ich, aber nicht, um mich unter Sie zu legen und an mir herummachen zu lassen«, stieß Lexa empört aus.

»Es ist meine Bedingung! Sie erhalten darüber hinaus eine Spermaspende, die ein Arzt verwenden kann, wenn die natürliche Befruchtung nicht geklappt haben sollte. Ich …«

»Ein sexueller Akt ist nicht möglich!« Lexa klang scharf, denn sie hatte sich nicht zuletzt wegen ihrer fehlenden Füße für eine künstliche Befruchtung entschieden.

Beavershot sah sie verbissen an. Sie war die schönste Frau, die sich bisher an ihn gewandt hatte, schlank, elegant und so attraktiv, dass er sich die ganze Zeit auf diesen Abend gefreut hatte. Bei einer weniger ansehnlichen Frau hätte er vielleicht auf den Vollzug der körperlichen Liebe verzichtet. Lexa aber wollte er haben, und so schüttelte er den Kopf. »Sie werden meine Bedingungen erfüllen müssen!«

»Ich muss gar nichts!«, antwortete Lexa mühsam beherrscht. »Vor allem muss ich mich nicht von einem Mann rammeln lassen, der seine besten Tage längst hinter sich hat und nur noch eine Karikatur seiner selbst ist. Sie haben sich vorhin dagegen verwahrt, mit einem Callboy verglichen zu werden. Aber Sie sind um nichts besser als ein solcher und machen die Frauen, die sich vertrauensvoll an Sie wenden, zu Huren. Danke, mir reicht's! Wir sehen uns hoffentlich niemals wieder.«

Mit diesen Worten stand Lexa auf, warf der Madame ein paar Scheine hin und verließ das Lokal.

Beavershot starrte ihr nach, als könne er nicht begreifen, was eben geschehen war. Auch die Wirtin war irritiert, lachte dann aber und stellte ihm einen Cognac hin.

»Hier! Sie sehen so aus, als könnten Sie ihn brauchen!«

9.

Lexa war so empört, dass sie den Flohmarkt durch den erstbesten Ausgang verließ. Erst auf der Straße begriff sie, dass sie nicht die geringste Ahnung hatte, wo sie sich befand. Dem kann ich abhelfen, dachte sie wütend, holte ihr Handy heraus und rief den Stadtplan auf. Es dauerte einen Augenblick, bis sie sich orientiert hatte. Sie sah, dass eine Metro-Station ganz in der Nähe sein musste, und ging in die Richtung. Als sie an der nächsten Kreuzung nach links schaute, entdeckte sie auch schon das Schild mit dem roten Ring und dem Schriftzug Metro. Sie ging zur Treppe, stieg die Stufen hinab und informierte sich anhand des aushängenden Streckenplans, wie sie zu ihrem Hotel kommen konnte. Zu ihrer Erleichterung musste sie nicht einmal umsteigen.

Aufatmend löste sie eine Fahrkarte, passierte die Schranke und stieg in die erste U-Bahn, die in ihre Richtung fuhr. Während der Fahrt drehten sich ihre Gedanken um Beavershot. Der Mann ist nur noch ein arroganter Satyr!, dachte sie. Anscheinend hielt er sich aufgrund früherer Erfolge für ein wissenschaftliches Genie und hatte sich in den Wahn hineingesteigert, er müsse sein Erbgut so breit wie möglich streuen, damit es der Menschheit erhalten blieb.

»Der Kerl hat einen Schatten, und zwar einen gewaltigen!«, schimpfte sie vor sich hin und ärgerte sich fürchterlich, weil sie eine nicht unbeträchtliche Summe für dieses Rendezvous in Paris ausgegeben hatte.

»Ich hätte ihn auffordern müssen, in die Klinik in den Niederlanden zu kommen«, setzte sie ihr Selbstgespräch leise fort. »Vor allem aber hätte ich den Grundsatz aller Händler berücksichtigen müssen, Geld nur gegen Ware zu geben.« So war sie in Vorleistung getreten und hatte buchstäblich nichts dafür erhalten. Das Geld von Beavershot zurückzuverlangen war unmöglich, denn sie konnte sich keinen Prozess leisten, in dem unappetitliche Dinge zur Sprache kommen würden.

Wütend, enttäuscht und von Selbstanklagen gepeinigt erreichte sie das Hotel und zog sich sofort auf ihr Zimmer zurück. Dort spürte sie, dass ihr der eine Bissen Wurst wie ein Stein im Magen lag. In miserabler Stimmung holte sie sich eine Cola aus der Minibar und trank sie in einem Zug aus. Besser wurde ihr davon nicht.

Bei ihrer Abendtoilette lenkten ihre Gedanken sie so sehr ab, dass sie beinahe vom Hocker gerutscht wäre. Erst als sie in den Schlafanzug geschlüpft war und im Bett lag, wurde sie ruhiger. Immerhin konnte sie die Ausgaben für ihr Treffen mit Beavershot nach ihren letzten geschäftlichen Erfolgen verkraften. Sie bedauerte nur, dass sie ihrem Ziel um kein Haarbreit näher gekommen war. Eigentlich hatte sie am nächsten Tag in die niederländische Klinik fahren wollen, um dort die künstliche Befruchtung vornehmen zu lassen.

»Ich kann immer noch dorthin fahren«, sagte Lexa sich. »Da Beavershot als Spermaspender ausfällt, werde ich eben einen der anonymen Spender nehmen.«

Sie dachte über diese Idee nach, bis sie endlich einschlief und am nächsten Morgen ausnahmsweise nicht von einem Weckruf aus den Federn gerissen wurde.

10.

Lexas Empörung über Beavershot war auch über Nacht nicht gewichen. Im Bad verwechselte sie das Shampoo mit der Körpermilch und musste intensiv die Haare auswaschen, damit diese nicht wie mit Kleister beschmiert auf dem Kopf klebten.

Wenig später betrat sie in Jeans und T-Shirt den Frühstücksraum und sah zu ihrem Ärger, dass nur noch der Tisch neben der Tassenräuberin und dem Möchtegerncasanova frei war. Die beiden sahen aus, als hätten sie die Nacht durchgemacht, redeten sehr laut und machten wieder Witze über sie.

Als es Lexa zu viel wurde, drehte sie sich mit spöttischer Miene zu den beiden um. »Reden Sie ruhig weiter! Mein Handy verfügt über eine gute Aufnahmefunktion, und ich habe einen ausgezeichneten Anwalt.«

Es war lächerlich, wie rasch das Paar verstummte. Lexa konnte jedenfalls ihr Frühstück in Ruhe beenden. Anschließend kehrte sie in ihr Zimmer zurück und packte. Sie wusste noch immer nicht, was sie nun tun sollte. Daher nahm sie ihr Tablet zur Hand und sah ihre Mails durch. Eine stammte von Beavershot und strotzte nur so vor Beleidigungen. Elende Lesbenschlampe war noch die harmloseste davon.

Nicht bereit, sich das gefallen zu lassen, antwortete sie in kurzen Worten, dass sie seine E-Mail an ihren Anwalt weiterleiten und einen Prozess wegen Betrugs gegen ihn anstrengen würde. Die meisten anderen E-Mails waren positiver Natur. Ruth war es gelungen, einen großen Abschluss zu tätigen, ihr Vater baute Max' ehemaliges Motorradgeschäft erfolgreich aus, und Leon schrieb an seiner Doktorarbeit.

Ein Blick auf die Uhr zeigte ihr, dass es Zeit wurde, das Zimmer zu räumen und auszuchecken. Sie sah noch einmal nach, ob sie alles eingepackt hatte, und schob dann ihren Koffer zur Tür hinaus. Unten an der Rezeption reichte sie ihren Autoschlüssel weiter, damit ein Hotelangestellter ihren Wagen aus der Tiefgarage holen konnte, und bezahlte ihr Zimmer.

Wenig später wurde Lexas Auto vor die Eingangstür gefahren. Sie verließ das Hotel, setzte sich ans Steuer und startete den Motor. Noch beim Anfahren wusste sie nicht, was sie tun sollte. Ihr Wunsch nach einem Kind drängte sie dazu, in die Niederlande zu fahren. Allerdings würde ein Aufenthalt in der Klinik von der Erinnerung an Beavershot überschattet sein, und das wollte sie nicht.

»Ich fahre erst einmal Richtung Heimat, und wenn ich mich doch für die Klinik entscheiden sollte, kann ich immer noch nach Norden abbiegen«, sagte sie sich und stellte mit einem Tastendruck ihre Heimatadresse auf dem Navi ein.

11.

Auf den ersten Kilometern erforderte der dichte Verkehr Lexas gesamte Aufmerksamkeit, doch hinter Meaux wurde es leichter, und ihre Gedanken kehrten wieder zu ihren Problemen zurück. Langsam verrauchte ihre erste Wut auf Beavershot. Der Mann hatte sich einfach als schlechte Investition entpuppt. So etwas gab es in ihrem Job immer wieder. Gleichzeitig aber sagte sie sich, dass sie nicht einfach nach Mühldorf zurückkehren und sich in ihrer Wohnung verkriechen durfte. Sie überlegte einen Augenblick lang, ob sie Inge und Sonja nach Bad Kreuznach folgen sollte. Allerdings hatte sie Inge in ihr Vorhaben eingeweiht, und die würde ihr sicher Löcher in den Bauch fragen. Darauf zu antworten fühlte sie sich derzeit nicht in der Lage.

Da fiel ihr ein, dass sich ihre alte Biker-Gruppe am nächsten Tag in Orscholz treffen wollte. Andreas würde ebenfalls dort sein – und auch Jennifer. Zuerst schreckte sie der Gedanke ab. Dann aber lachte sie über sich selbst. Ihr einziges Interesse an Andreas war, mit ihm zu reden. Alles andere war unmöglich.

Da sich ihr Hunger meldete, fuhr Lexa den nächsten Rasthof an und parkte ihren Wagen. Während sie einen ordentlichen Café au lait trank und ein Gurkensandwich aß, suchte sie auf ihrem Tablet nach Informationen. Sie fand das Hotel heraus, in dem die Biker sich treffen wollten, und rief dort an, ob noch ein Zimmer frei wäre.

»Das wird schwierig«, sagte die Frau am anderen Ende der Leitung. »Wir sind voll belegt und haben nur noch die große Suite übrig. Die ist aber nicht billig.«

»Ich glaube, die kann ich bezahlen«, antwortete Lexa gelassen.

»Wen darf ich dann eintragen?«

»Dr. Alexandra Fabarius!« Lexa ging der etwas herablassende Ton der Frau auf den Geist, und so gab sie ausnahmsweise mit ihrem Doktortitel an.

»Ihre Suite ist bereit. Wollen Sie Zimmerservice?«, fragte die Hotelangestellte auch schon um einiges devoter.

»Gerne! Vor allem brauche ich einen kräftigen Schemel im Bad. Wenn Sie keinen haben, bezahle ich dafür, dass Sie ihn mir besorgen.« Nach der Enttäuschung mit Beavershot tat es Lexa gut, auch einmal arrogant sein zu können.

Ihre Gesprächspartnerin versicherte ihr, dass sie selbstverständlich einen Schemel erhalten werde, und verabschiedete sich überfreundlich.

»Die Menschen achten meistens doch nur auf den Schein und weniger auf das Sein«, sagte Lexa spöttisch, während sie ihr Handy wegsteckte.

Eine Viertelstunde später brach sie auf und nannte der Spracherkennung ihres Navis ihr neues Ziel. Orscholz lag etwa auf halbem Weg zwischen Paris und ihrer Heimatstadt und war daher kein großer Umweg. Der Ort gehörte, wie Lexa beim Passieren des Ortsschilds lesen konnte, zur Stadt St. Wendel.

Das Hotel lag an einer Nebenstraße und verfügte über einen großen Parkplatz, der sich am nächsten Tag mit Motorrädern füllen würde. Ein Motorrad stand bereits dort. Es handelte sich um eine große Beiwagenmaschine, die sehr gepflegt aussah.

Ist der Fahrer schon einen Tag früher zum Treffen gekommen, oder hat er gar nichts damit zu tun?, fragte Lexa sich, während sie an dem Motorrad vorbeiging und die kurze Treppe zum Hoteleingang hinaufstieg.

Die Rezeption war klein, aber die Wände schön aus Holz gefügt. Eine kleine Glocke stand auf dem Tisch, und ein Schild wies die Gäste an, diese zu benützen. Lexa tat es und sah kurz darauf eine kompakt wirkende Frau auf sich zukommen.

»Guten Tag«, grüßte diese. »Was kann ich für Sie tun?«

»Ich habe vor gut zwei Stunden telefonisch ein Zimmer bestellt. Mein Name ist Fabarius.«

»Frau Dr. Fabarius! Aber selbstverständlich! Wenn Sie bitte das Anmeldeformular ausfüllen wollen. Ihre Suite ist auf der obersten Etage.«

»Hoffentlich mit Lift?«, fragte Lexa, da Treppensteigen nicht gerade zu ihren Lieblingsdisziplinen gehörte.

»Selbstverständlich haben wir einen Lift. Wenn Sie hier ein Stück weitergehen und nach links schauen, sehen Sie ihn«, erklärte die Frau.

»Danke! Ich habe noch meinen Koffer im Auto. Kann mir jemand diesen auf mein Zimmer bringen?«

»Selbstverständlich, Frau Dr. Fabarius. Wenn Sie mir den Autoschlüssel geben, mache ich das. Welcher Wagen ist es denn?«

»Der grüne dort vorne!«

Rasch warf die andere einen Blick darauf und wurde womöglich noch freundlicher. »Das ist ein schönes Auto und eine schöne Farbe!«

Bei der Bestellung des Wagens hatte Lexa sich wenig um die Farbe des Wagens gekümmert, sondern einfach die erste genommen, die ihr gefallen hatte. Der leicht mit Silber gemischte grüne Metallic-Lack machte allerdings etwas her.

»Sie bleiben bis Sonntag?«, fragte die Hotelangestellte.

»Ganz genau.«

»Sie hatten Glück, dass die Suite noch frei war! Wir haben morgen ein Treffen einer Motorradfahrervereinigung. Da kommen über fünfzig Leute. Wir mussten bereits einige Teilnehmer auf andere Hotels verweisen.« Die Frau lächelte zufrieden. Um die Jahreszeit war noch nicht viel los, und da stellte ein volles Haus ein angenehmes Zubrot dar.

»Wo kann ich hier etwas zu essen bekommen?«, fragte Lexa, da ihr das Gurkensandwich auf der französischen Autobahn etwas zu wenig gewesen war.

»Hier im Hotel haben wir kein Restaurant. Sie können aber im Cloef-Atrium sehr gut essen. Ich gebe Ihnen einen Plan. Es liegt auf dem Weg zur Saarschleife.«

»Ich werde hingehen, sobald ich mich ein wenig frisch gemacht habe.« Lexa reichte der Frau den Autoschlüssel und nahm den Zimmerschlüssel entgegen. Gewohnt, dass es in den Hotels Zutrittskarten gab, fand sie den Schlüssel mit dem schweren Metallanhänger anachronistisch.

»Wo treffen sich diese Motorradfahrer?«, fragte sie schon halb auf dem Weg zum Lift.

»Wir haben weiter hinten einen Saal. Dort gibt es dann auch Getränke. Essen werden die Leute entweder im Restaurant vom Cloef-Atrium oder weiter oben im Ort.«

»Danke!« Lexa beendete das Gespräch und nahm den Lift zu ihrer Etage.

Auch wenn der schwere Schlüsselanhänger ihr altmodisch vorkam – das Zimmer war es nicht. Die Suite war mindestens fünfzig Quadratmeter groß, verfügte über ein separates Wohnzimmer und über ein Bad, das größer war als in manchen Hotels die Gästezimmer. Auch das Bett war ein Traum, breit und hoch genug, so dass sie ohne Probleme ihre Prothesen ab- und wieder anlegen konnte. Noch während sie sich umsah, klopfte es. Als sie öffnete, war es die Dame aus der Rezeption.

»Ich bringe Ihren Koffer. Sie waren sicher in Paris, weil Sie ein paar Einkaufstüten im Kofferraum hatten. Ich habe sie unten gelassen, kann sie Ihnen aber noch heraufbringen«, erklärte die Frau.

»Danke, das ist nicht nötig.« Lexa zog einen Fünfeuroschein aus der Tasche und reichte ihn der Frau.

Diese wirkte angenehm überrascht.

»Wo ist diese Saarschleife?«, wollte Lexa jetzt wissen.

»Da müssen Sie vom Cloef-Atrium aus weitergehen. Nach ein paar Hundert Metern erreichen Sie den Aussichtspunkt. Von dort haben Sie einen wundervollen Blick auf die Saarschleife.«

Lexa war zwar nicht nach Orscholz gekommen, um Sehenswürdigkeiten zu bewundern, fand aber, dass sie die paar Schritte über das Restaurant hinaus bis zum Aussichtspunkt gehen konnte. Nachdem die Hotelangestellte das Zimmer verlassen hatte, betrat sie das Badezimmer, machte sich ein wenig frisch und brach auf.

Es war ein schöner Tag mit einer leichten, warmen Brise, also so richtig geeignet, um ihre Verstimmung über Charles Beavershot abzustreifen. Lexa amüsierte sich jetzt mehr über den Mann, anstatt sich über ihn zu ärgern. Mochten andere Frauen sich von seinen Titeln und seinen seltsamen Ansichten blenden lassen. Für sie kam er nicht infrage. Sie fragte sich, ob sich die Wünsche der Frauen, die sich an ihn wandten, auch erfüllen würden. Bei dem Gedanken, dass bereits mehrere Hundert männliche und weibliche Kopien von Beavershot herumliefen, war sie direkt froh, nicht die vierhundert-weiß-der-Teufel-wievielte Frau zu sein, der er zu Nachwuchs verhalf.

Beim Restaurant stellte sie fest, dass es erst in einer halben Stunde öffnete, und ging weiter zu dem Aussichtspunkt. Auf dem großen Parkplatz ein Stück weiter standen mehrere Busse. Eine Gruppe stieg eben aus und marschierte los. Lexa folgte den Besuchern in größerem Abstand und wich dabei etlichen anderen aus, die ihr entgegenkamen. Kurz vor dem Aussichtspunkt gab es einen Kioskwagen, aus dem es angenehm roch. Zwar gab es dort nur Bratwürste, doch Lexas Hunger meldete sich, und so kaufte sie eine Wurst sowie einen Cappuccino. Anschließend suchte sie einen Platz, um sich zu setzen, doch die meisten Stühle waren belegt.

»Gehen Sie zu dem jungen Mann da hinten, da ist noch ein freier Stuhl«, riet ihr die Kioskbetreiberin.

Lexa ging zu dem betreffenden Tisch und fragte, ob sie sich setzen könne. »Ich müsste sonst meine Bratwurst in der einen und meinen Cappuccino in der anderen Hand halten, und das geht schlecht«, setzte sie entschuldigend hinzu.

Den jungen Mann riss es förmlich herum. »Lexa? Du? Eh … ich meine, Frau Dr. Fabarius!«

Lexa brauchte einen Augenblick, bis sie ihn erkannte. »Andreas? Das ist aber eine Überraschung! Du bist schon da?«

»Meine Mutter ist vor drei Tagen mit einer Freundin nach Bad Kreuznach gefahren. Da habe ich mir gedacht, bevor ich auch heute von Ravioli aus der Büchse lebe, machte ich eher Feierabend und fahre hierher. Jetzt freut es mich doppelt. Nachdem Sie letztes Jahr nicht dabei waren, wusste ich nicht, ob Sie heuer kommen würden.«

»Es heißt du und Lexa! So weit, glaube ich, waren wir vor zwei Jahren schon«, erklärte Lexa, stellte ihren Becher ab und streckte ihm die Hand hin. »Ich freue mich auch, dich zu sehen. Sind schon andere eingetroffen?«

Andreas schüttelte den Kopf. »Nein, die kommen wohl alle erst morgen.«

»Dann haben wir diesen Abend und den morgigen Vormittag für uns. Auch schön! Ich freue mich auf ein angenehmes Gespräch.«

»Ich mich auch!« Andreas' Augen leuchteten. Obwohl er nicht glaubte, dass eine Frau wie Alexandra Fabarius wirklich Interesse an ihm haben konnte, so hatte sich mit diesem Zusammentreffen doch ein Herzenswunsch für ihn erfüllt.

Eine Reisegruppe trat nun den Rückweg an, und so ging Lexa nach vorne, um sich die Saarschleife anzusehen. Der Fluss kam genau auf sie zu, bog um einen bewaldeten Hang und verschwand wieder in der Richtung, aus der er gekommen war.

»Imponierend, nicht wahr?«, sagte Andreas. »Die Saarschleife ist eines der Hintergrundbilder auf meinem Computer.«

Lexa nickte und sah auf das Wasser hinab, das aus Frankreich kommend seinen Weg zum Rhein suchte. »Es ist wirklich sehr hübsch hier. Aber ich würde jetzt gerne ins Restaurant gehen und essen. Die Bratwurst eben war mehr ein Nachschlag auf das Mittagessen als ein vorweggenommenes Abendmahl.«

»Ich hätte auch nichts dagegen, mich irgendwo gemütlich hinzusetzen«, sagte Andreas. »Immerhin bin ich hierhergekommen, um nicht zu Hause kochen und abspülen zu müssen.«

Lexa lachte hellauf. »Wenn man dich so anhört, könnte man glauben, dass Männer innerhalb einer Woche verhungern würden, wenn es keine Frauen mehr gäbe.«

»Ein bisschen kochen kann ich schon«, antwortete Andreas. »Aber ich war die beiden letzten Abende allein zu Hause und wollte das kein drittes Mal mehr sein.«

»Akzeptiert!«, gab Lexa lächelnd zurück und strebte dem Restaurant zu.

Andreas hielt sich an ihrer Seite und ärgerte sich, weil ihn seine Prothese ausgerechnet an diesem Tag drückte. Er vergaß diesen Gedanken jedoch sofort wieder, als er mit Lexa im Restaurant saß und die Speisekarte in der Hand hielt. An diesem Tag, sagte er sich, wollte er sich ein Glas Wein gönnen. Es war einfach wundervoll, Lexa wiedergetroffen zu haben.

Auch Lexa liebäugelte zu ihrem Erstaunen mit einem Glas Wein, entschied sich dann aber doch für Apfelschorle. Der Abend war auch so schön, fand sie und lachte fröhlich, als Andreas eine witzige Bemerkung machte.

ACHTES KAPITEL

Ein fröhliches Treffen

1.

Als Lexa am nächsten Morgen erwachte, fragte sie sich, ob nur körperlich unversehrte Frauen das Recht hatten, geküsst zu werden. Tatsächlich hätte sie sich gewünscht, in der Nacht von Andreas mit einem Kuss verabschiedet zu werden.

»Nimm dich zusammen!«, schimpfte sie mit sich. »Max hat sich vor mir geekelt, weil ich keine Füße mehr habe, und Andreas würde es auch tun.«

»Würde er nicht«, protestierte etwas in ihr.

»Würde er doch!«

»Küsst du mit den Füßen oder dem Mund? Er würde es daher gar nicht merken«, setzte sie ihr Selbstgespräch fort.

Das stimmt, dachte sie. Beim Küssen würde Andreas es nicht merken. Aber mehr war unmöglich. Sie wollte nicht sein entsetztes Gesicht sehen, wenn sie miteinander ins Bett gingen und er ihre künstlichen Füße entdeckte.

»Daher ist es am besten, wenn wir uns gar nicht erst küssen«, erklärte sie und kämpfte sich aus den Federn. Im Bad achtete sie diesmal mehr auf ihr Make-up als sonst und zog dann das hübsche hellblaue Kostüm an, das sie auch in Paris getragen hatte.

Als sie den Frühstücksraum betrat, wartete Andreas bereits auf sie. Seine Augen leuchteten auf. »Du siehst bezaubernd aus!«

»Danke!« Lexa lächelte und fand, dass auch er eine ausgezeichnete Figur machte. Es war weitaus angenehmer, mit ihm zu frühstücken als mit dem missgünstigen Pärchen in Paris. Die Bedienung brachte ihr einen Cappuccino, die Brötchen und das Croissant waren frisch und die Auswahl am Büfett so groß, dass sie sich zurückhalten musste, um nicht zu viel auf ihren Teller zu laden.

»Ich glaube, die Biker werden sich hier wohlfühlen«, meinte sie zu Andreas.

Dieser erinnerte sich erst jetzt wieder daran, dass hier ja ihr Jahrestreffen stattfand, und wünschte die Leute auf den Mond. Viel lieber hätte er das Wochenende nur mit Lexa verbracht.

»Ja, das glaube ich auch. Mein Zimmer ist ausgezeichnet. Es ist allerdings auch eines der größten. Die meisten unserer Freunde werden sich mit kleineren Zimmern begnügen müssen.« Und Jennifer auch, dachte er mit einem Hauch von Schadenfreude.

»Ich habe nur noch die große Suite bekommen. Aber es ist mir ganz recht, denn in kleinen Zimmern fühle ich mich beengt«, antwortete Lexa, die jedes Mal fürchtete, in einem solchen Zimmer zu stürzen und sich so zu verletzen, dass sie nicht mehr ohne Hilfe gehen konnte.

Andreas unterbrach ihr kurzes Sinnieren. »Es gibt sogar Sekt zum Frühstück. Soll ich dir ein Glas bringen?«

Lexa schüttelte den Kopf. »Bitte nicht! Ich trinke im Allgemeinen keinen Alkohol. Aber je nachdem, wie ich mich am Abend fühle, werde ich mir vielleicht ein kleines Gläschen Wein genehmigen.«

»Ich trinke normalerweise auch nicht. Aber es war gestern so schön, dass ich mir ein Glas Wein gegönnt habe. Wenn du heute eines trinkst, tu ich es auch, damit wir miteinander anstoßen können.« Andreas hoffte dabei auf einen Bruderschaftskuss. Mehr wagte er nicht, sich vorzustellen.

In den letzten Monaten war er zwar ein paarmal mit Jennifer intim geworden, doch diese hatte gewusst, dass er durch den Unfall gehbehindert war. Bei Lexa hatte er Angst, sie würde ihm angewidert den Rücken zukehren, sobald sie seine Prothese bemerkte.

Trotz einer gewissen Melancholie auf beiden Seiten wurde es ein munteres Frühstück. Anschließend gingen sie auf ihre Zimmer, trafen sich aber kurz darauf zu einem Spaziergang zum Aussichtspunkt und waren dort völlig ungestört. Lexa setzte sich auf eine Bank, ließ die Beine baumeln und sah zu Andreas auf. »Irgendwie tut es mir leid, dass ich letztes Jahr nicht dabei gewesen bin.«

»Dettelbach war sehr schön! Es hätte dir gefallen.«

»Gewiss hätte es das!« Noch während Lexa es sagte, schimpfte etwas in ihr: Jetzt dreh nicht durch! Es ist zwar schön, doch Andreas darf für dich nur ein angenehmer Gesprächspartner sein, mehr nicht.

Der Gedanke tat weh. Für Augenblicke wurde ihre Miene zu einer starren Maske, dann hatte sie sich wieder im Griff.

»Ja, das hätte es«, meinte sie und blickte auf die Uhr. »Bald werden die ersten Biker auftauchen. Wollen wir zurück zum Hotel gehen?«

Andreas hätte am liebsten gesagt, die anderen solle der Teufel holen. Doch er beherrschte sich und nickte. »Das sollten wir, wenn wir im Nebenraum gute Plätze bekommen wollen.«

Lexa hob ein Steinchen auf und warf es den Hang hinab. »Dann gehen wir eben!« Dabei dachte sie, dass sie noch stundenlang hier hätte sitzen und sich mit Andreas unterhalten können. Das Biker-Treffen störte nur.

»Du bist eine Idiotin«, murmelte sie leise. »Ohne dieses Treffen wären weder Andreas noch ich hier.«

»Was hast du gesagt?«, fragte Andreas.

»Nur, dass ich gespannt bin, wer diesmal alles kommt«, redete Lexa sich heraus. »Von den Münchnern habe ich nur noch mit Claudia und ihrem Mann Kontakt, und die sind heuer mit Sicherheit nicht dabei, weil sie ihr erstes Kind kriegen.«

»Claudia und ich schreiben uns ab und an eine Mail«, meinte Andreas. »Von ihr habe ich auch erfahren, dass du in eine Stadt östlich von München gezogen und dort erfolgreich als Anlageberaterin tätig bist.«

»Ich habe nicht daran gedacht, dass du Claudia kennst, sonst hätte ich sie nach dir fragen können«, antwortete sie nicht ganz wahrheitsgemäß. »So weiß ich nur, dass du in einer Bank arbeitest, und das ist schon alles. Die schöne Beiwagenmaschine auf dem Parkplatz gehört dir, nicht wahr?«

Der abrupte Themenwechsel kam überraschend, bot Andreas jedoch die Chance, auf die er bisher vergebens gewartet hatte. »Ja, das ist meine! Den Beiwagen hat sich meine Mutter gewünscht. Da wir gelegentlich einen Ausflug machen, meinte sie, sie hätte mehr von der Fahrt, als wenn sie sich hinter mich auf den Sitz quetschen müsse. Sonntag ist doch unsere Rundfahrt. Hast du Lust, mit mir zu fahren?«

Lexa zuckte innerlich zusammen, denn dieser Vorschlag erinnerte sie an jene so fatal geendete Fahrt mit Max. Doch sie durfte sich nicht ewig von ihren Ängsten beherrschen lassen, deshalb nickte sie.

»Versuchen könnte ich es ja. Ich habe aber keinen Helm!«

»Wir hätten noch Zeit, einen zu kaufen«, schlug Andreas vor, lachte dann aber über sich selbst. »Ich bin ein Tropf! Der Helm meiner Mama liegt ja noch im Beiwagen. Er müsste dir passen. Falls du ihn benützen willst, meine ich.«

Lexa musste hier nicht lange überlegen. »Natürlich setze ich ihn auf.«

»Du hattest vor zwei Jahren einen tollen Helm. Schade, dass du den nicht dabeihast«, sagte Andreas bedauernd.

Auf Lexas Gesicht erschien kurz ein Schatten. Der Helm war, wie sie inzwischen erfahren hatte, bei dem Unfall stark beschädigt und längst verschrottet worden. Wahrscheinlich hatte sie ihm ihr Leben zu verdanken, denn wäre sie mit einem weniger sicheren Helm auf dem Asphalt aufgekommen, hätte es noch schlimmer ausgehen können. Sie fasste sich jedoch rasch wieder und zuckte mit den Achseln. »Den habe ich leider nicht mehr.«

2.

Während die ersten Touristen zum Aussichtspunkt strömten, wanderten Lexa und Andreas zum Hotel zurück. Auf dem Parkplatz standen bereits einige Motorräder. Daher traten sie neugierig in das für das Treffen reservierte Nebenzimmer und sahen dort Martin und seine Würzburger sitzen. Die Gruppe war erneut größer geworden, und es waren sogar zwei ältere Paare dabei, die sich sichtlich freuten, sich mal wieder den Wind der Jugend um die Nasen wehen zu lassen.

»Hallo, Andreas! Dachte mir schon, dass du hier bist, nachdem ich deine Beiwagenmaschine gesehen habe. Hast du wieder deine Mutter mitgebracht?«, rief Martin quer über die Tische hinweg.

Andreas schüttelte den Kopf. »Diesmal ist meine Mutter mit einer Freundin ins Thermalbad gefahren. Aber ich habe hier erstklassigen Ersatz gefunden!« Er trat ein wenig beiseite, damit die anderen Lexa sehen konnten.

»Jetzt sag bloß!«, rief Martin und sprang auf. »Lexa, du bist es wirklich! Das freut mich aber. Bist du mit Andreas gekommen?«

»Wir haben uns hier getroffen und werden am Sonntag gemeinsam die Rundfahrt mitmachen«, antwortete Lexa gerührt über die Freude, die Martin und seine Freunde über das Wiedersehen zeigten.

»Ich muss sagen, mir wäre eine Beiwagenmaschine auch lieber. Auf dem Sozius fühle ich mich langsam unsicher«, meinte eine der älteren Frauen und sah dann Andreas an. »Dürfte ich einmal ausprobieren, wie man darin sitzt?«

»Aber gerne. Ihr müsst Lexa und mir nur zwei gute Plätze aufheben.«

»Das tun wir!«, versprach Martin und legte seine Lederjacke über zwei Stühle.

»Dann wollen wir mal! Du kommst doch auch mit?«

Andreas' Frage galt Lexa. Nach kurzem Nachdenken nickte sie. »Ich würde auch gerne ausprobieren, wie man darin sitzt.« Kaum hatte sie es gesagt, zuckte sie zusammen. Was war, wenn Andreas bei ihrem Hineinklettern bemerkte, dass ihre Füße und ein Teil ihres rechten Unterschenkels nicht echt waren?

Es war jedoch zu spät, einen Rückzieher zu machen. Außerdem musste sie am Sonntag sowieso in den Beiwagen einsteigen, sagte sie sich und folgte Andreas und der Würzburgerin ins Freie. Deren Ehemann kam ebenfalls mit, um sich die Beiwagenmaschine anzusehen. Nachdem Andreas das Verdeck geöffnet und den Helm seiner Mutter herausgeholt hatte, sah jener verwundert zu, wie seine Frau so lässig darin Platz nahm, als hätte sie es immer schon gemacht.

»Du, Günter! So würd's mir gefallen«, rief sie und sah Andreas bittend an. »Könnten wir vielleicht ein Stückle fahren?«

»Ich hole nur meinen Helm.« Andreas eilte in sein Zimmer und kehrte nach kurzer Zeit mit dem Helm zurück. Nachdem er ihn aufgesetzt hatte, ließ er den Motor an und rollte in gemächlichem Tempo aus dem Parkplatz heraus. Auf der Straße wurde er schneller, und so verschwand seine Maschine bald aus dem Blickfeld.

»Das ist gar nicht so übel«, meinte der zurückgebliebene Ehemann der Würzburgerin zu Lexa. »Weißt, ich würd gern ein wengle öfter Motorrad fahren, aber meine Frau zieht nicht mehr so. Wenn sie so einen Beiwagen haben will, könnten wir wieder mehr Touren unternehmen. Ich will ja keine Rennen fahren, sondern bei schönem Wetter die Landschaft genießen.«

»Ich bin auch gespannt, wie man sich im Beiwagen fühlt«, antwortete Lexa und lauschte dem Geräusch des Motorrads, das wieder näher kam. Es war jedoch nicht Andreas allein, sondern eine ganze Gruppe, die ihm folgte. Zu dieser gehörten ein paar ältere Männer und ein Paar, das sicher über sechzig war und auf einem großen Roller fuhr.

»Es ist schön von dir, Andreas, dass du uns das Geleit gegeben hast«, rief einer der Neuen und begrüßte dann Lexa.

»Na, auch wieder dabei? Was ich dich fragen wollte: Bist du mit einem Leon Fabarius verwandt? Den hab ich letztens bei einem Biker-Treffen in Innsbruck kennengelernt. Ein fabelhafter Typ, sag ich dir! Er will die Münchner Gruppe wiederbeleben und nächstes Jahr auf jeden Fall mit dabei sein.«

»Leon ist mein Bruder«, antwortete Lexa lachend.

Da die Würzburgerin den Beiwagen verlassen hatte, nützte Lexa die Gelegenheit, hineinzuschlüpfen.

»Dein Bruder? Das hätte ich nicht gedacht. Ähnlich seht ihr euch ja nicht gerade«, meinte der Biker und wandte sich den anderen zu. »Leon hat mit seinem alten Herrn zusammen den Laden von Max Haglehner übernommen.«

Sein verwunderter Blick streifte Lexa, die immerhin dreimal als Max' Freundin an den Jahrestreffen teilgenommen hatte, dann redete er weiter.

Lexa wandte sich unterdessen an Andreas. »Fährst du auch mit mir ein Stück?«

»Gerne.«

»Ich will auch so einen Beiwagen haben«, rief die Würzburgerin, die er eben gefahren hatte. »Das ist ganz was anderes, als wie ein Aff hinter dem Fahrer zu hocken.«

Was der Mann seiner Frau antwortete, hörte Lexa nicht mehr, da Andreas losfuhr. Früher, als sie noch mit Max unterwegs gewesen war, hatten sie über Beiwagenfahrer gespottet. Nun aber genoss sie die Fahrt. Sie saß sicher und konnte viel mehr sehen. Auf die Weise, dachte sie, würde ihr Motorradfahren wieder Spaß machen.

Verrenn dich nicht!, mahnte sie sich. Sobald Andreas erfährt, dass du ein Freak bist, ist es vorbei.

Für einige Augenblicke erstickte sie fast an ihrer Verzweiflung, dann aber sagte sie sich, dass sie diesen Tag und den folgenden genießen wollte, gleichgültig, was danach kam.

3.

Als Andreas sein Motorrad auf dem Parkplatz ausrollen ließ, waren weitere Gruppen erschienen. Sogleich waren er und Lexa von fröhlichen Menschen umringt und mussten Dutzende Fragen beantworten. Als sie endlich wieder in den Saal kamen, war es Zeit zum Mittagessen.

Lexa bestellte sich noch eine Apfelschorle und trank sie durstig leer. Auch Andreas trank etwas und starrte nachdenklich vor sich hin. Er fühlte sich völlig entzweigerissen. Ein Teil von ihm forderte, Lexa die Wahrheit zu sagen. Wenn ihr wirklich etwas an ihm lag, würde sie ihn so akzeptieren, wie er war.

Gerade als er glaubte, sein Mut wäre groß genug dazu, traf die Gruppe aus seiner Heimat ein. Als Erste traten Jennifer und ihr neuer Freund Michael in den Raum. Auch wenn die junge Frau etwas zugelegt hatte, sah sie in ihrer hautengen Motorradkombi so sexy aus, dass sie anerkennende Blicke auf sich zog.

Ihr gefiel es offensichtlich, so bewundert zu werden, denn sie drehte sich mehrmals um die eigene Achse, damit auch ihr gut geformtes Hinterteil zur Geltung kam.

»Die will anscheinend zeigen, dass sie das, was ihr im Kopf fehlt, an den Titten und am Arsch hat«, lästerte eine der Frauen, die sich darüber ärgerte, dass auch ihr Mann Jennifer anstierte.

Lexa hätte es vielleicht etwas höflicher, aber sinngemäß ebenso ausgedrückt. Zu ihrem Pech waren die Plätze neben ihr noch frei, und die beiden setzten sich so, dass sie Jennifer als Nachbarin hatte. Obwohl beide vor zwei Jahren in Sinsheim dabei gewesen waren, erkannte Jennifer sie nicht. Stattdessen äugte sie immer wieder zu Andreas hin. Doch der schenkte ihr nicht die geringste Aufmerksamkeit, sondern unterhielt sich angeregt mit Lexa.

»Na, wo hast du die da aufgegabelt? Ich dachte, du würdest mit deiner Mutter kommen?«, stichelte Jennifer schließlich.

»Du solltest dein Gedächtnis mehr trainieren«, meinte Andreas gelassen. »Das ist Lexa aus München. Ihr Bruder ist der neue Chef der Münchner Gruppe, die nächstes Jahr wieder am Treffen teilnehmen wird.«

»Lexa!« Jennifer war direkt anzusehen, wie sich hinter ihrer Stirn die Zahnräder drehten und ihre Erinnerung durchwühlten. »Doch nicht die Lexa, mit der Max damals in Sinsheim war?«

»Du bist eine Schnellspannerin!« Andreas grinste fröhlich und zog Lexa an sich. »Sei mir nicht böse, wenn ich das tue, aber dieses kleine Mistvieh hat es verdient«, raunte er ihr ins Ohr.

»Das hat sie!«, antwortete Lexa und lehnte sich gegen ihn. Ohne Jennifer wäre Max vielleicht vernünftig geblieben, dachte sie. Dann aber verscheuchte sie die Erinnerung an ihren Ex-Freund aus ihren Gedanken. Der Augenblick war zu schön, um ihn sich durch Max verderben zu lassen.

»Wir gehen jetzt essen!«, rief der Anführer der Veranstaltergruppe aus Saarbrücken.

»Sind alle da?«, fragte Martin.

»Nein, die Kölner Freunde verspäten sich etwas. Zwei von uns bleiben hier, um auf sie zu warten. Der Rest sollte mitkommen.«

»Dann mal los!«, meinte Andreas zu Lexa und bot ihr den Arm.

Schon um Jennifer zu ärgern, hakte Lexa sich bei ihm ein und verließ mit ihm zusammen das Hotel. Andreas war ihr jetzt so nahe wie kein Mann, seit sie ihre Füße verloren hatte – abgesehen von dem widerwärtigen Noah. Arm in Arm mit einem interessanten und sympathischen Mann zu gehen gefiel ihr, und sie war sehr froh, dass sie ihre Reise hier in Orscholz unterbrochen hatte.

Im Restaurant kamen sie durch Zufall wieder neben Jennifer und deren neuem Freund zu sitzen. Oder war es kein Zufall, fragte sich Andreas, sondern Jennifers Absicht gewesen? Sie sah immer wieder zu ihm her und versuchte, über Lexa hinweg mit ihm zu reden. Man sah ihr an, wie sie sich ärgerte, dass er offenbar mühelos einen Ersatz für sie gefunden hatte. Und was für einen!

Andreas hätte Lexa für keine Frau der Welt eintauschen wollen. Sie war vielleicht ein wenig ruhig und beherrscht, ließ dadurch aber Jennifers Attacken immer wieder ins Leere laufen.

In dem Augenblick begriff er, dass er sich bereits vor zwei Jahren bis über beide Ohren in Lexa verliebt hatte. Wenn sie wirklich die Frau war, für die er sie hielt, würde auch seine Behinderung sie nicht stören. Er verdrängte die Angst, enttäuscht zu werden, und sah sie mit leuchtenden Augen an. »Du bist wunderschön!«

Jennifer vernahm es ebenfalls und zog ein missmutiges Gesicht. So sanft und hingebungsvoll hatte er mit ihr nie gesprochen. Selbst die für sie viel zu wenigen sexuellen Kontakte waren mehr wie eine Pflichtübung verlaufen. So ein Stiesel, dachte sie. Da opfere ich fast ein ganzes Jahr für ihn, und dann zieht er mit einer anderen über die Dörfer. Die Tatsache, dass sie ihn verlassen hatte, um sich mit Michael einen Mann zu angeln, der ihren Vorstellungen vom angenehmen Leben mehr entsprach, verdrängte sie vollkommen. Sie kümmerte sich auch kaum noch um ihren neuen Freund, sondern tat alles, um Lexa bei Andreas auszustechen.

Zunächst empfand Lexa Jennifer als lästig und hätte ihr am liebsten ein paar deutliche Worte gesagt. Sie merkte jedoch rasch, dass Andreas nur Augen für sie hatte, und verspürte daher ein Selbstbewusstsein, über das sie sich selbst wunderte. Als er den Arm um sie legte, neigte sie ihm den Kopf zu und küsste ihn auf die Wange.

Jennifer sah es und sprühte gleichsam Funken. Nun wurde es ihrem Begleiter zu dumm. »Wir sollten wieder ins Hotel zurückkehren«, sagte er im Befehlston. »Ich möchte kurz aufs Zimmer und mich frisch machen!« Und dich so richtig rannehmen, dass du vergisst, diesem Trottel Kuhaugen zu machen, setzte er für sich hinzu.

»Dann geh doch!«, fauchte Jennifer. In dem Moment schlossen sich Michaels Finger um ihr Handgelenk.

»Du kommst mit!« Etwas leiser setzte er hinzu: »Tust du es nicht, kannst du zu Fuß nach Hause laufen.«

Jennifer warf noch einen Blick auf Andreas. Am liebsten hätte sie gesagt, sie würde dann eben mit diesem fahren. Andreas war jedoch so mit Lexa beschäftigt, dass sie sich mit dieser Bemerkung lächerlich gemacht hätte. Daher stand sie zähneknirschend auf und folgte Michael.

Im Hotelzimmer erwartete sie, dass Michael kurz ins Bad gehen und danach den Saal aufsuchen würde. Stattdessen deutete er aufs Bett.

»Zieh dich aus! Ich bin nicht nur wegen dem Treffen gekommen, sondern will auch meinen Spaß haben.«

Sex gehörte zu Jennifers Lieblingsbeschäftigungen, und sie war nicht wählerisch. Selbst im letzten Jahr hatte sie neben Andreas ein paar wechselnde Lover gehabt und ihn zuletzt auch mit Michael betrogen. Daher vergaß sie ihren Ärger und öffnete den Reißverschluss ihrer Motorradkombi. Diese saß so eng, dass sie Michaels Hilfe brauchte, um sie abzustreifen. Hemd und Höschen fielen zu Boden, und noch während sie sich auf das Bett legte, folgte ihr Freund ihr und presste sie in die Matratze.

»Bevor ich jetzt anfange, will ich dir eins sagen: Wenn du glaubst, mit einem anderen Macker herummachen zu können, hast du dich geschnitten. Hast du mich verstanden?«

Erschrocken starrte Jennifer ihn an. »Aber ich …«

»Kein Aber!«, erklärte Michael und schob den Penis in ihre Scheide.

Zunächst versuchte Jennifer, ihn wegzudrücken, spürte dann aber, wie ihre eigene Erregung stieg, und krallte ihm die Fingernägel in den Rücken. »Mach jetzt!«, feuerte sie ihn an und stöhnte, als er sich in kurzen, harten Bewegungen vor- und zurückbewegte, so laut, dass ein älteres Paar im Zimmer nebenan nur den Kopf schüttelte.

4.

Lexa und Andreas beendeten das Mittagessen als Letzte und wanderten anschließend gemächlich zum Hotel zurück. Zwar waren für den Nachmittag mehrere Programmpunkte angesetzt, doch sie zogen es vor, miteinander allein zu sein, und setzten sich schließlich in ein Café im Ort.

»Ich freue mich riesig, dass wir uns wiedergesehen haben«, erklärte Andreas mit leuchtenden Augen. »Fast habe ich das Gefühl, als wären nicht zwei Jahre zwischen unserem letzten Treffen und heute vergangen, sondern nur ein paar Tage, so vertraut bist du mir schon.«

»Es ist wirklich schön! Ein paarmal habe ich auch an dich gedacht. Du bist damals missmutig auf deinem Platz gesessen, weil Jennifer sich quer durch die anwesenden Männer geflirtet hat.«

»Das stimmt nicht ganz«, widersprach Andreas. »Jennifer war mir schon damals gleichgültig. Deren Mutter hätte sie gerne mit mir verkuppelt, damit sie endlich in feste Hände kommt. Aber sie war und ist nichts für mich. Hätte sie blonde Haare, würde sie voll den Blondinenwitzen entsprechen.«

Lexa musste lachen. »Besonders intelligent scheint sie tatsächlich nicht. Aber sie hat etwas, das Männer anzieht wie Honig die Bienen.«

»Bären!«, korrigierte Andreas sie. »Bienen machen den Honig, also kann er sie nicht anziehen. Aber Bären sind scharf darauf.«

»Die Männer sind auf alle Fälle scharf auf Frauen wie Jennifer. Claudia war vor zwei Jahren sogar sauer auf ihren Bernd, weil der das Mädchen ständig angestarrt hat.«

Die Bedienung kam, um die Bestellung aufzunehmen, und so verstummte das Gespräch. Zu Lexas Erleichterung bestellte Andreas keinen Tee, denn das hätte sie zu sehr an Charles Beavershot erinnert. Dem würde sie Jennifer als Kundin wünschen, dachte sie gehässig und orderte einen Cappuccino. Für Kuchen lag das Mittagessen noch nicht weit genug zurück.

Kurz darauf standen Andreas' Kaffee und ihr Cappuccino auf dem Tisch. Das Thema Jennifer war inzwischen ausgekaut, und sie wandten sich beruflichen Dingen zu. Andreas stellte fest, dass Lexas Wissen in den zwei Jahren weiter gewachsen war, und kämpfte gegen das Gefühl an, ihr nicht das Wasser reichen zu können.

»Es ist sicher etwas anderes, Millionen verwalten zu können, als Tag für Tag in die Bankfiliale zu fahren und den Kunden Prämiensparverträge andrehen zu müssen«, meinte er nach einer Weile.

»So, wie du deine Arbeit beschreibst, hört es sich aber nicht so an, als würdest du nur das tun«, meinte Lexa und führte ihre Tasse zum Mund.

Über deren Rand hinweg beobachtete sie Andreas. Er war nicht so groß wie Beavershot, sah aber weitaus besser aus: Dazu war er intelligent, feinfühlig und damit ein Mann, wie eine Frau ihn sich nur wünschen konnte. Jennifer musste wirklich Stroh im Kopf haben.

»Worüber denkst du nach?«, fragte Andreas, weil Lexa auf einmal so schweigsam geworden war.

»Über deine Vorzüge und darüber, ob du überhaupt schlechte Eigenschaften hast.«

Ich habe eine, dachte Andreas und griff unwillkürlich an sein rechtes Bein. Er fasste sich aber wieder und lachte. »Natürlich habe ich auch schlechte Seiten. Sonst wäre ich kein Mensch.«

»Dann werde ich noch etwas tiefer schürfen müssen«, antwortete Lexa und zwinkerte ihm zu. »Auf alle Fälle bist du der interessanteste Mann, dem ich bislang begegnet bin.«

»In der Hinsicht ist es schade um die zwei Jahre, die wir verloren haben.«

»In meinem Job habe ich eines gelernt: Es lohnt nicht, einem Euro nachzutrauern, den man bei einer Investition verloren hat. Ebenso wenig sollte man der Zeit nachtrauern, die vergangen ist, sondern seine Gedanken auf das Heute und auf das Morgen richten!«

»Das hast du schön gesagt.« Andreas nahm ihre Hände mit einem sanften Griff. »Ich liebe dich, Lexa, wie ich noch keinen Menschen geliebt habe! Um mich war es schon bei unserer ersten Begegnung geschehen, aber ich hätte nie gedacht, dass etwas daraus werden könnte, wegen …« Andreas zögerte, bevor er weitersprach. »Du warst mit jemand anderem zusammen!« Er wollte keinesfalls zugeben, dass ihm der rechte Fuß fehlte, um den Zauber des Augenblicks nicht zu zerstören.

Lexa sah ihn an und fühlte, dass er die Wahrheit sagte. Es war ein erregendes Gefühl, von ihm begehrt zu werden. Und sie selbst sehnte sich danach, endlich wieder eine richtige Frau zu sein. Andreas war ihr bereits in Sinsheim sympathisch gewesen, und das Wiedersehen hatte dies noch verstärkt. Es gab keinen Mann, den sie lieber mochte als ihn. Als Lexa das erkannte, beschloss sie, alle Bedenken beiseitezuschieben, um wenigstens für ein paar Stunden glücklich zu sein.

»Ich liebe dich auch, Andreas. Das wird mir jetzt so richtig bewusst«, sagte sie leise und schmiegte sich an ihn.

Wie lange die beiden zusammensaßen, wussten sie zuletzt selbst nicht mehr. Zu Lexas Cappuccino kam noch ein zweiter, und da sie nicht zu viel Kaffee trinken wollte, stieg sie danach auf marokkanischen Minztee um. Auch Andreas bestellte sich weitere Getränke, und sie wären gerne noch länger geblieben. Doch da kam die Bedienung und sah sie auffordernd an. »Ich störe ja nur ungern, aber wir schließen gleich. Wenn Sie jetzt nicht zahlen und gehen, müssen wir Sie bis morgen früh einsperren.«

»Das wollen wir dann doch nicht«, antwortete Andreas und zog seine Börse. Als Lexa es ebenfalls tun wollte, schüttelte er den Kopf. »Die Rechnung geht auf mich. Es ist eh nicht viel.«

»Na ja, mir reicht sie«, meinte die Bedienung lächelnd und nahm den Geldschein entgegen, den er ihr reichte.

Andreas gab ihr genug Trinkgeld, sodass Lexa erkennen konnte, dass er kein Geizhals war, und sah sie dann an. »Was tun wir jetzt?«

»In einer Stunde ist Abendessen. Müssen wir uns unbedingt zu den anderen gesellen?«

»Ich habe wenig Lust, Jennifer wieder am Hals zu haben«, erklärte Andreas. »Wie wäre es, wenn wir eine kleine Motorradtour machen und uns unterwegs etwas Essbares suchen?«

»Das klingt nach einem guten Plan.« Lexa stand auf und hakte bei sich bei ihm unter.

Als sie das Café verließen, zogen im Osten die ersten Schleier der Nacht auf, während im Westen die Sonne als goldener Ball hinter den Hügeln niedersank. Es war ein Bild von erhabener Schönheit, dem sich keiner der beiden entziehen konnte.

»Was für ein Abend!«, flüsterte Lexa ergriffen.

»Wie gemacht für einen Ausflug«, meinte Andreas und führte sie zu seinem Motorrad.

Aus einem offenen Fenster im Hotel vernahmen sie die Stimmen der anderen Biker, doch die interessierten sie im Augenblick nicht. Für sie galt nur das Hier und Jetzt. Nachdem Lexa den Helm aufgesetzt und im Beiwagen Platz genommen hatte, fragte sie sich, wie der Abend enden würde. Doch hatte sie nicht das Recht, wenigstens einmal eine Frau zu sein? Wenn sie verhindern konnte, dass Andreas ihre Prothesen bemerkte, würde es ein unvergesslicher Abend werden.

5.

An diesem Abend wäre Andreas bereit gewesen, bis ans Ende der Welt zu fahren, solange er nur mit Lexa zusammen sein konnte. Die ersten Sterne erschienen am Himmel, als er die Leuchtreklame eines Restaurants entdeckte. Er hielt an und zeigte darauf.

»Es wird Zeit fürs Abendessen.«

»Wir sind ja in Frankreich«, rief Lexa verwundert.

»Wirklich? Stimmt!« Andreas schüttelte lachend den Kopf. »Das kann so nahe an der Grenze schon passieren. Aber wollen wir uns deshalb den Appetit verderben lassen?«

»Wenn sie etwas anderes als *andouillette, garnie frites* haben, werde ich das auch nicht.«

»Was ist diese Andouillette?«, fragte Andreas.

»Eine ziemlich fette und grobe Bratwurst, die ich in Paris bekommen habe. Ich musste sie nahezu unangerührt zurückgehen lassen.« Lexa schüttelte sich und stieg aus dem Beiwagen.

Sie gingen ins Restaurant, fanden einen freien Platz in der Ecke und erhielten die Speisekarten. Zu ihrer Erleichterung blieben Lexa die Andouillettes erspart. Sie bestellte sich *pavé de filet de saumon,* während Andreas einen Kalbsbraten wählte. Zuerst trank Lexa Wasser, gönnte sich dann aber ein Gläschen Wein, während Andreas bei Antialkoholischem blieb.

»Ich muss uns ja noch nach Hause bringen«, sagte er zu Lexa.

»Wie weit sind wir eigentlich gefahren?«, fragte Lexa.

»Ich habe nicht die geringste Ahnung. Ich bin einfach nur der schönen Gegend gefolgt«, gab Andreas zu.

»Findest du wieder nach Hause? Das Motorrad hat doch kein Navi, oder?«

»Das nicht, aber mein iPad hat es!« Noch während er es sagte, holte Andreas das Gerät unter seiner Motorradkombi hervor. Auf der Speisekarte stand der Ort, an dem sie sich befanden, und so konnte er ihn eingeben.

»Wir sind in Mancieulles und müssen über Thionville und Sierck-les-Bains wieder zurück. Das werden wir schaffen.«

»Auf jeden Fall war es ein schöner Ausflug«, fand Lexa.

»Das war es wirklich! Möchtest du noch einen Nachtisch?«

»Nein danke! Ich habe schon zu viel gegessen und muss auf meine Linie achten.« Lexa lächelte bei dieser Bemerkung, als sei es nur Eitelkeit, obwohl es einen handfesten Grund für sie gab, nicht zuzunehmen. Der Orthopädietechniker Nimrod aus Kronach hatte sie davor gewarnt, weil sich auch in ihren Beinstümpfen zusätzliches Fett ablagern würde. Damit aber würde sie die exzellent angepassten Prothesen nicht mehr tragen können.

Sie verscheuchte den Gedanken und sah Andreas mit einem strahlenden Lächeln an. »Danke für den schönen Abend.«

»Ich hoffe, er ist noch nicht zu Ende.« Es klang ein wenig anzüglich, und Andreas fragte sich etwas bange, wie Lexa darauf reagieren würde.

»Das hoffe ich auch«, sagte sie und wusste, dass sie diesen Abend niemals vergessen würde.

»Wollen die Herrschaften noch Wein oder ein Dessert?«, fragte der Kellner.

Andreas schüttelte den Kopf. »Nein, danke! Bringen Sie uns bitte die Rechnung.«

»Diesmal zahle ich«, sagte Lexa.

»Bitte nicht! Wie sieht das denn aus?«, wandte Andreas ein.

»Du bist doch ein leichter Macho, was?« Lexas Lächeln nahm dem Ausspruch die Schärfe.

»Ich habe dich zu dieser Fahrt eingeladen, und dazu gehört auch dieses Abendessen!«

»Gut, dann zahle!« Lexa lächelte noch immer und sagte sich, dass es schön war, jemanden zu haben, mit dem sie diesen Abend teilen konnte. Zwar war sie auch schon mit Inge Kastler zusammen in Urlaub gefahren und hatte angenehme Stunden mit ihr verbracht. Doch das, worauf sie noch hoffte, konnte ihr die Freundin nicht geben.

6.

Auf der Rückfahrt klemmte Andreas sein iPad vor sich auf das Motorrad und folgte der Wegbeschreibung. Da die Straßen um die Zeit kaum mehr befahren waren, kamen sie gut voran und erreichten das Hotel kurz vor Mitternacht. Aus dem Saal, in dem die Biker feierten, drangen Musik und fröhliche Stimmen heraus. Da sie keine Lust verspürten, sich zu den anderen zu gesellen, fuhren sie mit dem Lift nach oben und blieben dort unschlüssig stehen.

»Es war wunderschön«, sagte Lexa leise.

»War?«, fragte Andreas. »Noch ist die Nacht nicht vorbei!«

Er umarmte sie, zog sie sanft an sich und küsste sie. Lexa schmolz förmlich dahin. Sie war eine Frau und hatte ein Recht darauf, zu lieben und geliebt zu werden. Alles andere zählte im Augenblick nicht.

»Gehen wir zu dir oder zu mir?«, fragte Andreas weiter.

»Zu dir!« Lexa wollte nicht, dass er den Schemel in ihrem Badezimmer sah. Andreas sollte sie als vollständige Frau in Erinnerung behalten, auch wenn dies bedeutete, dass sie sich nicht gänzlich von ihrer Leidenschaft hinreißen lassen durfte.

Andreas zog den Schlüssel aus der Tasche und öffnete. Sie schlüpften rasch ins Zimmer, so als hätten sie Angst, bei etwas Verbotenem erwischt zu werden. Im Zimmer betrachtete Lexa die Lichtbatterie, die Andreas eingeschaltet hatte, und sah ihn fragend an.

»Kann man das nicht etwas dimmen? So ist es nicht gerade romantisch.«

»Da hast du recht.« Andreas lächelte erleichtert, denn bei diesem hellen Licht wäre es ihm kaum möglich gewesen, seine Fußprothese zu verbergen. An diesem einen Tag sollte Lexa ihn als unversehrten Menschen erleben. Er schaltete ein paar Lampen aus und drehte die restlichen so weit herab, dass er Lexa gerade noch sehen konnte.

»Ist es gut so?«, fragte er und erwartete, aufgefordert zu werden, doch wieder etwas mehr Licht zu machen.

Lexa nickte jedoch. »So ist es ideal.«

Andreas umarmte und küsste sie erneut. Als er jedoch den Reißverschluss ihrer Jacke öffnen wollte, fasste sie nach seiner Hand.

»Ich ziehe mich selbst aus.«

»Gerne!« Andreas trat einen Schritt zurück und öffnete seine Ledermontur. Dabei sah er zu, wie Lexa sich auszog. Ihre Figur ist einfach perfekt, dachte er und hätte am liebsten die Formen ihres Busens und ihres Pos mit den Händen nachgezeichnet. Nachdem sie BH und Höschen abgelegt hatte, hielt sie inne und lächelte unsicher.

»Wenn es dich nicht stört, würde ich die Strümpfe gerne anbehalten.«

»Mich stört es nicht«, antwortete er und war froh, dass er im Gegenzug seine Socken anbehalten konnte. Wenn er vorsichtig war und ihre Füße nicht berührte, würde sie nicht merken, dass sein rechter Fuß nicht aus Fleisch, sondern aus Metall und Kunststoff war.

Lexa kniete sich aufs Bett, sodass ihre Beine von ihm wegzeigten, und streckte ihm die Arme entgegen. »Küss mich, damit ich weiß, dass ich nicht träume«, bat sie ihn.

Diesen Gefallen erfüllte Andreas ihr gerne. Sie war so ganz anders als Jennifer, die es kaum hatte erwarten können, ihn in sich zu spüren. Sie knieten beide eng umschlugen auf dem Bett, bis Lexa sich schließlich aus seinen Armen löste und sich hinlegte. Dabei spreizte sie die Beine weit auseinander und sah etwas ängstlich zu Andreas auf. Merkt er etwas?, fragte sie sich.

Andreas glitt zwischen ihre Schenkel, suchte aber nicht sofort sein Vergnügen, sondern knabberte mit den Lippen an ihren Brustwarzen. Ihr Atem ging schwerer, und sie war kurz davor, ihn aufzufordern, endlich anzufangen.

Da schob er sein Becken nach vorne, fühlte, wie die Spitze seines Penis auf etwas Weiches traf und sich langsam Bahn schuf.

Mit ihren früheren Freunden hatte Lexa schon die eine oder andere leidenschaftliche Stunde verbracht. Manchmal hatte es sogar wehgetan, wenn die Männer in ihrer Erregung zu grob geworden waren. Diesmal aber war es völlig anders. Andreas liebte sie in einem langsamen, aber steten Takt und trieb sie dadurch zur höchsten Lust. Am liebsten hätte sie die Beine um ihn geschlungen, um ihn für lange Zeit in sich festzuhalten. Nur mit Mühe zwang sie diesen Wunsch nieder und umklammerte ihn dafür mit beiden Armen.

Nach einer Weile wurde er etwas heftiger. Lexa spürte, wie sich ihr Unterleib zusammenzog und sie wie von einer Welle hochgetragen wurde. Wenig später war es vorbei. Andreas stieg so vorsichtig von ihr herab, dass ihr Zeit blieb, ihre Füße in Sicherheit zu bringen, und hielt sie dann mit einem Arm fest.

»Ich danke dir!«, flüsterte er ihr ins Ohr. »Du bist einfach großartig.«

»Du aber auch«, antwortete sie und lehnte den Kopf gegen seine Schulter. Wie lange sie so aneinandergeschmiegt gelegen hatten, hätte sie später nicht zu sagen vermocht. Als Lexa schließlich aufstand, waren im Hotel sämtliche Geräusche verstummt.

»Ich gehe jetzt in mein Zimmer.«

Am liebsten hätte Andreas sie gebeten zu bleiben. Doch so war es besser, sagte er sich. Er wollte diese wundervolle Nacht nicht dadurch zerstören, dass sie seine Fußprothese entdeckte und sich entsetzt von ihm abwandte.

»Ich liebe dich«, sagte er, als sie aufstand und ihr Höschen und das Hemd anzog.

»Ich dich auch!«

Lexa kämpfte gegen die Tränen an. Es war schön gewesen, so begehrt und geliebt zu werden, doch es musste bei dieser einen Nacht bleiben. Mit diesem Gedanken beugte sie sich über ihn, küsste ihn und huschte anschließend mit ihrer übrigen Kleidung auf dem Arm zur Tür hinaus.

Ungesehen kam sie in ihre Suite und warf sich dort aufs Bett. Die Tränen, die sie eben noch hatte zurückhalten können, flossen nun reichlich, und sie weinte um ein Leben, das sie durch Max' Fehler und den darauf folgenden Unfall niemals würde führen können.

7.

Als Andreas am nächsten Morgen erwachte, roch er noch den feinen Duft von Lexas Parfüm im Zimmer. Sie ist einmalig!, dachte er. Ich werde sie fragen, ob wir uns in Zukunft vielleicht öfter treffen können. Dann schüttelte er den Kopf. So klang diese wichtige Frage viel zu jämmerlich.

»Ich werde ihr sagen, dass ich sie wiedersehen will!« Mit diesem Vorsatz ging er ins Bad, um sich die Zähne zu putzen und zu rasieren. Dies ging noch mit beiden Beinen. Beim Duschen hingegen musste er seine Prothese ablegen und einbeinig in die Duschzelle hüpfen. Irgendwie machte es an diesem Tag trotzdem mehr Spaß als sonst, und er hätte am liebsten lauthals gesungen.

Als er schließlich das Frühstückszimmer betrat, waren die meisten Biker bereits fertig. Lexa hingegen fehlte noch. Andreas wurde schon unruhig, doch da trat sie in den Speisesaal.

»Du musst dich beeilen!«, rief Martin ihr zu. »Die Rundfahrt fängt in einer halben Stunde an. Du willst doch sicher dabei sein, oder?«

Lexa sah kurz zu Andreas hin und atmete auf, als er lächelte. Er hat nichts gemerkt, dachte sie und lächelte zurück. »Natürlich wollen wir dabei sein, nicht wahr, Andreas? Wärst du so lieb, mir einen Cappuccino zu bestellen?«

»Aber gerne!« Sie hat die Prothese nicht gesehen, dachte Andreas erleichtert, als er aufstand und zur Küchentür ging. Er klopfte daran und bat die Hotelangestellte, die den Kopf herausstreckte, um den Cappuccino.

Unterdessen hatte Lexa sich am Büfett ihr Frühstück zusammengesucht und brachte den Teller zu Andreas' Tisch. Diesmal hatte Jennifer ihr und Andreas nur einen kurzen Blick zugeworfen und wandte sich nun an ihren Freund. »Wollen wir hochgehen und uns fertig machen, Schatzi?«, fragte sie mit süßlicher Stimme.

»Aber selbstverständlich!« Michael kniff ihr leicht ins Hinterteil und lachte, als sie quiekte. »Wir sind auf alle Fälle rechtzeitig zur Rundfahrt wieder unten«, sagte er zu einem Mitglied der veranstaltenden Gruppe.

»Es wird eine Dreiländerfahrt durch das Saarland, Frankreich und Luxemburg. Dort essen wir auch zu Mittag«, berichtete dieser und sah auf seine Uhr. »In zwanzig Minuten geht's los!«

»Du kannst schon nach oben gehen und deine Sachen holen«, riet Lexa Andreas.

Dieser schüttelte den Kopf. »Ich habe schon gepackt und mein Zimmer geräumt.«

»Ich muss noch meinen Koffer holen und die Schlüssel abgeben«, antwortete Lexa und bedankte sich bei der Frau, die ihr den Cappuccino brachte.

»Das kann ich für dich tun«, schlug Andreas vor.

Lexa zögerte. Was war, wenn er den verräterischen Schemel im Badezimmer entdeckte? Dann aber sagte sie sich, dass es auch in anderen Hotelzimmern gelegentlich Schemel gab, und reichte ihm den Schlüssel.

»Danke. Bezahlen muss ich aber selbst.«

»Ich würde es für dich tun.«

Er meint es ernst, durchfuhr es Lexa. Mein Gott, warum habe ich keine gesunden Beine mehr? Mit Andreas könnte ich glücklich werden. Sie spürte, wie ihr die Tränen kamen, und wischte mit dem Handrücken über die Augen.

»Ist etwas?«, fragte Andreas besorgt.

»Nein, ich habe nur etwas zu viel von dem Meerrettich erwischt. Warum muss der nur so scharf sein?« Lexa rettete sich in ein Keuchen und sah auf die Armbanduhr. »Du solltest jetzt nach oben gehen und meinen Koffer holen, sonst verspäten wir uns wirklich. Hier ist mein Schlüssel!« Sie reichte Andreas das schwere Ding und aß dann weiter. Alles würde sie nicht schaffen, dachte sie, aber ein wenig wollte sie doch im Magen haben.

Unterdessen ging Andreas nach oben und betrat Lexas Suite. Sie war um gut die Hälfte größer als sein Zimmer und sehr gediegen ausgestattet. Dagegen war das Zimmer, in dem Jennifer und Michael untergekommen waren, ein Hühnerkäfig. Er wunderte sich, warum er ausgerechnet jetzt an Jennifer dachte, doch der Unterschied zwischen ihr und Lexa war in etwa so wie der zwischen den Zimmern, in denen sie hier geschlafen hatten.

»Sie ist einfach unvergleichlich«, sagte er, als er ihren Koffer nahm. Er war relativ leicht, und doch hatte sie an jedem der drei Tage etwas anderes getragen. Nicht ganz, sie hatte auch heute Jeans an, aber eine andere Bluse und eine andere Jacke.

Der Raum war von ihrem Duft erfüllt, und er atmete mehrfach tief ein.

»Wenn aus uns beiden etwas werden könnte, es wäre ein Traum!«

Seine eigene Stimme riss ihn aus seinen Gedanken. Er musste nach unten gehen, sonst wartete Lexa noch auf ihn, während die anderen Biker bereits losfuhren.

Mit dem Koffer in der Hand verließ er den Raum und ging zum Lift. Da viele Motorradfans nach unten wollten, dauerte es ein paar Minuten, bis der Aufzug endlich kam. Da irgendjemand falsch gedrückt hatte, war er fast voll. Andreas quetschte sich trotzdem hinein und hielt dabei den Koffer über den Kopf.

»Wenn wir jetzt zu schwer sind, reißt das Stahlseil, und wir sausen alle nach unten«, prophezeite ein Mann mit hörbarer Angst in der Stimme.

»Solange es nicht bis in die Hölle geht, ist mir das wurscht«, antwortete ein Biker gelassen.

Zur Erleichterung einiger setzte sich die Kabine in Bewegung und blieb erst im Erdgeschoss wieder stehen. Da Andreas als Letzter eingestiegen war, konnte er sie als Erster wieder verlassen und trat an die Rezeption. Von der anderen Seite kam Lexa her, noch auf beiden Backen kauend, und zog ihre Kreditkarte heraus.

»Die Rechnung, bitte«, sagte sie zu der stämmigen Dame, die auch an diesem Morgen wieder an der Rezeption stand.

»Aber gerne!« Die Frau druckte sie aus und reichte Lexa das Kartenlesegerät.

Eine Minute später war alles erledigt. Lexa schob noch eine Banknote als Trinkgeld über den Tresen und wandte sich an Andreas. »Ich bringe rasch den Koffer zu meinem Auto.«

»Ich trage ihn dir«, antwortete er und ging ihr voraus.

Mit einem Lächeln folgte ihm Lexa. Er war so fürsorglich, wie sie sich einen Mann nur wünschen konnte.

Draußen hatten sich die meisten Biker und deren Begleiterinnen und Begleiter bereits bei ihren Motorrädern versammelt. Einige von ihnen, darunter auch Jennifer, sahen hinter Lexa und Andreas her. Als Jennifer erkannte, auf welches Auto Lexa zuging, schnaufte sie. So einen großen, schicken Wagen hatte keiner aus ihrer Bekanntschaft.

»Sie ist eine dürre Ziege«, behauptete sie, um ihren Frust herauszulassen.

»Eine langbeinige und sehr ansehnliche Ziege«, meinte Michael spöttisch.

Er lachte innerlich. Zwar konnte Jennifer mit Andreas nichts anfangen, dennoch war sie eifersüchtig, weil er einen so gut aussehenden Ersatz gefunden hatte. Ihm gefiel Lexa ebenfalls, doch er wollte keine Partnerin, die ihm geistig überlegen war. Bei Jennifer bestand da keine Gefahr. Mit diesem Gedanken stieg er auf sein Motorrad, forderte Jennifer auf, sich hinter ihn zu setzen, und startete den Motor.

Lexa verstaute ihren Koffer im Kofferraum ihres Wagens und folgte anschließend Andreas zu dessen Beiwagenmaschine. Die Spitze der Kavalkade verließ bereits den Parkplatz, als sie den Helm aufsetzte und im Beiwagen Platz nahm. Andreas hatte keine Lust, sich irgendwo einzureihen, sondern wartete, bis das ältere Paar mit dem Roller gestartet war, und fuhr dann am Ende der Schlange los.

»Ich hoffe, du bist mir nicht böse, aber ich habe ungern jemanden im Nacken«, rief er Lexa zu.

»Auf die Weise können wir den anderen entspannt folgen und selbst entscheiden, wie viel Abstand wir halten wollen«, antwortete sie und lehnte sich in ihrem Sitz zurück.

War das hier tatsächlich Wirklichkeit oder nur ein wunderschöner Traum?, fragte sie sich, während die Motorradschlange sich in Richtung Frankreich bewegte. Unterwegs überlegte sie, ob sie Andreas nicht einfach die Wahrheit über ihre Füße berichten sollte. Doch ihre Angst, er könnte sie als Freak ansehen und nichts mehr von ihr wissen wollen, war zu groß. Lieber wollte sie dieses Wochenende als einen Augenblick des Glücks in Erinnerung behalten.

8.

Die saarländischen Biker hatten nicht zu viel versprochen. Es war eine herrliche Fahrt durch ein grünes Land mit pittoresken Dörfern. Als sie kurz vor dreizehn Uhr auf den Parkplatz eines Restaurants bei Lorentzweiler einbogen, war dort alles für sie vorbereitet. Die Bedienung war flink, das Essen gut und die Stimmung bestens. Auch Lexa ließ sich davon mitreißen und wünschte sich, der Tag würde nie enden.

Um fünfzehn Uhr brachen sie zur letzten Etappe auf und erreichten Orscholz in etwas weniger als einer Stunde. Nicht alle fuhren mit zum Hotel, denn die meisten hatten ihr Gepäck bereits hinten aufgeschnallt und verabschiedeten sich unterwegs. Die Übrigen holten ihre Sachen, die sie zur Aufbewahrung gegeben hatten, und brachen ebenfalls auf.

Schließlich standen nur noch Lexa und Andreas auf dem Parkplatz und wussten nicht so recht, was sie sagen sollten.

»Jetzt ist es zu Ende«, flüsterte Lexa und verspürte einen Kloß im Hals.

»Es darf nicht vorbei sein! Ich liebe dich, Lexa, und werde alles dafür tun, dass wir uns wiedersehen«, sagte Andreas eindringlich.

»Das wünschte ich mir auch!« Lexa klang traurig, denn dieses Zusammentreffen würden sie niemals wiederholen können.

»Gibst du mir deine Telefonnummer?«, bat Andreas.

Er brachte Lexa damit in ein Dilemma. Wenn sie ihre Beziehung fortsetzten, würde sie ihm ihre Behinderung beichten müssen. Andreas sollte sie jedoch so in Erinnerung behalten, wie er sie hier erlebt hatte.

»Ich weiß die Nummer nicht auswendig, denn ich rufe mich selbst selten an, und ausgerechnet diesmal habe ich keine Visitenkarten bei mir!«, log sie und wagte nicht, ihn anzusehen.

Da holte Andreas seine Brieftasche heraus und entnahm ihr seine Visitenkarte. »Hier ist meine Nummer. Rufe mich heute Abend noch an, bitte!«

»Mach ich!«, versprach Lexa und nahm ihren Autoschlüssel zur Hand. »Ich muss jetzt losfahren, sonst wird es zu spät, bis ich zu Hause bin.«

»Lexa!« Andreas streckte ihr die Arme entgegen, und sie konnte nicht anders, als sich an ihn zu schmiegen.

»Ich liebe dich«, raunte er ihr ins Ohr.

»Ich dich auch. Mehr, als ich dir sagen kann!«

Lexa klammerte sich an ihn, als wolle sie ihn nie mehr loslassen. Ihre Münder fanden sich zum Kuss, und für etliche Augenblicke waren alle Ängste verflogen. Viel zu rasch kamen diese wieder zurück. Mit einem leichten Zittern löste sich Lexa von Andreas und stieg in ihren Wagen.

»Es war wunderschön! Ich werde es nie vergessen«, sagte sie mit einem Lächeln, das ihr so schwerfiel wie nie zuvor in ihrem Leben. Dann startete sie den Motor, schob den Hebel auf vorwärts und fuhr los.

Andreas sah ihr nach, bis das Auto hinter einer Kurve verschwunden war, und barg dann tief atmend das Gesicht in den Händen. Seine Mutter hatte recht, sagte er sich. Es gab auch für ihn ein Glück, und es trug den Namen Lexa.

Lexa fuhr unterdessen in Richtung Autobahn, wischte sich dabei aber immer wieder über die Augen. Nach einer Weile fiel ihr Blick auf Andreas' Visitenkarte, die sie auf das Armaturenbrett gelegt hatte. Sollte sie ihn wirklich anrufen? Ihr Gefühl rief Ja, doch der Verstand sagte Nein. Sie wollte nicht erleben müssen, dass er sich, wenn er die Wahrheit über sie erfuhr, von ihr abwandte. Das würde sie nicht ertragen! Jetzt hatte sie wenigstens die Erinnerung an ein kleines Glück, und das wollte sie nicht zerstören.

Kurz entschlossen fuhr sie das Seitenfenster herunter, nahm die Visitenkarte und warf sie nach draußen. Im Rückspiegel sah sie noch, wie sie durch die Luft flatterte, bis sie neben der Straße liegen blieb.

Etwas in ihr wollte sie zwingen, anzuhalten und die Visitenkarte zurückzuholen. Aber sie gab Gas, und die Stelle blieb immer weiter hinter ihr zurück.

9.

Obwohl er eine kürzere Strecke zurückzulegen hatte als Lexa, gab Andreas mehr Gas als sonst, denn beim Anblick des bis auf sein Gepäck und den Helm seiner Mutter leeren Beiwagens fühlte er sich einsam. Es war herrlich gewesen, mit Lexa zu fahren, dachte er. Sie ist so schön und so lieb und wird sich gewiss nicht an meinem fehlenden Fuß stören.

Mit dieser Hoffnung betrat er die Wohnung seiner Mutter und öffnete die Tür seines Zimmers, um keinesfalls das Telefon zu überhören. Das Handy behielt er bei sich, damit er es sofort bei der Hand hatte, falls Lexa ihn darauf anrufen würde.

Die Zeit verging. Er bekam Hunger und machte sich ein Wurstbrot. Schließlich saß er in seinem Zimmer, trank abwechselnd Wasser und Cola und starrte immer wieder auf die Uhr. Der Stundenzeiger wanderte unbarmherzig weiter, ohne dass Lexa anrief. Kurz vor zweiundzwanzig Uhr klingelte es dann doch. Andreas riss den Hörer an sich.

»Hier Janning!«

»Ich bin's, Andreas«, meldete sich seine Mutter. »Ich wollte nur hören, ob du gut nach Hause gekommen bist. War es schön?«

»Ja, das war es«, antwortete er. Dabei hoffte er, dass Lexa nicht gerade in dem Augenblick anrief und das Besetztzeichen vernahm. »Weißt du, Mama, ich bin müde und möchte ins Bett. Dir geht es hoffentlich gut?«

»Allerdings! Inge und ich haben hier viel Spaß. Wir …«

»Gute Nacht, Mama! Das kannst du mir alles morgen erzählen«, unterbrach ihr Sohn sie und legte auf.

Sonja Janning saß in ihrem Hotelzimmer und starrte verwundert auf ihr Handy. So kannte sie ihren Sohn gar nicht. War in Orscholz etwas vorgefallen? Allerdings hatte Andreas nicht unglücklich geklungen, sondern eher so, als wollte er sie abwimmeln, weil er keine Zeit für sie hatte.

»Seltsam«, sagte sie und beschloss, am nächsten Tag genauer nachzuforschen. Vielleicht hatte er bei dem Treffen ein Mädchen getroffen und sich verliebt? Irgendwann musste er doch merken, dass sein Wert sich nicht nur an dem Fuß messen ließ, den er verloren hatte.

Während seine Mutter sich ihre Gedanken machte, wartete Andreas wie auf heißen Kohlen sitzend auf Lexas Anruf. Doch sowohl sein Telefon wie auch sein Handy blieben still. »Hat sie vielleicht doch gemerkt, dass mein Fuß nicht echt ist?«, fragte er sich.

Es schien ihm die einzige Erklärung für ihr Schweigen, und er dachte daran, dass sie zuletzt schon ein wenig seltsam geklungen hatte. Allerdings musste sie auch einen weiteren Weg zurücklegen als er, und wenn sie in einen Stau geraten war, würde sie möglicherweise noch nicht zu Hause sein.

Um seine Unruhe zu bekämpfen, startete er seinen Computer und suchte nach Fabarius. Als Erstes entdeckte er die Homepage des Motorradladens in München, der von Lexas Bruder Leon geführt wurde. Er klickte sie sofort wieder weg und entdeckte schließlich ihre eigene Homepage als Anlageberaterin. Dort war auch ihre Telefonnummer verzeichnet. Andreas ertappte sich dabei, wie er die Vorwahl von Mühldorf eintippte, legte dann aber den Hörer wieder auf. Es war spät, und wenn Lexa müde und abgespannt nach Hause gekommen war, wollte er sie um die Zeit nicht mehr stören.

10.

Im Gegensatz zu Andreas' Befürchtungen war Lexa gut nach Hause gekommen und hatte sich dort sogar einen Moment lang geärgert, weil sie Andreas' Telefonnummer weggeworfen hatte. Dann aber sagte sie sich, dass ein scharfer Schnitt besser war, als sich Hoffnungen zu machen, die sich doch nicht erfüllen würden. Mit diesem Gedanken machte sie sich für die Nacht zurecht. Viel Schlaf bekam sie jedoch nicht, denn der Teil von ihr, der sich nach Andreas sehnte, weinte um den verlorenen Traum von Liebe.

Am nächsten Morgen stand sie zur üblichen Zeit auf und ging ins Bad. Die heiße Dusche brachte ihren Kreislauf in Schwung, doch es war anders als sonst. Statt Cappuccino machte sie sich aus Versehen normalen Kaffee und hätte danach nicht einmal zu sagen vermocht, wie das Frühstück schmeckte. Die Disziplin, die sie sich nach ihrem Unfall angeeignet hatte, behielt jedoch die Oberhand.

Als Ruth zur Arbeit erschien, saß Lexa bereits am Bildschirm und tätigte die ersten Transaktionen.

»Und, wie war es in Paris?«, fragte Ruth, während sie sich an ihren Schreibtisch setzte.

»Ganz nett«, antwortete Lexa ausweichend.

»Leon und ich waren gestern in Salzburg und haben dort eine Fiakerfahrt gemacht«, berichtete Ruth und sah dann Lexa nachdenklich an. »Darf ich dir eine Frage stellen? Ist dein Bruder zuverlässig?«

»Bis vor ein paar Monaten hätte ich da massive Zweifel angemeldet. Aber inzwischen bin ich mir nicht mehr so sicher.«

»Weißt du, ich …« Ruth biss sich auf die Lippen, sprach aber dann doch weiter. »Ich mag ihn ganz gerne und finde ihn sehr attraktiv. Daher … ich … ich weiß nicht, wie ich es sagen soll.«

»Dann schreibe mir eine E-Mail«, schlug Lexa vor.

Jetzt raffte Ruth allen Mut zusammen. »Weißt du, ich möchte Leon nicht verlieren, nur weil ich zu lange warte mit …«

Sie brach erneut ab und senkte den Kopf. »Ich weiß nicht einmal, ob es dir recht ist.«

Lexa zuckte mit den Schultern. »In der Hinsicht halte ich es mit Kain aus der Bibel. Ich bin nicht meines Bruders Hüter. Er kann tun und lassen, was er will, solange es nicht auf meine Kosten geht.«

»Du hättest also nichts dagegen, wenn es zwischen Leon und mir ernster wird?«

»Warum sollte ich? Ich mag dich, und ich mag Leon. Miteinander auskommen müsst ihr allerdings selbst.« Es hörte sich in Lexas Ohren abweisend an, doch der Schmerz ihrer eigenen verlorenen Liebe war zu groß, um sich über die Liebe anderer freuen zu können.

»Du bist die Beste!«, rief Ruth und kam auf Lexa zu, um sie in die Arme zu schließen. »Weißt du, dein Bruder hat mehr Manschetten vor dir als vor eurem Vater! Da hatte ich doch ein wenig Angst vor deiner Meinung.«

»Bin ich ein solches Ungeheuer?«, fragte Lexa erstaunt.

»Natürlich nicht! Aber ich weiß nicht, ob Leon den Mut hätte, eine Beziehung mit mir einzugehen, wenn du dagegen wärst. Immerhin bin ich deine Angestellte.«

»Und solltest seit fünf Minuten an deinem Bildschirm sitzen«, spottete Lexa. »Aber im Ernst! Ich habe natürlich nichts dagegen, wenn aus dir und Leon etwas wird. Oder besser gesagt, natürlich habe ich etwas dagegen, weil ich mir dann eine neue Angestellte suchen muss. Ob die aber auch nur halb so gut ist wie du, bezweifle ich.«

»So schnell wird sich da nichts ändern.« Ruth lächelte. »Leon und ich wollen zuerst austesten, ob wir auch zusammenpassen. Er hat da ein paar Angewohnheiten, die er sich noch abgewöhnen muss. Außerdem will er seine Doktorarbeit fertig schreiben. Bis das alles gelaufen ist, ist es nächstes Jahr!«

»Dann weiß ich ja, worauf ich mich einrichten muss.« Um Ruth nicht zu ängstigen, zog Lexa sie an sich und drückte sie. »Ich würde mich freuen, wenn aus euch etwas wird! Du hast nämlich den Verstand, Leon im Zaum zu halten, und genug Liebe, damit er es nicht merken wird.«

»Ganz so schlimm ist es nicht«, antwortete Ruth und wies auf ihren Schreibtisch. »Aber jetzt muss ich wirklich an die Arbeit. Du wirst ja sicher wissen wollen, wer dir alles geschrieben hat. Ich habe während deiner Abwesenheit alles so weit erledigt, wie es ging. Ein paar Sachen musst du aber selbst entscheiden.«

»Dann gib mir diese als Erstes«, forderte Lexa sie auf und fand, dass Arbeit das beste Mittel war, um ein wehes Herz zu vergessen.

11.

Es vergingen mehrere Wochen. In Karlsruhe machte Sonja Janning sich immer mehr Sorgen um ihren Sohn. In den ersten Tagen nach Orscholz war er noch fröhlich gewesen und hatte viel von Lexa erzählt. Mit fortschreitender Zeit aber wurde er immer stiller, und seine sehnsuchtsvollen Blicke zum Telefon verrieten ihr seine Verzweiflung. Er kümmerte sich nicht mehr um die Wohnung gegenüber, die er bald beziehen sollte, und er ging auch kein einziges Mal aus.

Als sie ihn darauf ansprach, wich er ihr aus. »Mit mir ist nichts, Mama«, behauptete er und kehrte in sein Zimmer zurück, um sich wieder vor seinen Computer zu setzen. Diesmal folgte Sonja ihm und blieb in der Tür stehen.

»Machst du überhaupt noch deine Fitnessübungen? Du weißt, dass du nur dann keine Schwierigkeiten mit der Prothese hast, wenn du in Form bleibst.«

»Der Teufel soll die Prothese holen!«, rief Andreas und zog dann den Kopf ein. »Tut mir leid, Mama, ich wollte dich nicht anschreien. Ich werde auch meine Übungen wieder machen. Irgendwie muss das Leben ja weitergehen.«

»Was bedrückt dich denn so?«, fragte Sonja.

Andreas streckte ihr den rechten Fuß hin. »Das hier bedrückt mich! Es ist zum Heulen, dass ein einziger, idiotischer Radfahrer diesen Unfall verursachen konnte, der mich den Fuß gekostet hat.«

»Der Radfahrer hat sich aber auch einige Knochen gebrochen«, wandte Sonja ein.

»Aber die sind wieder zusammengewachsen, und er macht nun mit einem neuen Rennrad die Gehsteige unsicher«, brach es aus Andreas heraus.

»So schlecht geht es dir auch nicht. Mit einer speziellen Prothese könntest du sogar Sport betreiben.«

»Ja, mit einer Stahlfeder statt meines Fußes mit Leuten zusammen, die ebenfalls Stahlfedern anstelle von Füßen haben!«

»Soweit ich weiß, sind diese Sportprothesen aus Karbon und Kunststoff und nicht aus Stahl«, korrigierte ihn Sonja. »Du musst dich endlich damit abfinden, dass du diesen Fuß nicht mehr hast. Warum gehst du nicht in einen Behindertensportverein? Vielleicht lernst du dort ein Mädchen kennen …«

»Mit einer Stahlfeder anstelle eines Fußes?«

Jetzt fuhr Sonja zornig auf. »Na und? Ist so ein Mädchen weniger wert, nur weil es einen Unfall hatte, als zum Beispiel Jennifer?«

Andreas schüttelte bedrückt den Kopf. »Du hast ja recht, Mama! Ich bin ein Idiot. Man sollte sein Leben nie an Träumen aufhängen. Das hat keinen Sinn.«

»Du meinst Lexa? Ich kann dir von Inge ihre Telefonnummer besorgen. Ruf sie doch an! Vielleicht wartet sie darauf!«

»Sie hat versprochen, mich anzurufen, es aber nicht getan. Damit weiß ich, woran ich bin«, antwortete Andreas bitter.

»Weißt du, dass du eine elende Mimose bist, mein Sohn? Werde endlich ein Mann, der sich ein Ziel setzt und es auch verfolgt!«

Sonja überlegte kurz, ob sie Andreas sagen sollte, dass Lexa Inges Worten zufolge ebenfalls in gewisser Weise behindert sein soll. Doch sie ahnte, dass er ihr nicht glauben würde, und hielt den Mund.

12.

In Mühldorf führte Lexa unterdessen ihr Leben weiter wie bisher. Beruflich übertraf sie die Sozietät Lehmann mittlerweile um Längen. Inzwischen hatte schon ihr ehemaliger Kollege Mahler angefragt, ob er nicht zu ihr wechseln könne. Obwohl Lexa wusste, dass sie Ruth über kurz oder lang verlieren würde, hatte sie ihm abgesagt. Mahler war nicht der Charakter, den sie gerne als Mitarbeiter gesehen hätte.

Eines machte ihr seit Neuestem jedoch Sorgen: Sie hatte näher am Wasser gebaut als früher und verlor schneller ihre Geduld mit anderen – und auch mit sich selbst. Außerdem hatte sie Magenprobleme. Als sie eines Morgens wieder einmal heftig erbrach, ohne dass die aus der Apotheke geholten Tabletten etwas halfen, beschloss sie, ihren Arzt aufzusuchen.

Gegen neun Uhr ging es ihr wieder besser, und um zehn bekam sie so einen Heißhunger, dass sie sich in der Küche ein belegtes Brot machte. Damit kehrte sie in ihr Arbeitszimmer zurück und bediente die Tastatur mit der rechten Hand, während sie mit der linken aß.

»Es sieht gut aus«, meinte sie nach einer Weile zu Ruth. »Diese chinesischen Anleihen haben uns in diesem Jahr zwanzig Prozent Rendite gebracht. Ich glaube nicht, dass sie noch groß steigen. Wir sollten sie abstoßen.«

»Einige unserer Kunden werden enttäuscht sein, wenn wir das tun«, wandte Ruth ein.

»Am Anfang vielleicht, aber danach werden sie dankbar sein, weil wir rasch genug gehandelt haben. Bei dem Dubai-Fonds war es nicht anders!«

»Aber nur, weil er danach wieder abgefallen ist und seitdem auf einem mittleren Wert steht.« Ruth verstand nicht, weshalb Lexa ausgerechnet jetzt, da die chinesischen Papiere so gut standen, ihren Kunden raten wollte, sie zu verkaufen.

»Ich habe das Gefühl, dass es besser ist, die Reißleine zu ziehen und nicht abzuwarten«, erwiderte Lexa nachdenklich. »Wir sollten stattdessen in Argentinien investieren. Das Land steht vor einem Aufschwung. Zehn Prozent Gewinn müssten mindestens drei Jahre lang möglich sein.«

»Das sind aber keine zwanzig Prozent wie jetzt in China«, wandte Ruth ein.

»Mit Sicherheit werden uns die Argentinier in den kommenden Jahren mehr Geld bringen als die Chinesen.«

Lexa nickte Ruth kurz zu und begann, die interessantesten Kunden anzuschreiben und diesen die Gründe für ihren Rat darzulegen. Zwischendurch dachte sie daran, dass sie eigentlich zum Arzt hatte gehen wollen, verschob den Anruf aber, bis sie mit ihrer Arbeit fertig war.

Als sie später dann doch in der Praxis anrief, meldete sich nur noch der Anrufbeantworter. Lexa sah auf die Zeitanzeige des Computers und stellte verwundert fest, dass es bereits neunzehn Uhr war.

»Du hättest längst Feierabend machen sollen«, tadelte sie Ruth.

»Ich wollte die wichtigsten Dinge vor dem Wochenende noch erledigen«, antwortete diese.

»Wochenende? Tatsächlich, heute ist Freitag! Aber sonst gehst du da immer eher, um dich mit Leon zu treffen?«

»Leon kommt erst morgen«, antwortete Ruth. »Wir wollen nach Hamburg fliegen und das neue Musical ansehen. Leon hat die Karten über einen seiner Kunden bekommen.«

»Als Motorradverkäufer macht er sich recht gut«, meinte Lexa.

»Der Umsatz ist um dreihundert Prozent gestiegen und damit auch der Gewinn.«

Ruth freute sich, weil Leon sich als Geschäftsführer des Motorradgeschäfts bewährte. Er verdiente bereits jetzt genug, um eine Familie ernähren zu können. Mehr Sorgen machte sie sich um Lexa. Wenn sie zu Leon zog, würde diese wieder allein sein. Sie bezweifelte auch, dass Lexa erneut jemanden einstellen würde. Dabei gab es so viel Arbeit, dass eine Person sie allein nicht mehr bewältigen konnte.

»Was meinst du? Sollten wir uns nicht langsam um eine Praktikantin kümmern, damit ich sie noch einarbeiten kann?«, fragte sie.

»Ich werde es mir überlegen«, antwortete Lexa ausweichend. »Jetzt machen wir zwei aber Feierabend. Was hältst du davon, wenn wir in die Stadt essen gehen?«

»Ich weiß nicht. Lucia hat heute Mittag gut aufgetischt. Mir würde ein Butterbrot reichen«, antwortete Ruth, die während ihrer Zeit bei Lexa leicht zugelegt hatte und ihr Gewicht halten wollte.

»Dann esse ich auch ein Brot.« Lexa schaltete ihren Computer ab. »Wochenende! Das haben wir uns verdient.«

Beide wussten, dass Lexa auch am Samstag und am Sonntag vor dem Bildschirm sitzen würde, um E-Mails zu beantworten und Börsenkurse zu studieren.

Wenig später verabschiedete Ruth sich und fuhr mit dem Fahrrad zu ihrem Appartement. Lexa machte sich unterdessen ein belegtes Brot. Ihr Hunger war jedoch so groß, dass es auch ein zweites und ein drittes Brot wurde. Als sie endlich glaubte, satt zu sein, waren ihre Reserven an Brot und Aufstrich fast aufgebraucht. Dabei hatte sie angenommen, ihre Vorräte würden über das Wochenende reichen.

»Ich muss wirklich zum Arzt«, sagte sie besorgt. »Diese abwechselnden Heißhunger- und Übelkeitsanfälle sind doch nicht normal!«

13.

Am nächsten Morgen bedauerte Lexa es, dass Wochenende war, denn ihr wurde nach dem Aufstehen so übel, dass sie weinend über der Kloschüssel hing. Sie war schon kurz davor, den Notarzt zu alarmieren, schämte sich dann aber, ihn wegen Magenbeschwerden zu rufen, und legte sich wieder ins Bett. Am Samstagnachmittag vertilgte sie die Reste im Kühlschrank. Da die Lechners übers Wochenende weggefahren waren, blieben ihr für die restlichen Mahlzeiten nur noch Pizza und Pasta vom Pizzadienst.

Am Montagmorgen rief Lexa als Erstes in der Arztpraxis an.

»Hier Alexandra Fabarius. Ich bräuchte dringend einen Termin«, sagte sie, nachdem die Arzthelferin sich gemeldet hatte.

»Guten Tag, Frau Fabarius«, antwortete die Frau. »Wenn es so eilig ist, können Sie gleich jetzt kommen. Später ist der Terminkalender des Herrn Doktor voll.«

»Ich bin schon unterwegs. Bis gleich!« Lexa beendete das Gespräch und stand auf. Auf dem Weg nach draußen kam ihr Ruth entgegen.

»Bist du so gut und übernimmst, bis ich zurückkomme? Es wird nicht lange dauern«, rief sie ihr zu.

»Selbstverständlich«, antwortete Ruth verwundert, da Lexa bislang nie so früh das Haus verlassen hatte. Während sie ins Arbeitszimmer ging und sich ans Werk machte, fuhr Lexa mit ihrem Auto zum Arzt.

Sie war nicht die erste Patientin, doch die Helferin führte sie sofort in eines der Behandlungszimmer. Dort wünschte sie sich bald, sie hätte eine der Zeitschriften mitgenommen, die im Wartezimmer auslagen. Sie musste nämlich eine geschlagene Dreiviertelstunde warten, bis der Arzt ins Zimmer kam.

»Grüß Gott, Frau Fabarius! Sieht man Sie auch einmal wieder?« grüßte er freundlich. »Was gibt es denn?«

»Ich habe mir irgendetwas am Magen geholt«, erklärte Lexa.

Der Arzt bat sie, ihm die Symptome zu schildern, und begann, sie zu untersuchen. Plötzlich stutzte er, hörte dann mit dem Stethoskop ihren Bauch ab und griff zum Ultraschallgerät.

»Das muss ich mir genauer ansehen«, sagte er leise vor sich hin.

»Ist es schlimm?«, fragte Lexa besorgt.

Der Arzt sah auf seinen Monitor und schüttelte den Kopf. »Auf jeden Fall ist es nicht ansteckend und wird auch wieder vergehen«, antwortete er lächelnd. »Allerdings werden Sie noch ein paar Monate damit beschäftigt sein. Sie sind nämlich schwanger.«

Lexa lachte kurz auf. »Das ist sicher ein Witz?«

»Bei solchen Dingen mache ich keine Witze«, wies der Arzt sie zurecht. »Sie bekommen ein Kind. Sie sollten sich rasch einen Termin beim Frauenarzt geben lassen. Der kann Ihnen mehr sagen als ich.«

Ein Kind!, echote es in Lexas Gedanken. Das konnte doch nicht sein! Oder doch? Sie dachte an Andreas und die eine Nacht, in der sie sich geliebt hatten. Damals war es wie ein Traum gewesen. Sie hatte dabei keinen Gedanken mehr daran verschwendet, dass sie ja nach Paris gereist war, um von Charles Beavershot Sperma zu bekommen. Am selben Tag, an dem sie nach Orscholz gefahren war, hatte sie eigentlich in die Niederlande fahren wollen, um die künstliche Befruchtung durchführen zu lassen. Aus dem Grund hatte sie auf ihre empfängnisbereiten Tage geachtet, und ihr Liebesabenteuer mit Andreas war genau in diese Zeit gefallen.

Sie würde tatsächlich ein Kind bekommen, und das sogar von dem Mann, den sie liebte, und nicht von einem aus dem Katalog ausgesuchten Samenspender.

»Ist etwas?«, fragte der Arzt besorgt, da sie schwieg.

Lexa schüttelte den Kopf. »Es ist alles in Ordnung! Ich bin nur ein bisschen aufgeregt. Damit habe ich nicht gerechnet.«

»Ich wünsche Ihnen viel Glück! Warten Sie draußen noch einen Augenblick. Ich schreibe Ihnen etwas gegen Ihre Übelkeitsanfälle auf.«

»Danke!« Lexa reichte dem Arzt die Hand und verließ das Behandlungszimmer mit einem Gefühl, als schwebe sie auf Wolken. Ihr größter Wunsch wurde Wirklichkeit. Sie bekam ein Kind! Tief durchatmend legte sie die rechte Hand auf den Bauch.

Im Vorzimmer belagerten einige Patienten die Helferin an der Anmeldung. Lexa musste jedoch nicht lange warten, denn die Frau reichte ihr das Rezept.

»Gute Besserung«, sagte sie dabei.

Besser als jetzt kann es mir nicht mehr gehen, dachte Lexa und verließ die Praxis mit einem kurzen Gruß. In der Apotheke holte sie sich das Mittel gegen Übelkeit und fuhr wieder nach Hause. Als sie ihre Wohnung betrat, wirkte sie auf Ruth wie verwandelt, denn ihre Augen leuchteten, und ein versonnenes Lächeln spielte um ihren Mund. Als sie einen Fehler entdeckte, machte sie Ruth so freundlich darauf aufmerksam, wie es noch nie geschehen war.

Ich bekomme ein Kind!, jubelte es in Lexa. Sie war nach Paris mit dem Vorsatz gefahren, schwanger zu werden, und war schwanger zurückgekehrt. Es war zwar anders gekommen als geplant, doch so fand sie es viel schöner. Sie dachte an Andreas. Schließlich war es auch sein Kind, und sie überlegte, ob sie ihm ihre Schwangerschaft mitteilen sollte. Zwar hatte sie die Visitenkarte mit seiner Telefonnummer weggeworfen, aber seine Mutter war mit Inge befreundet, und die konnte sie ihr sicher besorgen.

Lexa griff schon zum Telefon, als ihr Zweifel kamen. Wie würde Andreas reagieren, wenn er erfuhr, dass sie ein Freak war, dem die Füße fehlten? Die Angst vor Zurückweisung wurde stärker, je öfter sie an ihn dachte, und sie beschloss, ihm zumindest vorerst nichts zu sagen.

14.

Da Lexa an diesem Tag nicht ganz bei der Sache war, traf es sich gut, dass keine großen Entscheidungen anstanden. Sie überließ die meiste Arbeit Ruth und saß selbst in Gedanken versunken auf ihrem Schreibtischstuhl. Dabei horchte sie in sich hinein, als könne sie den Herzschlag des in ihr wachsenden Kindes hören. Nach einer Weile raffte sie sich auf, um wenigstens einen Termin mit ihrem Frauenarzt zu vereinbaren. Sie wollte Gewissheit haben, dass alles gut ging und das Kleine sich so entwickelte, wie es sein sollte.

Beim Mittagessen kostete es sie Mühe, die Nachricht nicht gleich Lucia Lechner mitzuteilen. Ruth hätte es mitgehört und sofort ihrem Bruder weitererzählt. Damit hätten es auch ihre Eltern erfahren, und Lexa war unsicher, wie diese reagieren würden.

Ich werde es zuerst Inge erzählen, sagte sie sich. Ihre Freundin würde sie verstehen und ihr vielleicht auch etwas raten können. Da sie darauf brannte, ungestört mit Inge reden zu können, verging ihr der Tag viel zu langsam. Sie war daher froh, als sie und Ruth an diesem Nachmittag etwas früher mit der Arbeit fertig wurden.

»Du kannst Feierabend machen«, sagte sie.

Ruth drehte sich zu ihr um. »Brauchst du etwas? Kann ich dir irgendwie helfen?«

Lexa schüttelte den Kopf. »Du kannst ruhig nach Hause gehen. Mir geht es gut.«

»Soll ich den Müll mit hinausnehmen?« Ruth hatte sich über die Pizzakartons in der Küche gewundert, die Lexa vergessen hatte, nach draußen zu schaffen.

»Das wäre lieb von dir.«

»Was ist mit deinem Kühlschrank? Als ich mir vorhin eine Cola geholt habe, war er ziemlich leer. Soll ich für dich einkaufen?«

»Das mache ich gleich selbst!« Lexa umarmte Ruth und küsste sie auf beide Wangen. »Ich habe dich lieb!«

Da sie ihre Gefühle noch nie so offen gezeigt hatte, kniff Ruth überrascht die Augenlider zusammen.

»Du brauchst wirklich nichts?«

»Nur einen Supermarkt, den ich ausräumen kann«, antwortete Lexa munter und nahm ihren Autoschlüssel zur Hand.

»Also dann, bis morgen!« Ganz war Ruth nicht beruhigt, aber weil Lexa sehr zufrieden wirkte, verließ sie das Haus und stieg auf ihr Fahrrad.

Lexa holte unterdessen ihr Auto aus der Garage und fuhr einkaufen. Bislang war es ihr nur darum gegangen, sich halbwegs gesund zu ernähren. Diesmal aber gönnte sie sich einige Sachen, die sie sich schon immer gewünscht hatte, und kam schließlich mit zwei großen Einkaufstüten zurück. Das meiste davon verstaute sie in ihrem Kühlschrank und den Vorratsschränken, doch eine stattliche Anzahl an guten Dingen wanderte auf den Küchentisch und wurde anschließend ratzeputz vertilgt.

Gegen zwanzig Uhr kochte Lexa sich einen Pfefferminztee. Während dieser in der Tasse abkühlte, griff sie nach dem Telefon und rief Inge an.

»Lässt du auch mal wieder was von dir hören?«, meinte diese halb spöttisch, halb gekränkt, weil sich Lexa seit ihrem Paris-Aufenthalt nur zweimal kurz bei ihr gemeldet hatte.

»Es tut mir leid, aber ich war nicht in der Stimmung, mit anderen zu reden«, entschuldigte Lexa sich.

»Du bist damals ziemlich optimistisch nach Paris aufgebrochen, hast mir aber nie erzählt, wie es dort war.«

Lexa hatte wenig Lust, über ihre Begegnung mit Charles Beavershot zu berichten. »Wie geht es dir? Hat dir das Thermalwasser in Bad Kreuznach gutgetan?«

»Das hat es! Aber du hast sicher nicht angerufen, um mich das zu fragen. Außerdem habe ich dir das schon erzählt. Also, was gibt es? Oder, besser gesagt, aus welchem Schlamassel soll ich dir heraushelfen?«, fragte Inge gespannt.

»Aus keinem! Inge, ich wollte es dir nur als Erste sagen. Ich bekomme ein Kind!«

»Ein Kind? Dann hat dein Ausflug nach Paris doch etwas gebracht.« Inge Kastler klang enttäuscht, denn sie hätte es lieber gesehen, wenn aus Lexa und Andreas ein Paar geworden wäre.

»Ja, so kann man es sagen.«

Lexa dachte dabei weniger an Paris, sondern an ihren anschließenden Aufenthalt in Orscholz und ihr Zusammentreffen mit Andreas. Sie wollte Inge schon davon erzählen, als ihr einfiel, dass Andreas dann Ansprüche auf das gemeinsame Kind erheben könnte. Vielleicht brachte er es sogar so weit, dass ihm das Sorgerecht dafür zugesprochen wurde, weil man sie als Körperbehinderte nicht für fähig hielt, das Kleine aufzuziehen. Daher war es besser, wenn Inge glaubte, der Vater wäre irgendein Samenspender aus England.

»Es wird nicht leicht für dich werden«, sagte Inge nachdenklich. »Aber du wirst es schon schaffen. Ich helfe dir, so gut ich kann. Doch jetzt will ich dir erst einmal gratulieren. Du bist dabei, dir deinen größten Wunsch zu erfüllen!«

»Ich bin einfach nur glücklich«, antwortete Lexa selig. Sie war sogar doppelt glücklich, weil sie nicht das Kind eines Fremden austrug, sondern das des Mannes, den sie liebte. Doch diesen Umstand würde sie tief in ihrem Herzen verbergen. Es ging niemanden etwas an, wer der Vater war, auch Andreas nicht, dachte sie. Doch der Gedanke schmerzte, denn sie liebte ihn und hätte dieses Wissen gerne mit ihm geteilt.

Er würde mich wegen meiner Prothesen als Freak ansehen, schoss es ihr durch den Kopf. Diese Vorstellung tat weh, dennoch lachte Lexa leise.

»Was gibt es?«, fragte Inge.

»Ich dachte eben daran, dass du eine sehr gute Großmutter für meine Kleine sein wirst.«

»Was wirst du deinen Eltern sagen?«, fragte Inge.

»Nur, dass ich schwanger bin. Alles andere geht sie nichts an!«

»Das würde ich an deiner Stelle auch nicht verraten«, erklärte Inge. »Auf jeden Fall freue ich mich für dich und werde die nächsten Monate damit verbringen, mir Namen für das Kleine auszudenken.«

»Tu das!«, sagte Lexa und freute sich auf das werdende Leben, das in ihr wuchs.

NEUNTES KAPITEL

Das neue Leben

1.

Der Besuch beim Frauenarzt bestätigte die Diagnose ihres Hausarztes. Lexa war tatsächlich schwanger. Der Arzt gab ihr eine Liste mit Verhaltens- und Ernährungsregeln, die sie einhalten sollte, und schob ihr dann einen Zettel mit einer Telefonnummer und einer Adresse zu. »Die Frau ist eine ausgezeichnete Hebamme und spezialisiert auf Risikoschwangerschaften. Die werden Sie brauchen«, meinte er mit einem Blick auf ihre Beine.

»Danke«, antwortete Lexa und steckte den Zettel ein.

»Sie müssen damit rechnen, gegen Ende der Schwangerschaft im Rollstuhl zu sitzen. Da Ihre Beine mit Sicherheit anschwellen, werden Ihnen die Prothesen nicht mehr passen. Es ist dann zu gefährlich für Sie und das Kind, wenn Sie damit laufen wollen. Sie könnten das Gleichgewicht verlieren und stürzen.«

Lexa nickte mit entschlossener Miene. »Ich werde alles tun, damit mein Kind gesund zur Welt kommt.«

»Das soll es auch«, sagte der Arzt und reichte ihr die Hand. »Keine Sorge! Das kriegen wir schon hin. Sie sind gesund und trinken und rauchen nicht – da sehe ich keinen Grund, warum es Komplikationen geben sollte.«

»Mir wird derzeit nur ständig übel, und das Mittel, das mir mein Hausarzt verschrieben hat, hilft nicht viel.«

»Ich schreibe Ihnen etwas anderes auf. Immerhin habe ich mit Übelkeiten während der Schwangerschaft mehr Erfahrung als er.« Der Frauenarzt drückte ein paar Tasten auf dem Computer und nickte Lexa aufmunternd zu. »Sie bekommen das Rezept draußen bei meiner Helferin.«

»Danke und auf Wiedersehen.«

»Das werden wir uns in den nächsten Monaten öfter! Lassen Sie sich einen Termin in vier Wochen geben. Sollte es vorher Probleme geben, müssen Sie sofort kommen.«

»Das mache ich.« Lexa verließ das Behandlungszimmer und blieb draußen neben der Anmeldung stehen.

Die Helferin telefonierte gerade und tippte mit der freien Hand etwas in die Tastatur. Nachdem sie aufgelegt hatte, druckte sie ein Rezept aus und wandte sich Lexa zu. »Das Rezept ist für Sie.«

»Ich brauche noch einen Termin für Anfang Juli«, bat Lexa.

»Einen Moment!« Die Frau blätterte in ihrem Terminkalender. »Wäre es Ihnen am siebten Juli um sechzehn Uhr dreißig recht?«

»Gerne.«

Lexa erhielt den Terminzettel und verließ die Praxis. Auf der Straße wurde ihr klar, dass ein Problem vor ihr lag. Da ihre Schwangerschaft endgültig feststand, musste sie es ihren Eltern, Leon, Ruth und den Lechners mitteilen. Diese würden sicher wissen wollen, wer der Vater war. Aber sie wollte weder die Paris-Variante mit Charles Beavershot als Erklärung hernehmen noch die Liebesnacht mit Andreas preisgeben.

Als sie nach Hause kam, fand sie nicht nur Ruth, sondern auch Leon vor. Beide sahen sie besorgt an.

»Ich hoffe, du bist mir nicht böse. Aber nachdem es dir in der letzten Zeit nicht gut gegangen ist, habe ich mir gedacht, ich sage Leon Bescheid«, begann Ruth.

»Ist etwas mit deinen Beinen?«, fragte ihr Bruder besorgt.

Lexa schüttelte den Kopf. »Denen geht es ausgezeichnet – und mir ebenfalls! Ihr müsst euch wirklich keine Sorgen um mich machen. Mir war nur ein bisschen übel.«

»Bisschen ist gut!«, sagte Ruth. »Dir ist es gestern Vormittag ziemlich schlecht ergangen. Als du dann heute Morgen sagtest, du würdest zum Arzt gehen, dachte ich …«

»Mit mir ist wirklich alles in Ordnung«, unterbrach Lexa sie. »Es ist nur so: Ich bekomme ein Kind!«

Wumm, dachte sie, das hatte gesessen.

Ruth starrte sie aus großen Augen an, während Leon ungläubig den Kopf schüttelte.

»Du bekommst was?«

»Ein Baby«, antwortete Lexa mit einem sanften Lächeln.

»Äh …« Mehr brachte ihr Bruder nicht heraus, während Ruth aufsprang und auf Lexa zueilte.

»Wirklich? Aber …« Das »Wie bist du dazu gekommen?« verkniff sie sich im letzten Augenblick.

»Es ist nun einmal so! Das sollte uns aber nicht von der Arbeit abhalten. Leon, wie läuft es mit den Motorrädern? Wenn Vater und du den Umsatz so halten könnt, müssen wir über eine Erhöhung eurer Erfolgsanteile sprechen.«

»Paps und ich verdienen genug. Du solltest ihn nur sehen! Er ist überglücklich, dass er wieder etwas zu tun hat. Zu einem Treffen mit seinen ehemaligen Kollegen ist er mit unserer schwersten Maschine gefahren und war damit natürlich der King. Er will auch nicht mehr Geld, sondern sagt, dass er erst einmal die Summe zusammenbringen muss, die Mama dir weggenommen hat, um die letzte Hypothek zu bezahlen.«

»Die Sache regeln wir anders. Ihr sollt das bekommen, was ihr verdient«, sagte Lexa.

Leon hob abwehrend die Hand. »Wenn du etwas tun willst, dann erhöhe den Lohn für unseren Mechaniker. Simon ist Gold wert. Max hat ihn ziemlich ausgebeutet.«

»Hat man von dem mal wieder etwas gehört?«, fragte Lexa.

»Er soll nach Berlin gegangen sein und dort einen Reparaturshop für Motorräder eröffnet haben. So gut wie hier geht es ihm sicher nicht.« Leon grinste zufrieden, denn er hatte Max' schäbiges Verhalten Lexa gegenüber nicht vergessen.

»Dort ist er gut aufgehoben.« Noch während sie es sagte, hatte Lexa Max schon wieder vergessen. »Um wie viel soll ich das Gehalt unseres Mechanikers erhöhen?«

»Ich dachte so um die zweihundert Euro. Er würde sich darüber riesig freuen.«

»Sagen wir dreihundert. Da er gut ist, sollten wir auch dafür sorgen, dass er bei uns bleibt.«

»Das ist nett von dir, Lexa. Simon wird dir dankbar sein.« Leon kam nun auch auf Lexa zu und umarmte sie.

»Du bist schon eine Type! Erzählst uns in einem Augenblick, dass du ein Kind bekommst, und redest im nächsten übers Geschäft.« Leon hätte auch gerne gewusst, wer der Vater von Lexas Kind war, doch er kannte den störrischen Ausdruck auf ihrem Gesicht zu gut, um sie zu fragen.

»Übers Geschäft gibt es derzeit auch mehr zu reden als über ein Baby, das erst einmal noch knapp sieben Monate wachsen muss, bis es das Licht der Welt erblickt. Grüße Papa und Mama und sage ihnen, sie sollen sich keine Sorgen um mich machen.«

»Sie werden erleichtert sein«, meinte Leon zweifelnd und zwinkerte Ruth zu. »Wollen wir heute Abend zusammen essen gehen, bevor ich wieder nach Hause fahre?«

»Ich weiß nicht. Wenn Lexa mitkommen will …«

»Was ich nicht tue«, fiel Lexa Ruth ins Wort. »Geht ihr beiden ruhig allein. Ich würde euch bloß beim Turteln stören.«

»Beim was?«, fragte Leon verblüfft.

»Beim Turteln! Das ist ein alter Ausdruck für Flirten. Was hast du nur für eine Bildung! Dabei dachte ich, du hättest studiert.«

»Das schon, aber keine toten Sprachen«, gab Leon grinsend zurück. »Da ich nun schon mal da bin: Hast du irgendetwas für mich zu tun?«

»Es findet sich sicher was«, antwortete Lexa. »Du kannst die Belege für die Steuer sortieren und einheften. Dann bist du wenigstens nicht umsonst von München hierhergefahren.«

»Das ist meine Schwester, wie sie leibt und lebt«, meinte Leon feixend zu Ruth und machte sich ans Werk.

2.

Lexa hatte Ruth eine Stunde früher freigegeben, damit diese mit Leon ausgehen konnte, und klingelte, als die beiden weg waren, an der Tür ihrer Vermieter. Lucia Lechner machte sofort auf und sah sie fragend an. »Dein Bruder ist heute gekommen. Geht es ihm und deinen Eltern gut?«

»Er sagte nicht das Gegenteil«, antwortete Lexa amüsiert. »Eigentlich kam er meinetwegen. Er hat sich Sorgen um mich gemacht, weil Ruth ihm am Telefon gesagt hatte, es ginge mir nicht gut.«

»Ich hatte da auch schon so meine Befürchtungen. Du bist in letzter Zeit ein wenig blass geworden. Du solltest mehr an die frische Luft gehen.«

»Ihr braucht euch keine Sorgen um mich zu machen«, sagte Lexa. »Mir geht es bestens. Ich bekomme nur ein Kind!« Erneut platzte sie mit der Nachricht heraus, anstatt sie den Leuten schonend beizubringen.

»Ein Kind? Aber … äh, das freut mich für dich. Du hast damals, als deine Freundin Claudia Mutter geworden ist, gesagt, du würdest dir auch etwas Kleines wünschen. Jetzt ist es eingetreten, wie schön.« Lucia umarmte Lexa, sah sie dann aber ernst an. »Du wirst in den nächsten Monaten sehr vorsichtig sein müssen. Mit zunehmender Schwangerschaft wird eine Frau schwerfällig. Bei dir ist es wegen der Prothesen doppelt gefährlich.«

»Mein Frauenarzt hat mir erklärt, ich soll in den letzten Wochen der Schwangerschaft den Rollstuhl verwenden.« Ganz passt Lexa diese Anweisung nicht, denn bislang wusste niemand in der Nachbarschaft von ihrer Behinderung. Doch für ihr Kind war sie bereit, sich auch deren Blicken zu stellen.

Lucia bat sie in die Wohnung, setzte ihr Kamillentee auf und warnte sie davor, weiterhin so viel Cappuccino zu trinken wie bisher.

»Das Koffein tut dem Kind nicht gut, ebenso wenig der Alkohol, aber zum Glück trinkst du ja nicht«, setzte sie mahnend hinzu.

Lexa nickte und fand, dass der Verzicht auf Cappuccino ihr wohl am schwersten fallen würde. Vielleicht geht eine Tasse am Tag, dachte sie. Sie machte ihn ja nicht so stark, dass der Löffel darin stecken blieb.

Unterdessen berichtete Lucia von ihrer eigenen Schwangerschaft und erteilte ihr weitere Ratschläge. Lexa hörte zu, notierte sich ein paar Stichworte und fand, dass es für sie leichter wäre, wenn sie ihre Schwangerschaft für sich allein genießen könnte. Im nächsten Moment schämte sie sich für diesen Gedanken, denn Lucia meinte es gut mit ihr. Natürlich war es schön, Freundinnen zu haben, auf die sie sich verlassen konnte.

Lucia sorgte dafür, dass Lexa auch etwas in den Magen bekam, und machte sie darauf aufmerksam, dass ihre Vorstellungen, was Essen betraf, nicht unbedingt den Geschmack aller treffen würden.

»Ich mochte besonders gerne kaltes Sauerkraut und Nussschokolade. Mein Mann ist deswegen fast ausgeflippt«, berichtete sie augenzwinkernd.

»So weit bin ich noch nicht«, antwortete Lexa und vergaß dabei ganz, dass auch sie schon mehrmals recht wilde Kombinationen gegessen hatte.

Als sie bald darauf wieder in ihr Wohnzimmer trat, sah sie auf dem Anrufbeantworter, dass ihre Eltern angerufen hatten. Lexa überlegte, ob sie den Anruf ignorieren oder zurückrufen sollte. Sie war noch zu keinem Ergebnis gekommen, da schellte das Telefon. Mit einem Seufzen nahm sie es aus der Halterung und meldete sich.

»Hier Fabarius?«

»Lexa, ich bin's«, hörte sie ihren Vater ganz aufgeregt sagen. »Leon hat mich eben auf dem Handy angerufen. Sag, stimmt es?«

»Was?«, fragte Lexa, obwohl sie genau wusste, was ihr Vater wissen wollte.

»Das mit dem Baby!«

»Laut meinem Frauenarzt bin ich im dritten Monat schwanger«, berichtete Lexa.

»Aber wie? Wie …«

»Es gibt ein paar Fragen, die ich nicht beantworten werde. Eine davon ist die nach dem Vater! Daher könnt ihr euch die Worte sparen.« Lexa klang scharf. Sollten ihre Eltern kleinliche Bedenken hegen, war sie bereit, das Ganze ohne sie durchzustehen.

»Solange es kein Raubmörder ist, interessiert es mich auch nicht«, beeilte ihr Vater zu versichern.

»Du kannst ganz beruhigt sein. Das ist er nicht! Aber wie kommt Leon dazu, dich anzurufen? Ich wollte es dir selbst sagen.«

»Leon musste es uns einfach mitteilen. Es kam doch ziemlich überraschend. Du wirst dich jetzt in den nächsten Monaten schonen müssen. Zum Glück ist die liebe Ruth weit genug in die Materie eingeweiht, um dich ersetzen zu können. Du …«

»Papa!«, unterbrach Lexa ihren Vater im warnenden Ton. »Ihr habt schon einmal versucht, mir mein Leben vorzuschreiben. Macht das kein zweites Mal! Mein Arbeitsweg von der Küche bis ins Büro sind gerade mal acht Meter. Die werde ich auch noch als Schwangere schaffen.«

»Ich will dir nichts vorschreiben, sondern möchte nur, dass du dich nicht überanstrengst. Du neigst dazu, das weißt du doch.«

»Wie du schon sagtest, ist Ruth gut genug eingearbeitet, um einen Teil meiner Aufgaben zu übernehmen. Den Rest schaffe ich schon.«

»Wir werden darauf achten, dass du dich schonst!«

»Papa! Es ist mein Leben, und ich werde es so führen, wie ich es für richtig erachte. Sag das auch bitte Mama! Ich will nicht, dass es noch einmal so weit kommt wie nach meinem Unfall.«

Ihr Vater schniefte. »Du hast es Wiebke noch immer nicht verziehen, dass sie dein Geld genommen hat, um die Hypothek zu bezahlen. Dabei wollte sie dir nur ein schönes und sicheres Nestchen schaffen.«

»Ich nehme ihr nicht das Geld übel, sondern die Tatsache, dass sie dafür meinen besten Fonds aufgelöst hat. Es gab drei andere, die sie meinetwegen hätte nehmen können. Doch gerade der Fonds brachte am meisten Rendite.«

»Aber das hättest du Wiebke doch sagen können«, beschwerte sich ihr Vater.

Lexa lachte leise auf. »Wann und wie denn? Sie hat alles getan, ohne mich zu informieren. Aber lassen wir das, sonst kommen wir noch ins Streiten, und dafür ist der Tag …«

»… der Abend«, korrigierte Jürgen Fabarius seine Tochter.

»… viel zu schön«, beendete Lexa ihren Satz, ohne sich durch den Einwand stören zu lassen.

»Hast du schon einen Namen für den Kleinen?«, wollte ihr Vater wissen.

»Papa, du bist gut! Ich habe erst vor ein paar Tagen erfahren, dass ich schwanger bin.«

»Ein paar Tage lang weißt du es schon? Und du hast uns nichts gesagt?« Jürgen Fabarius schniefte erneut.

»Ich habe heute erst die Bestätigung durch den Frauenarzt erhalten. Mein Hausarzt hätte sich auch irren können.«

»Ärzte irren sich nie!«

»Deswegen gibt es auch so wenig Behandlungsfehler!« Lexa bat ihren Vater, sie zu entschuldigen.

»Ich muss unbedingt etwas trinken«, setzte sie hinzu und verabschiedete sich. Als sie aufgelegt hatte, sank sie auf die Couch und schüttelte den Kopf. »Puh! Na gut, ist das auch erledigt! Jetzt kann ich in Ruhe die nächsten Monate angehen.«

3.

Ruth Beinroth blickte Lexa tadelnd an. »Jetzt sitzt du schon wieder vier Stunden ununterbrochen am Computer. Du solltest dich etwas hinlegen!«

»Ich bin gleich so weit«, antwortete Lexa und fand, dass ihre zukünftige Schwägerin äußerst lästig sein konnte. Dabei schloss sie gerade eines ihrer größten Geschäfte ab. Wenn ihr Gefühl nicht trog, würde sie allein damit mehr verdienen als früher bei Lehmann in einem ganzen Jahr.

»Dann stopf dir wenigstens ein Kissen in den Rücken. Deine Mutter sagt, bei ihr hätte das geholfen«, bat Ruth.

»Wobei geholfen?«

»Bei ihren Rückenschmerzen während der Schwangerschaft.«

Lexa blickte Ruth genervt an. »Ich habe keine Rückenschmerzen! Außerdem ist gleich Feierabend, dann gibt es bei Lucia Reiberdatschi. Sie macht die besten auf der ganzen Welt.«

Seit Lexas Schwangerschaft bekannt war, musste sie sich ihr Abendessen nicht mehr selbst zubereiten, weil Lucia Lechner darauf bestand, für sie zu kochen. Ruth hatte von Lexas Eltern den Auftrag erhalten, dafür zu sorgen, dass sie nicht zu viel arbeitete und ihre Ruhepausen einhielt. Jürgen Fabarius kam jedes Wochenende zu Besuch, um nachzusehen, ob es seiner Tochter an nichts fehlte, und sogar die Mutter hatte sich herabgelassen, ihr Grüße auszurichten.

Obwohl Lexa wusste, dass alle es gut mit ihr meinten, wurde ihr diese übertriebene Rücksichtnahme zu viel. Sie hatte mittlerweile den sechsten Monat ihrer Schwangerschaft erreicht und fühlte sich besser denn je. Die Übelkeitsanfälle waren verschwunden, und sie war trotz ihres sichtbaren Bauches beweglich genug, um all das tun zu können, was ihr die anderen abnehmen wollten.

»Geht es wirklich noch?«, fragte Ruth. »Lucia sagte, dass sie in deinem Zustand der Schwangerschaft ebenfalls arge Rückenschmerzen gehabt habe.«

»Ich bin nicht Lucia und auch nicht meine Mama«, antwortete Lexa freundlich. »Mein Schreibtischstuhl ist nach allen Erfordernissen der Ergonomie entwickelt worden, und ich sitze ausgezeichnet darauf. Daher lässt mein Rücken mich in Ruhe.«

»Trotzdem solltest du öfter Pause machen.«

»Ich habe heute bereits dreimal Pause gemacht, zusätzlich zum Essen am Mittag, und das wird wohl reichen.« Lexa klang verärgert. Sie hatte höchstens noch eine halbe Stunde zu tun, und die Zeit wollte sie nicht mit sinnlosen Diskussionen vergeuden.

»Wann kommt Leon wieder?«, fragte sie Ruth, um deren Gedanken von sich und ihrer Schwangerschaft abzulenken.

»Er will Freitagnachmittag mit deiner Mutter kommen und dann bei mir bleiben, während deine Mutter hier im Wohnzimmer auf der Couch schläft«, berichtete Ruth.

»Mama kommt?«, fragte Lexa verblüfft. Seit ihrem Streit vor gut zweieinhalb Jahren hatte sich ihr Verhältnis zur Mutter nicht gebessert. »Es ist schönes Wetter vorhergesagt. Ihr solltet einen Ausflug machen«, schlug Lexa vor. Und Mama dabei mitnehmen, setzte sie nur für sich selbst hinzu.

»Leon und ich werden in der Stadt Eis essen gehen und euch nachher ein paar große Portionen mitbringen.«

»Das ist doch geschmolzen, bis ihr wieder hier seid«, stöhnte Lexa, die auf einmal einen wahnsinnigen Appetit auf Eis mit Minzgeschmack hatte.

»Aber doch nicht im Tiefkühlbehälter. Deine Mutter will einen mitbringen.«

»Wisst ihr was? Wir gehen alle zusammen Eis essen! Oder willst du mit Leon allein sein?«, fragte Lexa.

»Wir sind in meiner Wohnung lange genug allein«, antwortete Ruth. »Es sind jedoch hohe Temperaturen angesagt, und da weiß ich nicht, ob es gut ist, wenn du ins Freie gehst.«

»Es ist Mitte September, Liebes. Da werden die Temperaturen bald sinken. Aber jetzt sollten wir aufhören, sonst werde ich nicht fertig.«

»Entschuldige, ich wollte dich nicht stören!«

»Du störst nicht! Ich meine nur, dass wir nach der Arbeit weiterreden können. Sonst setze ich noch ein Komma falsch, und das wäre peinlich.«

Ruth lachte pflichtschuldig und schwieg dann. In der nächsten halben Stunde äugte sie jedoch immer wieder zu Lexa hinüber, ob diese vielleicht doch Hilfe brauchte.

Als Lexa fertig war, atmete sie erst einmal erleichtert auf. Mit Summen wie an diesem Tag hatte sie bislang nur selten jongliert und konnte nur hoffen, dass sie richtig gehandelt hatte.

»So, Feierabend!«, sagte sie zu Ruth. »Ich werde mir jetzt einen schönen Rumcocktail mixen und dann die Beine hochlegen!«

»Aber du sollst doch keinen Alkohol trinken!« Erst einen Augenblick später merkte Ruth, dass sie einem von Lexas Scherzen aufgesessen war, und seufzte.

»Das war aber nicht nett von dir.«

»Ich bin schwanger, und Schwangere haben nun einmal seltsame Stimmungen«, antwortete Lexa lachend.

»Ich werde dich daran erinnern, wenn ich einmal schwanger werden sollte!«

»Ich hoffe doch, dass du schwanger wirst, denn ich hätte gerne ein paar Nichten und Neffen.«

»Ich weiß nicht, ob Leon davon begeistert sein würde, Vater zu werden.«

Lexa tat Ruths Einwand mit einer Handbewegung ab. »Der ist flexibel! Aber jetzt mische ich mir wirklich etwas zu trinken an. Ich habe Durst.«

»Soll ich dir einen Tee kochen?«, fragte Ruth und stand auf.

Lexa sah scheinbar verwundert an sich hinab. »Ich sehe meine Hände noch. Daher werde ich mir meinen Tee selbst kochen.«

»Es ist ja nur wegen des heißen Wassers. Ich will nicht, dass du etwas davon verschüttest und dich verbrühst.«

Lexa gab auf. »Also gut, ich möchte einen Rooibostee mit Pfefferminzgeschmack. Aber du trinkst eine Tasse mit!«

»Rooibos mit Pfefferminze?«, stöhnte Ruth, die den Geschmack der Schwangeren arg gewöhnungsbedürftig empfand.

»Der schmeckt echt lecker«, antwortete Lexa und fuhr sich mit der Zunge über die Lippen. »Aber lass mal«, setzte sie hinzu. »Den kann Lucia machen. Immerhin hat sie uns zu Kartoffelpuffer eingeladen.«

»Bei uns in Bayern heißt des Reiberdatschi«, korrigierte Ruth sie und fing dann ebenso wie Lexa zu lachen an.

4.

Die Nachricht von Lexas Schwangerschaft brachte Wiebke Fabarius dazu, ihren Ärger darüber zu vergessen, dass ihre Tochter sich ihrer Fürsorge entzogen und auf eigene Beine gestellt hatte. Sie fuhr daher mit ihrem Mann und Leon zusammen nach Mühldorf, um nach der werdenden Mutter zu schauen.

Das erste Zusammentreffen nach so vielen Monaten war für Lexa nicht leicht. Sie wollte jedoch nicht nachtragend sein und erwiderte die Umarmung der Mutter. Anschließend wurde sie von dieser mit allen möglichen Tipps bombardiert, wie sie die restliche Zeit ihrer Schwangerschaft verbringen sollte.

Lexa war froh, dass das von ihrem Vater und Leon betriebene Motorradgeschäft so gut lief und beide unabkömmlich waren. Sonst hätte die Mutter noch verlangt, sie solle ihre Agentur Leon überlassen und selbst das Bett hüten, bis das Kleine nicht nur geboren war, sondern auch noch etliche Zeit danach.

An diesem Septemberwochenende war es Lexa zu heiß, um ins Freie zu gehen. Selbst in der Wohnung war es unangenehm warm. Während Ruth und Leon zur Eisdiele unterwegs waren, betrachtete Wiebke Fabarius ihre Tochter sorgenvoll.

»Mir haben während der Schwangerschaft bei so einem Wetter immer kalte Umschläge um die Waden geholfen.«

Bis jetzt hatte Lexa ihre Beinstümpfe niemandem außer ihren Ärzten und Inge Kastler gezeigt. Ihr Kind war jedoch wichtiger als ihr Stolz.

»Dann mache die Umschläge, Mama! Ich lege unterdessen die Prothesen ab.«

Wiebke Fabarius eilte in die Küche. Als sie wiederkam, lagen die Prothesen auf dem Sofa. Beim Anblick der nur von den Linern bedeckten Stümpfe schluckte sie, nahm sich aber zusammen und wickelte die nassen Handtücher um Lexas linke Wade und das, was von dem rechten Unterschenkel noch übrig war.

»Ich hoffe, es wird jetzt besser?«, fragte sie.

Lexa sog die Luft ein, so kalt und feucht fühlten sich die Umschläge an den Beinen an, doch sie spürte bald, dass es half.

»Danke, Mama! Wenn Ruth und Leon kommen, will ich die Prothesen aber wieder an den Beinen haben.«

»Dann wollen wir hoffen, dass sie noch ein bisschen ausbleiben«, antwortete die Mutter und ging in die Küche, um Lexa Saft zu bringen. Danach setzte sie sich zu ihr und berichtete ihr von den Beschwernissen, die sie während ihrer beiden Schwangerschaften mitgemacht hatte.

Wenig später läutete es an der Tür. Während die Mutter hinging und aufmachte, steckte Lexa wieder ihre Prothesen an und zog die Stümpfe hoch. In dem Augenblick kam Ruth herein, sah sie und schüttelte den Kopf.

»Dass du bei dem Wetter auch noch Strümpfe anziehst?« Dann erinnerte sie sich daran, weshalb Lexa sie trug, und wurde rot. »Es tut mir leid, ich …«

»Schon gut!«, unterbrach Lexa sie. »Habt ihr Eis mitgebracht? Bei dem Wetter könnte ich einen Hektoliter brauchen.«

»Ein Hektoliter ist es gerade nicht, aber für dich wird es reichen«, rief Leon ins Zimmer. Er war mit einer Kühltasche beladen und packte diese nun aus.

»Erdbeere, Mango und Schokolade für Mama, Waldmeister, Zitrone und Pistazie für Lexa.«

»Nur drei Kugeln?«, fragte diese enttäuscht.

»Wir haben noch Minze, Zimt und Vanille dabei. Aber die kommen erst einmal ins Kühlfach. Du kannst sie später essen«, erklärte Leon grinsend.

Noch während er es sagte, teilte Ruth die Portionen auf. Die Mutter brachte Löffel, da sie die kleinen Plastikschäufelchen, die im Eissalon ausgegeben wurden, nicht mochte.

Das Eis war eine wunderbare Erfrischung, und Lexa fühlte sich danach besser. Als sie sich wieder auf die Couch legte, schlief sie sofort ein und gab ihrer Mutter und Ruth die Gelegenheit, ein paar Arbeiten zu erledigen. Leon drückte seiner Mutter einen Einkaufszettel in die Hand, damit Lexas Kühl- und Vorratsschrank wieder voll wurden.

Als Lexa nach einer guten Stunde erwachte, war Leon zurück und räumte die Einkäufe ein. »Ich hoffe, du hast nichts dagegen, dass ich deinen Wagen genommen habe. Aber in meinen hätte ich die Sachen nicht hineingebracht«, sagte ihr Bruder.

»Schon gut. Kannst du mir diesen Joghurt geben? Er sieht so lecker aus!«

»Für mich ist das ein ganz normaler Plastikbecher mit einer Alufolie obendrauf«, antwortete Leon und reichte ihn ihr.

Lexa holte sich einen Löffel, riss die Alufolie auf und begann zu essen. »Beim Becher kannst du recht haben. Aber ich meinte auch den Inhalt«, meinte sie zwischen zwei Löffeln.

»Willst du auch noch eine Essiggurke dazu?«, fragte Leon und zog dann den Kopf ein, weil Lexa mit dem Joghurtbecher ausholte, als wolle sie ihm diesen an den Kopf werfen.

5.

Das Wochenende verging, und die ersten Tage der neuen Woche brachten kühleres Wetter. Lexa war froh darüber. Am Montag und am Dienstag kam sie mit ihrer Arbeit gut zurecht und legte sich am Dienstagabend mit einem angenehmen Gefühl ins Bett. Sie schlief bald ein, träumte aber grässlich und erwachte durch einen schneidenden Schmerz im Unterleib. Stöhnend tastete sie nach dem Lichtschalter und setzte sich auf.

Der Schmerz verebbte ein wenig, kam aber wellenförmig wieder. »Was ist das?« dachte sie verzweifelt. »Ich …«

Nun wurde die Qual so stark, dass sie aufschrie. Mit zitternden Händen ergriff sie das Telefon und wählte die Nummer der Lechners.

»Lechner! Was gibt es?«, meldete sich nach einer gewissen Zeit die Ehefrau ihres Vermieters.

»Lucia, es tut mir leid, dass ich dich geweckt habe, aber mit tut mein Bauch so weh, dass ich es kaum aushalten kann«, antwortete Lexa mit gepresster Stimme.

»Bei Gott! Nicht, dass du dein Kind verlierst. Du setzt dich jetzt in die Badewanne und lässt kaltes Wasser ein. Ich rufe den Notarzt. Wahrscheinlich musst du ins Krankenhaus.«

»Badewanne und kaltes Wasser, sagst du?« Lexa legte auf, nahm ihre Prothesen und steckte sie auf die Stümpfe. Dabei verfluchte sie ihre Behinderung, denn mit gesunden Füßen wäre sie längst im Badezimmer. Mit unsicheren Schritten stakste sie dorthin, öffnete den Wasserhahn und wollte sich schon hineinsetzen, als ihr die Prothesen einfielen. Sie zog sie ab und ließ sie einfach auf dem Boden liegen. Kurz darauf saß sie in der Wanne und biss die Zähne zusammen, weil das Wasser so kalt war.

Die Schmerzen durchliefen sie in Wellen, doch sie hatte das Gefühl, als wären sie nicht mehr ganz so schlimm wie zu Beginn.

Unterdessen kam Lucia herein. Sie hatte ihren Morgenmantel über das Nachthemd geworfen und sah Lexa besorgt an.

»Der Notarzt ist bei einem Unfall. Uns wurde versprochen, einen Krankenwagen zu schicken, der dich ins Krankenhaus bringt. Es ist Gott sei Dank nicht weit.«

»Danke!«, sagte Lexa mit schmerzverzogener Miene. »Kannst du mir ein paar Sachen in die Reisetasche stecken? Schlafanzug, Zahnbürste und -creme sowie Handtuch, Hausschuhe und Morgenmantel.«

»Ich bin schon dabei!« Lucia raffte die benötigten Sachen zusammen und war damit gerade fertig, als es draußen klingelte.

»Das muss der Sanka sein«, rief sie und eilte zur Tür. Sie kehrte mit zwei Sanitätern zurück, informierte sie kurz und sah zu, wie die Männer Lexa aus der Badewanne hoben und auf ihren Duschstuhl setzten.

»Ihr Schlafanzug ist nass. Können Sie ihn allein wechseln oder …«

»Lucia wird mir dabei helfen«, antwortete Lexa und deutete auf ihre Prothesen. »Die müssen auch mit!«

»Wir bringen sie hinaus!«

»Nehmen Sie auch die Reisetasche mit, die ich in den Flur gestellt habe«, rief Lucia ihnen nach und holte einen frischen Schlafanzug für Lexa.

6.

Im Krankenhaus wartete bereits ein Arzt auf sie. Er untersuchte Lexa und tätschelte ihr dann die Schulter.

»Sie werden jetzt auf die Station gebracht und bekommen eine Infusion. Dann werden die Wehen bald vergehen.«

»Es ist schon besser geworden«, antwortete Lexa mit matter Stimme. In den letzten Minuten wäre sie aus Angst um ihr Kind beinahe durchgedreht. Jetzt fühlte sie sich nur noch müde.

Eine Nachtschwester kam und schob die Trage, auf die die Sanitäter Lexa gebettet hatten.

»Wie sind Sie versichert?«, fragte sie.

»Privat mit allem.«

»Wollen Sie ein Einzelzimmer?«

»Ich bitte darum«, antwortete Lexa, denn sie wollte sich keinen fragenden Blicken wegen ihrer Beine aussetzen.

»Gut! So fällt es mir leichter, Sie unterzubringen, als wenn ich andere Patienten stören müsste«, antwortete die Schwester und schob sie in ein Krankenzimmer.

»Können Sie auf das Bett rübersteigen?«

»Ich versuch's!« Lexa stemmte sich mit den Armen hoch und schob sich hinüber. Da die Sanitäter ihre Prothesen nur lose auf die Trage gelegt hatten, blieben diese zurück, und so sah es aus, als hätten ihre Beine einen scharfen Knick.

Die Schwester kniff verwundert die Augen zusammen, zog dann aber die Decke weg und begriff, dass ihre Patientin keine Füße mehr besaß. »Warten Sie, ich helfe Ihnen!«, rief sie und griff Lexa unter die Arme.

Diese lächelte verkrampft. »Ich bin es gewohnt, mich so zu bewegen.«

»Das glaube ich Ihnen! Aber Sie dürfen sich nicht anstrengen. Ich lege jetzt die Infusion an. Sie bleiben vollkommen ruhig liegen. Wenn Sie zur Toilette müssen, drücken Sie den Rufknopf. Haben Sie verstanden?«

»Ja«, antwortete Lexa matt und zog die Beine herüber auf das Bett.

»Lassen Sie bitte meine Prothesen hier«, bat sie, als die Schwester den Wagen hinausschieben wollte.

»Natürlich!«, antwortete diese, und da sie so schnell keinen anderen Platz dafür fand, legte sie die Prothesen ans untere Ende des Bettes. »Dort können sie nicht verloren gehen.«

»Das dürfen sie auch nicht. Ich kann sonst nicht gehen.« Lexa beschloss, scharf auf ihre Prothesen aufzupassen. Sie hatte in den anderen Krankenhäusern bemerkt, dass Krankenschwestern manchmal die Art hatten, Sachen, die sie störten, einfach wegzuräumen. Wenn man sie dann brauchte, hatte die entsprechende Schwester frei, und ihre Kolleginnen wussten nicht, wo sie waren.

Die Schwester forderte sie auf, den linken Arm auszustrecken, setzte die Infusionsnadel und stellte den Tropf ein.

»Ihre Wehen müssten bald ganz aufhören«, sagte sie. »Sie sollten dann versuchen, ein wenig zu schlafen. Ich werde noch das Aufnahmeprotokoll ausfüllen. Alles andere werden meine Kolleginnen morgen übernehmen.«

»Es ist schon viel besser«, sagte Lexa und fühlte sich auf einmal sehr schläfrig.

Die Schwester lächelte. »Jetzt schlafen Sie mir nicht ein, bevor ich zurückgekommen bin. Es dauert nicht lange!« Danach verließ sie das Zimmer, und Lexa war allein.

7.

Als Lexa am nächsten Morgen erwachte, begriff sie, dass sie den Rest der Nacht durchgeschlafen hatte. Die Schmerzen waren verschwunden. Trotzdem wagte sie kaum, ihren Bauch zu berühren. Als sie eine Bewegung darin spürte, atmete sie erleichtert auf. Ihr Kind hatte die Nacht überstanden. Hoffentlich bleibt es so, dachte sie, während sie sich auf den Rücken legte, die Augen schloss und an das werdende Wesen in ihrem Leib dachte.

Irgendwann wurde die Tür geöffnet, und eine Krankenschwester steckte den Kopf herein. »Da ist ja unsere neue Patientin. Können Sie aufstehen, damit wird das Bett machen können?«

»Wenn Sie mir helfen!«, antwortete Lexa.

Die andere kam auf sie zu und schob einen Arm unter ihre Schulter. »Und jetzt hoch mit dem Hintern!«

»Dazu brauche ich meine Füße«, antwortete Lexa und wies auf ihre Prothesen, die unter der Bettdecke herausschauten.

»Tolle Dinger!«, fand die Schwester, als sie diese an sich nahm und Lexa hineinhalf. »Das ist kein Krankenkassenmodel.«

Lexa antwortete nichts darauf, sondern stand vorsichtig auf. Da sie erst in der Nacht eingeliefert worden war, verzichtete die Schwester darauf, die Bettwäsche zu wechseln, sondern zog diese nur zurecht und half Lexa wieder ins Bett.

»Wann kommt endlich ein Arzt?«, fragte diese drängend.

»Da ist er schon«, antwortete die Schwester und wies auf die Tür, die eben geöffnet wurde. Ihr Frauenarzt trat ein.

»Na, Frau Fabarius, was machen Sie denn für Sachen?«, meinte er kopfschüttelnd.

»Ich hatte in der Nacht fürchterliche Schmerzen und habe meine Vermieterin angerufen. Frau Lechner hat die Sanitäter geholt.«

»Und das war richtig so«, antwortete der Arzt. »Auf jeden Fall bleiben Sie erst einmal zwei oder drei Tage hier in der Klinik. Dabei werden wir Sie auf den Kopf stellen, um sicher zu sein, dass kein Risiko besteht. Wenn Sie wieder zu Hause sind, werde ich jeden Tag nach Ihnen sehen. Sobald mir auch nur das Geringste auffällt, kommen Sie in die Klinik. Haben Sie das verstanden?«

Lexa nickte unglücklich. »Ist es wirklich so schlimm?«

»Sie hätten Ihr Kind verlieren können!« Die Stimme des Arztes klang eindringlich, und Lexa begriff, dass sie seine Anweisungen besser befolgen sollte.

»Ich werde tun, was Sie mir sagen.«

»Das will ich auch hoffen. Hier sind Sie in guten Händen. Zu Hause sollten Sie aber nicht länger allein leben. Haben Sie jemanden, der zu Ihnen kommen und so lange bleiben kann, wie es nötig sein wird?«

»Meine Mitarbeiterin«, antwortete Lexa.

Allerdings brauchte sie Ruth jetzt dringender denn je für die Arbeit und durfte ihr nicht auch noch ihre Pflege aufhalsen. Ihre Mutter wollte sie nicht bitten, auch wenn ihr Verhältnis etwas besser geworden war. Da fiel ihr Inge Kastler ein. Ihre Freundin war unabhängig und würde ihr vor allem nicht auf die Nerven gehen, indem sie sie überbehütete.

»Auf jeden Fall brauchen Sie jemanden, der vierundzwanzig Stunden um Sie herum ist und jederzeit eingreifen kann, wenn Sie wieder in Schwierigkeiten geraten«, fuhr der Arzt fort. »Ich gehe jetzt zu meinem Kollegen und komme mit ihm zurück, um Sie zu untersuchen. Bis gleich!«

Hoffentlich, dachte Lexa, als der Arzt den Raum verließ. Sie hatte gelernt, dass in Krankenhäusern ein Zeitbegriff herrschte, der sich völlig von jenem außerhalb unterschied.

8.

Inge Kastler war erneut bei Sonja Janning zu Besuch, als ihr Handy läutete.

»Es ist Lexa«, sagte sie nach einem Blick auf die Displayanzeige und meldete sich. »Na, meine Liebe, was gibt es?«

»Hallo, Inge! Ich bin's, Lexa«, kam es so matt aus dem Handy, dass Inge erschrak.

»Ist etwas passiert?«, fragte sie besorgt.

»Nein, ich …« Lexa brach kurz ab und setzte neu an. »Ich liege im Krankenhaus und darf erst hinaus, wenn ich jemanden habe, der sich um mich kümmert. Da wollte ich fragen, ob du nicht für ein paar Wochen zu mir kommen könntest?«

»Krankenhaus? Da komme ich lieber und schaue nach dir.« Inge schob ihre Pläne für die nächsten Wochen beiseite und versicherte noch einmal, dass sie kommen würde. Ein Blick auf die Uhr zeigte ihr, dass sie es noch am selben Tag schaffen konnte.

»Wenn du willst, bin ich gegen siebzehn Uhr bei dir.«

»Das wäre herrlich! Ich kriege meinen Arzt sicher so weit, dass ich heute noch nach Hause gehen kann und dort bin, wenn du ankommst. Danke, du bist so lieb!«

Inge schniefte gerührt, als sie das hörte. »Also bis dann! Tschau!«, verabschiedete sie sich und sah bedauernd ihre Gastgeberin an. »Es tut mir leid, aber ich muss weg. Lexa hat mich gebeten, noch heute zu ihr zu kommen.«

»Das ist schade. Vielleicht kannst du ja herausfinden, was in Orscholz wirklich passiert ist. Als mein Junge von dem Treffen zurückkam, war er so glücklich wie seit seinem Unfall nicht mehr. Doch schon ein paar Tage später war davon nichts mehr übrig – und jetzt ist er richtig depressiv. Es muss mit Lexa zusammenhängen, denn er hat zuerst davon geschwärmt, wie schön es mit ihr in Orscholz gewesen wäre.«

»Lexa war in Orscholz? Davon hat sie mir nichts erzählt!«, rief Inge verwundert.

»Sie ist die große Rundfahrt sogar bei Andreas im Beiwagen mitgefahren. Ich hatte damals so große Hoffnungen, dass mein Junge doch noch sein Glück finden könnte.« Sonja klang bedrückt, denn seit Andreas' Unfall waren fast drei Jahre vergangen und seine Stimmung schlechter denn je. »Ich mache mir solche Sorgen um ihn. Er verkriecht sich lieber in sich selbst, als sich mir anzuvertrauen.«

»Lexa war in Orscholz …«, wiederholte Inge und fand, dass dies eine interessante Neuigkeit war.

Noch interessanter war jedoch, dass Lexa ihr dies verschwiegen und so getan hatte, als wäre sie nur in Paris gewesen. Sie griff sich an die Stirn. Nach dem, was Lexa ihr vor der Fahrt nach Paris erzählt hatte, hätte diese anschließend in eine Klinik in den Niederlanden fahren wollen. Das aber hatte sie anscheinend nicht getan.

»Das ist wirklich merkwürdig«, murmelte sie vor sich hin und schob dann Andreas' Mutter ihre Tasse hin.

»Einen Kaffee trinke ich noch, bevor ich aufbreche. Grüße Andreas recht herzlich von mir und sage ihm, er soll den Kopf nicht zu sehr hängen lassen. Sonst gibt es noch Schleifspuren auf dem Boden.«

Jetzt musste Sonja doch lachen. »Schade, dass du nicht einige Wochen bei uns bleiben kannst. Du würdest es vielleicht schaffen, meinen Einsiedlerkrebs aus seinem Haus herauszulocken.«

»Es gibt da zwei Einsiedlerkrebse«, sagte Inge nachdenklich. Vor allem aber gab es anscheinend Geheimnisse, die es zu ergründen lohnte.

»Ich hatte gehofft, du würdest länger bleiben! Weißt du, mir fällt hier die Decke auf den Kopf, und dann ist da noch mein Junge …« Sonja klang so enttäuscht, dass Inge sich direkt schlecht fühlte, weil sie schon nach zwei Tagen wieder wegfuhr. Auch der Plan, im Herbst gemeinsam nach Montegrotto Terme zu fahren, schien durch Lexas Hilferuf in Gefahr zu sein.

»Lexa braucht mich dringend! Es muss irgendetwas geschehen sein«, versuchte sie ihrer Gastgeberin zu erklären.

»Frau Dr. Fabarius hat doch ihre Familie, die ihr helfen kann. Wieso musst ausgerechnet du zu ihr?«

»Weil sie mir vertraut«, antwortete Inge mit einem gewissen Stolz.

»Ich hatte mich so gefreut, ein paar Tage mit dir verbringen zu können. Heute Nachmittag wollte ich dir meine Fotoalben zeigen, darunter auch die Kinderbilder von Andreas. Alle haben geglaubt, er wäre ein Mädchen, weil er so ein hübsches Kind war.«

»Die Stunde, mir die Bilder anzuschauen, haben wir sicher noch. Ich werde eben einen späteren Zug nehmen. Ob ich jetzt genau um siebzehn Uhr vor Lexas Tür stehe oder eine Stunde später, macht das Kraut nicht fett.«

»Danke!« Sonja stand auf und holte ihre Fotoalben. Zunächst zeigte sie die Aufnahmen der letzten Jahre. Der Unterschied zwischen Andreas vor dem Unfall und nach dem Unfall war gravierend. War er damals ein fröhlicher junger Mann gewesen, sah man ihm auf den späteren Fotos seine Verbitterung an.

Inge betrachtete die Fotos interessiert und stellte die Frage, die ihr schon seit Längerem auf der Zunge lag. »Was fehlt Andreas jetzt wirklich?«

»Das hier!« Es war Andreas. In ihr Gespräch vertieft, hatten die beiden Frauen übersehen, dass er nach Hause gekommen war. Nun rollte er das rechte Hosenbein hoch und zog den Socken nach unten.

Inge riss die Augen auf, als sie die Fußprothese sah, die am Unterschenkel befestigt war. Das war natürlich eine Sache, die einen jungen Mann aus der Bahn werfen konnte.

»Du bist schon da?«, wunderte sich die Mutter. »Heute Nachmittag sollte doch das Treffen mit den großen Bossen sein.«

»Ich bin wieder ausgeladen worden, auf Anordnung meines ehemaligen Filialleiters Deidel. Er hat eine weitere Stufe erklommen und ist jetzt Chef aller Filialen in Baden-Württemberg. Mein jetziger Filialleiter hatte gehofft, diesen Posten zu bekommen, und wollte mich dann als seinen Nachfolger vorschlagen. Aber das kann ich mir jetzt abschminken.« Andreas klang nicht einmal bitter, sondern wie jemand, der vom Leben nichts anderes mehr erwartete, als enttäuscht zu werden.

»Aber was machst du jetzt?«, fragte die Mutter.

»Erst mal ganz normal meinen Job weiter.« Andreas zog Socken und Hosenbein wieder zurecht und ging in die Küche, um sich etwas zu trinken zu holen.

Während seine Mutter wie erstarrt auf dem Sofa saß, betrachtete Inge Andreas' Kinderfotos. »Er war wirklich ein hübsches Kind«, sagte sie, um seine Mutter aufzumuntern.

»Ich wünschte, er hätte ein leichteres Leben. Doch sein ehemaliger Filialleiter mag ihn nicht und hat jetzt erneut die Gelegenheit, ihm zu schaden«, jammerte Sonja.

»Da muss er sich durchsetzen und notfalls auch den Job wechseln.«

»Als Krüppel nimmt ihn doch keiner!«, brach es aus seiner Mutter heraus.

»Kommt es in seinem Job auf die Beine an oder auf den Kopf?«, fragte Inge scharf und entschuldigte sich dann. »Tut mir leid, ich wollte dich nicht anfahren. Doch entweder ist Andreas der Mann, für den ich ihn halte, oder ein Weichei, das zu heulen anfängt, wenn irgendjemand ein böses Wort sagt.«

»Weißt du, dass du manchmal ziemlich gemein sein kannst?«

»Ich sage nur die Wahrheit«, antwortete Inge lächelnd, »aber die meisten wollen sie nicht hören. Ich werde auch bei Lexa einige deutliche Worte sagen.«

»Du willst zu Lexa?«, fragte Andreas, der wieder ins Zimmer gekommen war.

»Und das noch heute!«, rief seine Mutter anklagend.

»Soll ich ihr Grüße ausrichten?«, fragte Inge heuchlerisch.

»Von mir nicht! Sie hat mir deutlich gezeigt, was sie von mir hält«, sagte Andreas, wandte sich abrupt um und ging wieder.

»Das war jetzt wirklich gemein«, beschwerte sich seine Mutter bei Inge.

Diese lächelte nur und überlegte, ob sie Andreas und Sonja erklären sollte, dass Lexa sich nicht aus Hochmut nicht mehr gemeldet hatte, sondern aus Angst, Andreas könnte sie ablehnen, genauso, wie er es bei ihr vermutete. Doch ob es zum jetzigen Zeitpunkt etwas brachte, bezweifelte sie. Außerdem wollte sie vorher noch einiges in Erfahrung bringen.

»Ich werde jetzt packen und aufbrechen. Es war schön bei dir, und ich werde sicher bald wiederkommen. Vorher aber fahren wir beide nach Montegrotto!« Sie stand auf.

Sonja Janning antwortete nicht, sondern starrte traurig vor sich hin.

9.

Inge klingelte gegen achtzehn Uhr bei Lexa. Ruth öffnete ihr und wirkte erleichtert, als sie die Besucherin erkannte.

»Grüß Gott, Frau Kastler! Ich bin froh, dass Sie da sind. Lexa ist so unvernünftig! Sie wollte, als sie aus dem Krankenhaus kam, sich doch tatsächlich gleich an den Computer setzen. Dabei soll sie doch liegen.«

»Ganz werden wir sie nicht davon abhalten können. In der Rehaklinik hat sie mit dem Laptop im Bett gearbeitet. Das müsste auch hier möglich sein«, antwortete Inge und trat ein. In der Küche traf sie auf Lucia Lechner, die gerade das Abendessen zubereitete. Sie grüßte kurz und ging dann ins Schlafzimmer.

Lexa lag in ihrem Bett und blätterte gelangweilt in einer Frauenzeitschrift. »Kannst du mir sagen, warum die so einen Unsinn schreiben müssen?«, fragte sie, erkannte dann Inge und strahlte übers ganze Gesicht.

»Schön, dass du da bist! Kannst du mir meine Prothesen suchen? Ruth, dieses dumme Stück, hat sie versteckt, damit ich im Bett bleibe!«

Inge wusste, dass Zwang für Lexa unerträglich war, und lächelte. »Keine Sorge, die finde ich schon. Lass dich erst einmal umarmen!«

Das tat sie dann auch und hörte Lexas leises Schluchzen. »Ich hätte beinahe mein Kind verloren!«

»Nicht daran denken und noch weniger davon reden«, erklärte Inge rigoros. »Ich bin hier, damit der kleine Engländer gut zur Welt kommt!«

»Wieso kleiner Engländer?«, fragte Lexa verblüfft.

»Nun, ich dachte, wegen des Vaters.«

»Wer der Vater ist, geht niemanden etwas an!«

Lexa klang direkt giftig, doch Inge war nicht bereit, so leicht aufzugeben.

»Was machst du, wenn dein Kind dich einmal fragt, wer sein Vater ist? Damit musst du rechnen.«

»Wenn es alt genug dafür ist, werde ich es ihm sagen.« Lexa presste die Lippen zusammen und zeigte damit, dass mit ihr in der Hinsicht nicht zu reden war.

Trotzdem war Inge zufrieden. Irgendwann würde sie Lexa so weit haben, dass diese die Wahrheit bekannte. Nun zupfte sie deren Bettdecke zurecht und erklärte, sie wolle erst einmal ihre Sachen auspacken.

»Ich habe schon alles hergerichtet«, rief Lucia Lechner durch die offene Tür und steckte dann doch den Kopf herein.

»Magst du etwas zu trinken, Lexa?«

»Ja, eine ganz große Cola«, antwortete diese, hob dann aber beschwichtigend die Hand. »Ein Glas Apfelschorle tut's auch!«

»Mach ich dir.« Lucia verschwand, und Inge folgte ihr. Die Couch im Wohnzimmer war bereits zum Bett umgebaut, und es gab auch einen Schrank, in dem sie ihre Kleidung unterbringen konnte. Wenn sie länger blieb, würde sie jedoch einiges von zu Hause holen müssen, sagte sie sich und machte sich dann auf die Suche nach Lexas Prothesen.

Als sie diese ins Schlafzimmer bringen wollte, eilte Ruth ihr nach. »Lexa soll liegen bleiben!«

»Das wird sie auch. Aber es gibt nichts, was sie mehr aufbringt, als wenn andere Leute ihr Dinge verbieten wollen. Kannst du ihren Laptop holen? Wenn sie beschäftigt ist, ist sie leichter zu ertragen.«

»So schlimm ist es nicht«, verteidigte Ruth Lexa.

»Ich kenne sie!«, antwortete Inge spöttisch. »Sie ist ein süßes Mädchen, wenn sie schläft. Wenn man sie aber ärgert, kann sie ganz schön kratzbürstig werden. Und jetzt hol das Ding! Es wird ihr guttun, an etwas anderes zu denken als daran, dass sie beinahe eine Fehlgeburt erlitten hätte.«

10.

Anders als Ruth, die zu ängstlich war, oder Lucia mit ihrer übertriebenen Fürsorge wusste Inge, wie sie mit der Schwangeren umgehen musste. Sie sorgte dafür, dass Lexa sich immer wieder hinlegte und sich während der Arbeit schonte, um einen zweiten Anfall von Scheinwehen zu verhindern. Wenn sie allein waren, unterhielten sie sich, und dabei erzählte Inge ganz harmlos von ihren gemeinsamen Urlauben mit Andreas' Mutter, aber auch von Andreas selbst. Dabei entging ihr nicht, wie es in Lexas Gesicht schmerzhaft zuckte. Die junge Frau schwieg sich, was den Vater ihres Kindes betraf, jedoch aus und erwähnte auch Orscholz kein einziges Mal.

»Und wie war's in der Klinik in Holland?«, fragte Inge eines Abends.

Lexa war mittlerweile im achten Monat und fühlte sich wieder besser. »Mit der hatte ich nur telefonisch und per Mail Kontakt«, antwortete sie.

Inge zog die Augenbrauen hoch. »So? Ich dachte, du wolltest dich dort künstlich befruchten lassen! Oder hat dieser Engländer das selbst übernommen?«

»Was du immer mit diesem dummen Engländer hast! Außerdem bist du eine nervige Neugiersnase. Du kannst noch so oft fragen, ich sage dir trotzdem nicht, wer der Vater ist.«

»Ich frage dich doch gar nicht danach«, antwortete Inge grinsend. »Das ist deine Sache. Ich dachte nur, du wolltest dich mit diesem Biber oder wie er heißt, in Paris treffen.«

»Das habe ich auch getan! Und jetzt lass uns von etwas anderem reden.«

»Wie geht es eigentlich deiner Freundin Claudia? Mich wundert, dass wir von ihr nichts hören. Eigentlich hätte ich gedacht, sie würde kommen, sobald sie hört, dass du ebenfalls schwanger bist.«

»Seit Claudia einen Sohn hat, hat sie mir genau zwei E-Mails geschickt. Nachdem ich ihr von meiner Schwangerschaft geschrieben habe, hat sie gar nichts mehr von sich hören lassen.« Lexa klang enttäuscht, denn Claudia hatte ihr während der eigenen Schwangerschaft alle paar Tage über ihre Fortschritte berichtet.

»Wahrscheinlich geht sie ganz in der Pflege ihres Babys auf«, meinte Inge und schenkte sich ein Glas Wein ein. »Irgendwann wird sie schon wieder aus der Versenkung auftauchen. Aber es ist spät, und du solltest ins Bad gehen.«

»Dann reiche mir meine Ersatzfüße!« Lexa legte die Prothesen an, spürte aber, dass sie nicht mehr so gut passten wie noch vor ein paar Wochen. Während ihrer Schwangerschaft hatte sie zugenommen, und leider hatte sich auch Wasser oder ein wenig Fett in den Beinstümpfen festgesetzt.

Inge reichte ihr die Krücken, da sie ohne diese bereits zu unsicher ging, und richtete ihr im Bad alles so weit her, dass sie sich an die Abendtoilette machen konnte.

Da Lexa es nicht mochte, wenn ihr jemand dabei zusah, kehrte Inge ins Wohnzimmer zurück. Sie hatte dort letztens Staub gewischt und dabei in einem offenen Schrankfach zwischen anderen Ordnern den Schnellhefter mit den Informationen über Charles Beavershot entdeckt, den Lexa ihr vor ihrer Reise nach Paris gezeigt hatte. Da sie mindestens eine halbe Stunde Zeit hatte, bis Lexa im Badezimmer fertig war, holte sie ihn heraus und blätterte ihn durch.

Dabei interessierten sie weniger die ausgedruckte Selbstdarstellung des Engländers als vielmehr Lexas mit Kuli geschriebene Kommentare.

»Was für ein Idiot!«, las sie da. Zwei Seiten später hatte Lexa notiert, dass Beavershot nicht alle Tassen im Schrank hätte. Nur eine Seite weiter stand ein weiterer interessanter Kommentar. »Mein Kind soll nicht als Nummer vierhundertnochwas auf der Liste der Nachkommen eines Verrückten stehen!«

Auf der letzten Seite fand sie den Eintrag »Andreas … Er darf es nie erfahren!«

»Irgendwie habe ich mir das gedacht«, entfuhr es Inge.

Rasch legte sie den Ordner wieder zurück und verließ Lexas Schlafzimmer. Sie setzte sich im Wohnzimmer auf das Sofa und blätterte in einer Zeitschrift. Ihre Gedanken drehten sich jedoch um Lexa und das ungeborene Kind. Noch hatte sie nur einen Verdacht und keinen Beweis, dass Andreas der Vater sein könnte. Sie fragte sich außerdem, wie die beiden eine Nacht miteinander verbracht haben sollten, ohne zu bemerken, dass der andere einen körperlichen Schaden aufwies. Andererseits hatten sich sowohl Lexa wie auch Andreas immer bemüht, es niemanden merken zu lassen.

Ich habe zu wenig in der Hand, um Andreas oder Sonja darauf ansprechen zu können, dachte Inge und beschloss, die Geburt des Kindes abzuwarten.

Lexa kam aus dem Badezimmer. Sie hatte bereits ihren Schlafanzug an und ihren Morgenmantel übergezogen.

»Kann ich rein?«, fragte Inge.

»Natürlich! Aber hast du vielleicht einen Augenblick Zeit für mich?«

Inge nickte. »Was gibt es?«

»Es geht um meine Mutter. Ruth hat erzählt, dass sie beleidigt ist, weil ich dich gerufen habe und nicht sie. Dabei hat sie mich über zwei Jahre lang nicht einmal ignoriert, wie du immer so schön sagst.«

»Vielleicht wäre es besser, wenn ich wieder fahre und sie kommt her. Es könnte eurem Verhältnis guttun«, bot Inge an.

Lexa schüttete energisch den Kopf. »Ich habe dich viel lieber hier als meine Mutter. Mit dir kann ich wenigstens wie mit einem richtigen Menschen reden. Mama würde mich am liebsten ins Bett stecken und alles um mich herum selbstherrlich regeln wollen.«

»Bist du da nicht zu streng mit ihr?«, wandte Inge ein.

»Ich bin heuer dreißig geworden und auch nicht die erste Frau auf der Welt, die ein Kind bekommt. Ich kann sehr gut selbst entscheiden, was zu tun ist«, antwortete Lexa mit einem leisen Fauchen. »Gut, es gab mal Probleme, aber die sind vorbei, und mein Arzt sagt, inzwischen könnte man das Kind jederzeit holen, wenn es nötig wäre.«

»Ich hoffe nicht, dass es nötig sein wird. Weißt du, ich halte nicht so viel von Kaiserschnitten. Wenn es Komplikationen gibt, ist es richtig, ihn zu machen. Eine gesunde Frau sollte ihr Kind aber auf natürliche Weise zur Welt bringen. Das stärkt auch die Verbindung zwischen beiden.«

»Mein Frauenarzt ist der gleichen Meinung. Er sagt, er würde bei mir nur ungern einen Kaiserschnitt machen. Eine so tiefe Wunde am Bauch würde mich arg behindern, da ich in der ersten Zeit nach der Geburt wahrscheinlich Krücken oder gar den Rollstuhl brauchen werde. Ich könnte mich selbst nicht mehr aus dem Rollstuhl hochstemmen. Außerdem befürchtet er Komplikationen für später.«

»Wenn das so ist, kannst du um deinen Frauenarzt froh sein. Andere würden vielleicht zum Messer greifen, nur weil sich eine Geburt dann besser in ihren Terminplan einpassen lässt. Aber jetzt möchte ich ins Badezimmer gehen. Wenn du willst, können wir später noch miteinander reden«, sagte Inge.

»Ich glaube, wir sollten beide schlafen gehen. Es ist schon spät«, antwortete Lexa und umarmte Inge. »Ich bin so froh, dass ich dich habe. Wenn Mama hier wäre, würde ich durchdrehen!«

»Dabei meint sie es nur gut mit dir, während ich dir doch gelegentlich den Kopf wasche«, meinte Inge und verschwand im Badezimmer, bevor Lexa etwas darauf antworten konnte.

11.

Wiebke Fabarius war beleidigt und ließ sich dies auch anmerken. Da hatte sie ihrer Tochter die Hand zur Versöhnung hingestreckt – und diese zog eine Fremde vor. Damit Lexa es auch mitbekam, wie verärgert sie war, beschwerte sie sich mit bitteren Worten bei ihr und knallte dann den Hörer auf den Apparat. Danach ließ sie nichts mehr hören und antwortete auch nicht auf den Weihnachtsgruß, den Lexa ihr und ihrem Vater schickte. Lexa fand dieses Verhalten kindisch und ärgerte sich darüber. Als sie mit Inge darüber sprach, hob diese beschwichtigend die Hände.

»Du solltest dir nicht so viel draus machen.«

»Tu ich auch nicht«, antwortete Lexa nicht ganz wahrheitsgemäß. »Weißt du übrigens das Neueste über sie?«

»Nein, aber du wirst es mir sicher gleich sagen.«

»Mama drängt Ruth und Leon, so schnell wie möglich zu heiraten.«

»Das ist nicht verwunderlich«, sagte Inge augenzwinkernd. »Von den beiden erhofft sie sich den Enkel, den du ihr nicht gönnst.«

»Was heißt hier: nicht gönnen?«, rief Lexa empört.

»Deine Mutter fasst es so auf. Außerdem würde das Kind bei dir bleiben. Wenn Leon Kinder bekommt, ist das anders. Auch wenn er in einer abgeschlossenen Wohnung lebt, so ist es doch dasselbe Haus.«

»Ich glaube nicht, dass Leon Kinder bekommt. Das wird höchstens seine Frau«, antwortete Lexa missmutig.

Inge pflückte ein Haar von einem Kissen und reichte es ihr. »Hier!«

»Was soll ich damit?«, fragte Lexa verwundert.

»Es spalten. Das tust du doch so gerne!« Inge brachte es so trocken heraus, dass Lexa trotz ihres Ärgers lachen musste.

»Das ist auch der Grund, warum ich lieber dich um mich habe als Mama. Du bringst mich zum Lachen. Sie würde mich zur Weißglut treiben.«

»Ich glaube nicht, dass es so schlimm wäre. Aber euer Verhältnis ist nun einmal nicht problemfrei. Aber nun zu dir. Du hast mir bis jetzt nicht gesagt, ob es ein Junge oder ein Mädchen wird? Weißt du es überhaupt schon selbst?«

Lexa nickte unwillkürlich.

»Dann sag es mir endlich! Oder willst du mich dumm sterben lassen?«, fragte Inge drängend.

Lexa musste erneut lachen. »So schnell stirbst du schon nicht. Immerhin soll die Kleine laut Aussage meines Arztes spätestens in einer Woche kommen!«

»Es ist also ein Mädchen«, schloss Inge daraus. »Spürst du schon etwas?«

Lexa schüttelte den Kopf. »Nein, höchstens gelegentliche Tritte. Aber bis jetzt will die Kleine ihr warmes und gemütliches Heim noch nicht verlassen.«

»Dann warten wir eben so lange«, antwortete Inge und fragte Lexa, ob sie ihr Tee machen sollte.

»Rooibos mit Kirsch-Minze-Geschmack!«

»Gibt's den überhaupt?«, fragte Inge kopfschüttelnd.

»Ich habe mir einen Vorrat davon angemischt«, erklärte Lexa zufrieden.

»Dann kriegst du ihn auch. Mir wäre diese Sorte etwas zu extrem!« Inge stand auf und ging in die Küche, um Wasser aufzusetzen.

Lexa folgte ihr. Da sie nicht lange stehen konnte, verwendete sie ihren Rollstuhl, der bis vor Kurzem in den hintersten Winkel der Abstellkammer verräumt gewesen war.

Es hatte ein wenig gedauert, bis sie wieder richtig damit umgehen konnte, doch jetzt war sie froh um das Ding. Inzwischen war sie schwerfällig geworden und hatte Angst, beim Gehen anzustoßen oder gar zu fallen.

»So durstig? Dabei ist das Wasser noch gar nicht warm«, spottete Inge.

»Ich wollte dir nur zusehen!« Lexa stellte den Rollstuhl so, dass sie Inge nicht behinderte, und kam wieder auf ihre Mutter zu sprechen. Inge spürte, wie sehr deren Haltung die Freundin bedrückte, konnte ihr aber nicht helfen. Wiebke Fabarius' Liebe zu ihrem Sohn war nun einmal stärker als die zur Tochter. Lexa hätte es nur dann ändern können, wenn sie sich als Versehrte ganz der Herrschaft ihrer Mutter überlassen hätte. Doch dafür war ihre Freundin zu sehr auf ihre Unabhängigkeit bedacht.

Und ich wäre es auch, sagte Inge sich und wechselte das Thema. »Wenn dein Kleines auf der Welt ist und ich dich mit ihm allein lassen kann, werde ich mit Andreas' Mutter nach Montegrotto Terme fahren und mich dort in Fangomassen packen lassen.«

Sie beobachtete Lexa scharf und sah bei der Erwähnung von Andreas' Namen erneut ein Zucken auf deren Gesicht. Vielleicht, dachte sie, wird doch noch alles gut. Einfach aber würde es angesichts von Lexas Scheu und Andreas' Verbitterung nicht werden.

12.

Langsam sehnte Lexa sich danach, ihre kleine Untermieterin loszuwerden. Als der vom Arzt berechnete Zeitpunkt verging, ohne dass etwas geschah, überlegte sie, ob sie nicht doch einen Kaiserschnitt machen lassen sollte. Ihre Mutter, dachte sie, hätte ihr wahrscheinlich zugeraten. Mittlerweile hatte diese erfahren, dass es sich bei dem Baby nicht um einen Jungen, sondern um ein Mädchen handelte, und das Interesse an dem Kind verloren.

»Ich will ja nichts gegen deine Mutter sagen, aber offenbar gehört sie zu der Kategorie Frauen, für die nur Männer zählen«, meinte Inge kopfschüttelnd, während sie mit Lexa am Frühstückstisch saß.

»Ruth wird ihr schon den gewünschten Enkelsohn liefern«, antwortete Lexa mit einer gewissen Bitterkeit. »Immerhin hat Mama sie und Leon dazu gebracht, dass sie in zwei Wochen Verlobung feiern werden.«

»Das war aber nicht sehr höflich von ihr. Ich glaube kaum, dass du in zwei Wochen schon an der Feier teilnehmen kannst.«

Inge fand Lexas Mutter allzu selbstsüchtig und ärgerte sich, weil bei dieser die zukünftige Schwiegertochter schon jetzt mehr zu gelten schien als Lexa.

»Was machst du eigentlich, wenn Ruth bei dir aufhört und zu Leon nach München fährt? Sie wird doch sicher nicht bis hierher pendeln.«

»Ich werde erst mal eine Volontärin einstellen, und wenn die sich macht, sie später vielleicht sogar übernehmen«, antwortete Lexa.

»Du kannst nicht voll berufstätig sein und dich gleichzeitig um dein Kind kümmern.«

»Es muss gehen! Außerdem will Ruth noch ein paar Wochen bleiben, bevor sie zu Leon nach München zieht.«

»Das ist auch keine Lösung«, fand Inge. »Darüber sollten wir uns aber unterhalten, wenn die Kleine auf der Welt ist. Ich glaube nicht, dass es noch lange dauern wird. Es senkt sich doch ziemlich bei dir. Du solltest alles bereithalten, wenn es losgeht. Hast du Babykleidung?«

»Papa hat ein bisschen was besorgt. Es ist dort hinten im Schrank«, sagte Lexa und wies auf das Schubfach.

Als Inge es öffnete, sah sie zwei Strampelgarnituren in Blau vor sich und schüttelte den Kopf. »Das hat ihm wohl deine Mutter angeschafft, die unbedingt einen Enkelsohn haben wollte. Wir sollten auf jeden Fall noch etwas anderes besorgen. Ich bin zwar sonst nicht für Rosa, aber nur Blau fände ich für ein Mädchen doch zu wenig.«

»Ich weiß nicht, ob uns noch die Zeit dazu bleibt«, rief Lexa und griff sich stöhnend an den Bauch. »Es tut auf einmal so weh!«

Inge drehte sich zu ihr um, sah sie verkrampft auf dem Sofa sitzen und seufzte. »Hättest du nicht noch einen Tag warten können, bis ich die Babyausstattung besorgt hätte? Jetzt müssen wir das nehmen, was da ist. Hast du deine Sachen alle gepackt?«

»Das hast du selbst bereits letzte Woche getan!«

»Warum habe ich dann nicht an die Babykleidung gedacht?« Inge eilte in das Schlafzimmer und holte Lexas Reisetasche heraus. Als sie diese öffnete, um die Strampelanzüge hineinzutun, sah sie, dass sich bereits ein Beutel mit Babywäsche darin befand.

»Ich glaube, ich brauche Gehirnnahrung. Hier ist ja alles für unsere Kleine, und zwar in zartem Grün.«

»Als der Arzt mir sagte, dass es ein Mädchen werden würde, habe ich ein paar Sachen gekauft, wollte aber nicht das übliche Rosa nehmen«, antwortete Lexa. »Ich hatte es nur wieder vergessen.«

»Wir brauchen beide Gehirnnahrung«, meinte Inge kopfschüttelnd und nahm das Telefon zur Hand, um die Entbindungsstation anzurufen. Als dies geschehen war, wandte sie sich Lexa zu. »Dein Arzt hat bereits alles in die Wege geleitet. Du wirst gleich mit einem Krankenwagen geholt. Deine Prothesen wirst du wahrscheinlich bis in den Kreißsaal anbehalten wollen. Bei der Geburt solltest du sie aber ablegen. Die Kleine wird beim Anblick deiner Beinstümpfe schon nicht erschrecken!«

13.

Keine zehn Minuten später stand der Krankenwagen vor der Tür. Während die Sanitäter Lexa mit dem Rollstuhl nach draußen schoben, folgte Inge ihnen mit der Reisetasche.

»Die müssen Sie auch mitnehmen«, sagte sie zu den Sanitätern. »Den Rest bringe ich ins Krankenhaus. Lucia hat versprochen, mich zu fahren.« Das Letzte galt Lexa, die mit schmerzverzogener Miene nickte.

»Komm rasch nach! Kannst du vorher noch meine Familie informieren?«

»Damit dein Vater sich ins Auto schmeißt und hier auftaucht, bevor alles vorbei ist? Nein danke! Ich glaube, es reicht, wenn wir sie vom Ergebnis informieren. Zum Glück ist Ruth heute nicht da.«

Inge lächelte Lexa aufmunternd zu und sah sich dann Lucia gegenüber, die den Krankenwagen vom Fenster aus gesehen hatte und nun aus dem Haus kam.

»Ist es so weit?«, fragte sie.

»Sieht so aus« berichtete ihr Inge. »Kannst du mich mit den restlichen Sachen zum Krankenhaus fahren? So wie ich Lexa kenne, wird sie die Kleine mit einer Hand festhalten und stillen und mit der anderen den Laptop bedienen.«

»Also das kann ich mir beim besten Willen nicht vorstellen«, antwortete Lucia.

»Bei Lexa weiß man das nie!« Inge lachte und sah zu, wie der Krankenwagen losfuhr. »Jetzt müssten wir wissen, wie lange sie Lexa in der Klinik behalten.«

»Ich glaube nicht, dass sie so rasch entlassen wird. Mit ihrer Behinderung kann sie das Kleine nicht so versorgen, wie es nötig wäre.«

Inge musterte Lucia mit einem strafenden Blick. »Immerhin bin ich da und werde noch mindestens zwei Wochen bleiben. Danach wird Lexa froh sein, mich für eine gewisse Zeit los zu sein. Außerdem möchte ich spätestens Anfang Februar nach Montegrotto. Meine armen Knochen haben das verdient.«

»Ich bin ja auch noch da und kann helfen«, sagte Lucia. »Jetzt hoffe ich nur, dass sich Lexa nicht zu sehr abschinden muss. Als meine Lisa zur Welt gekommen ist, bin ich über zwanzig Stunden im Kreißsaal gelegen. Bei Tobias ging es zum Glück etwas schneller.«

»So lange sollte es wirklich nicht dauern«, meinte Inge und kehrte ins Haus zurück, um den Rest der Sachen, die Lexa brauchen würde, zu packen.

Unterdessen fuhr Lucia ihren Wagen aus der Garage und öffnete den Kofferraum. »Zum Glück ist es nicht weit zum Krankenhaus«, sagte sie, als Inge neben ihr Platz genommen hatte und den Sicherheitsgurt schloss.

Da zumeist ihr Mann am Steuer saß, war Lucia eine vorsichtige Autofahrerin und brauchte auch vor dem Krankenhaus einige Zeit, bis sie einen Parkplatz gefunden hatte, der ihr groß genug erschien. Die beiden stiegen aus, nahmen das Gepäck aus dem Kofferraum und betraten die Klinik.

An der Pforte war Lexa bereits gemeldet, und so erfuhren sie sofort deren Zimmernummer. Als sie das Zimmer betraten, war es bis auf die Reisetasche leer. Wie es aussah, war Lexa ungesäumt in den Kreißsaal verfrachtet worden war.

»Was machen wir jetzt?«, fragte Lucia.

»Ich werde hier warten. Fahr du doch nach Hause. Sobald ich mehr weiß, rufe ich dich an.«

»Gut.«

Während Lucia die Klinik verließ, suchte Inge den Kiosk auf, kaufte sich eine Zeitschrift und ein paar Schokoriegel und kehrte in Lexas Zimmer zurück. Dort setzte sie sich auf einen Stuhl, riss einen der Riegel auf und verspeiste ihn, während sie in der Zeitschrift blätterte. Ihre Gedanken waren jedoch bei Lexa, und sie fragte sich, wie es dieser gerade gehen mochte.

14.

Das Team im Kreißsaal achtete sorgsam darauf, so zu tun, als sähen sie Lexas Beinstümpfe nicht. Bislang hatte diese alles getan, um ihre Behinderung vor anderen Menschen zu verbergen. Im Augenblick war es ihr jedoch völlig gleichgültig, ob jemand die Stümpfe sah. Noch kamen die Wehen in größeren Abständen, doch die Schmerzen übertrafen alles, was sie erwartet hatte.

»Wie lange dauert es denn noch?«, stöhnte sie, als es wieder einmal schlimm wurde.

»Bis das Kind geboren ist«, antwortete die Hebamme und wischte ihr den Schweiß von der Stirn.

»Es sollte langsam kommen!« Lexa krümmte sich unter der nächsten Wehe.

»Keine Sorge! Wir hier sind alles Profis«, sagte der Arzt zu Lexa.

»Aber ich bin, was das Kinderkriegen angeht, noch eine reine Amateurin«, antwortete diese stöhnend.

»Sie machen das gut!«, lobte die Hebamme sie. »Es wird auch nicht mehr lange dauern. Die Fruchtblase kommt!«

Lexa spürte, wie etwas platzte, und dann lief es feucht über ihre Oberschenkel. Im Reflex zog sie die Beine an und spürte gleichzeitig die nächste Wehe.

»Es sieht aus, als würde es wirklich schnell gehen. Sobald die Presswehen kommen, müssen Sie nachhelfen!« Die Hebamme wischte ihr erneut den Schweiß von der Stirn und legte ihr die Hand auf die Schulter.

»Es wird alles gut werden, glauben Sie mir.«

Lexa konnte hinterher nicht sagen, wie lange es noch gedauert hatte. Auf einmal war es ihr, als würde ihr Leib zerrissen, und sie bäumte sich auf. Wie aus weiter Ferne hörte sie den Befehl »Pressen!« und gehorchte instinktiv. Kurz danach war es vorbei. Die Hebamme hielt das Kind in den Armen, während der Arzt es abnabelte. Danach legte er es auf Lexas Bauch.

»Hier haben Sie Ihr Mädchen. Ein paar Minuten sollte es bei Ihnen bleiben, bevor es gewaschen und gewogen wird.«

»Sie gibt keinen Laut von sich!«, rief Lexa ängstlich.

»Gleich tut es das.« Die Hebamme gab der Kleinen einen leichten Klaps auf den Po, und das Mädchen begann sofort zu protestieren.

Lexa zog ihre Tochter näher zu sich heran und sah sie an. Die Kleine war noch mit Schleim bedeckt, und ihr Gesichtchen leuchtete rot, trotzdem war es für sie das schönste Kind der Welt. »Jetzt habe ich dich!«, flüsterte sie sanft und hielt ihre Tochter umschlungen.

»Wir müssen sie waschen und wiegen«, mahnte die Hebamme und nahm ihr die Kleine ab.

Sofort verspürte Lexa das Gefühl eines tiefen Verlustes und kämpfte mit den Tränen.

»Wir kümmern uns auch gleich um Sie. Aber jetzt zum Kind! Gewicht 3426 Gramm, Größe 49 Zentimeter.« Während die Hebamme es diktierte, trug eine der Helferinnen die Zahlen in eine Liste ein.

Wenig später war die Kleine angezogen und schlief. Auch Lexa fühlte sich müde und war froh, als auch die Nachgeburt abging und die Hebamme sie waschen konnte. Diese half ihr, ihren Schlafanzug anzuziehen, und reichte ihr ein reichlich bemessenes Stück einer seltsam aussehenden Windel.

»Das sollten Sie sich unten reinlegen, bis sich alles wieder beruhigt hat«, sagte sie.

»Ich dachte, nur die Kinder bekommen Windeln.«

»Ihre Kleine braucht sie auf jeden Fall länger als Sie. Wir bringen Sie jetzt in Ihr Zimmer zurück. Ihre Kleine kommt gleich nach. Wir müssen sie nur noch untersuchen. Sollen wir ein Kinderbett in Ihr Zimmer stellen, oder ziehen Sie gesunden Schlaf vor?« Die Hebamme zwinkerte der Wöchnerin dabei zu.

»Ich möchte sie bei mir haben«, antwortete Lexa.

»Das ist für die Beziehung zwischen Mutter und Kind auch besser«, erklärte die Hebamme und verließ mit dem Säugling auf dem Arm die Station. Zwei Helferinnen fassten Lexa unter und trugen sie zu ihrem Bett, das außerhalb des Kreißsaals auf sie gewartet hatte. Als sie wenig später in ihr Zimmer geschoben wurde, war es draußen bereits Nacht.

Inge saß immer noch unter der Lampe am Tisch und sah ihr neugierig entgegen. »Ist alles gut gegangen?«

»Ich glaube, ja«, antwortete Lexa matt.

»Und? Wo ist unsere Kleine?«

»Die wird gleich gebracht!«, sagte eine der beiden Schwestern und fixierte Lexas Bett.

»Ruhen Sie sich jetzt ein wenig aus. Sie werden aber bald gebraucht, denn das Baby dürfte hungrig sein«, erklärte sie Lexa und verließ dann mit ihrer Kollegin den Raum.

»War's schlimm?«, fragte jetzt Inge.

Obwohl sie gedacht hatte, die Schmerzen kaum aushalten zu können, schüttelte Lexa den Kopf. »Nein, es ging. Es war ein wunderbares Gefühl, als die Kleine herausschlüpfte und ich sie in den Armen halten durfte.«

»In den Armen halten wirst du sie jetzt noch öfter, und sie wird dir mit der Zeit ganz schön schwer werden«, meinte Inge lächelnd. »Wie willst du sie überhaupt nennen? Vielleicht Charlotte?«

»Wie kommst du auf den Namen?«

»Na, ich denke wegen des Vaters. Beavershot hieß doch mit Vornamen Charles.«

»Nach dem Kerl nenne ich meine Kleine sicher nicht!«, stieß Lexa verächtlich hervor.

»Wie wär's mit Andrea? Das ist doch auch ein hübscher Name!« Inge ließ Lexa dabei nicht aus den Augen und sah, wie diese die Lippen zusammenpresste und kurz den Kopf wegdrehte.

»Weißt du was?«, sagte Lexa mit mühsam beherrschter Stimme. »Ich werde sie nach dir nennen, mit einem kleinen Unterschied.«

»Und der wäre?«

»Inga statt Inge!« Lexa hatte sich wochenlang wegen des Namens den Kopf zerbrochen und war froh, endlich einen gefunden zu haben, der ihr passend erschien.

»Auf die zukünftige Frau Dr. Inga Fabarius. Darunter wirst du's sicher nicht machen«, sagte Inge mit einem gewissen Spott, aber auch mit Freude, weil Lexa die Kleine nach ihr nennen wollte.

»Manchmal kannst du ganz schön bissig sein«, fand Lexa.

Inge lachte erneut. »Nur manchmal?«

Nun musste auch Lexa lachen. Im selben Moment wurde die Tür geöffnet, und die Hebamme kam mit einem fahrbaren Kinderbett herein.

»So mag ich es, wenn die Mütter gleich nach der Geburt so fröhlich sind. Das schafft nicht jede. Aber jetzt haben wir Hunger.«

»Glaube nicht, dass es hier um die Zeit für Sie noch etwas gibt«, spöttelte Inge.

»Ich meine auch nicht mich, sondern das Baby«, antwortete die Hebamme und wandte sich an Lexa. »Sie sollten jetzt Ihr Schlafanzughemd öffnen. Ich zeige Ihnen, wie Sie das Baby stillen können.«

Lexa gehorchte, und schon nach kurzer Zeit begriff die kleine Inga, wo es die warme, schmackhafte Milch gab. Die Hebamme atmete auf, denn damit war auch die letzte Hürde für sie genommen, und sie konnte an Feierabend denken. Inges Gedanken gingen in eine andere Richtung. In ein paar Tagen, wenn das Kind den Stress der Geburt überwunden hatte, würde sie es fotografieren. Nun aber sah sie zu, wie Lexa das Kind stillte und dabei so glücklich aussah, wie Inge sie noch nie gesehen hatte.

ZEHNTES KAPITEL

Amors Schliche

1.

Inge Kastler rekelte sich auf ihrem Liegestuhl und blickte Sonja Janning fröhlich an. »Schön, dass wir es doch noch geschafft haben, nach Montegrotto zu fahren!«

»Ich dachte schon, es würde überhaupt nicht mehr klappen. Wieso musstest du eigentlich so lange bei Frau Dr. Fabarius bleiben? Bisher hatte ich den Anschein, als würde die Frau überhaupt niemanden brauchen.«

Andreas' Mutter trug es Lexa nach, dass ihr Sohn im letzten Jahr auch noch jeden Rest an Lebensfreude verloren hatte. Wie konnte eine so schöne und sympathisch erscheinende Frau so kalt sein, einen Mann wegen eines kleinen körperlichen Gebrechens von einem auf den anderen Tag stehen zu lassen?, fragte sie sich. Außerdem ärgerte sie sich, dass sie und Inge um Lexas willen ihren seit Langem geplanten Aufenthalt in Montegrotto um Monate hatten verschieben müssen.

Inge spürte die schlechte Laune ihrer Begleiterin und lächelte. »Weißt du, ich fühle mich ein wenig für Lexa verantwortlich, seit ich sie vor knapp drei Jahren in der Rehaklinik kennengelernt habe.«

Der Hinweis brachte nicht die erhoffte Wirkung, daher beschloss Inge, direkter zu werden. »Reden wir nicht von Lexa. Ich habe hier ein hübsches Babybild. Willst du es sehen?«

Mit den Worten reichte sie ihr das Smartphone, auf dessen Display sie das Bild der kleinen Inga aufgerufen hatte, und sah gespannt zu, wie ihre Freundin das Foto ansah. Zuerst kniff diese die Augen zusammen und schüttelte irritiert den Kopf.

»Aber das ist doch Andreas! Wie kommst du zu dem Bild? Ich

kann mich allerdings nicht erinnern, dass er je einen grünen Strampelanzug angehabt hätte.«

»Schau ein Bild weiter!«, forderte Inge Sonja auf. Die tat es und keuchte auf.

»Bei Gott, das ist doch Lexa! Und mit einem Baby an der Brust!«

»Dem Baby, das du eben gesehen hast«, erwiderte Inge. »Aber ich glaube, du hast irgendetwas auf dem Bild noch nicht bemerkt.«

»Was denn?«, fragte Sonja verwirrt.

»Schau dir Lexas Beine an!«

Sonja stieß einen Schrei aus, der andere Gäste im Thermalbad erschreckte.

»Ist etwas? Brauchen Sie Hilfe?«, fragte eine Frau auf Italienisch. Inge, die diese Sprache verstand, übersetzte es für Sonja.

Diese schüttelte den Kopf. »Entschuldigen Sie, das wollte ich nicht. Es tut mir leid.«

»Sie sind wahrscheinlich eingeschlafen und haben schlecht geträumt«, mischte sich eine Deutsche ein.

»So ähnlich«, antwortete Sonja und sah Inge mit entsetzter Miene an. »Sie hat gar keine Füße!«

»Ich sagte ja, dass ich sie in der Rehaklinik kennengelernt habe. Sie musste dort lernen, ohne Füße zu leben.«

»Das begreife ich nicht!«, sagte Sonja kopfschüttelnd. »Sie ging doch elegant und grazil, während mein Junge, der nur einen Fuß verloren hat, ein leichtes Hinken nicht vermeiden kann.«

»Lexa besitzt verdammt teure Prothesen. Solche hätte Andreas sich auch besorgen können, aber Männer haben für so etwas keinen Sinn. Lieber bedauern sie sich selbst und hassen die Welt, die so gemein zu ihnen ist.«

»Hätte das eine andere über meinen Jungen gesagt, wäre ich jetzt beleidigt«, sagte Sonja. »Doch wenn ich ehrlich bin, hast du leider recht. Aber ganz verstehe ich das nicht. Wie kommt Lexa zu einem Baby, das genauso aussieht wie mein Andreas damals?«

»Darüber sollten wir uns besser bei einem kleinen Espresso unterhalten, ohne dass die halbe Welt zuhören kann«, antwortete Inge und stand auf. »Vorher drehe ich noch eine Runde im Becken.«

Sonja bedachte sie mit einem Blick, als würde sie sie am liebsten in die nächste Ecke zerren und alles an Informationen aus ihr herausquetschen.

Inge sagte sich, dass ihre Freundin Zeit brauchte, um das, was sie eben erfahren hatte, zu verarbeiten. Daher legte sie ihren Bademantel auf die Liege und stieg in das warme Thermalwasser. Nach dem Schnee und den kalten Temperaturen in Deutschland tat es gut, darin zu baden und sich zu entspannen. Bei dem Gedanken lachte Inge leise vor sich hin. So, wie sie Andreas' Mutter kannte, würde es mit dem Entspannen so schnell nichts werden.

Zu lange wollte sie Sonja dann auch nicht auf die Folter spannen. Nach einer Viertelstunde stieg sie aus dem Becken und nahm ihre Sachen an sich.

»Ich gehe jetzt auf mein Zimmer. Treffen wir uns in einer halben Stunde in der Lobby?«

»Ich werde dort sein«, antwortete Sonja und sah angespannt hinter Inge her, die in bester Laune die Badehalle verließ und mit dem Aufzug nach oben fuhr. Erst nach einer gewissen Zeit merkte sie, dass sie ebenfalls noch ihren Badeanzug und den Bademantel trug. Da sie sich so unmöglich in die Bar setzen und einen Kaffee trinken konnte, kehrte auch sie in ihr Zimmer zurück.

2.

»Ich weiß nicht genau, was zwischen den beiden vorgefallen ist, aber ich kann mir einiges zusammenreimen.« Mit diesen Worten beendete Inge ihren Bericht und rief dem Kellner zu, ihr einen Campari Soda zu bringen.

»Den habe ich jetzt verdient«, meinte sie.

Sonja Janning starrte auf ihren Kaffee, der längst kalt geworden war, und schüttelte sich. »Das arme Mädchen tut mir leid. Es muss fürchterlich für sie gewesen sein.«

»Andere wären daran zerbrochen, doch sie hatte die Kraft, ihr Leben nach ihrer eigenen Vorstellung einzurichten, auch wenn es eine Entfremdung von ihrer Familie und damit viel Einsamkeit für sie bedeutet hat.«

»Aber warum hat sie Andreas so vor den Kopf gestoßen? Er hätte sie doch verstanden!«, fragte Sonja erregt.

»Wahrscheinlich aus Angst, von ihm ebenso abgewiesen zu werden wie von ihrem früheren Freund.«

»Ich habe diesen Max nur einmal erlebt, und er war mir äußerst unsympathisch. Mein Junge ist da ganz anders. Er hätte Lexa niemals im Stich gelassen.«

»Sagt seine Mutter …«, wandte Inge lächelnd ein. »Lexa sieht die Sache anders. Sie glaubt, dass alle Männer sie für einen Freak halten würden, wenn sie erführen, dass sie keine Füße mehr hat.«

»Andreas tut das sicher nicht! Er wird sich freuen, dass Lexa weiß, was es heißt, nicht mehr vollständig zu sein. Wir müssen es ihm sagen, dann wird alles gut.« In diesem Augenblick hätte Sonja am liebsten den Aufenthalt in Montegrotto Terme abgebrochen, um nach Hause zu ihrem Sohn zu fahren.

Inge schüttelte den Kopf. »Lexa würde glauben, es ginge ihm nur um das Kind, und sich querstellen. Sie wird eher behaupten, dass es von einem Samenspender stammen würde als von Andreas.«

»Was mit einer DNA-Probe leicht zu widerlegen wäre«, wandte Sonja ein.

»Damit würde Andreas jedes Vertrauen zerstören, das Lexa jemals zu ihm gehabt hat. Erst wenn sie bereit ist, dazu zu stehen, wie sie ist, haben wir eine Chance.«

»Aber es muss eine Möglichkeit geben«, jammerte Sonja. »Es ist doch mein Enkelkind.«

»Zumindest glaube ich das. Von diesem englischen Samenspender stammt es jedenfalls nicht. Ich habe mich nämlich, als ich bei Lexa war, ein wenig als Spionin betätigt und ihre Unterlagen durchgesehen. Ihre Kommentare über diesen Kerl sind eindeutig. Außerdem hätte sie nach ihrem Paris-Aufenthalt in diese Spezialklinik nach Holland fahren müssen. Stattdessen war sie in Orscholz, und das ist etwas, was sie mir nicht erzählt hat.« Inge trank einen Schluck ihres Campari und atmete tief durch. »Wir werden uns etwas einfallen lassen müssen, um diese verfahrene Situation zu bereinigen. Ich weiß nur noch nicht, was.«

Sonja rieb sich über die Stirn, als könne sie damit ihren Gedanken Flügel verleihen. »Wir haben noch fast zwei Wochen Zeit, um uns etwas auszudenken. Aber jetzt zeige mir noch einmal das Bild meiner Enkelin.«

Diesen Gefallen erfüllte Inge ihr gerne. Sonja sah das Bild an und kämpfte mit den Tränen. »Sie sieht genauso aus wie Andreas als Baby. Sie hat noch feinere Gesichtszüge, aber die Ähnlichkeit ist frappierend.«

»Es ist ein schönes Kind, hat ja auch eine schöne Mutter. Nur wird es nicht leicht werden, Lexa davon zu überzeugen, dass wir es gut mit ihr meinen.« Inge seufzte. »Vielleicht fällt dir etwas ein.«

»Ich bin immer noch dafür, dass wir Andreas das Bild von Lexa mit dem Kind an der Brust zeigen.«

»Wenn er dann auf sie zukommt, wird sie sich verkriechen wie ein Einsiedlerkrebs in seinem Schneckenhaus. Ich kenne sie!« Inge schüttelte den Kopf und bestellte sich einen Fernet Menta, um ihre Nerven zu beruhigen.

»Aber Andreas muss es erfahren!«, stieß Sonja hervor.

»Aber nicht direkt durch uns. Ich hatte mir auch überlegt, beim Bayerischen Rundfunk nachzufragen, ob sie nicht eine Reportage über Lexa machen könnten. Aber als ich dort angerufen habe, bin ich harsch abgewimmelt worden.« Inge klang verärgert, hatte aber mit dieser Bemerkung bei Sonja etwas in Bewegung gesetzt.

»Eine meiner Schulfreundinnen ist Redakteurin bei einer Zeitschrift. Die bringen meistens politische Sachen, ein wenig Kultur und einiges an Wirtschaft.«

»Wirtschaft! Das wäre es. Immerhin ist Lexa eine erfolgreiche Anlageberaterin. Wenn diese Frau einen Artikel über sie schreibt, könnten wir ihn Andreas zeigen und er damit zu Lexa gehen«, sagte Inge begeistert.

»Du meinst, das wäre besser, als wenn wir es ihm sagen?« So ganz war Sonja nicht davon überzeugt, doch Inge nickte eifrig.

»Es wäre weitaus besser, denn damit hätte Lexa sich offiziell geoutet. Solange sie das nicht tut, wäre sie mir böse, weil ich ihr Vertrauen missbraucht habe, und würde Andreas zurückweisen.«

»Ich hoffe, du hast recht. Allerdings weiß ich nicht, ob Hanna so einen Artikel schreibt.« Sonjas Antwort kam etwas zögernd, doch Inge kannte hier keine Bedenken.

»Ruf sie an, wenn wir wieder zu Hause sind!«

»Ich kann es doch gleich machen.«

»Das halte ich nicht für klug. Zuerst muss Lexa wieder zu sich kommen und ein halbwegs normales Leben führen. Dann ist sie vielleicht offen für eine Interviewanfrage.«

»Ich will mein Enkelkind so schnell wie möglich sehen«, wandte Sonja ein.

»Ja, mein Kleines, kriegst auch gleich ein Eis«, spottete Inge, um dann ernst zu werden. »Wenn wir die Sache verderben, siehst du es vielleicht niemals. An diese Sache müssen wir strategisch herangehen, und das heißt, warten zu können, bis die Gelegenheit günstig ist.«

»Aber Andreas muss es erfahren!«

»Das halte ich ebenfalls für falsch«, widersprach Inge. »Wenn es so weit ist, brauchen wir seine ungekünstelten Emotionen. Lexa würde es merken, wenn er nur so tut, als hätte er es eben erst erfahren. Außerdem hat er dann keine Chance, sich zu verquatschen.«

»Das würde er nicht!«

»Wir haben es hier nicht mit einer oberflächlichen Tussi zu tun, die froh ist, einen Mann abzukriegen, sondern mit einer intelligenten, scharfsinnigen jungen Frau, die der Welt misstraut. Ein falsches Wort und wir können unseren schönen Plan vergessen.« Inge klang eindringlich, um zu verhindern, dass Sonja in ihrer Ungeduld einen Fehler beging. »Lexa muss dazu bereit sein, Andreas anzuhören und ihn nicht sofort hochkant zur Tür hinauszuwerfen! Außerdem hat sie ihr Kleines, wie es ihr Wunsch gewesen war, und bewacht es wie eine Tigerin ihr Junges. Käme jetzt der Vatertiger hinzu, würde er gebissen!«

»Vergleiche ziehst du!«, rief Sonja aufgebracht, beruhigte sich aber rasch und betrachtete erneut das Foto der kleinen Inga. »Ich bete, dass alles gut geht. Es würde mir das Herz brechen, wenn meine Enkelin aufwachsen würde, ohne dass ich sie in die Arme schließen könnte.«

»Daher sollten wir alles tun, damit es dir möglich ist. Aber kannst du mir sagen, wo der Ober schon wieder bleibt? Mein Glas ist leer, und auf dieses Gespräch hin brauche ich noch einen Fernet Menta.«

3.

Die Familie war vollzählig versammelt, um ihr jüngstes Mitglied willkommen zu heißen. Allerdings tat Lexas Mutter so, als interessiere sie die kleine Inga überhaupt nicht. Neben einigem anderen hatte sie es ihrer Tochter nicht verziehen, dass diese Inge Kastler ihr vorgezogen hatte. Außerdem war Inga ein Mädchen, und sie hätte lieber einen Enkel gehabt. Ruths Augen hingegen leuchteten bei Ingas Anblick in einem warmen Licht. Lexa ahnte, dass in der jungen Frau die biologische Uhr zu ticken begann. Ihr Bruder würde womöglich schneller Vater werden, als er annahm.

Anders als seine Frau betrachtete Jürgen Fabarius seine Enkeltochter mit nassen Augen. Zwar wagte er es nicht, das zarte Wesen aufzuheben und in den Arm zu nehmen, dafür aber klopfte er Lexa sanft auf die Schulter.

»Gut gemacht! Sie ist wunderschön!«

»Danke, Papa!« Lexa sah dankbar zu ihm auf, als die Kleine zu weinen begann. »Es sieht aus, als hätte Inga Hunger«, sagte sie entschuldigend und stand auf.

»Ich habe auch Hunger«, meldete sich ihre Mutter und sah die anderen an. »Leon hat von einem guten Lokal in der Innenstadt erzählt. Kommt ihr mit?«

Leon nickte, während Ruth mit brennenden Augen zusah, wie Lexa ihre Tochter aus dem Bettchen hob und sich mit dem Rücken zu den anderen hinsetzte, um die Kleine zu stillen.

»Die Höflichkeit hätte geboten, auch Lexa zu fragen, ob sie mitkommen will«, raunte Jürgen Fabarius seiner Frau verärgert zu.

»Sie wird das Kind sicher nicht hier lassen, und ich habe ehrlich gesagt keine Lust, mir beim Essen dessen Geschrei anzuhören.«

Der herzlose Ausspruch der Mutter war auch Leon zu viel, und er winkte Ruth zu sich. »Wir beide werden nächstes Wochenende allein zu Lexa fahren. Das wird sicher harmonischer. Ich weiß nicht, was in Mama gefahren ist. So kenne ich sie gar nicht.«

»Sie ist immer noch auf hundertachtzig, weil Lexa Inge Kastler geholt und das Baby dann auch noch nach dieser Inga genannt hat«, antwortete seine Freundin und schüttelte den Kopf. »Nächstes Wochenende können wir nicht kommen. Da feiern wir doch Verlobung!«

Leon schluckte das »Das hätte ich beinahe vergessen« gerade noch rechtzeitig hinunter und verabschiedete sich von Lexa.

»Bis bald, Schwesterherz!«

»Kommt gut nach Hause und viel Spaß bei eurer Verlobung!«, antwortete Lexa.

»Willst du nicht doch versuchen zu kommen?«, fragte ihr Vater.

Lexa schüttelte den Kopf. »Ich möchte Mama nicht durch das Geschrei meiner Kleinen stören.«

Der Hieb saß. Wiebke Fabarius verließ mit hochrotem Kopf das Zimmer und vergaß bei ihrem Abgang sogar ihre Handtasche.

Lexa sah es und hielt Ruth auf. »Wärst du so gut, Mamas Handtasche mitzunehmen?«

Ruth nickte und hob sie auf. »Bis bald, Lexa!«

»Feiert schön!«, antwortete Lexa.

Sie war traurig, sie wäre gerne zur Verlobung gekommen. Der Ausspruch der Mutter über das schreiende Kind machte es ihr jedoch unmöglich.

»Dabei schreist du doch gar nicht«, sagte sie zu Inga, als alle gegangen waren. Nachdem die Kleine sich satt getrunken hatte, wechselte Lexa ihr die Windeln und trug sie ein wenig in der Wohnung herum, damit sie aufstoßen konnte. Zu ihrer Erleichterung konnte sie nach der Geburt die Prothesen wieder ganz normal verwenden, ohne Angst haben zu müssen, irgendwo anzustoßen und das Gleichgewicht zu verlieren.

Nach einer Weile setzte sie sich hin, nahm das Kind auf den Schoß und streichelte es. Die Einsamkeit kroch jedoch aus jedem Winkel ihrer Wohnung, und sie kämpfte gegen die Tränen an. Bis vor wenigen Tagen war Inge bei ihr gewesen, und obwohl die Frau teilweise recht harsch sein konnte, vermisste sie sie. Am liebsten hätte sie die Freundin angerufen und gebeten wiederzukommen. Doch Inge war in Montegrotto Terme und hatte sich die Fangoanwendungen und das Bad in dem warmen Thermalwasser wahrlich verdient.

Wenn ich wenigstens mit Andreas telefonieren könnte, dachte sie. Aber auch das ging nicht, denn er würde sie und das Kind bestimmt nur als eine Last ansehen, mit der er nichts zu tun haben wollte.

»Warum können die Menschen mich nicht so nehmen, wie ich bin?«, sagte sie verzweifelt.

Und doch ärgerte sie sich, weil sie auf der Rückfahrt von Orscholz Andreas' Visitenkarte weggeworfen hatte. Einen Moment lang überlegte sie, Inge anzurufen und sie wenigstens um die Telefonnummer von Andreas' Mutter zu bitten. Doch was sollte sie Sonja Janning sagen? Vielleicht »Guten Tag, Sie können Ihrem Sohn ausrichten, dass er Vater geworden ist«?

Lexa musste lachen bei der Vorstellung, was für ein Gesicht die Frau machen würde. »Es ist besser, sie und Andreas wissen nicht, dass es dich gibt, mein Schätzchen«, sagte sie sanft zu ihrer Tochter, die aus großen Augen zu ihr aufsah und die Ärmchen so bewegte, als wolle sie diese nach ihr ausstrecken.

4.

Die Tage vergingen, und langsam kehrte die Routine in Lexas Leben zurück. Im Haushalt hatte sie kaum etwas zu tun, denn ihre Putzfrau machte alles sauber, wusch bergeweise Wäsche, die durch Ingas Bedürfnisse anfiel, und Lucia Lechner übernahm weiterhin das Kochen.

Ihr blieb daher neben ihrer Arbeit genug Zeit, sich um die kleine Inga zu kümmern. Auch hier hatte sie Hilfe, denn die Hebamme kam jeden zweiten Tag, um ihr bei der Pflege des Kindes zur Hand zu gehen.

Nach ein paar Wochen nahm Ruth Urlaub und flog mit Leon nach Madeira. Es handelte sich um eine Art vorgezogener Hochzeitsreise, denn sie würden in weniger als einem Vierteljahr heiraten. Lexa wusste, dass sie dringend einen Ersatz für Ruth brauchte, hatte aber bis jetzt noch nicht die Energie aufgebracht, eine Stellenanzeige aufzugeben. Noch bewältigte sie die Arbeit allein, auch wenn sie dafür eine bis zwei Stunden am Tag länger am Computer verbringen musste. Da sie die kleine Inga bei sich hatte, fiel ihr das nicht schwer.

Es war eine stille, einsame Zeit, in der sie nur selten das Haus verließ. Der Winter gönnte sich einen kräftigen Nachschlag, dabei hatte sie zu Weihnachten beinahe im T-Shirt auf der Terrasse sitzen können.

Während der Schnee den Garten und die Dächer der Häuser bedeckte, war Lexas Arbeit von weiterem Erfolg gekrönt, denn sie hatte trotz ihrer Schwangerschaft ihren Verdienst erneut gesteigert. Mehr denn je war sie froh, sich rechtzeitig von Lehmann getrennt zu haben. Dessen Sozietät war mittlerweile zerbrochen, und das Letzte, was sie gehört hatte, war, dass Reuter, Kärner und Mahler einen Prozess gegen ihn in Gang gesetzt hatten.

Das Klingeln des Telefons riss Lexa aus ihren Gedanken.

Sie meldete sich. »Hier Vermögensberatung Fabarius, guten Tag!«

»Guten Tag! Mein Name ist Hanna Mauritz von der Wirtschaftsredaktion des *Magazin*. Spreche ich mit Frau Dr. Alexandra Fabarius?«

»Ich bin selbst am Apparat«, antwortete Lexa verwundert.

»Wissen Sie, Frau Dr. Fabarius, wir bringen immer wieder Interviews und Reportagen über ganz besondere Menschen und würden uns freuen, wenn wir auch mit Ihnen sprechen könnten.«

»Ich wüsste nicht, was an mir besonders wäre!« Lexas Stimme klang ablehnend, doch die Frau am anderen Ende der Leitung lachte nur leise.

»Das sehe ich anders! Sie waren doch bis vor drei Jahren Mitglied der Sozietät Lehmann in München, haben sich dann von ihm getrennt und arbeiten nun selbstständig und außerordentlich erfolgreich als Anlageberaterin. In der Zeit haben Sie auch noch ein Kind geboren und sind daher ein Vorbild für viele Frauen. Ich würde mich sehr freuen, wenn wir mit Ihnen sprechen dürften.«

Lexa schwankte. Zum einen lebte sie sehr zurückgezogen, auch wenn sie dies manchmal bedauerte, zum anderen war ein Artikel in einer großen Zeitschrift die beste Werbung für sie. Vielleicht, sagte sie sich, schlug sogar Andreas das Blatt auf und sah, dass auch ein Freak wie sie etwas erreichen konnte. Dieser Gedanke gab tatsächlich den Ausschlag.

»Also gut! Ich werde mit Ihnen reden.«

»Sehr schön!«, klang es erleichtert zurück. »Wäre Ihnen der nächste Montag um elf Uhr vormittags recht?«

»Auf jeden Fall lieber als um elf Uhr nachts«, antwortete Lexa und erntete erneut ein leises Lachen.

»So lange wird es sicher nicht dauern«, sagte die Reporterin noch und verabschiedete sich.

Als Lexa auflegte, fragte sie sich, ob sie richtig gehandelt hatte. Ein Blick auf ihren Terminkalender verriet ihr, dass sie Montag vor elf Uhr zwei wichtige Telefonanrufe erledigen musste. Was sonst anfiel, konnte Ruth erledigen. Diese würde mit Leon zusammen am Sonntagvormittag zurückfliegen und spätestens am Abend wieder hier in Mühldorf sein.

Mit diesen Gedanken holte sie Inga aus dem Bettchen, um sie zu stillen, während sie ihre Vermieterin oben in der Küche rumoren hörte. An diesem Mittag sollte es Spaghetti mit Tomatensoße geben. Lexa freute sich darauf und auch auf das Gespräch mit Lucia. Deren Mann war wieder einmal nach Hamburg zu ihrem Sohn gefahren, und so war sie ebenfalls allein.

Es dauerte auch nicht lange, da streckte Lucia den Kopf zur Tür herein. »Das Essen ist fertig!«

Lexa prüfte Ingas Windel und fand, dass ein Wechsel bis nach dem Essen warten konnte. Daher nahm sie die Kleine auf den

Arm und legte sie in der Küche in den großen Korb, den Lucia ihr besorgt hatte.

»Na, wie geht es unserer Süßen?« Verzückt sah Lucia auf Inga hinab. Die Kleine strampelte mit Armen und Beinen und gab fröhliche Laute von sich.

»Das heißt, du bist satt und hast noch eine trockene Windel«, schloss Lucia daraus und teilte die Spaghetti aus.

Es schmeckte wie immer ausgezeichnet. Lexa lobte ihre Vermieterin, dabei entging ihr nicht, dass diese etwas bedrückte.

»Ist etwas geschehen?«, fragte sie.

Lucia schüttelte zuerst den Kopf, holte dann aber eine Visitenkarte aus der Schürzentasche und streckte sie Lexa hin. Die Adresse war die Herbertstraße in St. Pauli und der Name des Etablissements eindeutig.

»Ich frage mich, ob mein Anton deswegen so oft nach Hamburg fährt«, sagte sie bitter.

»Der Verdacht könnte einem kommen«, meinte Lexa nachdenklich. »Ich kann mir aber nicht vorstellen, dass er in einem solchen Fall die Visitenkarte behalten hätte. Ich vermute eher, dass er sich diese verrufene Gegend einmal hat ansehen wollen, und jemand hat ihm dabei diese Karte in die Hand gedrückt. Da er sie nicht einfach auf den Boden werfen wollte, hat er sie eingesteckt und vergessen. Ich glaube, er wird ganz schön dumm schauen, wenn du ihm diese Karte unter die Nase hältst.«

»Du meinst, ich soll sie Anton zeigen?«, fragte Lucia verwundert.

»Das ist auf jeden Fall besser, als monatelang mit einem Verdacht herumzulaufen und im ungünstigsten Moment zu explodieren.«

Lucia sah Lexa erleichtert an. »Du hast recht. Du solltest Eheberaterin werden.«

»Mir reicht mein jetziger Job«, antwortete Lexa und aß mit Appetit weiter. Sie konnte sich zwar vorstellen, dass Toni Lechner mal aus

Neugier in dieses Bordell gegangen war, hielt ihn aber nicht für fähig, es laufend zu tun. Dafür liebte er seine Lucia doch zu sehr.

Der Gedanke traf einen Nerv in ihr. Sie hatte niemanden, der sie wirklich liebte. Vielleicht würde Andreas die Verantwortung für das gemeinsame Kind übernehmen, aber das war auch schon alles. Sie atmete tief durch, sah dann zu Inga, deren verzogenes Schnütchen anzeigte, dass es jetzt doch Zeit für einen Windelwechsel war, und sagte sich, dass es sehr wohl jemanden gab, der sie liebte und der sie brauchte.

5.

Am Sonntagabend klingelte das Telefon. Es war Leon, und er klang kleinlaut. »Es tut mir leid, Lexa, aber Ruth hat sich auf Madeira fürchterlich erkältet. Tagsüber war es zwar schön warm, aber am Abend ist es doch kühler geworden, und sie ist trotzdem ohne Jacke auf der Terrasse sitzen geblieben. Sie muss morgen zum Arzt, hofft aber, in ein paar Tagen wieder fit zu sein.

»Sag ihr, sie soll sich richtig auskurieren und nicht als Bazillenmutterschiff hier auftauchen. Ich habe wenig Lust, mich anstecken zu lassen, und Inga erst recht nicht.«

»Das kann ich verstehen«, meinte Leon. »Wie geht es der Kleinen? Schreit sie wirklich so, wie Mutter prophezeit hat?«

»Inga ist ein sehr entspanntes Kind und schreit nur selten. Ich lasse sie aber auch nicht hungern oder mit schmutzigen Windeln liegen«, erklärte Lexa mit einer gewissen Schärfe.

Es ärgerte sie immer noch, dass die Mutter der Kleinen so wenig Beachtung schenkte und dann auch noch schlecht über sie redete.

»Mama sagt, du hättest als Baby auch immer geschrien, und meinte, deine Tochter würde nicht anders sein«, berichtete Leon weiter.

Von ihrem Vater hatte Lexa gehört, dass sie im Gegensatz zu ihrem Bruder ein sehr ruhiges Kind gewesen wäre, und schüttelte in Gedanken den Kopf über die Mutter. Für die war jedoch Leon alles gewesen, und sie nur … was eigentlich?, fragte sie sich. Sie wollte die Mutter jedoch nicht verdammen. Diese war nun einmal so, wie sie war.

»Richte Ruth meine besten Genesungswünsche aus und sage ihr, sie soll erst kommen, wenn sie völlig wiederhergestellt ist«, sagte Lexa und fragte dann ihren Bruder über die Reise aus.

»Bis zum vorletzten Tag, als Ruth sich verkühlt hat, war es ganz wunderbar! Wir haben ein nettes Paar aus Dortmund kennengelernt und kamen, von kleinen Fußball-Frotzeleien abgesehen, ausgezeichnet mit den Leuten aus. Deswegen sind wir ja auch an dem Abend sitzen geblieben, anstatt ins Hotel zu gehen.«

»So was ist Pech«, antwortete Lexa und hörte dann mit halbem Ohr zu, wie ihr Bruder von seiner Reise berichtete. Sie selbst war vor ein paar Jahren auf Madeira gewesen und fühlte plötzlich die Sehnsucht, wieder hinzufliegen. Doch solange Inga noch klein war, wollte sie es nicht tun. Wenn sie zusammen reisten, sollte ihre Tochter alles bewusst erleben und nicht wie ein Gepäckstück mitgeschleppt werden.

Als Lexa auflegte, fiel ihr ein, dass am nächsten Vormittag ja die Reporterin Hanna Mauritz kommen würde, und ärgerte sich, dieser zugesagt zu haben. Da Ruth ausfiel, musste sie die gesamte Arbeit allein bewältigten und konnte keine Störung brauchen.

Ihre Hand schwebte schon über dem Telefonhörer, um Hanna Mauritz anzurufen und ihr abzusagen. Die Disziplin, die sie sich bei ihrer Arbeit angewöhnt hatte, sagte ihr jedoch, dass Termine einzuhalten waren, es sei denn, man ging bereits mit dem Kopf unter dem Arm.

6.

Am Montag läutete es um Punkt elf an der Tür. Lexa war eine Stunde früher als gewöhnlich aufgestanden, um mit ihrer Arbeit so weit wie möglich zu kommen. Zufrieden mit dem, was sie geschafft hatte, ging sie zur Tür und öffnete.

»Guten Tag, ich bin Hanna Mauritz«, sagte eine schlanke, elegante Frau um die fünfzig mit einem modischen Kurzhaarschnitt. Begleitet wurde sie von einem blonden Pummelchen, das kaum über zwanzig sein konnte und eine riesige Tasche mit sich schleppte.

»Das ist Nicole, meine Fotografin«, stellte Hanna Mauritz sie vor.

»Angenehm! Ich bin Lexa Fabarius.« Lexa trat zur Seite, damit die beiden Frauen eintreten konnten.

»Sie kürzen Ihren Namen mit Lexa ab, warum?«, wollte Hanna Mauritz wissen.

»Als ich noch ein Kind war, gab es in unserer Wohnanlage einen Jungen mit dem Vornamen Alexander, den alle Alex genannt haben. Um mich von ihm zu unterscheiden, habe ich diese Form gewählt«, erklärte Lexa, während sie die Reporterinnen in ihre Wohnung führte.

»Sie haben sich sehr schön eingerichtet«, fand Hanna Mauritz und schaute bewundernd den Sekretär an, den Lexa in Paris erstanden hatte. »Darf Nicole Fotos machen?«

»Gerne!« Lexa hätte zwar lieber gefragt: »Muss das sein?«, aber sie hatte diesem Termin zugestimmt und wollte jetzt nicht zicken.

»Ich frage Sie jeweils, ob ich das Motiv aufnehmen kann«, sagte Nicole lächelnd.

»Das wäre mir lieb!« Lexa lächelte ihr zu und fragte, ob die beiden etwas zu trinken haben wollten.

»Ein Glas Wasser ohne Kohlensäure, wenn Sie haben. Es reicht aber auch Kranenwasser«, antwortete Hanna Mauritz.

Lexa ging zum Kühlschrank und holte eine Flasche Mineralwasser heraus. Während sie zwei Gläser füllte, sah Hanna Fabarius sich um und blieb zuletzt neben Ingas Kinderbett im Büro stehen.

»Ein liebes Baby. Wie alt ist es?«, fragte sie durch die offene Tür.

»Etwas mehr als einen Monat! Aber das werden Sie nicht fotografieren.«

»Um Gottes willen, wo denken Sie hin!«, rief Hanna und zwinkerte der Kleinen zu.

»Die ist wirklich süß«, meinte sie zu Nicole. Diese nickte und betrachtete das Arbeitszimmer mit den beiden Computern. »Hier lässt es sich aushalten!«

»Vor allem jetzt, wo es draußen wieder zu schneien beginnt.« Hanna Mauritz schaute durch das Fenster in den Garten hinaus, der unter einer weißen Decke lag.

»Im Sommer ist es hier sicher besonders schön«, sagte sie zu Lexa, die eben mit den beiden Wassergläsern ins Zimmer kam.

»Ich kann Ihnen auch Tee kochen«, bot diese an.

»Nein, danke! Wasser reicht. Wie ich Ihnen bereits am Telefon sagte, schreibe ich für die Wirtschaftsredaktion unserer Zeitschrift, und da ist es naheliegend, mit Ihnen über den Fall der Sozietät Lehmann zu sprechen. Sie waren ja bis vor drei Jahren Mitglied dieser Gemeinschaft und haben sicher erfahren, dass es zu einem Prozess kommen wird. Außerdem soll Lehmann wegen Beihilfe zur Steuerflucht belangt werden. Was können Sie dazu sagen?«

»Bedauerlicherweise gar nichts«, antwortete Lexa. »Seit meinem Ausscheiden aus der Sozietät habe ich keinen Kontakt mehr zu den Leuten und bin auf das angewiesen, was ich in der Zeitung darüber lesen kann.«

»Hat Ihr Ausscheiden aus der Gruppe etwas mit diesen finanziellen Machenschaften zu tun?«, fragte Hanna Mauritz weiter.

Lexa sah sie spöttisch an. »Ist das hier ein Interview oder ein Verhör? Jedenfalls hatte mein Ausscheiden andere Gründe. Da die Gruppe Lehmann, wie Sie sie nennen, aus für sich allein arbeitenden Mitgliedern bestand, die nur durch eine gemeinsame Buchhaltung verbunden waren, kann ich nichts über meine damaligen Kollegen sagen. Ich persönlich habe meine Klienten nur beraten, ihnen aber keine Hilfe zur Steuerhinterziehung geleistet. Das hat auch das Finanzamt festgestellt, das in den letzten Jahren zwei Steuerprüfungen bei mir veranlasst hat.«

Inzwischen ärgerte Lexa sich, dem Treffen zugestimmt zu haben, denn die Reporterin hörte sich ganz so an, als wolle sie versuchen, sie in den Skandal um die Sozietät Lehmann hineinzuziehen.

»Wie ich Ihnen schon sagte, habe ich mich vor fast drei Jahren von Lehmann getrennt und bin meinen eigenen Weg gegangen«, setzte sie etwas schärfer hinzu.

»Und das durchaus erfolgreich!«, sagte Hanna Mauritz anerkennend. »Sie haben sich einen guten Namen in einem Geschäftszweig erarbeitet, in dem es doch einige schwarze Schafe gibt.«

»Ich bin jedenfalls keines.« Lexa lächelte, obwohl sie die Reporterin am liebsten zur Tür hinausgeworfen hätte.

So, als würde sie die Warnung verstehen, ging Hanna Mauritz auf ein anderes Thema über. »Sie haben es geschafft, Beruf und Mutterschaft miteinander zu vereinbaren. Das war sicher nicht immer leicht.«

»Mir ist es gelungen«, antwortete Lexa knapp.

»Aber Sie konnten gewiss nicht bis zu Ihrer Entbindung arbeiten und hinterher auch nicht gleich wieder.«

»Eine Angestellte kann in Mutterschutz gehen. Als Freiberuflerin muss ich meinen Job erledigen. Ich habe am Morgen vor meiner Entbindung noch am Computer gearbeitet, und an dem Tag, an dem ich aus dem Krankenhaus entlassen worden bin, auch wieder – gleich am Abend. Allerdings habe ich es gut, denn meine Tochter ist bei mir, und ich kann mich ihr jederzeit widmen. Was ich übrigens auch jetzt wieder mache. Inga ist hungrig und würde sich bald lautstark melden.«

»Stillen Sie Ihr Kind?«, fragte Nicole.

Als Lexa nickte, sah Hanna Mauritz zur Tür. »Sollen wir das Zimmer in der Zeit verlassen?«

»Das wird nicht nötig sein.« Lexa holte die Kleine aus dem Bettchen und legte sie an die Brust. Zufrieden schmatzend begann Inga zu trinken und schlief noch beim letzten Tropfen wieder ein.

»Sie ist wirklich lieb«, fand Nicole, als Lexa das Baby zurück ins Bettchen legte.

»Sie sagen, Sie hätten noch bis zur Geburt gearbeitet«, fuhr unterdessen Hanna Mauritz fort. »Erzählen Sie uns bitte, wie das war! Es war gewiss nicht leicht für Sie. Als Schwangere hat man doch einen gewissen Umfang.«

»Vor meinen Bildschirm habe ich noch gepasst.« Lexa klang amüsiert, doch Hanna Mauritz störte sich nicht daran. Sie stellte weitere Fragen und lauschte aufmerksam den Antworten.

Zunächst ging es um allgemeine Dinge, die eine schwangere, berufstätige Frau betrafen. Einige Fragen galten auch Lexas Arbeit, aber was die betraf, gab Lexa nur ausweichend Auskunft, denn für sie war Verschwiegenheit oberstes Gebot. Als sie glaubte, das Interview wäre langsam vorbei, sah Hanna Mauritz sie mit einem schwer zu deutenden Blick an.

»Es heißt, Sie hätten vor etwa drei Jahren einen schweren Unfall gehabt. Wollen Sie dazu etwas sagen?«

Lexa schüttelte den Kopf. »Darüber spreche ich ungern.«

»Das verstehe ich«, antwortete Hanna Mauritz. »Allerdings wäre gerade Ihr Schicksal ein Vorbild für viele Frauen, die Ähnliches erleiden und daran zerbrechen. Sie könnten Ihnen zeigen, dass man trotz aller Schicksalsschläge das Leben meistern kann.«

Auf Lexas Nasenwurzel erschien eine kleine Falte. Was will die Frau?, dachte sie. Es geht doch niemanden etwas an, dass ich einen Unfall hatte.

»Wir sollten als Erstes erwähnen, dass Sie selbst an diesem Unfall vollkommen unschuldig waren«, erklärte Hanna Mauritz. »Sie waren quasi das Opfer der Umstände. Es war doch mit einem Motorrad, nicht wahr?«

»Sie sind ja gut informiert«, stieß Lexa hervor.

»Es ist mein Job, gut informiert zu sein«, antwortete Hanna Mauritz mit einer gewissen Anspannung. »Gerade über diese Sache habe ich wenig in Erfahrung bringen können. Im Polizeibericht war von sehr schweren Verletzungen die Rede. Es hieß, Sie hätten mehrere Monate in der Unfallklinik gelegen.«

»Mehrere Monate ist übertrieben«, antwortete Lexa mit gepresster Stimme.

Wer hat da etwas ausgeplaudert?, fragte sie sich. Die Kliniken unterstanden doch der ärztlichen Schweigepflicht. Andererseits konnte jemand, der an den Polizeibericht gekommen war, entsprechende Nachforschungen anstellen. Was genau geschehen war, schien jedoch auch Hanna Mauritz nicht zu wissen.

Mit einem Mal erschien ein verbissener Ausdruck auf Lexas Gesicht. Warum sollte sie sich nicht zur Wahrheit bekennen?, fragte sie sich. Ihre Klienten wussten, was sie an ihr hatten, und würden sich von dem Geschreibsel der Reporterin nicht beeinflussen lassen. Was die anderen betraf, so konnten diese ihr den Buckel runterrutschen.

»Ich war ein paar Wochen in der Unfallklinik und anschließend in der Reha«, erklärte sie.

»Das ist außergewöhnlich.« Hanna Mauritz musterte sie aufmerksam. »Sie haben das Leben damit dreifach gemeistert, als Unfallopfer, als Geschäftsfrau und als Mutter. Das wird unsere Leser und vor allem die Leserinnen sehr interessieren!«

»Ich glaube nicht, dass mein Leben als Vorbild für andere gelten kann. Immerhin hatte ich einen Beruf, den ich nach meinem Unfall ohne Einschränkungen fortsetzen konnte, und zum Zweiten war ich in der glücklichen Lage, gut genug zu verdienen, um mir das Leben erleichtern zu können.«

»Das mag alles stimmen«, sagte Hanna Mauritz freundlich. »Trotzdem sind Sie ein Vorbild, denn Sie beweisen allen, dass man sich niemals aufgeben soll. Auch wenn ich nicht genau weiß, welche Verletzungen Sie damals davongetragen haben, so müssen sie doch schwer gewesen sein.«

Und ob es schwer war, dachte Lexa und erinnerte sich an die schlimmen Tage in der Klinik, an denen ihr bewusst geworden war, dass ihr Leben nie mehr so sein würde wie zuvor. Sie hatte einen harten Kampf gegen ihre Familie, gegen ihre Umwelt und auch gegen sich selbst ausfechten müssen, um neu anfangen zu können. Mittlerweile war sie Mutter einer wunderschönen Tochter und dazu beruflich erfolgreicher als vor ihrem Unfall.

»Wollen Sie sehen, was es für Verletzungen waren?«, fragte Lexa aus dem Gefühl heraus, der Welt zu beweisen, dass auch ein Freak wie sie etwas erreichen konnte. Sie krempelte das linke Hosenbein hoch, zog den Strumpf aus und löste die Prothese.

Hanna Mauritz keuchte erschrocken auf, als sie den Unterschenkelstumpf sah, hinderte aber Nicole daran, ein Foto zu machen. »Wenn, dann geht das nur mit Erlaubnis von Frau Fabarius!«

Die Fotografin verzog das Gesicht, denn ein solches Bild hätte sicher eingeschlagen.

»Das ist noch nicht alles«, sagte Lexa leise und legte auch die rechte Prothese ab.

Irgendwie fühlte sie sich erleichtert, so, als wäre eine schwere Last von ihr abgefallen. Die Leute sollen mich so akzeptieren, wie ich bin. Wer es nicht tut, kann bei Goethe nachlesen, was Götz von Berlichingen in einem solchen Fall gesagt hätte. Da fiel ihr ein, dass der fränkische Reichsritter ebenfalls körperlich beeinträchtigt gewesen war. Doch auch er hatte es zu etwas gebracht, und das trotz seiner eisernen Hand.

»Das habe ich nicht erwartet!«, rief Hanna Mauritz erschrocken. »Das muss entsetzlich für Sie gewesen sein.«

»Ich habe sicher nicht darüber gelacht«, antwortete Lexa herb. »Aber ich hatte das Glück, nach dem Unfall in eine ausgezeichnete Klinik zu kommen und später in eine ebenso gute Rehaklinik in Oberfranken. Außerdem habe ich eine gute Freundin gefunden, die mir immer wieder Mut gemacht hat, wenn ich am Verzweifeln war.«

»Ich weiß nicht, ob ich das durchgehalten hätte!« Nicole schauderte es bei dem Gedanken, während Hanna Mauritz überlegte.

»Wären Sie bereit, ein Foto von sich machen zu lassen, das wir veröffentlichen können?«

»Ich weiß nicht!« Lexa war unschlüssig. Dann aber meldete sich ihr Trotz. »Also gut, von mir aus!«

»Ich möchte Ihre Beine nur indirekt zeigen. Könnten Sie die Jeans wieder drüberziehen?«

Lexa tat es und sah auf die leeren Enden, die schlaff herabhingen.

»So ist es gut«, erklärte Hanna Mauritz. »Bleiben Sie so auf Ihrem Schreibtischstuhl sitzen. Ich würde Ihre Prothesen aber gerne ins Bild bringen. Darf ich sie an den Schreibtisch lehnen?«

Als Lexa nickte, tat die Reporterin es und sah dann zu dem Kinderbett hinüber. »Es würde ein ganz starkes Bild, wenn Sie jetzt noch Ihr Baby im Arm halten würden!«

»Ich will nicht, dass ein Foto des Kindes veröffentlicht wird«, wandte Lexa ein.

»Keine Sorge! Man wird es nur von hinten sehen. Darf ich?« Als Lexa nicht gleich darauf antwortete, beugte Hanna Mauritz sich über die Kleine und hob sie vorsichtig hoch.

»Es ist ein sehr hübsches Kind«, sagte sie, als sie es Lexa reichte. Diese nahm ihre Tochter an sich und hielt sie so in den Armen, dass man nur wenig von ihr sah.

Unterdessen suchte Nicole sich die beste Position zum Fotografieren und bat Lexa, die Beine ein wenig anzuziehen, damit die losen Enden der Hosenbeine besser zu erkennen waren. Schließlich war sie zufrieden und nahm ihre Kamera in die Hand. Das rasche Klacken des Verschlusses erklang, dann suchte Nicole sich einen anderen Aufnahmewinkel und fotografierte erneut.

»So, ich glaube, das reicht«, meinte sie zuletzt zufrieden.

Lexa legte die Kleine auf den Schreibtisch, angelte sich die erste Prothese und legte sie wieder an. Da sie sich nun mit einem Fuß aufstützen konnte, schaffte sie es auch, die andere Prothese heranzuholen und ebenfalls zu befestigen. Danach stand sie auf, wiegte Inga auf den Armen, bis diese beruhigt die Augen schloss, und drehte sich zu Hanna Mauritz um. »Was wollen Sie jetzt noch wissen?«

»Ich glaube, ich habe alles, was ich brauche. Ich danke Ihnen! Es war sicher nicht leicht für Sie, aber ich bewundere Sie, wie Sie dem Schicksal getrotzt haben. Sie sind wirklich ein Vorbild für alle, und nicht nur für Menschen mit körperlichen Einschränkungen. Besten Dank! Ich wünsche Ihnen weiterhin viel Erfolg. Auf Wiedersehen!« Hanna Mauritz reichte Lexa die Hand, während Nicole ihre Kameraausrüstung wieder in ihrem Koffer verstaute.

»Auf Wiedersehen«, antwortete Lexa und setzte in Gedanken ein »nimmer« davor.

»Auf Wiedersehen«, sagte nun auch Nicole und schleppte ihre Tasche hinaus.

Lexa folgte den beiden Frauen bis zur Haustür, schloss diese und sah dann Lucia vor sich.

»Gott sei Dank sind sie endlich weg, sonst wären noch die Käsespätzle eingetrocknet. Ich bringe sie gleich hinunter.«

»Ich kann auch zu dir hochkommen«, antwortete Lexa. »Es wird aber einen Augenblick dauern, denn ich habe das Gefühl, dass Inga eine neue Windel braucht.«

»Ich decke inzwischen den Tisch. Aber du lässt die Kleine doch sicher nicht allein unten?«

»Die kommt mit auf die Eckbank, während wir essen«, antwortete Lexa und verschwand in ihrer Wohnung.

Während sie Inga wickelte, fragte sie sich, ob es richtig gewesen war, sich als Freak zu outen. Am liebsten hätte sie Hanna Mauritz angerufen und ihr erklärt, dass sie diese Tatsache weglassen und auch kein entsprechendes Bild bringen sollte. Dann aber erwachte erneut ihr Stolz. Sie war nun einmal so, wie sie war. Sollte sie diesen Teil von sich ewig verstecken?

Mit diesem Gedanken nahm sie ihre Tochter auf den Arm und stieg zur Wohnung der Lechners hinauf. Dort hatte Lucia bereits den Tisch für sie beide gedeckt. Als sie Lexas Teller füllte, zwinkerte sie ihr verschwörerisch zu.

»Mein Mann hat vorhin angerufen. Ich habe ihm gesagt, was ich in seiner Jackentasche gefunden habe. Es war ihm sehr peinlich, und er hat geschworen, dass er und unser Tobias nur ein Bier in der Nähe getrunken haben. Da hat ihnen jemand die Karte gegeben. Er hat sie eingesteckt und vergessen. Wär er wirklich in dieses Etablissement hineingegangen, hätte er die Karte auf jeden Fall verschwinden lassen.«

Es konnte stimmen oder auch nicht. Auf jeden Fall war der Ehefrieden der Lechners gerettet, und das war Lexa für den Augenblick wichtiger als ihr Interview mit Hanna Mauritz.

7.

Andreas' Mutter hatte Inge gebeten, ihr die Fotos von Lexa und Inga schicken, und diese im Fotogeschäft ausdrucken lassen. An diesem Tag saß sie wieder in ihrem Wohnzimmer und betrachtete sie. Die Ähnlichkeit der Kleinen zu den Babyfotos ihres Sohnes war so eklatant, dass es für sie keinen Zweifel gab. Inga war mit absoluter Sicherheit ihre Enkelin, und es tat ihr leid, dass sie dieses Wissen noch nicht mit ihrem Sohn teilen konnte. Bei diesem Gedanken ärgerte sie sich unwillkürlich über Lexa. Deren Zuneigung und das Kind wären die beste Medizin gegen Andreas' Schwermut gewesen.

Das Gefühl verflog aber rasch, und beim Anblick des Bildes, auf dem Lexa die Kleine stillte, bewunderte sie die junge Frau, die sich allen Widrigkeiten zum Trotz durchgesetzt hatte. Gleichzeitig empfand sie Schuldgefühle, weil sie Hanna Mauritz auf Lexa angesetzt hatte.

Diese hatte zunächst gezögert, war aber, als sie Lexas frühere Verbindungen zur Sozietät Lehmann entdeckt hatte, plötzlich Feuer und Flamme gewesen. Von dem Skandal wegen Lehmanns Beihilfe zur Steuerhinterziehung hatte Sonja erst danach erfahren, und sie fragte sich jetzt, ob sie Lexa womöglich einen Bärendienst erwiesen hatte. Was war, wenn diese ebenfalls in Verdacht geriet oder gar einen Teil ihrer Klienten verlor?

»Hoffentlich geht alles gut«, seufzte sie, hörte dann, dass draußen die Wohnungstür geöffnet wurde, und räumte die Fotos weg. Dabei übersah sie, dass eines davon auf den Teppich fiel.

Ihr Sohn kam mit einem unwirschen Ausdruck auf dem Gesicht herein.

»Du bist schon da? Was ist denn los?«

Andreas lachte kurz auf. »Deidel hat mich aufgefordert, mich in eine Filiale außerhalb seines Geschäftsbereichs zu bewerben, und mir auch gleich zwei Möglichkeiten genannt.«

»Sie scheinen dir nicht zu gefallen«, schloss Sonja aus seinen Worten.

»Die eine liegt irgendwo in Mecklenburg-Vorpommern und die andere im tiefsten Niedersachsen, wo sich selbst Fuchs und Hase höchstens einmal im Jahr Gute Nacht sagen.«

»Das klingt übel!«, antwortete Sonja. »Du müsstest von hier fort und dir ein Zimmer nehmen.«

»Wenigstens wären die Mietpreise dort angemessen«, spottete Andreas.

»Was wirst du tun?«

Andreas zuckte mit den Schultern. »Ich würde mich ja gerne woanders bewerben, aber mit meinem Fuß habe ich keine Chance. Daher wird mir wohl kaum etwas anderes übrig bleiben, als eine der beiden Filialen zu wählen.«

Seine Mutter hätte ihm mehr Mut gewünscht. Mit seinen Fähigkeiten hätte er gewiss etwas Passendes gefunden. Doch seit er Lexa in Orscholz getroffen und anschließend nichts mehr von ihr gehört hatte, schien er allen Lebensmut verloren zu haben. Sie konnte nur hoffen, dass er durch Hanna Mauritz' Artikel begriff, dass die junge Frau sich nur aus Angst, von ihm abgelehnt zu werden, nicht mehr gemeldet hatte. Am liebsten hätte sie ihm Inges Fotos gezeigt, doch schon wandte er sich um und verschwand in seinem Zimmer. Die Wohnung, die sie eigentlich für ihn und Jennifer hatte renovieren lassen, stand noch immer leer, und sie sagte sich, dass sie, wenn sich nichts änderte, sich wieder einen Mieter würde suchen müssen.

Das Telefon klingelte. Rasch hob sie den Hörer ab. »Hier Janning.«

»Ich bin's, Inge«, klang es munter zurück. »Ich habe gerade mit Lexa telefoniert. Ihr Bruder will ihre Angestellte heiraten, und sie braucht Ersatz. Zwar will sie zunächst nur eine Praktikantin einstellen, aber vielleicht sollte Andreas sich bei ihr bewerben. Du hast doch letztens erzählt, dass er mit seinem Job nicht zufrieden ist.«

»Das kannst du laut sagen!«, rief Sonja erregt. »Sein Bezirksleiter will ihn nach Mecklenburg-Vorpommern oder Niedersachsen abschieben, und zwar dorthin, wo das Land am flachsten ist.«

»Sobald ich Lexas Stellenanzeige habe, maile ich sie dir«, bot Inge an.

»Andreas' Stolz wird nicht zulassen, sich bei Lexa zu bewerben. Nicht einmal, wenn ich ihm die Bilder der kleinen Inga zeige«, antwortete Sonja bedrückt.

»Dann sag ihm in meinem Namen, dass er ein Depp ist!« Inge lachte auf und wechselte dann das Thema. »Ich habe von Lexa erfahren, dass sie interviewt worden ist.«

»Hanna Mauritz hat es wirklich schnell fertiggebracht«, antwortete Sonja aufatmend. »Was hat Lexa sonst noch gesagt?«

»So, wie sie sich anhörte, schien es ihr nicht recht gewesen zu sein«, erklärte Inge.

Sonja lachte leise. »Hanna Mauritz war schon als junge Frau akribisch.«

»Kannst du sie anrufen und fragen, wann das Interview erscheint?«

»Das habe ich schon. Sie sagte, es kann in zwei Wochen sein, aber auch erst in einem halben Jahr. Es käme darauf an, was an aktuellem Material vorliege.«

»Zwei Wochen bis ein Monat ginge noch, ein halbes Jahr wäre zu viel«, antwortete Inge. »Ich halte auf jeden Fall Kontakt zu Lexa und werde sie nächste Woche für zwei oder drei Tage besuchen.«

»Machst du bitte wieder ein paar Fotos von der Kleinen und schickst sie mir?«, bat Sonja.

»Natürlich! Und du sorg dafür, dass Andreas die Ohren nicht so weit hängen lässt, dass er draufsteigen kann!«

Bei der Vorstellung musste Sonja trotz ihres Kummers lachen. »Deinen Humor möchte ich haben! Ich glaube, du würdest selbst dem Teufel in der Hölle noch die Ohren abreden.«

»Ohne Humor kannst du dieses Leben vergessen. Dafür ist die Welt viel zu verrückt.«

Die beiden Frauen unterhielten sich bestens. Dabei lachte Sonja mehrfach so laut, dass Andreas neugierig den Kopf zur Tür hereinsteckte.

»Du scheinst dich ja prächtig zu amüsieren?«

»Ich telefoniere mit Inge, und das ist immer lustig. Ich soll dich von ihr grüßen.«

»Grüß sie zurück!«

»Das werde ich machen«, versprach seine Mutter. »Inge meint, du sollst deine Ohren nicht so weit hängen lassen, dass du auf sie treten kannst.«

»Ich werde mich bemühen.« Jetzt schmunzelte auch Andreas ein wenig. Es war gut, dass seine Mutter Inge kennengelernt hatte, dachte er. Sie braucht jemanden, mit dem sie lachen kann. Er selbst konnte es längst nicht mehr.

Bei dem Gedanken kam ihm Lexa in den Sinn, und er ärgerte sich, weil er sie nicht vergessen konnte. Als er den Gedanken an sie wegschob, fiel ihm ein, dass er seiner Mutter noch eine weitere Neuigkeit mitteilen wollte.

Da sie noch immer telefonierte, ging er in die Küche, holte sich einen Joghurt und setzte sich damit ins Wohnzimmer. Mit einem halben Ohr hörte er zu, was seine Mutter zu Inge sagte. Plötzlich sah er ein Foto auf dem Teppichboden liegen und hob es auf. Es war das Bild eines Säuglings, der nicht älter als ein paar Wochen sein konnte. Er wollte es schon auf den Couchtisch legen, sah es sich dann aber noch einmal an.

Das war doch er! Ein wenig irritierte es ihn, denn er hatte nie ein Foto von sich in einem grünen Strampelanzug gesehen. Außerdem sah er auf dem Bild so zart aus, dass er als unbeteiligter Zuschauer getippt hätte, das Bild eines hübschen Mädchens zu sehen.

Inzwischen war Sonja mit ihrem Telefonat fertig und wandte sich wieder Andreas zu. Dieser reichte ihr mit einem kaum merkbaren Lächeln das Bild. »Du solltest besser auf deine Fotos achtgeben, Mama. Das hier lag auf dem Boden!«

»Oh!« Seine Mutter raffte das Foto an sich und legte es mit dem Bild nach unten neben sich hin.

»Kein Wunder, dass du das Foto bisher nicht gezeigt hast«, meinte er. »Ich sehe darauf wirklich aus wie ein Mädchen. Du hast das zwar immer gesagt, aber ich habe angenommen, dass du übertreibst.«

Sonja atmete auf, weil er Ingas Foto für eines von sich hielt, und sah ihn nachdenklich an. »Ich glaube, du warst damals weniger ein Mädchen als heute.«

»Wieso?«, fragte Andreas verblüfft.

»Du lässt dich einfach treiben, anstatt einmal aufzustampfen und den Kampf aufzunehmen. Ich meine da nicht nur deinen Bereichsleiter Deidel, sondern auch, was Frauen angeht!«

»Gut, dass du mich daran erinnerst. Ich hätte es nämlich fast vergessen. Jennifer wird in zwei Wochen heiraten.«

Seine Mutter nickte mit verächtlicher Miene. »Das hat mir ihre Mutter bereits erzählt. Ich wollte es dir nur nicht sagen.«

»Warum? Ob Jennifer heiratet oder nicht, interessiert mich nicht die Bohne«, antwortete Andreas und setzte für sich »bei Lexa wäre es anders« hinzu. Doch seit jenen glücklichen Tagen in Orscholz hatte er nichts mehr von ihr gehört.

»Dann bin ich froh«, sagte seine Mutter. »Inge hat übrigens berichtet, dass Lexa Fabarius einen Angestellten sucht. Ursprünglich wollte sie eine Praktikantin oder einen Praktikanten, doch Inge hat ihr gut zugeredet und sie davon überzeugt, dass sie bei ihrem Geschäftsvolumen jemanden braucht, der ihr etliche Arbeiten abnehmen kann, das heißt jemanden vom Fach wie dich.«

»Ich soll mich bei Lexa bewerben? Niemals!«, fuhr Andreas auf.

Seine Mutter maß ihn mit einem vernichtenden Blick. »Du bist also doch ein Mädchen – und ein verdammt feiges dazu!«

Das kam so unerwartet, dass es Andreas die Sprache verschlug.

8.

Ein paar Wochen vergingen. Ruth war wieder in Mühldorf und arbeitete mit Lexa zusammen.

Mit einem Mal sah sie ihre zukünftige Schwägerin ärgerlich an. »Du hättest längst einen Ersatz für mich einstellen müssen, damit ich ihn anlernen kann. Jetzt höre ich in zwei Wochen auf, und es ist immer noch niemand da.«

»Tut mir leid, aber bisher hat sich noch niemand beworben, der dafür geeignet gewesen wäre.« Lexa schnaubte leicht, denn unter denen, die sich auf ihre Anzeige hin gemeldet hatten, war niemand gewesen, der Ruth auch nur halbwegs hätte ersetzen können. Daher hatte sie gehofft, diese würde ein paar Monate länger bleiben. Ihre Mutter hatte ihr jedoch einen dicken Strich durch diese Rechnung gemacht. Kaum hatte diese erfahren, dass Ruth schwanger war, hatte sie darauf gedrungen, dass sie zu Leon nach München zog. Lexa ahnte, dass ihre Mutter einfach wieder jemanden haben wollte, den sie unter die Fittiche nehmen konnte. Doch ein oder zwei Monate länger hätte Ruth ihrer Meinung nach ruhig bei ihr arbeiten können.

»Ich werde die Anzeige heute noch schalten«, sagte sie.

»Das wird aber knapp«, gab Ruth zu bedenken. »Bis da jemand kommt, der dir passt, bin ich vielleicht schon weg.«

»Dann werde ich diejenige eben selbst einarbeiten.« Lexa war Ruths Vorhaltungen allmählich leid.

»Du kannst meinetwegen bereits am Wochenende nach München umziehen. Immerhin hast du noch ein paar Tage Urlaub zu bekommen«, sagte sie und wandte sich wieder ihrem Bildschirm zu.

Ruth überlegte, ob sie etwas darauf antworten sollte, ließ es aber sein. Wenn Lexa sich etwas in den Kopf gesetzt hatte, war es unmöglich, es ihr auszureden. Deren Mutter hatte behauptet, sie suche keinen Ersatz für sie, um sie zu zwingen, länger bei ihr zu bleiben. Aber dann hätte Lexa ihr nicht vorgeschlagen, übermorgen aufzuhören. Oder wollte sie sich der Familie gegenüber als das arme Opfer darstellen, auf das niemand Rücksicht nahm? Ruth begriff, dass sie sich nicht in irgendetwas verrennen durfte, auch wenn ihre künftige Schwiegermutter es immer wieder so hinstellte, als könne man mit Lexa nicht reden. Das Verhältnis zwischen Wiebke Fabarius und ihrer Tochter war immer noch schlecht, und keine von beiden schien bereit einzulenken. Das tat Ruth leid.

»Hast du nicht gehört? Ich sagte, du kannst schon am Freitagabend zu Leon ziehen. Dann hat Mama wenigstens nichts mehr zu meckern.« Lexas Stimme riss Ruth aus ihren Gedanken.

»So schlimm ist eure Mutter auch wieder nicht. Ich finde sie sogar sehr nett.«

Das Klingeln des Telefons ersparte Lexa die Antwort. Sie hob ab und hatte ihren Bruder am Apparat.

»Hi, Lexa, was ich dich fragen wollte: Kannst du Ruth nächste Woche nicht ein paar Tage freigeben? Wir würden uns gerne unser Schlafzimmer aussuchen.«

»Selbstverständlich kann ich das. Ich habe Ruth vorgeschlagen, dass sie schon Freitagabend zu euch ziehen kann. Du kannst in der nächsten Zeit die Sachen aus ihrem Appartement holen«, antwortete Lexa.

Leon stieß einen Jubelruf aus. »Das würdest du tun? Lexa, du bist wirklich die beste Schwester, die ich habe!«

»Das ist auch kein Kunststück, weil ich die einzige bin.«

»Sag Ruth, dass ich sie am Freitag um drei Uhr abhole.«

»Sag ihr das doch selbst! Warte, ich reiche dich an sie weiter.«

Lexa streckte Ruth das Telefon hin und stand auf. Während sie Inga aus dem Bettchen holte und mit ihr in die Küche ging, fragte sie sich, weshalb sie Ruth förmlich hinausdrängte. Ihre künftige Schwägerin machte ihre Arbeit ausgezeichnet, und sie war immer gut mit ihr ausgekommen. Doch irgendwie ging es ihr auf den Geist, mitzuerleben, wie Ruth und Leon in ihrer Liebe Erfüllung fanden, während sie selbst nicht einmal auf ein Quäntchen Glück hoffen konnte. Es war daher besser, wenn Ruth zu Leon nach München zog und sie die beiden nur noch alle paar Wochen sah. Auch tat es ihr weh, dass ihre Mutter ein solches Bohei um Ruth und deren Schwangerschaft machte, während sie sie nicht beachtete.

Die Türklingel beendete ihren Gedankengang. Sie eilte hin, öffnete und sah einen Postboten, der ihr einen großen Umschlag mit dem Aufkleber »Einschreiben« in die Hand drückte. Sie unterschrieb den Begleitzettel, kehrte in die Küche zurück und öffnete das Kuvert. Es enthielt das neue *Magazin*. Auf der Titelseite war ihr Bild zu sehen. Lexa kniff überrascht die Lider zusammen. Nicole hatte ausgezeichnete Arbeit geleistet. Das Foto zeigte eine attraktive junge Frau mit sanften Gesichtszügen, die ein kleines Kind in den Armen hielt. Erst auf den zweiten Blick wurde man auf die am Schreibtisch lehnenden Prothesen und danach auf die leer endenden Hosenbeine aufmerksam.

Lexa hatte erwartet, dass das Foto abstoßend wirken würde. Doch genau das war es nicht. Es war das Bild einer jungen Frau, die dem Schicksal widerstanden und ihm all das abgetrotzt hatte, was sie zum Glücklichsein brauchte, einen guten Job, ein süßes Kind und … Und? Nichts weiter, sagte Lexa sich, um diesen Gedankengang abzubrechen. Eines fehlte ihr doch, nämlich ein Partner, auf den sie sich verlassen konnte. Sie blätterte durch bis zu ihrem Artikel. Er war überraschend positiv. Die Lehmann-Sache wurde nur gestreift und darauf hingewiesen, dass sie sich bereits vor drei Jahren von seiner Sozietät getrennt hatte, um auf eigenen Beinen zu stehen.

Eigene Beine! Lexa schlug wieder das Titelbild auf und sah ihr Bild an. Sie wirkte so zufrieden darauf, als wolle sie sagen: Ich habe es der Welt gezeigt.

»Das habe ich auch!«, sagte sie und legte die Zeitschrift beiseite. Inga forderte ihr Mittagessen, und das hatte Vorrang.

9.

Ein paar Hundert Kilometer entfernt betrachtete Andreas' Mutter zur selben Zeit die Zeitschrift, die Hanna Mauritz ihr geschickt hatte. Ihre Hände zitterten, und sie spürte, wie ihr bei dem Bild die Tränen kamen. Das war eine Frau, die dem Schicksal getrotzt hatte. Einen Teil von Lexas Willen hätte sie auch ihrem Sohn gewünscht. Doch Andreas hatte sich nach seinem Unfall nie mehr richtig aufgerafft.

»Die meiste Schuld daran trägt sein früherer Filial- und jetziger Bereichsleiter«, sagte sie leise. »Er hat Andreas von Anfang an wie einen Krüppel behandelt und sein Selbstbewusstsein zerstört.« Trotzdem war es nicht gut, dass ihr Sohn sich mutlos vom Schicksal treiben ließ, anstatt sich dagegen zu stemmen.

Sonja hörte, dass die Wohnungstür geöffnet wurde, und sah auf den Flur. Es war Andreas, und er hielt neben seinem Aktenkoffer noch einen Karton bei sich.

»Was ist los?«, fragte sie.

»Ich habe Urlaub – oder besser gesagt, Zwangsurlaub. Deidel hat durchgesetzt, dass ich meinen Posten räumen muss. Ich hätte zum Betriebsrat gehen können, aber dessen Vorsitzender ist Deidels Schwager. Der hätte mir höchstens erklärt, dass der angebotene Wechsel nach Mecklenburg-Vorpommern völlig in Ordnung ist.« Andreas lachte kurz, wirkte dabei aber weniger deprimiert, als seine Mutter es erwartet hatte.

»Weißt du, Mama«, setzte er hinzu. »Damit bin ich Deidel endgültig los. Mein Gehalt müssen sie mir vorerst weiterzahlen, und ich habe Zeit, mich nach einem anderen Job umzusehen.«

Sonja kniff überrascht die Augen zusammen. So energisch hatte sie ihren Sohn lange nicht mehr erlebt. »Setz dich an den Tisch. Es gibt gleich Essen.«

»Ich habe Hunger.«

Andreas war froh, der drückenden Atmosphäre in der Bank entronnen zu sein. Aus Angst vor Deidel hatte sich keiner seiner Kollegen getraut, sich auf seine Seite zu stellen. Es ist nicht gut, wenn Leute, die nicht die geringste Ahnung von Menschenführung haben, zu Vorgesetzten aufsteigen, dachte er. Bei Deidel war gewiss noch der Neid auf seine Fähigkeiten hinzugekommen.

»Ich hätte die Bank schon längst verlassen sollen«, meinte er zu seiner Mutter, während diese den Tisch deckte.

»Ja, das hättest du! Wenn du Lust hast, kannst du, bis ich fertig bin, die Zeitschrift lesen«, antwortete sie und legte sie ihm hin. Erst jetzt bemerkte sie, dass deren Erscheinungstermin erst übermorgen war, und hoffte, dass Andreas es nicht wahrnehmen würde.

Andreas nahm die Zeitschrift mit wenig Interesse entgegen, doch beim Anblick der jungen Mutter auf dem Schreibtischstuhl riss es ihn förmlich herum.

»Das ist doch Lexa! Aber wie …«

»Schau genauer hin!«, riet ihm Sonja.

Andreas tat es, sah aber nur Lexa und das Kind. »Wie … wo … aber …«, stotterte er.

»Schau noch genauer hin!« Diesmal klang seine Mutter schärfer.

»Wohin?«, fragte er.

Sonja trat neben ihn und deutete mit dem Zeigefinger auf die Prothesen. »Dass du das nicht gemerkt hast! Oder warst du nicht mit ihr im Bett?«

Andreas dachte an die glücklichen Stunden in Orscholz und spürte, wie es ihm flau im Magen würde. Aus Angst, Lexa könnte bemerken, dass sein rechter Fuß nicht echt war, hatte er vermieden, ihre Beine zu berühren. Sie hatte es ebenfalls nicht getan, und das, wie er jetzt feststellen musste, aus demselben Grund wie er.

Er starrte das Kind auf Lexas Armen an, das gewiss erst wenige Wochen alt war. Kurz rechnete er die Monate nach, die seit Orscholz vergangen waren, und rieb sich erregt über die Stirn. Wenn es wirklich stimmte, musste er der Vater sein. Lexa, warum hast du dich nicht gemeldet?, dachte er verzweifelt, begriff aber sehr gut, warum sie es nicht getan hatte.

»Sie wollte kein Mitleid, sondern Liebe«, sagte er leise.

Seine Mutter hörte es trotzdem und nickte. »Da hast du sicher recht.«

»Was soll ich tun?«

Sonja sah ihn nachdenklich an. »Das musst du selbst wissen! Wenn du aber einen Rat von mir haben willst, dann sei endlich ein Mann. Ich habe dir schon letztens gesagt, dass Lexa einen Mitarbeiter braucht. Du kannst sie entweder fragen, ob sie dich haben will – oder nach Mecklenburg-Vorpommern gehen!«

»Wenn ich jetzt losfahre, bin ich bis zum Abend bei ihr.«

»Hast du ihre Adresse?«, fragte die Mutter.

»Nein, aber ich kann sie gewiss über ihre Homepage herausfinden.«

»Es ist nicht notwendig, dort zu suchen, denn ich habe sie von Inge bekommen. Ich gebe sie dir, aber erst morgen früh. Jetzt bleibst du hier sitzen und isst etwas! Danach ruhst du dich aus. Es hat keinen Sinn, in der Aufregung loszufahren. Da passiert höchstens noch ein Unglück.«

Andreas fand, dass seine Mutter zu ängstlich war. Da er sie aber nicht verärgern wollte, gab er nach.

Nachdem Sonja den Tisch abgeräumt und die Spülmaschine eingeschaltet hatte, ging sie ins Wohnzimmer und zeigte Andreas die Fotos, die sie von Inge erhalten hatte. Darauf waren Lexas Beinstümpfe besser zu sehen als auf dem Titelblatt der Zeitschrift. Auch merkte Andreas ihr eine gewisse Traurigkeit an. Daran bin ich schuld, dachte er erschüttert. Ich hätte mich bei ihr melden müssen, anstatt den Gekränkten zu spielen. Inge Kastler hätte mir Lexas Telefonnummer und ihre Adresse sicher gegeben. Aber ich war ein Feigling und habe nur auf mich geschaut.

»Das Bild hier hast du für eines von dir gehalten«, erklärte Sonja und reichte ihm das Foto mit Inga.

Andreas sah es an, holte dann das Fotoalbum seiner Mutter aus dem Schrank, verglich seine Babyfotos mit dem seiner Tochter und schüttelte den Kopf.

»Die Ähnlichkeit ist kaum zu glauben!«

»Das finde ich auch«, antwortete seine Mutter und hoffte, dass Lexa von ihrem Sohn nicht so enttäuscht war, dass sie ihn nicht einmal zur Tür hereinließ.

10.

Nachdem Ruth nach München gefahren war, fand Lexa die Stille in ihrem Büro bedrückend. Ohne die regelmäßigen Besuche der Hebamme hätte sie glauben können, ganz allein auf der Welt zu sein. Zwar rief immer mal jemand an, doch dies waren Gespräche, die nicht über das Geschäftliche hinausgingen. Obwohl ihr die Arbeit Freude bereitete und sie weiterhin Erfolge verbuchte, vermisste Lexa jemanden, dem sie sich anvertrauen konnte. Nach ihrer Lüge wegen des Vaters von Inga war es nicht einmal mehr bei Inge Kastler möglich. Die war zu gut mit Andreas' Mutter befreundet, um ihr die Wahrheit gestehen zu können.

Dazu sah Lexa weitere Probleme auf sich zukommen. Anton Lechner war aus Hamburg zurückgekehrt und tat alles, um seine Frau bei guter Laune zu halten, damit sie ihm nicht wieder die Visitenkarte des Hamburger Bordells vorhielt. Der Sohn der Lechners arbeitete zwar in Hamburg, wollte aber unbedingt zurück nach Mühldorf, um in seiner alten Heimat leben zu können, wo er eine Stelle in Aussicht hatte. Weder Lucia noch ihr Mann sagten etwas, doch Lexa spürte, dass die beiden ihrem Sohn gerne die Wohnung geben würden, in der sie jetzt noch wohnte.

Sie würde sich daher in absehbarer Zeit nach einem neuen Domizil umzusehen müssen, und sie fragte sich, ob sie auf dem Land bleiben oder doch näher auf München zu und in die Nähe ihrer Familie ziehen sollte. Ihrem Vater würde es gefallen, denn er kam fast jede Woche, um nach ihr und der kleinen Inga zu schauen.

Ein Telefonanruf beendete Lexas Gedankengang. Als sie das Gespräch beendete, waren mehrere ihrer Klienten wieder um einige Zehntausend Euro reicher, und sie konnte mit einer Summe rechnen, die einen Umzug leicht ermöglichen würde.

Aus dem Bauch heraus rief sie ein Immobilienportal auf und schwankte, ob sie sich erneut etwas mieten oder doch lieber kaufen sollte. Bevor sie jedoch dazu kam, sich das erste Angebot anzusehen, schellte es an der Tür. Sie stand auf, öffnete – und sah Andreas vor sich.

Es war ein Schock. Gleichzeitig machte Lexas Herz einen Sprung. Sie stand da und starrte Andreas an, ohne zu wissen, was sie sagen sollte.

»Hallo, Lexa. Darf ich reinkommen?«, fragte er.

»Bitte!« Lexa trat einen Schritt zurück und führte ihn ins Wohnzimmer. Ins Arbeitszimmer darf ich ihn nicht lassen, damit er Inga nicht sieht, fuhr es ihr durch den Kopf. Hoffentlich bleibt die Kleine still, setzte sie für sich hinzu und fragte Andreas, ob sie ihm etwas anbieten könne.

»Wenn du ein Glas Wasser für mich hast, wäre es sehr nett«, antwortete er.

»Das kannst du gerne haben!« Trotz ihrer Anspannung lächelte Lexa. Zwar wusste sie nicht, was Andreas von ihr wollte, doch es war schön, ihn wiederzusehen.

Sie ging zum Kühlschrank, holte eine Mineralwasserflasche heraus und nahm aus der Anrichte ein Glas. »Hier! Wenn du noch etwas anderes möchtest?«

»Im Augenblick nicht.« Andreas trank nervös. Er fand Lexa noch schöner, als er sie in Erinnerung hatte. Einen Augenblick glitt sein Blick zu ihren Füßen. Sie trug undurchsichtige Strümpfe und dazu bequeme Hausschuhe. Nichts deutete darauf hin, dass sie auf Prothesen angewiesen war.

»Es ist schön, dich wiederzusehen«, sagte er lächelnd.

»Du bist sicher nicht nur deshalb gekommen, um das zu sagen«, antwortete sie misstrauisch.

»Da hast du ganz recht. Ich kam deswegen.« Andreas reichte ihr den Ausdruck einer Seite, die Inge Kastler eingescannt und ihm geschickt hatte. Es handelte sich um die Anzeige, in der Lexa einen Ersatz für Ruth suchte.

»Weißt du, ich bin so gut wie arbeitslos«, fuhr er fort. »Mein oberster Chef will mich nach Mecklenburg-Vorpommern abschieben. Ich habe nichts gegen dieses Bundesland und würde auch hingehen. Doch von meinem direkten Vorgesetzten habe ich erfahren, dass diese Filiale zum Jahresende geschlossen werden soll. Danach würde ich auf der Straße stehen, denn so schnell bekomme ich keinen neuen Job.«

»Wieso nicht? Du bist doch fachlich ausgezeichnet«, wunderte sich Lexa.

»In einer anderen Filiale unserer Bank komme ich nicht unter, dafür hat Deidel zu viel Einfluss, und ob man mich woanders nimmt, weiß ich nicht. Nicht jeder will einen wie mich.« Noch während er es sagte, beugte Andreas sich vor, krempelte sein rechtes Hosenbein auf und zog den Socken nach unten. Eine praktische, aber nicht gerade ansehnliche Prothese kam zum Vorschein.

Lexa stieß einen leisen Ruf aus. »Aber … Mein Gott, ich …«

»Meine Mutter predigt mir immer, dass mein Job nichts mit meinen Füßen zu tun hat, sondern mit meinem Kopf. Doch Herr Deidel denkt in meinem Fall anders. Wenn du mich nicht nimmst, sitze ich Ende des Jahres auf der Straße.«

»Dieser Deidel ist ein Idiot«, sagte Lexa nachdenklich. »Wir haben uns doch lange genug über Geldwesen und Anlagen unterhalten. Daher kann ich beurteilen, ob du fähig bist oder nicht.«

»Ich würde es dir gerne beweisen. Meine Mutter und auch Inge Kastler beknien mich schon seit Wochen, mich bei dir zu bewerben, aber ich habe mich bisher nicht getraut«, antwortete Andreas und lächelte unsicher. »Weißt du, ich bin in mancher Hinsicht ein elender Feigling.«

»Inge hat es dir also geraten!« Im ersten Augenblick war Lexa zornig auf die Freundin. Andererseits hatte diese es sicher gut gemeint. Daher musterte sie Andreas mit einem, wie sie hoffte, kühlen Blick.

»Da ich weiß, dass du ein ausgewiesener Fachmann bist, wäre ich bereit, es mit dir zu versuchen. Allerdings weißt du noch nicht alles von mir.«

»Ich weiß es«, erklärte Andreas mit einem warmen Lächeln und zog die Zeitschrift hervor. »Meine Mutter hat sie entdeckt und mir gezeigt. Ohne dieses Bild hätte ich wahrscheinlich nicht den Mut aufgebracht, zu dir zu kommen.«

»Warum?«

»Aus Angst, dass du mich wegen meines Fußes ablehnen würdest. Ich glaube, dieses Gefühl kannst du nachvollziehen.«

»Und ob ich das kann!«, sagte Lexa in einem bitteren Tonfall. »Allerdings werden wir zunächst rein geschäftlich miteinander verkehren. Das ist meine Bedingung!«

»Wenn es sein muss.« Andreas klang enttäuscht, doch darauf wollte Lexa keine Rücksicht nehmen.

»Noch etwas! Es gibt etwas, das nur mir gehört und das ich niemals hergeben werde.«

Andreas ahnte, dass sie Inga meinte, und lächelte. »Ich werde dir nie etwas wegnehmen.«

»Dann ist es gut.« Lexa legte ihre Stacheln wieder an und lächelte nun ebenfalls. »Komm mit!«

Sie führte Andreas ins Arbeitszimmer und wies auf das Kinderbett. »Das ist Inga.«

»Ich weiß! Sie ist auf dem Titelblatt der Zeitschrift zu sehen.« Andreas beugte sich über das Bett und betrachtete das Baby. Es war gerade wach geworden und schaute fröhlich zu ihm auf. Dabei bewegte es die Arme, als wolle es ihm zuwinken.

»Sie ist wunderschön«, flüsterte er, wagte aber nicht, die Kleine zu berühren. Nach einer Weile wandte er sich wieder Lexa zu. »Meine Mutter würde ihre Enkelin so gerne sehen und im Arm halten!«

Lexa wollte ihn schon fragen, wieso er so sicher war, dass Inga seine Tochter sein könnte, unterließ es jedoch. Stattdessen nickte sie. »Deine Mutter kann hierherkommen. Aber ich gebe die Kleine nicht aus dem Haus!«

»Das sollst du auch nicht!« Andreas lächelte, denn er war sicher, dass Lexa bald spüren würde, dass er es ehrlich meinte. »Nicht nur unsere Tochter ist wunderschön. Du bist es auch!«

Es schlug eine Saite in Lexa an, von der sie geglaubt hatte, sie werde nie mehr erklingen. Sie musterte Andreas und erinnerte sich an das angenehme Gespräch in Sinsheim und die glücklichen Tage in Orscholz. Ein Lächeln stahl sich auf ihr Gesicht, und sie fasste nach seiner Hand. »Ich werde dich einstellen, auf Probe natürlich. Vielleicht kannst du sogar ganz bleiben. Aber eines sage ich dir: Von der ersten Prämie, die du verdienst, wirst du dir eine neue Prothese machen lassen. Das Ding da ist ja kaum besser als das Holzbein eines alten Piraten!«

Andreas musste lachen und brachte Inga dazu, zu glucksen.

»Sie mag mich«, meinte er zu Lexa.

»Dann arbeite daran, dass es so bleibt!« Auch Lexa lachte jetzt und schloss ihn in die Arme. »Ich bin froh, dass du gekommen bist, denn trotz Inga ist es ein einsames Leben.«

»Und für mich erst, denn ich hatte keine Inga«, antwortete Andreas und spürte, wie die Bitterkeit, die ihn seit seinem Unfall im Griff gehalten hatte, von ihm abfiel wie Herbstblätter von einem Baum.

»Ich wäre auch gekommen, wenn es Inga nicht gäbe«, flüsterte er Lexa leise ins Ohr. »Ich bin vor Sehnsucht nach dir fast vergangen, habe mich aber nicht getraut, mich bei dir zu melden. Heute weiß ich, dass es dumm von mir war.«

»Dumm? Ich glaube, das war ich auch«, antwortete Lexa. »Ich hätte Vertrauen zu dir haben müssen. Aber als Max mich im Stich gelassen und versucht hat, mir die Schuld an dem Unfall zuzuschieben, glaubte ich, dass alle Männer so reagieren würden.«

»Wenn ich von deinem Unfall erfahren hätte, wäre ich sofort zu dir geeilt. Ich weiß, wie schwer es ist, wenn man im Krankenhaus liegt und einem ein Teil seiner selbst fehlt. Ich wäre damals fast verzweifelt.«

»Wäre Inge nicht gewesen, wäre ich es wahrscheinlich auch«, gab Lexa zu. »Sie hat mir auch immer wieder zugeraten, mich bei dir zu melden, aber meine Angst war zu groß.«

»Das ist jetzt vorbei«, antwortetet Andreas und küsste sie.

Da begann Inga leise zu weinen. Lexa löste sich aus seinen Armen und eilte zu ihrer Tochter. »Wie es aussieht, ist ihre Windel nass.«

»Dann solltest du sie rasch wechseln, damit ich dich danach wieder küssen kann«, sagte Andreas und zwinkerte seiner Tochter zu.

11.

Inge Kastler musterte das junge Paar zufrieden. Auch wenn Lexa, Andreas und Inga, die auf dem Arm der Großmutter schlief, nicht die Hauptpersonen dieser kleinen Feier waren, wirkten sie doch beeindruckend elegant und selbstsicher. Von Leon und Ruth, deren erstes Kind an diesem Tag getauft worden war, konnte sie das nicht im selben Maße sagen. Sie waren zwar ein hübsches Paar und ihre Tochter ein süßes Baby, aber für Inge kamen sie bei Weitem nicht an Lexa und Andreas heran.

»Na, bist du jetzt zufrieden?«, fragte sie Sonja.

Diese gab Inga einen Kuss und wurde mit einem Lächeln der Kleinen belohnt.

»Ja«, antwortete sie, »ich bin zufrieden. Mein Junge ist wie ausgewechselt, und das hat Lexa vollbracht!«

»Sie ist schon eine besondere Frau«, fand Inge. »Man muss ihr nur gelegentlich einen kleinen Schubs in die richtige Richtung geben. Aber das ist uns gut gelungen!«

Sie nickte Sonja noch kurz zu und ging dann zu Lexa und Andreas hin. »Auch wenn ihr zwei nur Wasser in euren Gläsern habt, muss ich mit euch anstoßen!«

»Ich muss es mir überlegen, ob ich wirklich mit dir anstoßen soll, du Intrigantin«, antwortete Lexa mit leisem Spott und hielt ihr das Glas hin.

»Übrigens hast du dich geirrt. Wir haben beide ein Glas Sekt in der Hand«, setzte Andreas fröhlich hinzu. »Es wird aber das einzige für heute bleiben.«

»Auf euer Wohl und darauf, dass ihr euch gefunden habt. Ihr beide habt mir Arbeit genug gemacht«, sagte Inge und stieß mit den beiden an.

Unterdessen trat Sonja mit Inga zu ihnen, nahm ihrem Sohn das Glas aus der Hand und trank einen Schluck. »Wann wollt ihr beide denn jetzt endlich heiraten?«, fragte sie.

»Wollen wir heiraten? Darüber müssen wir noch reden«, antwortete Lexa amüsiert und sah dann Andreas an. »Was meinst du dazu?«

»Eigentlich sollte man ja die Finger von seiner Chefin lassen! Aber in dem Fall könnte ich eine Ausnahme machen.«

»Jetzt redet nicht so um den Brei herum. Küsst euch, und dann sagt uns, wann wir Hochzeit feiern können«, drängte Inge.

Andreas schloss die Arme um Lexa und zog sie an sich. »Willst du mich heiraten?«

»Ja!« Lexa blickte nach vorne, wo ihre Mutter gerade mit süßsaurer Miene die Glückwünsche zu ihrer neuen Enkelin entgegennahm.

»Ich bin ja sonst nicht gehässig, aber irgendwie freut es mich doch, dass aus Mamas erhofftem Julius eine Julia geworden ist.«

»Sie trägt es mit Fassung«, meinte Andreas lächelnd.

In dem Moment blickte Wiebke Fabarius zu ihnen her. Die kleine Inga gluckste und streckte die Hand nach ihr aus. Zu Lexas Verwunderung trat ihre Mutter auf Sonja zu und strahlte ihre Enkelin an. »Ist die groß geworden!«, sagte sie überrascht und sah dann Lexa bittend an. »Darf ich sie einmal halten?«

»Gerne!«

Inge lächelte. Auch wenn Wiebke Fabarius nicht unbedingt die Mutter war, die Lexa sich gewünscht hätte, so hatte sie jetzt doch ihr Großmutter-Gen entdeckt.

Jetzt sah Wiebke Fabarius Lexa und Andreas bittend an. »Ihr könntet doch einmal mit der Kleinen bei uns vorbeikommen?«

Andreas drehte sich zu Lexa um und sah sie kurz nicken. »Das werden wir.«

Während Wiebke ihre Enkelin herumtrug, zog Andreas Lexa an sich. »Ich bin so glücklich, dass ich dich gefunden habe.«

»Das bin ich auch«, meinte Lexa mit einem zufriedenen Lachen. »Immerhin bist du ein ausgezeichneter Mitarbeiter.«

»Nicht mehr?«, fragte Andreas grinsend.

»Du bist auch ein ausgezeichneter Vater für Inga.«

»Ist das alles?«, fragte Andreas mit gespielter Enttäuschung.

»Du bist auch der Mann, den ich liebe und mit dem ich glücklich sein will! Besser als mit dir könnte ich es nicht treffen!«

»Und ich nicht mit dir«, sagte Andreas und schloss sie in die Arme.

Wenn Schicksale sich kreuzen …

RENEE MILAN

Die Leihmutter

Roman

Nie hätte Daniela geglaubt, zu so etwas fähig zu sein! Als sie nach einer Gefängnisstrafe buchstäblich vor dem Nichts steht, erscheint ihr das Angebot der Industriellenwitwe Lisbeth Siebert als einziger Ausweg: Lisbeth sucht eine Leihmutter, die das Kind ihres im Sterben liegenden Sohnes austrägt. Daniela ahnt nicht, dass sie mitten in die erbitterten Erbstreitigkeiten um ein Firmenimperium gerät, die sie selbst in Gefahr bringen. Auch gelingt es ihr bald nicht mehr, das kleine Wesen in ihrem Bauch als das Kind einer anderen anzusehen. Doch auch Lisbeth begreift im Lauf der Zeit, dass Daniela mehr ist als ein nützliches Werkzeug.

KNAUR